विवेकानन्द

(सांस्कृतिक उपन्यास)

स्थापित 1912
100 वर्षों की
श्रेष्ठ प्रकाशन परम्परा
राजपाल

₹ 435

ISBN : 9788170284284

VIVEKANAND (Novel) by Rajendra Mohan Bhatnagar

मुद्रक : शीतल प्रिंटर्स, दिल्ली

राजपाल एण्ड सन्ज़

1590, मदरसा रोड, कश्मीरी गेट, दिल्ली-110006

फोन : 011-23869812, 23865483, 23867791

e-mail : sales@rajpalpublishing.com

www.rajpalpublishing.com

www.facebook.com/rajpalandsons

विवेकानन्द

(सांस्कृतिक उपन्यास)

राजेन्द्रमोहन भटनागर

राजपाल

प्रिय शाही
यह सिर्फ़ तुम्हारे लिए

उपन्यास की अन्तर्कथा

स्वामी विवेकानन्द पर उपन्यास लिखने की इच्छा पहली बार तब जगी जब मैं नेताजी सुभाष पर 'दिल्ली चलो' उपन्यास के लिए अनेक बार कोलकाता आया-गया और इन यात्राओं में दक्षिणेश्वर और बेलूड़ मठ भी गया।

यह उपन्यास लिखने के पीछे प्रबल प्रेरणा श्रेष्ठि-बंधु आदरणीय श्री लक्ष्मी निवास झुनझुनवाला की रही। वे स्वामी जी के अनन्य भक्त हैं और देश को उठाने में स्वामी जी की अन्तर्दृष्टि के मौलिक प्रवक्ता। वे स्वामी जी की आधुनिक और भावी संकल्पना की सविस्तार व्याख्या करने में दक्ष हैं। उनको सुनकर मुझे लगा कि स्वामी जी को हृदय की गहराई से पकड़ा जाए और मैं इस कार्य में जुट गया। इसका परिणाम यह हुआ कि उपन्यास छह सौ उन्नीस पृष्ठ का बन गया। मैं स्वय चाहता था और मेरे प्रकाशक आदरणीय श्री विश्वनाथ भी चाहते थे कि पाठकों को अध्ययन के प्रति रुचि लगातार कम होते जाने के कारण यह उपन्यास हिन्दी पाठकों की पॉकेट पर भार नहीं बने। फलतः मैंने इसे कम किया और लगभग चार सौ अड़तालीस पृष्ठ पर ले आया।

इस उपन्यास का जो आकार बना, कलेवर उभरा और रसमयता घनीभूत हुई, वह आज की विषम, हताश और त्रासद स्थितियों में आत्मबल, प्रज्ञा और चरित्रानुभूति को गहन करेगी, ऐसा मेरा विश्वास है।

श्री झुनझुनवाला ने 'विश्वधर्म सम्मेलन' कृति के लिए मुझे अध्ययन भिजवाई थी। श्री गोकुल प्रसाद शर्मा भी स्वामीजी के परम भक्त हैं। उनके पिता श्री झाबरमल शर्मा-कृत 'राजस्थान में स्वामी विवेकानन्द' और 'खेतड़ी नरेश और विवेकानन्द' सूर्यकान्त त्रिपाठी 'निराला' कृत 'वेदान्त केशरी स्वामी विवेकानन्द', अभेदानन्द कृत 'आमार जीवन कथा', महेन्द्रनाथ दत्त-कृत 'स्वामी विवेकानन्द की बाल्यजीवन', डॉ. बैरोज कृत 'वर्ल्ड पार्लामेंट ऑफ रेलिजन्स', रोमाँ रोलाँ, 'द लाइफ ऑफ विवेकानन्द', स्वामी ब्रह्मानन्द की डायरी, 'श्री रामकृष्ण लीला प्रसंग', शैलेन्द्रनाथ धर कृत 'ए कॉम्प्रिहैंसिव बायोग्राफी ऑफ स्वामी विवेकानन्द', भूपेन्द्रनाथ दत्त कृत 'स्वामी विवेकानन्द पेट्रियाटिक प्रॉफिट', सत्येन्द्रनाथ मजूमदार कृत 'विवेकानन्द चरित', 'वचनामृत', 'श्री रामकृष्ण भक्तिमालिका', श्री शरत्चन्द्र चक्रवर्ती कृत 'विवेकानन्द जी के संग में', अनिर्वाण राय कृत 'स्वामी विवेकानन्द', मैरिक एल. बर्क कृत 'रेमिनिसेंसेज ऑफ स्वामी विवेकानन्द' और 'स्वामी विवेकानन्द इन अमेरिका : न्यू डिस्कवरीज', सम्पूर्ण विवेकानन्द वाड्मय, समस्त उपनिषद् आदि के अध्ययन से स्वामीजी की मानसिक संरचना का परिदृश्य तैयार हुआ।

इनमें भी, प्रायः उनकी जीवनियों में, मतान्तर बना हुआ है—यथा पेरिस में उनका भाषण किस भाषा में हुआ था? अंग्रेजी या फ्रेंच में?, गाजीपुर छोड़कर जाने का समय क्या था, नक्काशीदार रोजवुड का हुक्का क्या चन्दन की लकड़ी का था, मैटरहार्न शिखर पर वे पहुँचे थे या नहीं, भामिनी क्रिस्टिन का स्मृति कथा में पांड्स लेक्चर ब्यूरो का उल्लेख, जो अन्यत्र नहीं है, थियोसॉफिस्टों के उनके प्रति षड्यन्त्र, 'विवेकानन्द' का नया नामकरण, क्या उनका वर्ण श्यामल था क्योंकि शरच्चन्द्र चक्रवर्ती ने गौर वर्ण बताया है (विवेकानन्द जी के साथ में, पृ. 300), नवगोपाल बाबू के गृहोत्सव प्रसंग, सेवियर-दम्पती के साथ जगह खोजने का विवरण, अमरनाथ दर्शन, कश्मीर से विदाई का वर्णन, स्वामी ब्रह्मानन्द के डाँट-फटकार वाले स्थल की वास्तविकता संगीत ज्ञान के उस्तादों के नामों में मतभेद आदि प्रसंग।

मुझे इन ग्रन्थों के अध्ययन करने में अत्यन्त आनन्द की अनुभूति हुई। उनका दिव्य और पुनीत जीवन बार-बार पुकारता रहा, उठो, जागो, अमर पुत्रो! मुझे लगा कि अल्मोड़ा से बीस मील दूर, देवलधार में खड़े स्वामीजी हिमाच्छादित पर्वत श्रेणियों को मन्त्रमुग्ध निहारते हुए श्वेताश्वतर उपनिषद् का उच्च स्वर में पाठ कर रहे हैं—

'न तस्य रोगो न जरा न मृत्यु, प्राप्तस्य योगाग्निमयं शरीरम्।'

अर्थात् जो योगाग्निमय देह प्राप्त कर लेता है, उसको रोग, बुढ़ापा और मृत्यु नहीं व्यापते।

अन्त में मैं स्वामी ब्रह्मास्थानन्द, रामकृष्ण मठ, धतोली, नागपुर, आचार्य विष्णुदत्त, डॉ. सविता डे, स्वामी शारदानन्द, प्रो. कुमुद बनर्जी, स्वामी दिव्यानन्द, प्रो. आभा आचार्य, योगी, मेधादि भूषण, डॉ. इला जोशी, श्रीदेव गोस्वामी, महन्त विशालानन्द आदि का आभारी हूँ, क्योंकि इन सबसे चर्चामृत का लाभ मुझे मिला है जिससे यह कृति उपकृत हुई। अस्तु,

—राजेन्द्र मोहन भटनागर

105, सेक्टर 5-ए, हिरन मगरी, उदयपुर-313002

तकिया! तकिये पर श्री रामकृष्ण का चित्र। बिस्तर के पायताने ठाकुर की ताम्रकलश में अस्थियाँ, पादुका चौकी पर!

आरती का स्वर गूँजने लगा दूर-दूर तक। शशी महाराज बने। आरती उनके जिम्मे। वाद्ययंत्रों के बीच आरती होती—धूप धूना से सुगन्धित-पवित्र पूजा गृह। चमर डुलाते-डुलाते जय गुरुदेव...जय गुरुदेव की गूँज। कभी नृत्य हो उठता। तारक, गोपाल, काली और शशी यहाँ स्थायी रूप से रहने लगे और सब भी आते। ध्यान करते। जप करते। भजन गाते।

वह काली रात थी। आकाश तारों से भरा था। सभी ध्यानावस्था में बैठे हुए थे। नरेन्द्रनाथ, ईसा मसीह के जीवन की अलौकिक कथा को कह उठा। उनके शिष्यों के त्याग और आस्था-निष्ठा का प्रभावी वर्णन करने लगा। एक नया आलोक मण्डल उन सबके अन्तःकरण को जगमगाने लगा।

धूनी की धधकती अग्नि शिखा। उन नवयुवकों में सर्वस्व त्याग की बलवती भावना ने सबको पूर्णतया जागृत कर दिया।

"क्या सोचते हो?" नरेन्द्रनाथ ने सब पर सूक्ष्म दृष्टि डाली।

"जय गुरुदेव-जय गुरुदेव" की आवाज गूँज उठी।

नरेन्द्रनाथ को बाबूराम के घर आँटपुर से मिला निमन्त्रण दिव्य दृष्टि बना। शशी, तारक, शरद्, गंगाधर, काली, निरंजन आदि सब थे वहाँ। भगवत् चर्चा के मध्य ईसा मसीह के त्यागी शिष्यों की मर्मस्पर्शी गाथा पुनः नरेन्द्रनाथ ने दोहरायी।

धधकती अग्निशिखा सबको आमन्त्रित कर रही थी कि कुछ शेष न रहे, जो है विसर्जन कर डालो। सारे मोह बन्धन यज्ञ के हवाले करो।

कौन कह रहा था उनके हृदय में कि यही उचित समय है। सुप्त पड़ा है संसार। आगे बढ़ो सम्पूर्ण विश्व की सुख-शान्ति के अग्रदूतो! मानव जर्जरित हो चला है। पिशाचों का ताण्डव हो रहा है। चहुँ ओर कौरवों का आतंक है!

वे तरुण उस निभृत स्थान पर रात की घनी काली छाया के नीचे, अग्निशिखा के चहुँ ओर समूची दुनिया से बेखबर, संकल्प के लिए तत्पर हुए। कल्पना का यथार्थ मंगल भाव से परिपूर्ण हो उठा। नरेन्द्रनाथ ने कहा, "गुरु भ्राताओ, कर्म-यज्ञ प्रारम्भ हो रहा है आहुति चाहिए।"

"हम तैयार हैं।"

“ठाकुर की यही इच्छा थी।” नरेन्द्रनाथ कह रहा था, “ठाकुर ने यह उत्तरदायित्व मुझे सौंपा था। मठ की स्थापना हुई, सुरेन्द्रनाथ मित्र संस्थापक बने। हम जहाँ तक पहुँचे हैं, उसमें सुरेन्द्रनाथ मित्र की अत्यन्त सजीव भूमिका है और अब हम... ।”

“सब पूर्णतया समर्पित हैं।” समवेत स्वर था।

“अग्नि को साक्षी मानकर संकल्प लें।” गंगाधर ने कहा।

“यही उपयुक्त होगा।” निरंजन का गुरु गम्भीर स्वर था।

“कदाचित् हम में से कोई नहीं जानता कि आगे क्या होगा।...हम सब नवयुवक हैं, दिशा तलाश रहे हैं और हृदय में विश्व कल्याण की अक्षय भावना संजोये हुए हैं।...इसके बाद संकट भी उभर सकते हैं। सदैव सत्य को अवरोध घेरते आए हैं। हमारे सामने भी प्रतिकूल स्थितियाँ आएँगी।...ठाकुर के अधिकांश प्रौढ़ अनुयायियों का माथा ठनकेगा। ये प्रश्न खड़े करेंगे। हमारी कोई नहीं सुन रहा होगा। हमें उपेक्षा भी सहनी पड़ सकती है और बदतर से बदतर स्थिति में से गुजरना पड़ सकता है।...धन हमारे पास है नहीं। साधन भी नहीं के बराबर हैं। ...किसी को विवश नहीं किया जा रहा है। सब अपने में स्वतन्त्र हैं, जिन्हें बाद में निर्णय लेने का मन हो, वे इस यज्ञ के साक्षी बनकर हमारे साथ रह सकते हैं।” नरेन्द्रनाथ की भारी संगीतमयी आवाज़ गूँज रही थी।

“हम सब तैयार हैं।”

“तो गुरुदेव का मन ही मन स्मरण करो। नमन करो। आशीर्वाद लो।...मेरे साथ बोलो—‘हम सब गुरुभाई अग्नि को साक्षी मानकर स्वेच्छा से प्रतिज्ञा करते हैं कि गुरुदेव के कार्यों को पूरा करने में तन-मन-धन लगा देंगे और आजीवन ब्रह्मचारी रहकर मानव हित में अपना जीवन बिताएँगे।’

वह आवाज़ अँधेरे को चीरती हुई ब्रह्मांड में गूँज उठी। समूचा परिवेश तेजोद्दीप्त हो उठा।

संघ बन गया। आँटपुर अमर हो गया। असोचा घट गया। दिग् दिगन्त गा उठा—नव सृजन के गीत!

वराहनगर में गुरुभाइयों की अग्निपरीक्षा हो रही थी। मठ का खर्च चलाने में कई कठिनाइयाँ आ रही थीं हालाँकि सुरेन्द्रनाथ मित्र ने तो तीस रुपये से बढ़ाकर एक सौ रुपया देना शुरू कर दिया था। भिक्षा के लिए वे बाहर भी जाते थे। इस बीच सुरेन्द्रनाथ मित्र चल बसे। मठ की आर्थिक स्थिति डगमगा उठी।

कभी-कभी भिक्षा में इतना भी नहीं मिलता कि उन सबको एक वक्त का भोजन मिल सके। कन्दरू का पत्ता उबाला हुआ, भात-नमक से ही महीनों निकाले परन्तु किसी को यह आभास नहीं था कि इतनी जल्दी उनको ऐसी स्थिति का सामना करना पड़ेगा कि भिक्षा भी नहीं मिलेगी। घुइयाँ के पत्ते पर उबला हुआ कन्दरू का पत्ता और सीमित भात मिलेगा। भात भी नहीं तो लौकी के पत्तों से काम निकालना पड़ेगा।

पहनने के लिए कौपीन और एक गेरुआ वस्त्र। बाहर जाने के लिए एक सफेद धोती और एक सफेद चादर खूँटी पर टँगी रहती थी। सब काम स्वयं करने पड़ते...झाड़ू लगाना, रसोई तैयार करना, पाखाना साफ करना, पानी लाना, बरतन साफ करना आदि।

जप-तप, सत्संग, संगीत, कीर्तन-भजन, संध्या-आरती आदि सब नियत समय होती। हारी-बीमारी भी होती। उपेक्षा भी मिलती। व्यंग्य भी सुनने पड़ते—ये तरुण संन्यासी राख की राह पर चल पड़े हैं बिना जाने-समझे। ये नए श्रीरामकृष्ण! धन्य हैं और सब तो ठीक था परन्तु आर्थिक स्थिति को लचर होने से कैसे रोकें। कई बार सोचा कि यह सब सधने वाला कार्यक्रम नहीं है। शशी ने कहा, ''ऐसा सोचना ठीक नहीं है। हम हार नहीं मानेंगे।''

''अपने साथी बीमार हो रहे हैं, शशी।''

''जानता हूँ—हमें खाना ढंग का नहीं मिलता। ये परीक्षा की घड़ी है और हमारे धैर्य की भी।''

''यदि किसी को कुछ हो गया तो?''

''तो माँ जगदम्बे की इच्छा का हम लोग आदर करेंगे।''

नरेन्द्रनाथ कई पक्षों पर विचार करता हुआ 'आनन्द मठ' पर ध्यान केन्द्रित कर उठा। कारण, मठ पर सरकार की निगाहें जा ठहरी थीं। अंग्रेज अधीक्षक इस उपन्यास को राजद्रोह के लिए उकसाने वाला मानता था। अंग्रेज सरकार भी उसे खतरनाक मानती थी।

नरेन्द्रनाथ को एक बंगाली पुलिसकर्मी ने अपने यहाँ भोजन पर आमन्त्रित किया था। वहाँ भोजन का तो नाम नहीं था पर पुलिस विभाग से कई व्यक्ति तैनात थे। अंग्रेजी अधीक्षक पूछ रहा था, ''तुम मठ के संचालक हो, नरेन्द्रनाथ?''

''मठ में हम गुरुभाई रहते हैं।''

''क्यों?''

''अपने गुरुदेव की इच्छा को पूर्ण करने के लिए।''

''कौन गुरुदेव?''

''भगवान रामकृष्ण परमहंस।''

भगवान सुनकर वह अंग्रेजी अधिकारी हँस पड़ा और व्यंग्य से बोला, ''तुम्हारे यहाँ बन्दर भी भगवान होता है।...चुपचाप सच-सच बताओ कि मठ में क्या होता है?...''

नरेन्द्रनाथ ने कहा, ''ईश्वर की सेवा का प्रयास—मानव जाति के उद्धार का प्रयत्न...सेवा धर्म...कुष्ठ रोगियों की सेवा-शुश्रूषा...पठन-पाठन...भजन-कीर्तन, जप ध्यान आदि।''

''आनन्द मठ की स्थापना, पढ़ना-पढ़ाना।...षड्यन्त्रकारियों को पनाह देना, उनकी मदद करना।''

''शान्त, अधीक्षक, अनर्गल आरोप मत लगाओ। बहाने से मुझे यहाँ बुलवाया गया। मेरे तथा मेरे गुरुभाइयों पर मनगढ़न्त आरोप लगाए गए। आपको असत्य

आचरण और मिथ्या आरोप लगाते हुए शर्म नहीं आती।''

''ज्यादा बोलो नहीं...हमारा सामना करता है, झूठा...हमें झूठा बतलाता है। खुद षड्यन्त्र रचता-रचाता है और हमें...।''

''जुबान को लगाम दो अधिकारी! मैं षड्यन्त्रकारी या अपराधी मनोवृत्ति वाला होता तो अब तक तुम्हारी गरदन मरोड़कर जहन्नुम में पहुँचा चुका होता। इस बार मैं तुम्हें छोड़कर जा रहा हूँ। भविष्य में ऐसी हरकत मत करना वरना. ..समझ रहे हो, अधिकारी!'' कहता हुआ नरेन्द्रनाथ तीर की तरह दरवाज़ा खोलकर बाहर निकल गया।

गुरु भाइयों से बातचीत की कि उनके मठ पर अंग्रेज सरकार की निगाहें हैं। वे उनको परेशानी में डाल सकती हैं।

राखाल ने कहा, ''यह सच है कि 'आनन्द मठ' ने ब्रिटिश सरकार की नींद उड़ा दी है।...पर हम सब तो संन्यासी हैं।''

निरंजन ने कहा, ''हम सब भक्तों के सामने विधिपूर्वक .... होम कर अनुष्ठान संन्यास ले चुके हैं।''

''इससे क्या होता है, निरंजन?''

''कैसे नहीं होता, नरेन्द्र...हम मनसा-वाचा-कर्मणा से पवित्र हैं। पूज्यपाद गुरुदेव स्वर्णाकांक्षा को आचरण में उतारने का यत्न कर रहे हैं। गुरुदेव हमें देख रहे हैं। वही हमारी रक्षा करेंगे।''

''अब हम सब संन्यास लेकर नया जन्म पा चुके हैं—नरेन्द्र विविदिषानन्द, राखाल ब्रह्मानन्द, योगेन योगानन्द, तुलसी निर्मलानन्द, दक्ष ज्ञानानन्द, काली अभेदानन्द, बाबूराम प्रेमानन्द, हरि प्रसन्न विज्ञानानन्द, गंगाधर, अखण्डानन्द, लाटू अद्भुतानन्द, शशी रामकृष्णानन्द, हरिबाबू तुरीयानन्द, सुबोध-सुबोधानन्द, गोपाल दादा अद्वैतानन्द, निरंजन निरंजनानन्द, तारक शिवानन्द...।''

''बस-बस-बस! इन नामों को गिनाने से क्या होगा। कुछ काम करना होगा?'' नरेन्द्रनाथ ने कहा।

''क्या काम?'' समवेत स्वर था।

''यहाँ मठ में पड़े रहने से काम नहीं चलेगा।''

''तो?''

''गुरुदेव क्या चाहते थे?''

''क्या?''

''घर-घर वेदान्त का प्रचार हो।'' राखाल ने कहा।

''हम तो यहाँ मठ में बैठे हुए हैं—भजन-कीर्तन, जप-ध्यान आदि में लगे हुए हैं। भक्त आते हैं।...उनकी सेवा भी की जाती है।'' गंगाधर कह रहा था।

''पर भाई, यह कुछ नहीं है।''

''तो?''

''हमें घर से बाहर निकलना होगा।''

''यह कहावत सुनी है—घर को जागू जोगना, आन गाँव का सिद्ध।...यहाँ

हमें छोकरा समझा जाता है। यहाँ हम बड़ी-बड़ी बातें करेंगे, सिद्धान्त बघारेंगे ...कौन सुनेगा उन्हें? क्या ऐसा हुआ नहीं है—कल का छोकरा नाम बदलकर परचूनिये से वैद्य बन बैठा।...क्या समझदार माँ-बाप को यह कहते नहीं सुना है कि इनकी हवा से उनके लड़के बिगड़ जाएँगे।''

''हाँ, सुना है।''

''हम में से कई अपने घर लौटकर पढ़ाई की तैयारी करने लगे हैं।''

''तो क्या हुआ? पाँचों उँगलियाँ एक सी नहीं होतीं।'' योगेन ने कहा।

''मैं यहाँ इसीलिए अपने परिवार से सम्बन्ध तोड़कर आया हूँ ताकि मठ बना रहे।'' नरेन्द्रनाथ बोला।

''लाभ हुआ है, कितने गुरुभाई लौट आए हैं। 'ईसानुसरण' का पाठ होने लगा है। इतिहास, दर्शन, साहित्य, संगीत, कला आदि पर व्याख्यान चर्चा, विवाद...चौसर, वर्ड्सवर्थ, कीट्स, गीता, रामायण, महाभारत, वेदान्त, प्लेटो का अतीन्द्रियवाद, हर्बर्ट स्पेंसर का अज्ञेयवाद, ह्यूम का संशयवाद आदि न जाने हमने क्या-क्या खखोल डाला।...यह सब हमारी सम्पदा है।'' राखाल ने मध्यम स्वर में प्रवाह से कह डाला।

''फिर भी हममें से कुछ के मन में बेचैनी है।'' नरेन्द्रनाथ ने कहा।

''जिज्ञासा है, रहेगी। द्वन्द्व ही तो सत्य से साक्षात्कार कराता है।'' सुबोध का दृढ़ स्वर था।

''फिर भी, उत्साह और जिज्ञासा के आकाश ने संकेत दिए। समुद्र में ज्वार-भाटा उठा। आखिर कब तक अन्तहीन और नीरस परिवेश से बंधे रहेंगे। पक्षी उड़ने के लिए पंख फड़फड़ाते हैं। जप-तप, अध्ययन-मनन, भजन-पूजन के आगे भी एक दुनिया है—अनुभव की दुनिया—सरस-सहज सम्बोध संसार, जीवन्त प्राणवायु की दुनिया।...बिना उसे जाने-समझे, उसमें रचे-पचे, रसास्वाद चखे, गति का आनन्द-अनुभव लिए कोरा पोथीवाद, शुष्क साधना पद्धति आदि के खूँटे बँधे न मन रमेगा, न मन से आत्मसंवाद उठेगा, न घन बरसेंगे, न माटी की गंध उड़ेगी।'' नरेन्द्रनाथ का हृदय-स्रोत फूट पड़ा था। उसकी आँखों में इन्द्रधनुष उतर आए थे।

सबकी समझ में आ रहा था कि चहारदीवारी के घेरे में प्राणरस सूखता हुआ कभी-कभी अनुभव होता है। घर से बाहर जाने का मन तो होता है परन्तु मन अपने को विवश पाकर चुप रह जाता है। सब शान्त बने रहे। नरेन्द्रनाथ ने कहा, ''जानते हो, सारदा प्रसन्न कहाँ है?

''हम सब में वही तो सबसे कम उम्र का था।'' तारक ने कहा।

''तो उससे क्या हुआ, तारक?''

''उसका मन डगमगा गया—कच्ची उम्र और कच्ची धूप को पिघलते देर नहीं लगती, नरेन्द्र।'' गोपाल दादा का अनुभवी स्वर था।

''उसकी अभी मसें नहीं भीगी थीं। एकदम अबोध, भोला, लाड़-प्यार में पला...घर की याद में डूबा...यहाँ क्या करता?'' राखाल का स्वर गीला था।

''वह घर नहीं गया।'' नरेन्द्रनाथ का स्वर विगलित हुआ, ''तुम्हें राखाल, उसे रोकना चाहिए था—कम से कम मेरे लौटने तक तो अवश्य ही और वह

तुम से सम्भव भी था।''

''हाँ था, परन्तु उसके प्राण व्याकुल हो रहे थे।''

''क्यों?''

''एक तो वह अपना घर छोड़कर यहाँ आया और दूसरे यहाँ भी वह माया के एक नए संसार में अपने को बाँध बैठा।...मैंने उसे समझाया था, सारदा, जीवन में ऐसे उतार चढ़ाव आते हैं, जब व्यक्ति अपने से मुँह फेरने लगता है।...ज़रूर तुम आशा सँजोकर आए थे और सोचा था चट मँगनी, पट ब्याह। पर ऐसा होता नहीं है। धैर्य रखना चाहिए। उतावलापन ठीक नहीं।...वह बोला—किसकी मानूँ...मन नहीं मानता?...तब भी मुझे यह पता नहीं था कि आनन-फानन में यह सब हो जाएगा।'' राखाल ने सारदा प्रसन्न की मानसिकता को व्यक्त किया।

सबके चेहरे खामोश थे। सबकी आँखों में तटस्थ उद्विग्नता थी। नरेन्द्रनाथ ने कहा, ''एक भक्त मुझे यह पत्र दे गया है।''

''किसका पत्र?''

''अपने सारदा प्रसन्न का।'' राखाल की ओर पत्र बढ़ाकर कहा, ''इसे पढ़ो।''

राखाल ने पत्र खोला और सरसरी निगाहें पत्र पर डालीं। फिर पत्र पढ़ने लगा—''आदरणीय गुरुभाई, बहुत विचारा। विचार करते-करते थक गया। दो दिन सो नहीं पाया। क्या करूँ? घर छोड़ चुका था। वापस जाने का मन भी नहीं था। आपके लौटने की प्रतीक्षा करने का मतलब था जैसा राखाल भाई ने चाहा भी था, जस का तस रह जाना।

''मैं पैदल वृन्दावन जा रहा हूँ। मठ में रहना मेरे लिए दूभर हो चला है। किसको पता है मन कब पलटा खा जाए? मेरे मन में स्वप्न उभरते हैं। उन स्वप्नों में घर होता है, ममता होती है, स्नेह होता है, स्वजन सुख होता है। कुल मिलाकर एक संसार होता है, वह संसार जिसे मैं छोड़ आया।

''स्वप्न, नारद हैं—बेरोक-टोक सीधे चले आते हैं। मूर्तिमती माया लुभाती है। लोभ में भी खूँटे तोड़ने की शक्ति है। मैं जितना अपने को कस सकता था, कसता रहा परन्तु मैं अपने को सँभाल नहीं पाया। दो बार घर हो आया, 'स्वजनों' से मिल आया। वे रोक लेना चाहते थे। माँ-बहनों की डबडबाती आँखों से निकल पाना कैसे हुआ, यह मेरा हृदय ही जानता है।

''मन ने कहा—सारदा, तू यहाँ रहा तो घर लुभाएगा।...और कभी भी इस आकर्षण-विकर्षण में तू न घर का रहेगा, न घाट का। फिर यहाँ रहने से क्या लाभ?

''अन्ततोगत्वा यही उचित लगा कि माया का मुँह मोड़ना है तो यहाँ से भागूँ...तुरन्त भागूँ...जितना दूर भाग सकूँ, भागूँ, ज़रा भी नहीं रुकूँ। और मैं पत्र आपके हाथ पड़ने तक काफी दूर निकल चुका होऊँगा। मैं स्वयं भी दुनिया देखना चाहता हूँ, वह दुनिया जो पुस्तकों से बाहर है और जिसके सामने बड़े-बड़े पहाड़ हैं, नदी-नाले हैं, आसमान-धरती हैं और धूप-छाँव है।...मुझे स्वयं जीने की तमन्ना

है। काश, फिर कभी मिल सकें! साथ बिताए दिन, ज्ञानार्जन के चर्चा-परिचर्चा और तप ध्यान आदि मेरी सम्पदा है और गुरुदेव व आपका आशीर्वाद मेरा पाथेय है—श्रीचरणों में शत-शत बार नमन—आपका—सारदा प्रसन्न बनाम स्वामी त्रिगुनातीतानन्द।''

कुछ देर तक निःस्वन परिवेश में सब बैठे रहे मानो वे सब किसी की प्रतीक्षा कर रहे हों। अन्त में खखार कर नरेन्द्रनाथ ने कहा, ''पर्यटन भी आवश्यक है। मैं स्वयं लम्बे पर्यटन पर जाना चाहता हूँ। आप सब भी देशाटन के लिए अन्दर ही अन्दर लालायित होंगे।...मुझे मठ ने कहीं नहीं जाने दिया। बिना बाहर निकले गुरुदेव का सन्देश जन-जन तक नहीं पहुँचेगा और गुरुदेव की इच्छा अधूरी ही रह जाएगी। तब क्या व्यवस्था की जाए कि मठ भी चलता रहे और भ्रमण भी।''

सबको मौन पाकर शशी यानी स्वामी रामकृष्णानन्द ने कहा, ''मैं मठ में निरन्तर बना रहूँगा।''

''फिर भी, हममें से एक तिहाई गुरुभाई मठ में अवश्य बने रहें ताकि मठ का गुरुत्वाकर्षण बना रहे और उसकी समस्त गतिविधियाँ अबाध रूप से संचालित होती रहें, क्योंकि मठ हमारी धुरी है और इसका निर्धारण हम सब मिलकर करें। अन्तिम निर्णय शशी पर छोड़ा जाए।''

सबने सहमति जताई। इस प्रकार एक नया रास्ता खुल गया। और वह उत्तर भारत की यात्रा पर जा सके। लौटे। फिर मठ में मन रमाया। फिर कुछ समय के लिए बाहर गए। फिर लौट आए। वह इस नतीजे पर पहुँचे कि उन्हें लंबे समय तक पर्यटन पर रहना चाहिए ताकि गुरुदेव रामकृष्ण का सन्देश, ज्ञान ध्यान, जप कीर्तन जन-जन की पीड़ा हर सके। गुरुभाइयों ने उन्हें रोकना चाहा तो वह कहने लगे, ''यह ठाकुर का आदेश हुआ है। हमें इसे स्वीकार करना चाहिए।''

अब सब निरुत्तर। वह माँ सारदा देवी के पास घुसरी पहुँचा। माँ से कहा, ''माँ, जब तक गुरुदेव का कार्य पूरा नहीं होगा, मैं नहीं लौटूँगा।''

''यहाँ तो सबको तेरी प्रतीक्षा रहेगी, बेटा।'' सारदा देवी ने कहा।

''गुरुदेव का कार्य शीघ्र ही पूरा न हो, यह कैसे सम्भव है। मैं तो मात्र माध्यम हूँ, कर्त्ता तो वे ही हैं।...माँ, मुझे आशीर्वाद दो।''

''मेरा आशीर्वाद सदा तेरे साथ है। तू सफल हो। पूर्णतया सफल हो।'' कहते हुए अन्त में सारदा देवी ने पूछा, ''अपनी माँ से भी मिलते जाना।''

''वह भी आप ही हैं—मेरे लिए सब कुछ आप ही हैं। आप से मिल लिया तो सबसे मिल लिया।''

अखण्डानन्द उनको विदा करने के लिए उनके साथ आए। परस्पर बतियाते रहे। समझाते भी रहे, ''यात्रा उतनी जितना मन अनुमति दे। सहज रहे यात्रा।''

नरेन्द्रनाथ ने सबसे विदा ली और निकल पड़े—अनजाने, अनपहचाने, अनगढ़

रास्तों पर पैदल। तलाशते रहे अनुभवों की अनगढ़ पहचान को और सहलाते रहे रिसते हुए फफोलों को। यात्रा का क्या अन्त और क्या प्रारम्भ! यात्रा यात्रा है। सारी दुनिया अपरिचित! फिर भी अपनी है। कहाँ क्या मिल जाए, कुछ नहीं कहा जा सकता?

हिमालय छाना।

मैदान छाना।

वह जहाँ गया, वहाँ दुःख को ही सिसकते पाया। बुद्धदेव की याद आती रही। ईसा मसीह भी कभी साथ हो लिये। ठाकुर ने जो कहा था, वही अन्तिम सच था। हिमालय साक्षी था कि गंगा बह रही थी। वह कितनों का उद्धार करे। वह तो राजा सगर के पुत्रों को जीवन देने आई थी। फिर उसका लौटने का मन ही नहीं हुआ। वह यहीं रम गई। नारद के द्वारा ब्रह्मा से कहलवा दिया कि 'मृत्युलोक में उसकी बहुत जरूरत है।''

नरेन्द्रनाथ अब विविदिषानन्द हो गया था। प्रायः उसके नाम उच्चारण से घबराकर लोग 'स्वामी' से काम लिया करते थे। शब्दों के उच्चारण में मुखसुख का बहुत महत्त्व है।

वह चौंक पड़ा। रोने की आवाज़ सुनी। जिधर से आवाज आ रही थी, वह उधर ही मुड़ गया। अनायास उसके मुख से निकला, ''माँ, तू रो रही है। क्या व्यथा है? क्या मैं तेरे किसी काम आ सकता हूँ? आदेश दे, माँ!''

''वत्स, यहाँ विचित्र बात देखी-सुनी कि मौत को चुनौती देने वाले हजारों हजार हैं परन्तु मौत का सामना कोई नहीं करना चाहता। अन्दर से मौत के नाम से काँप रहे हैं। मैंने सोचा था, जैसे देवलोक, स्वर्गलोक आदि में वहाँ के रहने वालों को अपने लोक पर गर्व है, स्वाभिमान है, वैसे मृत्युलोक के बारे में यहाँ के लोग नहीं सोचते। क्यों?''

''माँ, धर्म जब डराने का काम करने लगता है, तब व्यक्ति आत्म-भीरु हो जाता है—अपने आप से डरने लगता है।...ऐसा व्यक्ति पल-पल पर मरता है—वह न तब धार्मिक रह जाता है और न अधार्मिक!...है कोई इनमें जो दिलेरी से खड़ा होकर ऐलान कर सके कि सारे दोष हमारे अपने हैं। हम जो कष्ट पा रहे हैं, उसके लिए हम ही उत्तरदायी हैं।...'' नरेन्द्रनाथ का मधुर स्वर हिमालय की आकाश चूमती घाटियों में गूँज उठा था।

''वत्स, मैं आई थी कि सूर्यवंशी सगर के साठ हजार पुत्रों को पुनर्जीवित कर लौट जाऊँगी। परन्तु माँ ममतामयी होती है। मुझसे अपनी सन्तान की दुर्दशा नहीं देखी गई और मैंने स्वर्ग में लौटने से इनकार कर दिया, क्योंकि मुझे अपनी उपयोगिता यहाँ दीन-दुखियों, दारिद्र्य से घिरे, कर्म से डरे, आपस में उलझते और सत्य से भागते लोगों के बीच ज्यादा अनुभव हुई।'' गंगा ने गहरी साँस लेते हुए धीरे-धीरे कहा।

''मैंने गंगासागर से हिमालय और हिमालय से गंगासागर तक यात्रा की है यानी मैं, माँ, आपके साथ-साथ चलता रहा हूँ, अमृत पान करता रहा हूँ।

मुझे लगातार यह तीव्र अनुभूति होती गई कि मनुष्य अपने धर्म गुणों से वंचित होकर, अंधवासनाओं के पीछे दौड़-दौड़ कर और मनुष्य के प्रति उपेक्षा भावना के अहम् को पोषित कर मनुष्य होने की गरिमा से पदच्युत हो चुका है, जिसके लिए स्वयं इस पावन धरा पर विश्व-ब्रह्मांड का सृजनहार बार-बार जन्म लेता है। मेरे मन को यही दुःख साल रहा है। पाटलिपुत्र, काशी, इलाहाबाद, कानपुर, गढ़ मुक्तेश्वर और हरिद्वार, ऋषिकेश, श्रीनगर में अलकनन्दा का तट, टिहरी में गंगातट—ऋषिकेश में चण्डेश्वर महादेव में मेरा मन डूबा है...प्रायः हर-हर गंगे, शिवोऽहम्...शिवोऽहम् की अमिय वाणी सुनता-सुनता जहाँ मेरा हृदय ईश्वरीय अननुज्ञात अनुभूति से आनन्द मग्न होता गया, माँ, वहीं जन-जन में असहनीय पीड़ा के दृश्यों को देखकर मेरा मन उद्वेलित हो उठा।''

''तू तो ऋषिकेश में ज्वर-पीड़ित हुआ था। अचेत पड़ा था। वहाँ चिकित्सक कोई नहीं था कोसों कोस और तेरी देह बर्फ जैसे ठंडी पड़ गई थी। नाड़ी भी छूटती प्रतीत हुई थी। तब पर्णकुटी के द्वार पर अर्द्ध रात्रि को दस्तक पड़ी—सामने एक साधु था। उसने झोले में से निकालकर तुझे मधु के पिप्पल का चूर्ण दिया था और तू...।''

''माँ! आज!''

''ना रे ना। तेरे गुरुदेव...ठाकुर।''

''क्या! भगवान श्री रामकृष्ण!''

''हाँ, विविदिषानन्द, वह तेरे हर यज्ञ में साथ हैं, तेरे हृदय की हर धड़कन में तेरे साथ हैं।''

''माँ...।'' उसका मुँह खुला का खुला रह गया।

''तेरे से एक आग्रह है, वत्स।''

''आदेश माँ!''

''मैं रो रही थी जन-जन की पीड़ा का अनुभव करती हुई।...वत्स, मुझे यह शंका सताने लगी है कि कहीं स्वार्थी वर्ग मुझे भी सरस्वती बनने के लिए विवश न कर दे।...तू जागरण लाएगा! मानव को चेताएगा तो तू उसे सचेत भी कर देना कि गंगा के धैर्य का बाँध टूट रहा है।''

''माँ...माँ...'' वह चौंका। माँ अन्तर्ध्यान हो चुकी थी और यह माँ के सन्तप्त हृदय को लिये पूरे वेग से, ज्ञान-विवेक से और जन-मन की पीड़ा हरने के उपायों पर सोचता आगे बढ़ता जा रहा था इस निर्णय के साथ कि मेरठ होते हुए वह राजस्थान की ओर रुख करेगा। मेरठ में स्थित गुरुभाइयों से अलविदा होते हुए कह दिया कि वे उसका पीछा नहीं करें, क्योंकि वह स्वयं जंगल, पहाड़, मरुभूमि और नगर के मन टटोलना चाहता है।

चलते चलो, कहीं नहीं रुकना। देखो, सोचो और अनुभव करो। हवा की तरह बहो, नदी की तरह बहो, सुगन्ध की तरह बहो। निरन्तर बहो। गतिशील

बने रहो। हृदय उल्लास से भरकर बादल बने, रिमझिम करे। मयूर बनकर नाच उठे। गड़रिया मन भेड़ों को चराता-चराता झूम उठे। ग्वाला बाँसुरी छेड़ने लगे। स्वामी विवेकानन्द इन विचारों में लीन हुए अलवर के स्टेशन पर उतरे।

अनभिज्ञ जगह, अनभिज्ञ लोग। कहीं ठौर-ठिकाना नहीं। न दिशा का पता और न राह का। फिर भी, हृदय छलछला रहा था। भीतर-बाहर गंध-नाद में मतवाला बना चल पड़ा था।

पूर्व परिचय नहीं। सन्दर्भ-प्रसंगों से अनभिज्ञ शौर्य भूमि की रज को माथे से लगाकर, उसे नमन कर, आगे बढ़ा दिए थे क़दम।

समय सुबह का। फरवरी माह की आँख दिखाती ठण्ड। बाग-बगीचे हरीतिमा ओढ़े धरिणी। राजपथ भी आकर्षक। कदम अपने आप रुक गए। सामने अस्पताल। वे मुग्ध होकर देख रहे थे सेवा भावना गंध में बहते हुए। उन्हें कौन पहचानेगा? उनकी दृष्टि थम गई। थोड़ी दूर पर एक बंगाली भद्र पुरुष उन्हीं की ओर देख रहे थे। वह आगे बढ़कर उनके पास आये और पूछा, ''साधु-संन्यासियों के ठहरने के लिए यहाँ कोई स्थान है?''

बंगाली भाषा आगन्तुक को बोलते देख वह आत्मीय हो उठा और उत्साह से बोला, ''अवश्य है। आज्ञा दीजिए मैं आपकी क्या सेवा करूँ?...मैं यहाँ डॉक्टर हूँ। मेरा नाम गुरुचरण लस्कर है। यहाँ आपको कोई दिक़्क़त नहीं होगी, स्वामी जी।''

विवेकानन्द सहज मुस्कान भर कर खड़े रहे यह सोचते हुए कि पानी और आदमी ऐसे एकमएक होता है और अजनबीपन एक झटके में अदृश्य हो जाता है।

आगे-आगे डॉक्टर गुरुचरण लस्कर और पीछे-पीछे वे। बाजार से जा रहे थे। लोग-बाग आ-जा रहे थे। ले-दे रहे थे।

सूर्य का चेहरा स्निग्ध था। उसकी किरणों में प्रमाद था। हवा ठंडी थी और तीखी भी। जाते मौसम का अपनत्व लगाव हृदय को छू रहा था।

''स्वामी जी, चलिए।'' डॉ. गुरुचरण लस्कर का आत्मीय स्वर रेखांकित हुआ।

''डॉक्टर भ्राता...!''

''यह मकान साधु-सन्तों के लिए ही है।...आइए, अन्दर चलिए।''

दो माले का मकान परिव्राजकों की मुद्रा में एकदम नीरव और निर्जन। अस्पताल के निकट। साफ़-सुथरा। एक बड़ा कमरा और छोटे-छोटे कमरे। सादगी युक्त।

''काम चलेगा, स्वामी जी?''

''अवश्य, डॉक्टर भ्राता, अवश्य। शुभ्र स्थान।'' कहकर विवेकानन्द ने कमण्डलु, दण्ड-कंबल में लिपटी कुछ पुस्तकों को एक ओर रखा। उसके ऊपर एक गेरुआ वस्त्र रख दिया।

''आप यहाँ विराजिए, मैं अभी आता हूँ।''

डॉ. गुरुचरण लस्कर चला गया। स्वामी विवेकानन्द का चित्त मंगल भावों से भर उठा। यहाँ वे 'सच्चिदानन्द' नाम धारण किए थे। उनका मत था—एक

नाम नहीं तो ख्याति का बोझ भी नहीं और जान-पहचान में हर बार नया रोमांच, नवीन साहस और नया अनुभव। मन ही मन वह पुकार उठे—बिले, नरेन्द्र और नरेन्द्रनाथ दत्त से विविदिषानन्द की यात्रा क्या कम चित्ताकर्षक रही है। साधु-संन्यासी का क्या नाम! बयार को क्या नाम दोगे? कुछ भी दो वह रहेगी बयार ही।

''सलाम अलैकुम, दरवेश साहिब!''

''वालैकुमस्सलाम।''

''मुझे डॉक्टर साहब ने भेजा है।...मैं मुसलमान हूँ। मौलवी।''

''मैं भी, आलिम साहब।''

''आप भी!'' साचरज मौलवी ने उनकी ओर देखा। डॉक्टर ने तो उन्हें बंगाली संन्यासी बतलाया था। हाँ, मुसलमान तो बंगाल में भी हैं।

''अचरज मत कीजिए, मौलवी साहब। आप अरबी, फारसी, उर्दू पढ़ाते हैं (उस्ताद हुए) मैं आपके चरणों में बैठकर जो कुछ जान पाया हूँ, उसे दुआओं के रूप में बाँटता हूँ।...कहीं से भी काटो तो खून एक है, उसका रंग एक है—फिर हम दो कहाँ।...मौलवी-दरवेश, हिन्दू-मुसलमान तो हम आप बाद में हैं, पहले तो इंसान हैं।...क्यों!''

''बजा फरमाया। जैसा सुना वैसा पाया।''

''क्या मतलब?'' उन्होंने मन ही मन गणित फैलाया। संन्यासी होकर चले तो कहलाए विविदषानन्द। राजस्थान की धरती पर पाँव रखा तो बन गए सच्चिदानन्द।...और अभी तक उन्हें किसी ने नाम से जाना ही नहीं, फिर यथा नाम तथा गुण वाली उक्ति कहाँ से?

वे उन्हें अपने पास बैठाते हुएं, उनकी बात को नज़रअन्दाज कर कहने लगे, ''मौलवी साहब, कुरआन गजब का पाक-ग्रन्थ है।''

मौलवी साहब में जिज्ञासा पैदा हुई और उत्सुकता जगी। पूछा, ''कैसे...?''

''दरवेश नहीं, स्वामी से काम निकाल लीजिए, हालाँकि दरवेश के भिन्न अर्थ नहीं हैं।''

''स्वामी जी, अब ठीक।''

स्वामी जी मुस्कराए और बोले, ''ग्यारह सौ वर्ष पहले कुरआन शरीफ का जो स्वरूप था, आज भी वही है।''

''खुदा का सन्देश जो है, स्वामी जी!''

''हाँ,...इलहाम है। काश, कोई उससे जुड़ सके!...जो पाक है, वही मुसलमान, वही हिन्दू, वही क्रिश्चियन, वही पारसी...और...। परन्तु सबसे आला दरजा है—इन्सान।''

''हाँ स्वामी जी, आप ठीक फरमाते हैं।''

''जो बाँटे, फर्क दर्ज़ कराए, वह न मज़हब है, न धर्म।...हम इन्सान बनें, वही धर्म है। वही ईमान है।''

''सच है।''

''कुरआन की प्राचीनतम शुद्धता यथावत् है। किसी का साहस नहीं हुआ

कि कोई उस पर कलम चलाए।''

''खुदा ने जो कहा है, वही आख़िरी सच है।...फिर उसमें हेर-फेर कैसे सम्भव है?''

''पर वो चरित्र-व्यवहार से प्रकट भी होना चाहिए वरना कुरआन मात्र लिखा हुआ सत्य रह जाएगा। सत्य बहते रहने में है। बहो तो। बहना क्या इतना सहज है। अपने को पकड़े रहे तो कैसे बहोगे। बहना आना चाहिए। उसके लिए किसी के पास जाने की ज़रूरत नहीं है मौलवी साहब...न सद्ग्रंथ की, न अभ्यास की। ये ही पुण्य आत्माएँ हैं, जीवित कुरआन हैं, साक्षात् वेद हैं, जो बहने लगे, जिन्हें बहते हुए आनन्द की अनुभूति हो। उस आनन्द की जो पदार्थ से बाहर है और अवर्चनीय है।...सत्संग में मन रमा, अपने-तेरे का भाव गया, सबमें अपनेपन की अनुभूति होने लगी तो समझ लो, तुम बहने लगे हो।...'' कथन लंबा हो गया और वह भी पहली पहचान में। संकोच हुआ और तपाक से कहा, ''आपको भी ज़रूरी काम होंगे।''

''पर इससे ज़रूरी नहीं, स्वामी जी। आबेहयात झर रहा है। मुझे पहली बार ऐसा मधुर स्वर सुनने को मिल रहा है, जो मेरी रूह को तरोताज़ा कर रहा है।...''

''फिर भी, मौलवी साहब...आप घर जाइए। वहाँ बाल-बच्चे आपका इन्तज़ार कर रहे होंगे।''

तब मौलवी साहब को ख्याल आया कि स्वामीजी को भी ध्यान, स्वाध्याय आदि करना होगा। वह उठ खड़े हुए और सलाम कर चल दिए।

उनका चित्त भर आया। सोचने लगे, आदमी प्यार का भूखा है। ज़रा सी प्यार की बयार बहने दीजिए कि सारे भेदाभेद, मत-मतान्तर और ऊँच-नीच के सवाल स्वतः मोम बन पिघल जाएँगे। वस्तुतः व्यक्ति ही सद्-चित्त-आनन्द है। वही परमेश्वर है और वही परमेश्वर का पुजारी।

सचमुच उनका बाहर निकलना बहुत लाभप्रद रहा अन्यथा वे कूपमंडूक बने रहते। जान नहीं पाते कि भारत क्या है? उसे क्या चाहिए? वह कितने घोर पंक में डूबा हुआ अपने पतन में भागीदारी निभा रहा है।

वे आले में रखे छोट्रे से दर्पण में अपने को निहारने लगे—उनके नीलोत्पल नयन अरुण हो उठे हैं। उनके अरुण अधरों पर सहज, सरल और स्निग्ध स्मित है। उन्होंने आँख बन्द कर ध्यान लगाया कि सामने श्रीरामकृष्ण परमहंस आ खड़े हुए। कह रहे थे—''तू ऐसे ही निरन्तर आगे बढ़ता जा, अपने स्वरूप को समझता जा, यहाँ आने के कारण से रू-ब-रू होता जा। तुझे स्वतः सम्बोध हो जाएगा कि तेरे आने का क्या कारण है? तू किनके लिए आया है? और तू क्या कर सकता है? और कैसे?...तुझे निर्विकल्प समाधि लगानी है या करोड़ों-करोड़ जनों को कीड़े-मकोड़ों से जी रहे जीवन से मुक्त करवाना है—स्वाधीन, मुक्त और सामर्थ्यवान् बना कर तुझे जीने के प्रति समर्पित भाव का महायज्ञ शुरू करवाना है।''

''क्षमा मेरे सर्वेश्वर! जनार्दन! परमेश्वर! मुझे आपके निर्देशानुसार चलना है, चलते जाना है, कभी कहीं रुकना, सुस्ताना भी नहीं है।' वे मन ही मन प्रार्थना

कर उठे। फिर ध्यानमग्न हो गए। काफी देर बाद आँख खोली तो सामने खड़ा पाया—डॉक्टर साहब को। अत्यन्त आत्मीयता से कहा, ''डॉक्टर साहब, आप कब से खड़े हैं?...''

''आपको ध्यानमग्न देखकर मुझे बहुत आनन्द आ रहा था—लोकोत्तर आनन्द। मन ने बैठने नहीं दिया।...आपका शान्त मुख-मण्डल अति तेजस्वी हो उठा था। आपके आभामंडल से प्रकाश की किरणें फैल रही थीं। मुझे लगने लगा था कि मैं किसी दिव्य पुरातन महर्षि के दर्शन का सौभाग्य पा रहा हूँ।'' गुरुचरण लस्कर का स्वर विनीत था, लयबद्ध था और आनन्द में डूबा हुआ था।

''डॉक्टर साहब, यह सब आपके विशुद्ध चरित्र के कारण हुआ है। व्यक्ति तो सब एक से हैं, क्योंकि हृदय एक सा है, आत्मा एक है। जब भी व्यक्ति अपने अन्दर झाँकने लगता है और वहाँ से देखने लगता है, तब चराचर उसे स्वजन व अत्यन्त आत्मीय लगने लगते हैं।...मैं-तू का भेद मिट जाता है—वह स्वार्थ गन्ध शून्य शुद्ध बुद्धि-विवेक की सहायता से सत्य के सन्निकट जा पहुँचता है।...तुझमें भी मैं वही आत्मा देख रहा हूँ। शुभ लक्षण हैं, डॉक्टर साहब।'' इस समय वे मुक्त पद्मासन में बैठे हुए थे और अपनी बात समाप्त कर मन ही मन 'कूजन्तं रामरामेति' स्रोत को दोहरा रहे थे। उनके अर्द्ध निमीलित नेत्र से उदित होते सूर्य की रश्मियाँ प्रकीर्ण हो रही थीं और उनका बाहर से स्थिर शरीर अन्दर से प्रातः पवन के स्पर्श से सद्य खिले पुष्पों सा अपनी गन्ध में मस्त हो झूम रहा था। अनायास गुरुचरण लस्कर के मुख से निकल गया, ''साक्षात् शिव।''

''तू आत्मा है, यही शिव है। यही मान जो तेरे लिए शिव है, वह सबके लिए शिव हो। फिर तू सबके शिव के लिए स्व के शिव को हर्षित मन से ऐसे छोड़ दे जैसे हरिद्वार के तट पर गंगा माता की लहरों में तूने दीपदान किया हो और वह दीपक असंख्य लहरों के प्रमोद पर थिरकता हुआ बहा जा रहा हो। क्यों, डॉक्टर साहब, वह दृश्य अच्छा लगेगा ना?'' स्वामी जी पूछ रहे थे स्व-पर की मर्यादा पर से परदा खींचकर।

''अवश्य, स्वामी जी, अवश्य!'' गुरुचरण लस्कर का स्वर हिलोरों का अनुभव कर रहा था मानो गंगा उसमें बहने लगी हो और असंख्य लहरों पर वह दीप बनकर थिरकता हुआ बहा जा रहा हो। उसे स्मरण हुआ कि बातों ही बातों में वह मूल बात भूल रहा है। वह आग्रहपूर्वक कहने लगा, ''स्वामी जी, प्रसादी यहाँ लेकर आऊँ या आप रसोई घर जीम सकेंगे। यह आपकी सुविधा पर है।'' इसी के साथ ही उत्सुकता से वह उनके उत्तर की प्रतीक्षा करने लगा।

''डॉक्टर साहब, साधु-संन्यासी के लिए घर और मठ में भेद नहीं होता। आपकी श्रद्धा का प्रसाद आज नहीं कल लेंगे और आपके श्रीराम मन्दिर में।''

''आज भोजन यहीं लाता हूँ। भोजन में कोई परहेज तो नहीं है, स्वामीजी।''

''है, डॉक्टर है—बहुत बड़ा परहेज है।''

''क्या?'' उसने घबराकर पूछा।

उनके श्यामल पर तेजोद्दीप्त मुख-मण्डल पर बाल मुस्कान दौड़ गई। वे बोले,

"श्रद्धा परहेज नहीं मानती। भक्त श्रद्धालु के वशीभूत हो जाता है...चिन्ता नहीं, डॉक्टर साहब! दरअसल आज मेरा उपवास है।"

"आज...।" कहकर डॉ. गुरुचरण लस्कर कुछ सोचता रह गया।

"उपवास का कोई विशेष दिन नहीं होता, डॉक्टर साहब!...प्रयोजन भी शायद्र नहीं। यात्रा में भार जितना कम, यात्रा उतनी ही सुखद। आज सुबह से मस्त पवन ने इतना खिला-पिला दिया कि छककर मस्त हो गया।"

"फल-दूध आदि, स्वामीजी, और जो इच्छा।"

"इच्छा बचती तो संन्यासी क्यों होता?...इच्छा तो भक्त की है।"

"तो मैं लाता हूँ।"

"आज लाने का कष्ट न करें, डॉक्टर भ्राता।"

"अच्छा लगा।"

"क्या?"

"भ्राता, स्वामी जी...डॉक्टर के साथ मुझे साहब कहना नहीं भा रहा था।...प्रायः लोग मुझे डॉक्टर बाबू कहते हैं—ठीक स्टेशन मास्टर की तर्ज़ पर। वह भी नहीं जँचा और एक दिन मैंने अकड़कर कह दिया—मैं डॉक्टर हूँ, स्टेशन मास्टर नहीं।...मौलवी साहब पास बैठे हुए थे। वह बोले—तो आज से आपको डॉक्टर साहब से बुलाया जाए। ...मैं चुप रह गया।...और तब से पढ़े-लिखे डॉक्टर साहब कहने लगे पर गाँव के लोगों की जबान पर एक बार जो नाम चढ़ गया, वो चढ़ गया, फिर लाख कोशिश करो, उतरेगा नहीं। वे आज भी 'डाग्डर बाबू' कहते हैं। मुझे कतई बुरा नहीं लगता।"

"कैसे लगे—तत्सम से अपभ्रंश की यात्रा दीवानेपन की है। मानुष खुद को भूलने लगता है तब अपभ्रंश हो जाता है। बाबू में उनका प्यार है और डाग्डर में समूचा हृदय। भद्र वाणी तोतली वाणी के सामने नत है कि नहीं? ज़रा बोलो तो...संकोच नहीं...यह भी स्रोत है...भजन है...लोटी। एक बार नहीं, अनेक बार। हो जाओगे लोटी लाल। रोटी में वह स्वाद नहीं आएगा जो लोटी सुनने से आता है।"

स्वामी जी मस्त हो गए। बोले, "मेरी माँ मुझे समझाती थी, बिले, वो गोरी है, तू श्यामला। मैं कहता था वह गोली है,...गोली है, गोली है।...गोरी-गोरी...गोरी। आज जान सका कि माँ गोरी नहीं, मुझसे गोली सुनकर आह्लादित होती रहना चाहती थी।...अपभ्रंश प्यार की भाषा है।...पत्थर घिस-घिस कर महादेव बन गया। पहाड़ देखता रह गया और वह जन-मन का आराध्य देवता बन बैठा।" अपभ्रंश लोक की साधना है—सच्ची साधना।"

गुरुचरण लस्कर डॉक्टरी भूल गए। फिर से पाठशाला में जा पहुँचे और पहली कक्षा में जा बैठे। स्वामीजी कह रहे थे, "तुम्हारा नाम गुरुचरण तुम्हारे माता-पिता ने बहुत सोचकर रखा होगा। शीश से चरण का अधिक महत्त्व है...क्योंकि शीश सदा चरण के सामने झुकता है, कभी चरण शीश के नहीं।...गुरु ब्रह्म है एक अकेला और तुम उसके पवित्र चरण।"

"शब्द के बारे में मैं कुछ नहीं जानता।"

"शब्द ब्रह्म है। शब्द को यह पता होता तो वह सन्नाटे में आ जाता और

टेढ़ा-टेढ़ा होकर घूमता। सीधे मुँह बात नहीं करता। फिर हो ली थी लीला और बन लिए थे किसन माखन चोर। ये जो अक्षय प्रसाद है, यह अपभ्रंश का है। मोशाय भ्राता—शालग्राम पर्वत से लुढ़कता-लुढ़कता जानते हो कहाँ जा पहुँचा?''

''कहाँ?''

''विष्णु बन बैठा।...एक से अनेक हो गया। पूजा में अब यही विष्णु बन विराजता है, वही असली विष्णु है।... स्वयं विष्णु आश्चर्यचकित है कि वह एक से अनेक कैसे हुए?''

''एक से अनेक?''

''शालग्राम पर्वत एक है, विष्णु भी एक है।...परन्तु शालग्राम से लुढ़कने वाले पत्थर अनेक हैं, जो घिस-घिसा कर अनेक विष्णु हो गए। हर घर में एक विष्णु। यहाँ भाव निहित है अपभ्रंश की धारा में—सहज, सुकोमल, सरल और मन भावन।...द्वैत नहीं, आशंका नहीं। स्व-सृजन। श्रद्धा की दृष्टि। भयशून्य। प्रसन्न चित्त से सबको स्वीकार। यह है जड़ का चेतन स्वरूप। सृजन का अक्षय आनन्द। सच्चिदानन्द।'' स्वामी जी धीरे-धीरे कहे जा रहे थे। आज तीसरा दिन था। लगभग मौन धारण किए। वे पुनः बोले, ''डॉक्टर भ्राता, अब निश्चिन्त होकर घर जाएँ। मुझे आज कुछ नहीं चाहिए।''

''लेकिन हमें तो चाहिए, स्वामी जी।''

''क्या?''

''आपका सत्संग, प्रवचन और आशीर्वाद।''

''वह तो आप लोगों के लिए सदा ही है।''

''आज भी दोपहर बाद कुछ श्रद्धालु-भक्त आना चाहेंगे, आपको कोई आपत्ति तो नहीं है?...मैंने ही लोगों से आपके बारे में चर्चा की है। वे उत्सुक हैं।'' गुरुचरण लस्कर ने अत्यन्त विनम्र स्वर में कहा।

''आने दीजिए। जैसा बन पड़ेगा, स्वागत करूँगा।...अब आप मेरी चिन्ता छोड़ कर घर जाइए।'' स्वामीजी ने अपना सामान संभालना शुरू कर दिया। कम्बल में से चार-पाँच पोथी निकालीं और एक ओर रख दीं। गेरुआ वस्त्र एक ओर रख दिया। चटाई के एक कोने पर कमण्डलु व दंड जमा दिया। अब तक गुरुचरण लस्कर जा चुका था। उन्होंने दीर्घ साँस ली और पाँव फैला लिये।

रवि उदय होता। डूब जाता। एक दिन चुपके से दबे पाँव खिसक लेता। यही जीवन की दिनचर्या है जो सूर्योदय के साथ शुरू होती है और दिनान्त होने तक चलती है। ये दिनचर्या तब से चल रही है जब से चराचर अस्तित्व में आया।

अट्टालिकाओं में चर्चा चल पड़ी। बाजार में चर्चा गरमा उठी। स्वामीजी का एक बार सत्संग, गीत-भजन, कीर्तन, सहज वार्ता और यदाकदा व्याख्यान का क्रम ऐसा चल पड़ा कि थका-रुका नहीं, बल्कि दुगने उत्साह से बढ़ता गया। अनुरागियों की संख्या बढ़ने लगी। वह जगह छोटी पड़ने लगी।

हर एक व्यक्ति उनकी अमृतवाणी का दीवाना हो उठा। सबके हृदय-तार झंकृत होने लगे। सबमें स्नेह धारा बह चली।

पंडित शम्भुनाथ, अवकाश-प्राप्त इंजीनियर के पास अलवर के कुछ गणमान्य व्यक्ति गए। अपनी समस्या बतलाई। अब सभा वहाँ जुड़ने लगी। प्रश्न उठते। प्रश्नात्मक जिज्ञासा शान्त होती। अकेले स्वामी जी सबकी जिज्ञासाओं को अत्यन्त सरलता से शान्त करते। उनका हृदय छलक पड़ता। मानव स्वभाव से कितना निर्मल, सरल और श्रद्धालु है—भोला और निष्कपट है, यह जानकर स्वामीजी का हृदय भर आता। फिर उत्पात क्यों? मारामारी क्यों? क्यों वितण्डावाद, क्यों लूट खसोट? भीड़ भरने लगी। बंगाली छावनी की जय-जय सुनाई पड़ने लगी। उनका चित्त घबराया। उन्हें प्रसिद्धि नहीं चाहिए। प्रसिद्धि बोझ है। इसी बोझ से बचने के लिए वे नाम बदलते जा रहे थे, ताकि उनकी कोई पहचान नहीं बन सके।

जिह्वा के आस्वाद से हृदय का आस्वाद श्रेष्ठ, गहरा है। आज पूनो थी। भकाभक चाँदनी चारों ओर आच्छादित थी। भक्त को उनकी बात में ऐसा रस आया कि ये सुबह होने तक उठने का नाम नहीं लेते थे।

स्वामीजी गा रहे थे सुमधुर कंठ से, ढपली पर थाप पड़ रही थी। कोई बाँसुरी से ध्वनि निकाल रहा था, कोई मृदंग पर उँगलियों से नृत्य कर रहा था। संगीत और गीत में ठन गई थी। बीच-बीच में श्रद्धालु मंजीरे और करतल ध्वनि से आनन्द-निमग्न हो रहे थे। गीत समाप्ति पर वे पुनः प्रथम दो चरण उठा बैठे :

देखन दै पिय बैरिनि पलकैं।
दिखत रूप नन्दन कौ, बीच परैं मनु ब्रज की सलकैं।

खँखार कर स्वामीजी ने कहा, "भक्तो, महाकवि सूरदास की तरह मिथिला में एक वैष्णव कवि हुए हैं—विद्यापति। वे भी ब्रजभाषा की तरह वहाँ के अंचल की भाषा मैथिली में गाते थे। इस गीत का भाव है—मधुमय ऋतु है। पाँत के पाँत मधुकर मँडरा रहे हैं। मधुर कुसुम मकरन्द भरे हैं। वृन्दावन मिठास से भरा है। यहाँ सब कुछ मधुर ही मधुर हैं। युवतियाँ मधुर हैं। रसरंग मधुर है। मृदंगों के स्वर मधुर हैं। करताल भी मीठे-मीठे बज रही है। नृत्य की गति भंगिमा भी मधुर है। नर्तकी भी मधुर है और नर्तक भी। गीत मधुर है, गायन भी। विद्यापति कहते हैं—वहाँ सब कुछ मधुर है, मीठा है।...अब गीत उठाते हैं—संगत ध्यान दे। वे संभल कर बैठे। भक्तों को निहारा। संगत वालों की ओर कागज़ बढ़ा दिया, जिस पर यह गीत लिखा था और धीमे-धीमे मन ही मन गुनगुनाने लगे। उनका मधुर कंठ रसरंग में डूबा हुआ गा उठा—

मधुरितु मधुकर पाँति। मधुर कुसुम मधुमालि।।
मधुर वृन्दावन माँझ। मधुर-मधुर रससाज।।
मधुर जुबति जन संग। मधुर-मधुर रसरंग।।
मधुर मृदंग रसाल। मधुर-मधुर करताल।।

मधुर नटन गति भंग। मधुर नटनि नट संग।
मधुर मधुर रसगान। मधुर, विद्यापति भान।।

सब भक्त झूम उठे। उनके चित्त रस में डूब चले। भावाविष्ट स्वामी के नेत्र कोरों पर जल बिन्दु आ ठहरे। अब चैतन्य महाप्रभु का संक्षिप्त परिचय देकर मधुर कंठ से गा उठे–

हरि हरिये नमः कृष्ण, यादवाय नमः।
यादवाय माधवाय केशवाय नमः।।

नाम कीर्तन की यह मधुर ध्वनि धीरे-धीरे उनके साथ सब भक्त बारम्बार उठाने लगे। प्रेमोन्मत्त हो चला सारा वातावरण। यदाकदा भक्तगण उनकी ओर तृषित नयनों से निहारते रह जाते। उनका श्याम वर्ण अरुणमय हो उठता। अपूर्व भावोद्दीप्त तरंगें अन्तरतम को तर-बतर करने लगतीं। ये अद्‌भुत लीला होती जो कुछ समय के लिए सबको सर्वमय बना जाती। भगवन्नाय-कीर्तन करते-करते उनकी देह से सात्त्विक किरणों का चन्दनीय प्रकाश-उजास सबमें सर्वथा नव्य भावोद्‌गार का आभास दे उठता।

धीरे से, एक आवाज सुनाई पड़ती और फिर वही आवाज ऊँचे स्वर में। भाव चैतन्य में डूबा परिवेश और उन्मत्त हो उठता प्रेम पुलकित होकर। उनमें से एक भक्त बोला–जोर से बोलो हरे कृष्णा, हरे मुरारि।

दूसरा भक्त बोला–मिलकर बोलो–कृष्णा, कृष्णा हरे-हरे।

तीसरा भक्त भाव विह्वल होकर बोला–दाएँ से बोलो, बाएँ से बोलो, ताली देकर बोलो, करताल बजाकर बोलो–हरे कृष्णा, हरे रामा, रामा-रामा, हरे-हरे।

चौथा भक्त बोला–मान से बोलो, तान से बोलो, प्रेम से बोलो, रस घोल कर बोलो, सब मिलकर बोलो–हरे कृष्णा, हरे रामा।

पाँचवाँ भक्त बोला–अन्तरतम से बोलो, हाथ जोड़कर बोलो, हाथ उठाकर बोलो, बैठ कर बोलो, खड़े होकर बोलो, नाचते बोलो, झूमते बोलो...बोलो, बोलो, बोलो...हरे रामा, हरे रामा, रामा-रामा हरे-हरे।''

संकीर्तन आलोड़ित-विलोड़ित हो उठा। भाव सागर तरंगायित हो उठा। मानो तन से अश्रु, कंप, पुलक, थिरकन आदि सात्त्विक भाव साकार हो कीर्तन कर उठे।

स्वामीजी ध्यानमग्न हो चुके थे। वे मौन की सभी सीमाएँ पार कर निर्जन और निःस्वन मौन के पार उतर चुके थे। शरणागत हो चित्त ही सर्वचित्त हो उन्हें निहारने लगा आत्ममुग्ध होकर। लग रहा था कि मानो भगवत्प्रेम में उन्मत्त होकर चतुर्दिक मधुवर्षण हो उठा हो।

विस्मय स्वयं विस्मित हो रहा था नव्य प्राणों के उन्मुक्त संचारों से। संज्ञा-मुक्त हृदय-उच्छ्‌वास आत्मविभोर हुआ अन्तस्थल के रंध्र-रंध्र में बाँसुरी का स्वर बनकर गुंजायमान हो उठा था।

छन-छन कर निःस्वन भाव से स्वमुग्धा चाँदनी घट-घट में उतरकर रच-पच गई थी। वह वातावरण चन्द्रालोक हो उठा था। किसी को किसी की खबर नहीं

थी। सब सुध-बुध खोये संकीर्तन की रागध्वनि बन चुके थे।

स्वामीजी ने धीरे-धीरे आँखें खोलीं। चित्तमय भक्तों को पाया। उनकी आँखों से जलधारा प्रवाहित हो उठी। मानुष कितना सात्त्विक है, कितना समर्पित है, कितना प्रेममय है और कितना आनन्दमय। उनके सामने श्रीरामकृष्ण परमहंस थे। पूछ रहे थे—नरेन, तुझसे कहा था ना कि तू जगत् के कल्याण के लिए आया है। तूने पूछा था—मेरे अकेले से क्या कल्याण सम्भव है?...देख रहा है तू कि तुझसे क्या सम्भव है!...तूने सच भाखा था कि तुझसे क्या सम्भव है।...कुछ भी नहीं हैं, कुछ भी नहीं हैं। मैंने कहा था ना कि तू तू को गंगा में बहा आ, तब देखना कि उससे क्या सम्भव नहीं है।...तू-तू को सब हो जाने की यात्रा पूरी कर ले। फिर तेरे मन में संशय नहीं रहेगा।...पगले, मैंने तब भी समझाया था, आज पुनः समझा रहा हूँ कि संशय को कर्म काटते हैं। तू कर्म कर, पूर्ण समर्पण से कर और यह कहकर कि उनसे ही जग का शिव होगा। परमात्मा की कृपा का अन्तर्स्पर्श होगा।...ध्यान रहे, तू अकेला नहीं है। जैसे एक बूँद भी अकेली नहीं होती। बूँद में ही समुद्र है और समुद्र में भी बूँद। दोनों का यही अन्तर्भाव अनन्त यात्रा का सच्चिदानन्द स्वरूप है।...अब तू अपने प्रिय भक्तों का स्पर्श कर, उन्हें कर्मजगत् लौटा ला।...स्मरण रहे जब मैंने तेरा स्पर्श किया था तब तू घबरा कर कह उठा था—मैं नहीं हूँ, ठाकुर। मुझे लौट जाने दो।...मेरा बाह्य रूप बना रहने दो।''

''हाँ, वास्तव में, मैं नहीं समझ सका कि तब क्या हुआ था? मेरी सहज चेतना जाती रही थी।...और जब चेतना लौटी तो पाया कि आप मेरे वक्षस्थल को सहला रहे हैं।''

''जानता है तब मैं पूछ रहा था कि तू कहाँ से आया है, क्यों आया है, तू कौन है? कब तक इस धरा पर विराजेगा?''

''तब मैंने क्या कहा था, ठाकुर?''

''जो कहा था, वह सच कहा था।''

''पर कहा क्या था?''

''तू बता दे। कहने वाला तो तू ही था।''

''मुझे आपने अचेत कर दिया था, ठाकुर!''

श्रीरामकृष्ण परमहंस सहज मुस्करा उठे थे।

''मैं नहीं चाहते हुए भी उस दिन कलकत्ते से दक्षिणेश्वर कालीबाड़ी आया था। पैदल आया था। तब मालूम पड़ा था कि वह कितनी दूरी पर है और कहाँ है? क्योंकि पूछते-पूछते पहुँच पाया था। पहली बार तो गाड़ी से गया था। इस कारण कुछ समझ नहीं पाया। आया तो सीधे आपके कमरे के सामने जा खड़ा हुआ। आप अकेले थे। छोटी चौकी पर बैठे हुए थे। मुझे तुरन्त पास बुलाया। मैं खिंचा हुआ चला आया।''

''हाँ रे, हाँ। मैं तेरी ओर खिसकने लगा था और तू था कि...।''

''मुझे आशंका ने घेर लिया था।''

''किस आशंका ने?''

''कि कहीं... ।''

''मैं फिर कोई पागलपन न कर बैठूँ। तू उस दिन फर्श पर बिछी चटाई के उस कोने पर बैठा था, जहाँ बाद में गंगाजल से भरा घड़ा रखा रहता था। तूने दो-तीन बँगला गीत सुनाए थे जैसे–जाते कि है दिन आभार विफले चलिए?...मन चलो निज निकेतने।...गाना मैंने भी सुनाया था।...मैं तेरा हाथ पकड़कर अपने कमरे के बरामदे में ले आया था। फिर कमरे के अन्दर तुझे लाकर तुझसे कहने लगा था–क्यों रे, तुझे मेरा स्मरण नहीं रहा! तूने इतने दिन कहाँ लगा दिए? मैं कब से तेरी प्रतीक्षा कर रहा हूँ कि तू फिर आए?...मैं तुझे अपनी गूढ़ बात बताना चाहता हूँ।...मैं तेरे सामने हाथ जोड़कर खड़ा हो गया। मेरी आँखें बह पड़ी थीं। हृदय भर आया था। मैं कह रहा था, ''मुझे ज्ञात है, आप वही पुरातन पुरुष हो...नर रूप में नारायण। इस संसार को कष्ट में पड़े देखकर आपसे नहीं रहा गया। आपने अवतार ले लिया।''

''नहीं, यह एकदम असत्य है। मैं नरेन्द्रनाथ दत्त उर्फ बिले और विश्वनाथ दत्त का पुत्र हूँ।...यह कैसा मदोन्माद।...मेरे लाख मना करने पर मुझे माखन मिश्री खिलाई।...सन्देश खिलाया।...बारम्बार आग्रह किया कि फिर जल्दी आना। अकेले आना। मैं तेरे से मिलने की खातिर अब तक जीवित था। क्या कहता। आने का आश्वासन दिया।''

''और तू फिर पागल के पास चला आया। डर रहा था कि मुझे पागलपन का दौरा न पड़ने लगे।'' तभी मेरे दाहिने पाँव ने मेरे अंग का स्पर्श किया। वह कह रहे थे। ''मेरा सिर पृथ्वी की तरह चक्कर खाने लगा। मेरा घर...मेरे घर की एक-एक वस्तु चक्कर खाते हुए अन्तर्धान होने लगी–एकदम अदृश्य।... धीरे-धीरे सारा ब्रह्माण्ड ही घूम उठा। मेरा अहम् भी चक्कर खाकर विराट शून्य में डुबकी लगाने लगा है।...यह क्या हो रहा है? अहम् भाव का अन्त ही मृत्यु है। मृत्यु सामने आ खड़ी हुई है। मैं मर रहा हूँ...नहीं...नहीं... ।''

''और तू घबराकर चीख पड़ा, नहीं-नहीं ठाकुर, नहीं। ऐसा कदापि नहीं। मेरे माता-पिता हैं। उनकी लालसा-आकांक्षाएँ हैं। ...ठाकुर, मेरा पिंड छोड़ें। मुझे अपने घर लौट जाने दें।

''ठीक है, नरेन।'' कहकर मैंने हृदय प्रदेश को छुआ। धीरे-धीरे कुछ ही पलों में तू जहाँ था, वहाँ आ गया। तूने अपनी देह को आँखें फाड़-फाड़ कर निहारा। मुझे भी कनखियों से घूरा। तू यह सोचकर स्तम्भित था कि पल भर में युगान्तर! असम्भव सम्भव।...मैं कहता रहा, ''पुरातन ऋषि जानता हूँ तेरी अभी मरजी नहीं है और तेरी मरजी बिना पत्ता भी नहीं हिल सकता।...जा रे, अभी तू जा।''

''ठाकुर...मेरे प्राण। ...मेरा मार्ग प्रशस्त करते रहना। मैं अकेले ही निकल पड़ा हूँ। गुरुभाइयों को भी साथ नहीं लिया है। मार्ग भी अज्ञात है। गन्तव्य भी अज्ञात है। बस, एक तेरा सहारा है। तू ही मेरा प्रकाश है–मेरे अन्तर्तम की तू ही ज्योति है।''

अचानक संलाप बन्द।

अचानक श्रीरामकृष्ण परमहंस ओझल। सिर्फ ज्योति। महाज्योति। अन्तर्ज्योति। दिव्य ज्योति। सहस्र ज्योति। ज्योतिर्गमन भुवन, ब्रह्मांड और अग जग सम्पूर्ण।

शिथिल तन, थके चरण, अननुभूत उन्माद। धीरे-धीरे आँखें खुलीं। उनमें भारीपन था। जागर भाव था। क्लान्त मन। अधूरा स्वप्न।

सामने आश्चर्य स्तम्भित था। कैसा विचित्र स्वप्न। स्वप्न भी नहीं। यथार्थ भी नहीं। अद्भुत सत्य। सत्य स्वप्न। स्वप्न यथार्थ। नामकरण नहीं।

सब जा चुके थे।

चाँदनी दबे पाँव खिसक चली थी। परछाईं सी आशंका दूर, बहुत दूर से स्मित भर रही थी।

कैसे गए? क्या सोचकर गए? संकीर्तन का उपसंहार क्या रहा?

क्या भाव लेकर गए भक्त?

वे समाधि-ध्यान से उठे। प्रणज्ञ हुए प्रज्ञा चक्षु मुस्कराए। देह में सिहरन दौड़ गई। रात ठंडी थी। हवा ठिठुरन भरी थी।

वह उठे। जल लिया। ओष्ठों पर सिहरन दौड़ गई। चटाई खोली, झाड़ी और बिछायी। उस पर लम्बे पाँव किए। मुख से अन्दर ही अन्दर चैतन्य महाप्रभु के स्वर की पुनरावृत्ति की—

नयनं गलदश्रुधारया
वदनं गद्गदरुद्धया गिरा।
पुलकैर्निचितं, वपूः कदा
तव नामगृहणे भविष्यति।

हवाओं पर वाणी की थिरकन दूर-दूर तक सुनाई पड़ने लगी। वह पूछ रही थी—हे प्रभु, निर्देशित करो कि वह दिवस कब आएगा, जब आपके नाम कीर्तन से नयनों से जलधारा बहने लगेगी। भाव विह्वलता से वाणी मुख में ही रुद्ध हो जाएगी और सम्पूर्ण शरीर पुलकायमान हो उठेगा। इस अनुवाद भाव के सम्प्रेषण की लहरों पर थिरकते वे निद्रा निमग्न हो गए।

समय कभी थकता, सुस्ताता और कभी वर्षा ऋतु में बहती नद सा वेगवान् हो जाता। समय अपनी केंचुली छोड़ता। नई धारण करने के लिए उद्धत हो उठता। पर कभी विराम नहीं लेता। हर समय द्वन्द्वोन्मुख मुद्रा में बना रहता। कभी ऊपर से शान्त परन्तु अन्दर से ज्वालामुखी। कभी अन्दर से शान्त ऊपर से फुफकारता।

समस्या ही ऐसी थी। मौलवी साहब की इच्छा थी कि स्वामी विवेकानन्द जैसे अनेक हिन्दुओं के घर भिक्षा लेने जाते रहे हैं, वैसे ही वे उनके यहाँ भी भिक्षा ग्रहण करें। धीरे-धीरे यह बात हवा पर सवार होकर घर-घर में पहुँच गई।

डॉक्टर गुरुचरण लस्कर का माथा ठनका और वह चकित से मौलवी साहब

को देखते रह गए। वह पूछ रहे थे, ''डॉक्टर मोशाय, कुछ कीजिए।''

''क्या करूँ?''

''एक मोशाय दूसरे मोशाय की बात मान सकेगा।''

''तुम अन्यथा न लो, मौलवी साहब, हम दोनों बरसों से मित्र हैं। क्यों स्वामीजी को संकट में डालें?''

''दरवेश या स्वामी जाति, मज़हब आदि भेदों को नहीं मानते। उनसे बहुत ऊपर होते हैं।'' मौलवी साहब ने अपना पक्ष रखा।

''तुम ठीक कहते हो, मौलवी भाई। पर ज़रा सोचो तो उन जैसे महान् संन्यासी के सामने ऐसा छोटा प्रश्न क्यों उठाएँ?'' डॉक्टर गुरुचरण लस्कर ने गहरे में डूबकर कहा।

''डॉक्टर मित्र, मुझे ज्ञात होता तो मैं कदापि यह प्रस्ताव नहीं रखता।...पर अब तो...?''

''क्या हुआ अब तो?''

''यह विषय चर्चा में है। सबकी दृष्टि इस प्रश्न पर है। यहाँ तक कि हिन्दू साधु-सन्त, मन्दिर के पुजारी आदि से लेकर मुल्ला, फक़ीर आदि भी जिज्ञासा से भरे हुए परिणाम का इन्तज़ार कर रहे हैं।'' मौलवी साहब ने धीरे-धीरे सोचते हुए मध्यम स्वर में कहा।

''एक उपाय है, मौलवी!''

''क्या?''

''तुम्हें सहयोग करना होगा।''

''मैं करूँगा, डॉक्टर, तुम निःसंकोच बोलो। मेरा कतई इरादा स्वामीजी को परेशानी में डालने का नहीं था। मेरी बीवी ने जोर देकर आग्रह किया था—''तुम स्वामीजी की बहुत चर्चा करते हो। उनके गुण गाते घूमते हो। मैं तब मानूँ कि वे तुमसे वाकई प्रसन्न हैं, जब तुम उन्हें अपने घर भोजन करने के लिए रजामन्द कर लो।'' बस बातों ही बातों में मेरे मुँह से 'हाँ' क्या निकल गई कि उन सबने यानी मेरे भाइयों ने, मुसलमान दोस्तों ने, मेरे सालों आदि ने मुझे घेरना शुरू कर दिया और फैलते-फैलते ये बात नाक का प्रश्न बनने लगी। तब जाना कि कुछ हिन्दू भी स्वामीजी की किरकिरी होते देखना चाहते हैं।'' मौलवी साहब ने अचक़न ठीक की और अपनी ऐनक का काँच साफ़ करने लगे।

''समझ रहा हूँ, मौलवी।''

''तुम क्या सुझाव दे रहे थे?''

''क्या यह सम्भव है कि तुम कुछ दिनों के लिए अलवर से बाहर चले जाओ!''

''उससे क्या होगा?''

''स्वामीजी भी अलवर से कूच करना चाहते हैं।''

''तो?''

''इस बीच हम उन्हें जाने देंगे।''

''परन्तु डॉक्टर, मन में फाँस तो रह जाएगी।''

"समझता हूँ, मौलवी।"

"मेरी मानो तो मुझे स्वामीजी से आग्रह करने दो। हम कोई गलत प्रस्ताव तो कर नहीं रहे हैं?...दरवेश हिन्दू-मुसलमान नहीं होता।"

"यह सच है, मौलवी, पर इस सच तक कौन जाता है?"

"क्या तुम्हें स्वामीजी पर विश्वास नहीं है?"

"है मौलवी, सवा सोलह आने है पर?"

"पर क्या?" मौलवी साहब ने बैठने का रुख बदलकर कहा, "तुम चिन्ता मत करो, डॉक्टर...वह उद्दण्ड हिन्दू ही था, जिसने उनसे उनकी जाति पूछी थी और स्वामीजी ने एक पल सोचे बिना उत्तर दे दिया था कि वे कायस्थ हैं।"

"और भगवा वस्त्र भी वे इसलिए पहनते हैं कि ये वस्त्र भिखारियों का है। कम से कम कोई भिखारी उनसे भीख नहीं माँगेगा।"

"वह कैसा उद्दण्ड भक्त था कि कह उठा कि इसी वस्त्र से लोग उन्हें संन्यासी समझेंगे। भ्रम में फँसेंगे।"

"तो वे मधुर कंठ से बोले—तुम ठीक कहते हो, भक्त। वस्त्र से चरित्र की पहचान नहीं होती। ...साधु हो या संन्यासी, पहले उसे परखो, उसे जानो कि क्या वह त्याग की भावना से लबालब है? क्या उसके मन में सबके शुभ की बलवती चाह है?...वह कर्म क्या करता है? जो कहता है, क्या वह स्वयं भी वही करता है?"

"फिर चिन्ता क्या है, डॉक्टर अपने स्वामी जी खरा सोना हैं। वे इस समस्या का भी सहज निवारण कर देंगे औरं वह स्थिति सबकी जिज्ञासा को शान्त कर देगी।"

"ठीक है मौलवी।"

"तो प्रातःकाल की सभा उठने से पूर्व मैं उनसे आग्रह करूँगा।"

इसी कारण समय करवट ले रहा था। दसेक बजे सभा जुड़ने वाली थी। साढ़े नौ बज रहे थे। लोग आने लगे। सबकी इच्छा रहती थी कि आगे बैठें। इस कारण समय से पूर्व स्थान ले लेना चाहते थे।

कल स्वामीजी का चित्त उनके मुख-मंडल पर दस्तक दे रहा था। वे डेढ़ घंटे के बाद ध्यान से उठे थे। उनके श्याम वर्ण की आभा में लालिमा नव खिले लाल कमल-सी झाँक रही थी। अनेक ज्ञानी-विज्ञानी गहरे और विशाल नेत्रों में मादक मधुरता का भोला लावण्य स्मित भर रहा था। उनमें कान्त भाव का वसन्त महक उठा था। वह सोचे जा रहा था।

आज भीड़ अपेक्षाकृत और दिनों के बहुत ज्यादा थी। तिल धरने को जगह नहीं थी। एक सज्जन बता रहे थे, "कल रात स्वामीजी का मैंने एक अभिनव रूप देखा था भाई!"

"क्या?" पास में बैठे व्यक्ति ने पूछा।

"वे नाच रहे थे।"

"तू पागल हुआ है क्या?...चल, चुप हो जा।" बुरा-सा मुँह बनाकर कहा,

"स्वामीजी और नाच! छि छि छि!"

"सच कहता हूँ, भाई! रात ढल रही थी। उजास आँख मल रही थी। प्रायः सब लोग जा चुके थे। मैं, भीखा दर्जी जो दर्जी कम भक्त ज्यादा है, पूनममल वैद्य, सरजू पाण्डे और लोक-गायक रज्जू खटीक थे, उस समय।"

"तू!" साश्चर्य उस व्यक्ति ने कहा।

"हाँ, मैं।...क्यों?"

"पर क्यों?"

"बस यों ही...जिज्ञासावश यह जानने के लिए कि स्वामीजी रतजगा कार्यक्रम के बाद क्या करते हैं?...सोते हैं या जगते हैं।" वह सोचकर अतीव प्रसन्न होकर कह रहा था, "अधूरा चाँद बादलों के स्वप्न में धीरे-धीरे उतरता जा रहा था। बादलों की खुली आँखों में मनभावन स्वप्न की हल्की-हल्की खुमारी थी।"

"ये समय कविता की पृष्ठभूमि प्रस्तुत करने की नहीं है, महाशय।"

"तू जानता है कि मैं कवि हूँ।" उसने उत्सुकता से झूमते हुए कहा।

"नहीं।" उसने झिड़की भरे लहजे में कहा। फिर उपेक्षा से उसकी ओर देखा यह कहते हुए, "मैं कुछ नहीं जानता।"

"कोई बात नहीं है, भाई! सच में, मैं कवि हूँ और जीवन के महकते स्वप्नों की कविता करता हूँ। तभी तो मुझे स्वामीजी में कविता का सुन्दरतम उद्यान महकता हुआ अनुभूत हुआ। वहाँ बीचोंबीच झील है। झील में तैरते बत्तख, सारस हैं और उसकी छत पर कलोल करते पक्षी वृन्द हैं। बीच में भीगे पंखों को फड़फड़ाकर आपस में प्यार से चोंच लड़ाकर, खिलखिलाते हुए आसमान के शावकों से कोमल मन व गद्गद हृदय हैं। महकता नाचता मयूर दल है।"

"कवि महाशय, कृपया अपनी वाणी को विराम दो। मुझे कविता-वविता में कतई दिलचस्पी नहीं है।"

"पर मुझे है, कवि महाशय। आप अपनी बात जारी रखें। मेरी श्रवणेन्द्रियाँ मानसरोवर में तैरते हुए हंसों की टोलियों का अनुभव कर रही हैं।"

इस बार दोनों व्यक्तियों ने मुड़कर उस व्यक्ति की ओर देखा जो ठीक उनके पीछे बैठा हुआ था। उसकी आँखें भूरी थीं। सिर पर कढ़ी हुई टोपी थी। चेहरे पर रसिक होने का विज्ञापन चस्पाँ था। वह खोजी था और कला का जानकार भी।

"चौंकिए मत..क्या नाम है आपका?"

"मुकुन्द माधव।" उस कवि महाशय ने अपना नाम बताया। उसके पास वाले व्यक्ति ने तुरन्त मुँह फेर लिया।

"मेरा नाम रज्जू खटीक है, मुकुन्द माधव जी।...मेरी किरानेवालों के बाजार के नुक्कड़ पर तरकारी की दुकान है।"

"लोक गायक रज्जू खटीक। चारों ओर आपके नाम की धूम है। कल रात आप भी स्वामीजी के साथ थे ना!" मुकुन्द माधव ने प्रसन्न होकर कहा, "पर कल आपकी वेशभूषा कुछ अलग ही थी।"

"लोक गायक का क्या भाई, जो मिल जाए, वही पहन ले।...कल मैंने एक

जिजमान की दी हुई पोशाक पहन रखी थी।'' रज्जू खटीक का भारी स्वर तरंगित हुआ।

''तब तो आप से क्या कहूँ, भाई! आपको सब कुछ ज्ञात ही है।''

''ना, भाई मुकुन्द माधव मुझे कुछ भी ज्ञात नहीं है। तब क्या हुआ? कैसे पाँव-हाथ लहराने लगे।''

''सच!''

''एकदम सच, भाई।'' रज्जू खटीक ने कंठ छूकर कहा, ''आप अपनी बात जारी रखें।''

''विश्वास नहीं होता।''

''वह सब स्वामीजी की कृपा का प्रसाद था, भाई मुकुन्द माधव। उससे पहले मैं नाचा कभी नहीं था। वे बोल भी शायद बंगला में थे...आमार...मां त्वं हि तारा, तुमि त्रिगुणधरा परात्परा।...तोरे जानी माँ ओ दीन दयामयी, तुम दुर्गमे ते दुःखहारा।...तुमि जले, तुमि स्थले, तुमि आद्यमूले गों माँ, आछो सर्वघटे, अक्षपुरे साकार आकार निराकारा।...तुमि संध्या तुमि गायत्री, तुमिइ जगद्धात्री गो माँ, तुमिइ अकुलेर त्राणकर्त्री सदाशिवेर मनोहरा।'' रज्जू खटीक मस्त होकर धीरे-धीरे गा उठा। सबकी निगाहें उस पर जम गईं। जब उसकी तन्मयता टूटी वह अचम्भित रह गया। उसे पता ही नहीं चला कि क्या हुआ। पर हुआ। उसका सारा अर्थ रोम-रोम से झर उठा।

''हाँ भाई, स्वामीजी का कंठ अति मधुर था, स्वर सधा हुआ था, अन्तरात्मा का गहरा आह्वान था। हृत्कम्पन में खिला हुआ हृत्कमल था।...मैं बह गया। अश्रु झर उठे। ...क्या था वह हृदयोल्लास!...वह तो उन्होंने ही बताया था।''

''क्या?...''

''वे मूर्तिपूजा में विश्वास नहीं करते थे।''

''फिर?''

''स्वामी जी ने अपने जीवन की अद्‌भुत घटना सुनाई।''

''क्या थी वह घटना? कृपया मुझे भी सुनाएँ।''

''तो आओ, उधर चलकर खड़े होते हैं।'' रज्जू खटीक ने उत्तर दिशा में एकान्त की ओर संकेत किया।

वहाँ पहुँचकर वह उस घटना को सुनाने लगा। वह घटना थी–

स्वामीजी ईश्वर को नहीं मानते थे। मूर्ति पूजा में भी उनका विश्वास नहीं था। नास्तिक हो गए थे। पिताश्री उनके रहे नहीं थे। उनके परिवार पर संकट के बादल छाए हुए थे। पिताजी काफी कर्ज छोड़ गए थे। घर की हालत खस्ता थीं। नौकरी की तलाश जारी थी। अस्थायी नौकरी से कुछ मिल जाता। अनुवाद से कुछ मिल जाता। चुपचाप नौकरी हाथ से ऐसे खिसक जाती जैसे मुट्ठी में दबी बालू जोर लगाने पर और खिसक जाती है। ऐसे संकट के समय उनको ठाकुर यानि श्री रामकृष्ण का स्मरण हुआ। सोचा, ठाकुर से बात करें। वे ईश्वर को मानते ही हैं। वे उनसे जाकर कहें।

वे दक्षिणेश्वर गए। कहा भी। वे बोले, ''माँ से कहिए कि वह हमारी मदद

करे। ये हमारे दुर्दिन का समय चल रहा है, रोटी के लाले पड़ रहे हैं।''

''ना रे, नरेन्द्र, ना, मैं जगदम्बे से कुछ नहीं कह सकता।''

''क्यों नहीं कह सकते?...क्या आपको भी उन पर भरोसा नहीं है।''

''नहीं रे नरेन्द्र, ये बात नहीं है।''

''तो क्या बात है?''

''जगदम्बे के दरबार में बिचौलिया का कोई स्थान नहीं है।'' रामकृष्ण ने कहा।

''तो किसका है, ठाकुर?''

''जो कष्ट में है और जिसको उसकी आवश्यकता है।''

''मैं कष्ट में हूँ, ठाकुर बहुत कष्ट में हूँ।''

''तो तू उसके पास जा। उससे प्रार्थना कर।''

''तो क्या वह मदद करेगी।''

''यदि तेरी पुकार सच्चे मन से होगी।''

''तब?''

''तू रात में एकान्त में, जगदम्बे माँ के पास जा। अपने कष्ट कह। माँग ले जो तुझे चाहिए।''

''मिलेगा क्या?''

''जाकर माँगकर देख ले।''

''ठीक है।''

''आज मंगलवार है। आज रात को काली मन्दिर जाना। माँ के चरणों में प्रणाम करके जो तुझे चाहिए, माँग लेना। मिल जाएगा।''

''वे माँ के मन्दिर में गए। रात के गहरे सन्नाटे में गए। माँ के चरणों में शीश झुकाया। उसके सामने बैठ गए। मन उसके चरणों में लगाया। सारी दीन-दुनिया भूल गए। उनके मन में भक्ति का उदय हुआ। प्रेम गंगा का प्रवाह सुनाई पड़ने लगा। घंटों उसके चरणों में बैठे रहे। चित्त में सात्त्विक प्रेम उमंगित होने लगा। विनती कर उठे, ''माँ, मुझे विवेक दो, वैराग्य दो, भक्ति दो।''

माँ ने तथास्तु कहा। वे लौट आए। रामकृष्ण ने पूछा, ''अब तो मनचीता हो गया, रे।''

''नहीं ठाकुर, नहीं।''

''क्या माँ ने मना कर दिया?''

''नहीं, ऐसा कुछ नहीं हुआ।''

''तो कैसा हुआ, रे नरेन्द्र!''

''मेरी ऐन मौके पर बुद्धि मारी गई। माँगना क्या था, माँग क्या बैठा?''

''क्या तूने अपने परिवार के अभावों को दूर करने के लिए प्रार्थना नहीं की?''

''हाँ, नहीं कर सका।''

''तू कितना मूरख है। ...मेरे सामने रोता है, अपना दुखड़ा कहता है लेकिन उसके सामने माटी का माधो हो जाता है।''

‘‘अब, ठाकुर?’’

‘‘अब क्या। फिर माँ के पास जा। फिर प्रार्थना कर। माँ भोली है, मान जाएगी।’’

‘‘सच, ठाकुर।’’

‘‘हाँ रे, सच।’’

वे फिर गए। वही अर्द्धरात्रि के करीब। गहरा सन्नाटा था। फिर माँ काली के चरणों में शीश झुकाकर बैठ गए ध्यान मग्न। फिर माँगा, ‘विवेक, वैराग्य और भक्ति का वरदान।’

लौटे तो खाली हाथ। रामकृष्ण ने कहा, ‘‘ये तुझे क्या हो जाता है, नरेन्द्र?...जा-जा, अभी जा, फिर माँ से सीधे जाकर माँग। वही माँग, जो तू चाहता है।’’

वे जैसे आए थे, वैसे ही लौट पड़े। सोचते गए कि इस बार कोई गलंती नहीं करनी। क्या पता, क्या हो जाता है तब उनके बुद्धि-विवेक को? कौन उन्हें अपने सम्मोहन में बाँध लेता है? फिर माँ के चरणों में आ बैठे। फिर उनकी बुद्धि घूमी। सोचने लगे, अरे वह यह क्या माँग रहा है? तुच्छ स्वार्थ के लिए माँ से क्या माँगे? नहीं, वह ऐसा दुस्साहस कभी नहीं कर सकेगा। उसने फिर वही माँगा, पूर्ण दृढ़ता से माँगा—विवेक, वैराग्य, भक्ति।

वे लौट पड़े। उनमें फिर संसार ने आँखें दिखलाईं। वे फिर रामकृष्ण के सामने जा खड़े हुए कुछ-कुछ उत्तेज़ित होकर।

रामकृष्ण समझ गए। बोले, ‘‘तू फिर अपने परिवार के लिए कुछ नहीं माँग सका।’’

‘‘हाँ, नहीं माँग सका।’’

‘‘पर क्यों?’’

वे रामकृष्ण के चरणों में गिर पड़े। उनके आँसू बहने लगे। कहने लगे, ‘‘मेरी माँ, जगदम्बे आदि जो भी हो वह ठाकुर, आप ही हो।’’

‘‘ये तू क्या कहता है, नरेन्द्र?’’

‘‘जो अनुभव कर रहा हूँ, ठाकुर वही।’’

‘‘क्या अनुभव कर रहा है?’’

‘‘वही जो आप अनुभव कराना चाहते हैं।’’

‘‘मैं...ना, रे नरेन्द्र, ऐसा कुछ नहीं है।’’

‘‘जानता हूँ, आप ही मेरी बुद्धि फेर रहे थे।’’

‘‘आरोप नहीं, नरेन्द्र!’’

‘‘तो मेरे परिवार का गुजर-बसर हो सके, यह आशीर्वाद दो वरना ये पाँव नहीं छोड़ूँगा। यहीं सिर पटक-पटक मर जाऊँगा।’’

‘‘चल रे, माँ से मैं तेरे लिए प्रार्थना करता हूँ कि वे तेरे परिवार को मोटे अन्न-वस्त्र का अभाव नहीं रहने दे।’’

उनके नेत्रों से अश्रुधारा बहने लगी। उनका म्लान चेहरा बादलों के बीच से सूर्य की तरह बाहर निकलने लगा।

रज्जू खटीक का स्वर आर्द्र हो रहा था। उसकी आँखें गीली हो चली थीं। मुकुन्द माधव सम्मोहित सा रह गया। रज्जू खटीक ने कहा, "यह बात अपने तक रखना। किसी पर जाहिर मत करना।...कदाचित् वह अपने जीवन की मटमैली यादों का जिक्र नहीं करते। सरजू पांडे नास्तिक हो गया था। वह उनके पास लड़ने के इरादे से आया था। एकान्त पाकर बोला, "स्वामी जी भोले भाले लोगों में भ्रम का विष मत घोलो। ईश्वर न कभी था, न कभी है और न कभी होगा।" वह उत्तेजना में था। खँखार कर आगे बोला, "मैंने यह उचित नहीं समझा कि ये कड़वे बोल भरी सभा में बोलता।"

"बैठो भक्त, यहाँ आकर मेरे पास बैठो।"

"आप क्यों बहकते हैं? ईश्वर नाम की कोई चिड़िया नहीं है।...निर्धन-अनपढ़ जनता को मत लूटो।"

"तुम चाहते हो कि हम यहाँ से चले जाएँ।" स्वामीजी ने सहज भाव से कहा।

"हाँ, आप चले जाएँ यही ठीक रहेगा।"

"फिर?"

"उसकी चिन्ता आप छोड़ें।"

"किस पर?"

"मुझ पर।"

"तुमने भक्त इन लोगों की सम्हाल क्यों नहीं की?"

"तुम हम से यह प्रश्न करने वाले कौन हो?" सरजू पांडे गरज रहा था।

"मानुष भाई, मानुष—तुम्हारी तरह का हाड़ मांस वाला मानुष।"

"अब करूँगा।"

"आगे आओ, भाई। गुस्सा थूको। क्रोध विवेक को हर लेता है। ...भाई-भाई पर कैसा क्रोध? क्यों क्रोध? ...एक कहानी सुनोगे।"

"कैसी कहानी?"

"तुम्हारी मेरी...इन सबकी कहानी।"

"कोई चालाकी नहीं, स्वामी जी।"

"आपके सामने कौन चालाकी कर सकता है?...यथार्थतः कभी मैं भी आपकी तरह ही था—ईश्वर को न मानने वाला नास्तिक।"

"मुझे उससे क्या?"

"पर मुझे तो है। ...तुम कहानी ही तो सुन रहे हो।"

"सुनाओ।"

"तब स्वामीजी ने यह कहानी सुनाई। जगह-जगह नरेन का नाम लेकर। मुझे लगा कि स्वामीजी ही नरेन हैं। ...सरजू पांडे कहानी सुनता-सुनता स्वामीजी की ओर तृषित नेत्रों से देखने लगा। अन्त में स्वामीजी ने कहा, "आओ, उस जगदम्बे माँ का स्मरण करें। तब स्वामीजी ने यह गीत उठाया। वह खड़े हो गए। हम सब भी खड़े हो गए।...सरजू पाण्डे भी। ...गीत का समापन हुआ। सब स्वामीजी के चरणों में शीश नवाकर चले गए।"

''गीत गाते हुए क्या हुआ था?''

''मुझे कुछ नहीं मालूम?''

''कुछ भी नहीं, भाई मुकुन्द माधव।''

''तो सुनो, भाई रज्जू खटीक, स्वामीजी का सबसे पहले दायाँ हाथ आकाश की ओर उठा, फिर बायाँ पाँव। धीरे-धीरे सारा शरीर झूम उठा।...उसके बाद तुम लोगों की देह में थिरकन हुई, तुम्हारे हाथ-पाँव उठे। थोड़े देर बाद तुम सब नाच रहे थे। स्वामीजी गा रहे थे। उनके स्वर में नाद था। तरंग थी। मस्ती थी।...देखते ही देखते तुम सब नृत्यमय हो उठे। सरजू पांडे मंजीरे बजा उठता था। पूनम वैद्य ढोलक पर थाप दे रहा था। भीखा दरजी चिमटा बजा रहा था।...मैं पगला गया था। मेरी आँखें बहने लगी थीं। मैं रोमांच से भर उठा था। मुझे लगने लगा था कि सारा अग जग, चराचर आनन्द से नाच उठा है। मैं भी अपनी जगह खड़ा नाचने लगा। मेरी आँखें बन्द, शरीर पुलक से भरा और चित्त में चाँदनी मुस्करा रही थी। जब मैं होश में आया तब तुम लोग जा चुके थे। नृत्य अदृश्य था पर उसका प्रभाव दूर-दूर तक बह रहा था।'' माधव मुकुन्द कहे जा रहा था, ''स्वामीजी दिव्य पुरुष हैं। उनका तेज अद्‌भुत है। उनके कंठ में सरस्वती का निवास है।''

''तुम सच कहते हो भाई। जब मुझे चेत हुआ तब सरजू पाण्डे स्वामीजी के चरण पकड़े रोता हुआ कह रहा था—स्वामीजी, अपने इस अधम भक्त को क्षमा कर दो।...मेरे कान कुछ पापी लोगों ने ईर्ष्यावश भर दिए थे और मैं अनाप-सनाप ज़हर उगल बैठा था।...प्रभु, मेरा उद्धार करो।...मुझे क्षमा करो।...स्वामीजी ने उसे बाँहों में भरकर उठा लिया। चाँदनी के तारों की झंकार अमृत उँड़ेलने लगी, ''भक्त, तू निर्दोष है। तेरी कुंडली जागृत है। तेरी आँखों में प्रेमत्व है। तेरा चित्त पुलकायमान है।''

इसी समय हलचल बढ़ी। आवाज उठी, ''स्वामीजी आ रहे हैं। सभी भक्त अपनी-अपनी जगह खड़े हो गए। माधव मुकुन्द और रज्जू खटीक अन्दर की ओर चल पड़े।

सभा एकदम शान्त थी। सबके तृषित नयनों में अनुराग की छटा विलुलित हो रही थी।

वे आए। सबके अभिवान का मौन उत्तर हाथ से आशीर्वाद देते हुए दिया और बैठ गए। थोड़ी देर बाद उन्होंने कहा, ''भक्तो, आज कुरआन से बात शुरू करेंगे। मूल कुरआन अरबी लिपि में है—रुहुलू कुरआन। मुहम्मद पैगम्बर साहब ने ईश्वर के अप्रतिम एकत्व की कल्पना की थी। सम्पूर्ण वैदिक भक्ति पथ एकेश्वर आस्था पर खड़ा हुआ है। विष्णु सहस्रनाम की स्थापना है कि ईश्वर एक है, अनेक है, शून्य है और असंख्य है। श्वेताश्वतरोपनिषद् कहता है—ईशते देव एकः। ...एको देवः सर्वभूतेषु गूढ़ः। कुरआन में कहा गया है—ईश्वर निरपेक्ष है, वह न जनिता है और न जन्य है। मनुष्य परमप्रभु से साक्षात्कार की कामना अपने में सँजोये रहता है।''

फिर कथा सुनाई।

फिर कीर्तन हुआ।

मौलवी साहब खड़े हो गए। हाथ जोड़कर नतशिर हुए। स्वामीजी की उन पर दृष्टि गई। वह सहज मुस्कराए और पूछने लगे, ''क्या पूछना है?''

''एक गुज़ारिश है, स्वामीजी।''

डॉ. गुरुचरण लस्कर नीची निगाहें किए हुए थे। सभा में कई भक्तों को ज्ञात था कि वह क्यों खड़े हुए हैं। इस कारण उत्सुकता आवेग प्रायः सबके चेहरों पर झलक रहा था।

''कहिए मौलवी साहब, निःसंकोच कहिए।''

मौलवी साहब ने थूक निगला। होंठ दबाकर छोड़े और टोपी ठीक कर कहा, ''कृपा कर कल मेरे घर भिक्षा ग्रहण करें।''

स्वामीजी मौन। उनका मौन लम्बा खिंच गया। मौलवी साहब ने तपाक से कहा, ''आप चिन्ता मत कीजिए। आपके लिए ब्राह्मण बाजार से नए बरतन लाएगा। खाने का सारा सामान लाएगा। गंगा जल छिड़ककर बैठकखाने के एक कोने में रसोई तैयार करेगा। वही परोसकारी करेगा।...यह यवन दूर से खड़ा हुआ देखकर अपने नसीब पर खुश हो सकेगा।...कृपा कीजिए।''

''संन्यासी बँधी भिक्षा नहीं लेता, मौलवी साहब।'' स्वामीजी का गुर गम्भीर स्वर था।

''मैं कुछ समझा नहीं।''

''समझोगे भी नहीं।''

''कृपया मुझे समझाइए तो।''

''क्या होगा?''

''मैं वैसा ही करूँगा।''

''इतने सन्देह लेकर, मौलवी साहब, आप कुछ नहीं कर पाएँगे। आप तो बच्चों को पढ़ाते हैं ना?''

''जी हाँ।''

''आपने तो हमें मुलज़िम करार दे दिया, मौलवी साहब!''

''तौबा-तौबा।'' मौलवी ने दोनों कानों के हाथ लगाकर कहा।

''क्या बात छेड़ बैठे, मौलवी साहब?''

सभा में उपस्थित लोगों को साँप सूँघ गया। कई व्यक्तियों में उत्तेजना आवेश भर उठा। वे सोच गए कि हिन्दुओं के साधु-संन्यासियों के पास मुसलमान को नहीं आने देना चाहिए।

स्वामीजी ने विनम्र स्वर में कहा, ''आप क्या पढ़ाते होंगे? आपसे क्या पढ़कर शिष्य निकलेंगे?''

''कोई ख़ता हुई, स्वामीजी!'' मौलवी साहब अचानक अपराधिक भावों से घिरे सकपका गए थे।

स्वामीजी मुस्कराए और सहज भाव से बोले, ''दरवेश भी मानते हो और बन्दिशों में भी बाँधते हो, मौलवी साहब।...हवा-पानी मज़हब-कौम को नहीं मानता।...हम

संन्यासी हैं। हमारा कोई मज़हब-कौम नहीं है। जैसे सूरज-चन्द्रमा की स्थिति है, वही हमारी है...हम तुम्हारे दौलतखाने पर हाज़िर होंगे भिक्षा के लिए।...रसोई कौन बनाता है, खाने का सामान कौन लाता है, इससे हमें कुछ नहीं लेना-देना।''

मौलवी साहब गद्गद हो उठे।

''ध्यान रहे, मौलवी साहब, ऐसे शागिर्द पैदा करो जिनके दिमाग़ में मज़हब-कौम की तंगदिली न हो।...वे किसी मज़हब की बेइज्जती न करें।...सब मज़हब मानुष को नेक रास्ते पर ले जाने के लिए हैं। सब मानुषों में भाईचारा, प्यार-मुहब्बत, एकता का जज्बा बनाए रखने के लिए हैं।'' इसके साथ ही स्वामीजी शिव-शिव कहते हुए उठ खड़े हुए।

मौलवी साहब ने एक नहीं, अनेक बार सिजदा किया। डॉ. गुरुचरण लस्कर उनके पास आए। कन्धे पर हाथ रखा। उनकी ओर देखा। निगाहों से पूछा, ''क्यों मियाँ, कैसी रही?'' मौलवी साहब अपने में नहीं थे। उनकी आँखों में आँसू तैर आए थे।

स्वामी सच्चिदानन्द की ख्याति अलवर और अलवर के आसपास के नगरों में पहुँच गई थी। अलवर के महाराजा कन्दीयान मेजर रामचन्द्र के कानों में स्वामीजी के समाचार पहुँच गए थे। स्वामीजी तेजस्वी संन्यासी हैं और ईश्वर जैसी उनमें शक्तियाँ हैं। दीवान जी ने इस समाचार की पुष्टि करवाई। अलवर के महाराजा मंगलसिंह के पास यह समाचार भिजवाया।

महाराजा मंगलसिंह अलवर शहर से बाहर तीनेक मील की दूरी पर बने राजप्रासाद में उन दिनों निवास कर रहे थे। जब कभी उनका मन उचटता था या परेशानी महसूस करते थे तब वे उस भवन में चले जाते थे।

दीवान मेजर रामचन्द्र का पत्र पाकर पल भर के लिए सोच में पड़ गए। क्या कोई ऐसी महान् विभूति भी हो सकती है, जो उनकी समस्याओं का स्थायी समाधान कर सकती है? उन्होंने अनेक साधु-संन्यासियों को आज़माकर देख लिया था। उनसे उन्हें सन्तोष नहीं मिला।

महारानी ने उन्हें समझाया, महाराज मंगलसिंह आधे-अधूरे मन से अलवर लौट आए।

राजसभा जुड़ी। सभी सभासद उपस्थित हुए। स्वामी सच्चिदानन्द सुनिश्चित समय पर वहाँ उपस्थिति हुए। महाराजा मंगलसिंह ने उनका स्वागत अभिनन्दन किया।

कौन प्रश्न छेड़े? कैसे बात शुरू की जाए? कहाँ से शुरू की जाए? इस तरह के अनेक प्रश्न सभासदों के मन में उछल रहे थे। आखिर स्वयं महाराजा मंगलसिंह ने उस कठोर व जड़ मौन को तौड़ते हुए कई तीखे प्रश्न किए। यह सोचकर किए कि स्वामीज़ी उत्तेजित हो जाएँ। वे पूछ रहे थे, ''सुना है, आप अप्रतिम पंडित हैं। आंग्ल भाषा, संस्कृत और बंगला भाषा पर आपका एकाधिकार है।...आपको अच्छी से अच्छी नौकरी मिल सकती है। आप सहज धनाढ्य हो सकते थे। फिर आपने

भिक्षुक बनना क्यों पसन्द किया?''

''क्या आप बता सकेंगे कि राजकुमार सिद्धार्थ ने...यानी बुद्ध ने...अपनी अद्वितीय राजकुमारी...पत्नी...नवजन्मे पुत्र और राजप्रासाद के वैभव तथा सुख-सुविधाओं को क्यों त्यागा था?'' स्वामीजी का संयम स्वर विनम्र और प्रेमपूर्ण था।

महाराजा मंगलसिंह का सिर चकराया। वे मन ही मन झुँझलाये। इस संन्यासी का दुस्साहस तो देखो—अपनी तुलना महात्मा बुद्ध से कर रहा है।

स्वामीजी कहने लगे, ''क्या आप स्पष्ट कर सकेंगे, महाराज, आप दिन-रात साहिब लोगों के साथ क्यों घूमते हैं? उनके साथ शिकार खेलने क्यों जाते हैं? क्यों अपनी प्रजा की ओर से मुख फेरे हुए हैं? उस प्रजा से जो आपके पसीने की एक बूँद पर अपना खून बहाने को सदा तैयार रहती है?''

यह उत्तर पहले उत्तर से अधिक प्रहार करने वाला था। उन पर सीधी चोट कर रहा था। सभासद अनहोनी की प्रतीक्षा कर रहे थे। महाराजा मंगलसिंह की आँखों में खून उतर आया था। फिर भी, उन्होंने वक्त की नज़ाकत को ध्यान में रखते हुए धीरज का परिचय दिया और कहा, ''वह मुझे अच्छा लगता है, संन्यासी।''

''यही बात मेरी है। मुझे भी संन्यास अच्छा लगता है।'' स्वामीजी का शान्त और गम्भीर मुख मण्डल सहज था। प्रभावान था और पारदर्शी था।

महाराजा मंगलसिंह खिसियाकर रह गए। वे किसी टेढ़े प्रश्न की तलाश करने लगे थे। अचानक उनके दिमाग में चपला कौंधी। वह तपाक से पूछने लगे, ''क्या मूर्ति में विश्वास करना ज़रूरी है?''

''हाँ।''

''लेकिन मेरा मूर्ति पर कोई विश्वास नहीं है।...कृपया बताएँ कि मेरी क्या दशा होगी?''

''जो ईश्वर की इच्छा होगी।''

''मैं ईश्वर को नहीं मानता।''

''पर मेरा उसमें अडिग विश्वास है।''

''होना चाहिए, संन्यासी, क्योंकि वही तुम्हारे जीने का आधार है।...परन्तु मेरा नहीं।''

''मुझे लगता नहीं है महाराज, कि आप ईश्वर को नहीं मानते।''

''मेरे लिए लकड़ी, धातु, पत्थर आदि की मूर्ति का उतना ही महत्त्व है, जितना इस सभाभवन या कला भवन में लगी अर्द्धनग्न, नग्न आदि युवितियों की मूर्ति का। मुझे उनका सौन्दर्य आकर्षित करता है। परन्तु मेरे मन में न उनके प्रति श्रद्धा-भक्ति जगती है और न पूजा भाव जन्मता है।'' महाराजा मंगलसिंह की आँखों में विद्रूपमयी चमक तैर उठने को थी। उनके अरुण अधरों पर स्मित थी। सभासद चिन्तित हो उठे। दीवान मेजर रामचन्द्र को महाराजा का इस तरह उपहास करना अच्छा नहीं लग रहा था। क्या स्वामीजी महाराजा के मन की टोह नहीं ले पा रहे हैं? यह संन्यासिनी तपोनिष्ठ है, अति सात्त्विक है और संसार के द्वंद्वों-माया से दूर है। पर वह क्या कर सकते हैं? महाराजा के सीधे संवाद में वह कैसे बोल सकते

हैं? और क्या बोल सकते हैं?

"महाराज, सौन्दर्य की उपासना, श्रद्धा-भक्ति बिना नहीं होती। सच्चा नास्तिक कच्चे आस्तिक से कहीं उत्तम होता है।" स्वामीजी के मन में अपना कथाक्रम सिर उठाने लगा था परन्तु उन्होंने उसे अनदेखा कर दिया। अपनी चेष्टाओं को संयत बनाए रखा।

"स्वामीजी, मेरी इच्छा यह जानने की है कि इस कारण इस जन्म में अथवा अगले जन्म में क्या दुर्गति होगी? क्या ऐसा करना पाप है! यदि पाप है तो उसके दुष्परिणाम भी मुझे ही भोगने पड़ेंगे?" महाराजा मंगलसिंह ने अपने प्रश्न को कुछ और धारदार बनाया और पहले की अपेक्षा वे अधिक संयत तथा गम्भीर हो गए।

स्वामीजी को स्मरण हो रहा था कि वे भी तो श्रीरामकृष्ण से ऐसे प्रश्न करते थे परन्तु श्रीरामकृष्ण के सात्त्विक चित्त पर उन प्रश्नों का कोई प्रभाव नहीं होता था। वे सहज बने रहते थे। एक अन्तर अवश्य था और वह यह था कि वे प्रश्न उनके अन्तरंग जीवन का अभिन्न हिस्सा थे। लेकिन महाराजा के मन में कौतूहल है, उसमें उनके हृदय की पुकार नहीं है। ऐसा व्यक्ति सहज समझने के लिए तैयार नहीं होगा। तर्क के लिए तर्क का कोई अर्थ नहीं।

समय तेजी से खिसकता जा रहा था। सभासद असमंजस की स्थिति में थे। क्या स्वामीजी महाराजा की जिज्ञासा का समाधान नहीं कर पाएँगे?

स्वामीजी कुछ समय के लिए सोच में पड़ गए। फिर उनका ध्यान दीवार पर टँगे महाराजा के चित्र पर गया। उनकी आँखों में बिजली कौंध गई। उन्होंने कहा, "महाराज, आज्ञा हो तो मैं दीवार पर टँगी आपकी उस फोटो को उतरवाना चाहूँगा।"

"आज्ञा है।"

एक कर्मचारी स्वर्ण के फ्रेम में जड़ी महाराजा मंगलसिंह के फोटो को उतार कर बोला, "बाबाजी, ये रही फोटो।"

"सामने रख दो।"

"मेज पर दाएँ ओर।"

"नहीं, फ़र्श के बीचोंबीच।"

कर्मचारी घबराया। वह फोटो उसके अन्नदाता की थी—अलवर के महाराज की। उसे वह फ़र्श पर कैसे रख सकता था! वह कुछ बोला नहीं, बुत बना खड़ा रहा।

स्वामीजी ने कहा, "महाराज, आप अपने कर्मचारी से कहें।"

"दीवान, स्वामीजी के कथन की तालीम करवाओ?"

दीवान मेजर रामचन्द्र का सिर चकराया। सवाल सम्मानीय महाराजा की फोटो का था। वह बोले, "स्वामीजी, यह हमारे प्राणप्रिय महाराजा का फोटो है। उसे फ़र्श पर आप रखने के लिए कह रहे हैं।"

"वह आपके महाराज नहीं हैं दीवान, वह उनका फोटो है।...चलिए फोटो को

वहाँ रखवाइए।''

दीवान मेजर रामचन्द्र ने महाराजा की ओर देखा। महाराजा ने गरदन हिलाकर अपनी स्वीकृति प्रदान कर दी। कर्मचारी ने महाराजा का फोटो फ़र्श के बीचोंबीच रख दिया—आदर के साथ। वह लौटने लगा। सभासद भय-आतंकित हुए। स्वामीजी को महाराजा का स्वभाव नहीं मालूम है। अब जरूर कुछ अनहोनी होगी। संन्यासी की प्रतिष्ठा धूलि चाटती नज़र आएगी और हो सकता है कि उसकी जान पर बन आए। सब साँस रोके स्तब्ध थे।

स्वामीजी कहने लगे, ''सभासद महानुभावो, अब आपके सहयोग की आवश्यकता है। बिना आपकी सहायता के महाराज की जिज्ञासा का उत्तर देना सम्भव नहीं है।''

सभी सभासदों के साँस गले में अटग गई। क्या अब संन्यासी की बिजली उन पर गिरने वाली है। किसी में इतना साहस नहीं है कि वह कुछ कह सके। सब चुपचाप कनखियों से महाराजा की फर्श पर पड़ी फोटो को निहारते रहे—महाराजा का उनके सामने घोर अपमान! यह क्या हो रहा है? क्यों ये स्वामी अपनी मर्यादा भूलकर उद्दण्ड बालक की भूमिका में उतर आया है? क्या इसे नहीं मालूम महाराजा का क्या अर्थ है?...वो सर्वेसर्वा है, निरंकुश है और अपनी प्रजा का भगवान् है।

''भक्त बंधु, अमात्य, दीवान, सभासद और राज दरबार के गणमान्य जन, आप में से दो या तीन जन महाराज के फोटो के पास पहुँचने का कष्ट करें।'' स्वामीजी की मधुर वाणी सीधे सबके हृदय को छू रही थी। परन्तु कोई भी व्यक्ति उठा नहीं।

''भय परतन्त्र होने का पहला लक्षण है। आपके महाराज उदार हैं, विवेकी हैं, न्यायपालक हैं और नीर क्षीर विवेकी हैं। उनकी ओर से आप स्वतन्त्र हैं। फिर संकोच क्यों? कृपया आगे आइए।'' स्वामीजी की दृष्टि इस बार महाराजा से टकरा रही थी।

महाराजा मंगलसिंह ने सभासदों को आँख के संकेत से अनुमति दी। फिर भी सभासद अगल-बगल झाँकते रहे। दीवान मेजर रामचन्द्र ने दो सभासदों की ओर इशारा किया। उनको उठना पड़ा। वे उठे अवश्य पर उनके मस्तिष्क पर अदृश्य भयाशंका के बादल मँडराते रहे। पता नहीं क्या हो? कहीं वे बलि के बकरे नहीं बन जाएँ। अवश्य ये संन्यासी तान्त्रिक है।

वे महाराजा मंगलसिंह की फोटो के निकट पहुँचकर ठिठके खड़े रह गए। उनका मन हुआ कि वे महाराजा की फोटो पर झुककर अपना माथा टेक दें। उसी समय उन्हें भारी-भरकम स्वर सुनाई पड़ा, ''वहीं ठहरो, सभासदो, मेरे अगले आग्रह की प्रतीक्षा करो।''

फिर कहा, ''देखता हूँ दोनों सभासदों में से कौन पहल करता है? किसमें जीने के लिए मरने का अप्रतिम साहस है। ध्यान रहे, मौत से डरकर आदमी कीड़े-मकोड़ों की तरह मरता है और स्वेच्छा से मृत्यु को आमन्त्रित करने वाले से मौत डरती है—नचिकेता प्रसंग का स्मरण करो और थूको।'' स्वामीजी का मुखमंडल

दोपहर के सूर्य सा दमदमा रहा था।

सन्नाटा कुलबुलाया। महाराजा मंगलसिंह की आँखों से अग्निवर्षा हो उठी।

''सुन रहे हो, सभासदो, महाराजा की फोटो पर थूको।''

''ऐ तपस्वी, मर्यादा में रहो।'' दीवान मेजर रामचन्द्र की कड़कदार आवाज गूँज उठी। सभी सभासदों का हाथ तलवार की मूठ पर था।

''दीवान साहब, कृपया आप शान्त रहें। महाराज की अनुमति मिल चुकी है। मुझे उनकी जिज्ञासा को शान्त करना है।''

''इसका यह अर्थ नहीं है कि तुम उनका अनादर करने लगो, स्वामीजी।'' दीवार मेजर रामचन्द्र का स्वर कुछ-कुछ रूखा और तीखा था।

वे दो सभासद जो फोटो तक आए थे, अपने स्थान पर लौट गए। महाराजा मंगलसिंह का चेहरा क्रोध से एकदम सुर्ख हो गया। उनके होंठ फड़फड़ाने लगे।

दीवान मेजर रामचन्द्र ने अशुभ घटना को टालने की दृष्टि से कहा, ''स्वामीजी यह फोटो हमारे महाराजा की प्रतिमूर्ति है। फिर यह पाप हम कैसे कर सकते हैं। आप तो मनीषी हैं, वेदान्ती हैं और शत्रु को भी आशीर्वाद देते हैं। फिर ऐसा घिनौना दृष्कृत्य कराने पर जोर क्यों?''

''आप सही कह रहे हैं, दीवानजी। परन्तु यह तो बतलाइए कि इस फोटो में महाराजा सदेह कहाँ हैं?''

''वहीं हैं।''

''महाराजा ऊपर सामने सिंहासन पर विराजमान हैं।''

''हाँ, वो तो हैं।''

''महाराजा तो हाड-मांस के हैं। उनकी शिराओं में शुद्ध रक्त बह रहा है।''

''जी स्वामीजी।''

''ये फोटो न महाराज की तरह हिलती-डुलती है और न चलती-फिरती है। एक तरह से यह जड़ है, निर्जीव है और काम मात्र है। फिर उस पर थूकने पर क्या आपत्ति है?'' स्वामीजी ने अत्यन्त संगीतमय ध्वनि में कहा।

अमात्य ने कहा, ''वह फोटो ज़रूर है, पर है तो हमारे महाराजा की, जिनको हम सबसे ज्यादा सम्मान देते हैं। हमारे लिए उनकी फोटो भी साक्षात् महाराजा ही है।''

''इसका अर्थ यह हुआ, अमात्य जी, आपको इस फोटो में उनकी काया नज़र आती है।''

''बेशक!'' अमात्य ने सिर हिलाया।

''आपको लगता है कि फोटो का नहीं, इस तरह आप उनको अपमानित कर रहे हैं। श्रद्धा भक्ति का अपमान नहीं किया जा सकता, यही ना!'' स्वामीजी ने यह कहकर सबकी ओर निगाहें डालीं। सब सन्नाटे में थे। किसी की कुछ समझ में नहीं आ रहा था। सब यही सोचे जा रहे थे कि ये अशुभ प्रसंग समाप्त हो।

''महाराजा...!'' कहकर स्वामीजी ने महाराजा मंगलसिंह की ओर देखा। कुछ देर तक देखते रहे। फिर खँखारकर आगे कहा, ''यह फोटो आपकी है इस कारण

ये लोग फोटो को भी वही आदर दे रहे हैं जो प्रत्यक्ष में आपको देते हैं। उनकी दृष्टि में फोटो में भी आप ही हैं। फोटो में वे आपको ही देखते हैं। फिर वे इस फोटो पर कैसे थूक सकते थे। वे तो उस पर थूकने वाले को ठिकाने लगा सकते हैं। इसी तरह से, महाराज जो देवी-देवताओं की मूर्तियों को पूजते हैं, उनके पीछे भी यही पवित्र भाव है, जो आपके प्रति आपके अनुरागी कर्मचारियों में अभी-अभी देखा गया। भक्तों को मूर्ति चाहे पत्थर की हो या काष्ठ की अथवा धातु की, वह उनके प्रभु का ही प्रतिबिम्ब है। ...उनके लिए वह मूर्ति साक्षात् उनका इष्ट है। इससे भक्तों को अपने इष्ट का स्मरण होता है, उसकी महानता याद आने लगती है। वह उनकी ध्यान-धारणा में भी सहायक बनती है।''

सब हतप्रभ से संज्ञाहीन बैठे रहे। स्वामीजी जैसा संन्यासी उन्होंने न सुना और न देखा। महाराजा मंगलसिंह पानी-पानी हो गए।

महाराजा मंगलसिंह सिंहासन से उतरे, सीधे स्वामीजी के पास आए, उनके चरण छूकर कहा, ''स्वामीजी, मेरे जीवन में ऐसा विचारवान्, स्पष्ट वक्ता और निर्भीक संन्यासी आज तक नहीं आया।...आप धन्य हैं, आपकी मेधा धन्य है, आपकी स्थापना धन्य है और आपकी अभिव्यक्ति धन्य है। सचमुच आपने मुझे कृतार्थ कर दिया। मेरी आँखें खोल दीं। मुझे एक नई दृष्टि प्रदान की।...आप मेरे इष्ट हुए।''

''महाराज, विवेक यह नहीं चाहता कि व्यक्ति को पराधीन बनाए। उसके सोचने की शक्ति पर अपना प्रभुत्व स्थापित कर ले। विवेक बन्धन काटता है, निर्भय बनाता है और अपना करणीय तय करता है।...आप महाराजा हैं इसलिए आपको ही सर्वाधिक त्याग करना है। बड़ा मानुष त्याग से होता है, भोग से नहीं। उद्यम करने से पापों का क्षय होता है और कर्म का प्रकाश जीवन में नव स्फूर्ति, नव मंगल की भावना और नव दृष्टि देता है।'' यह कहकर स्वामीजी लौटने के लिए उद्यत होने लगे।

''आपकी विवेक दृष्टि मेरा और प्रजा का कल्याण करेगी, स्वामीजी। इसलिए... ।''

''महाराज संन्यासी हवा होता है, उसमें सदा पावन नदी का चरित्र बहता है। वह किसी एक स्थान पर ठहर नहीं सकता।...अब मेरे ध्यान का समय हो रहा है। मैं आज्ञा चाहूँगा।''

महाराजा मंगलसिंह ने उनके चरण स्पर्श किए और हाथ बाँधे खड़े रहे। सभी सभासदों, अमात्य आदि ने उनका अनुकरण किया। स्वामीजी का आशीर्वाद पाया। वे पैदल कुछ भक्तों के साथ लौट पड़े।

अप्रैल माह का समापन। आबू पर्वत। चंपा गुफा को छोड़कर वकील साहब के निवास पर रहने की आज्ञा वे दे चुके थे। वे उस गुफा में ध्यान-ज्ञान करते थे। सुगन्ध का अपना आकर्षण है, जो जीव मात्र को अपनी ओर सहज खींच लेता है। भक्तो कमी कहाँ है, इस जगत् में? सब अमृत की तलाश में हैं। सब में एक वही ब्रह्म तो निवास कर रहा है।

चम्पा गुफा एकान्त में थी। उधर किसी का ध्यान भी नहीं जाता था और यह सोच पाना और भी कठिन था कि उस गुफा में कोई संन्यासी रहता होगा।

प्रकृति अपने निर्मल और सहज रूप में हाथ जोड़कर सबका अभिनन्दन-स्वागत कर रही थी। सबको अपनी ओर आकृष्ट कर रही थी।

हवा में मनभावन शीतल स्पर्श था। पास में बहते नालों में सरगम था। चहचहाती चिड़ियों में उत्सव था। वहाँ आकाश सदा पुष्पवृष्टि करता रहता था। धरिणी उमंगित हो पावन-प्रेम के रहस्य खोलती थी और नानाविध लीलाओं का सम्मोहन बिखेरती थी।

स्वामी सच्चिदानन्द प्रकृतिमय हो उठे थे। प्रकृति से संवाद करते। अपना मन खोलते। हिमालय को मर्मस्पर्शी अनुभूतियों की ताल देकर गा उठते—निविड़ औधार माँझे मा तोर चमके अरुण राशि* । यह एलो कृष्णा एलो, ऐ बाजालो बौशरी**... । बीच-बीच में ताल दे बैठते।

कार्य व्यापार की अपनी दुनिया है। समय तेजी से गुजरता गया। अचानक एक भद्र पुरुष रुका। वह कई बार आया था। भक्तों के साथ वह भी उठकर जाता रहा था। पर आज रुका रहा।

"क्या चाहते हो, भक्त?"

"ऋतु बदलने का सन्देश दे रही है, स्वामी जी।"

"हाँ, भद्र पुरुष। पर तुझे क्या चिन्ता है?"

"कोई चिन्ता नहीं है।"

"फिर?"

वह कुछ नहीं कह सका। सोचता रह गया। पता नहीं कहाँ ओझल हो गई वाग्मिता!

"क्या संन्यासी के कल्याण करने का विचार बना है?" वो कहकर मुस्कराए।

"जी...जी...वो...।" कहते हुए वह अटक कर रह गए। शब्द उससे छूट रहे थे।

"कुछ छोड़ना चाहता है ना तो छोड़ दे।...कहीं अभी तुझे पात्र या कुपात्र का फैसला करना तो शेष नहीं है।" इतना कहकर वे ठहाका लगा उठे।

"नहीं, स्वामीजी, ऐसा कुछ नहीं है।"

"तो मन्तव्य खोलो।"

"यह गुफा है।"

"पर इस पर दरवाजा नहीं है। चौमासा लग रहा है। ...दरवाजा होना चाहिए। क्या तुम्हारे से यह सम्भव है?"

"क्यों नहीं, स्वामीजी, क्यों नहीं। आपने तो मेरे मुँह की बात ही छीन ली।"

"तो लगवा दे।...और कुछ।"

---

* माँ, निबिड़ अन्धकार में चमक रही तेरी राशि अरूप।

** आया कृष्ण आया, यह बजायी बाँसुरी।

"नहीं, स्वामीजी।"

"आशीर्वाद चाहिए। संन्यासी के पास उसके अलावा और कुछ नहीं है। वह तो बिन माँगे भी सबके लिए है। वही तो संन्यासी की प्रार्थना है, वही साधना है, वही परिक्रमा है। आशीर्वाद भी दिया।" कहकर उन्होंने मन्त्र पढ़ा।

वह फिर भी नहीं उठा।

"क्या कुछ और भी फँसा रह गया है, भक्त तो उसे भी निकाल फेंक। सबको सुनाओ—मामैः...मामैः...भय न करो, भय न करो।...भयरहित हो जाओ। भयरहित हो, ऐसा जाप करो—उठते-बैठते, जागते-सोते, चलते-फिरते...हर समय। भय ही पाप है, भय ही मृत्यु है। भय ही नरक है। भय ही व्यभिचार है। जो मिथ्याभाव है, असत् है, वह भय की उत्पत्ति है। ...समझ रहे हो, भक्त तो शीघ्र बोलो।"

"क्या यह सम्भव है?"

"हूँ।"

"पर क्या?"

"जो तुम छिपा रहे हो। गठरी खोलो। जो है, उसे बाहर आने दो। फिर देखो, चमत्कार हो गया।"

"स्वामीजी, मैं यहाँ सुन्दर बँगले में रहता हूँ। अकेला हूँ।...वहाँ कई कमरे हैं। लॉन है। यह गुफा है भी छोटी।"

"तो?"

"यदि वहाँ रहने के लिए तैयार हो जाएँ तो मैं अपने को खुशनसीब मानूँगा।"

"इसमें आपत्ति क्या है?"

"मैं कृतार्थ हुआ, स्वामीजी!"

"और मैं भी।" कहकर वे जोर से खिलखिला पड़े।

"कोई गलती हो गई, स्वामीजी!"

"हाँ, बहुत बड़ी गलती।"

वह समझ गए। स्वामीजी अन्तर्यामी हैं। सब जान गए। उसे पहले कह देना चाहिए था पर वकील बुद्धि की यही तो औट है। वह गिड़गिड़ा कर कहने लगे, "मैं यह भी बताने वाला था कि...।"

"अब बता दो।"

"मैं मुसलमान हूँ।"

"कौन से?"

"सुन्नी।"

"औरंगजेब भी सुन्नी था।"

"हाँ।"

"अपने भाई दाराशिकोह को मारा था।"

"हाँ।"

"अपने अब्बाजान बादशाह शाहजहाँ को नज़रबन्द किया था।"

"हाँ।"

"तो तुम्हारा इरादा क्या है? ...अपना क्या नाम बताया था तुमने?"

"अभी मैंने अपना नाम नहीं बताया।"

"नामात्मक जगत् में रहते हो और नाम बताना भूल गए। खैर अब बताओ।"

"अब्दुल हक़ीम!"

"शगल।"

"वकील हूँ—वकालत करता हूँ।" सलीस, सलीस जुबान में उसने कहा।

"करेला और नीम चढ़ा।" उन्होंने बहुत धीमे से मन ही मन इस तरह कहा कि अब्दुल हकीम की समझ में उसका सार आ सके। वह गम्भीर हो गया। उसका चेहरा लटक गया।

स्वामीजी अट्टहास लगा उठे। वह झेंप गया। वातावरण तनाव से ऐंठने लगा।

स्वामीजी ने स्थिति सँभाली और कहने लगे, "वकील साहब, क्या आप जाति देखकर केस लेते हो?"

"अक्सर नहीं।"

"कोई हिन्दू मुँहमाँगी रकम आपको ऑफर करे तो क्या किसी मुसलमान के खिलाफ़ मुक़दमा नहीं लड़ोगे? जमीन को टटोलकर जवाब देना।"

"लड़ूँगा।"

"तो फिर मुझे क्या चाहिए?"

"क्या यह स्वामी ढोंगी है? लगता तो नहीं है। फिर भी...। अब वह क्या करें?"

"किस सोच में पड़ गए हो, वकील साहब? क्या इरादा बदलना चाहते हो?" उनका मन परीक्षा लेना चाह रहा था यह जानते हुए कि वह पाक व खुदा परस्त इंसान है।

"किसी सोच में नहीं...।"

"वकील साहब, मैं समझ रहा था कि वकालत का पेशा करते हुए तुम्हें इंसान की परख गहरी और पुख्ता हो गई है। हमारे परिवार में भी कभी यही पेशा होता था।"

"आप यकीन कीजिए, मेरा इरादा आपका धर्म नष्ट करने का नहीं था।"

"वकील बन्धु, संन्यासी का कोई धर्म नहीं होता, न कोई जाति होती है। सम्पूर्ण प्राणी जगत् उसके लिए होता है और वह उन सबके लिए।"

"मैं आपके खाने की सामग्री, रसोई आदि का प्रबन्ध एक ब्राह्मण को सौंप दूँगा।"

"क्यों?"

"मेरा भी धर्म है कि...!"

"पर मेरा धर्म तुम्हारे धर्म से जुदा है, वकील बंधु।...मानव धर्म मानते हो?"

"हाँ।"

"तो फिर ये भेद की दीवारें क्यों?"

इस बार वे जोर से ठहाका लगा उठे। कहने लगे, "जो खुलकर हँस सकता है, वही इन्सान है। ...अच्छा, यह बताओ, तुम्हें यहाँ कहीं कोर्ट-कचहरी तो नहीं करनी है।"

"नहीं।"

"तो एक अनुभव सुनोगे।"

"अवश्य।"

"संन्यासी से डरकर कहते हो पर ध्यान रहे इस संन्यासी के पास शाप देने की शक्ति नहीं है। ये विषशून्य सर्प हैं...मैं तुम्हारे साथ रहूँगा।...तुम भी मज़हब को इतना तंगदिल मत समझो। सब मज़हब साधन हैं—साध्य तक ले जाने के।...तो कब चलना होगा?"

"अभी।"

"नहीं, कल शाम को चलूँगा।...अब तुम जा सकते हो।"

"पर अभी आप कोई अनुभव सुनाने जा रहे थे।"

"सुनोगे।"

"हाँ, सुनना चाहूँगा।"

स्वामीजी ने बैठने का रुख बदला। कुछ सोचकर कहना शुरू किया—

अगस्त का तीसरा सप्ताह था। मैं आगरे से वृन्दावन जा रहा था, यानी तीसेक मील पैदल चल रहा था। दण्ड-कमण्डलु, कम्बल। कम्बल में लिपटी तीन-चार पुस्तकें थीं। नंगे पाँव था।

वर्षा होकर चुकी थी। हवा सन्नाटे में आ गई थी। साथ में कोई नहीं था। बीच में कहीं रुका भी नहीं। भिक्षा भी नहीं माँगी थी। मन नहीं हुआ था। उपवास भी रखता हूँ। अभ्यस्त था।

मैंने एक ग्रामीण आदमी को देखा। वह पुलिया पर बैठा धूम्रपान कर रहा था। उसकी मुट्ठी में चिलम थी। आँखों में मस्ती थी। चेहरे पर बेफिक्री थी। पीठ को सहारा दिया था, पाँव पसारे हुए।

मैं थक गया था। मन शिथिल हो उठा था। धूम्रपान का धुआँ मेरे पर छाने लगा। अपने को रोकना सम्भव नहीं हो रहा था। लग रहा था कि तीन-चार बार चिलम से कश लिए तो मन चंगा हो जाएगा और तरोताजा।

मुझसे रहा नहीं गया। तलब ने जोर पकड़ा। मैं लौटा। उसके पास पहुँच कर कहा, "भाई, बाबा भी दो चार कश खींचना चाहता है।"

वह खड़ा होकर नत मस्तक हुआ। बोला, "इससे बड़ी भलाई मुझे और क्या हो सकती है परन्तु...।"

"परन्तु क्या, भाई?"

"मैं भंगी हूँ।"

मैं अवाक् रह गया। मेरे में उच्च कुल और जातीय अहंकार फुफकार उठा। रूढ़ परम्परित संस्कारों ने जोर मारा। मैं आगे बढ़ गया।

अभी कुछ ही दूर आगे गया कि माथा ठनका। अन्दर से आवाज आई,

"तू संन्यासी है। तूने मानव जाति के शिव के लिए संकल्प लिया है और तू जातीय तथा कुलीन संस्कारों से अपने को घेरे हुए है। बन्धन मुक्त हुए बिना तू जगत् का क्या कल्याण कर सकेगा?...उठ, करणीय कर, संन्यासी।"

मैं उलटे पाँव लौट पड़ा। वह व्यक्ति वहीं बैठा चिलम सूँत रहा था। उसने खड़े होकर उनकी ओर देखा।

"बच्चे, चिलम की तलब लग चुकी है तो चिलम तो...।"

"पर बाबा, मैंने कहा नहीं कि मैं भंगी हूँ—मेहतर।"

"तू इन्सान है कि नहीं?"

"वो तो हूँ पर नीची जाति का।"

"इन्सान सारे एक ही जाति के होते हैं—उनमें ऊँच-नीच का भेद नहीं होता।"

"पर यहाँ तो है, बाबा।"

"मैं नहीं मानता।"

"पर मैं मानता हूँ।"

"तू चिलम भर दे।"

"किसी ने देख लिया तो वे सब पनछियाँ मार-मार कर मुझे अधमरा कर देंगे।"

"और मैंने शाप दे दिया तो...।"

मरता क्या नहीं करता। चुपचाप चिलम भरकर ला दी। मैंने तीन-चार कश खींचे, धुआँ हवा में उड़ा दिया और चिलम उसको हवाले कर मैं आगे बढ़ गया।

इतना कहकर स्वामीजी ने वाणी को विराम दिया। अलवर वाले मौलवी से जुड़ी कहानी को उन्होंने थपकी देकर सुला दिया। वे पूछ रहे थे, "अच्छा वकील साहब, तुम बताओ, मैंने भंगी के हाथ की चिलम क्यों ली?"

"तलब लगी थी।"

"नहीं, यह बात नहीं थी।"

"तो क्या थी?"

"मैं चिलम से दो-चार कश खींचे बिना रह सकता था पर...मुझे लगा कि...।"

"क्या कि?"

"मुझमें अभी तक अहंकार है। संन्यास लेने से क्या लाभ जब जातीय संस्कारों से मुक्त नहीं हो सका?...वह भी क्या सोचेगा?...मेरा व्यवहार अनुचित था, इसलिए मुझे भंगी के हाथ से चिलम लेना ज़रूरी हो गया।...संन्यासी की कथनी और करनी में अन्तर नहीं होना चाहिए।...कहानी खतम पैसा हजम।...फिर तुम मुसलमान हो या ईसाई, पारसी हो या कसाई, मेरे लिए सब एक हैं।" स्वामीजी खड़े हो गए।

अब्दुल हक़ीम भी सलाम कर बाहर आ गया। सारे रास्ते सोचता रहा कि स्वामीजी किसी देवी शक्ति के अवतार हैं। पता नहीं क्यों उसे देवी-देवताओं में रुचि है। उनके प्रति श्रद्धा है! मूर्तियाँ उसे लुभाती हैं।

स्वामीजी अब्दुल हक़ीम के निवास पर रहने लगे। वहाँ उन्हें सारी सुविधाएँ थीं। प्रकृति की गोद में बसी वह कोठी अत्यन्त रम्य थी। तीन तरफ पहाड़ पेड़ों से लदे।

झूमती हुई टहनियाँ। लोरी सुनाते भौंरे। पास बहता नाला। अपूर्व शान्ति। अद्‌भुत सौन्दर्य।

वहाँ लोग-बाग आने लगे। सतरंग चल पड़ा। अब्दुल हक़ीम किशनगढ़ राज्य में वकालत करते थे। प्रायः हर गर्मियों में आबू घूमने आया करते थे।

संन्यासी के प्रति उनमें अटूट श्रद्धा-भक्ति का संचार हो उठा था। वे उनसे उपनिषदीय कहानियाँ सुनते। गीता का रहस्य समझते। प्रश्न करते। जिज्ञासाएँ उठाते।

दिन-रात वह स्वामीजी के पास रहने लगे। एक दिन जब अब्दुल हक़ीम ने हिन्दू धर्म अपनाने की बात कही तो स्वामीजी ने कहा, "अपना मज़हब मरते दम तक नहीं छोड़ना चाहिए। हर मज़हब में सुविधाएँ-असुविधाएँ हैं। कोई कारण नहीं है कि मज़हब बदला जाए। क्या माँ-बाप को बदला जा सकता है? नहीं, ना। जहाँ और जब कभी मज़हब की आँधी ताबड़तोड़ उठी, चाहे हुकूमत या सत्ता के बल पर अथवा धन-दौलत के जरिये, तब धर्मान्तरण तो हुआ, परन्तु मतान्तरण नहीं हो सका और ऐसे लोग धर्म शोषित समाज के लिए हर स्तर पर दुरूह, कमजोर, आत्मविश्वास से ढीले और तंगदिल हुए।...हकीम बंधु, मज़हब बदलने की कभी मत सोचना वरना न इधर के रहोगे, न उधर के।"

"परन्तु स्वामीजी, ईसाई और मुसलमानों का फैलाव तो ऐसे ही हुआ है। तलवार थी उनके पीछे।"

"तभी तो उनमें खौफ़ पैदा किया गया। खौफ़ या डर ज़िंदगी से उसके जीने का हक़ छीन लेता है।...तुम किसलिए हिन्दू धर्म...यानी सनातन धर्म अपनाना चाहते हो, हकीम?"

प्रश्न धारदार था। अब्दुल हक़ीम की जिन्दगी में वह पहला ऐसा शख़्स था जो मज़हब बदलने के ख़िलाफ़ था। दलील दे रहा था। उससे नहीं रहा गया। घाव गहरे थे। निशान अभी तक बाकी थे। उनमें जब तब खाज मचने लगती थी। वह गला साफ कर बोला, "स्वामीजी , हमारे पड़दादा हिन्दू थे।...हमारा आधे से अधिक गाँव कभी हिन्दू था। आज भी हमारे रीति-रिवाज और संस्कार हिन्दुओं की तर्ज़ पर है।...मेरी वास्तविक पीड़ा यह है।...हमारे पुरखों को जोर-जबर्दस्ती धर्म बदलने के लिए मज़बूर किया गया था और अब हम उस भूल को स्वेच्छा से सुधारना चाहते हैं तो आप हमें नसीहत दे रहे हैं कि मज़हब बदलना अपने आप से गद्दारी है, नाइन्साफी है और अपने आपको धोखा देना है। यही कारण है कि मुस्लिम मज़हब में कट्टरता है, अशिक्षा है, परदा है, परहेज़ है जो हमारे ज़ेहन के बरख़िलाफ़ है। तब क्या करें?"

"फिर भी... ।"

"फिर भी क्या, स्वामीजी, हिन्दू से बनी मुसलमान हुई कौम अन्धविश्वास, खोखली बंदिशों, रूढ़ांध परम्पराओं, नफ़रत के बवंडरों, हर बात में मज़हब के खतरों का फतवा सिर पर लादे न जी पा रही है, न मर पा रही है। वह अपनी आज़ादी के ही बरख़िलाफ़ है।...आज़ादी के बिना जीने के क्या मायने हैं?...इसलिए आपसे गुज़ारिश की थी—सिर्फ़ अपने लिए नहीं, अपने जैसे सैकड़ों बदनसीब मुसलमानों

के लिए जो आज तक मन्दिरों की घंटियाँ सुनकर उनकी चौखटों पर माथा टेक़ने की अन्दरूनी ख़्वाहिश का गला घोंटते हुए चले आ रहे हैं, उनके लिए आप क्या मार्ग सुझाते हैं?''

''हकीम भाई, तुमने जायज सवाल उठाया है। बनारस में भी, गाजीपुर में भी मेरे सामने कई पढ़े-लिखे मुसलमानों ने यह सवाल उठाया था।...वहाँ भी मुझे चुप रहना पड़ा था। एक संन्यासी से उम्मीद मत करो कि वह धर्मान्तरण की साज़िश का एक हिस्सा बने।''

''मैं वेद पढ़ना चाहता हूँ।...आप से वेद और वेदान्तों की चर्चा सुनकर मेरा दिल तड़प उठा।''

''तो पढ़ो भाई, कौन रोकता है?''

''हमारा मज़हब।...हमारे मज़हब में इस तरह के इंसान के लिए मज़हबी खुफिया तन्त्र हरकत में आ जाता है और उसे काफ़िर समझकर वह हमारे साथ कुछ भी और किसी हद तक जा सकता है। हमारे यहाँ ऐसे लोगों के लिए सरेआम फतवे मुफ़्ती या मुल्ला मौलवी सुना देते हैं। उस पर रक़म तक मुकर्रर कर देते हैं। ये मुफ़्ती या मौलवी कितने निरंकुश और इन्तिहापसन्द हैं...इस्लामी क़ानून का हवाला देकर ये मज़हबी-मदान्ध शरहे हामिक क्या कुछ नहीं कर सकते हैं।...मेरी अर्ज़ इस तर्ज़ पर अन्दरूनी बग़ावत के लिए रास्ता ना पाने की वजह से है।'' अब्दुल हक़ीम की आवाज उसके जेहन से उठ रही थी। वही एक ज़रूरी क़शिश को लम्बे समय से भोग रहा था। इस वक्त उसका नूरी चेहरा गर्दिश को बयान कर रहा था।

''वे क्या रास्ता तय करें? क्या सुझाव दें? मज़हब खुदा की इनायत है, उसकी दौलत का खुला खज़ाना है, खुशहाल ज़िंदगी का शरअ़ है। पर हकीम का अन्दरूनी दर्द भी इन्साफ चाहता है। वे क्या मदद कर सकते हैं? श्रीरामकृष्ण परमहंस के चहेते तो मुसलमान भी हैं। शायद ये सवाल कभी उनके सामने नहीं आया। उनका रास्ता दूसरा है। वह कहने लगे, ''सुनो, भाई, इस्लाम का अर्थ है शान्ति। जो शान्ति का उपासक है, वह सोलह आने सच्चा मुस्लिम है।''

''क्या वाकई ऐसा है?''

''मैंने अजमेर के दरगाह शरीफ के सामने खड़े एक फ़कीर से सुना। वह जोर-जोर से कह रहा था—कर सको तो सारे ढकोसले छोड़कर एक दूसरे को ताक़ीद करो कि वे हक़ (सच), सबर (धृति/धैर्य) और रहमत (करुणा) की शरअ़ पर चलें। तब तू बिना नमाज पढ़े भी बहिश्त का हक़दार होगा वरना तेरी यह झूठी नमाज़ तुझे दोज़ख में जाने से नहीं रोक सकेगी।...मियाँ हकीम, दिल की सुनो, पाखंड हर मजहब के पंडों-मौलवियों की सल्तनत है।''

इसी समय कुछ और लोग आ गए। अब्दुल हक़ीम उठ खड़े हुए। वह वहाँ के इन्तज़ाम में लग गए। अचरज तो यह कि आज आने वालों में दो फिरंगी भी थे। सब यथास्थान अभिवादन के बाद बैठ गए।

स्वामी जी ने एक श्लोक सुनाया। उसका अर्थ नहीं बताया। कहा, अमर पुत्रो, अमरता के कार्य करो। दूसरों के दुःखों को दूर करने में सहायक बनो। यीशु-मसीह

को दि सफरिंग सरवेंट के रूप में जाना गया। याद रखो, ईश्वर तुम्हारे साथ है, तुम में है—तुम्हारे अलावा कहीं नहीं है, सिवाय ब्रह्मांड के रन्ध्र-रन्ध्र में होने के। यीशु ने कहा था फिलीप्पुस से—जिसने मुझे देखा? उसने पिता को देख लिया... क्या तुम्हें विश्वास नहीं है कि मैं पिता हूँ और पिता मुझमें है।...यदि हम यह मानें, मानना भी चाहिए कि मैं ही पिता यानी परमेश्वर हूँ।'' उन्होंने इसका अनुवाद अंग्रेजी में भी तत्काल कर दिया। ऐसी मधुर अंग्रेजी में कहा कि अब्दुल हकीम अवाक् रह गया। इतनी सुन्दर आवाज़ तो झरने की भी नहीं होती। वह लौट आए, वहाँ आकर बैठ गए।

''समझ में आया, गौरांग ब्रदर। तुम्हें हिन्दी आता है या आती है...शब्द एक है...विशेषण भी हैं और संज्ञा...स्त्रीलिंग भी है, पुल्लिंग भी।''

''आता है।'' एक गौरांग ने कहा।

''नहीं, यदि हिन्दी का प्रयोग भाषा के अर्थ में करेंगे तो वह स्त्रीलिंग होगा।''

''हम हिन्दी बोली भोत समझ लेटा है। टुआमी बोलो। अच्छा लगटा है।''

''तुम मर नहीं सकता।''

''क्यों?''

''क्योंकि ईश्वर अमर है। तुम उस ईश्वर के अंश हो।''

''राक्षस क्यों? बुरा क्यों?''

''पारसी धर्म ज़रथुश्ती के सम्पर्क में जब आया तब जाना कि जगत् में दो ताकतें हैं—एक शुभ है और दूसरी अशुभ। इन दोनों में अन्दर-बाहर लगातार जंग छिड़ी रहती है। एक दिन अशुभ यानी राक्षसी ताक़त हार जाएगी। तब ईश्वर का राज्य होगा।''

''अब नहीं है क्या?'' दूसरा गौरांग पूछ रहा था।

''है। हर पल है।''

''फिर?''

''बुराई पर अच्छाई की जीत सदा से होती रही है। बुराई माया...भ्रम से जनमी है। तुम इन बातों के फेर में न पड़कर दूसरों की सेवा करो, सम्मान करो, उसे अपनाओ, सीने से लगाओ। नास्ति धर्म समः सखा हर व्यक्ति को अपने धर्म का पालन करना चाहिए। त्याग करने में ही सुख है। सेवा ही मेवा है।''

एक घंटे तक यह वार्ता चलती रही। सब प्रसन्न होकर लौट गए।

स्वामीजी भोजन करने के बाद सो गए। गहरी नींद। गेरुवा वस्त्र एक ओर पड़ा था। वे कौपीन पहने थे मात्र। कुछ थकान भी थी क्योंकि नक्की झील से देलवाड़ा मन्दिर देखकर लौटे थे। अब्दुल हक़ीम का निवास नक्की के पास तो था परन्तु ऊँची पहाड़ी पर। वहाँ से नक्की झील का नज़ारा अत्यन्त मनमोहक लगता था। रात को भी बहुत विलम्ब से सोए थे।

अब्दुल हक़ीम खुशमिज़ाज़ इन्सान थे। शतरंज के शौकीन थे। रात भर संगीत की गंगा बहती रही थी। स्वामीजी की मधुर आवाज थी और हारमोनियम से निकल रहा सही सुर। तबले पर संगत कर रहे पंडित निरंजन द्विवेदी झूम-झूम जा रहे थे।

संयोग स्वतः बन जाता है। बात-बात में चर्चा उठ गई। कौटा के मन्त्री ठाकुर फतेह सिंह और उनके साथी वकील श्रीयुत महराव की। अब्दुल हक़ीम उस चर्चा में गहरे मशगूल थे और चर्चा स्वामीजी की चल रही थी। उसी समय वहाँ खेतड़ी के राजा अजीतसिंह के निजी सचिव मुंशी जगमोहन लाल आ पहुँचे। बताया जा रहा था कि पहुँचे हुए संन्यासी हैं। प्रकांड पंडित हैं, संस्कृत, बँगला, हिन्दी और अंग्रेजी पर उनका अधिकार है।

कल दोपहर में मिलाने की बात तै हुई। अब्दुल हकीम उस बात को भूल गए। मुंशी जगमोहन लाल उस दिन दोपहर को नहीं आए। आज आए तो अब्दुल हक़ीम किसी ख़ास काम से बाहर गए हुए थे। उन्होंने स्वामीजी के बारे में पूछताछ शुरू की। उसका यह परिणाम हुआ कि उनको स्वामीजी के कमरे में बैठा दिया गया। तब स्वामीजी सोए हुए थे।

अकेले समय काटना कठिन होता है। मुंशी जगमोहन लाल की दृष्टि श्याम वर्णीय तपस्वी पर पड़ी, जिसके मुखमंडल पर ओज था, अरुणिमा थी, होंठों पर लालिमा थी। नीचे से होंठ कुछ मोटे थे, ठुड्डी के बीचोंबीच हलका सा नुकता था पर गहरा था। विशाल नयन बन्द थे। सिर पर घने काले बाल थे। माथा चौड़ा था। नासिका लम्बी थी। वह आकर्षक आकृति व गठीला डीलडौल वाला था। वह एकदम शान्त-प्रशान्त और निर्मल था। अचानक उसके माथे पर त्रियक रेखाएँ उभरीं। पर वह मुसलमान के यहाँ क्यों? स्मरण आया, उसने अपना नाम बताया था...नाम भी अजीब-सा था...हाँ...हाँ...याद पड़ा...सच्चिदानन्द अब्दुल हक़ीम ठीक से उच्चारण नहीं कर सका था। वह तो श्रीयुत महाराव ने उसका शुद्ध उच्चारण करके बताया। इस पर मन्त्री ठाकुर फतेह सिंह अपनी हँसी नहीं रोक सके। कहने लगे, ''जब नाम इतना बेढब है तब हकीम साहब वह संन्यासी भी बड़ा ज़िंदादिल होगा।...कोठी में नगद नारायण और सोना चाँदी तो नहीं है।''

''क्यों?''

''कौपीनधारी मौक़ा पड़ने पर माल के साथ जान को भी ठिकाने लगा जाते हैं।'' ठाकुर फतेह सिंह की आँखों में व्यंग्य था।

''तो क्या हुआ। वकील साहब नीचे की कोर्ट से लेकर ऊपर तक की कोर्ट में उसका पीछा करेंगे।...मुआफ़ करना, वकील महानुभावो, भूत और वकील जिसके पीछे पड़ जाएँ, उसकी तो ख़ैर नहीं।

इस पर वे सब हँस पड़े। परन्तु अब्दुल हकीम ने बीच में ही हँसी रोक कर कहा, ''वो महान् संन्यासी है। उससे अल्लाह प्रदत्त शक्तियों का आभास होता है। वो अपने वक्त से बहुत आगे है।''

''क्या नाम बताया था उसका?''

''सच्चिदानन्द।'' श्रीयुत महराव ने उन दोनों को उच्चारण की दिक़्क़त में पाकर कहा।

''मियाँ हकीम, सच्ची दा आनन्द न!''

''सच्चिदानन्द।''

"हाँ-हाँ वही वही...हाँ तो मियाँ, ज़रा इसका खुलासा तो करो कि यह क्या बला है?"

इस बार अब्दुल हकीम चमक गया। उसने इस बारे में कभी सोचा ही नहीं था। उसने कभी उसके नाम का अर्थ जानने का प्रयत्न भी नहीं किया था। उसने थके हारे स्वर में कहा, "मुझे नहीं मालूम, ठाकुर साहब!"

उस पर अकेले ठाकुर फतेह सिंह जोर का ठहाका लगा उठे। उनका थुलथुल शरीर कलामंडी खाने लगा। बमुश्किल हँसी रोककर बोले, "मियाँ, तुम्हारी वकीली अक़्ल की दाद देनी पड़ेगी। हुजूर को वो चूना लगा जाए जिससे हुजूर उसके नाम का सही खुलासा नहीं कर सके। हुलिया के बारे में क्या बयान कर पाएँगे, ये हुजूर ही जानें।"

इस तरह क़हक़हों में उबाल व उछाल खाती रही संन्यासी की क़दकाठी। मुंशी जगमोहन लाल इस वक्त, निभृत कक्ष में संन्यासी को देखकर मुस्कराए बिना नहीं रह सके।

संन्यासी ठीक उसी समय जग गया। उठा नहीं। देखता रहा लेटे-लेटे। कुछ पूछा भी। जगमोहन लाल ने अभिवादन किया या करना पड़ा, यह वह ठीक-ठीक कुछ नहीं कह सकता।

संन्यासी ने कोई प्रश्न नहीं किया और अभिवादन के उत्तर में कुछ कहा। तनिक हिले-डुले। चेहरे पर हथेलियाँ घुमायीं और दो-तीन बार आँखें खोलीं और बन्द कीं।

धीरे-धीरे उठे। किसी मन्त्र का मन ही मन उच्चारण किया। ध्यान से देखा। पूछा, "कौन हो, भाई?"

"आप खेतड़ी के महाराज के निजी सचिव मुंशी जगमोहन लाल।" उनके साथ आए व्यक्ति ने कहा।

"बहुत बड़े आदमी हो।...संन्यासी से भला क्या काम? फिर भी...।"

मुंशी जगमोहन लाल की दृष्टि संन्यासी के माथे के दाईं ओर एक जख्म के निशान पर थी। लगभग पौने छह फीट का मज़बूत क़दकाठी यह संन्यासी कहीं और खोया हुआ था।

"आप हिन्दू हैं?"

"हूँ।"

"फिर भी मुसलमान के घर में।"

"हाँ।"

"खाने-पीने की चीजों में उसका हाथ भी लगता ही होगा।"

"जाहिर है। जब साथ-साथ रहते हैं तब सब कुछ चलेगा।" स्वामीजी ने शान्त भाव से उत्तर दिया।

"हिन्दू संन्यासी होकर भी?"

"यह मेरा जातीय मामला है—मैं भंगी के घर में रहूँ या ईसाई के अथवा पारसी के।"

"आप तो आदर्श पुरुष हैं।"

"यह किसने कहा तुमसे?"

मुंशी जगमोहन लाल की सिट्टी-पिट्टी गुम। उनका मित्र भी असहाय।

उनको डगमगाते देख स्वयं स्वामीजी ने कहा, "मुझे न शास्त्र का डर है, न भगवान का। समाज की भी मुझे परवाह नहीं है, मुंशी।...मैं किसी का नौकर नहीं हूँ। चिन्ता रहित हूँ। क्या हवा, क्या पानी, क्या अग्नि, क्या धरती आदि हिन्दू-मुसलमान, सिख-ईसाई का भेद करते हैं? क्या गंगा मुसलमान को नहाने, कुल्ला करने आदि से रोकती है? फिर भेदाभेद क्यों? क्यों ऊँच-नीच? क्यों छोटा-बड़ा?...कुछ नहीं रे। संन्यासी इन सारे समुद्रों को पार कर आया है। उसे अपने नाम का भी स्मरण नहीं—कोई बाबा कह देता है, कोई साधु, कोई संन्यासी...कोई दरवेश...कोई फ़कीर...मुझे अच्छा लगता है। जानते हो क्यों?"

"क्यों?" अनायास जगमोहन लाल के मुँह से निकल गया।

"क्योंकि ये अपने दिल से पुकारते हैं, जैसे किसी छोटे बालक को कोई नन्हे कहता है, कोई नटखट, कोई माखनचोर, कोई डबलू-बबलू आदि। क्या वह शिशु या बालक बुरा मानता है? क्यों माने, अन्दर की पुकार में हृदय होता है। स्वामीजी की वाणी अमृतमयी थी। उनकी मुद्रा सहज थी। तनिक भी आकांक्षा नहीं, बड़प्पन नहीं, अहंकार नहीं। जो कुछ था, वह प्यार से लबालब, एकदम अंतरंग, आत्मीय और अनाविल!

वे दोनों स्वामीजी के प्यार के वशीभूत हो गए। उनकी वाणी ने उन्हें बाँध लिया। ये कायल हो गए। उनको लगा, बात हवा में नहीं फेंकी है। वास्तव में ये जो हैं, उन्होंने उसे व्यक्त किया है।

"मैं तुम्हें हाल की एक घटना सुनाता हूँ। ध्यान से सुनना क्योंकि मैं अन्त में तुमसे कुछ प्रश्न करूँगा। ये तुम्हारी परीक्षा भी है। समझ रहे हो! थाह लेनी हो तो गोताखोरी का अच्छा अभ्यास करना अनिवार्य है। ...खैर, तुम कहानी सुनो।...तोलकर बोलो। बोलो तभी जब गुना हो। नहीं चुप्पी साधो—मौनी बाबा हो जाओ। संकेतों को अपनाओगे तो कालिदास तक जाने की गुंजाइश है।... तो सुनो... ।"

"अलवर हम पर फ़िदा हो चला था और हम अलवर पर। चैन की बाँसुरी बज रही थी। भक्तों का जमघट जुड़ चला था। जहाँ रहो, वहाँ की कुछ ख़ास जानकारी अपने मतलब की भी रखो।

एक दिन मौज़ की तरंग में बहते-बहते एक भक्त से पूछ बैठे, "यहाँ आस पास कोई साधु-सन्त रहता है क्या?"

"हाँ।"

"कहाँ?"

"उत्तर दिशा में, कोई दो-तीन कोस पर एक वृद्ध ब्रह्मचारी रहता है।"

"पर...स्वामीजी।"

"शंका निर्मूल है, बच्चा।...जो होगा, कल देखेंगे। तू ज़रूर साथ चलना।"

अगले दिन चल पड़ा काफ़िला। रास्ते में एक भक्त ने पूछा, "अगोचर को

क्या देखा जा सकता है, स्वामीजी?''

''आँख इतनी जोर से मींचो कि बाहर का दिखना बन्द हो जाए तो अगोचर हमारी तुम्हारी तरह सामने होगा। कान बन्द कर सके तो अनहद सुनाई देगा।''

''नाक...?''

''तो अगोचर की अमर सुगन्ध का अनुभव करोगे।...बाह्य स्पर्शानुभूतियों से मुँह मोड़ लोगे तो हृदय-स्पर्श की अननुज्ञात अनुभूतियों से गद्गद हो उठोगे।''

''और जिह्वा...?''

''महारस से छकना चाहते हो तो जिह्वा का बाहरी बुखार उतारना पड़ेगा।''

''और...और...।''

''बोझ उतारो, गठरी खोलो और लुटा दो।...भगवान् को छूने का मन हो तो किसी दुखियारे की सेवा करो।...और अब हरे कृष्णा, हरे कृष्णा, कृष्णा-कृष्णा हरे-हरे का जाप करो।''

लीजिए पहुँच गए उस वृद्ध ब्रह्मचारी की कुटिया के सामने। वह वृद्ध ब्रह्मचारी सबको देखकर कुटिया के अन्दर चला। शायद वह कुछ रुष्ट भी हुआ था।

सबकी आँखों में कौतूहल मुस्कराया। अब? वृद्ध ब्रह्मचारी तो अन्दर चला गया। हठी है। किसी की नहीं सुनता। पल भर में इज़्ज़त उतारने में अव्वल।

सब जहाँ के तहाँ खड़े रह गए।

''वयोवृद्ध ब्रह्मचारी, ये क्या? बुलाकर खुद अन्दर! बाहर आओ।''

''किसने बुलाया?''

''आपने वयोवृद्ध ब्रह्मचारी...आपने।''

''मिथ्या! सर्वथा मिथ्या।''

''सामने आने से डर कैसा?''

''कौन डरता है?...नादान, मूर्ख, वाचाल, ढोंगी...ले सामने हूँ।'' कहकर वे बाहर आ गए। अंगद की तरह पाँव जमा दिया।

क़द ठिगना। दुबली-पतली देह। चेहरे पर झुर्रियाँ, हल्की-हल्की। आँखें छोटी पर गहरी। नाक चपटी। होंठ कटे हुए। झब्बा टखने तक पर मैला कुचैला। उसकी छोटी आँखों से अचानक अग्नि वर्षा होने लगी। उसके बदसूरत होंठ काँपे। वह चीखा, ''तू गेरुवा क्यों पहनता है, प्रपंची संन्यासी।...जा मेरी आँखों से दूर हो जा।'' उसकी सारी देह काँप रही थी।

''क्षमा, वयोवृद्ध ब्रह्मचारी, गुस्सा थूको। यह कम अक्ल, परपंची संन्यासी आपसे ईश्वर और धर्म के बारे में सुनना चाहता है।''

''सुनकर क्या होगा?...वो तो पूरी साधना माँगता है जो तुझसे सम्भव नहीं।''

''पर मुझे कुछ तो दीजिए।''

''तुझे मैंने इतनी गालियाँ दीं, क्या वे कम हैं। उनसे तेरा जी नहीं भरा क्या?''

''और दे दीजिए गालियाँ, वयोवृद्ध ब्रह्मचारी।...मैं उफ् नहीं करूँगा।''

''तू बहुत चालाक है, संन्यासी।...धैर्य तेरी अपूर्व शक्ति है।...जा, मैंने तुझ पर से अपना क्रोध वापस ले लिया।...अब तू खुश है, गेरुआ धारी संन्यासी।''

"पर कुछ दीजिए भी।"

"क्या दूँ?"

"जो जी में आए।"

"ठीक है...ठीक है।" वह सोच में पड़ गया। उसके चेहरे पर बादल छाए। फिर छितराये। फिर छाए। कुछ देर तक यह क्रम चलता रहा। तेजी से अन्दर गया पर तुरन्त लौटकर बोला, "क्या कुछ खाएगा?"

"नहीं।"

"तू आशीर्वाद को नकारता है।"

"मैं भिक्षा पा चुका हूँ, वयोवृद्ध ब्रह्मचारी।"

"तो क्या हुआ?"

"संन्यासी का व्रत है।"

"तो फिर आया क्यों है?...जा लौट जा फिर कभी इधर नहीं आना।"

"आऊँगा तो!"

"तो तुझे कुछ खाना भी पड़ेगा।...आ, इधर आ। प्रसाद पर।"

"यह आज सम्भव नहीं होगा, ब्रह्मचारी, संन्यासी भिक्षा पा चुका है।"

"तो फिर यहाँ खड़ा क्यों है, पाखण्डी कोपीनधारी।...जा भाग, जा! फिर कभी इधर मत आना वरना इस ब्रह्मचारी का शाप, तुझे महँगा पड़ेगा, कपटी, ढोंगी, दुर्मति, दुष्ट, अहंकारी।" कहता हुआ वह उछलकूद करने लगा। उसकी आँखों से चिनगारी निकलने लगी। वह थर-थर काँपने लगा।

इसके बाद संन्यासी जी ने कहानी पर से अचानक परदा गिरा दिया और पूछने लगे, "कहो, मुंशी, अब यह कथा क्या मोड़ लेगी?"

मुंशी जगमोहन लाल सोच के गहरे भँवर में पड़ गए मानो वह जंगल में दिशा भटके यायावर हों। निर्जन स्थान में किससे पूछें? फिर भी कुछ तो कहना ही था, कहा, "प्रसाद लेकर उस ब्रह्मचारी को राजी किया होगा।"

"तुम, भाई।"

मुंशी जगमोहन लाल के साथ आया उनका मित्र इस संकट से पिण्ड छुड़ाने के लिए तपाक से कह गया, "वही जो मुंशीजी ने कहा है।"

"नहीं...ऐसा कुछ नहीं हुआ। संन्यासी न स्वाद की ओर झाँकता है और न एक बार भिक्षा पा जाने के बाद दूसरी बार भिक्षा लेता है। भिक्षा का समय है। यदि समय पर भिक्षा नहीं मिली तो फिर भिक्षा की चाह से अपने को मुक्त कर प्रभु के आदेश-कृपा की मस्ती में झूमकर गा उठता है—प्रभु के गुण, उनके अनुग्रह-आर्शीवाद के अक्षय आनंद के क्षण...और-और!"

"फिर क्या हुआ?" उन दोनों में जिज्ञासा ने घूँघट उतार फेंका। दोनों ने एक ही साथ एक-सा ही प्रश्न किया। जिज्ञासा-कौतूहल से घिरकर, दबाव पाकर और अकुलाहट से।

स्वामीजी ठहाका लगाकर हँस पड़े। हँसते ही रहे। ऐसा लगा मानो उनको हँसी का दौरा पड़ा हो। वे दोनों स्वामीजी के इस उन्माद से घबरा उठे। स्वामीजी

ने संयमित होकर आगे कहा, "मुंशीजी, हमने उन्हें प्रणाम किया और चुपचाप लौट पड़े। रास्ते में भक्तों से कहा, "बच्चा, तूने अच्छे ब्रह्मचारी के दर्शन कराए। कैसा तीखा स्वभाव और गाली-गलौच के क्या शक्तिशाली प्रहार! अरे बाप रे!" वे उस वयोवृद्ध ब्रह्मचारी की विचित्र और बेढंगी मुद्राओं और भंगिमाओं की नकल कर उठे। नकल भी ऐसी विद्रूपमयी कि वे दोनों भी अपनी हँसी नहीं रोक सके। स्वामीजी पुनः खिलखिला कर हँसने लगे। हँसी रुकी तो बोले, "गाँठ बाँध लो, हँसी ही जीवन है। जो निष्पाप हँसना जानता है, उसे दुःख नहीं व्यापते। दुःखों का अचूक रामबाण इलाज भी यही है कि हँसो, जी भर हँसो पर उस हास्य से किसी का मान मर्दन न हो। इसलिए प्रायः अकेले में हँसो। निःस्वार्थ हँसो। प्रभु को हँसी बेहद पसन्द है। श्रीरामकृष्ण परमहंस खूब हँसते थे। खूब नकल बनाते थे। खूब मजाक करते थे। हँसते-हँसते रो पड़ते थे। टप टप आँसू गिरने लगते थे पर हँसना नहीं छोड़ते थे। कहते थे, कलयुग में कृष्ण कन्हैया की यही माखन मिश्री है।...तू चखेगा रे, इसका तीखा स्वाद! अन्दर-बाहर का ऐसा झाड़-पोंछा लगेगा कि छठी का दूध याद आ जाएगा।..क्यों रे तुझे छठी के दूध पीने को स्मरण है?"...इतना कहकर क्षण भर गम्भीर रहकर खुलकर हँस पड़े और बोले, "तू भी हँस दे।...हँस ना।" हँसी थमती तो कहते, "जीना है तो इस टॉनिक से दोस्ती कर लेना। पक्का पाजी दोस्त है। मरते दम तक साथ नहीं छोड़ेगा। यहाँ तक कि यमराज भी अपने आने का मन्तव्य भूल जाए और पेट में बल पड़ने तक हँसता ही जाए।...पर ऐसी हँसी नहीं!...स्वयंवर में प्रतिभागी बनकर बैठे बदशक्ल नारद को बैठा देखकर वे दो व्यक्ति अपनी हँसी नहीं रोक सके तो पाया अभिशाप, बने राक्षस, मायावी। हो सके तो अपने पर हँसो—अपने पर हँसने के अनेक अवसर हैं। समझे कुछ या...।"

मन ही मन मुंशी जगमोहन लाल ने निर्णय किया कि इस संन्यासी से मिलकर राजा अजीतसिंह गद्‌गद् हो जाएँगे। उनकी जिज्ञासाओं का शमन हो सकेगा। वह पूछ बैठे, "स्वामीजी, आप कृपा कर सकेंगे क्या?"

"संन्यासी सदा कृपा ही करता है—मूर्ख पर भी और बुद्धिमान पर भी। फिर भी, बोल तेरे मन में क्या मरोड़ है?"

"दया कर राजभवन चल सकेंगे क्या?"

"ना करे तो।"

"दया—स्वामीजी, दया।"

"दया करूँ या न करूँ, यह मेरी इच्छा का क्षेत्र है, तेरी हुकूमत का आदेश नहीं।"

"समझता हूँ, स्वामीजी!"

"फिर भी दया चाहता है!...यह जानकर भी संन्यासी का सारा संसार ही राजभवन है।"

"जी, स्वामीजी!"

"ना रे, ना। इतने बड़े राजभवन को छोड़कर किस राजभवन की ओर जाऊँगा।"

"आपके लिए तो खुला आकाश, झोंपड़ी से लेकर राजभवन सब एक हैं,

स्वामीजी कृपा कर मेरी प्रार्थना पर गौर कीजिए।''

''जा, की।''

''तो आप...।''

''आएँगे पर तू सोच ले।''

''क्या स्वामीजी?''

''स्वामी के तो घर बार नहीं है और न ठौर-ठिकाने की उसे ज़रूरत है। पेट भरे या न भरे, लेकिन वह चिन्ता नहीं करेगा।...समझ रहा है तू!''

''जी।''

''क्या जी!...क्या खाक समझ रहा है! तू निजी सचिव है। तेरी नौकरी तेरे महाराजा की मरजी पर है। जब वह इस कोपीन धारी संन्यासी को देखेगा, उसका अनर्गल प्रलाप सुनेगा तो वो अपना आपा खो सकता है। मेरा तो का कर सी पर थारे कूँ सड़क पर ला खड़ा करती। तब थे का करसी?...थारे बीवी-बच्चे...ना रे, ना, मुंशी, था रे कूँ फिर से...एक बार नहीं, अनेक बार सोचना चाहिए।...जा संन्यासी कूँ मार गोली, अपनो हित सोच।...जेही थारो कर्त्तव्य बनसी।...जा, अब जा।...शिवजी के गण आने वाले हैं।''

''पर आपको राजभवन चलना पड़ेगा, यह हमारी हाथ जोड़कर विनती है।''

''जा में विनती की कोई ज़रूरत नहीं है। तू पहले से बता देना, सही टैम पर आ धमकूँगा।...अब खुश!''

''खुश।...बहुत खुश।''

''तो जोर से हँस।''

उसे हँसना पड़ा।

''ऐसे नहीं, ऐसे।'' उन्होंने स्वयं हँस के गोलगप्पों की प्रदर्शनी लगा दी।

इस बार वे दोनों हँसी नहीं रोक सके। खुलकर हँसे।

''कंजूसी नहीं। खिलखिलाकर हँस। तिजोरी लुटाकर हँस। दिल खोलकर हँस। यही तेरी स्वाधीनता का प्रमाण है।''

इस बार सब हँसे। स्वामीजी बीच-बीच में कहते रहे, ''राजा का मुकुट पहन कर हँस, गधे की दुलत्ती पर हँस, घोड़े पर से गिर जाने पर हँस, वयोवृद्ध, ब्रह्मचारी की ढेर सारी गालियों की बौछार पर हँस।''

वे तीनों ही हँसे। मुक्त गगन की तरह हँसे। खूँटे को तोड़कर भागते पशु की तरह हँसे और हँसते ही रहे। रास्ते में भी, एक दूसरे को देखकर भी। संन्यासी की इस बात पर भी कि काश, इस पीड़ित मानव जाति को हँसी के स्वप्न आने लगे तो बिन तप किए मोक्ष पा जाएगी और अपना ये और वह लोक सुधार लेगी। अलवर छूटा, जयपुर-अजमेर छूटा तो फिर आबू पर्वत भी छूटना था, वो भी छूटा। दूसरे, पहाड़ पर वर्षा ऋतु में रहने से क्या लाभ? जहाँ लाभ नहीं, नुकसान की सम्भावना का शब्दकोश गवाही बनने को तैयार नजर आए, वहाँ ठहरना साहूकारी नहीं। जहाँ घाटे का हो अंदेशा, वहाँ साहूकार तो क्या उसका भूत भी नहीं रुकता।

मुसाफिर तुझे तो चलते जाना। रुकना है नहीं। मोह सारे पाछे छूट गए। कोई

खूँटा रहा नहीं। फिर डर किसका? डर नहीं तो रुकना क्यों?

ललक सदा मीठी होती है। चाह को गेरुआ नहीं रंगने देती। यह बात वेश्या जानती है या वणिक सौदागर और कोई नहीं। संन्यासी ने घर छोड़ा तो सबसे पहले राजी-खुशी, गाजे-बाजे के साथ, ललक को विदा करके ताकि ललक पीछे मुड़कर न देख सके। ज़रा-सा घूँघट सरकाकर औचक संकेत न दे सके। नाहीं तो लोटना पड़सी। पाछे लोटना अक्ल की बात नाहीं।

मौज में बूँद समन्दर हो जाती है और समन्दर को मौज में ही अगस्त्य ऋषि पीकर खाली कर देते हैं। मौज में ही पवनपुत्र हनुमान सूरज को ही निगल जाते हैं। मौज में ही बाल गोपाल कन्हैया छींके से माखन उड़ा लेते हैं। मौज-मस्ती के किस्से बेशुमार हैं। पर मौज मस्ती तो मौज मस्ती है, पाक हस्ती है। खुदा का नूर है।

स्वामी सच्चिदानन्द का व्याख्यान चल रहा था। सारा सभा भवन खचाखच भरा हुआ था। तिल धरने की जगह नहीं थी। वे कह रहे थे :

''सुधी सज्जनो, काशी छोड़कर मैं गाजीपुर आया—गत वर्ष, जनवरी माह में। वहाँ पाश्चात्य भाव-विचारों का गहरा प्रभाव था शिक्षित समाज पर, जबकि मैं उन भावों के विरुद्ध खड्ग हस्त रहता था। उनमें और तत्कालीन समाज सुधारों में इस विषय पर चर्चा चलती रहती थी, मनोमालिन्य बना रहता था। मैं उनके इन झमेलों में हाथ जलाने वहाँ नहीं पहुँचा था। मुझे वहाँ खींचकर लाए थे—पवहारी बाबा अर्थात् पवन आहारी यानी पवन का सेवन करके रहने वाला बाबा।

मैं खोजी हूँ, सज्जनो, जहाँ से जो मिले, उठा लेना चाहता हूँ, चाहे पग धूलि ही क्यों न हो।

पवहारी बाबा ने अपने चाचा से व्याकरण व न्यायशास्त्र का गहन अध्ययन किया था। वे नहीं रहे तो सत्य की खोज में गिरिनार पर्वत की चोटी पर योग में पारंगत हुए। वहाँ से लौटे तो गाँव से बाहर गुफा बनाकर रहने लगे।

गंगा नदी का तट था। रात को नदी के दूसरे तट पर जाकर साधना करते थे। इष्ट देव को भोग लगाकर वह प्रसाद साधु-सन्तों और गरीब-गुरबों में बाँट दिया करते थे। स्वयं प्रसाद नहीं पाते थे।

वे पूर्णतया ईश्वर में विश्वास रखते थे। भिक्षा लेने के लिए भी गुफा से बाहर नहीं जाते थे। दिन-रात वे गुफा में साधना निरत रहते थे...एक-एक माह हो जाता। अचानक उनका बोल सुनाई पड़ जाता।

फिर गाँव वालों ने गुफा के बाहर भोजन सामग्री रखनी शुरू कर दी। मेरे में उनसे मिलने की चाह ने गति पकड़ी। मैं वहाँ पड़ा रहा। पर मिलूँ कैसे? पता ही नहीं चलता कि गुहावासी कब बाहर आता है?

पवहारी बाबा ने गुफा के ऊपर कुटिया डाल रखी थी। इस कुटिया में आकर वे ओट से बातचीत किया करते थे। जब उनका मन होता था काफी दिनों बाद 4 फरवरी, 1890 ई. को सौभाग्य मिला—उनके दर्शन हुए। मैं कृतार्थ हो उठा। वास्तव में वे महापुरुष थे। भक्ति और योग के अद्वितीय संगम। मैंने कहा, ''बाबा, आपकी

शरण में आया हूँ।''

''जानता हूँ, पुत्र।''

''फिर?''

''कुछ दिन ठहर।''

ठहर गया। गगन बाबू के उद्यान-भवन में। वह स्थान बाबाजी की कुटिया के निकट था। मैं उनसे मिलता पर यदा-कदा ही क्योंकि मैं उदर रोग से पीड़ित था। भिक्षा में मिला भोजन होता था। जो मिलता, वही उदर में जाता। उदर रोग का किसको पता था?

उनसे बातें होतीं। उनकी सुनता। आश्चर्य तो यह था कि मेरी उत्सुकता के अनुरूप बातें होतीं।

मैं वहाँ से चल पड़ा। पवहारी बाबा की इच्छा थी कि कुछ दिन मैं वहाँ और रुकूँ। पर यह सम्भव नहीं हो सका।

बाद में ज्ञात हुआ कि चंद दिन बाद बाबा ने समाधि ले ली—जीवित समाधि उनकी गुफा से जलने की दुर्गंध और धुआँ आ रहा था। झाँककर देखा तो पाया पवहारी बाबा विराट् होमाग्नि में अपनी आहुति दे रहे हैं।

मैंने उनको प्रणाम किया। घंटों एकान्त में बिताए भक्तो। वे ऋषि आत्मा थे।

भक्तो, मैं पवहारी बाबा से राजयोग की शिक्षा लेना चाहता था। उनके अनन्त ज्ञान भंडार से जुड़ना चाहता था। पर वह सहज नहीं था। कैसे सहज होता, देने वाला जब तैयार ही न हो।

वे उठे।

सब उठने लगे।

चेहरों पर गुलाब थे। आँखों में खुमारी। अद्भुत था वह दृश्य।

सब चले गए।

फिर स्वामीजी का स्वर गूँजा। स्वामीजी ने कहा, ''मुंशी जी, ठीक हैं।...आपके महाराज भी...। उनकी प्रजा भी।''

''प्रणाम, स्वामीजी!''

मुंशी जगमोहन लाल ने संकेत किया। स्वामी जी समझ गए। कहने लगे, ''राजन्, तुम्हारा मुंशी सहृदय है। इसे अच्छे-बुरे का ज्ञान है।...आप कहें, राजन्, स्वामी क्या सेवा कर सकता है?''

''एक विनम्र आग्रह है, स्वामीजी!''

''विनम्र आग्रह तो एक से अधिक भी चल सकते हैं। निःसंकोच कहो, राजन्!''

''खेतड़ी की प्रजा पर कृपा करो।''

''वे तो कर रहे हो, राजन्। द्विशासन नहीं।'' स्वामीजी मुस्कराए।

''शासन नहीं, स्वामीजी, स्वशासन का दिशा-निर्देश।''

''राजन्, क्षमतावान् हो।''

''आपकी कृपा है।''

"क्या कृपा को मानते हो, राजन्?"

"हाँ, स्वामीजी।"

"तब ठीक है, चले चलेंगे। अब तक फकीरी ही देखी है, अब राजसी ठाटबाट भी देख लेंगे।...कब प्रस्थान करना होगा?"

"परसों।"

कुछ सोचकर कहा, "अर्थात् 24 जुलाई, 1891 को।"

"जी, स्वामी जी!"

"ठीक है, चलेंगे।...अब खुश!" स्वामीजी शिव-शिव कहते हुए आगे बढ़ गए। मन ही मन तरंग में बहे गा उठे—बालकेलि करता हूँ तुम से मैं/ और क्रोध करके देव/तुमसे किनारा कर जाना चाहता हूँ/किन्तु, दिशा काल में/शय्या के शिरोभाग में/देखता हूँ तुमको मैं खड़े हुए/चुपचाप आँखें छलछलाई हुई/हेरते हो मेरे तुम मुख की ओर!...मैं...मैं ठाकुर अपने में नहीं रह पाता। अपने को छीलता-धिक्कारता चुपचाप सिरनत किए आँख नहीं मिला पाता हूँ।...ठीक है।...यों ही सही, सम्हाल तो होती रहेगी।...होती रहेगी...होती रहेगी बारम्बार।...इसके साथ ही वह अपने कक्ष में चले गए।

अब सच्चिदानंद विविदिषानन्द हो गए थे। नाम बदलने का उनका अपना सुख था। अपना आनंद। वह राजा अजित सिंह के यहाँ पहुँच गए।

राजा अजित सिंह विद्वान भी थे और विद्वानों का आदर करना भी खूब जानते थे। उन्होंने स्वामीजी का ठहरने, रहने-सहने और खाने-पीने का उनकी पसन्द का प्रबन्ध करवा दिया था। उनसे संवाद भी जारी किया। जिज्ञासाओं का समाधान पाकर वे अवाक् रह गए थे।

राजा अजित सिंह उनसे इतने प्रभावित हुए कि उन्होंने उनसे मन्त्र दीक्षा ली। इस तरह वे उनके गुरु हो गए। जब-तब राजा अजित सिंह उनके पाँव दबाने लगते थे। स्वामीजी ने उन्हें मना किया। समझाया। राजा अजित सिंह ने कहा, "मैं राजा हूँ परन्तु साथ में आपका शिष्य भी। कृपया मुझे शिष्य का दायित्व पूरा करने दीजिए।"

"शिष्य के लिए एक यही काम तो नहीं है—और भी बहुतेरे काम हैं।"

"उनमें एक यह भी काम है।"

"है तो पर...।"

"स्वामीजी, राजा निरंकुश होता है। अपने को सर्वेसर्वा समझता है।"

"सभी राजा समझते हैं।"

"पर उनमें से कोई आपका शिष्य नहीं है, स्वामीजी!"

"यह तो ठीक है परन्तु...।"

"स्वामीजी, इससे मुझे सुख मिलता है। मुझे आनन्द की अनुभूति होती है।...मेरे अहंकार का मन बदलने लगता है।...सुनकर दोहराकर नहीं, उसे करने पर उसका

अन्तर्निहित अर्थ समझ में आता है।...कृपया इस सबसे बचने के लिए मुझे आदेश न दें।" राजा अजित सिंह का हृदय अति संवेदनशील हो उठा था। उसके रोम-रोम में निर्झर की धाराएँ क्रीड़ाएँ कर उठी थीं।

"पर एक शर्त है राजन्।"

"बाँधो मत, स्वामीजी!"

"संयम साकार के अस्तित्व का शील-सौन्दर्य है, राजन् और मर्यादा चरित्र का आत्मबल।"

"आज्ञा हो, स्वामीजी!"

"यह बात गोपनीय रहे।"

"क्या मतलब?"

"यह सेवा किसी पर ज़ाहिर न हो, राजन्!"

"इससे भयाशंका क्यों?"

"इससे प्रजा की दृष्टि में तुम्हारी गौरव-गरिमा पर प्रतिकूल प्रभाव बनेगा।"

"सत्य प्रभाव से नहीं डरता।"

"नीति शास्त्रानुगो राजा अर्थात् नीतिमत्ता का अनुसरण करना ही राजा की योग्यता है।"

"मुझे स्वीकार है, स्वामीजी!" राजा अजित सिंह ने सहज ही उनकी बात मान ली।

"राजन्, यह चाणक्य का सूत्र था। उसके ऐसे श्लोक मन्त्र हैं।...कभी-कभी समय निकालकर उनको सुना-समझा कीजिए।"

"मेरा प्रयत्न होगा कि...। परन्तु स्वामीजी, आपके सम्पर्क में आकर अब मुझे आपको ही सुनना है। उन्हीं नियमों पर चलने का प्रयास करना है।" राजा अजितसिंह धीरे-धीरे स्वामीजी के चरण दबा रहे थे। उनके पाँवों को आराम पहुँच रहा था। वे जिज्ञासावश पूछ बैठे, "राजन्, यह सेवा आपने किससे सीखी?"

राजा अजित सिंह थोड़ी देर तक सोचते रहे। फिर उनके मन में कौतूहल जगा। उन्होंने धीरे से कहा, "महारानी से, स्वामीजी।...वह तो आपका क्षेत्र नहीं है।...इस कारण...।"

"ठहरो राजन्! जननी भी महारानी होती है। मुझे इस समय अपनी माँ का स्मरण हो आया, राजन् मैं उद्दण्ड बालक था। माँ को परेशान करता था। उसकी आज्ञा नहीं मानता था।" वे भावुक हो उठे। ये क्षण नितान्त एकान्त के थे। रात्रि का प्रथम पहर आँखें झपकने लगा था। वे कह उठे, "राजन्, मेरी माँ भुवनेश्वरी देवी का मन गंगा, राग द्वेष से सदा ऊपर, परसेवा के अवसर पाकर प्रसन्न होने वाला है।...एक बार क्या हुआ कि...।" कहकर वह रुक गए।

स्वामीजी को चुप पाकर अजीत सिंह ने स्मरण कराया, "एक बार क्या हुआ?"

"हाँ, राजन्...।" स्वामीजी ने खँखार कर आगे कहा, "दरवाज़े पर आवाज़ पड़ी—नारायण हरि।"

"हम झटपट बाहर की ओर भागे। पूछा, क्या चाहिए, नारायण हरि।"

"बच्चा, वस्त्र।"

"हमने चारों ओर देखा। हमारे लिए छोटी धोती आई थी। हम भागे हुए अंदर गए। वह धोती उठाई और लाकर सीधे नारायण हरि के हाथ में थमा दी...वह धोती बाबा की कमर में भी शायद नहीं आ पाती। बाबा ने उसे माथे पर लपेट लिया और कहा, "शिव हो, बच्चे।"

वह बाबा तो चला गया पर हमारे पर प्रतिबन्ध का कर्फ्यू लग गया। हमारे यहाँ निरन्तर याचक देवता आते रहते थे। हमारे पिताजी श्री विश्वनाथ खुले हाथ से दान करते थे। इन पर उनका प्रभाव जम गया था। दत्त ग्रह की ख्याति का एक और कारण भी था—हमारे घर कई छात्र रहा करते थे। उन पर जो खर्चा आता था, उसे वे सहर्ष स्वीकार करते थे। कोई भी याचक खाली हाथ नहीं लौटता था। इसी कारण उनको दाता विश्वनाथ कहा जाने लगा।

एक बार एक सज्जन ने उनसे कहा, "मित्र, याचक की सहायता करो, यहाँ तक तो ठीक है। यह बात समझ में भी आती है। परन्तु याचक सुपात्र है या कुपात्र, यह तो देख लिया करो।"

वे गम्भीर होकर पूछ बैठे, "पर क्यों यह माथा फोड़ी?"

"इसलिए मित्र, बहुत याचक इन पैसों का दुरुपयोग करते हैं।"

"जैसे।"

"वे नशाखोरी करते हैं।"

"तो करे, मुझे क्या?"

"दुर्व्यसन बुरी बात है।"

"मैं मानता हूँ। पर तू बता, तू उनको कितना जानता है।"

"जानने से मतलब?"

"वे यह दुर्व्यसन क्यों करते हैं?"

"दुर्व्यसन बुरी बात है, क्या इतना सोचना काफी नहीं है, विश्वनाथ?"

"तो मेरी बात भी सुन—है, पर नहीं भी।"

"नहीं भी।"

"वो कैसे?"

"कहा नहीं कि सुन...कभी उनके जीवन को झाँककर देख-समझ कि उनका जीवन कितना कष्टप्रद है। वे उन कष्टों से निजात पाने के लिए...?"

"वे नशा करते हैं।...वाह भाई, वाह! क्या सोच है आपकी! नशे के पक्ष में भी कोई सोच सकता है, यह नहीं मालूम था।"

"व्यंग्य नहीं, मित्र। तू उनकी जटिल और विकट परिस्थितियों के बारे मैं नहीं सोच सकता।...वे अपने दारुण दुःखों को कुछ समय के लिए भूल जाना चाहते हैं। तुझे तो उन पर दया आनी चाहिए कि हर पल मरने वाले कुछ घंटों के लिए उस नासूर से मुक्ति पा लेते हैं।"

मित्र चला गया मैं छोटा ही था। हमारे पिताजी का सुझाव गहरा असर छोड़ गया। पर हम पर पहरा लग गया। किसी याचक की आवाज सुनाई पड़ी नहीं

कि हमें कमरे में बन्द कर दिया जाता। हमें गुस्सा आता। जब पिताजी को कोई नहीं रोकता तो उन्हें क्यों रोका जाता? किससे पूछें। हमने भी हार मानना नहीं सीखा था। हम खिड़की में से झाँकते, याचक जैसे ही खिड़की के पास से गुजरने वाला होता वैसे ही कुछ न कुछ याचक के हाथों में डाल देते। हमें बहुत सन्तोष मिलता। इससे हमें अपनी जीत का अनुभव होता।

हमारे से बड़ी दो बहनें थीं। हमारी शैतानियों से जब वे परेशान हो जातीं तब वे हमारे पीछे दौड़ पड़तीं। यह निश्चित था कि हम उनकी पकड़ में आ जाते। लेकिन नहीं, हम यह नहीं चाहते थे इसलिए हम कूड़े-कचरे के ढेर पर चढ़ जाते और उन्हें चिढ़ाते हुए कहते—लो पकड़ो।...पकड़ो। वहाँ क्यों खड़ी हो, हिम्मत है तो आगे आओ।" उन्हें आगे बढ़ता ना पाकर हम मुँह चिढ़ाते। तरह-तरह के मुँह बनाते।

एक दिन क्या हुआ कि हमने माँ को बहुत बुरा-भला कहा। गालियाँ भी दीं। वह सब दीवार पर लिख दीं। बड़ी बहन को बहुत बुरा लगा। वे हमें दंड देने के लिए पीछे भागीं। हम गलियों में भागने लगे। नौकर को भी उन्होंने हमारे पीछे दौड़ा दिया। हम बेतरह हाँफने लगे। थक गए। गिर पड़े। पकड़े गए पर डाँट-डपट नहीं हुई। उल्टे बहन हमें प्यार से अपने साथ ले आई। रास्ते में समझाती रही, "बिले, तू माँ को दुःख क्यों देता है? माँ से बड़ा कोई नहीं है।"

"पिताजी भी नहीं?"

"नहीं।"

"गुरुजी भी नहीं?"

"नहीं।"

"भगवान भी नहीं?"

"नहीं।"

"हाँ-हाँ...यह भी नहीं।...तू इतनी बुरी तरह भागने लगा कि तुझे कुछ दीखता ही नहीं है। मैं डरती हूँ बिले।"

"किससे?"

"तेरे से।"

"फिर भी पीछे भागती रही।"

"हाँ, बिले, पर धीमे-धीमे और नौकर को भी कह दिया कि धीरे भागे।"

"क्यों दीदी?"

"कहीं तू गिर-गिरा न जाए। तेरे चोट-पोट न लग जाए।"

"पर क्यों?"

"तू मेरा इकलौता भाई है। छोटा है। बहुत प्यारा है। तेरे चोट-पोट लग गई तो दर्द हमारे होगा। माँ हमें डाँटेगी।"

"आपके दर्द क्यों होगा? माँ आपको क्यों डाँटेंगी?"

"क्योंकि हम सब तुमसे बहुत प्यार करते हैं।"

"मैंने दोनों हाथ फैलाकर कहा—इतना?"

"इससे भी बहुत ज्यादे, बिले।"

मेरी बहन की आँखों से आँसू बहने लगे। मैं घबरा कर पूछने लगा, "तुम रो रही हो दीदी?"

"तो क्या करूँ? तूने कितनी जोर की पटकनी खाई थी।"

"फिर कपड़े झाड़कर कहा, 'कहाँ, दीदी? देखो मैं तो पहले जैसा हूँ।' उसने प्यार से मेरे सिर पर हाथ फेरा। मैं पानी-पानी हो गया। ऊधम मैं मचाऊँ। भागू-दौड़ूँ मैं। गिरूँ-गिराऊँ मैं और दर्द मेरी बहनों के हो।...उसने कान पकड़ कर कहा, "ना रे, बिले ना, अब तेरे जी में जो आए करना, मैं तेरे पीछे नहीं दौड़ूँगी।"

रात हुई। मैं सोचता रहा कि ये सब मुझसे कितना प्यार करते हैं और एक मैं हूँ कि सबको बिलावजह परेशान करता रहता हूँ। क्या यह मेरे लिए ठीक है? क्या करूँ?...और मुझे नींद आ गई।

अचानक मेरी आँख खुली। मैं चौंक पड़ा। पूछा, "माँ, ये तू क्या कर रही है?"

"जो एक माँ को करना चाहिए।"

"पाँव दबाना।"

"तुझे आज खूब दौड़ाया गया था ना।"

"तो?"

"तू थक गया होगा, बिले, अब चुपचाप सो जा, बिले। कुछ पूछताछ नहीं।"

"ना माँ, ना।" मैंने अपने पाँव खींचने चाहे तो माँ ने मेरे पाँव को कसकर पकड़ लिया और कहा, "तू चुपचाप सो जा।"

"पर यह ग़लत है।"

"क्या गलत है?, शिशु को रोता देखकर क्या उसे दूध पिलाना गलत है या शिशु के गू-मूत साफ करना ग़लत है...उसके वस्त्र बदलना ग़लत है, उसे सूखे में सुलाना गलत है...उसको प्यार करना या उसके मन की चीज बनाकर खिलाना गलत है...क्या गलत है, बिले, कम से कम तू मुझे तो बता कि क्या सही है और क्या गलत है?"

"कुछ नहीं, माँ...कुछ भी नहीं माँ...मैं ही गलत हूँ। मैंने तुझे परेशान किया।. ..तुझे गालियाँ बकीं।...बहुत बुरा भला कहा।...तो तू ही बता माँ कि गलत क्या हुआ, क्या नहीं।...मेरी अच्छी माँ...अब तू सो जा।...मुझे नींद आ रही है।...मेरी अच्छी माँ, मुझे मुआफ कर दे।...तुझे मेरी कसम, माँ।...जा, जाकर सो जा।"

वह दिन था और आज का दिन है, मैंने फिर कभी ऊधम-दंगा नहीं किया—कभी उत्पात नहीं मचाया। कैसे मचाता! कैसे अपनी प्यारी माँ और अपनी प्यारी बहनों को दुःख पहुँचाता।

उस दिन लगा कि मैं कितना ग़लत करता रहा। कितनी कम अक़्ली का काम करता रहा!

उस दिन माँ मेरे पाँव दबा रही थी। आज राजन् तुम। यह बात नहीं है कि मेरे पाँव और किसी ने नहीं दबाये।...दबाये तो पर आज की तरह नहीं, राजन्।"

''आज क्या बात है, स्वामीजी?''

''आज...हाँ आज, ख़ास बात है। उस दिन भी ख़ास बात थी जब रात में माँ मेरे पाँव दबा रही थी। तब मैं बहुत छोटा था, आज बड़ा हूँ...अट्ठाईस वर्ष का संन्यासी।...है न ख़ास बात, राजन्।''

''इसमें क्या ख़ास बात हुई स्वामी जी?''

स्वामीजी मुस्कराए। उनका चेहरा खिल गया, सद्यः खिले प्रसून सा। बोले, ''आज अहंकार...अहंकार भी वो जो शिखर छू रहा हो...ऐश्वर्य...अहम् सत्ता, मद...सभी स्वेच्छा से, अपने अन्दर की आवाज सुनकर नत हुए हैं। मेरा आशीर्वाद है राजन्, तुम अपनी प्रजा के लिए भी ऐसे ही सदा बने रहो।...राजन्, चरणों में मोक्ष है।. ..अपनी गरीब, कमजोर असहाय प्रजा को यही सुख दो जो आज तुमने इन क्षणों में, अन्तःप्रेरणा से मुझे दिया है।''

''आपको मेरा साथ देना होगा।''

''मैं सदा तुम्हारे साथ हूँ, सदा रहूँगा, राजन्, ठीक ठाकुर की तरह। हालाँकि मैं ठाकुर नहीं हूँ।...हो भी कभी नहीं सकता। फिर भी मैं अपना कर्त्तव्य तुम्हारे लिए, ठाकुर की तरह निभा सकने का पूरा-पूरा प्रयास अवश्य कर सकता हूँ—पूरी निष्ठा से, ईमानदारी से।'' संन्यासी जी की आँखों में आँसू थे। उनके होंठ काँप रहे थे।

''स्वामीजी, आप सदा यहीं रहो।''

''राजन्, संन्यासी का चरित्र नदी का पानी है। वह रुकेगा तो सड़ेगा।...उसका रुकना ना उसके स्वयं के हित में है और ना राजन्, तुम्हारे हित में। जिस व्यक्ति की समझ में एक बार प्रकृति की गति का सिद्धान्त आ गया, वह गति की राह कभी नहीं छोड़ सकता।...क्या सूर्य अपनी गति छोड़ता है या चंद्र...अथवा पृथ्वी...अपना समूचा ब्रह्मांड।...कोई नहीं ना, राजन्। तभी तक सबका अस्तित्व भी सुरक्षित है वरना तो महाप्रलय...महाप्रलय से भी बड़ी प्रलय हो जाए। यही तो शिव का तीसरा नेत्र है। यही तो अर्द्धनारीश्वर का मद्धिम ताण्डव और लास्य है—क्षय होता है, फिर जन्म लेता है। मरता कुछ नहीं। मरे तरे क्या मरे! हर वस्तु, हर प्राण तत्त्व लीलामय है—एक रूप छोड़ता है और दूसरा रूप धारण करने लगता है। यही तो परिक्रमा है—विधाता का चक्र है।...अब राजन्, तुम भी विश्राम करो। रात डाँट रही है। कह रही है, चुपचाप सो जाओ, मेरी नींद में खलल पैदा नहीं करो।...उठो, राजन्।''

अजीत सिंह उठ खड़े हुए। प्रणाम कर चल पड़े। स्वामीजी समय के प्रभामंडल को अवलोकते रह गए। आँखें बन्द करते तो माँ सामने आ जाती। पता नहीं माँ कैसी होगी? किस हालत में होगी? कितनी तपस्या से पाया था उसने यह उद्दण्ड शिशु! क्या-क्या अरमान थे उसके? वे अरमान एक कोने में पड़े सिसक रहे हैं। क्या सोच रही होगी, माँ! इससे तो वह पुत्र नहीं माँगती तो अच्छा था। शिव के भक्त होने में यही तो टोटा है कि वह जितना जल्दी प्रसन्न होकर वरदान दे देता है, उतना ही दुरूह उस वरदान को बना डालता है। कितनी बार ब्रह्मा ने उसे समझाया, कहा, शिव, उतंडावाद छोड़ो। कड़े पड़ जाओ। किसी को पास नहीं फटकने दो।

शिव बोले कुछ नहीं, चुपचाप खिसक लिए।...''शिव-शिव-शिव...?'' कहते हुए संन्यासी जी भी शिवमय हो गए।

अज्ञातवास बना रहे। किसी को पता नहीं चले। प्रायः विविदिषानन्द का प्रयोग वे नहीं करते थे। फिर संन्यासी को नाम से कौन पुकारता है। सब उसे स्वामी कहते हैं या बाबाजी। उन्हें कुछेक बंगाली बाबा कहते थे। कोई-कोई उन्हें परमहंस भी कह देता था। अलवर से वे सच्चिदानन्द रहे। आबू आते ही वे विविदिषानंद हो गए। ऐसा विचित्र नाम! वे अपने इस नाम पर खूब हँसते थे क्योंकि उन्हें नाम से पुकारना सम्भव ही नहीं होता था। कुछ का कुछ नाम लिया जाता था जैसे नाम बताने की मजबूरी की स्थिति में कोई उन्हें माथे पर जोर देकर कहता था—विषयानंद तो कोई विदिषानंद या विषानंद। उन्हें अपने इस प्रयोग पर आनन्द आ रहा था।

परन्तु इस समय उन्हें विद्‌यार्थी बनना पड़ रहा था। पंडित नारायणदास वैयाकरणों में शीर्षस्थ थे। पाणिनि व्याकरण के वे धुरन्धर मनीषी थे। वे जितने बड़े विद्वान थे उतने सरल और मृदुभाषी भी थे। चुहलबाजी करने में नहीं चूकते थे।

गौरांग। आँखें बड़ी-बड़ी। नासिका छोटी। कद लम्बा। बाँहें विशाल। छाती अंदर को घुसी। राजा के नजदीक। स्पष्ट वक्ता। लिहाज-शर्म नहीं। बोले, ''संन्यासी सरल होता है, सहज होता है। एकदम पहाड़ी जगहों पर चलने वाली महीन पवन सा। पर तुम्हारा तो नाम ही लक्ष्मणरेखा है। यह बोध तुम्हें किसने दान में दिया? क्या वह नचिकेता के पिता जैसा महान् दानी तो नहीं था?''

''नहीं, आचार्य।''

''अरे रे ये तू क्या करता है। तू संन्यासी है। मैं तेरा आचार्य कैसे हुआ? पतंजलि के महाभाष्य का तू अधिकारी पंडित है। मैं उम्र में तुझसे बड़ा हूँ। त्याग में तुझसे बड़ा कोई नहीं।...'तू' मैं उसे ही कहता हूँ जिसे मैं प्यार करता हूँ। तू भी मुझे तू कहेगा। कहेगा ना?''

''परन्तु...।''

''परन्तु-वरन्तु का यहाँ क्या काम? तुझे मुझसे पाणिनि व्याकरण पढ़ना है या नहीं?'' वह कुछ रुककर बोले, ''तो पढ़ाने वाले की शर्त माननी होगी। वरना तू तो जानता है कि संस्कृत के पंडित इतने जड़ होते हैं कि एक बार मना कर दिया तो पत्थर की लकीर हो जाता है वह वाक्य। राज्य छोड़ना पड़े तो छोड़ा जा सकता है पर थूककर चाटा नहीं जा सकता। समझ में आया या...।''

''हाँ, आ गया, गुरुदेव!''

''गुरुदेव तो चलेगा परन्तु तू कभी इस शब्द को गुरुघंटा मत बना देना।'' यह कहकर वे हँस पड़े। हँसते ही गए।

संन्यासी भी अपनी हँसी नहीं रोक पाया।

वे घूम-फिर कर कहने लगे, ''तेरा नाम तोप है। एक बार तोप तो चलाई जा सकती है परन्तु तेरा नाम यदि राजा अपने कर्मचारियों को लेना जरूरी कर दे

तो आधे से ज्यादा भाग खड़े हों। विविदिषानन्द जी महाराज जब तुमने सारे बोझ उतार फेंके हैं तो फिर यह बवंडरधारी नाम क्यों जोड़ रखा है! इससे भी उतार फेंक केंचुली की तरह। तू तो बन्ध्या कर्कटी समझता है—कड़वी, ककड़ी पर यहाँ तेरा राजा भी नहीं जलता।...इससे तेरा कोई ख़ास मन्तव्य है क्या?''

''मैं अज्ञातवास में हूँ।''

''समझा रे, खूब समझा।'' कहकर वे उसका माथा पढ़ने लगे। बोले, ''तेरे जैसा विद्यार्थी पाकर मैं धन्य हुआ।...चल, आज काम पर लग जाएँ।...तूने इससे पहले पाणिनि के व्याकरण पर अभ्यास किया है क्या?''

''हाँ, जयपुर के सुपंडित वैयाकरण।'' सब उन्हें इसी नाम से जानते थे।''

''महापंडित है रे। हम गुरुभाई हैं। वह मुझसे ज्यादा ही जानता है पर... ।''

''तूने क्या सीखा उनसे?''

''लगातार तीन दिवस तक पातंजल भाष्य सहित प्रथम सूत्र की व्याख्या होती रही परन्तु ठीक से मेरे पल्ले कुछ नहीं पड़ा।...जो कुछ पड़ा भी तो वह मुझे सन्तुष्ट नहीं कर सका। मैं उलझता रहा। चौथे दिवस वे स्वयं ही कहने लगे, ''स्वामीजी मुझे नहीं लगता कि आपको मुझसे कुछ लाभ होगा।'' स्वामीजी शान्त स्वर में बिना किसी विकार-असन्तोष के अपनी बात कह रहे थे।

''वो विकट पंडित है। पाणिनि के व्याकरण का वो प्रकांड पंडित है। पर क्या है रे, उनकी व्याख्या शैली क्लिष्ट भी है और जटिल भी। वे स्वयं जितना समझते हैं, उसका आधा दूसरे को नहीं समझा पाते। तभी वे सुपंडित वैयाकरण से जाने जाते हैं।...क्यों रे, यह कैसा शाप है एक विद्वान् के लिए कि जिसकी पूजा होनी चाहिए थी, उसका उपहास हो रहा है।...क्या यह चिन्तन का विषय नहीं है या चिन्ता का?...मैं ज्योतिष समझता हूँ कुछ-कुछ। उनकी कुंडली लेकर बैठा भी। ग्रहों की दशा ही ऐसी है कि...खैर।...चल अष्टाध्यायी के सूत्रों के मन्तव्यों को मिलकर जानें।...मुझे प्रायः उसके सूत्र कंठस्थ हैं।'' इतना कहकर वे गम्भीर हो गए।

सूत्र खुलने लगे।

व्याख्या पक्ष उद्घाटित होने लगा। पंडित नारायण दास शान्त वा स्थिर भाव से सुनते रहे। यदा-कदा एक शब्द को कुरेद देते। कुछ मदद भी करते। विषय सुपाच्य होने लगा। तरंगें उठने लगीं। शब्द ब्रह्म की गहन अनुभूति होने लगी। ब्रह्मरन्ध्र गुंजायमान हो उठा।

कुछ ही दिनों में सूत्र सम्मोहन में बाँधने लगे पंडित नारायणदास को आनन्द आ गया। एक दिन बोले, ''अध्यापन का आनन्द तब आता है जब वह आचार्य के लिए अध्ययन हो जाता है।...तूने सब जान लिया। जिसे मैं नहीं जान पाया तूने उसे कुछेक दिनों में ही जान लिया।...मेरा चित्त आज बहुत प्रमुदित है।...तुझ जैसा मुझे शिष्य मिला। हालाँकि तेरी दिव्य दृष्टि बहुत गहरी है। निःसन्देह तेरा प्रथम आचार्य धन्य है। मैं उन्हें प्रणाम करता हूँ।''

''यह आपका बड़प्पन है, गुरुदेव!''

''जानता हूँ।...पर तू जानता है... ।''

“क्या गुरुदेव?”

“तेरा संन्यासी होना एक विलक्षण घटना का संयोग है!”

“मुझे ज्ञात नहीं, गुरुदेव।”

“तेरा यही अज्ञात भोलापन सतत जिज्ञासा वृत्ति, सबके प्रति समर्पण भाव और सबके हित के लिए सदा तत्पर बना रहना—वो भी निःस्वार्थ और पवित्र भाव से—तेरी अपूर्व शक्ति है।” पंडित नारायण दास का गद्‌गद हृदय व्यक्त हो रहा था।

विविदिषानन्द नतशिर बना रहा।

नारायणदास ने खँखारकर कहा, “संन्यासी, तुम्हारा नाम उचित नहीं लगता। विविदिषा, यानी जानने की इच्छा।...परन्तु तुम तो सब जान चुके हो।”

“नहीं गुरुदेव। मानुष जीवन के अन्तिम क्षण तक जानने की इच्छा रखता है।”

“यह सिद्धान्त हर एक पर लागू नहीं होता।...देखो ना, हमारे यहाँ छह-सात वर्ष की कमलाबाई है। अभी किसी स्कूल में भी नहीं गई। उसे सम्पूर्ण गीता कंठस्थ है। वह व्याख्या भी करती है। इसको क्या कहोगे, संन्यासी?” नारायणदास की आँखें चमक रही थीं। विविदिषानन्द को चुप पाकर आगे कहा, “कबीरदास, सूरदास की किसी स्कूल में शिक्षा नहीं हुई। तब?”

“पूर्व जन्म।”

“हाँ, यही मानना होगा।...तुम्हारे बारे में भी यही बात कहना चाहूँगा, संन्यासी।”

“जैसी आपकी इच्छा!”

“इच्छा तो ईश्वर की है, संन्यासी।...वही तुमसे बहुत कुछ कराना चाहता है।”

“मैं नहीं जानता। परन्तु मेरे ठाकुर अवश्य आदेश देकर गए थे, हम सब...यानी उनके शिष्य मिलकर प्रयत्नत हैं।”

“नाम बदलो, संन्यासी।”

“परिव्राजक का नाम क्या होता है, गुरुदेव?”

“होता है, संन्यासी।” नारायण दास ने मद्धिम स्वर में कहा और इसके साथ ही बैठने का रुख बदल लिया। इसी समय एक लड़का तस्तरी में कुछ लेकर आया। उसे देखकर कहा, “इधर ला तश्तरी!”

तश्तरी में मिठाई थी, दूध था, नमकीन था। वे कह रहे थे, “छेने की मिठाइयाँ हैं। मैंने स्वयं बनाई हैं। चखकर बता, कैसी बनी हैं?...बंगाल की छेने की मिठाइयाँ बहुत प्रसिद्ध हैं।...तूने आज भिक्षा तो नहीं माँगी ना!”

“नहीं गुरुदेव।”

“तेरी स्मृति बहुत तेज है।...चख और बता तो तेरा गुरुदेव पाक शास्त्र में कितना फिसड्डी है”

“आप।”

“पहले अतिथि।”

“मैं तो रोज आता हूँ, गुरुदेव।”

"अतिथि क्या रोज नहीं आ सकता, क्यों?...जहाँ अतिथि रोज आता है, वह घर परमात्मा की कृपा का अनुभव करता है।...तू ज्ञानी-विज्ञानी दोनों हैं। उनमें भी पूर्ण दक्ष। बता तो तू ऐसा कैसे है?" नारायणदास की आँखें चमक रही थीं। उनकी बैठकखाने में एक ही चित्र था किसी के द्वारा भेंट किया हुआ। वह चित्र अद्‌भुत था। उसमें शिव भी थे और महाकाली जगदम्बे भी। वह चित्र रौद्र भी था और प्रेममय भी।"

विविदिषानन्द गहरे मौन में डूब गए थे उस अद्‌भुत चित्र के माध्यम से, जिसमें घना जंगल भी था और शान्त बहती नदी भी। अद्‌भुत रागात्मक अनुभूतियों से सम्बद्ध था वह चित्र!

नारायणदास कहने लगे, "तूने राजप्रासाद के सबसे ऊपर वाले हिस्से में एक प्रयोगशाला स्थापित की है। उसकी छत पर दूरबीन लगवाई है। तुझे ग्रह-नक्षत्रों का भी अच्छा ज्ञान है। विज्ञानी संन्यासी। तू रासायनिक द्रव्यों का प्रयोग भी कर सकता है। तू एक साथ खगोल क्रियाओं के रहस्य खोल लेता है, भौतिकी मथ लेता है, रासायनिक द्रव्यों पर अनुसन्धान कर सकता है और शास्त्र, काव्य आदि में गहरी डुबकी लगा लेता है। ऐ, भ्रशोद्धारक, तेरी पहुँच का दायरा जितना विस्तृत है, उतना ही गहन भी।" अब वे मुस्करा उठे। कह उठे, "हम राजा नहीं हैं, ना।"

"ना...ना...ना, गुरुदेव, ऐसी कोई बात नहीं है। यथार्थतः वहाँ जगह की सुविधा है, धन की सुविधा है और काम करने की सुविधा है। फिर राजा स्वयं उसकी जिज्ञासा के केन्द्र में है। वहाँ वह राजा कहाँ रहता है! वहाँ वह अनुसंधानी हो जाता है। सत्य की दीप्ति का एक यह भी मार्ग है। क्या शास्त्रों की ये सिद्धि नहीं है, गुरुदेव?" विविदिषानन्द गुरुचरणों में प्रसून अर्पण कर रहा था एक-एक कर। वहाँ हृदय और विवेक आ मिले थे। संगम हो रहा था। तीर्थ उदित हो रहा था। वहाँ राग भी था, वैराग्य भी था। दिव्य कान्ति का रहस्य उद्‌घाटित हो रहा था। नारायणदास के चित्र ने अन्तर्दृष्टि खोल ली थी। वे कहने लगे, "चल रे, जलपान कर। आज तुझे इसी जलपान पर रहना है। यही तेरी भिक्षा है और यही तेरी गुरु दक्षिणा है, संन्यासी।...कैसा विचित्र योग है कि मेरा शिष्य तुझ जैसा बृहस्पति! है न असम्भव का सम्भव योग!...तो शुरू हो जा। मुझसे परहेज करता हो तो मैं पास वाले कक्ष में जाऊँ, संन्यासी।...तेरा धर्म रहना चाहिए। वही मेरा धर्म है।"

विविदिषानन्द कुछ कह पाता कि नारायणदास उठकर चल दिए। वो प्रसाद पाने लगा। अहोभाग्य हैं उसके जो गुरुदक्षिणा में गुरु के हाथ का बना उसे प्रसाद मिल रहा है वह भी बिन माँगे।

प्रत्येक कौर के साथ श्रीरामकृष्ण परमहंस के स्पर्श की अनुभूति हो रही थी। वो विहँस उठा मन ही मन। प्रेम की ऐसी तीव्र अननुज्ञात अनुभूति! आश्चर्य भी और आशीर्वाद भी!

"गुरुदेव!" आचमन के बाद पुकारा।

"तू जा सकता है, संन्यासी। मेरा आशीर्वाद तेरे साथ है।" अन्दर से आवाज आई। कौन था अन्दर श्रीरामकृष्ण या पवहारी बाबा अथवा नारायणदास या तीनों ही।

वह शीतकाल की दोपहर! हेदुआ तालाब। वे गीत सुनकर कह उठे थे—"दक्षिणेश्वर का गौरांग राय जिसको जो देना चाहता है, मुक्त हाथ से दे रहा है। उसे भक्ति कहो, श्रद्धा कहो, प्रेम कहो, मुक्ति कहो, जो मन आए कहो, भाई, जो मन आए उठा लो। घट भी भरो और अन्तर्घट भी।...क्या! स्पर्श किया कि लोटा ईश्वर हो गया, कटोरा ईश्वर हो गया। थाली भी ईश्वर, कटोरी भी ईश्वर। पकवान भी ईश्वर। जो नजर में आता, वही ईश्वर! चतुर्दिक ईश्वर। मानो हिमपात हो उठा हो ईश्वर बन। सोचा, देखता हूँ यह उन्माद अवस्था कब तक रहती है। घर लौट आया। माँ ने प्रसाद परोस दिया। हैं माँ भी ईश्वर, थाली, कटोरी, उसमें परोसकारी की गई हर वस्तु ईश्वर। माँ कहती, "बिले, खा ना। रुक क्यों गया?"

किससे कहता कि सब ईश्वर हैं फिर क्या खाऊँ? बाजार में आया। कॉलिज भी गया। मित्रों से भी मिला। पर उस दिन सड़क, गलियारे, कूड़ा-करकट, गाड़ियाँ, स्त्री-पुरुष आदि सब ईश्वर!

सुन रहे हो, ठाकुर, साक्षात् वेदान्त दर्शन, वेदान्त पुरुष...लोकहिताय मुक्तोऽपि शरीर ग्रहणकारी...नित्यसिद्ध पुरुष।...फिर से बहिछे कृपाधन ब्रह्मनिःश्वास पवने।* बह उठे पुलकाश्रु! आर्द्र हो उठा बहिर्-अन्तर। वे पूछने लगे, "गुरुदेव, चरणधूलि प्रसाद दक्षिणा नहीं मिलेगी।"

"संन्यासी, तू जा। तुझे मेरा वंदन!"

"गुरुदेव! आप रो रहे हैं?"

"अब तू जा भी, यही मेरा आशीर्वाद है।"

"प्रणाम, गुरुदेव, मैं जा रहा हूँ। सचमुच मैं जा रहा हूँ।"

"जाना ही तेरी नियति है संन्यासी, जैसे बहते रहना नदी की।"

"पुनः-पुनः प्रणाम! कोटिशः प्रणाम!!"

अद्भुत संवाद। किसी ने नहीं सुना। चहुँ ओर घनी निःस्वनता! वृक्षों की टहनियों पर झूलती पत्तियों के साथ खिलखिलाती, पुष्पों को छेड़ती पवन के झोंके उछालती चली आ रही थी दिव्य प्रभा की संगीत माधुरी! खिल उठे अनेकानेक ब्रह्मकमल अनेक ज्योति-प्रदीप बन!

वे लौट पड़े थे शिथिल और मन्थर गति से अपने में कुछ अज्ञात सा गुनगुनाते हुए एकदम चुपचाप!...एकदम चुपचाप! एकतान में लीन! एकान्त सरोवर! अनाः यात्री। पक्षी वृंद चहक रहे नाद से, निनाद से! अवलोक रहे थे ताल-तलैया अनुराग से, चाह से। वे जा रहे थे गीत छंद के गुनगुनाते चरणों की लय के साथ, अलय के साथ!

शताब्दी, वर्ष, माह, दिन, पहर, पल आदि महाकाल का समय-विभाग चक्र है। जानो, जान सको तो जानो अपना समय! उसकी गति। अन्तः गति। अन्तर्दशा! भाव-अभाव,

---

* ब्रह्म का निःश्वास घनीभूत कृपा के रूप में पवन में बह उठा है।

प्रकट-अप्रकट, गोचर-अगोचर, ठोस-द्रव्य! ये चक्र निरन्तर विविदिषानन्द के भीतर सहस्र दल सा खिलता और बंद होता आह्वान कर रहा, गूँगा बना हुआ कि गति में अगति है, शून्य में ब्रह्मांड है।

समाधि टूट गई। फिर लगाई, फिर टूट गई। सम्बन्ध में विच्छेद हैं कैसे जानूँ? कौन सहायक बने?

तब वे काशी में थे। सँकरी पगडंडी पकड़कर वैतरणी पार कर रहे थे। वे अपने में लीन थे। सोचे जा रहे थे प्राचीन सांख्य में जिसे भूत कहा है, आज वही तो द्रव्य है। वह एक ही भूत है। वही नित्य है। अन्य भूत उसी एक भूत से जन्मे हैं। वही आकाश है।...भूत के सत्य आदि शक्ति है। वही प्राण है। आकाश और प्राण के समन्वय से सम्पूर्ण, भूतों की सृष्टि होती है। प्रलय होती है—कल्पान्त तो सबका लय हो जाता है। जो बचते हैं वे आकाश और प्राण हैं। वे ऋग्वेद का एक यंत्र भीतर ही भीतर गुनगुनाने लगते हैं—'आनिद्वातं।' यानी निष्कम्प! गति शून्य! आनिद्वातं में कंप होता है। प्राण आकाश पर प्रहार दर प्रहार करता जाता है। अणुओं का संघात होता है। उनके संयोग से अन्य दलों का सृजन होता है।

संघात। अविराम संघात। आकाश से प्राण का संघात। संघात से कम्प-वायु। कम्प की तीव्र गति से संघात तीव्र। तीव्र संघात से ताप! फिर द्रव्य! कम्प शान्त तो कल्पान्त। जो सूक्ष्म था, वही स्थूल बना। इस हेतु स्थूल से सूक्ष्म की ओर जाना मन्त्रों के रहस्य खोलने लगता है। वाह! वाह!! अन्तरतम नाच उठा।

वे आकाश-प्राण के संघात से जन्मी सृष्टि का आनंद ले रहे थे मानो यह सब कार्य उनके सामने हो रहा हो। वे ऋषि हों—तटस्थ द्रष्टा। तभी विघ्न पैदा हुआ। लाल-लाल मुँह वाले बन्दर उनकी ओर लपके। वे भागे। उन बन्दरों ने उन पर आक्रमण कर दिया। नोचने-खसोटने लगे। वे और तेजी से भागे। पूरी ताकत लगाकर भागे। लेकिन बन्दरों ने भी हार नहीं मानी। मानुष दौड़ में उनसे आगे निकल जाए, यह उन्हें कैसे बर्दाश्त होता। ये भी तेज दौड़ने लगे।

अब? कैसे बचें? कौन बचाये उन्हें? सिवा भागते जाने के और उपाय क्या? तभी एक साधु ने दूर से इस दृश्य को देखकर, अपनी हँसी रोकते हुए कहा, "भागो मत, संन्यासी (मुकाबला) करो, डटे रहो।"

मरता क्या नहीं करता। वे रुक गए। बन्दर चौंके। झपटने को हुए पर झपटे नहीं। एक बन्दर ने दूसरे बन्दर से कहा, "ये अब नहीं भागेगा। इसका चित्त स्थिर हो गया।"

"तू कहना चाहता है कि इसके सिर से भय का भूत उतर चुका है।"

"ये सब उस विभीषण साधु की करतूत है।" दूसरे बन्दर ने लाल-पीला होते हुए कहा, "तू बहुत उसका पक्ष लेता था कि उसका कोपीन मत उठाओ, उसका चोला मत ले उड़ो, अपना पड़ोसी है।...देख ली उसकी काली करतूत!"

"शान्त, भाई शान्त।"

"सुबह-सुबह ही पराजय का मुँह देखना पड़ा, न जाने आज का दिन कैसा निकलेगा?"

"तुम समय बर्बाद मत करो। वो संन्यासी तो चीन की दीवार बनकर खड़ा है।"

तीसरे बन्दर ने कहा, "इज़्ज़त इसी में है कि हम लोग दुम दबाकर भाग खड़े हों ताकि और लोग हमारे दब्बूपन का लाभ उठाना शुरू न कर दें।"

"एक बार सब मिलकर आक्रामक तेवर दिखलाओ। उसकी ओर दौड़ो। शायद कच्चा मन हुआ तो फिर से भाग खड़ा हो।"

लेकिन उनका आक्रमण व्यर्थ गया। उलटे संन्यासी ने उन्हें आँख दिखा दी। वे सब सिर पर पाँव रखकर भाग खड़े हुए। अब तक वह साधु पास आ चुका था। कहने लगा, "लगता है, गुणे नहीं हो, नवयुवक संन्यासी और अनुभवहीन कैसे संन्यासी हो? कोई गुरु किया या....?"

"हाँ, बाबा!"

"दीखता है पोथियों में धूनी जमायी है।...तभी तो...!"

"सच कहते हो बाबा।...आभार।"

वह बाबा गरदन ऊँची करके आगे बढ़ गया। पलटकर भी उसने नहीं देखा। देखने को था ही क्या? बन्दरों से भागता है संन्यासी! जो अपनी रक्षा नहीं कर सकता, वो दूसरों की रक्षा क्या करेगा!

"स्वामीजी!" आवाज आई। कोई उन्हें पुकार रहा है। वे आगे बढ़े। फिर रुके। अन्दर से ही कह दिया, "आ जाओ, भाई।"

"प्रणाम स्वामीजी!"

"प्रणाम, भाई मुंशी, प्रणाम!...सब ठीकठाक है ना!"

"आपकी कृपा है।"

"ठकुरसुहाती नहीं, मुंशी, मैं तुम्हारा राजा नहीं हूँ। कहो, किसलिए आए हो?"

"स्वामीजी, राजाजी ने निवेदन किया है यदि आपके कार्य में बाधा न आती हो तो पधारें।"

विविदिषानन्द के मुखमंडल पर स्मित रेखा ऐसी खिंची जैसे घने मेघों के बीच निःस्वर चपला कौंधी हो। फिर उन्होंने मुंशी की ओर देखा। बोले, "राजा साहब से शिष्टाचार सीखा जाना चाहिए।...मुंशी को भेजा अपने निजी सचिव को।...चलेंगे, मुंशी।"

"मैं बाहर प्रतीक्षा करता हूँ, स्वामीजी!"

"बाहर क्यों मुंशी?"

"आप जहाँ कहें वहाँ।"

"यहीं।"

"ठीक है।"

"जल लीजिएगा।"

"नहीं।"

"तो चलो।"

"कुछ...।"

''क्या कुछ मुंशी। जैसे हैं, वैसे ही।''

थोड़ी देर में मुंशी जगमोहन लाल के साथ स्वामी विविदिषानन्द पहुँच गए। उद्यान में स्थित बंगला था। राजा अजीतसिंह ने खड़े होकर उनका सम्मान किया और अपने पास वाली कुरसी पर बैठाया।

स्वामी विविदिषानन्द ने देखा कि वहाँ ठाकुर हरिसिंह, पनेसिंह वकील, पंडित लक्ष्मीनारायण, आसलाडषानी, साधु सीमलनाथ, राव राजा माधोसिंह ठाकुर रामबक्स आदि बैठे हुए हैं।

सबने उनका अभिवादन किया। उनके बैठने के बाद सब बैठे। राजा अजीतसिंह ने कहा, ''स्वामीजी, आपके भक्तों का आग्रह हुआ कि कुछ शंकाएँ हैं, उनका समाधान कर लिया जाए।''

''शंकाओं से उत्तम हैं जिज्ञासाएँ। शंकाओं के प्रति जब आदर भाव होता है तब वे जिज्ञासाएँ हो जाती हैं, राजन्।...यह आप सब पर निर्भर है कि आप शंकाएँ प्रस्तुत करेंगे अथवा जिज्ञासाएँ।'' स्वामी विविदिषानन्द ने आसन पर बैठे-बैठे ही कहा।

उसी समय खेतड़ी के राजपंडित नारायणदास का प्रवेश हुआ। स्वामीजी ने उनका अभिवादन किया। उन्होंने भी सुना। सभा गम्भीर हो गई।

गर्मी का मौसम था। सूर्यास्त हो रहा था। आकाश में तारागण उभरने लगे थे। वायु सुगन्धयुक्त बह रही थी।

''आप भक्तगण, जिज्ञासाएँ प्रस्तुत करें, मेरा प्रयास होगा कि सबके सहयोग से समाधान की अनुभूति की जा सके।'' विविदिषानन्द की अति मधुर वाणी महक उठी।

''स्वामीजी, आजकल हमारे समाज और देश की स्थिति बहुत बुरी क्यों है?''

''तुम सब इसके लिए उत्तरदायी हो, ठाकुर रामबक्स जी!''

''कैसे स्वामीजी?''

''काफ़ी समय से तुम लोग निम्न जाति वालों से घृणा करते आ रहे हो। उसी के परिणामस्वरूप तुम लोग संसार में घृणा के कारण बन गए हो।''

''कब की हमने उनसे घृणा?'' पनेसिंह वकील ने धीरे से कहा।

''वेदों पर पंडित-पुरोहितों ने एकाधिकार कर लिया। किसी को पढ़ने तक नहीं दिया।...इन्होंने ही भारत की दूसरी जातियों को नीच कहकर यह अनुभव कराया, वे नीच हैं। हर समय उन्हें नीच कहा जाता रहा। उनका शोषण किया जाता रहा। अब यह भ्रम टूट रहा है। पाश्चात्य शिक्षा से ब्राह्मणों की करतूतें सामने आ रही हैं।...उन्होंने अवैदिक, अनैतिक, युक्तिविरुद्ध मतों का प्रचलन किया ताकि वे कभी उठने की नहीं सोच सकें...''

''पर क्षत्रिय, वैश्य...''

''इन सबने मिलकर ब्राह्मणों के षड्यन्त्र में भागीदारी निभाई। उसी का फल है कि हजारों वर्ष से तुम सबको गुलामी भोगनी पड़ रही है।''

''क्या अब इस कीचड़ को साफ़ किया जा सकता है?'' ठाकुर हरिसिंह ने

खड़े होकर पूछा।

"ऐसा सोचना ही कायरता है, ठाकुर साहब?"

"क्यों महाराज?" आसलाडषानी पूछ रहे थे।

"क्योंकि लाडषानी साहब, संसार में असम्भव कुछ नहीं है। एक बार सच्चे मन से ठान लिया जाए।"

"बहुत कुछ शुरू हुआ है, महाराज!"

"क्या ख़ाक शुरू हुआ। तोते की तरह श्लोक पढ़े हैं, व्याख्यान दिए हैं, उपदेश झाड़े हैं परन्तु...।"

"परन्तु क्या, महाराज?"

"जो पढ़ा है, उसे करके दिखलाओ।"

"फिर?"

"उनमें विश्वास जगेगा। हैं तो वे भी ऋषि सन्तान।...अमर पुत्रो! नश्वरता का भय छोड़ो, आस्था का यज्ञ शुरू करो।...उठो, जगो और खड़े हो जाओ तो सदियों से कुचलते चले आ रहे तुम्हारे भाई तुम्हारे साथ कन्धे से कन्धा मिला कर चल सकेंगे।"

"पर कब?"

"जब तुम जगोगे। उठोगे। आगे बढ़ोगे।"

"पर कैसे?"

"कर्मठ बनने का संकल्प लो। भेद भित्तियों को गिराकर सबको गले लगाओ।...सदियों से किए पापों का प्रायश्चित्त तुम्हें ही करना होगा।...यदि तुमने चालाकी की और मध्यस्थ रास्ता निकाला तो फिर तुम्हें वर्ग संघर्ष के लिए तैयार हो जाना चाहिए।...याद रखो, जिनको तुमने निम्न बनाकर नरक में धकेला है, वे पाश्चात्य हवा के झोंके खाकर स्वयं उठेंगे—तब तुम उनके शत्रु होगे, भाई नहीं, क्योंकि अपनत्व की परिभाषाएँ बदल चुकी होंगी, उनके लिए तुम्हारे शास्त्र अपनी सत्ता खो चुके होंगे और तुम्हारे हवन-यज्ञ बेमतलब रह जाएँगे।...मैं जो देख रहा हूँ, काश, वही तुम देख सको!...मेरा प्रयत्न है और मैं इस प्रयत्न को मरते दम तक जारी रखूँगा।" स्वामी विविदिषानन्द के मुखमंडल से तेजस्विता का प्रभामण्डल जगमगा उठा।

उनके उत्साह, उल्लास और तेज को देखकर सभा मौन रह गई। उनके सारे प्रश्न निहत्थे हो गए। राजा अजीतसिंह को पहली बार उनके ओज का आभास हुआ। उन्हें लगा कि यह संन्यासी किसी विशेष संकल्प के निमित्त निकला है। उन्होंने परिवेश को सामान्य बनाने की दृष्टि से विषय बदला और पूछा, "स्वामीजी, कई दिनों से मेरे मन में यह जिज्ञासा उथल-पुथल मचाए हुए है कि आप पुस्तक के पृष्ठ इतनी तेजी से कैसे पलटते जाते हैं? पढ़ते भी हैं या...।"

स्वामी विविदिषानन्द का तमतमाया मुखमंडल तनिक मुस्करा उठा। वे फिर राजा की सूझबूझ के कायल हो गए। वे कहने लगे, "राजन्, प्रारम्भ में बालक एक-एक अक्षर जोड़कर पढ़ता है। फिर पूरा शब्द और फिर पूरा वाक्य। यहाँ तक वह बालक

लगातार अभ्यास करने के बाद पहुँचता है।...फिर भी, कोई बालक पढ़ने और समझने में तेज होता और कोई कमजोर।...इसमें तनिक भी आश्चर्य करने की बात नहीं है क्योंकि यह केवल अभ्यास, ब्रह्मचर्य और एकाग्रता का परिणाम है।...इस प्रकार से कोई भी प्रयत्न करे तो हो सकता है कि वह मुझसे भी जल्दी पृष्ठ बदलता जाए।''

सबको चेहरे आश्चर्यमिश्रित प्रभाव से युक्त थे। सबकी निगाहें सितार, तबले, बाँसुरी आदि पर जा टिकीं। राजा अजीत सिंह ने अनुनय के स्वर में कहा, ''आज्ञा हो तो भजन-कीर्तन भी हो जाए। साधु सीमलनाथ हमारे यहाँ के प्रसिद्ध गायक हैं।...और आपका आशीर्वाद भी मिल जाए तो जीवन सफल हो जाए।''

''राजन्, शुभ कार्य में सोच-विचार क्या?''

''पर महाराजा जी, मेरा कंठ आज बैठा हुआ है, यह बात मैं मुंशी जी को पहले ही बता चुका हूँ।'' साधु सीमलनाथ ने खड़े होकर कहा।

स्वामीजी से राजा अजीतसिंह आग्रह नहीं कर सकते थे। वे तो अपनी मरजी के मालिक हैं। अब क्या किया जाए? कुछ समझ में नहीं आ रहा था। राजा के कानों में स्वामीजी की आवाज़ गूँज रही थी—''राजा मर्यादा छोड़ता है तो नदी सीमा तोड़ देती है और नदी न हो तो तालाब, बावड़ी, कुएँ सूख जाते हैं—प्राकृतिक प्रकोप का प्रधान कारण राजा का आचरण है। ध्यान रहे, राजा प्रजा की कुंडली है।... राजा को जो प्रजा के शुभ के लिए व्रत-उपवास रखे। यहाँ तक कि राजपाट छोड़ने से प्रजा का शुभ होता हो, तो राजपाट छोड़ दे।'' वो चमक गया।

सूचना मिली कि नर्तकियों का एक दल सलाम करने के लिए उपस्थित होना चाहता है। राजा अजीतसिंह ने आकाश की ओर देखा। सूरज ढल चुका था। बहुत से ठिकानेदार, राव राजा और ठाकुर वहाँ उपस्थित थे। नर्तकियों के एक दल की सूचना से सबके चेहरों पर कान्ति लौट आई थी। नियम तो यह था कि प्रजा, सेवक, पद के उम्मीदवार आदि प्रातः और सायं समय राजा की सेवा में सलाम मालूम करने के लिए आते रहे हैं। थोड़ी समय की बात थी। राजा अजीत सिंह ने कह दिया, ''आने दो।''

स्वामी विविदिषानन्द भाँप गए कि अब महफिल सजेगी। मदिरा महक उठेगी। मुजरा भी होगा। फिर उनका वहाँ क्या काम? न उनकी इच्छा ही थी कि उन्हें अपने अनुशासन में रखें।

नर्तकियों का वह दल हाजिर हो गया। सभी युवा नर्तकियाँ। उस्ताद, वाद्य वाले और बूढ़ी खाला। सलाम हुआ। झुक-झुककर बड़े अदब से हुआ। स्वामी विविदिषानन्द उठ खड़े हुए।

मेघ को कौन रोक सकता है। उनके उठते ही सब उठ खड़े हुए। मुंशी जगमोहन लाल भागे-भागे पीछे आ खड़े हुए। स्वामीजी ने कहा, ''राजन्, हमें चलना होगा।''

राजा अजीतसिंह ने कहा, ''जैसी इच्छा स्वामीजी।...मुंशी जी।''

''हाज़िर हूँ, स्वामी।''

राजा भी उनके साथ चलने लगे तो स्वामीजी ने कहा, ''राजन्, आप विराजें।''

''यह कैसे हो सकता है।''

"हम आज्ञा दें तो भी...।"

"आपकी आज्ञा शिरोधार्य है, स्वामीजी।"

"तो कृपया अपने आसन पर विराजें।"

विविदिषानन्द आगे बढ़ने लगे। राजा अपने स्थान की ओर लौट पड़े। अभी स्वामीजी ने दसेक कदम आगे बढ़ाए होंगे कि एक अति मधुर स्वर वीणा के तारों को झंकृत करने जैसा वातावरण में गूँज उठा, "स्वामीजी, ठहरिए।"

सारी सभा हतप्रभ रह गई। उन नर्तकियों में से कमसिन युवती आगे बढ़कर कह रही थी। अब क्या होगा? उसने स्वामीजी को क्यों पुकारा? क्या कोई गुल खिलने वाला है या वह किसी का षड्यन्त्र है स्वामीजी को बदनाम करने का।

सबकी दृष्टि उस छरहरी कंचन काया पर थी। हरिणी जैसे नयन, पीन पयोधर, भौंहें भ्रमर जैसीं, नुकीलापन लिये नाक, जड़ाऊ कुण्डलों से कपोल की आभा द्विगुणित होती हुई, ओष्ठों पर आ ठहरे बिम्ब फल और पाँवों में घुँघरुओं वाली पाजेब की झन-झन झनन-झनन सारे वातावरण में बिजली सी दौड़ गई। वह आगे जैसे ही बढ़ी वैसे ही नाभि में तीन जगह बल पड़ गए। कमर एकदम पतली। चलते हुए वह लचकीली हो रही थी।

विविदिषानन्द रुक गए। आँख भर उस सौन्दर्य की मलिका की ओर देखा जो साक्षात् रति की प्रतिमूर्ति लग रही थी। उसकी देह गुलाबी परिधान में लिपटी हुई अत्यन्त मादक लग रही थी। वह तिरछे नेत्रों से स्वामीजी की ओर देखे जा रही थी अपलक।

"क्या है, नर्तकी?"

"एक अर्ज़ है।"

"क्या अर्ज़ है?"

"आपको सबकी चिन्ता है। क्या उस सबमें हमारे लिए भी कोई जगह है?"

"तुम सबसे बाहर नहीं हो।"

"मेरा आग्रह है। यह जानकर कि मैं वेश्या की लड़की हूँ। तन अभी बिका नहीं। खरीददार राल टपकाते दिन-रात आते हैं। ज़ाहिर है कि वे सब बड़े लोग हैं, धनाढ्य हैं, शक्ति-सम्पन्न हैं और कदाचित् चरित्रवान भी हैं।...यहाँ भी मुझे इसीलिए लाया गया है कि यहाँ उच्चकोटि के खरीददार हैं। रकम अच्छी पल्ले पड़ सकती है।...और मैं बिकना नहीं चाहती। क्या करूँ? कैसे बचूँ?...मैं जानती हूँ कि मैं आम्रपाली नहीं हूँ और तेजस्वी संन्यासी न आप महात्मा बुद्ध। फिर?" उसके कँटीले नयन चंचल हो रहे थे। उसकी कमर लचक खा रही थी। स्वामी विविदिषानन्द की बोलती बन्द। पाँव जाम। देह में गति नहीं। होंठ पर सूखापन। सारी सभा अन्दर ही अन्दर प्रसन्न। अब आया ऊँट पहाड़ के नीचे।

"मैं कहीं जा भी नहीं सकती। कहीं भी मेरे लिए जगह नहीं है। फिर क्या करूँ?...दिन-रात यही सोचती हूँ कि रोज़-रोज़ मरने से एक दिन मरना ठीक। पर कोई मुझे मरने भी नहीं देता।"

"मुझसे क्या चाहती हो?"

"योग?"

"कैसा योग?"

"जिस पर पुरुषों का एकाधिकार है।"

"तो तुम सीख लो।"

"कौन सिखाएगा?"

"तलाश करो।"

"कोई नहीं सिखाएगा, स्वामीजी, कोई नहीं सिखलाएगा।" नर्तकी की दर्दीली आवाज सारे वातावरण का मन उद्वेलित कर उठी, "कब तक द्रौपदी को कृष्ण पुर्नजन्म का इन्तजार करना होगा?...कब तक अहिल्या को पत्थर की मूर्ति बने रहकर श्रीराम की प्रतीक्षा करनी होगी? जबकि द्रौपदी राजवधू थी और अहिल्या ऋषि पत्नी।.. .हम जैसियों का तब भी किसी ने उद्धार नहीं किया था जब स्वयं भगवान ने अवतार लिया था।"

स्वामी विविदिषानन्द को लगा कि युग-युगान्तर का आन्तरिक क्रन्दन ज्वालामुखी बन फूट पड़ा है। सारी सभा मूक, चित्रलिखित सी, विस्फारित नयनों से देखती रह गई और सुनती रह गई पिघले गरम काँच की कान में पड़ती धार को। चीत्कार स्वयं साकार हो उठा था।

इस संवाद के बीच में कौन आए? किसमें साहस है—राजा में भी नहीं। फिर उसने जो प्रश्न उठाया है वह कम महत्त्वपूर्ण नहीं है। मुजरे के बिना बड़े घरानों और राजघरानों की महफिल कैसे जमेगी?

"यह मुझसे सम्भव नहीं है, नर्तकी!"

"क्यों, स्वामीजी? क्या इसलिए कि मैं एक मुजरे करने वाली की बेटी हूँ?...वेश्या हूँ। एक वेश्या को अपने अस्तित्व की रक्षा करने का अधिकार नहीं है।" नर्तकी के कँटीले तेवरों में व्यंग्य था। वह आगे कह रही थी, "क्या बता सकते हैं आप कि स्त्री को दोयम दर्जे का नागरिक क्यों बनाया गया? किसने बनाया? आप उनका साथ दे सकते हैं पर एक वेश्या की लड़की का नहीं?...क्या आप इसी तरह एक उन्नत और स्वस्थ समाज की नींव रख सकेंगे?"

"वह मैं नहीं जानता।"

"वह मैं जानती हूँ, संन्यासी!...दर्द मुझे हो रहा है और मैं अकेली उन भेड़ियों का कुछ नहीं कर सकती।...भेड़ियों को समाज की उन्नति का दायित्व सौंपकर आप कुछ अच्छा नहीं कर रहे हैं।"

"मुझे चलना चाहिए।"

"जाइएगा, पर मेरी पूरी बात सुने बिना नहीं, स्वामीजी, यह मेरी आपसे करबद्ध विनती है।" उसने हाथ जोड़कर कहा।

स्वामी विविदिषानन्द का मन पसीजने लगा। कौन है उसका? क्या वह हमारे समाज का जीता-जागता कोढ़ नहीं है?"

"कौन मुक्ति दिलाएगा उसे?" राजा अजीतसिंह सोच रहा था। इस समस्या का किसी के पास हल नहीं है और न कभी होगा। स्वामीजी भी निरुत्तर हैं।

स्वामी विविदिषानन्द ने उस नर्तकी पर भरपूर दृष्टि डाली। अत्यन्त रूपवती। अत्यन्त सुशील। मेनका और उर्वशी को भी उससे ईर्ष्या हो जाए। उसे भी माता-पिता, भाई-बहिन अन्य रिश्तेदार, मित्र चाहिए।

वह हँसकर कहने लगी, ''स्वामीजी, नाराज मत होइए।...हम-आप एक जगह पर खड़े हैं। आपने संन्यासी होकर समस्त सम्बन्धों को स्वेच्छा से त्यागा है और मुझे समाज ने...उन्नत समाज, उस समाज ने जो हमारी संस्कृति का पोषक और संरक्षक है, विवश किया है कि सारे नाते-रिश्तेदार भूलकर यारों के मन बहलाने का खिलौना बनी रहूँ। जिन्हें बचपन में खिलौनों से खेलने का सौभाग्य मिला है, वे बड़े होकर हम जैसे जीवित खिलौनों से खेलना अपना हक समझते हैं।...मेरा यह कथन किसी की पगड़ी उछालने का नहीं है।...एक आप ही तो इतनों में एक ब्रह्मऋषि हैं। जो मान-मर्यादा के लिए जी रहे हैं, दारुण दुःखों की मार को झेलते हुए अपना मुँह बन्द किए हैं—उनके लिए एकमात्र आप इस महाअन्धकार में आशा की टिमटिमाती किरण हैं।''

स्वामी विविदिषानन्द की आँखें खुल गईं। उन्हें शास्त्र के पृष्ठ वायवी होकर अपने चारों ओर उड़ते नजर आए। निःसंदेह वह विदुषी है। पूर्व जन्म में मेधावी रही होगी। क्या प्रश्न खड़ा किया है कि महलों की नींव हिलाकर रख दी! वह पूछने लगे, ''क्या नाम है तुम्हारा?''

''माँ का यार आया था, भड़आ।...माँ से चिरौरी कर रहा था—तू निहाल हो गई चम्पा। क्या खूब तूने मेहनत की है इस छोटी-सी जान पर। मुँह-माँगा मिलेगा। रजवाड़ों के बीच रंडी होने की यही तो शान है कि मंडी में एक से बढ़कर कद्रदान हमेशा मौजूद रहता है। हीरा हो गई तो हीरे पर माल लुटाने वाले भी जिंदादिल मर्द हैं। ...तू इस क़यामत का नाम मालविका रख दे। ऊँचे लोगों में यह नाम खूब कहर ढाएगा।...ये किस्सा है, संन्यासी, इस नन्हीं सी जान के नाम का।...आपसे यह हाथ जोड़कर विनती है कि आज के इस मुजरे में आप यहाँ बने रहें।''

''नहीं, मालविका, यह सम्भव नहीं है।''

''आपके लिए कुछ भी असम्भव नहीं है, जीवन धर्म के प्रणेता!''

''तुम पढ़ी-लिखी हो।''

''हाँ स्वामीजी, मेरे हर हुनर के पीछे एक कहानी है।''

इतना कहकर मालविका कुछ रुकी। उसका तेजोद्दीप्त चाँद गुलाब-सा खिला। उसके विशाल नेत्रों में प्रत्यूषकालीन लालिमा उतर आई। वह मधुर कंठ से गा उठी—ओऽम भूर्भुवः स्वः। तत्सवितुर्वरेण्यं भर्गो देवस्य धीमहि धियो यो नः प्रचोदयात्।...तब से मैं गुहार लगा रही हूँ—हे पिता! आपसे हमारी बुद्धि विमुख न हो, आप हमारी बुद्धियों में प्रकाशित रहें और हमारी बुद्धियाँ सत्कर्म से प्रेरित रहें।...हे प्राण दुःखहर्ता और व्यापक आनंद के देने वाले प्रभु।...तू सर्वज्ञ है। सम्पूर्ण जगत् का उत्पादक है। हम उसके उस पुनीत व पापनाशक तेज स्वरूप का ध्यान करते हैं जो हमारी बुद्धियाँ प्रकाशित करता है...पर कुछ नहीं हुआ, स्वामीजी, ...सब ढकोसला। मन से किया, समर्पित होकर किया पर क्या हुआ? ढाक के वही तीन पात।''

स्वामी विविदिषानन्द का सिर चकराया। यजुर्वेद का सर्वव्यापी मन्त्र वह इतने सुन्दर कण्ठ से दोहरा रही थी। अर्थ वह समझती है। पहले नीचे के चरण का अर्थ किया, फिर ऊपर के चरण का। पर क्या मिला उसे? वे बोले, "हम आज के मुजरे में उपस्थित रहेंगे।" वे जान रहे थे आज चाँदनी एक-एक वस्त्र उतार फेंकेगी। उसकी सारी देह, सम्पदा नग्न होकर, मूर्छित हो जाएगी। पर होने दो। उसे अपनी बात कहने का पूरा-पूरा हक़ है। पुनः उन्होंने उसकी ओर देखा। उन्हें पवहारी बाबा का स्मरण हो आया। लोगों ने उन्हें बताया था कि गुफा से धुआँ उठा। धुएँ में मांस की गन्ध उड़ी। लोगों ने झाँककर देखा। पवहारी बाबा आधे से अधिक देह को होम के हवाले कर चुके थे। मन्त्र फिर भी जारी था। होम पूर्ण हुआ, तब न मन्त्र रहा और न पवहारी बाबा की देह। सर्वस्व स्वाहा।...आज मन्त्र भी रहेगा, देह भी। स्वाहा होने के बाद सर्वस्व यथावत् रहेगा...कुछ नहीं बिगड़ेगा, बनेगा।" वे अपने स्थान पर आकर बैठ गए। सबकी दृष्टि स्वामीजी को देखती हुई मालविका पर जा टिकती थी।

सब आश्चर्य से देख रहे थे। क्या देख रहे थे, यह किसी को ज्ञात नहीं था। आँधी सबमें उठी हुई थी। किसी में कम, किसी में ज्यादा। जिनकी मूँछों पर बिजली गिरी थी, उनकी आँखें अंगारे थीं और इरादे उसे साबुत निगल जाने के।

वाद्य के साथ छेड़छाड़ शुरू की जा चुकी थी। सबने अपनी-अपनी मुद्राओं का इन्द्रजाल फैलाना शुरू कर दिया था।

क्या होगा आज, अब?

वे नाचेंगी। गाएँगी। क्या गाएँगी? नाच कैसा होगा। मालविका ने उस्ताद के कान में कुछ कहा। साथ की नर्तकियों की ओर इशारा किया। सबके चेहरों पर गाज गिरी। साँसें रुकी या तेज हुईं, ये अनुभव अलग-अलग हुए।

मालविका सहज अंग्रेजी में बोली। फिर हिंदी में उसका तर्जुमा किया। राजा अजीतसिंह से सिर झुकाकर अदब से मुजरा शुरू करने की इज़ाज़त चाही। स्वामीजी को आँखों से नमन कया।

मालविका कह रही थी, "यह मेरा पहला और अन्तिम मुजरा है। कोई तवायफ़ ऐसी नहीं होगी जो किसी न किसी देवता या इष्ट के नाम को लेकर अपना धन्धा शुरू न करे।...मैंने स्वामीजी का नाम जयपुर में सुना था। उन्हें देखने का सौभाग्य मुझे यहाँ मिला। जैसा उनके बारे में सुना था, वैसा ही पाया। वे ब्रह्मचारियों के शिरोमणि हैं। मैं तुलसीदास के दोहे से उनको नमन करती हूँ :

तुलसी जग में आइ के, सबसे मिलिए धाय।
ना जाने किस भेस में, नारायण मिल जाएँ।

यह सुनते ही सब हक्के-बक्के रह गए। सबमें क्रोध कम हुआ। सबको कुछ राहत मिली। स्वामी विविदिषानन्द के मन को चैन मिला।

मालविका की अत्यन्त मधुर आवाज, कहने का ढंग और तल्लीनता मर्म को सीधे छू रही थी। उसमें एक भक्त का पावन हृदय झलक उठा था। उसकी आवाज

दूर से सुनाई पड़ रहे झरने जैसी थी।

मोमबत्तियाँ जल उठीं। घेरे बन्द दीपदान जले। प्रकाश फैला। हवा में तरावट आई। पतियों ने टेक भरी। मौमस खुशगवार होने लगा।

मालविका ने आलाप भरी। आवाज में कम्पन थिरक उठा। फिर धीरे-धीरे उसने ऊँची आलाप को शून्य की ओर ढकेल दिया। सन्नाटा अनुगूँजता रहा। क्या मोहक आवाज़! एक स्वर से सबका अन्तर्मन कह रहा था।

मालविका गा उठी—

हमारे प्रभु औगुन चित न धरौ।
समदरसी है नाम तिहारौ, अब मोहि पार करौ।। हमारे प्रभु.।
इक लोहा पूजा में राखत, इक घर बधिक परौ,
पारख गुन औगुन नहिं चितवै, कंचन करत खरौ।। हमारे प्रभु.।
इक नदिया इक नार कहावत, मैलो नीर भरौ,
जब दोऊ मिलि एक वरन भये, सुरसरि नाम परौ।। हमारे प्रभु.।
यह माया भ्रमजाल निबारो, सूरदास सगरौ,
अब की बेर मोहि पार उतारो, नहिं प्रन जात टरौ। हमारे प्रभु.।

स्वामी विविदिषानन्द भाव विह्वल होकर खड़े हुए। धीरे-धीरे मालविका की ओर बढ़े। उनकी गति मन्थर थी। गति में मादकता थी। देह में स्पन्दन। नयनों में समर्पण। अद्भुत स्थिति थी।

कहीं से कोई स्वर नहीं फूटा। सब में तन्द्रा थी। ऐसा स्वर नहीं सुना। लगा कि मालविका के अरुण अधर अभी तक सुकम्पित हैं। उसकी देह थिरक रही है।

स्वामी विविदिषानन्द मालविका के पास आए। मालविका ने खड़ी होकर धरिणी स्पर्श कर अभिवादन किया। एकबारगी उनका मुँह खुला का खुला रह गया। कोई बोल नहीं निकला। उनके मन मस्तिष्क पर जगदम्बा की छवि आ विराजी थी। वे मन ही मन कह रहे थे—माँ, तेरे कितने रूप हैं। तू कहाँ नहीं है। पर माँ, यह क्या है? तेरी तपस्विनी वेश्या बनी अपने से विद्रोह कर तुझे चुनौती दे रही है। अब बता, मुझे क्या करना है?

मालविका ने उन्हें 'सर्व खल्विदं ब्रह्म' का भाव हृदयंगम करा दिया। उन्होंने अपने संन्यास पर प्रश्न लगा दिए। वे अपने आप से कहने लगे, "मैं...कैसा संन्यासी हूँ। मुझसे तो यह पतिता नारी महान् है—उसमें ऊँच-नीच का भेद नहीं है। सब प्राणियों में ब्रह्मानुभूति के लिए परिव्राजक रूप धारण किया था। यह कैसे सम्भव है। मैं पहली ही परीक्षा में अनुत्तीर्ण हो गया।...भगवान् शंकराचार्य को चांडाल की बातें सुनकर ही यह बोध हुआ कि भेद बुद्धि भ्रामक है।" उन्होंने प्रत्यक्ष में कहा, "माते, मुझसे बहुत बड़ा अपराध हुआ। मुझे क्षमा करो। मैंने तुम्हें घृणा की दृष्टि से देखा। अपवित्र माना। हे ज्ञानदायिनी माँ, तुमने मेरी आँखें खोल दीं अन्यथा मैं भेद बुद्धि लिए सत्य से दूर ही पड़ा रह जाता।"

"ना, ना स्वामीजी, इस पतिता को इतना मान न दो। सच तो यह है कि आपकी उपस्थिति में क्या गाऊँ, यह समझ नहीं पड़ रहा था?"

"परन्तु तुमने जो गीत चयन किया, वह श्रेष्ठ है।" विविदिषानन्द ने धीरे-धीरे कहा।

"स्वामीजी, अकेला यही गीत था मेरे पास। इस गीत को लेकर सोचा करती थी, इसे कब गाऊँ? माँ इस गीत के सख्त खिलाफ थी। कहती थी—हमारी साधु-सन्तों की टोली नहीं है जो ईश्वर का फरेब दिखलाकर, उसका भय पैदा कर अपना उल्लू सीधा करते रहते हैं। ये गीत उनके धन्धे की प्राण शक्ति है। हमें तो समाज की नाक समझे जाने वाले उन भेड़ियों का सामना करना है जो आँख बचाकर दूसरों की भेड़ों से ऊन उतरवा लेते हैं। कसाई से मांस बचाना हँसी खेल नहीं है, मेरी लाडो। कुछ ऐसा गा फड़कता हुआ गीत कि पान की गिलौरियों की पिचकारी पीकदान से उछलकर उनके ऊपर जा पड़े और ये हँसते हुए बटुआ खोलकर वार फेर कर दें अपनी लाडो पर।...समझी कि नहीं! ...तब से ये गीत मेरे अन्दर जब-तब बजता रहता था।" मालविका धाराप्रवाह कह गई बिना मिलावट के। सहज-सहज।

"तुम धन्य हो, मालविका हो!...मैंने कहीं पढ़ा था या किसी से सुना था, हर पुरुष की सफलता के पीछे कोई न कोई स्त्री होती है।...अब विश्वास हो गया है, माते, तुम वही स्त्री हो। तुम्हारे बिना मेरा सारा ज्ञान-विज्ञान मिट्टी था।"

"संन्यासी, आपने आज एक कुँवारी युवती को माँ बनाया है तो पुत्र, तुझे यह माँ आशीर्वाद देती है कि तू अपने लक्ष्य में न केवल सफल होगा बल्कि अपने होने का डंका बजवा देगा।...संन्यासी अब हम चलेंगे। हमने तेरा कीमती वक्त लिया... ।"

"ना माँ, आगे एक शब्द नहीं।"

मालविका लौट पड़ी। राजा अजीतसिंह ने खुश होकर इनाम देना चाहा तो उसने अदब से यह कहकर मना कर दिया, "संन्यासी की माँ को कौन क्या देगा हुजूर! जो देना था, वह उसके पुत्र ने उसे दे डाला। अब मुझे किसी से कुछ नहीं चाहिए।...हुजूर को सलाम!" उसके बाद वह चल पड़ी, चुपचाप सिर नीचे किए। राज्य सभा का विहंगम दृश्य। पगड़ी में सजे-धजे सदस्य। राजा अजीत सिंह की प्रतीक्षा के बीच परस्पर हो रही वार्ता। विषय भिन्न-भिन्न। राज्य सभा बुलाने का कारण अस्पष्ट। मुंशी जगमोहन लाल को भी पता नहीं।

इस समय स्वामी विविदिषानन्द राजा अजीत सिंह सहित जनानी ड्योढ़ी में थे।

स्वामी विविदिषानन्द का मन राजा के प्रति अत्यन्त उदार हो चला था। वे राजभवन के सर्वोच्च महल में ठहरे हुए थे। सब प्रकार की सुविधाएँ उन्हें मुहैया थीं। उस दिन जब राजपुरोहित ने कहा, "महाराज, यह शुभ नहीं है।"

"क्या शुभ नहीं है, राजपुरोहित?"

"वह देखिए।" राजपुरोहित ने सूख रही कौपीन की ओर संकेत किया। राजा ने उधर देखा और पूछा, "उधर तो कुछ भी नहीं है, राजपुरोहित।"

"वो देखिए महाराज, कौपीन सूख रही है।"

"हाँ, राजपुरोहित, उधर स्वामीजी रह रहे हैं, ये कौपीन उन्हीं की सूख रही है।"

"यह अशुभ है, महाराज।"

"इसमें क्या अशुभ है, राजपुरोहित?"

"पहले तो संन्यासी का राजभवन में रहना और ऊपर से कौपीन सूखते नजर आना अशुभ है। वहाँ राजलक्ष्मी कभी निवास नहीं करती। वह जगह मठ बनने लगती है।...मठ बनने का अर्थ हुआ... ।"

"राजपुरोहित, जब मन ही मठ बनने लगा हो तब?"

"तब महाराज, हमारा कर्त्तव्य बनता है कि आपको सावधान कर दें कि राजभवन में राज्य लक्ष्मी रह सकती है, संन्यासी नहीं।"

"तुम ठीक कहते हो, राजपुरोहित, पर इस मन का क्या करूँ, जिसे राजलक्ष्मी से अधिक कौपीन सुहाती हो और जो राजभवन में मठ देखने लगा हो।"

"सँभालो महाराज, अपने को सँभालो। ये बंगाली संन्यासी है। बंगाल तन्त्र विद्या के लिए प्रसिद्ध है।"

"प्रयत्न कर देखूँगा, राजपुरोहित, परन्तु अभी यह मन सँभलता नजर नहीं आता। बहुत राज्य भोग लिया, अब जरा मठ के साथ भी जी लूँ। वैसे राजा से छोड़ना बनता कहाँ है? फिर भी, मैं तुम्हारा एहसानमन्द हूँ कि तुम्हें हमारी कितनी चिन्ता है। इसी तरह यदि तुम इस राज्य की प्रजा की चिन्ता करो तो राजा अपने कर्त्तव्य का सही अंजाम दे सकेगा। प्रजा सुखी होगी तो राज्यलक्ष्मी हमसे कभी नाराज़ नहीं हो सकती। काश, राज्यलक्ष्मी प्रजा के हर घर में निवास करने लगे तो राजा कभी कंगाल नहीं हो सकता।

राजपुरोहित अपना-सा मुँह लेकर रह गया। स्वामीजी को भी यह बात मालूम पड़ी तो उन्होंने ही प्रस्ताव रखा, "राजन्, अब संन्यासी को प्रजा के बीच में भी थोड़ा समय बिताने की आज्ञा दीजिए।"

"आपका मतलब यह है कि हम भी वहाँ आपके साथ रहें।"

"नहीं राजन्, हमारा यह मतलब कतई नहीं है। राजा सदा से राजभवन में रहता आया है और संन्यासी मठ में।"

"ये द्वैत क्यों, स्वामीजी? आप तो सब में एक ही ब्रह्म को देखते रहने का सन्देश देते रहते हैं।...आप तो द्वैत की सीमा को पार कर चुके हैं। आपके लिए राजभवन और मठ में कोई अन्तर नहीं है...जब से आप यहाँ विराज रहे हैं, तब से जनता बेरोक-टोक आपके पास आ-जा रही है। फिर...स्वामीजी, यह विचार क्यों? क्यों द्वैत भाव?...क्या हमसे कोई गलती हुई है? यदि हुई है तो अनजाने में। फिर भी, हम उसके लिए क्षमाप्रार्थी हैं।"...राजा अजीत सिंह ने हाथ जोड़कर विनती के स्वर में कहा।

"ना, राजन्, ना। ऐसा कुछ भी नहीं है।" वे सहज होकर कह पाए।

"तो पुनः आप ऐसा वचन कभी मत कहिए, स्वामीजी! राजा को कब-कब कोई स्वामी मिलता है। अपनी जिन्दगी में आप पहली बार मिले हैं तो अपना चित्त बदलने लगा है। स्वार्थ की कच्ची दीवारें छूटने लगी हैं। सत्य का कुछ-कुछ आभास होने लगा है। भ्रम टूट रहे हैं। क्या आप नहीं चाहते कि राजा बदले। राजा से

आपका महान् संदेश प्रजा तक जाए?"

स्वामीजी मुस्कराकर कहने लगे, "ठीक है, राजन्! मैं तुम्हारी भावना का आदर करता हूँ परन्तु राजन्, संन्यासी, हवा और पानी कभी एक जगह नहीं रह सकते। परिभ्रमण ही संन्यासी का धर्म है। मुझे अपना धर्म भी निभाना है, राजन्!"

राजा अजीतसिंह क्या कहते? यों ही बात आई गई होती रही। अन्ततः वह दिन भी आ ही गया, जिस दिन उन्हें खेतड़ी छोड़कर जाना था।

आज फिर स्वामीजी ने राजा अजीतसिंह के साथ थाल आरोग्यी। जीमाया पाछे राजा साहब पालखा पर अन्दर के कमरे में चले गए और स्वामीजी बीच के कमरे में आराम करते रहे। दोपहर बाद राजा साहब उन्हें जनानी ड्योढ़ी ले आए। बोले, "रानी साहिबा की आपसे कुछ विनती है।"

उन्होंने रानी साहिबा राजमहिषी श्रीमती चाम्पावत की ओर देखा। वे पूछने लगे, "कहिए, रानी साहिबा!"

रानी साहिबा ने राजा की ओर देखा। राजा अजीत सिंह यह कहते हुए वहाँ से चले गए कि उन्हें गोपनीय बात करनी है। शायद हमारी शिकायत वगैरह।

उनके चले जाने के बाद रानी साहिबा चाम्पावत बोलीं, "आप आज जा रहे हैं, स्वामीजी, इसका म्हाने बहुत दुःख है। आते रहिए, जे म्हारी हाथ जोड़कर थारे से बिनती है। यथा...।" कहती-कहती वे रुक गईं।

"यथा क्या, बेटी?" उन्होंने एकदम सम्बोधन बदल दिया। बेटी सुनकर रानी साहिबा का जी भर आया। बोली, "म्हारे दो बेटियाँ हैं, स्वामीजी!"

"बेटा?"

"कोई नहीं।"

"तो थारी यह मंशा भी पूरी होगी, रानी साहिबा! गद्दी के मालिक का जन्म होगा।...अब खुश, बेटी!" इतना कहकर स्वामीजी उठ खड़े हुए। रानी साहिबा चाम्पावत ने झुककर प्रणाम करना चाहा तो बीच में ही रोक दिया। कहने लगे, "बेटी पिता के पाँव नहीं छूती।"

रानी साहिबा का हियरा डोल गया। आँखों में से आँसू ढुलक आए।

स्वामी विविदिषानन्द बाहर वाले भवन में आए और राजा अजीतसिंह के साथ राज्य सभा के लिए चल पड़े।

28 अक्टूबर, सन् 1891। बुधवार। दोपहर बाद का समय। वातावरण में ठंडक। रास्ते में राजा अजीतसिंह पूछ रहे थे, "आगे का कार्यक्रम।"

"निरन्तर आगे बढ़ते जाना। जानना कि यह देश क्या है और उसके पास क्या है?"

"क्या अब तक जहाँ आपने भ्रमण किया है, एक दूसरे से भिन्न हैं?"

"हैं भी और नहीं भी।"

"वो कैसे?"

"दुःखी लोग सब जगह एक से हैं। उनमें गहरी निराशा है। उनका जीवन दूभर है। एक वक्त भी उन्हें रोटी नहीं मिलती।"

“अपने राज्य में, स्वामीजी?”

“सुख-शान्ति तो है पर विकास के कार्यक्रमों का अभाव है, राजन्। अधिकांश लोगों का जीवन स्तर, मज़बूरियों के रहते सामान्य से भी नीचे है।”

“फिर, स्वामीजी?”

“उद्यम और उद्योगों की ओर ध्यान देने की ज़रूरत है। पंडित गोपीनाथ के सुझाव पर विचार किया जाना चाहिए। जनता को कूप मंडूक बनाए रखने से राज्य का विकास न केवल रुकता है अपितु उसमें बहुत जल्दी गिरावट आने लगती है। हकीमजी दवाखाने की बात कह रहे थे।...यों तो मुझे आपके सान्निध्य से बहुत लाभ मिला है—एक नई दृष्टि मिली है।...युवकों को उठाने की जरूरत है। यदि वे विभिन्न क्षेत्रों में आगे आने लगेंगे तो विकास की गति निश्चित ही बदलेगी और आत्मविश्वास जगेगा।” विविदिषानन्द एकदम रुके और पूछने लगे, “राजभवन आ चुका है।”

राज्य सभा में दोनों का एक साथ प्रवेश हुआ। सबने खड़े होकर उन दोनों का स्वागत किया। राजा का संकेत पाकर मन्त्री महोदय ने राज्य सभा की कार्यवाही शुरू की। मन्त्री महोदय ने कहा, “आदरणीय राजा साहब, श्रद्धेय स्वामी जी, यह हमारा सौभाग्य है कि राजा साहब के प्रति अति स्नेह और कृपा से इस राज्य को स्वामीजी ने लगभग पाँच माह तक का अपना बहुमूल्य समय दिया और आपके मार्गदर्शन में अनेक नए कार्यों का सुप्रारम्भ हुआ। ऐसा लगने लगा मानो साक्षात् कर्मयोग और राजयोग का सम्मिलन हुआ हो। स्वामीजी विज्ञानी भी हैं। उन्होंने तारामंडल के अध्ययन में रुचि पैदा की। टेलीस्कोप की सहायता ली गई। माईक्रोस्कोप विलायत से सुधर कर आया। पदार्थ विज्ञान—भौतिक, रसायन और ज्योतिष—के क्षेत्र में महत्त्वपूर्ण कार्य हुआ।...उनके प्रवचन, उपदेश, गीत-संगीत ने राज्यवासियों को जीने का मन्त्र दिया।...आज यह राज्य सभा उनके सम्मान-स्वागत में विशेष रूप से आमन्त्रित की गई है। मैं इस सुअवसर पर माननीय राजा साहब से अनुरोध करता हूँ कि वे अपने उद्‌गार व्यक्त करने की कृपा करें।”

राजा अजीत सिंह उठे। स्वामी विविदिषानन्द की ओर देखते हुए कहा, “श्रद्धेय स्वामीजी तथा प्रिय सभासदो, मैंने लगातार प्रयत्न किया कि स्वामीजी की कृपा अधिक से अधिक इस राज्य पर बनी रहे, ताकि राजा-प्रजा सही दिशा में मिलकर सबको स्वस्थ मानसिकता से जोड़ सकें।

स्वामी जी मेरे आचार्य हैं। मुझे उनके शिष्य होने का सौभाग्य मिला, इसके लिए मैं उनका आजीवन आभारी रहूँगा और उनसे निवेदन करूँगा कि वे बीच-बीच में हमें सँभालते रहें, मार्गदर्शन देते रहें। पत्र-व्यवहार बनाए रखें।

इस पुनीत अवसर पर मैं उनसे एक अनुरोध करना चाहूँगा। जैसा आप सबको ज्ञात है कि आपका नाम स्वामी विविदिषानन्द है। इस नाम के उच्चारण में प्रायः सबको असुविधा का अनुभव होता है। नाम सहज व सरल हो और लोगों की जुबान पर चढ़ सके, ऐसा हो। यदि स्वामीजी अनुमति प्रदान करें तो हम सब मिलकर उनका नामकरण करने का प्रयास कर सकते हैं।

सारी राज्यसभा के चेहरे पर मुस्कान फैल गई। स्वयं स्वामीजी भी मुस्करा उठे और सिर हिलाकर सहमति प्रदान की।

खँखारकर राजा अजीत सिंह ने कहा, "सभासदो, यह कार्य हम सबको मिलकर करना है और स्वामीजी की गरिमा के अनुसार करना है। इस कार्य के लिए हमने अपने राज्य के विद्वानों को भी आमन्त्रित किया है। जैसे साधु सीमलनाथजी, कविराज बलदेवजी, सेठूसिंह, बींजजी चिराणाका, मुंशी जमीर अली जी, पंडित गोपीनाथ जी आदि।...मन्त्री जी आगे की कार्यवाही करवाएँगे।

मन्त्री जी ने कहा, "श्री हुजूर जी की आज्ञा और निर्देश से मैं आप सभी को शुभ नाम देने हेतु आमन्त्रित कर रहा हूँ। मुंशी श्रीजगमोहन जी से अनुरोध है कि वे प्रस्तावित नाम लिखवाएँ।"

बात समाप्त।

सन्नाटा गहरा गया। संकेतों से कुछ बात उठी और पानी के बुलबुलों की नाईं तत्काल बैठ गई। धीरे-धीरे आवाज होना शुरू हुआ।

मन्त्रीजी ने एक हाथ उठा हुआ देखा तो पूछा, "हाँ, पंडित लक्ष्मीनारायण, आप प्रस्ताव कीजिए।"

"श्री हुजूर जी के चरणों में वंदन के साथ मेरा निजी मत है कि मान्यवर स्वामीजी इतने बड़े विद्वान् हैं कि उनके बारे में कुछ निश्चित करना सूर्य को दीपक दिखलाना है। यह तो उनका बड़प्पन है कि उन्होंने श्री हुजूर जी का मान रख लिया।..मुझे तो आपके लिए एक नाम सूझ रहा है–स्वामी वेदान्त प्रिय।"

दूसरा हाथ उठा साधु सीमलनाथ जी का। वह कहने लगे, "श्रीराजाजी बहादुर को नमन के साथ मेरी छोटी बुद्धि में एक नाम उभर रहा है–स्वामी सत्यानंद जी महाराज।"

ठाकर रामबकस जी ने कहा, "राजा जी हुजूर महाराज की सेवा में निवेदन है कि स्वामीजी स्वयं अपने नाम की घोषणा करने का कष्ट करें। फिर भी, मेरी मोटी बुद्धि में एक नाम चक्कर काट रहा है–स्वामी कृपानन्द।"

इस प्रकार कई नाम आए। स्वामी विविदिषानन्द मन ही मन मुस्कराते रहे और सोचते रहे कि कि उनके नाम के लिए राज्यसभा अपना बहुमूल्य व्यर्थ जाया कर रही है। आखिर में मन्त्रीजी ने कहा, "श्री हुजूर जी से अनुरोध है कि वे भी अपना मत रखें।"

राजा अजीत सिंह धीरे से उठे। आगे आकर कहने लगे, "शायद ही दुनिया की राज्यसभा के सामने किसी ऐसे अहम् मसले पर कभी चर्चा हुई हो। स्वामीजी हमारे प्राणों में प्रतिष्ठित हो चुके हैं। हम लोगों का यह सौभाग्य है कि हमें ईश्वर की कृपा से उनके साथ रहने का संयोग मिला। मैं पंडित लक्ष्मीनारायण जी की इस बात से सहमत हूँ कि हमारा यह प्रयास सूर्य को दीपक दिखलाने जैसा है। फिर भी, हमारी इच्छा थी कि खेतड़ी की यादें स्वामीजी के जीवन से जुड़ें।...पता नहीं कि मैं कहाँ तक ठीक से सोच पाया हूँ। स्वामीजी पूर्ण विवेकी हैं। विवेक और आनन्द से उनका जीवन चक्र चल रहा है। जहाँ जाते हैं, वहीं विवेक से सब लोगों

को आनन्दित कर देते हैं। जीणमाता की यात्रा के वक्त की गढ़े, सिगनोर, कलकेड़ा, बाजोर, सीकर आदि जगह पर आपने विवेक से आनन्द वर्षा की। नवरात्रों का उत्सव स्वामीजी के प्रवचन से अति मंगलमय हो गया। जीणमाता यानि जयन्ती माता अर्थात् देवी अष्टभुजा का मन्दिर स्वामीजी को भा गया। मन्दिर के सभा मंडप में आपने माँ के प्रति जो उद्‌गार प्रकट किए, ये हृदय पर आनंद की वर्षा करने लगे। चौखट का जन्म सफल हो गया। इस सबको ध्यान में रखते हुए यह शिष्य गुरु दक्षिणा में स्वामीजी के चरणों में 'विवेकानन्द' नाम समर्पित करता है।''

करतल ध्वनि गूँज उठी। विवेकानन्द सार्थक नाम लगा। स्वामीजी ने सहज भाव से सबके विशेषकर राजाजी के प्रति आत्मीय भाव प्रकट किए। परन्तु दिए गए नाम के प्रति आभार व्यक्त करते हुए उन्होंने इतना ही कहा कि उनका अज्ञातवास पूरा होने दीजिए, फिर नाम से भी साक्षात्कार हो जाएगा। भविष्य वर्तमान पर भारी नहीं पड़ने लगे, अभी तक उनकी यही सीमा है।

स्वामीजी के चलने का समय हो गया। खेतड़ी और उसके आसपास से अनेक भक्त दर्शनार्थी आ पहुँचे। विदाई का ऐसा भव्य आयोजन इससे पूर्व उन्होंने नहीं देखा। सबा चल रहे थे। सबके नेत्र सजे थे। स्वयं स्वामीजी के नेत्र सजल हो गए थे। आनन्द की त्रिवेणी निःसृत हो उठी थी।

और स्वामीजी खेतड़ी से विदा हो गए। आकाश साक्षी है, धरती का रोम-रोम साक्षी है और पवन के साथ बहे स्वामीजी के गीत साक्षी हैं कि खेतड़ी उनका है, वे खेतड़ी के हैं।

स्वामी विविदिषानन्द ने अपने नाम के इस चोले को उतार दिया। फिर से सच्चिदानन्द से मन बहलाने लगे। नाम में क्या है, कुछ भी रखो। असली तो काम है जो नाम की सामर्थ्य को प्रमाणित करता है। उसे साक्षी बनाता है।

अपरिचय का संसार जब आत्मभाव से महकने लगता है तब स्वतः ही सबमें अपना ही हँसा नज़र आने लगता है। चित्त गद्‌गद हो उठता है। नाचने लगता है। आपा खोया नहीं कि आनन्द की अनगिनत धाराएँ उमंगित होने लगीं।

भ्रमण मनुष्य के लिए जरूरी है। स्वामीजी आगे बढ़ते हुए पिछली उन घटनाओं का स्मरण कर रोमांचित हो उठते थे, जो उनके जीवन को बदलने में बहुत सहायक हुआ और उनकी अन्तर्दृष्टि बना। वे अहमदाबाद आ गए। अहमदाबाद का पूर्ण नाम कर्णवती था। वहाँ से वधवान आए। फिर लिमड़ी जा पहुँचे। वहाँ ठाकुर साहिब बेहेमियाचाँद लिमड़ी वहाँ के राजा थे।

अब सोचने लगे कि कहाँ जाएँ? वे वहाँ पैदल पहुँचे थे। थके हुए भी थे और भूख भी उन्हें लग रही थी। जानकारी मिली कि पास में एक आश्रम है। वहाँ सन्त रहते हैं। रहने और भोजन की व्यवस्था अच्छी है और निःशुल्क है। वे गए। वहाँ उन्हें ठहरने के लिए अलग से एक कमरा मिल गया। वे वहीं रह गए।

दो दिन बीते ही थे कि उन्हें ज्ञात हो गया कि वे गलत जगह आ ठहरे हैं।

वे साधु वाममार्गी हैं। कुत्सित अनुष्ठान करते हैं। सम्भोग ही उनके योग के केन्द्र में है।

स्वामीजी घबरा उठे। उनका मन हुआ कि रात में ही उस स्थान को छोड़ दें। फिर उन्हें कहीं भी जाना पड़े और जैसे भी रहना पड़े, रहेंगे। परन्तु इन इन्द्रियोपासकों के बीच नहीं रहेंगे। नारियाँ वहाँ प्रार्थना करती थीं। हँसी-मजाक भी चलता था। स्वामीजी तत्काल उठे। हैं! चौंके। दरवाजा बाहर से बन्द था।

पता चला कि उन सन्तों की उन पर दृष्टि थी। वे उनकी क़ैद में हैं उनका मन छटपटाने लगा। अब क्या करें? कैसे वहाँ से निकलें? चिमटाधारी व्यसनी सन्त हट्टे-कट्टे थे। सुबह उन्होंने वहाँ से खिसकने का प्रयास किया। उन सन्तों ने उन्हें पकड़ लिया और उस आश्रम के मुख्य पुजारी के पास उन्हें ले जाया गया। मुख्य पुजारी बहुत जहरीला था। दिन में ही उसने चढ़ा ली थी और नवयुवतियाँ अर्द्धनग्न अवस्था में उसकी सेवा कर रही थीं। उनको बाहर भेज कर उसने कहा, "तपोद्दीप्त संन्यासी निस्सन्देह तुम शुद्ध ब्रह्मचारी हो। तुमने नारी का स्पर्श कभी नहीं किया है...सच है ना!"

"हाँ, मैं ब्रह्मचारी हूँ।"

"हमें ऐसे ही ब्रह्मचारी की तलाश थी।...तुम ठीक समय पर आए हो।"

"मैं जाना चाहूँगा।"

"अवश्य ब्रह्मचारी, जाने दिया जाएगा परन्तु... ।"

"परन्तु क्या, महन्त जी?"

"आश्रम के कुछ नियम हैं।"

"क्या?"

"हमारी साधन पद्धति वाममार्गीय है। हमें ऐसे साधु की तलाश थी जो पूर्ण ब्रह्मचारी हो।"

"तब?"

"तब क्या, ब्रह्मचारी, तुम हमारी समाधि के अंग बनोगे।"

"यह सम्भव नहीं है, महन्त जी...मैं जाना चाहूँगा।"

वह महन्त जोर-जोर से हँसने लगा। फिर हँसी रोककर बोला, "यह स्थान एकान्त में है। दूर-दूर तक कोई नहीं है। यहाँ बीस साधु और बारह संन्यासिनियाँ रहती हैं। कल ही एक ब्रह्मचारिणी को लाया गया है। वो रजस्वला भी नहीं हुई है। अति सुंदर। देखते ही रह जाओगे।" ताली बजाकर उसने एक युवती को बुलाया और कहा नवयोगिनी देवी कल्याणी को बुलाओ।"

"आप यह क्या कर रहे हैं, महन्त जी।"

"ब्रह्मचारी, तुम्हें अपना ब्रह्मचर्य दान करना होगा। हमारी साधना के अनुष्ठान के लिए यह अत्यन्त आवश्यक है।

वे कुछ कह पाते कि सामने से एक लड़की आ गई। रूपवती। अंग-अंग तपा हुआ। नाक-नक्श आकर्षक। आँखें बड़ी-बड़ी। उन आँखों में उन्माद की मदिरा। छरहरी देह। सफेद वस्त्र से अधोभाग ढका हुआ। नाभि दमकती हुई। उरोज नुकीले

और रस भरे।

"मुझे कब तक यहाँ रहना होगा?"

"तीसरे दिन तक। परसों ब्रह्म लीला रात्रि के दूसरे प्रहर से प्रारम्भ होगी। एक दिन और तुम यहाँ रहोगे। तीसरे दिन रात्रि के प्रथम प्रहर तुम्हें हमारे साधु-सन्त इस राज्य की सीमा से बाहर छोड़ आएँगे।"

कमरा बड़ा था। खुला था। बिछावन भी था। दीया था। उनका सामान एक तरफ़ रखा हुआ था।

सवेरा हुआ। एक शान्त और निर्मल सवेरा। पत्तियों को उसने गुदगुदाया शिशु-सा सवेरा खिलखिला पड़ा। पुष्प महक उठे।

वातायन से पावन और शीतल पवन अन्दर आया। चैतन्य का आभास भरने लगा।

रवि अगोचर था। परन्तु वे समाधिस्थ थे और अपनी आभा मंडल का प्रकाश फैला रहे थे।

समय ने आँख मली। अँगड़ाई तोड़ी। जम्हाई ली। करवट बदली।

"अब उसे कोई भी नशा नहीं कराना है। शुद्ध और सात्त्विक बनाए रखना है। आज दोनों अपना-अपना ब्रह्मचर्य दान करेंगे। सन्ध्या को उन दोनों को दुग्ध स्नान कराना है।...अब तुम कल्याणी देवी को भिजवाते जाओ।"

माधवाचार्य चला गया।

कुछ देर में कल्याणी आ गई। उसकी आँखों में भय था। उसका चेहरा उदासीन था। उसकी देह शिथिल थी। पहली बार उसने नशा किया था। नशे का प्रभाव स्पष्ट झलक रहा था। उसने कहा, "बैठो, योगिनी!"

"मैंने कितनी बार कहा है, मैं योगनी नहीं हूँ।"

"तो आज से हो जाओगी।"

"मुझे योगिनी नहीं होना है।"

"प्रभु के दरबार में व्यक्ति की इच्छा काम नहीं करती, उर्मिला।"

"हाँ, मैं उर्मिला हूँ। मुझे मेरे घर पहुँचा दो।"

"तुम्हें तो प्रभु के घर पहुँचना है।"

"मुझे जान से मारना है तो मार डालो, परन्तु मुझे यों भयभीत नहीं करो।"

"तेरा भय ही तो दूर करने का प्रयत्न चल रहा है। तू सौभाग्यशालिनी है कि तू आज योगिनी बन रही है।"

"नहीं...नही, योगीराज महन्त, मुझ पर दया करो, मुझे जाने दो।" कहकर वह हाथ जोड़ने लगी।

"कमजोरी का प्रदर्शन नहीं योगिनी। ऐसा दिव्य ब्रह्मचारी तुझे अनेक जन्मों में नहीं मिलेगा।...तू पूरा-पूरा सहयोग करना भूल जा कि तू लड़की है।"

"कैसे भूल जाऊँ?"

"भगवान के यहाँ कोई भेदभाव नहीं है। उसके यहाँ सब बराबर हैं।..तुझे मात्र इतना याद रखना है कि तू उसी परब्रह्म परमेश्वर का अंश है, जिसने इस सृष्टि का सृजन किया है।"

"मैं कुछ नहीं जानती।"

"तो जान मूर्ख लड़की।...तुझे यह जानना ही पड़ेगा और आज रात होने वाले यज्ञ में तुम दोनों को पवित्र ब्रह्मचर्य अर्पित करना है, अत्यन्त सूक्ष्म रीति से। वो महामिलन का पर्व सिद्धि प्रदान करेगा। उसमें कोई व्यवधान नहीं होना चाहिए। प्रयत्न करो कि तुम स्वेच्छा और प्रसन्नता से अपना ब्रह्मचर्य दान कर सको। तुम लीलाधारी की रसलीला में सहयोग करने जा रही हो, यह ध्यान में लाओ। बराबर लाओ। लाती रहो। तब तुम्हें चरम आनन्द की अनुभूति होगी।...सहज बनो। अपनी कुबुद्धि को ताक में रख छोड़ो। तुम्हें साक्षात् ईश्वर के दर्शन होंगे।"

"क्या?"

माधवाचार्य वहाँ आया और कहने लगा, "बलदेव के साथ जो उसका लड़का आता है, वह ब्रह्मचारी से कुछ ज्यादा ही घुल मिल गया। उसने उसे गायत्री मन्त्र याद करवा दिया है।"

महन्त त्रिगुणाचार्य मुस्कराया, "बलदेव अपना ही आदमी है। हमारे लिए काम करता है। उस पर अविश्वास नहीं करना।...रहा सवाल उसके लड़के का तो वह बहुत छोटा है और ब्रह्मचारी से हिल गया है।...यह तो अच्छा ही, माधवा।"

"कैसे?"

"ब्रह्मचारी का ध्यान बँट गया है। तुम उधर की चिन्ता छोड़ो। आज की तैयारी में जुट जाओ। आज की रात हमारे लिए काल की रात है।...जाओ, सहज रहो, अपने काम पर ध्यान रखो।"

माधवाचार्य चला गया।

उन पर सबका विश्वास हो गया क्योंकि उन्होंने उनके हर कार्य में सहयोग किया। अवसर पाकर उसने उस लड़के को अपना संकट सुनाकर कहा, "मैंने घड़े के इस टुकड़े पर यानी ठीकरे पर अपने संकट की सूचना लिख डाली है।"

"फिर मुझे क्या करना है?"

"तुमने बताया था कि तुम यहाँ के राजा लिमड़ी के यहाँ जाते रहते हो?"

"हाँ।"

"तुम्हें वहाँ तक जाने से कोई रोकता-टोकता भी नहीं है।"

"हाँ।"

"तो तुम मेरा एक काम करो।"

"क्या, बाबा?"

"तुम किसी तरह इस ठीकरे को राजा लिमड़ी तक पहुँचा दो। तब हम बच सकते हैं।"

"पहुँचा दूँगा।"

"कब तक?"

"आज कल में।"

"नहीं आज ही, जितना जल्दी हो सके उतनी जल्दी।"

"लाओ, ठीकरा दो। मैं पहुँचा दूँगा।"

"वादा।"

"वादा।"

"ये तीन ठीकरे हैं।" उन्होंने ठीकरे के पीछे लिखी संख्या दिखलाकर कहा, "एक संख्या वाले ठीकरे को दो संख्या वाले ठीकरे से मिलाओ और दो को तीन संख्या वाले ठीकरे से मिलाओ तो हमने जो लिखा है, वह पढ़ा जा सकेगा। बचने का यही एक रास्ता है।...तो पक्का है, तुम मदद करोगे।"

"पक्का।" कहकर उसने वे तीनों ठीकरे कपड़े में सँभालकर रख लिए। वह भी चला गया।

शाम ढली।

रात ने नई दुल्हन की तरह धीरे से क़दम रखे। वातावरण सकपकाया।

तैयारियाँ शुरू हो गईं।

वे घबराए। राजा लिमड़ी तक उनकी सूचना नहीं पहुँची। संकट का परिचय उन्होंने अंग्रेजी में संक्षिप्त में कोयले से लिखा था, ताकि राजा संकट की गम्भीरता और जो संकट में है, उसे समझ सके। तत्काल मदद भेजे और उसके राज्य में चल रहे पाप के अड्डे का सफाया हो सके। कहीं वह लड़का गिर पड़ा हो और ठीकरे टूटकर तीन से छह या सात हो गए हों तब क्या होगा? उसके पहुँचाने का भी क्या अर्थ रह जाएगा। क्या पता, क्या हो।

कुण्डी खुली!

दरवाजे से एक युवती ने प्रवेश किया। वे उसे अर्द्ध नग्न अवस्था में देखकर उत्तेजित नहीं हुए। शान्त, स्थिर चित्त, निगाहें नत किए यथास्थान बैठे रहे।

वह युवती आगे बढ़ी। बोली, "ब्रह्मचारी, यह रेशमी अधोवस्त्र है।"

वे कुछ नहीं बोले। उसकी ओर देखा भी नहीं। वह पुनः कहने लगी, "तुमको दुग्ध स्नान कराया जाएगा। उसके बाद कौपीन उतारकर एक ओर रख देना। ये अधोवस्त्र लपेट लेना। इसके अलावा देह पर और कोई कपड़ा नहीं होगा।"

"ठीक है।"

"सन्ध्या वन्दना करते हो, कर लेना।"

"ठीक है।...पर स्नान मैं अकेला करूँगा।"

"नहीं।...स्नान तुम्हें हौज में करना होगा।...स्नान युवतियाँ कराएँगी।"

वे कुछ कहते कि घंटा बज उठा। आपातकालीन स्थिति में ही वह घंटा बजाया जाता है। कोई संकट है। अब वह क्या करे? इस कुसमय में ब्रह्मचारी असहयोग कर सकता है और चूँकि वह उससे अधिक हृष्ट-पुष्ट है इस कारण वह विद्रोह कर सकता है। जीवन के इन्हीं कटु क्षणों में विवेक की परीक्षा होती है। इस वक्त आश्रम का कोई व्यक्ति उसकी सहायता के लिए नहीं आएगा, सब केन्द्रीय भवन में एकत्र हो चुके हैं। अब भयान्तक उसे मथने लगा था। भरसक प्रयत्नों के बावजूद भी उसकी

अस्पष्ट परछाइयाँ उसको मुखमंडल से गुजरने से नहीं रुकीं।

वे भी सोचने लगे। उन्हें इतने दिन हो रहे हैं परन्तु घंटा कभी नहीं बजा। कुछ भगदड़ भी शुरू हुई। अवश्य ये संकट का समय है।

"चलिए, ब्रह्मचारी!"

"नहीं, मुझे कहीं नहीं जाना, योगिनी मृणालिनी।...जाना ही है तो तुम जाओ। संकट तुम्हारे आश्रम पर आया है। अभी-अभी तुम जिस भयान्तक की बखिया उधेड़ रही थी, वह इस संन्यासी के चेहरे पर नहीं था, वह अब तुम्हारे चेहरे पर दिखलाई पड़ रहा है।

मृणालिनी का शरीर काँपने लगा। उसके पाँव तले से ज़मीन खिसकने लगी। उसने ध्यान से सुना। बाहर से तेज आवाजें आ रही थीं। घुड़सवारों का अनुभव हुआ।

दोनों ने सुना—

"आश्रम के चारों ओर घेरा डाला जा चुका है। कोई भाग नहीं सकता। यदि किसी ने कोशिश की तो गोलियों से छलनी कर दिया जाएगा।...राजा का आदेश है कि जिंदा या मुरदा सबको पकड़ा जाए।...तुम सबका हित इसी में है कि आत्मसमर्पण कर दो।...सुन रहे हो। हम दस तक गिनती गिनेंगे। यदि इस बीच तुम बाहर आ गए और आत्म-समर्पण कर दिया तो हो सकता है, राजा तुम्हारी सज़ा कम कर दे। यह तुम्हें एक अवसर मिल रहा है कि पश्चात्ताप कर फिर से जीवन की सही डगर पकड़ सको।"

संन्यासी ने पूछा, "क्या इरादा है, मृणालिनी?"

मृणालिनी गूँगी हो गई। उसके हाथ-पाँव काँपने लगे। आँखों में आँसू आ गए।

"आओ, मेरे साथ बाहर चलो। तुम्हारे बचने का यही एकमात्र सहज रास्ता है।"

"क्या आपने ब्रह्मचारी, यह सब...।"

"एक सत्यकर्मी संन्यासी को बन्धक बनाकर उसकी इच्छा के विरुद्ध जो अभियान चलाया था, यह उसी का परिणाम है। वह अभियान अनैतिक था। आखिर पाप का घड़ा फूटता ही है।...सुन रही हो, वे गिनतियाँ गिनना शुरू कर चुके हैं।...उधर चीख-पुकार सुन रही हो। कदाचित् वे लम्पट सबूत मिटाने में लग गए हैं। उनके लिए किसी की भी हत्या करना आम बात है।...मैं बाहर जा रहा हूँ और तुम...। यह सोचने का समय नहीं है, मृणालिनी!" कहकर वे आगे बढ़ गए। बाहर आ गए।

उधर से आवाज़ आई—"स्वामी सच्चिदानन्द!"

"हाँ, मैं ही सच्चिदानन्द हूँ।"

"चले आओ।" कुछ रुककर फिर आवाज आई।

"स्वामीजी, आपके पीछे वह युवती?"

"मृणालिनी है। इस आश्रम में क़ैद भोग रही थी।"

"आने दो।...प्रकाश उधर जाने दो।...आठ...। मोर्चा ले लो। डंडे के भूत बातों

सो काबू में नहीं आते।"

स्वामी सच्चिदानन्द उनके पास पहुँच गए। मृणालिनी भी थोड़ी देर में उनके पास पहुँची पर चीखती हुई।

उन लोगों ने उस पर तीर चला दिया था। उसे उनके आदमी उपचार हेतु ले गए। स्वामी सच्चिदानन्द को महल तक पहुँचाने की व्यवस्था कर दी गई।

लिमड़ी के राजा ठाकुर साहेब बेहिमिया चाँद ने स्वामी सच्चिदानन्द का स्वागत किया। राजा साहब ने विपदा सुनी। उन्होंने महामन्त्री को तत्काल बुलाकर उन लम्पट और भ्रष्ट साधुओं को कठोर दंड देने का आदेश दिया और युवतियाँ उनके परिवार को सौंप देने के लिए कहा।

सब उन्हें वहाँ छोड़कर चले गए। वे आगे बढ़े। अनुभवों व हादसों पर विचार करते हुए वे मानव समाज के दुःखों से बाहर निकालने के लिए जहाँ रुकते वहीं धर्मोपदेश करते थे। उनसे घुलमिल जाते थे। ऐसा करते हुए वे ज्ञान-विज्ञान को सहज रूप में व्यक्त करते थे। एकाकी रास्ता, एकदम सुनसान भी, निर्जन भी, घने जंगलों से घिरा हुआ भी और जंगली पशुओं से भयाक्रान्त भी। परन्तु उनको तो चलते जाना था। ठाकुर का आदेश था—पहले तू अपने देश को जान, उनकी समस्याओं से रू-ब-रू हो, फिर सोचना कि क्या करना ठीक होगा। कैसे करना ठीक होगा, सैकड़ों वर्षों की गुलामी में जकड़ा इस देश का मन और चित्त बेतरह से टूट चुका है, स्वयं पर से विश्वास खो चुका है। इसके बेड़ी-बन्धन बाहर से ज्यादे आन्तरिक हैं, उन्हें प्रकाश चाहिए। तू दे सकेगा उन्हें प्रकाश? चलते-चलते वे रुक जाते। सोच के भँवर में पड़कर इतस्ततः देखते रह जाते। क्या कर सकेंगे वे?

आकाश में बादल आ घिरते। दूर-दूर तक कोई झोंपड़ी नज़र नहीं आती। फिर भी वे चलते रहते। मेघ बरसते। चोला तर-ब-तर हो जाता। कम्बल भी भीग जाता। पोथियों को बचाए चलते जाते। मानो गति ही उनकी धुरी है।

'सावधान, आगे जंगली जानवरों का डर है।' तख्ती को पढ़ते। सोचते, रास्ता भी तो यही है और आगे बढ़ जाते।

लिमड़ी के राजा की चिट्ठी थी। राज पुरोहित मुरलीनारायण से अच्छी जान-पहचान बन गई थी। जूनागढ़ के दीवान हरिदास बिहारीदास देसाई उनके ज्ञान-विज्ञान के मुरीद हो गए थे। दीवान ने अपने यहाँ के उच्च पदाधिकारियों से उनका परिचय करवा दिया था। वहाँ विचार गोष्ठियाँ होती थीं। सभी स्वामीजी की विलक्षण प्रतिभा और गहन आध्यात्मिक ज्ञान-ध्यान से बहुत प्रभावित हो चुके थे।

जूनागढ़ से दो मील की दूरी पर गिरनार पर्वत है। वह स्थान सभी धर्मों का केंद्र है—हिन्दू, मुसलमान, जैन, बौद्ध आदि का केंद्र है। स्वामीजी वहाँ भी गए। वहाँ सभी धर्मों की पावन स्मृतियाँ हैं, अवशेष हैं। खपड़ाखोदिया नाम से गुफाएँ हैं। वह स्थान समय के उथल-पुथल का जीवन्त स्मारक है। भवनाथ का शिव मन्दिर शिव साधकों का केन्द्रीय स्थान है। जैन मन्दिर काफी ऊँचाई पर है। यहाँ आते-आते स्वामीजी का मन रम गया। भैरो झम्पा के पास उन्होंने कुछ समय विश्राम किया।

गिरनार पर्वत की गुफा में वे आकर रहे। कौन था उनके साथ? अकेले थे। निर्जन थी गुफा। जंगली जानवरों का भय अलग। वे समझ रहे थे कि मानव की जिज्ञासाओं, कल्पनाओं और स्वप्नों को। कहाँ-कहाँ निर्जन में उसने जगह खोजी है और कितना श्रम किया या करवाया है। दीवानजी उनके साथ राज्य से दो आदमी भेजना चाहते थे परन्तु उन्होंने इनकार कर दिया।

वे अपने आप से सवाल करते, ''भारत के इस गौरव से यहाँ के निवासी क्यों वंचित बने हुए हैं। वे चार अक्षरों की आकृति वाली झील में अपने को देखते रहे। सोचते रहे कि क्या यही ब्रह्मा जी का कमण्डलु है। क्या अवधूत दत्तत्रेय वहाँ आए थे। ये चरण-चिह्न क्या दत्तात्रेय के ही हैं? यह कैसे सम्भव हुआ? ब्रह्माजी का कमण्डलु यहाँ कैसे रह गया। क्या मनुष्य कल्पना और गहनानुभूतियों का यह परिणाम नहीं है?

दिनान्त हुआ।

रात आ गई चुपचाप। निर्जन भयावह हो उठा। वृक्षावलियाँ परछाईं बन गईं। पक्षीवृंद उस अँधेरे सन्नाटे में अदृश्य से हो गए। यदाकदा उलूकों की भयानक आवाजें उस अमावस्या के अँधेरों के मन में दहशत पैदा कर जाती थीं।

कहीं प्रकाश की लकीर नहीं। बहुत दूर से झींगुरों की ध्वनि प्रकाशमयी होकर सृष्टि के रहस्यों की खोज कर रही थी। सृजन अन्धकार का ही प्रकाश है। प्रकाश की अन्तर्यात्रा का विलय सदा अन्धकार में ही होता है।

कब से चलते, बदलते, बन्द होते और फिर चलते आ रहे हैं ये रास्ते, जिनकी ओर प्यार भरी दृष्टि से कभी किसी ने नहीं देखा। मंजिल तक ले जाने वाले कितने उपेक्षित, कितने बेगाने और कितने धैर्यवान्। किसी से शिकायत नहीं।

हवा ने गहरी साँस ली। आसमान की ओर देखा। आकाश में हलचल थी। कहीं से एक चिनगारी हवा के साथ कटी पतंग सी उड़ी परचम फैलाती हुई। जल ने तरंग छेड़ी।

बम्बई से आगे बढ़कर पूना से जा लगे थे—एक मृगचर्म, एक कमण्डल, दो गेरुआ वस्त्र और एक कम्बल में लिपटी हुई किताबें।

हाथ में लाठी थी स्वामी सच्चिदानन्द के कन्धे से ऊपर लम्बी, गोल गठली और केले के पत्तों-सी चिकनी।

कितनी बार उन्होंने अपनी यात्रा को अन्तिम कहकर यह घोषणा की थी कि वे लौटेंगे नहीं। पर इस बार 1891 ई. से शुरू हुई यह यात्रा—ज्ञात-अज्ञात यात्रा—उनको चल आगे...चल आगे का आदेश देती रही। पीछे की ओर देखने नहीं दे रही थी। अनन्त आध्यात्मिक, सामाजिक और रहस्यमयी अनुभूतियों ने उनके चित्त को इतना आत्मकेंद्रित कर दिया था कि कई बार वे अपने को भी भूल गए। गुरुभाइयों से पत्र व्यवहार बन्द। किसी को कोई संकेत नहीं।

और अब तक यात्रा में वही है, ठाकुर है और माँ भी। वे पुणे से भावनगर,

कोल्हापुर, गोआ, मैसूर, त्रावनकोर, कोडंगल्लुर, त्रिवेन्द्रम और रामेश्वरम् से केपकामोदिन (कन्याकुमारी) पहुँचे। अन्तिम छोर। 1892 ई. के अन्तिम दिन वे त्रि सागर के संगम का अनुभव कर रहे थे। उनके चित्त पर जब-तब इस लम्बी यात्रा के अनेक प्रसंग उनके मन्थन को तीव्र कर जाते थे। वृन्दावन सा मन में महक उठा था। उससे वे आत्मविभोर होकर समुद्र से संवाद करना चाह रहे थे। परन्तु समुद्र डूबती सन्ध्या के साथ डूब रहा था। उसकी उत्ताल लहरें चट्टानों पर प्रहार कर रही थीं।

रात घिरने लगी। वे एक भक्त के साथ उसके आग्रह पर चल पड़े। वहाँ भोजन किया। वहीं ठहर गए।

स्वामी सच्चिदानन्द, रामेश्वरम् से केप कामोरिन अर्थात् कन्याकुमारी आने पर सोचने लगे—भारत की एक दिशा का अन्तिम छोर। दक्षिण भारत उन्हें घना हरा-भरा, प्राकृतिक रम्यता से सजा-सँवारा और अति आकर्षक क्षेत्र लगा।

सुबह हुई।

सूरज अभी नहीं निकला था। हवा ठंडी थी और तेज बह रही थी। पेड़ों को मादक बना रही थी। पत्तियाँ टहनियों के झूलों पर झूल रही थीं।

वे बढ़ चले समुद्र की ओर। समुद्र की तेज आवाज़ दूर-दूर तक सुनाई पड़ रही थी। तीन समुद्र की संगम स्थली कन्या कुमारी। देवी कन्याकुमारी का भव्य मन्दिर। शान्ति का छोर।

अब तक ये देश की दुर्दशा और पीड़ा का अनुभव कर व्यथित हो रहे थे। कैसे वे भारत माँ का उद्धार करें?

उन्हें कोई मार्ग नहीं सूझ रहा था। समस्याएँ भी अनेक। वे भी उलझी हुई। भौतिक, आधिभौतिक और आध्यात्मिक तीनों प्रकार की समस्याएँ।

वे सिर झटककर समुद्र के किनारे बैठ गए। हवाओं के साथ कभी-कभी लहरों का नमकीनापन उनके हृदय को छू जाता था।

आगे कोई रास्ता नहीं है...समुद्र है। वे बेलगाँव, मडगाँव, बैंगलोर, त्रिचूर और त्रिवेन्द्रम (तिरुअनन्तपुरम्) के रास्तों के अन्तःस्पर्श से जहाँ गहरे अभिभूत हुए थे, वहीं चिन्तित भी। प्रकृति ने हिमालय की तरह उनमें घर बनाया था। परन्तु गरीबी के तले भारत को दबा पाकर वे गहरे उदासीन हो चले थे। किसको चिन्ता है उसकी? क्या निचली जातियाँ, डोम-मेहतर, चमार आदि, मूर्ख, दरिद्र, अज्ञ भारतीय नहीं हैं? उनके भाई-बहन नहीं हैं? कैसा घोर अन्याय है कि गरीबों के हिस्से के पैसे से शिक्षित होने वाला प्रत्येक लापरवाह व्यक्ति सिर ऊँचा करके चल रहा है और गरीबों से घृणा ही कर रहा है, उनकी उपेक्षा कर रहा है और उन्हें अपने पैरों से बेरहमी से कुचल रहा है? वास्तव में ऐसे लोग देशद्रोही हैं।

अब तो अन्तिम छोर पर खड़े होकर वे देख रहे थे कि वे कितने निःसहाय हैं, कितने निर्बल और कितने अकेले? यहाँ से वे लौट लेंगे। पर क्या लेकर?

राह में उन्हें सूचना मिली कि उनकी बहन ने आत्महत्या कर ली? वे अवसन्न

रह गए। पीड़ा ने उन्हें मथ डाला।...क्या भारत में हजारों हजार जन आत्महत्या जैसी पीड़ा को नहीं झेल रहे हैं? यह सोच उन्हें उद्वेलित कर उठा। वह उनकी मझली बहन थी। बड़ी प्यारी बहन। क्या ऐसा घटा कि उसके सामने कोई रास्ता नहीं रहा और उसमें उनका मन डूबने लगा। डूबता गया। उनकी निगाहें बार-बार उन पर जा टिकीं।

लो, एक वर्ष और गया। आज से नया वर्षारम्भ। जनवरी शुरू। सन् 1993। दिन बीतने लगे। 12 जनवरी। अचानक उन्हें स्मरण हुआ यही दिन था जब वे जन्मे थे सन् 1863 ई. में पौष संक्रान्ति। दिन सोमवार। सुबह का समय। सोच लिया—आज निराहार रहेंगे। भिक्षा नहीं लेंगे। गरीबों के लिए आज का दिन समर्पित कर देंगे। पर कैसे?

कुछ नहीं सोच पाए। याद पड़ा श्रीराम भी सीता को खोजते-खोजते समुद्र के पास आए थे। उन्होंने भी अपार जल को देखा होगा। आँखें थक गई होंगी और गहरी निराशा में जकड़े हाथ हाथ पर धरे विवश हुए होंगे। समुद्र पार जाएँ तो कैसे जाएँ। जहाँ तक दृष्टि जाती, वहाँ तक अनन्त जल। वानर सेना। उन्हें अपनी विवशता पर बेहद खीझ हुई होगी। कहा होगा, "मैं राम, स्वयं ईश्वर! मनुष्य का रूप पाकर ईश्वर भी कितना कमजोर व असहाय है। अन्याय-अत्याचार के सामने वह भी माथा टेके मौन खड़ा है। फिर सामान्य जन की यहाँ क्या स्थिति है? वे अपनी सीता को वापस लाने की सोच भी नहीं सकते! फिर उनके लिए हर सामर्थ्यवान व्यक्ति रावण है।

ओह! सच्चिदानन्द का माथा ठनका। यह ये क्या सोच रहे हैं? क्या कोई ईश्वर मानव बने बिना ईश्वर हो सकता है? क्या मानव होने की परीक्षा में उत्तीर्ण हुए बिना उसे ईश्वर माना जा सकता है? तो क्या मानव ही ईश्वर नहीं है? यदि वह ईश्वर है तो कमजोर, असहाय और दुःखी क्यों? वे बोले, "समुद्र, तुम मुझे भी रास्ता दो। मैं तुम्हारे पास तक आ पहुँचा हूँ।...मेरी सीता को कोई समुद्र पार नहीं ले उड़ा है। वह तो यहीं हैं अपनों के बीच। अपने ही उसे कैद किए हुए हैं।"

"तुम ब्रह्मचारी, ये क्या कहते हो?..."

"हाँ, मैं ब्रह्मचारी हूँ। मेरी अस्मिता, मेरा अस्तित्व, मेरा ज्ञान-ध्यान, मेरी समाधि आचरण, मेरा शील-सौन्दर्य, मेरी शक्ति-अनुष्ठान आदि सब कुछ ही तो सीता है। और वह अपहृत हो चुकी है।...मैं पोथियाँ पढ़कर भी अज्ञानी व निरक्षर हूँ, मेरा ध्यान-ज्ञान थोथा है, मेरा समाधि संकल्प शापग्रस्त है। मैं अस्तित्वहीन हूँ। मेरी अस्मिता को बड़े लोगों ने पाँव तले रौंद डाला है। मुझे रास्ता चाहिए। दिशा चाहिए।..तुम दो, समुद्र, तुम दो।...तुम्हारे लिए श्री राम से अधिक मैं महत्त्वपूर्ण हूँ। वे तो अपनी सीता के उद्धार के लिए रास्ता माँग रहे थे, मैं सम्पूर्ण मानव जाति की सीता के उद्धार के लिए यह संकल्प लेकर रास्ता चाह रहा हूँ कि मैं उसके विश्वास की अग्नि परीक्षा नहीं लूँगा। मुझे सिंहासन नहीं चाहिए। मैं कभी भी, किसी भी सूरत में, अपनी सीता का परित्याग नहीं करूँगा और यदि, किन्हीं कारणों, परवशताओं और नियम

सिद्धान्तों के दबाव में आकर मेरी सीता को धरती में समाना पड़ गया तो मैं भी उसके साथ होऊँगा। वह कदापि अकेली धरती माँ की गोद में नहीं समाएगी। मैं कदापि रामराज्य के लिए सीता को नहीं दफनाऊँगा। सीता विहीन रामराज्य मुझे नहीं चाहिए।...और कौन-सा संकल्प तुम मुझसे कराना चाहते हो, समुद्र।...मैं कोरे कागज पर हस्ताक्षर करने के लिए तैयार हूँ। उस पर इबारत तुम लिख सकते हो परन्तु मुझे अपनी सीता श्रीसम्पन्न, सम्मान श्री संकुल, वेदपाठी, ज्ञान-विज्ञान की गरिमा से अभिमंडित, संघर्ष शक्ति से अभिमन्त्रित और ओज, शौर्य, पराक्रम युक्त, साहसी, निडर व तेजस्वी चाहिए, जिसको देखकर कोई रावण अपहरण की कल्पना भी नहीं कर सके। एक सम्पूर्ण सीता के लिए समुद्र, मुझे दिशा दे।

स्वामी सच्चिदानन्द का अन्तःस्वर लहरों से भी अधिक शक्ति, ओज और पराक्रम से चतुर्दिक अनुगूँज उठा। समुद्र का पानी खौलने लगा। लहरें तूफानी हो उठीं।

श्रीरामकृष्ण परमहंस मुस्कराए। निश्चिन्त हुए। बरबस आशीर्वाद की पुष्पवर्षा कर उठे।

दिशाएँ पुनः गूँजीं। आकाश पुनः डोला। धरती पुनः काँपी। धीरे-धीरे शान्ति स्वर भरने लगा। अन्दर से आवाज उठी, "तो पुत्र, तू उस सामने वाले विशाल शिलाखंड के पास जा। वह तेरी ही प्रतीक्षा में तपलीन था।...समझ गया, अमर पुत्र...अब आगे बढ़।"

"पर कैसे?...अंटी में छिदाम नहीं है। माँझी रिश्तेदार नहीं है। शार्क मछली से भरा समुद्र है।"

"जाने के लिए न छिदाम चाहिए, न नाते रिश्तेदार। संकल्प भय नहीं मानता चाहे कैसी शार्क हों या उससे अधिक हिंस्र मछलियों से भरा हो संसार सागर। इरादा दृढ़ हो तो हाथ पतवार बन जाते हैं, शेष देह नौका और शीश माँझी। तुम स्वयं अपने माँझी हो। तुम स्वयं अपने साधन हो, तुम स्वयं अपने साध्य हो। सारा खेल आत्म-विश्वास का है।...तो सोच क्या रहे हो हिंस्र शार्क मछलियों से भरे और भयावह उत्ताल तरंगों के बीच कूद पड़ो...कूद पड़ो...कूद पड़ो।"

चतुर्दिक प्रतिध्वनित हो उठी ये आवाज। दिशाएँ काँप गईं। फिर से श्रीराम ने लिया है नव अवतार।

वे समझ गए कि ये महाध्वनि श्रीराम की है। उनके ठाकुर की है। उनके परमहंस की है। उनके अभ्यन्तर की है। फिर सोचना क्या?...देखना क्या? फिर प्रतीक्षा किसकी?

छपाक का हुआ उद्घोष। लहरों का हुआ भयावह आक्रमण। हिंस्र शार्क मछलियों ने सँभाल लिए मोर्चे। उनके सामने था शिलाखंड। समुद्र तट पर खड़े व्यक्तियों ने अनायास देखा यह आश्चर्य! वे अवाक्! अब क्या होगा? मछुआरों ने देखा जीवन्त अन्त। आहें भरकर रह गए। वह जब तक बुलन्द आवाज में उसे लौट आने की सलाह देते तब तक लहरें उसे उठाकर दूर ले गईं। अब क्या बचना होगा? सबके चेहरों पर डूबता सूरज पदास्त होने लगा था। सुबह-सुबह अकल्पित और भयावह

क्रन्दन भरा दृश्य! आत्महत्या से सुबह का प्रारम्भ। एक खिन्न, अफसोस भरा और त्रासद दिन।

"संघर्ष जीवन का मन्त्र है। उठो, आगे बढ़ो और कुरुक्षेत्र की कमान सँभालो। तुम अपने संघर्ष के श्रीकृष्ण हो। तुम्हीं पाण्डव हो और तुम्हीं कौरव। तुम्हें कुरुक्षेत्र विजय के बाद गलने के लिए हिमालय नहीं जाना है। पलायन नहीं करना है। कुरुक्षेत्र अपने लिए, अपनों के बीच में हुआ था। तुम्हारा कुरुक्षेत्र दूसरों के लिए, उनके सपनों और उनके स्वाभिमान के लिए है। यह अन्तर है राजाओं और प्रजा के कुरुक्षेत्र में।...और हाथ मारो। योग कर्म अपनाओ। तुम्हारे लिए हिंस्र शार्क मछलियाँ कवच बनेंगी। समुद्र की उत्ताल गर्जनाओं का मुँह फेर देंगी। स्वामी सच्चिदानन्द कौपीन पहने सुन रहे थे अज्ञात आत्मविश्वास की मेघ गर्जना के शाश्वत स्वर।

वे बढ़ रहे थे, यद्यपि हाँफने लगे थे। पाँवों की गति में शिथिलता आ रही थी। सामने देखा—अभी मंजिल दूर थी। तरंगायित अनन्त जल प्रवाह को काटते हुए वे शान्त चित्त थे और पूर्ण विश्वासी।

धीरे-धीरे वे समुद्री मछली हो गए—उनके परिवार के सदस्य परन्तु उनके हिंस्र स्वभाव व आचरण से भिन्न—सह अस्तित्त्ववादी। अब लहरों ने उन्हें स्वीकार कर लिया। वे शान्त होने लगीं। हिंस्र शार्क मछलियाँ (हांगर) उनके लिए रास्ता बना रही थीं। हवाएँ उनके लिए संजीवनी बन गई थीं। वे सब कह रहे थे, "संन्यासी, तुम्हारा गन्तव्य दूर नहीं है। तुम्हारा मार्ग प्रशस्त है। वो खड़े हैं। तुम्हारे संरक्षक ईश्वर ठाकुर! तुम उनकी चेतना की स्फूर्त ऊर्जा के साक्षी हो।"

वे हाथ-पाँव चलाते हुए उस विशाल शिलाखंड की ओर बढ़ रहे थे। उन्होंने जो सुना था, वह हर बार की तरह उन्हें ऐसे मुकाम पर ला छोड़ता था, जहाँ से आगे बढ़ने के रास्ते दो भागों में बँट रहे होते थे। एक रास्ता उनको अन्धविश्वास की ओर ले जाता था, और दूसरा आत्मलोचन की ओर। श्रीरामकृष्ण मर चुके हैं। यह उनका वहम है। इस पर कोई यक़ीन नहीं करेगा। पर माँ सारदा देवी ने वैधव्य वेश ग्रहण नहीं किया। वे सुन रही थीं कि रामकृष्ण कह रहे थे, "मैं कहाँ गया हूँ? यह तो एक कक्ष से दूसरे कक्ष में जाने के तुल्य है।" बस, फिर क्या था, उन्होंने शोक व्यक्त करने के लिए अपनी साड़ी का लम्बा और लाल किनारा फाड़ दिया। कामारपुकुर में उन्होंने लोकलाज को ध्यान में रखकर यह उचित समझा कि वे वैधव्य का वेश धारण कर लें। वह ऐसा करने ही जा रही थीं कि रामकृष्ण ने प्रकट होकर कहा, "ठकुराइन, जन निंदा के भय को मन से निकाल बाहर फेंको। मैं कहाँ गया हूँ—तुम्हारे सामने हूँ। फिर क्या था! माँ सारदा देवी ने कंकण पहनना शुरू कर दिया। वे सँकरे किनारे की धोती पहनने लगीं। यह आत्म-विश्वास है, अन्धविश्वास नहीं। आत्मविश्वास दूसरों की आलोचना से नहीं घबराता। दूसरा रास्ता आत्मलोचन का है—न कि लोकापवाद के भय का। अन्ततोगत्वा वे इस रहस्य को किस पर प्रकट करें और क्यों?

वे तेजी से हाथ-पाँव चलाने लगे। वह क्षण भी आया जब वे उस शिलाखंड पर पाँव रख रहे थे। वे बेतरह से हाँफ रहे थे। किनारे पर ही बैठ गए। सुस्ताने

लगे। आँखें बन्द कर लीं। हाथ-पाँव ढीला छोड़कर लेट गए। तेज से साँसें निकालने और छोड़ने लगे। धीरे-धीरे वे सहज होते गए। उन्हें आराम मिलने लगा। उनकी थकान जाती रही। मांसपेशियों में आया खिंचाव जाता रहा। खारे पानी का बेस्वाद असर कम हुआ।

कुछ देर बाद उन्होंने आँखें खोलीं। सूर्य सिर पर था। हवाएँ ठंडी थीं। वे खड़े हुए। उन्होंने शिलाखंड के ऊपर पहुँचकर समुद्र को देखा—पूर्व की ओर से बंगाल की खाड़ी, पश्चिम की ओर से अरब सागर और दक्षिण में फैला हिन्द महासागर। त्रिवेणी का आनन्द। वे गद्‌गद हो गए।

स्मरण आया—बोधिवृक्ष का, उन्हें भी यहीं इसी शिलाखंड से परम दृष्टि मिलेगी, जिससे वे देशवासियों को दुर्दशा के चंगुल से बाहर लाकर स्वाभिमान से जीना सिखा सकेंगे। भारत माँ का उद्धार कर सकेंगे।

वे इस विशाल खंड के चारों ओर घूमे। एक स्थान पसन्द आया। शान्त एकान्त और आकर्षक स्थान। सोचा, यहीं ध्यान लगा लूँ। ध्यान में उनका मार्ग प्रशस्त होगा। वे अप्रतिम मार्ग पा सकेंगे, जिससे मानव दुःखों और निर्धनता से मुक्ति की दिशा में आगे बढ़ सकेगा।

उन्होंने अपने इस सोच को तुरन्त संकल्प में बदल डाला। समाधि लगा बैठे।

तीसरा दिन उग आया। ध्यान में सन्नाटा बहता रहा। आत्मशान्ति की गहरी अनुभूति होती रही परन्तु उनको मार्ग प्रशस्ति का आभास नहीं हुआ। तब उन्होंने यह संकल्प लिया कि वे प्राण त्याग देंगे परन्तु मार्ग सामने आए बिना नहीं उठेंगे।

एक आवाज़ उनके अन्दर बहुत दूर से प्रकाशित होने लगी। प्रकाशमय ध्वनि। ध्वनि ही प्रकाश और प्रकाश ही ध्वनि। वह पूछ रही थी, ‘‘नरेन, तू अपने सुख-दुःख, यश-अपयश, हानि-लाभ तथा सर्वविध स्वार्थ की भावनाओं की एक गठरी बनाकर नदी में बहा चुका है। फिर चिन्ता क्या है? चिन्ता करने वाला तो वो है, जिसके ध्यान में तू बैठा है। याद रख, तुझे उससे भी कुछ नहीं माँगना। नदी किसी की मदद से नहीं बहती, सूर्य प्रकाश किसी की मदद से नहीं देता, हवा किसी की सहायता से नहीं चलती...फिर, तुझे किसकी सहायता चाहिए?’’

‘‘नहीं, मुझे सहायता नहीं, मार्ग चाहिए।’’

‘‘तू ही अपना मार्ग है। आस्था ही मार्ग है। तू डटा रह। उठ, चल चलता जा—सबके लिए उठ, सबके लिए चल और सबके लिए चलता जा—यही गति का शाश्वत सिद्धान्त है और कर्म का धर्म है।’’

‘‘तुम कौन हो?’’

‘‘जो तू है वही। अन्तर इतना है कि मैं ‘मैं’ को तिरोहित कर चुका हूँ। मेरा कोई नाम नहीं है, स्थान नहीं है, रूप-स्वरूप नहीं है। फिर भी, तेरी कल्पना मेरा आधार, रूप-रंग है, स्वाद-आस्वाद है। पानी का अपना कोई आकार नहीं है, रंग नहीं है, रूप नहीं है—वो कटोरी में समा जाता है, नदी में भी और समुद्र में भी। बूँद से चलकर समुद्र बन जाता है। हर यति का यही धर्म-कर्म अस्तित्व है। अन्धे के लिए आकाश का क्या रंग? देखने वाले भी उस पर एक मत नहीं हैं। वह सदा

एक सा नहीं दीखता पर है एक ही—जैसे यदि अनेक रंग के पंखों को चक्राकार रूप में तेजी से घुमाते जाएँ तो उसके हरे, पीले, नीले, लाल, गुलाबी, कत्थई आदि रंग अदृश्य हो जाएँगे। एक सफेद रंग रह जाएगा।...तू भी एक गति है। गति की तरह चलता चला जाए।...ध्यान के केन्द्र में यही चक्र है। यही चक्र सुदर्शन है। यही गति का बिन्दु।'' पता नहीं उस प्रकाश ध्वनि में ऐसा क्या था कि वे तटस्थ भाव से देखते-सुनते रहे, चुपचाप, शून्य होकर।

''मैं पूरे बारह वर्ष से सारे देश का भ्रमण करता घूम रहा हूँ परन्तु अपने देशवासियों को अन्धकार से प्रकाश में लाने का कोई उपाय हाथ नहीं आया।...हिमालय से लेकर अन्तिम छोर समुद्र के तट आ लगा हूँ।...वृन्दावन से हरिद्वार जाते समय सहायक स्टेशन मास्टर शरच्चन्द्र गुप्त से भी मैंने अपनी उदासी के कारण बताते हुए कहा था, ''देखो, बच्चा, मेरा एक महान् जीवन व्रत है किन्तु मैं अपनी अल्प क्षमता के कारण यह सोचकर उदास हूँ कि इस व्रत का निर्वाह कैसे होगा?''

''क्यों नहीं होगा, स्वामी जी, अवश्य होगा?'' शरच्चन्द्र गुप्त ने कहा।

''कैसे होगा? क्या करूँगा? क्या साधन हैं मेरे पास? कौपीन धारण किए भिक्षा पर जीवित हूँ।''

''त्याग ही व्रत है, स्वामीजी!...आपने सर्वस्व त्याग दिया।''

''जहाँ जाता हूँ, बच्चे, वहीं भूख से व्याकुल जन को देखता हूँ—हाथ का ग्रास हाथ में रह जाता है। कैसे होगा मातृभूमि का पुनरुद्धार? मैं ठाकुर को आश्वस्त करके बाहर निकल पड़ा हूँ कि जानूँ कि हम हैं क्या और हमें क्या करना है?...पर अभी तक समस्याओं को जाना है, निदान का दूर-दूर तक अता पता नहीं है।...मुझे दिशा चाहिए।...दिशा।''

अन्तर्संवाद गूँज उठा। वे शिथिल हुए। कोई नहीं था फिर भी संवाद जारी था।...उनको उससे कोई सन्तुष्टि नहीं मिल पा रही थी। संवाद फिर उठे। मेघ से उठते रहे।

''तू वेदमय है।''

''वेद भूखे जन के लिए व्यर्थ है।''

''तो सुन...नरेन, सुन!''

इस बार श्रीरामकृष्ण परमहंस ध्यान में प्रकट हुए। मुस्कराए। कहने लगे, ''तेरा भ्रमण अभी अपूर्ण है।''

''और कहाँ जाना होगा, ठाकुर?''

''इस धरती से बहुत दूर।''

''कितनी दूर?''

''कई समुद्र पार।''

''असम्भव, क्योंकि मेरे लिए धरती का यही छोर अन्तिम है।''

''नरेन, धरती वृत्ताकार है। इस कारण इसका अन्तिम छोर तुम्हारा भ्रम है। चक्र का अन्तिम छोर नहीं होता।''

''तब?''

"तब क्या नरेन, तुम्हें समाधान अवश्य मिलेगा परन्तु देश से बाहर जाकर।"

"क्या?"

"आश्चर्य करने की आवश्यकता नहीं है, नरेन, हम अपनी धुरी से दूर जा पड़े हैं। हमारे अन्दर घोर निराशा, उपेक्षा, अपमान, घृणा, कुंठा आदि की जलकुम्भी बेतरह से फैल चुकी है और वह हमारे जीवन-रस को चूसे जा रही है।...आत्मविश्वास आत्मगौरव और संकल्प-बल आदि हमारा साथ छोड़ चुके हैं। जब व्यक्ति या समाज अपने पुरखों के इतिहास को पौरुषहीन, कमजोर, घटिया, सन्दिग्ध और निकम्मा मानने के लिए तैयार होने लगता है, तब वह आत्महत्या के कगार पर जा पहुँचता है। यह हमारे सांस्कृतिक-आध्यात्मिक, सामाजिक, आर्थिक पतन का दौर चल रहा है, इसके लिए इस देश से बाहर जाना बहुत जरूरी है, क्योंकि इसे जिन्होंने जर्जरित, खोखला और निर्बल बनाया है, तुम्हें उनसे लड़कर इस देश को खड़ा करना है।"

"यह कैसे होगा?"

"होना चाहिए नरेन, पर कैसे। यह माँ जगदम्बा पर छोड़ो।...उठो, आगे बढ़ो और मन्थन करो। उपेक्षित वर्तमान को लेकर जो लोग अनुकूल भविष्य की कल्पना के साथ बहने लगते हैं, वे चण्डूबाज होते हैं।...अच्छा, अब उठ खड़े हो और तर्क-विवाद नहीं।"

इसके बाद श्रीरामकृष्ण परमहंस ओझल हो गए। स्वामी सच्चिदानन्द ने आँखें खोल दीं। सामने समुद्र की उत्ताल तरंगों में जोर था।

वे उठे। आत्मविश्वास उनके मुखमंडल पर छाया हुआ था। उनके चित्त में हलचल नहीं थी। एकदम शान्ति थी।

"तुम, पिल्ले!"

"जी, स्वामी जी। मैं आपका समाधि से उठने का इन्तजार कर रहा था।"

"आज घर चलना होगा, स्वामीजी? सदाशिव पिल्ले ने कहा, "हालाँकि रोज की तरह मैं आज भी खाना लाया हूँ।"

"तब?"

"पत्नी का विशेष आग्रह है कि स्वामीजी जब समाधि से उठें, तब उन्हें अपने घर जरूर लाना।...घर में रोज़ सब आपकी प्रतीक्षा करते हैं। कृपा कीजिए।" हाथ जोड़कर सदाशिव पिल्ले कह रहा था। उसके कन्धे पर सफ़ेद साड़ी पड़ी हुई थी।

कुछ देर तक सोचते रहे। वह रोज भोजन, दूध और डाभ का पानी लाता रहा था। उसकी मूक सेवाओं के प्रति वे नत हो चले थे। कहा, "चलो, भक्त, तुम्हारे घर चलते हैं।" सदाशिव पिल्ले का चेहरा खिल उठा। वे दोनों एक दिशा में धीरे-धीरे चल पड़े।

समय ठहरा रहा। मानो वह स्वामी सच्चिदानन्द की प्रतीक्षा कर रहा हो। उस रात वे जगन्माता कन्याकुमारी के मन्दिर में लौट आए। देर तक माँ की पूजा करते

रहे। सोचते रहे कि माँ के चरणों से शुरू की गई यात्रा माँ के चरणों में ही पूर्णतया समर्पित हो रही थी। पहली बार उनके मन में ये नव विचार फूटा कि जगन्माता कन्याकुमारी की आनन्दमयी प्रतिमा साक्षात् भारत माँ की है। वही भारत माँ है।

रात को वहीं रहे। उनमें मन्थन चलता रहा। यहीं से नई दिशा फूटेगी। वे वहम नहीं पाल सकते। रात्रि के दूसरे पहर में लोनी हवाओं ने उनकी देह को सहलाया। वे सो गए।

तड़के उठे। स्नान-ध्यान किया। जगन्माता कन्याकुमारी के चरणों में शीश नवाया। जहाँ बैठकर ज्ञान-ध्यान किया था, वहाँ पहुँचे। उस स्थान को स्नेह से घूरते रहे। उसे नमन किया।

तदुपरान्त तीनों सागरों पर नज़र स्थिर की। प्रणाम किया। मन ही मन कहा, "मुझसे जाने-अनजाने में कोई भूल हुई हो तो नादान समझकर क्षमा करना। मुझे यह स्थान सदा स्मरण रहेगा।"

वे लौटने लगे।

माँझी नाव लिए नीचे प्रतीक्षा कर रहा था। अभी-अभी सूर्य ने अपने उपस्थित होने की सूचना देनी शुरू की थी। आसमान पर धूमिल उजाले की चंद किरणें उभरी थीं, जिससे अन्धकार कतराया था। आज समुद्र अपेक्षाकृत अन्य दिनों के अधिक शान्त था।

कन्याकुमारी से वे पैदल चल पड़े। पैदल चलना उन्हें सुहाता था। अपनी मातृभूमि की उन्हें गहन अनुभूति होती है। उसके घाव, घावों में होते रिसाव, रिसाव में उठती टीस और टीस से उफनता, उबलता क्रन्दन उन्हें व्याकुल कर देता था। उनके लिए एकान्त में तड़फते ये पल असह्य हो जाते थे और उन्हें लगता था कि उस नासूर का उनके पास कोई इलाज नहीं है। यह सच था कि उनके ज्ञान-विज्ञान, तर्क मेधा, चरित्र-रामायण आदि से ये जहाँ भी गए वहाँ आलोक महक उठा। उनका भरपूर आदर-सत्कार हुआ। मैसूर के राजा चामराजेंद्र वाडियार पर उनका ऐसा गहरा प्रभाव पड़ा कि उन्होंने उनकी स्मृति को बनाए रखने के लिए उनका भाषण फोनोग्राम में रिकार्ड करवाया।

वे हरे-भरे भारत में अर्द्धनग्न, भूखे, अशिक्षित, छुआछूत से ग्रस्त, घिनौने, अपंग, विरूप-हतवीर्य, हतभाग्य, हतशौर्य, हतगौरव और हतचेत, विपन्न, गलित और मूर्छित अनागत के अस्थिर, दुर्बल और असहाय भारत का अनुभव करते हुए चलते-चलते रुक जाते थे। अचानक उनके हृदय में उथल-पुथल मचने लगती थी, उनकी देह काँपने लगती थी और उनका चेहरा कठोर होकर नीला पड़ने लगता था। वे निभृत स्थान में, आकाश की ओर संकेत कर पूछने लगते थे—

कैसे लौटेगा भारत का गरिमाभिमंडित उज्ज्वल, सम्पुष्ट, वैभवमय और वेदमय महान् चरित्र? कौन लौटाएगा उसके ओजस्वी, तेजोमयी, अनाविल, अमृतमयी, शील-सौन्दर्य, शिव के उदात्त स्वरूप को?

हे दिग्-दिगन्त, हे धरिणी, नीलाम्बर, हे पवन, जल और अग्नि के अक्षय स्रोतो, हे सम्पूर्ण ब्रह्माण्ड, हे सृजक चेताओ, उत्तर दो, दिशा बताओ, अन्तर्दृष्टि से उजास

करो, मेरा करणीय बताओ। मैं सम्पूर्ण समर्पित हूँ तुम्हारे लिए। मुझे पुनरम्भ्युत्थान, पुनः प्रतिष्ठा और पुनः सृजन के मन्त्रों को साकार करना है।

हे धर्म, आत्मा, परमात्मा के मेरुदण्ड, अगणित अमर सन्तानों के उपनिषद् और संगीत, गीत अगीत के सृजक, सामने आओ, हतचेतन पड़े भारत को प्राण-प्रतिष्ठा से पुनः आलोकित करो।

हे धर्मधुरी के संस्थापक, संरक्षक, पालनकर्ता क्या कभी किसी जाति का ऐसा अधः पतन हुआ है? शक्ति, शौर्य, शील को क्या ऐसा निर्वीय, निर्लज्ज और निरुपाय पाया है?

इस प्रकार के आत्म-सम्बोधन, उद्वेलन और जिज्ञासाओं की सहयात्रा के अनुभव से ओत-प्रोत हुए तथा सन्तप्त, त्रासद, कुंठित, पराजित और शूल ग्रसित प्रपीड़न को सँजोए हुए वे रामनाद जा पहुँचे। वहाँ के राजा श्रीभास्कर सेतुपति ने उनका स्वागत किया। उनसे शिष्यत्व ग्रहण किया।

वहाँ से मदुरा, पांडिचेरी होते हुए वे मद्रास जा पहुँचे। वे ललकारकर अन्त में सबको सावधान करते रहे और अनागत को बाँचते रहे। कहते रहे—शूद्र बनेगा राजा, सम्पूर्ण विशेषाधिकार और भोगाधिकार पर पड़ेगा डाका। अन्याय-अत्याचार के पुरोधाओ, सावधान, पददलित, पदाक्रान्त और अस्पृश्यता के चक्रव्यूह में फँसाए जन-जन को जब आत्मचेत होगा, तब वे तुम्हारे आडम्बरों, छल-प्रपंचनाओं के मायावी लाक्षागृहों को होम कर देंगे, क्योंकि उनके दुर्भाग्य, विपन्नता और रौरव के लिए एकमात्र तुम जिम्मेदार हो, तुम!

पुरातनपन्थी पंडितों को उनकी बातें शूल की भाँति चुभतीं। तर्क-वितर्क होता। वे अवाक् हो जाते। नत होते। परन्तु आक्रोश और घृणा से भरे वह अपना आपा खो बैठते।

मद्रास उनकी प्रतीक्षा में था। उनकी वाग्मिता, कंठस्वर, हृदयोन्मादक संगीत और निर्भीक आचरण से वह अभिभूत था। तीन सप्ताह वहाँ रहे। वहाँ के जन-जीवन में रच-पच गए। उनकी श्रद्धा के पात्र बन गए।

अब वे ओजस्वी संन्यासी बन गए थे। मैसूर के राजा ने उन्हें रोजवुड का हुक्का भेंट किया था। हुक्का उनका साथी था। वे आराम के क्षणों में उसका सुस्वाद लेना नहीं भूलते थे। वे हुक्का गुड़गुड़ा रहे थे कि कुछ लोग उनसे मिलने आ गए।

अभी-अभी लिट्रेरी सोसायटी की एक सभा में गए, जिसकी अध्यक्षता दीवान बहादुर रघुनाथ राव ने की थी और वहीं उस सभा ने उन्हें अमेरिका की धर्मसभा में भेजने की घोषणा की थी। इससे पूर्व राजा श्रीभास्कर सेतुपति उनकी विद्वत्ता के ऐसे कायल हुए और उनसे बारम्बार आग्रह किया था कि वे शिकागो की धर्म सभा में भाग लें। भारत के मलिन और विपन्न रूप को उनके चित्त से हटाकर भारत के अतीत की उदात्त गरिमा की ओर उनका ध्यान आकृष्ट करें। वह पूछते, "स्वामी जी, आपको वहाँ जाने में क्या दिक़्क़त है।"

स्वामी सच्चिदनन्द मुस्कराकर कहते, "अभी नहीं, राजा साहब, समय आने दीजिए।"

"यही तो उपयुक्त समय है, स्वामीजी, इस विश्व धर्म सम्मेलन में सभी धर्म के प्रतिनिधि पहुँचेंगे। अपने धर्म को प्रस्तुत करेंगे।"

"आपका कथन समीचीन है, परन्तु...।"

"परन्तु क्या, स्वामीजी, धन की व्यवस्था में यथाशक्ति, आर्थिक सहायता यह राज्य देगा।"

"यह स्वामी, वैसे भी आपका बहुत कृतज्ञ है। सोचेंगे यदि माँ जगदम्बे की इच्छा हुई।"

आगन्तुकों में से एक सुब्रह्मण्य अय्यर था। उसके साथ उनके वे मित्र थे जो स्वामी सच्चिदानंद को परेशानी में डालना चाहते थे।

सिंगारवेलु मुदलियर ने मन्मथनाथ भट्टाचार्य को प्रणाम किया। स्वामीजी उनके ही निवास पर ठहरे हुए थे। भट्टाचार्य स्वामीजी के साथ पांडिचेरी मद्रास आए थे। वह स्वामीजी से बहुत प्रभावित थे इस कारण आग्रहपूर्वक स्वामीजी से उन्होंने अनुरोध किया और वे मान गए। मन्मथनाथ गुप्त जानता था कि सिंगारवेलु मुदलियर क्रिश्चियन कॉलेज में विज्ञान विभाग के सहायक प्रोफेसर हैं और नास्तिक भी हैं। कितनी जल्दी वह नास्तिक से आस्तिक हो गया और स्वामीजी का पटुशिष्य भी हो गया। स्वामीजी ने सबसे हालचाल पूछे।

वी. सुब्रह्मण्य अय्यर की ओर देखकर स्वामीजी ने पूछा, "कोई जिज्ञासा आपको यहाँ खींच लाई है या...।"

"मेरे साथी आपसे कुछ पूछना चाहते हैं।" वी. सुब्रह्मण्य अय्यर ने शान्त व संयम स्वर में कहा।

"किडी, तुम अपने उद्दण्ड विद्यार्थियों को पहचानते हो न?"

किडी अर्थात् सिंगारवेलु मुदलियर। उन्होंने उसका नाम किडी रख दिया था।

"पहचानता हूँ, स्वामीजी!"

"क्या तुम इनकी जिज्ञासाएँ शान्त नहीं कर पाते हो, किडी?"

वह चुप रहा।

"स्वामीजी...!"

स्वामी सच्चिदानन्द प्रसन्न मुद्रा में थे। वे कहने लगे, "बच्चो, मैं प्रोफेसर नहीं हूँ।...तुम अपनी जिज्ञासाएँ अपने प्रोफेसर के सामने रखो।"

"पर हमारी समस्याओं के समाधान के लिए आप सबसे अधिक उपयुक्त हैं, स्वामीजी!"

"अभी तो तुम लोगों की उम्र परीक्षा देने की है, लेने की नहीं है, बच्चो!"

"परीक्षा लेने की तो हम लोग सोच भी नहीं सकते, स्वामीजी! और वह भी आपकी, जिनसे एक स्वर से विश्व धर्म सम्मेलन में भाग लेने का आग्रह किया जा रहा है, कदापि नहीं, स्वामीजी! हमें शर्मिन्दा मत कीजिए।" वी. सुब्रह्मण्य अय्यर ने अंग्रेजी में कहा।

"आप हमारा मार्गदर्शन न करना चाहें तो आपकी इच्छा।"

स्वामी सच्चिदानन्द ने हुक्का गुड़गुड़ाया। कुछ देर बाद बोले, "व्यक्ति को

मार्गदर्शन की आवश्यकता नहीं पड़ती यदि व्यक्ति के मन में दुराग्रह तथा षड्यंत्र न हो।...फिर भी, आप लोग मेरे इस अवकाश के समय का प्रयोग कर सकते हैं।...पूछिए, क्या पूछना चाहते हैं?''

''हम ईसाई धर्म अपनाना चाहते हैं।''

''इसमें मुझे कोई आपत्ति नहीं है, बच्चो!''

''क्या हमारा ऐसा करना ठीक होगा?''

''क्या माँ-बाप बदलना ठीक है?'' स्वामी सच्चिदानन्द ने प्रतिप्रश्न किया।

''धर्म माँ-बाप है क्या?''

''जो चीजें माँ-बाप से मिलेंगी, वह माँ-बाप ही हैं—जैसे दादा-दादी, भाई-बहन, चाचा-चाची।''

''कैसे?''

''क्या तुम इन्हें बदल सकते हो?''

''नहीं।...पर धर्म तो बदला जा सकता है। लोग-बाग धर्म बदलते हैं।''

''लोग बाग चोरी भी करते हैं।''

''धर्म बदलना चोरी करना नहीं है। वह डंके की चोट बदला जा सकता है लेकिन चोरी डंके की चोट नहीं की जा सकती।''

दूसरे छात्र ने कहा, ''चोरी पकड़े जाने पर सज़ा है, जबकि धर्म बदलने पर कोई सज़ा नहीं है।''

''इसलिए कि चोरी करना राज्य की दृष्टि में अपराध है।''

''और धर्म बदलने में राज्य हस्तक्षेप नहीं करता।''

''क्योंकि वह एकदम निजी क्षेत्र है और सीधे आत्मा से सम्बन्ध रखता है जैसे झूठ बोलना, मन ही मन किसी का बुरा चाहना आदि।''

''नहीं, धर्म तो मन ही मन नहीं, सबकी उपस्थिति में बदला जा सकता है।''

''बदलकर देख लो। पश्चात्ताप हुआ तो पाप होगा। पाप से बड़ा दूसरा दुष्कर्म नहीं है।...ध्यान रहे, संस्कार नहीं बदलते। हाँ, बलात् उनका गला दबाया जा सकता है।''

''आपका कथन है कि धर्म बदलना पाप है।'' तीसरे छात्र ने उत्साहित होकर कहा।

''नहीं, जिसके करने के बाद पश्चात्ताप हो, पाप वह है।'' स्वामी सच्चिदानन्द ने हुक्के की नली को मुँह से हटाकर धीरे से कहा।

''क्या पश्चात्ताप पाप का...।'' कहकर वी. सुब्रह्मण्य अय्यर कहते-कहते रुक गए।

''तुम ठीक कहते हो अय्यर, पाप से मुक्ति का उपाय पश्चात्ताप है। स्वयं को क्षमा करना दूसरे को क्षमा करने से मुश्किल कार्य है।...आत्मग्लानि के अनुभव से मुक्ति पाने के लिए पश्चात्ताप कारगर उपाय है। इसका अर्थ हुआ यह स्वीकारना कि मुझसे गलती हुई है। ये शब्दों से आगे का क्षेत्र है अय्यर! शब्द अनुभव के संकेत बन सकते हैं यदि शब्द ब्रह्म से साक्षात्कार करने का अनुभव हो।''

"आप हर बात में शर्त क्यों लगाते हैं?"

"क्योंकि तुम्हारा जन्म शर्त का परिणाम है।"

"वो कैसे? किस शर्त का?"

"विवाह के समय लिये गए वचनों का।...और इस इच्छा का कि प्रभु के राज्य की सेवा के लिए वे एक सेवक सौंप रहे हैं।...जन्म दैहिक आनन्द का परिणाम मात्र नहीं है, बच्चो, वह आत्मा के अलौकिक आनन्द का परिणाम है, जिसे स्त्री नौ माह की पीड़ा के बाद आनन्द का अनुभव करती है और पुरुष बाप बनता है। इस अननुज्ञात आनन्द के साथ कि वह उसका सृजन है।" स्वामी सच्चिदानन्द सहज आनन्द ले रहे थे।

नारियल पानी आ गया। वे पूछ रहे थे, "तुम लोग नारियल पानी में शक्कर और बर्फ डालना चाहोगे।...पहले कभी ऐसे लिया है?"

"नहीं।"

"तो रहने दो।"

वे चुप हो गए।

नारियल पानी को वे चस्के लेकर पीते थे—एकाग्र मन से। उनमें से किसी ने बोलना चाहा तो वे कहने लगे, "भोजन, भजन, अध्ययन-मनन, संगीत-नृत्य आदि एकाग्रता चाहते हैं। मुझसे चुप नहीं रहा गया।...इस कारण मैंने नारियल पानी पीना रोक दिया था।

अपूर्व शान्ति। नारियल पानी से जुड़ा मन तृप्ति की ओर। तृप्ति से भी साक्षात्कार की अनुभूति। अनुभूति जितनी गहरी, जितनी आत्मलीन और जितनी अनबुझी उतनी आनन्ददायक।

उन सबके लिए यह नया अनुभव था गूंगे के गुड़ जैसा। गहन और अनमोल!

सब नारियल पानी पी चुके थे। एक छात्र ने प्रश्न किया, "स्वामीजी, भगवान् क्या है?

स्वामी सच्चिदानन्द कुछ देर तक मन ही मन उनके अनबूझे प्रश्न का आनन्द लेते रहे। हुक्का गुड़गुड़ा कर एक ओर सरका दिया। तनिक पाँव और फैला लिए। पूछा, "बच्चो, ऊर्जा क्या है?"

वे सब परस्पर एक दूसरे का मुँह ताकने लगे। उनमें से एक ने कहा, "शक्ति।"

"एनर्जी।" दूसरा छात्र बोला।

"शक्ति-एनर्जी क्या है?"

वे सब चुप। स्वामी सच्चिदानन्द ने समझाया, "शक्ति का अपव्यय नहीं। कृत्रिम जिज्ञासा नहीं। हर प्रश्न के साथ स्व मन्थन जरूरी है। यदि मैं कह दूँ कि तुम ईश्वर हो, तो क्या तुम मानोगे?...न मानने का कारण भी नहीं बता सकोगे क्योंकि अभी तक ईश्वर तुम्हारे अस्तित्व चिन्तन का विषय नहीं बन सका है—वह मनोरंजन का आस्वाद नहीं है।...तुममें से किसने अपना चेहरा देखा है?"

सबका एक ही उत्तर था, "हमने।"

"कैसे?...क्या हाथ-पाँव, पेट की तरह?"

"नहीं!"

"तो कैसे?"

"दर्पण में।"

"कितने दर्पण देखे हैं?"

"कई।"

"क्या उनमें तुमने अपना एक-सा ही चेहरा देखा है?"

"शायद नहीं।"

"हर दर्पण का अपना मत है।...तुम हम में से किसी के चेहरे के बारे में बताने लगोगे तो भी हर एक का दर्शन दूसरे से भिन्न होगा।" फिर उन्हें उन चार अन्धों की कहानी सुनाई जिन्होंने हाथी की पहचान सूँड़ से की, मोटे पाँव से की, छोटी पूँछ से, दाँत से की पर समग्र हाथी को कोई नहीं जान सका। बच्चो, हम सब भी तब तक उन अन्धों की कतार में हैं जब तक हमें अन्तर्दृष्टि प्राप्त नहीं हो जाती।"

"वह कैसे प्राप्त होगी?"

"अध्ययन, मनन के निरन्तर अभ्यास से। सम्पूर्ण एकाग्रता का मार्ग तीसरी दृष्टि की ओर जाता है।...तुम सब अभ्यास करो...हर पल का, पल के भी पल का। अनुभव तीव्र से तीव्रतम हो। एक कार्य के पीछे भाव सेवा का हो—चाहे डॉक्टरी पढ़ो या इंजीनियरी, चाहे नृत्य-संगीत में डूबो या पेंटिंग-शिल्प में, दुकानदारी करो या नौकरी...कुछ भी पढ़ो या करो तो सेवाभाव के संकल्प से करना। ये सारे उद्‌गम-उद्‌योग प्रभाव से तत्काल जन्मदात्री बनी सर्पिणी की तरह भूख से व्याकुल होकर अपने ही बच्चों का ही भक्षण करने लगेंगे।"

"इतनी भयावह और रौद्र कल्पना स्वामीजी!"

"यह कल्पना नहीं, भारत के अधःपतन का यथार्थ है। जो भी प्राप्त हो रहा है। वह सर्वहित में त्याग के लिए है।...खाओ तो समाज के शुभ के लिए, पहनो तो समाज के सौन्दर्य के लिए, पढ़ो तो समाज के शिव के लिए। जो प्राप्त किया है, वह सर्वस्व सहर्ष दान कर दो। देह है तो दान करो, विवेक है तो दान करो। जहाँ जिसको भी गठरी में बाँधा या तिजोरी के हवाले किया नहीं कि तत्काल वह पतन का कारण बन जाएगा।...शूद्र क्या नहीं कर सकता? वेद क्यों नहीं पढ़-पढ़ा सकता? मन्दिरों में पूजा क्यों नहीं कर सकता, या करवा सकता? आज तक हम जो बचे हुए हैं, वे ब्राह्मण अथवा पुरोहित के कारण नहीं, उनके कारण जिन्हें छूने से हम अपवित्र हो जाते हैं, जिन्हें शूद्र कहकर उपेक्षित करते हैं। वे साक्षात् ईश्वर हैं।" स्वामी सच्चिदानन्द का स्वर तनिक उत्तेजित हुआ, हल्का-सा आक्रोश उनके चेहरे पर उभरा। उन्होंने हुक्के को उठाया और गुड़गुड़ाने लगे। उनके होंठ काँप गए थे।

"वे भगवान् हैं, यह कथन पुनः मत दोहराना वरना यहाँ के ब्राह्मण आपकी हत्या भी करवा सकते हैं।" सिंगारवेलु मुदलियर ने धीमे स्वर में चारों ओर देखकर कहा।

"क्यों न कहूँ, मुदलियर? वे हमारे गू को सिर पर ढोते हैं, हम उनकी टोकरी में रोटी दूर से फेंकते हैं, उन पर थूकते हैं और उनसे जीने के सारे अधिकार छीनकर उन्हें भयाक्रान्त करते हैं।...गू-मूत माँ उठाती है या वे उठा रहे हैं। क्या माँ अछूत है, शूद्र है, वंचिता है? यदि माँ सम्मानीया है तो उनका दरजा माँ से भी ऊपर है, क्योंकि माँ तो अपनी सन्तान के ही गू-मूत एक आयु तक उठाती है और ये हम परायों के गू-मूत बिना आयु सीमा पर विचार किए, सिर पर ढो कर ठिकाने पर डालते हैं। उन ठिकानों पर जहाँ उनको सारी जिन्दगी रहना पड़ता है। ...क्यों भला? हमारी लम्बी गुलामी का यही कारण है। हम पतित हैं, हमारा वेद-ज्ञान भ्रम है, हम शिक्षित अनपढ़ हैं, हमारा आत्माभिमान ढकोसला है, थोथा है।...जब इनकी आत्माएँ जगेंगी, उनमें सत्य चेतना उमंगित होगी और शौर्य-शील-शक्ति का भाव संचारित होगा, तब नया भारत सामने आएगा, उसका पुराना गौरव प्रतिष्ठित होगा और वह सम्पूर्ण विश्व का मार्गदर्शन करेगा। आज का अति उच्च वर्ग में सीमित भारत नहीं।

"स्वामीजी, आपका यह बयान ब्राह्मण वर्ग के विरुद्ध है।" वी. सुब्रह्मण्य अय्यर ने गम्भीर होकर कहा, "जातीय संघर्ष का आह्वान है।"

"नहीं अय्यर, ऐसा नहीं है। मेरा इरादा किसी को अपमानित करने का नहीं है। उच्च जाति में केवल ब्राह्मण वर्ग ही नहीं आता।...आओ, तुम लोग मेरे साथ आओ। कहकर स्वामी सच्चिदानन्द ने हुक्का एक ओर टिका दिया और खड़े हो गए।

उन सबको उनके साथ चलना पड़ा। वे समुद्र तट की ओर बढ़ते गए। एक स्थान पर आकर किनारे-किनारे आगे चलने लगे। वे बोले, "उधर देखो।" वे सब उधर देखने लगे।

"आगे आओ।"

"क्या है उधर?"

"तुम बताओ।"

"समुद्र है।" उनमें से एक ने कहा।

"और ध्यान से देखो, उधर कौन-कौन हैं?"

"समुद्र में कमर तक पानी में बच्चे।"

"और?"

"एक औरत।"

"कौन है वह औरत?"

"नहीं मालूम।"

"तो नई पुरानी पोथियाँ जिन पर तुम्हें गौरव है, उन्हें समुद्र में डाल दो।"

वे सब भौंचक्के। स्वामीजी का यह रूप उनमें से किसी ने नहीं देखा।

"और आगे बढ़ो।...अय्यर, मैं जो कुछ उनसे पूछूँ, उसका अनुवाद उनकी भाषा में करना और उनके उत्तर मुझे बताना।...तुम तैयार हो?"

"हाँ।"

"बेटे, तुमने खाना खाया?"

उसने सिर हिला दिया।

"तुमने।" उन्होंने दूसरे बेटे से पूछा।

उसने गरदन हिलाकर कहा, "नहीं।"

"कब खाया था?"

"कल दोपहर में।"

"भरपेट।"

"नहीं, जितना मिला, उतना।"

"और मिलता तो खा सकते थे?"

"हाँ।"

"कल शाम को क्या खाया?"

"कुछ नहीं।"

"क्यों?"

"कुछ था ही नहीं।"

"माँ जी, ये बच्चे क्या कहते हैं?"

"सच कहते हैं, बाबा।"

"तुम इनकी माँ हो।"

"ये भी सच है, बाबा।....देखो, हम जैसे नसीब वालों को, हम सबकी यही दास्ताँ है। दो जून की रोटी नसीब से कभी-कभी मिल पाती है।" वह औरत गिड़गिड़ा रही थी। उसकी देह पर फटी व थेगली लगी साड़ी थी, चोली-ब्लाउज नहीं था और उसके बच्चों की नंगी देह थी।

स्वामी सच्चिदानन्द का दिल भर आया। आँखें अपने को नहीं रोक पायीं। वे वहाँ से हटकर कुछ दूर खड़े होकर बोले, "तुम लोग उन भूखे-नंगों के पास जाओ। उनसे पूछो, यही सवाल।...जाओ, जाकर पूछो। यही वेद है, गीता है, कुरआन है, गुरुग्रन्थ साहब हैं।...जाओ, खड़े क्यों हो?"

स्वामी सच्चिदानन्द की आवाज दर्दीली थी। उनकी आवाज में हृदय हिलाने की अपूर्व शक्ति थी। वे गए। उनमें से अधिकांश लोगों से पूछकर आए। आकर बताया, "उन सबकी ऐसी हृदय छीलने वाली कहानी है।"

"बच्चो, मैं कई साल से इस देश का भ्रमण कर रहा हूँ। मैंने सर्वत्र ऐसी अर्धनग्न और अर्द्धभूखी आत्माओं को नाले के कीड़ों की तरह कुलबुलाते पाया है। फेंकी गई झूठन पर टूटते पाया है। तुम इन लोगों का हक़ मारकर पढ़ रहे हो। ये भूखे-नंगे तुम्हें अपना पेट काटकर पढ़ा रहे हैं—इंजीनियर, डॉक्टर, अफसर, सेठ-साहूकार बना रहे हैं।...इसलिए कि तुम उनके भूखे पेट, नंगे तन और प्यासी आत्मा की समस्याओं का निदान करने में जुट जाओ।...कौन जुटता है?...इनसे भी गए बीते हैं जिनके पास आने पर बदबू से दिमाग़ सड़ने लगता है।" स्वामी सच्चिदानन्द का दिल फट पड़ने को हुआ। उनकी आँखों में क्रोधावेश मचल उठा। उनकी आवाज और तेज हो गई।

"इसका मतलब हुआ कि त्रिसन्ध्या, गायत्री जप, वेद-उपनिषद् सब व्यर्थ हैं।

हमारे पुरखे गलत थे और आज हम... ।''

''जरा ठहरो! तुम किस अधिकार से अपने उन पुरखों पर धूल डाल रहे हो ।...वे महापुरुष बिना मिट्टी को छुए देश-विदेश लाँघ जाते थे। वे क्या क्षुद्र कीट-पतंग थे ।. ..उनकी निन्दा करने का तुम्हें किसने अधिकार दिया? क्या आपको ऋषियों द्वारा आविष्कृत विज्ञान की जानकारी है? क्या वेद देखे हैं? क्या कभी पढ़े हैं?...ऋषिगण समस्त विरोधों को करने को तत्पर हैं। प्रतिस्पर्धा करने का साहस है तो आगे बढ़ो। पर नहीं, तुम ऐसा नहीं कर सकते—न अपने गौरवशाली अतीत पर तुम्हें विश्वास है और न अपने वर्तमान से आँख मिलाने का साहस है। नपुंसकों-कायरों की यह जमात देश की पीड़ा, देश के स्वाभिमान, गौरव और प्रतिष्ठा को नहीं समझना चाहती। उस पर लानत मलामत थोपकर अपने अधकचरे पाश्चात्य ज्ञान पर इतराना चाहती है।...वो कापुरुष है, कर्दम है, बिना रीढ़ की हड्डी वाली है।...पूछने आए थे कि भगवान क्या है? झुनझुना है भगवान्। बजाओ और मलबे के ढेर पर फेंक दो।...न अपने समय की कीमत समझो और न दूसरे की।...चले थे भगवान को जानने। उसका पता पूछने। उसे देखने। उसका मखौल उड़ाने।'' स्वामी सच्चिदानन्द अंग्रेजी में फटकार लगा रहे थे। उनकी आँखें चढ़ गई थीं। कानों के बाल जोरों से हिल रहे थे। वे गरज रहे थे, ''क्या तुम अपने को भूल सकते हो?''

सब चुप। नतशिर।

''जानता हूँ, तुम गूंगे नहीं हो पर बोलोगे नहीं, क्योंकि बोलने का तुममें साहस नहीं है।...क्या कोई इन्सान बिना कहीं पढ़े बी.ए., एम.ए. की कक्षा में दाखिला पा सकता है?''

''नहीं।''

''तो फिर तुम ईश्वर की सर्वोच्च कक्षा में कैसे एडमिशन पा सकते हो बिना उसकी बारहखड़ी जाने-समझे।...उसको देखना है, पाना है तो पहले अपने को भूलना शुरू करो। जैसे-जैसे तुम अपने आप को भूलते जाओगे, वैसे-वैसे उसके नज़दीक आते जाओगे।...और जब अपने को पूर्णतया भूल जाओगे तो उसे अपने सामने पाओगे, उससे बात कर सकोगे।''

''क्या ऐसा हो सकता है?''

''संसार में असम्भव कुछ नहीं है।...क्या तुम्हारा हृदय अनुभव करता है कि देव और ऋषियों की करोड़ों-करोड़ सन्तान आज पशुवत है? क्या तुम हृदय से अनुभव करते हो कि लाखों-लाख इन्सान भूखे मर रहे हैं? क्या तुम्हें अनुभव हो रहा है कि करोड़ों-करोड़ जन को यहाँ अन्धकार के अज्ञान ने ढक लिया है? क्या इससे तुम द्रवित होते हो? क्या इससे तुम्हारी रातों की नींद उड़ जाती है? क्या उसने तुम्हें पागल बना दिया है? क्या देश की दुर्दशा की चिन्ता तुम्हारे ध्यान के विषय का केन्द्र बन चुकी है? क्या इस चिन्ता में डूब कर अपने नाम-यश स्त्री-पुत्र, धन-सम्पत्ति, यहाँ तक कि अपने शरीर को भी तुम बिसार चुके हो? यदि हाँ तो यह जीने की पहली शर्त है, इंसान होने की पहली पहचान है।...जाओ, मेरे बदनसीब वर्तमान, तुम झुनझुने हो, तुमसे कुछ नहीं हो सकता।...कुछ भी नहीं...तुम्हें दलित-गलित

और क्षुद्र इंसान कहना भी उनका अपमान है जो इस नरक को भोग रहे हैं—जाने कब से, जाने कब तक?"

सबके चेहरे बुझे हुए या फ्यूज बल्ब से तेजशून्य हो गए। वे लौटने लगे यह कहकर कि वह रोज जब वक्त मिलता है, इन लोगों के पास चले आते हैं...कभी-कभी डरते हैं कि वे उनके दुर्भाग्य के कारण हैं।...कुछ दूर चलकर रुक जाते हैं। अब भारत का दुर्भाग्य नजर नहीं आ रहा था। वे कहने लगे, "भगवान् ने तुम्हें जन्म दे दिया है, तुम क्या कर सकते हो? हम भी लाचार हैं।...लेकिन यह मन्त्र तो हम उन तक पहुँचा ही सकते हैं कि तुम तो उनको जन्म देना बन्द कर सकते हो। कम-से-कम तुम तो बदनसीबी का लालन-पालन मत करो। बदहाली की फौज मत उगाओ।...कोई उनको यह मन्त्र दे सकता है?...कौन देगा?"

वे फिर चल पड़े। कुछ दूर चलने के बाद बोले, "हमें यहाँ से जुदा हो जाना चाहिए। दो रास्ते यहाँ से फट रहे हैं।"

वे ठहरे रहे। सब चल दिए। उन्होंने समुद्र की आँखों में गहरी मायूसी की छाया देखी। थका हारा समुद्र, गिड़गिड़ाती लहरें और तड़फता शार्क मछलियों का परिवार। गहरी साँस ली। दिन में अँधेरी रात के घिर आने का अनुभव किया। उनके सोच ने उन्हें चौंकाया यह कहकर, "ये पाश्चात्य रंग में आधा अधूरा, अपने आपसे नफरत करने वाला लुंजपुंज समाज कहीं अपने स्वार्थ के लिए उन अभागों से उनका यह हक़ भी न छीन ले। उन्हें मधुमेह का मरीज़ बनाकर उनके सामने मिठाइयाँ परोसनी शुरू न कर दे और वे जन्मजले, सदियों के अज्ञानी, आँख पर पट्टी बाँधे उस मीठे ज़हर के अभ्यस्त न हो जाएँ तब?...हे भगवान्, उन मुसीबतजदों की और परीक्षा मत लो।...वे तुम्हारे सब इम्तहानों में पास हो चुके हैं।...उनके लिए और आत्मघाती चक्र नहीं। यदि उन्होंने भी अपने आप से घिनौना, जड़ पिशाची, निर्दय और अन्धा व्यवहार शुरू कर दिया तो किससे उम्मीद करेंगे, कैसे भारत की अक्षय और अन्तरंग गंगा को और मैला होने से रोक सकेंगे?"

अब उनके पाँव चल रहे थे, उनका दिमाग जड़ था, उनका हृदय सुन्न था, उनकी आँखें खुली थीं, पर देख नहीं सकती थीं। एक लकवाग्रस्त संसार जिसके सारे अंग निष्क्रिय हो चुके थे, न रोने की ताकत रखता था और न हँसने की। उनके सामने उस समुद्र सा बिछा था जिसके पास न जल था, न लहरें, न ज्वार-भाटा। मानो फिर से अगस्त्य ऋषि ने उसे चुल्लू भर पीकर ही सोख लिया हो। उनकी आँखों में गमजदा, बेबस, अपाहिज और विरूप समुद्र समा गया। उन्हें महाभारत के उस दृश्य का स्मरण हो आया जब पांडवों ने कुरुक्षेत्र जीता था। वह कुरुक्षेत्र जो लाखों-लाख लाशों का ढेर था और जिसमें अपने समय के तेजस्वी, पराक्रमी, बुध, शुक्राचार्य-बृहस्पति, मंगल, शनि, सोम, राहु-केतु। रवि...सबके सब उन लाशों के बदबूदार ढेर में थे, जिन पर चील, गिद्ध, कौओं आदि ने मुँह मारना तो दूर, उनको देखना भी उचित नहीं समझा। हर बार क्यों महाभारत का अन्त ऐसा ही विरूप होता है? क्या आगे भी...। उनकी कल्पना काँप उठी और वे शिव-शिव कहते हुए सीढ़ियाँ चढ़ने लगे।

यह नहीं हो सकता। इच्छा भी नहीं थी। पूरा परिचय भी नहीं था। यह भी पता नहीं था कि वहाँ क्या होने जा रहा है? कौन-कौन से विद्वान् वहाँ पधार रहे हैं। क्या होगा दुनिया के धर्म के प्रवक्ताओं के प्रवचनों से?

''आप जाइए। आपके जाने से दुनिया हमारे गौरव को स्वीकार करने का मानस बना सकेगी।...आप जैसा लाड़ला ही मनवा सकेगा अपने धर्म की विशालता और सुदृढ़ता को।''

''अभी मैंने सोचा नहीं है कि वहाँ पहुँचने की स्थिति बनती है या नहीं।''

''और सोचने में कितनी देर लगेगी।'' ए. सी. आलासिंगा पेरुमल स्वामी सच्चिदानन्द से कहने लगा, ''स्वामीजी सबका मन बन रहा है। आप हाँ कर दें तो धन-संग्रह के लिए अभियान शुरू किया जाए।''

''सच तो यह है कि, पेरुमल मैं कहीं अपनी इच्छा के घोड़े पर तो सवार नहीं हो रहा हूँ!...माँ की इच्छा मेरे लिए सर्वोपरि है, मैं यन्त्र हूँ, माँ यन्त्री।.. .क्या करूँगा, मैं वहाँ जाकर। सात समन्दर पार।...ठीक है, ठीक है, जल्दी ही कुछ निर्णय लूँगा।''

''निर्णय तो समाज, संस्थाएँ, सभाएँ ले चुकी हैं। राजा-महाराजा भी व्यक्तिगत निवेदन कर चुके हैं। उनके आग्रह का भी मान रखिए। उन्हें आपसे बहुत आशा है।''

''अत्यधिक आशा निराशाजनक दैन्य, कुंठा और जटिल ग्रन्थ का हेतु होती है।

स्वामी सच्चिदानन्द मुस्कराने लगे। एम. सी. आलासिंगा, पेरुमल पचैयप्पा, हाई स्कूल, मद्रास में प्रधानाध्यापक हैं। स्वामीजी के बहुत मुरीद हैं। उनकी एक भक्त मंडली है, जिसके सदस्य स्वामीजी को शिकागो विश्व धर्म सम्मेलन में भिजवाने के लिए कृत संकल्प हैं। उन्होंने प्रचार भी प्रारम्भ कर दिया है।

स्वामी सच्चिदानन्द को विश्व धर्म सम्मेलन के बारे में कोई जानकारी नहीं थी। वे कैसे प्रतिनिधि बनेंगे? कौन प्रतिनिधि बनाएगा? न उनको भेजनेवाली भक्त मंडली को कुछ ज्ञात था।

शिकागो कोई यहीं रखा है। इतनी दूर। अनजाने लोग। पानी के जहाज से निरन्तर यात्रा। इससे पहले वे पानी के जहाज में कभी बैठे नहीं थे। उन्हें सब कुछ बिखरा हुआ लग रहा था।

रात को उन्होंने स्वप्न में देखा, श्री रामकृष्ण परमहंस समुद्र पर चले आ रहे हैं मानो वह समुद्र न हो, सड़क हो। वे अवाक् होकर देख रहे हैं। पूछ रहे हैं, ''नरेन, किस चिन्ता में हो?''

''आप सब जानते हैं, ठाकुर!''

''वह तुम क्यों नहीं जानते?''

''कैसे जानूँ?''

''जैसे तुमने समुद्र तट पर तिल-तण्डुल के अभाव में बालू को मुट्ठी में भरकर

पिण्डदान के बहाने उसी का दान किया और भूतगण वहाँ से भाग गए। उनका उत्पात मचाना खत्म हो गया।...क्या तुम पहले से जानते थे कि इस प्रकार भूत-प्रेत भाग खड़े होंगे?'' रामकृष्ण परमहंस प्रश्न कर रहे थे।

''नहीं जानता था।''

''भट्टाचार्य का रसोइया स्वप्न में भी नहीं सोच सकता था कि मैसूर के महाराजा द्वारा प्रदत्त रोजवुड का हुक्का तुम उसे थमा दोगे। जबकि वह हुक्का तुम्हें बहुत प्रिय था। परन्तु तुमने रसोइए को लालायित आँखों से उसे घूरते देखा था और पल भर में निर्णय ले लिया था कि वह हुक्का उसे देना है।...क्यों?''

''नहीं जानता, ठाकुर!''

''फिर यह जानने का प्रयत्न क्यों कर रहे हो कि माँ तुम्हें शिकागो में हो रहे विश्व धर्म सम्मेलन में जाने के लिए कहे।''

''आप आदेश दीजिए, ठाकुर!''

''पर क्यों, नरेन?...स्वदेश की मानसिकता से अपने को क्यों बचाना चाहते हो?''

''परन्तु... ।''

''परन्तु-वरन्तु कुछ नहीं, नरेन! तुम अपने को समर्पित कर चुके हो, फिर तुम जो करोगे या करने जा सकते हो, वह माँ के कारण तो सम्भव हो रहा है। तुम मुझसे और माँ से अलग नहीं हो।...शिकागो जाओ, नरेन, वह आयोजन तुम्हारे निमित्त ही हो रहा है।''

''मेरे निमित्त, ठाकुर?''

''मैं जा रहा हूँ। आगे से तुम ऐसे हर मोड़ पर स्व-विवेक से निर्णय लेना—किसी का सदा मुँह ताकते रहना कमजोरी का संकेत है। आत्म-बल पर जोर देने वाला व्यक्ति कदापि परावलम्बी नहीं होता।'' रामकृष्ण परमहंस ने आशीर्वाद दिया और स्वामी सच्चिदानन्द उठकर बैठ गए। खिड़की की ओर झाँका, दिन अँगड़ाई तोड़ते हुए उठने को उद्यत हो रहा था। वह सोच रहे थे कि यह तो ठाकुर का स्वभाव बन गया है। वे सोचते हों कि इस तरह से वे अलग हो सकेंगे तो यह उनका भ्रम है।

वे उठ खड़े हुए। गहरी साँस ली। खिड़की के नज़दीक आए। तेज हवा का झोंका आर-पार निकल गया। उन्होंने हथेली को रगड़ कर गर्माया। आँखों और चेहरे पर उन हथेलियों को लगाया। एक बार नहीं, कई बार।

आज उन्हें समुद्र में तैरना चाहिए। कुछ देर तक तैरते रहेंगे तो शरीर का व्यायाम हो जाएगा और मन गंगा का आनन्द ले सकेगा।

वे समुद्र के तट पर गए। समुद्र में दूर तक तैरते रहे। तब कन्याकुमारी के समुद्र तट से तैर कर विशाल शिला-खंड तक पहुँचने का अनुभव उन्हें रोमांचित करने लगा।

वे लौट आए। ध्यान के लिए बैठ गए। ध्यान ही उनके सन्धान का माध्यम था।

सूर्योदय हुआ।

चहल-पहल शुरू हुई। परन्तु वे ध्यान-मग्न थे। उन्हें कुछ नहीं पता कि उनके आसपास क्या हो रहा है?

आज वे मन्मथनाथ भट्टाचार्य के यहाँ ठहरे थे। वहीं एक कमरे में ध्यानावस्थित थे। मन्मथ बाबू चौंके। उनके सामने काला सर्प था फन फैलाए हुए। मन्मथ बाबू की बुद्धि हक्की-बक्की रह गई। हाथ-पाँव फूल गए। क्या करें, क्या नहीं। वे अन्दर लोहे का डंडा लेने गए। डंडा लेकर लौटे तो वहाँ सर्प नहीं था।

कहाँ गया? उन्होंने चारों ओर देखा। वहाँ कहीं भी सर्प नजर नहीं आया। आश्चर्यचकित रह गए।

उनकी ध्यान साधना पूर्ण हुई। मुस्कराते हुए उन्होंने नेत्र खोले। बोले, ''मन्मथ बाबू, आश्चर्य नहीं। भय भी नहीं। वह भी हमारी-तुम्हारी तरह का जीव है। तुम्हारी तरह वह भी विस्फारित नेत्रों से देख सकता है। सुनने में आया है कि वह नेत्रों का काम कान से लेता है।...इन जीवों में एकाग्रता, धैर्य और अहिंसा का माद्दा हम प्राणियों से अधिक होता है। तुम इन्हें नहीं छोड़ोगे तो वे कुछ नहीं करेंगे। उनका व्यवहार मित्रवत् होगा।''

मन्मथनाथ भट्टाचार्य के आश्चर्य का ठिकाना नहीं। वह पूछ बैठे, ''आप, स्वामीजी अनेक बार प्रश्नकर्ता के मन को पहले से कैसे पढ़ लेते हैं?''

''संन्यासी प्राणी के चिकित्सक हैं। वे औषध देने से पूर्व रोग का निर्णय कर लेते हैं?''

''स्वामीजी, आलासिंगा पेरुमल, जी-जान से प्रयत्न कर रहे हैं।''

''उसमें तुमने और सुब्रह्मण्य अय्यर ने भी पाँच-पाँच सौ रुपया दिया है। रामनाद के राजा ने भी पाँच सौ रुपये दिए हैं।''

''हाँ।'' मन्मथनाथ भट्टाचार्य का मुँह खुला का खुला रह गया। कुछ देर बाद वह कहने लगे, ''मुझे यह सब अच्छा नहीं लग रहा है—एक तरफ भूखे-नंगे लोग और दूसरी तरफ मेरे विदेश जाने के लिए धन संग्रह।...नहीं...नहीं, ऐसा ठीक नहीं है।...तुमने सुना था, उस दिन।''

''किस दिन?...''

''ध्यान आया, उस दिन तुम नहीं थे, मन्मथ बाबू! एक तरह से यह भी अच्छा ही रहा।''

''क्या हुआ था उस दिन?''

''होता क्या? नासमझी का प्रदर्शन! पर अब ठीक लगता है कि उनका कहना गलत नहीं था।''

''पर क्या गलत नहीं था?''

''मैंने यहाँ रहकर उन निर्धनों, भिखमंगों उपेक्षितों के लिए क्या किया है? वहाँ जाकर मैं कौन-सा जादुई चिराग ले आऊँगा, जिससे निर्धनता जाती रहेगी और वे खुशहाली की ओर बढ़ सकेंगे?...हालाँकि मैंने उनसे उसी समय कह दिया था—बच्चा, ऐसा कुछ नहीं होगा।''

वे बोले, "फिर आप विदेश क्यों जा रहे हैं?"

"सबका विशेष आग्रह हुआ।"

"उस सबमें क्या हम नहीं हैं?"

"मुझे ठीक से कुछ पता नहीं है।"

"पता होना चाहिए।"

"क्यों भला?"

"क्योंकि वे चन्दा उगाह रहे हैं।"

"बलात् तो नहीं?"

"धोखा देकर।"

"यह क्या कहते हो, बच्चा?"

"जो सुन-देख रहे हैं।...आपके बारे में चमत्कारपूर्ण किस्से सुन रहे हैं।"

"मैंने कहीं कोई चमत्कार नहीं किया बच्चा!"

"कर भी नहीं सकते।"

"क्योंकि मेरा चमत्कारों में विश्वास नहीं है।"

"यह बात आपको अपने शिष्यों से कहनी चाहिए, उन्हें समझाना चाहिए, स्वामीजी!...अन्धविश्वास का सरेआम विरोध करने वालों को लोगों के मन में नया अन्धविश्वास नहीं जमाना चाहिए।"

"आपके कथन से मैं सहमत हूँ बच्चो! आगे बताओ, मुझे क्या करना चाहिए!"

वे उद्दण्ड लड़के हतप्रभ रह गए। उनको यह आशा नहीं थी कि विख्याति-प्राप्त स्वामी इतनी जल्दी उनके सामने हथियार डाल देगा। वह तो उनसे राय माँग रहा है। वे क्या कहें? यह तो उन्होंने सोचा ही नहीं था।

"कोई बात नहीं बच्चा, तुम लोग आराम से सोचकर बता देना।...मैं जो हूँ,–अच्छा या बुरा, साधारण या असाधारण वह सामने हूँ।...मान लो, तुम लोग मेरे बारे में जो जी में आए बाहर जाकर कहने लगो। वह सब मुझे बताया भी जाए तो भी मैं क्या कर सकता हूँ...याद रखो, ठोंक बजाकर परीक्षा लीजिए। जब मन तैयार हो जाए तो आस्था व्यक्त कीजिए परन्तु जिसके प्रति आस्था व्यक्त की है, उसके कभी भी अन्धभक्त मत बनिए। अपने को सदा विवेक आश्रित रखिए।...विवेक संगत, कदम उठाइए।"

इतना कहकर स्वामी सच्चिदानन्द चुप हो गए। मन्मथनाथ भट्टाचार्य की दृष्टि स्वामीजी के चेहरे पर थी। वे शान्त चित्त थे। उन्होंने गहरी साँस ली और कहा,--मन्मथ बाबू, अब लगता है कि वे युवक ठीक कहते थे। चन्दा नहीं चाहिए।"

"कैसा चन्दा, स्वामीजी?...आपसे तो सबने आग्रह किया है।"

"तुम्हें नहीं ज्ञात, मन्मथ बाबू, एम.सी. आलासिंगा पेरुमल ने स्वयं न आकर हमें पत्र लिखा है। देशवासी जब उदास हों तब बलात् प्रयास करना ठीक नहीं। इसलिए मैंने...।" कहते-कहते वे रुक गए और छत की ओर देखने लगे।

"आपके यहाँ सैकड़ों भक्त हैं। पैसे की चिन्ता करना कतई ज़रूरी नहीं है।" मन्मथनाथ भट्टाचार्य स्वामीजी के चेहरे पर उमड़ आए भावों के बारे में सोच रहा

था कि वे अचानक कितने तटस्थ हो गए। उसे पता था कि देशवासियों में उनको बाहर भेजने में उत्साह नहीं है। उन्होंने अपने भक्तों को बुलाकर विश्वास में लेकर समझाया, "बच्चो, तुम्हारा प्रत्यन पूरी लगन का उदाहरण है। मुझे तुम्हारे प्रति वास्तव में कृतज्ञ होना चाहिए। तुम जितना कर सकते थे, उतना या उससे अधिक तुमने किया भी, परन्तु माँ की अभी अनुमति नहीं है। मुझे यह मान लेने में कतई संकोच नहीं है कि उनकी इच्छा का संकेत पा लेने के बाद ही मैं विचार कर सकूँगा, उससे पहले नहीं।"

"तब आप...।" उनके भक्तों के चेहरे लटक गए। उनमें एक इतना-सा कहकर शेष कथन के लिए उनकी ओर देखने लगा।

स्वामी सच्चिदानन्द अपनी चिर-परिचित मुद्रा में लौट आए। वही आचार्योचित्त धर्म-चर्या के केन्द्र में अपने को समेटते हुए कहने लगे, "बच्चो, तुम भी समझ रहे हो कि माँ की इच्छा नहीं है अन्यथा धन-संग्रह ना के बराबर न होता। मुझे आशा है कि तुम भी इस सत्य से इनकार नहीं करोगे।"

सब चुप। नतशिर। वे आगे कहने लगे, "तो मेरी इच्छा का आदर करो, बच्चो!"

"कहिए, स्वामी जी!"

"ये संग्रहित धन गरीब-गुरबों में बाँट दो। माँ की यही इच्छा है।"

सब भक्त अवाक्।

"तुम आश्चर्यचकित मत होओ। जो कहा गया है, वही करो ताकि तुम भी माँ की आज्ञा का सम्मान तटस्थ भाव से कर सको।"

शिष्यों के सामने दूसरा रास्ता नहीं था। उन्होंने उस धन को गरीबों में बाँट दिया।

मन्मथनाथ भट्टाचार्य को बड़ी तकलीफ हो रही थी और लग रहा था कि मुट्ठी में दबी बालू को कसने पर वह बिखरने लगी है। उनकी विश्व धर्म सम्मेलन में भाग लेने की इच्छा लगभग समाप्त हो गई थी। समय बहुत कम रह गया था। वह कहने लगा, "स्वामीजी, एक प्रयत्न और करने दीजिए, मेरे मन में यह भाव जगा है।"

"मन्मथ बाबू, तुममें कोई नया भाव नहीं जगा है। यह आम व्यक्ति की, विशेषतया, उस व्यक्ति की, जिसकी किसी पर गहरी श्रद्धा-भक्ति हो, ईमानदार इच्छा का परिणाम है। लेकिन मैंने अपना मन पक्का कर लिया है और अपने मन की प्रार्थना को दरकिनार कर यह तय कर लिया है कि अपनी ओर से अब कोई प्रयत्न नहीं किया जाएगा। अब जो भी प्रयत्न होगा, वह माँ की ओर से।...माँ चाहे तो क्या नहीं कर सकती?...यह समझते हुए कि वही सर्वस्व है, फिर उसके प्रति सन्देह क्यों? कदाचित् मेरे लिए यही उचित है।"

स्वामी सच्चिदानन्द को समझकर भारी मन से मन्मथनाथ भट्टाचार्य उठ खड़े हुए। वह यह निर्णय लेकर उठे कि स्वामी जी के इतने शिष्य हैं जिनमें अनेक सम्भ्रान्त, धनी, राजा, महाराजा, वकील, श्रेष्ठी, कैप्टन, उलेमा, नवाब, पंडित आदि हैं, वह उनके सामने इस समस्या को रखेंगे और स्वामीजी से इस गोपनीय प्रयत्न की चर्चा

नहीं करेंगे।

उसके बाद स्वामी सच्चिदानन्द उठे। उसी स्थान पर टहलने लगे। मन को बाँधा और इस अध्याय का पटाक्षेप कर दिया। खुली हवा के ताजे झोंके से उनके रोम-रोम में प्रार्थना का स्वर भर गया। वे प्रार्थनामय हो उठे। अब वे खिड़की से बाहर की ओर झाँक रहे थे—दूर से एक बालक खिलखिलाता भागता हुआ उस ओर आ रहा था। बीच-बीच में वह रुककर पीछे मुड़ता और कहता, ''माँ-माँ, चल पकड़।'' इसके साथ फिर ताली बजाकर भागने लगता। माँ शायद गर्भवती थी। वह उसके पीछे नहीं भागती। हाँफती हुई खड़ी रह जाती है और तेज स्वर में उसे पुकारती हुई कहती, ''तूँ अपनी माँ को इतना परेशान क्यों करता है...तुझे अपनी माँ की सौगन्ध जो तू रत्ती भर भी आगे भागा और तुरन्त नहीं लौटा।'' वह वहीं ठहर गया और माँ की ओर लौटने लगा। उन्हें लगा कि उस बालक का नाम नरेन है। माँ ने उसे ही पुकारा है। वे क्या अपनी माँ को कम परेशान करते थे।

उन्हें माँ की याद सताने लगी। वैसे उनके लिए वह खाना लिये बैठी रहती थी। कभी-कभी रो भी पड़ती थी और खटिया की पाटी पकड़कर अपने को कोसने लगती थी। कहने लगती थी, ''महादेव, मैंने घर का चिराग चाहा था, तूने ये क्या दे डाला। इससे तो मैं बेऔलाद ही भली थी।...मैंने ऐसा पुत्र नहीं चाहा था।'' वह रोते-रोते खटिया की पाटी पर सिर रखकर सो जाती थी। तब पता नहीं कहाँ से, कैसे वह माँ को ढूँढ़ता हुआ वहाँ आता था और माँ के गले में हाथ डालकर झूलते हुए कहने लगता था, ''ले मार माँ, खूब मार! ये संटी पड़ी है, इससे मुझे रुई की तरह धुन डाल। मैंने फिर वादा तोड़ा, तुझे फिर सताया। ऐसे दुष्ट पुत्र को सजा मिलनी ही चाहिए।''

वह अपने गाल पर थप्पड़ मारने लगता।

माँ का हृदय पसीज उठता। वह उसका हाथ पकड़ लेती। कहती उसे अपने गले से लगाते हुए, ''ना रे, बिले, ना, ऐसा नहीं करते।''

''क्यों नहीं करते? मैं रोज तुझसे वादा करता हूँ और रोज़ वादा तोड़ता हूँ, क्या यह अच्छी बात है?...माँ, लातों के भूत बातों से नहीं मानते। तू आज इस संटी से मुझे धुन डाल।''

''मुझे ऐसा ही करना था तो तुझे महादेव से क्यों माँगती?...तू महादेव का धन है, मेरे प्यारे बिले।'' वह संटी को उठाकर दूर फेंक देती। सारा गुस्सा पल-भर में काफूर।

''सच, माँ तूने मुझे महादेव से माँगा?''

''हाँ रे, हाँ।''

''तुझे विश्वास है कि उसने मुझे तेरी झोली में डाला?''

''हाँ रे, हाँ—एकदम विश्वास है।...तू उसी का अनमोल फल है।''

''झूठ माँ, झूठ—एकदम झूठ!''

माँ उसे प्यार करने लगती। कहती, ''चल, हाथ-पाँव धोकर आ तब तक मैं

खाना लगाती हूँ।''

''तूने भी खाना नहीं खाया होगा ना, माँ।''

''बातें नहीं। जा, मुँह-हाथ धोकर आ।''

''मेरी प्यारी माँ, तू मुझे कितना प्यार करती है और मैं तुझे कितना सताता हूँ।...ना...ना...ना...माँ, आगे से कभी नहीं...कभी नहीं।'' दोनों कान पकड़कर कहते हुए वह उठ जाता।

उनको यह स्मरण अन्दर तक भिगो जाता। उनका रन्ध्र-रन्ध्र काँप जाता। अब वह बालक अपनी माँ के पास जा पहुँचा था। पता नहीं उसकी माँ कैसी होगी? हारी-बीमारी छिपाने में वह अव्वल है। कभी अपने मन का दुःख प्रकट नहीं होने देती। वह दुःख ही क्या जो प्रकट हो जाए। वह दुःख से घिरी, दुःख को अन्दर ही अन्दर मथती रहती है और सबको प्यार की डोर में बाँधे रखती है। उनका हृदय छलछला आया। वह फिर से अपने स्थान पर आ बैठे।

आज पवन तेज बह रही थी। जगत्माता का आशीर्वाद मिल चुका था। आलासिंगा पेरुमल और उनके भक्तों ने गुपचुप जो धन-संग्रह शुरू किया था उसकी भनक भी उन्हें लग गई थी और विश्व धर्म सम्मेलन में भाग लेने की इच्छा सुदृढ़ हो चली थी। वे नहीं जानते थे कि धनाभाव में वे कैसे इस सम्मेलन में भाग ले सकेंगे परन्तु लेंगे अवश्य। तथ्यों को पीछे ढकेलता उनका मन अब आगे बढ़ चुका था। वे अपने में मस्त थे। ध्यान-ज्ञान में अनुरत थे। उन्होंने मन में यह ठान लिया था कि जाना है, तो फिर जाना है। वह चाहे जैसे भी हो। इसके लिए चाहे उन्हें अफगानिस्तान के पहाड़ को लाँघकर जाना पड़े तो भी वे जाएँगे। उसमें तो व्यय आड़े नहीं आएगा। वे आनन्दित होकर मन ही मन गा रहे थे :

पवन किसके रोके, रुका है। उसने किससे टिकिट खरीदा है। जिनमें सुदृढ़ इच्छा-शक्ति होती है, व पवन पुत्र हनुमान होते हैं। बाधाएँ उनके सामने बाँदी होती हैं।

ये हिमालय के स्रोत का निर्मल जल है जो पहाड़ को काटकर, अरराकर अपनी मस्ती में झूमता-गाता निरन्तर आगे बढ़ता जा रहा है और अपने गन्तव्य पर पहुँचकर ही दम लेगा।

आकाश बादलों से घिर चुका है। बादल तेजी से उमड़ने-घुमड़ने लगे हैं। बिजली कड़ककर चमकने लगी है। नद-नाले समस्त प्रकृति-परिवार उन्हें देखकर नाच उठा है। धीरे-धीरे टप-टप-टप से पायल चमकी है। नर्तकी ने पायल की परीक्षा ली है। अब वह नाच उठी है। उसका नाचना अचम्भित कर रहा है। सारा वातावरण उसके घुँघरुओं के संगीत में लयबद्ध हो चुका है। कहीं कुछ नजर नहीं आ रहा है और न सुनाई पड़ रहा है सिवा ताताथेई...ताताथेई के।

पवन, तुम भी बहो, नदी, तुम भी वेगवती रहो। मेघ, तुम भी तांडव-लास्य करते रहो। देखो, अनुभव करो, इस स्वामी में पवन भी बह रहा है, नदी भी वेगवती है और मेघ भी नर्तन कर रहे हैं। सारा ब्रह्माण्ड आश्चर्यचकित हो रहा है। ये माँ जगदम्बे का मुक्त आशीर्वाद है, ये प्रभु श्रीरामकृष्ण परमहंस की आत्मा का

अप्रतिम व आह्लादित प्रकाश है।

अब मुझे भी बहना होगा, वेगवती गति पकड़नी पड़ेगी और नर्तन करना होगा। उनसे कह दो, यह स्वामी आ रहा है, जिसके लिए तुमने यह विश्व धर्म परिषद्/सम्मेलन/सभा का आयोजन किया है।...हाँ, वही आ रहा है।

गहरा एकान्त। कोई दूसरा नहीं। मन नहीं, मात्र आत्मा। आत्मा का आनन्दोत्सव। वे गा उठे। मैं आँखें बन्द किए देहानुभव नहीं कर रहा हूँ। मैं जड़ नहीं हूँ। देह जड़ है। मैं आत्मा हूँ जो देह के आश्रय से विराजमान है।

देह नष्ट होगी पर मैं नहीं। इस देह में मैं हूँ। देह नहीं रहेगी तो भी मैं रहूँगा।

मेरा होना इससे है कि मैं सृष्ट पदार्थ नहीं हूँ। इसलिए मैं पहले भी था, अब भी हूँ और आगे भी रहूँगा। मेरा प्रवाह कभी नहीं थमेगा, सदा गतिशील रहेगा, सदा चमकता रहेगा और सदा गाता रहेगा।

क्या? सुनो, वह गा रहा है, वह भीग रहा है, वह नाच रहा है। पग में घुँघरू बाँध उसे सुनो। वे गा उठे—हेरी, मैं तो प्रेम दीवानी, मेरा दरद न जाने कोय/सूली ऊपर सेज हमारी किस बिध सोना होय/गगन मण्डल पर सेज पिया की। किस बिध मिलना होय/घायल की गति घायल जानै, की जिन लाई होय।...

अब क्या जगमोहन लाल रुक सकते थे। वह थिरक उठे। उनके हाथ की छड़ी मचल उठी, उनकी पगड़ी थिरक उठी। अँगरखे पर झिलमिलाती मोतियों की माला ने ठुमरी लगाई। उनकी घनी दाढ़ी मूँछें तानपूरा बन गईं।

वह बाहर खड़े रहे। अन्दर जाने का साहस नहीं हुआ। स्वामी सच्चिदानन्द रस वर्षा में भीग रहे थे। उनकी आँखें बन्द थीं परन्तु चुपचाप आँसू ढुलक रहे थे। आनन्द-आवेग का अपने आप से यह कैसा दुर्गम मिलन था कि न तानपूरे को पता था, न राग को, ना ताताथेई को।

आँसू जगमोहन लाल के भी ढुलक पड़े। राजा अजीतसिंह की इच्छा पूर्ण हुई। वे अभी शिकागो के लिए रवाना नहीं हुए। चले थे तब शंका थी। रास्ते भर दुविधा की उमस बराबर बनी ठनी रही। बिना पते ठिकाने के निकल पड़े थे कयास का सहारा लिये। सुगन्ध खुद अपनी पहचान है, वह अपना पता ठिकाना स्वयं दे देती है। वह किसी पहचान करानेवाली की मुहताज नहीं है।

मुंशी जगमोहनलाल को राजा अजीतसिंह ने अपनी सेना में लेने से पूर्व उन्हें शिक्षा-दीक्षा दिलवा कर सब प्रकार से सम्पन्न किया था। वह राजा साहब के निजी सचिव भी थे और मुख्तियारी (राजसभा) के वैदेशिक विभाग के सक्रिय सदस्य भी। वह उनके विश्वासपात्र भी थे। ऐसा कौन-सा काम था जो राजा उन्हें बताए और वह उसे अंजाम तक नहीं पहुँचा सकें। गाड़ी स्टेशन से घर जा लगी थी।

पल गए। जाते रहे। जाते ही रहे। तीन ताल पर स्थिर पाँव थिरकते रहे। हर पल उनको आनन्द की गंगा में डुबो रहा था।

स्वामी सच्चिदानन्द की गति थमी। घूमर रुका। उनके चेहरे पर शतदल का उजास महका। कान्ति चहकी। निःस्वनता मुस्करायी। उनकी आँखों में रंग था। रंग में डूबा आनन्द था।

चौंक पड़े। चौंकते ही रहे। उन्हें हैदराबाद के उस योगी का स्मरण हो आया जिसने स्वामीजी के आग्रह पर सिद्धियाँ दिखलाई थीं। पच्चीस लोग। योगी कम्बल में दुबका एक कोने में। उस योगी की आवाज गूँजी, "हर कोई अपनी मनवांछित वस्तु का नाम कागज पर लिखे। कागज मुट्ठी में दबा ले। सबने फलों के नाम लिखे जो उन दिनों नहीं होते थे। हैं! यह क्या? फरमाइश के मुताबिक फल बाहर आने लगे और उस योगी से दुगने फल हो गए। योगी ने कहा, "फल खाओ।" कोई आगे नहीं बढ़ा तो वह योगी स्वयं ही फल खाने लगा। तब कुछ आगे आए। उन्होंने फल खाए। फल एकदम ताजा और सुस्वादु। स्वामीजी ने पूछा, "योगी, यह सब कैसे किया?" उसका उत्तर था कि हाथ की सफाई का खेल था, कोई जन्तर-मन्तर, सिद्धि नहीं। परन्तु यह तो हाथ की सफाई का खेल नहीं था। यह कथा मुंशी जगमोहन लाल को सुनाई और दोनों ठहाका लगाकर हँसने लगे। हँसी ठहरी तो मुंशी जगमोहन लाल ने कहा, "आपने तो हमें भुला ही दिया।"

"चिल्मी यार किसके, दम लगाए खिसके।"

ठहाके फिर गूँज उठे। गूँजते रहे। लौट आए खेतड़ी में बिताये ठहाकों के दिन अध्ययन-अध्यापन के संग। राजी-खुशी की जाँच पड़ताल हो गई। फिर स्वामी सच्चिदानन्द ने पूछा, "आने का कोई विशेष कारण?"

"आपके आशीर्वाद का आकर्षण, स्वामीजी!"

"अभिप्राय, मुंशी जी?"

"राजा जी का आमन्त्रण!"

"सिर माथे, मुंशीजी, परन्तु...।"

"किन्तु-परन्तु नहीं, स्वामीजी। उनका हार्दिक आग्रह-अनुरोध है।"

"परन्तु मेरे साथ संकट है।"

"आदेश कीजिए, मैं हाजिर हूँ।...आपका संकट हमारा संकट है।"

स्वामी सच्चिदानन्द जोर का अट्टहास लगा उठे। बोले, "किसी साधु-सन्त को माया के चक्कर लगाते देखा है, मुंशी जी!"

मुंशी जगमोहन लाल ने आश्चर्य से देखा पर समझे कुछ नहीं। समझने की कोशिश भी नहीं की।

"नहीं देखा, ना!"

"हाँ।" अनायास मुंशी जगमोहन लाल के मुँह से निकल गया।

"तो देख लो, वो साधु-महात्मा आपके सामने है।" कहते हुए वे हँसने लगे।

"मैं नहीं मान सकता।"

"श्रद्धा अन्धी होती है, मुंशीजी।"

"अन्धे तो सूरदास भी थे।...अन्धा होना कोई बुराई नहीं है बल्कि विशेषता है, क्योंकि स्वतः एक इन्द्रिय का लोप हो जाता है।" मुंशी जगमोहन लाल का स्वर शान्त था।

"तुमने सुना होगा कि मैं...।"

"हाँ, सुना है तभी तो राजा साहब ने मुझे यहाँ दौड़ा दिया।"

"भक्तों का आग्रह है।"

"राजा साहिब का भी।"

"मई में गया तो गया।"

"जाने में अनिश्चय क्यों?"

"धन संग्रह हो रहा है।"

"वह तो होना ही है, स्वामीजी!"

"देखिए क्या होता है?"

"वही होगा जो अपने चाहा है।"

"वो कैसे कह सकते हो, मुंशी जी।"

"वह मैं ही नहीं, वह तो राजा साहिब और राजमहिषी श्रीमती चाम्पावत जी भी यही कहती हैं।"

"क्या कहते हैं वे, मुंशी जी?"

"जो आपने सुना है।"

"मैंने क्या सुना है?"

"राजा साहब ने इसीलिए आपको लिवा लाने के लिए मुझे तत्काल रवाना किया है।...आगरा में राजमहिषी श्रीमती चाम्पावत जी ने पुत्र-रत्न को जन्म दिया है।...वह आपके आशीर्वाद का फल है।" मुंशी जगमोहन लाल ने खुश होकर कहा।

स्वामी सच्चिदानन्द ने अचरज से मुंशी जगमोहन लाल की ओर देखा। भगवत्कृपा का फल है। तब वे पातंजलि योग में यम, नियम, आसन, प्राणायाम, प्रत्याहार, धारण, ध्यान और समाधि पर चर्चा करते हुए इस पुरातन विधि को आदर्श सिद्ध करने में लगे हुए थे। उन्हें नहीं पता था कि उनकी साधना की राजमहिषी श्रीमती चाम्पावत परीक्षा लेने वाली है। उन्होंने ध्यान लगाया। तदुपरान्त आशीर्वाद दे डाला। बाद में सोचा कि वे प्रभु की सृष्टि में दखल क्यों दे बैठे? इससे ध्यान साधन के सम्बन्ध में गलत सन्देश जाता है।

"स्वामीजी, राजकुमार का जन्मोत्सव समारोह मनाया जा रहा है। उनके लिए यह अत्यन्त प्रसन्नता का अवसर आपके बिना अधूरा है।...राजमहिषी जी ने तो अलग से सन्देश दिया है। कहा है कि उनकी प्रार्थना अवश्य स्वीकारें। उनके बिना यह उत्सव नहीं होगा।"

"नहीं, ऐसा अनर्थ नहीं, मुंशीजी!"

"तो आप मेरे साथ चलिए।"

"31 मई को जहाँ तक सम्भव है, मुझे शिकागो के लिए प्रस्थान करना पड़ सकेगा।...यहाँ सारे भक्त पीछे पड़े हुए हैं, मुंशीजी!"

"आप 31 मई की चिन्ता मुझ पर छोड़िए। राजाजी का आपको पूरा सहयोग मिलेगा।"

"अकारण कष्ट क्यों, मुंशी जी?"

"वे आपको अपना गुरु मान चुके हैं। आपसे दीक्षा भी ले चुके हैं।"

"वह सब ठीक है। परन्तु इस समय...ना...ना...ना मुंशी जी!"

"31 मई में देर है।"

"अप्रैल आधा बीत गया है।"

"वह चिन्ता आप मुझ पर छोड़ो। कृपया जन्मोत्सव को अपनी उपस्थिति से मंगलमय बनाइए। ...कृपया मेरे पर भी कृपा कीजिए।"

"परन्तु... ।"

"परन्तु कुछ नहीं स्वामीजी, आप नहीं चलेंगे तो मैं किस मुँह से राजा साहिब के सामने खड़ा हो सकूँगा।...इसका अर्थ है कि आप मुझे भी अप्रत्यक्ष रूप से हताशा के गहरे कुएँ में शरण तलाशने के लिए विवश कर रहे हैं?"

"मुंशी जी, ऐसा नहीं सोचना चाहिए, संन्यासी कभी किसी का बुरा नहीं चाहता।"

"मैं तो संन्यासी नहीं हूँ, स्वामीजी!...मेरे पर कृपा कीजिए। राजा साहिब और राजमहिषी पर कृपा कीजिए। हम लोग संन्यासी नहीं हैं।...आज उनके लिए आपकी उपस्थिति आवश्यक है।...आपके वहाँ न पहुँचने से राजा साहिब और राजमहिषी को गहरा धक्का लगेगा।...आपसे... ।"

"मुंशीजी, हम तुम्हारे साथ चल रहे हैं।...अब तो ठीक!" स्वामी सच्चिदानन्द ने धीरे से कहा, "कल चल पड़ेंगे।"

"बहुत ठीक, स्वामीजी! अब मैं आज्ञा चाहूँगा।"

इसी समय मन्मथनाथ भट्टाचार्य का प्रवेश हुआ। वह स्वामीजी के जाने की बात सुन लेते हैं। स्वामीजी मुंशी जगमोहन लाल से उनका परिचय कराते हैं। मुंशी जगमोहन लाल के चले जाने के बाद वह तुरन्त कहते हैं, "आप चले गए तो...?"

"तो क्या होगा, बाबू मन्मथनाथ? एक न एक दिन यहाँ से सबको जाना है। फिर यहाँ रहने के सम्मोहन में अपने को बाँधे रखना नासमझी है।"

"परन्तु पीछे।"

"वही होगा, जो होना है और जिसके लिए हमें अपने को दोषी नहीं मानना है।...मुझे अपने बन्धुओं की सहायता करने दो, मैं मात्र इतना सा चाहता हूँ।" स्वामी सच्चिदानन्द ने सहज ही कह डाला बिना यह सोचे कि सामने वाला क्या सोचेगा?

"इस समय आपका यहाँ से चले जाना भक्तों को निरुत्साह कर सकता है।. ..आलासिंगा ने दिन-रात एक कर डाला है।"

"मन्मथ बाबू, मैं तुम लोगों के साथ हूँ।...धन, नाम-यश और सुखभोग तो मात्र दो दिन के हैं। संसारी कीट की भाँति मरने की अपेक्षा कर्त्तव्य के क्षेत्र में सत्य का प्रचार करते हुए मर जाना कहीं बेहतर है।...स्वार्थपरता अनीति है और निःस्वार्थपरता नीति।...दरअसल मैं राजा साहिब के प्रति समर्पित हूँ।...तुम चिन्ता छोड़ो और करने वाले के करिश्मे का इन्तजार करो।"

"ठीक है।"

"उदास होकर नहीं, उत्साह और प्रसन्नता से कहो। सत्य का यही गुण है कि वह प्रतिकूल से प्रतिकूल परिस्थितियों का सामना संयम, धैर्य और पूर्ण विवेक

से उत्साहित होकर करता है।...निराशा घोर आलस्य और कर्महीनता के अन्धकूप में ढकेल जाती है।...तुम अमर पुत्र हो, नश्वरता के भ्रम से मत घबराओ और शाश्वत सत्ता का अनुगमन करो।'' स्वामी सच्चिदानन्द समझ रहे थे कि ऐसे समय में उनके जाने से गति मद्धिम पड़ सकती है।

मन्मथनाथ भट्टाचार्य अन्दर चला गया। वह अपने को समझा नहीं सका। स्वामीजी कैसे निःस्वार्थता पर आ टिकते हैं। स्वार्थ तो सभी में है—कम या ज्यादा। यों देखें तो आलासिंगा और उसके साथियों द्वारा धन संग्रह अभियान बिना स्वार्थ का है। वह ठीक से कुछ नहीं समझ सका। उनके कान की हरकतें तेज हुईं। स्वामीजी आलासिंगा और उसके साथियों से बात कर रहे थे। उसने उनके बीच जाना उचित नहीं समझा।

''मुझे कल खेतड़ी जाना है, आलासिंगा, वहाँ के राजा का निजी सचिव आया है।''

''फिर शिकागो?''

''लौट आऊँगा तब तक।''

''अचानक आपने यह क्या निर्णय लिया?''

''लेना पड़ा।'' एक व्यक्ति ने कहा।

''रवि मूँदड़ा है वह। कॉलिज में एम. ए. फाइनल का स्टूडेंट।...अब तो रिजल्ट भी आने वाला है। हमारे साथ दिन-रात काम कर रहा है।''

''ठीक ही कहा तुमने, रवि मूँदड़ा।''

''वे महाराजा हैं।...बड़े आदमी। संन्यास धैर्य में छोटे-बड़े के खाने हैं।...काश, वह राजा नहीं होता तो!''

''तो उसका निजी सचिव नहीं होता।'' एक अन्य साथी ने व्यंग्य किया।

''तो बुलाने के लिए कोई नहीं आता।'' कवि मूँदड़ा ने कहा, ''मैंने आलासिंगा को पहले ही कह दिया था कि मुझे साधु-संन्यासियों में विश्वास नहीं है। वे कहते कुछ हैं, करते कुछ हैं।''

''रविऽऽ...चुप करो।'' आलासिंगा ने तेज स्वर में कहा।

''तुम्हारा संन्यासी राजा के पास जा रहा है—हर प्यादे की इच्छा होती है कि राजा न बन सके तो उनके नजदीक बना रहे। मेरी दृष्टि में स्वामीजी ठीक कह रहे हैं।...तुम पर है क्या जो उन्हें दे सकते हो।''

''शिकागो से गंगा लाई जा रही है सूर्यवंशी राजा सगर के साठ हजार पुत्रों को जिलाने के लिए...वे राजा के पुत्र थे।''

''ये तो करोड़ों-करोड़ भिखमंगे हैं, कंगाल और हड्डियों के ढाँचे—जिलाना उनको है।''

''शिकागो से उनके लिए अमृत लाया जा रहा है। यह अन्धविश्वास नहीं है, मेरे भाई। वैज्ञानिक विश्वास है।'' उनमें से एक ने व्यंग्य कसा।

''तुम लोग ठीक कहते हो।''

''बहुत साहसी...नहीं दुस्साहसी हो, स्वामी जी!...हारते हुए भी बाज़ी जीत

ले जाना चाहते हो।...हमारे देश के पतन का यही कारण है।''

मन्मथनाथ भट्टाचार्य अब और अपने को नहीं रोक सका। उसने तेजी से दूसरे कमरे में प्रवेश किया। कहा, ''नवयुवको, तुम अच्छे घरों से लगते हो, पढ़े-लिखे हो और विरोध व्यक्त करने की शालीनता से भी अपरिचित हो।...तुम स्वामीजी के पाँव की धूल भी नहीं हो।''

''ठहरो, मन्मथ बाबू, तुम्हें अपना संयम नहीं खोना चाहिए।...अहंकार नहीं।...अहंकार स्वयं के पतन का प्रतीक है।...उतावलापन थोथा है। स्मरण रहे—पवित्रता, धैर्य और अध्यवसाय सफलता की कुंजी है। श्रद्धा समूची मानवता की धुरी है। पहले अपने प्रति श्रद्धावान् बनो फिर दूसरों के।...धनाढ्य और सत्ताधारी बड़े लोगों के प्रति आशा की दृष्टि से मत देखो। दुनिया में जितने भी बड़े से बड़े काम हुए हैं, उन्हें अकिंचनों ने किया है।...मन्मथ बाबू इन बच्चों से कुछ मत कहना, क्योंकि ये सच्चे हैं और उन्होंने अपने मन को उल्था किया है।...आज एक अच्छी बात हुई है और वह यह है कि इन बच्चों की यह धारणा एक सर्वथा नवीन अनुभव से जुड़ सकेगी कि वे कुछ कर रहे हैं और सिर्फ मेरे लिए।...इसी सोच ने इन्हें उत्साहित किया है कि वे इतना कह गए।'' स्वामी सच्चिदानन्द की आँखें मुस्करा रही थीं। उनमें असीम प्यार था। अन्त में कहा, ''बच्चो, मेरा आशीर्वाद सदा तुम्हारे लिए है—माँ को भी सर्वाधिक प्यार अपने उद्दण्ड बच्चों पर आता है।''

वे चुप रह गए। उनके बुने हुए तर्क अब उनकी ओर प्रश्नवाचक दृष्टि से देख रहे थे। धीरे-धीरे वे चल पड़े। मन्मथनाथ भट्टाचार्य फिर से अन्दर की ओर मुड़ गए।

21 अप्रैल, 1893 की देर से उठी सुबह में बिखरे-बिखरे बादल। हलकी सी तपस। एक दिन पहले वर्षा हुई थी। उससे गर्मी और बढ़ गई थी। गर्मी से स्वामी सच्चिदानन्द को बहुत घबड़ाहट होने लगती थी।

स्वामीजी को लेने हाथी भेजे गए थे। परन्तु स्वामीजी ने हाथी पर बैठने से इनकार कर दिया। मुंशी जगमोहन लाल ने फिर उन्हें बहुत आग्रह कर घोड़े पर बैठाया। पहले जब स्वामीजी वहाँ रहे थे तो उन्होंने अनेक बार घोड़े पर सवारी की थी। उनको तैरना और घुड़सवारी करना बहुत रास आया था। उन्हें राजस्थान बहुत पसन्द आया था—मनमोहक और रंग-बिरंगा राजस्थान।

जन्मोत्सव अत्यन्त भव्य मनाया जा रहा था। आसपास के राजा-महाराजा अथवा उनके प्रतिनिधि, सीकर के राजा के साथ हजार-बारह सौ व्यक्ति, सेठ-साहूकार, अन्य अतिथि पधार चुके थे। बड़ा मेला जुड़ गया था—पन्नालाल तालाब पर तिल धरने की जगह नहीं। जैसे ही वहाँ स्वामीजी के आगमन की सूचना मिली वैसे राजा अजीत सिंह ने सिंहासन छोड़ दिया। सब उनके स्वागत में खड़े हो गए।

स्वामी सच्चिदानन्द ने सबको आशीर्वाद दिया। कुछ देर वहाँ बैठकर आनन्द लिया। वहाँ मदिरा का खुला सेवन हो रहा था। हँसी-ठट्ठा चल रहा था। वेश्याएँ महफिल सजा रही थीं।

तीसरे दिन राजमहिषी चाम्पावत ने स्वामीजी को जनानी ड्योढ़ी में आमन्त्रित किया।

वे आए। राजमहिषी ने फर्श छूकर उन्हें प्रणाम किया और राजकुमार जयसिंह को उनकी ओर बढ़ा दिया। वे उसे लेकर गद्‌गद हो गए। उन्होंने नवजात शिशु के सिर पर हाथ फेरा। मन्त्र पढ़ा। आशीषें दीं। चाम्पावत ने कहा, "और कुछ आदेश स्वामीजी! यह दीपक आपके आशीर्वाद का फल है।"

"बेटी, तू भाग्यशालिनी है। तेरे सत-व्रत, पूजा-पाठ, त्याग आदि का यह फल है। तेरा यह सुपुत्र जग में नाम करेगा, सुख-शान्तिपूर्ण रहेगा, धन-धान्य की कोई कमी नहीं होगी।"

स्वामीजी आशीर्वाद देकर लौट आए। वह दिन भी आ गया जब उन्हें खेतड़ी से विदा लेनी थी—10 मई, 1893?

महाराजा अजीत सिंह ने चरणस्पर्श किए। मुंशी जगमोहन लाल को उनके साथ किया। सारी व्यवस्था की।

पता ही नहीं चला कि तीन सप्ताह कैसे निकल गए। अनेक विषयों पर चर्चाएँ हुईं। गोष्ठियाँ भी हुईं। उनके प्रवचन भी हुए। आश्चर्य, इस बीच उन्होंने राजा अजीतसिंह से धन सम्बन्धी कोई बात नहीं की। चलते हुए उन्होंने कहा, "स्वामी विवेकानन्द की...।"

"जय!" समवेत स्वर उभरा—एक नहीं अनेक बार। स्वामी सच्चिदानन्द की मुस्कान होंठों पर फिसल कर रह गई। राजा अजीतसिंह ने कहा, "आशा करूँगा, आपका स्वामी विवेकानन्द नाम आज से प्रकाश में आएगा।"

स्वामी सच्चिदानन्द ने सहमति का ज्ञापन सिर हिलाकर दिया।

आबू रोड से स्वामी सच्चिदानन्द मुंशी जगमोहन लाल के साथ रेलगाड़ी में बैठे। गाड़ी चल पड़ी। उधर वर्षा होकर चुकी थी, इस कारण हवा ठंडी बह रही थी। उनके चित्त को प्रसन्नता हुई। वे खिड़की से बाहर झाँक रहे थे। उन्हें खिड़की से दौड़ते हुए वृक्षों वाला दृश्य बहुत रास आता था। वे बच्चों की तरह आनन्द लेते थे।

"पालागन, स्वामीजी!"

उन्होंने पलटकर देखा, "शुभु मुकर्जी, तुम यहाँ!...ठीक तो हो!"

"हाँ स्वामीजी, पिछले महीने ट्रान्सफर हुआ था। अभी ज्वाइन किया है।"

"बच्चे-बहू सब ठीक हैं न?"

"आपका आशीर्वाद है।"

"चलो, अच्छा हुआ...तब तुम्हारी पत्नी...क्या रोग बताया था डॉक्टर ने...। याद आया...पीलिया था।"

"हाँ, स्वामीजी, पर आपके आशीर्वाद से वह तभी तीसरे सप्ताह बिलकुल भली-चंगी हो गई।...वह कई बार कह चुकी है कि अपने स्वामीजी का पता करो, वे कहाँ हैं?...उन्होंने मुझे मरते से बचाया है।...कृपया आप...।"

"ना रे शुभु, ना, यह बचाना-ना-बचाना मनुष्य के हाथ में नहीं है।...हानि-लाभ, यश-अपयश भी मनुष्य के हाथ में नहीं है। इनके बारे में सोचकर मनुष्य व्यर्थ में

अपना समय नष्ट करता है, स्वास्थ्य को भँवर में डालता है।...इतना समय सेवा में दिया जाए तो चित्त को बहुत आराम मिलेगा।...जिन्दगी को जितने कम खानों में बाँट सको, बाँटो—जिन्दगी बहता पानी है, उसे रोको-बाँधो नहीं। बहने दो।'' उनका संगीत की तरंगों जैसा स्वर आत्म-विश्वास और प्रेम से छलक रहा था।

''मिस्टर मुखरजी नीचे उतरो।'' एक अंग्रेज टिकिट परीक्षक ने रूखे स्वर में कहा।

''हमारी तो आप में श्रद्धा है। कुछ भी क्यों न हो, मेरी पत्नी को कोई डॉक्टर, वैद्य, हकीम, ठीक नहीं कर सका और आपने...?''

''ना-ना रे...यदि यही सच होता तो मैं संन्यासी न होकर डॉक्टर हो जाता।...फिर डॉक्टर वैद्य-हकीम क्या करते?'' यह कहकर वे जोर से हँस पड़े।

अंग्रेज टिकिट परीक्षक ने पुनः टोका। कहा कुछ सख्त स्वर में, ''ए मिस्टर, उतरो।''

शुभु मुकर्जी ने उसकी ओर देखा भी नहीं और पूछने लगा, ''स्वामीजी, आप तो साधु-महात्मा हैं...सजीव हैं, लोग तो निर्जीव पत्थर को भगवान मानकर उसकी पूजा करते हैं। उससे मन्नत माँगते हैं। मन्नत पूरी होने पर वहाँ चढ़ावा चढ़ाते हैं। नाचते-गाते हैं। वह सब क्या है?''

''पूजा-अर्चना है, प्यार है—श्रद्धा-भक्ति है और क्या है?''

''नहीं जी, मैं इसे ढकोसला मानता हूँ। पास में बैठे व्यक्ति से नहीं रहा गया। वह सफेद धोती-चोले में था। उसके सिर पर सफेद पगड़ी थी। रंग गोरा था। चेहरा आकर्षक। हृष्ट-पुष्ट। उसकी आँखों में चमक थी।

''तो मानिए, आपको किसने रोका है।'' मुंशी जगमोहन लाल भी उस दंगल में कूद पड़े। अब चर्चा रोचक हो गई। आसपास के लोगों में चेतना जागी। सबने अपनी-अपनी कमर सीधी कर ली।

''प्रश्न रोकने का नहीं है। प्रश्न हमारी समझ और विकारों का है।''

''तुम्हारा अभिप्राय है कि परमेश्वर निर्गुण हैं।'' शुभु मुकर्जी ने रास्ता बनाया।

''नहीं वह सगुण और निर्गुण दोनों है परन्तु सगुण का अर्थ मूर्ति नहीं है। मूर्ति उसका प्रतीक है।''

''ध्यान से सुनो''—कहकर उस सफेद वस्त्रधारी व्यक्ति ने तनिक आँख मूँदी, फिर कहा, ''यद्गुणैस्सह वर्त्तमानं तत्सगुणम्...गुणेभ्यो यत्रिर्गतं पृथग्भूतं तन्निगुर्णम्...जो गुणों से युक्त वह सगुण और जो गुणरहित वह निर्गुण।...संसार क्या, पूरे ब्रह्मांड में ऐसा कोई पदार्थ नहीं है जो मात्र निर्गुण या मात्र सगुण हो। एक ही में सगुणता निर्गुणता दोनों विद्यमान हैं। प्रत्येक पदार्थ अपने-अपने सहज गुणों से युक्त है और दूसरे विरोधी गुणों से रहित है।...यह भ्रान्त प्रचार है कि सगुण साकार है और निर्गुण निराकार। ऐसा वे लोग कहते हैं जो सन्निपात ज्वर से पीड़ित होकर बड़बड़ाने लगते हैं।''

''ए मिस्टर, सुना नहीं!''

शुभु मुकर्जी ने उसकी परवाह नहीं की और चर्चा की लगाम को ढील देते

हुए कहा, "अभी तक तो हम ऐसा ही सुनते आए हैं मित्र...क्या नाम है आपका?"

"आत्मबोध सरस्वती।"

"स्वामी आत्मबोध सरस्वती, अजमेर निवासी...हैं न।" मुंशी जगमोहन लाल ने कहा। अब क्या था स्वामी आत्मबोध सरस्वती पिघल गए। वह कहने लगे, "महर्षि जैमिनी का कहना है वेदानुकूल आचरण करना धर्म है। वेद मूर्ति का समर्थन नहीं करते। मूर्तिपूजा निषिद्ध कर्म है।"

"क्या ईश्वरोन्मुख होने का वह अभ्यास पाठ नहीं है?" शुभु मुकर्जी के ध्यान में कलकत्ते की काली माँ आ जाती है।

"मूर्ति पूजनी है तो साक्षात् माता-पिता, आचार्य-अतिथि विद्वान और स्त्री के लिए पति और पुरुष के लिए पत्नी को पूजिए। पाषाण की मूर्ति पूजने वाले अतीव देव विरोधी हैं।...इन पूजनीय मूर्तिमानों की सेवा कीजिए। मूर्ति पूजा के आडंबर ने हम भारतीयों को इस अधःपतन तक पहुँचाया है।" वह व्यक्ति बैठने का रुख बदलकर बोला, "मन्दिर हमारी संस्कृति नहीं है। यों हर घर मन्दिर है और उसमें रहने वाले देवी-देवता हैं।...हम इन मूर्तियों के भरोसे रहे तभी तो सोमनाथ मन्दिर कई बार लुटा, मूर्ति भंजक जब काशी तक पहुँचे तब पुजारियों ने उस पाषाण लिंग को कुएँ में डाल दिया और वेणीमाधव को एक ब्राह्मण के घर छिपाया।...क्यों?...वे अपनी रक्षा नहीं कर सके, तो हमारी रक्षा करने का प्रश्न ही नहीं उठता।"

"स्वामीजी, आप क्या कहते हैं?" शुभु मुकर्जी ने अपने को तर्कविहीन होता देख मदद चाही। स्वामी सच्चिदानन्द ने कहा, "इसमें विवाद नहीं है, मूर्तिपूजा आपके अनुकूल नहीं है तो निराकार का रास्ता पकड़िए। क्या मूर्ति भंजन उपासना की जा सकती है?...यथार्थतः मूर्तिपूजा से सोलह प्रकार की हानियाँ गिनाई गई हैं, जैसे साकार में मन के स्थिर होने का अभाव। करोड़ों रुपयों का अपव्यय, दुष्ट पुजारियों की निकृष्ट कामनाओं की पूर्ति, जड़ का ध्यान करने से जड़वत् होते जाना, भ्रान्त होकर देश-देशान्तर में भ्रमण करते हुए दुःख पाना, पुजारियों का दुराचरण आदि।"

"ठहरिए, स्वामी, तुम अपना प्रवचन बन्द करो।...मुझे अपना फर्ज पूरा करने दो।"

स्वामी सच्चिदानन्द ने ध्यान से उस अंग्रेज टिकट चेकर की ओर देखा। शायद वह सोच रहा था कि इस बातूनी मंडली में वही सबसे कमजोर प्यादा है। क्या करना चाहिए? चुप भी रहा जा सकता है। परन्तु उसके कहने का ढंग ऐसा था जैसे वह किसी गँवार को झिड़क रहा है। उनसे नहीं रहा गया। वे अंग्रेजी में कहने लगे, "मिस्टर चेकर, तुम क्यों? आप क्यों नहीं! क्या यात्रियों से ऐसा व्यवहार करने का तुम्हें प्रशिक्षण मिला है?"

"सॉरी सेंट, हमारा हिन्दी का ज्ञान पूरा-पक्का नहीं है। मैंने उस आदमी को फौलो किया था।"

"यह उस आदमी क्या लगा रखा है। अब तो तुम अंग्रेजी में बोल रहे हो।

लगता है तुम्हें अपनी भाषा का भी सम्यक् बोध नहीं है। तुम उस आदमी के स्थान पर सज्जन नहीं कह सकते...''

''जरूरत से ज्यादा बोले जा रहे हो, संन्यासी! उस आदमी के कहने से उसका अपमान नहीं होता। आदमी होना अलग बात है और सज्जन होना एकदम अलग। हर आदमी सज्जन हो, यह ज़रूरी नहीं है।...समझे!''

''तुम्हारे लिए हर यात्री सज्जन है, टिकिट चैकर! ग्राहक का सम्मान करना रेलवे विभाग का प्रथम कर्त्तव्य है।''

''स्वामी, मुझे कर्त्तव्य का स्मरण मत कराओ। प्रथम श्रेणी में यात्रा करने का कर्त्तव्य निभाओ। वह काम मत करो जिससे पास वाले को कठिनाई हो।''

''यहाँ किसे कठिनाई हो रही है?'' एक-एक करके उन्होंने सबसे पूछ लिया। किसी ने आपत्ति नहीं की। तब वह आगे बोले, ''सुना, टिकिट चेकर!''

''मुझे है।...मुझसे पूछा क्या?''

''वह भी पूछता हूँ—पहले तुम अपना नम्बर और नाम बताओ।''

''क्या करोगे जानकर?''

''ऊपर वाले अधिकारी को तुम्हारी शिकायत करूँगा।''

''नहीं बताता।''

''डरते हो?''

''किससे?''

''अपने किए पाप से।''

''कौन सा पाप?''

''नाम व नम्बर नहीं बताने का पाप!''

अब कंपार्टमेंट में भीड़ इकट्ठी होने लगी थी। उस टिकिट परीक्षक ने वहाँ खड़ा रहना ठीक नहीं समझा और वह चुपचाप वहाँ से खिसक गया।

स्वामी सच्चिदानन्द ने उसके जाने के बाद कहा, ''देखा आपने! इन यूरोपियनों के साथ कैसा व्यवहार करना चाहिए। सदा आत्मसम्मान का ध्यान रखना चाहिए। याद रखना चाहिए कि हम अमर-पुत्र हैं। डरना नहीं चाहिए। ध्यान रखना चाहिए कि ये हमारे साथ कैसा व्यवहार कर रहे हैं? किस तरह के ये लोग हैं? जरा भी चूके नहीं कि ये छाती पर चढ़ जाएँगे—हमारा अपमान करने लगेंगे। हमें अपने मान-सम्मान का स्वयं ध्यान रखना चाहिए और उन्हें जतला देना चाहिए कि हम संसार की किसी जाति से उन्नीस नहीं हैं।...चुपचाप उनकी मार सह लेना कापुरुषता का लक्षण है।''

ट्रेन आगे बढ़ गई। यात्री भी आए, उतरे भी। मुंशी जगमोहन लाल ने प्रथम बार एक संन्यासी का आत्म-सम्मान और ओज भरा रूप देखा। उनका एक-एक शब्द ऊर्जामय था। एक बार उन्होंने अन्त में कहा, ''मेरा प्रयत्न होता है कि जहाँ तक बन सके, किसी का मन नहीं दुखे। परन्तु ये अंग्रेज हमें मानव नहीं समझते। हमारी कभी ऐसी स्थिति भी हो जाएगी कि हम अपने स्वरूप से ही अनभिज्ञ होने लगेंगे। गुलामी सबसे क्रूर सजा है। जो उसे भोगते हैं और अपने अस्तित्व व अस्मिता

के प्रति उदासीन हो जाते हैं, वह देश, जाति और समाज नाटकीय पीड़ा भोगता है।''

बम्बई आ गया। आलासिंगा पेरुमल ने उनका स्वागत किया। उसने बता दिया कि उनको 31 मई को प्रस्थान करना है। द्वितीय श्रेणी का टिकिट लिया है। मुंशी जगमोहन लाल ने कहा, ''पहले आराम कर लिया जाए। अभी यात्रा में एक सप्ताह से अधिक का समय है। तब तक और प्रबन्ध भी हो सकता है।''

स्टेशन से बाहर आए। घोड़ा-गाड़ी में बैठे और बम्बई की रौनक देखते हुए मुंशी जगमोहन लाल सोचते रहे। पी. एंड. ओ. कम्पनी के जहाज में आरक्षण के बिना यात्रा सम्भव नहीं है। राजा साहिब ने उन्हें प्रथम श्रेणी में भेजने का प्रबन्ध करने के लिए कहा था। उनकी बर्थ रिजर्व थी। यह सोचते-सोचते वह कहीं गहरे में खो गए। स्वामी सच्चिदानन्द धीरे-धीरे गुनगुनाते हुए आत्मलीन होते जा रहे थे।

अब समुद्र नजर आ रहा था। लहरें उछाल भर रही थीं। पवन किल्लोल कर रहा था। उनमें तरंगें वेगवती हुईं। उनके होंठों पर मुस्कान फैली। उनकी आँखों ने समर्थन किया। वे धीरे-धीरे उल्लसित मन से गा उठे :

न धनं न जनं न सुन्दरीं कविता वा जगदीश कामये।
मम जन्मनि जन्मनीश्वरे भवताद्भक्तिर हैतुकी त्वयि।।

सुन रहे हो, बन्धुओ, श्रीचैतन्य महाप्रभु, श्रद्धा भक्ति के लिए अनुनय-विनय कर रहे हैं। कह रहे हैं—हे जगदीश, मैं धन-जन-सुन्दर स्त्री अथवा सर्वज्ञत्व की इच्छा नहीं करता।...हे प्रभु, जन्म-जन्मान्तर तक तुम्हारे प्रति मेरी निष्काम भक्ति बनी रहे।...अरे वाह रे, कृष्ण चैतन्यं...वाह! तेरा क्या कहना। तू तू ही है।...कोचवान सुन रहे हो।...नहीं भी सुन-समझ रहे हो तो दो पल हमें दे दो और हमारे साथ नाम-कीर्तन करो।...बोलो—हरि हरये नमः...जरा जोर से—कृष्ण यादवाय नमः।...और. ..यादवाय माधवाय केशवाय नमः।'' सबने गाया। कोचवान ने भी। कोचवान का कंठ मधुर था। उसकी आवाज में हृत्कम्पन था और सहजता थी।

वे कहने लगे, ''कोचवान भैया, तुमने घोड़े की चाल देखी—कैसा अल्हड़ मस्त हो उठा वह। ठुमके लगा रहा है।...तुम काम भी करो, तुम्हारा कंठ सुमधुर है, भगवान का नाम स्मरण भी करो। पेट तो भर ही जाएगा, आत्मा का आनन्द भी आएगा।...रैदास भी यही करता था। मानता था जो शरीर से जन्मा वह शूद्र...ब्राह्मण भी शूद्र। जो शरीर से बँधा, वह शूद्र।...जहाँ उसे चैतन्य का अनुभव हुआ नहीं कि शूद्र ब्रह्ममय हो गया। वो गाता है—इस तनु ऐसा जैसे घास की टाटी।...जल गयी घास, रलि गयी माटी...वो हँसते हैं।...हँसकर कहते हैं—भाइयो, हम तो बच गए। तुम्हारी तुम जानो।''

''कैसे बच गए?''

''ऐसे बच गए यारो, 'कहि रविदास सबै जग लूट्या।...क्यों न लूटे...माया ने फरेब ने, मौत ने सिगरे जगत् को लूटा है। तबीयत से लूटा है। पर हमने तो...हम तो एक राम कहि छूट्या।...अपन ने तो एक राम को पकड़ लिया। छोड़ा नहीं। कसकर पकड़ लिया।...शरीर से आगे जाना है, अमृत रस से छका रहना है तो तुम

भी राम, कृष्ण, शिव, जगदम्बे, बुद्ध, महावीर, मुहम्मद साहब, ईसा मसीह, नानक, कबीर, रैदास आदि किसी को थाम लो। डूब जाओ। इतना डूबो कि एक हो जाओ। फिर स्वतः गा उठोगे जब मन मिल्यौ आस नहिं तन की तब को गावनहारा।...फिर न गीत है और न गायक है। ज़रूरत ही क्या है?...

कोचवान मस्ती में झूम उठा था। वह जाति से शूद्र था। उसके हाथ लग गया वह मन्त्र था—जो शरीर से जन्मा वह शूद्र। यानी सारी दुनिया शूद्र है—ब्राह्मण भी, वैश्य भी, राजपूत भी...और सभी।...सभी शूद्र हैं।...शूद्र की युक्ति हरि पकड़े से है। घोड़ा हलके से हिनहिना कर रुक गया।

सब चेते।

मुंशी जगमोहन लाल के आश्चर्य का ठिकाना नहीं रहा। वह जहाँ ठहरा था, वही था उनका स्थान। पर घोड़े को कैसे मालूम पड़ा। उससे किसने कहा।

"हमें यहीं उतरना है क्या, मुंशीजी।"

"हाँ, यहीं।"

"तो इसमें हैरान होने की कोई बात नहीं है। घोड़ा इन क्षणों में देह से नहीं बँधा रहा। इस कारण वह आत्मस्वरूप हो गया।...आत्मा से कुछ छिपा नहीं रहता।...अब उतरो।"

मुंशी जगमोहन लाल कोचवान को पैसे देने लगे तो उसने पैसे लेने से इनकार कर दिया। तब स्वामी सच्चिदानन्द को भी रुकना पड़ा। उन्होंने पूछा, "कोचवान भैया, पैसे कम हैं?"

"नहीं।"

"तो फिर क्या बात है?"

"आपने अभी-अभी बताया था कि जो शरीर से जन्मा है, वह शूद्र है।"

"हाँ, कहा था।"

"क्या यह सच है?"

"हाँ, भाई सवा सोलह आने सच है।"

"सब शूद्र हैं...नारायण पंडित भी...सूदखोर रामखिलावान बनिया भी...सब!"

"हाँ, भाई सब के सब शूद्र हैं...।"

"वे जिन्होंने हरि को नहीं थामा है।"

"हाँ भाई, हाँ।"

"हरि को थामने के लिए वेद-पुराण पढ़ने होंगे।"

"नहीं।"

"मैं अनपढ़ हूँ।"

"रैदास भी अनपढ़ थे।"

"जाति से चमार ना।"

"हाँ तो...।"

"तो तप करना होगा।"

"नहीं।"

"रैदास ने तपस्या नहीं की थी।"

"तो भी उन्होंने हरि को थाम लिया था।"

"हाँ भाई, हाँ।"

"मैं चूड़ा हूँ...भंगी।...मैं कैसे हरि को थाम सकता हूँ, बाबा?"

कुछ देर तक स्वामी सच्चिदानन्द सोचते रहे। मुंशी जगमोहन लाल हैरान हो गए। आलासिंगा पेरुमल में जिज्ञासा की बिजली चमकने लगी। फिर वे बोले, "मुंशीजी, हमें रुकना कहाँ है?"

"यहीं..इस तरफ...सामने।" मुंशी जगमोहन लाल ने हाथ के इशारे से बताया।"

"वह तो बड़ी खुली, साफ-सुथरी जगह है।..वहीं चलें।...क्यों कोचवान भाई, तुम क्या कहते हो, चलोगे?..:तुम्हारी रोजी का हर्ज़ तो होगा ही।...देख-समझ लो।...हम लोगों को चलना चाहिए।"

वे चल पड़े। मुंशी जगमोहन लाल का माथा ठनका। स्वामीजी चूड़े को क्यों निमन्त्रण दे बैठे? यहाँ घोसियों का वास है। दीवान हरिदास बिहारीदास देसाई की चिट्ठी काम नहीं आई। उस व्यापारी ने ठहराने के लिए असमर्थता व्यक्त कर दी। अच्छा हुआ कि उसके मुनीम ने स्टेशन आकर स्थिति स्पष्ट कर दी।

आलासिंगा पेरुमल ने मुड़कर देखा—वह कोचवान अपनी जगह पर खड़ा हुआ था। क्या वह नहीं आएगा? उसने जिस जिज्ञासा को प्रकट किया है, वह मौजूँ है, उत्तर की अपेक्षा रखती है। सुनने को मिलता है कि स्वामीजी उससे क्या कहते हैं? कौन-सा रास्ता बताते हैं? स्वामीजी ने मुड़कर उसकी ओर नहीं देखा। चलते-चलते सिर्फ इतना ही कहा, "देखा आलासिंगा, दिल उन लोगों में होता है, हमने जिन्हें छोटा बनाया है, जिनसे इन्सान होने का हक छीनकर हमने जिन्हें पशु से बदलर स्थिति में जीने के लिए विवश किया है, उसका दिल-गुरदा तो देखो कि उसने हमसे अपना मेहनताना नहीं लिया। त्याग का जीता-जागता उदाहरण-निष्काम सेवा भाव। उसमें अपूर्व जिज्ञासा वृत्ति है? कृष्ण होते तो उसे अपना अर्जुन बना लेते और आज के कुरुक्षेत्र को एक नई गीता सौंपते।"

"पर वह तो अपनी जगह खड़ा हुआ है, स्वामीजी!" आलासिंगा पेरुमल ने यह इसलिए कहा ताकि स्वामीजी उससे कह दें, "पुकार लो उसे।"

स्वामी सच्चिदानन्द आलासिंगा का मन पढ़कर बोले, "तेरी यह इच्छा है, आलसिंगा तो वह अवश्य आएगा। दिल की कशिश का तार सीधे दिल से जुड़ता है, शरीर से नहीं।...तुम उधर मत देखो, उसे भी अपना भला-बुरा सोचने दो। कुछ लोग कहते हैं कि इन प्रवचनों से क्या होगा? एक बार अन्दर के खिड़की-दरवाजे तो खुलने दो, फिर देखना दरिद्रनारायण कैसे इस नए और महान् भारत को दुनिया के मानचित्र पर हिमालय की तरह उठाते हैं।...ये काम कभी भी उच्च जाति के दम्भी, मिथ्या, अहंकारी और काम वासना की दलदल में फँसे लोगों के बस का नहीं है। वे अमीर बाप की बिगड़ी हुई सन्तान हैं।"

अब आलासिंगा पेरुमल में जिज्ञासा कदमताल करने लगी। उसका परिणाम

शीघ्र आने वाला है। मुंशी के सारे सोच को इस दुलत्ती ने ऐन चौराहे पर ला पटका। वह भी हक्के-बक्के रह गए कि आगे क्या होने वाला है?

वह जगह बेहद खुली थी। घोसी की थी—यानी एक मुसलमान अहीर की, जिसका हृदय समुद्र के पास रहते हुए समुद्र-सा विशाल और गहरा हो गया था। एक हिन्दू साधु-संन्यासी को मस्जिद के दिल में जगह। वाह रे परवरदिगार, तेरा क्या कहना! तू जहाँ है, वहीं बहिश्त है, वही काबा-काशी है।

एक खुला बड़ा कमरा। खिड़की में केवल चौखट, दरवाजे पर पुरानी चिक। एकदम हवामहल-रोशनी घर। रुकावट नहीं। सीधे अल्लाह की मेहरबानी का अहसास। उसकी कुदरत को सिजदा। वाह खुदा! वाह मेरे ठाकुर! वाह माँ जगदम्बे! सब एक साथ। एक कुनबा। एक लय-ताल।

डंगरों की पावन गन्ध। गोबर-पेशाब। वही सानी की महक। चारपाई पर स्वामी सच्चिदानन्द आनन्द से भीगे बैठ गए। बोले, "घोसी हुआ तो मुसलमान, अहीर हुआ तो हिन्दू, मेहतर हुआ तो मुसलमान, भंगी-चूड़ा हुआ तो हिन्दू, साधु हुआ तो हिन्दू, फ़क़ीर हुआ तो मुसलमान! वाह रे वाह सृजनहार, यह क्या खिंची है लक्ष्मण रेखा—घर हुआ तो हिन्दू, मकान हुआ तो मुसलमान, मानुष कहूँ तो हिन्दू, इंसान कहूँ तो मुसलमान, मैन कहूँ तो ईसाई। ये है भाषा की माया, कहीं धूप कहीं छाया...खुदाई तो देखी पर खुदा हाथ न आया। वाह री जाति। सारी मानव की दुश्मन। माया की औलाद! तूने परवरदिगार की जन्नत को कैसा तार-तार किया है। आज तक कोई समुद्र के सीने पर लकीर नहीं खींच सका पर तूने आदमी के दिल पर जन्म लेते ही ऐसी गहरी लकीर खींच दी कि उसका सृजनहार ही हिन्दू, ईसाई, मुसलमान हो गया। वाह रे वाह, तूने हमें क्या से क्या बना डाला! कबीर तू पादशाह है सारे जहान का क्योंकि तूने सब जाति-धर्मवालों से सीना ठोंक कर पूछ लिया—

बामन के घर बामन आया।
और मारग ह्वें क्यों नहीं आया।

दिल खोल कर ऐलान कर दिया रैदास ने—ऐसी मेरी जाति विख्यात चमार...कहे रैदास सलास चमार।

स्वामी सच्चिदानन्द आत्मविस्मृत हुए अमृत पान कर रहे थे कि आलासिंगा पेरुमल ने चौंककर कहा, "स्वामीजी, कोचवान।"

स्वामी सच्चिदानन्द ने आँखें खोलीं। तनिक मुस्कराए। नज़रे तिरछी कीं। होंठों पर जीभ फेरी। बोले, "मुंशीजी, सुना कुछ...भैया तुमने देखा कुछ...मैं आला सिंगा यानी आला मायने ताक हुआ तो संज्ञा, विशेषण हुआ तो गीला...या बहुत ऊँचा...और सिंगा यानी फूँककर बजाया जाने वाला एक बाजा...जो दूसरे की फूँक से बजेगा वह आला ही तो होगा।"

आलासिंगा पेरुमल घबराकर बोला, "कोई गुस्ताखी की है क्या?"

"और इतनी बड़ी गुस्ताखी करके पूछता है बहुत ही भोला बनकर कि कोई गुस्ताखी हुई है, क्यों मुंशीजी?"

मुंशी जगमोहन लाल का सिर चक्कर खाने लगा कि वह कहें तो क्या? न उनसे हाँ कहते बना और ना। जुबान तलवे से जा चिपकी।

"अरे भाई, सरे आम इस आलासिंगा के बच्चे ने हमें स्वामीजी से कोचवान बना दिया—स्वामीजी कोचवान कह कर और एक तुम हो मुंशीजी हमारे शुभचिन्तक भगत कि सच बोलने से भी कतरा गए।...इतनी बड़ी बात पर तलवारें म्यान से बाहर आ जातीं और मुंडियाँ धड़ से अलग हो जातीं।" इतना कहकर वे जोर से हँस पड़े। उनके साथ आलासिंगा और मुंशी जगमोहन लाल भी हँसे बिना नहीं रह सके।

स्वामी सच्चिदानन्द ने कहा, "भैया कोचवान, जब इन्होंने हमें तुम्हारी जाति-बिरादरी में धकेल ही दिया तो भाई इस इज़ाफ़े पर तुम्हें जश्न मनाने का पूरा हक़ है—हँसी ठट्ठे के जश्न में रुपया पैसा खर्च नहीं होता है और न कानून-कायदा आड़े आता है। खुदा का इस दमड़ी के आदमी को यही तो वरदान है कि वह बिना टैक्स दिए हँस सकता है—हँसी के समन्दर के समन्दर लुटा सकता है। फिर भी मालोमाल...एक टका भी कम नहीं।"

इस बार तीनों हँस पड़े। जोर से हँसे। फिर स्वामी सच्चिदानन्द ने तनिक गम्भीर होकर कहा, "व्यक्ति को दिन में प्रायः एक बार अवश्य हँसना चाहिए ताकि तन-मन की गन्दगी साफ हो जाए। सारा दिन हँसी-खुशी से बीते।...हाँ, तो कोचवान भाई, तुम कह रहे थे कि तुम चूड़ा हो और हरि को पाना चाहता हो।"

"हाँ, बाबा।"

"तुम पंजाब के रहने वाले हो न?"

"हाँ, लुधियाना के पास के कस्बे राजपुरा का।"

"वहाँ से यहाँ...?"

"हाँ, वहाँ से यहाँ... ।" कहकर वह ग़मगीन हो गया। उसके चेहरे पर आक्रोश उभरा। उसकी बड़ी-बड़ी आँखें अंगारे हो उठीं। उसके नथुने फड़क उठे।

"बैठकर बताओ।...क्या नाम है तुम्हारा?"

"करतार सिंह!"

"हाँ करतार सिंह, यदि तुम्हें कोई परेशानी न हो तो तुम अपनी पिछली ज़िन्दगी पर से परदा उठा सकते हो।"

"साधु-बाबाओं से कैसा एतराज?... ।" कहकर करतार सिंह अतीत में उतरता गया। उसका चेहरा क्रोधावेश से रक्तिम हुआ, फिर आतंकित और अन्त में छायाओं के गह्वर में जा छिपा।

कोई नहीं बोला। करतार सिंह धरती पर बैठ गया था। बोला, "मैं, मेरी माँ और बड़ी बहन। मेरा बाप सेना में था, मारा गया था या पकड़कर कहीं कैद कर लिया, नहीं पता। शायद मर ही गया। बीसेक साल हो रहे हैं।...हम चूड़े हैं, पिछले पाप-कर्म। पाखाना सिर पर ढोते, कस्बे से बाहर रहते। मेरे से भी ज्यादा सुन्दर

मेरी बहन थी। राय बहादुर की खुड्‌ढी से पाखाना मेरी माँ या मेरी बहन उठाकर टोकरी में डालती थीं। मैं उस टोकरी को ऊँचाता था। वह सिर पर रखती और दूर जाकर फेंकती थी। टोकरी पुरानी पड़ लाती, नई टोकरी खरीदने को दाम नहीं होते तो कभी-कभी पाखाना टोकरी के छेद से टपक भी पड़ता। पर उसे घिन नहीं आती—पर मुझे आती। दूसरे का पाखाना सिर पर उठाना और उसका छिटककर मुँह हाथ पर गिरना।...मुझे तो अपनी टट्टी धोने से घिन आती थी।...कई बार मिट्टी से हाथ धोता था। परन्तु वह घिनौना दृश्य मेरे सोच के हाथ-गोड़ तोड़ जाता। मैं माँ से गल करता, "माँ, हम यह काम छोड़ क्यों नहीं देते?"

"ना, पुत्तर ना, कभी भूल से भी ऐसा ना सोचना। ये तो पूर्व जन्म में किए पापों का फल है। यह तो भोगना पड़सी, मेरे पुत्तर।"

माँ के चेहरे पर जरा-सा भी तनाव नहीं, घिन नहीं। अफसोस नहीं। यह सहज-सामान्य। मेरी बहन माँ पर गई थी, काम करने में भी, स्वभाव में भी।

नहीं, बाबा उनमें आग नहीं उठती।...मेरी बहन के रिश्ते की बात चल पड़ी थी और मेरा दिल यह सोचकर बैठा जा रहा था कि बहन के चले जाने के बाद उसकी जिम्मेदारी मेरे कन्धों पर आ पड़ेगी। पूरा मोहल्ला था हमारे पास। सब रईसजादे, ठिकानेदार लाला लोगों का था वह मोहल्ला। हमारे भाई-बान्धवों को इससे डाह थी। वे जलते थे। ताना मारते थे।...हमें अपनी बिरादरी में ऊँचा माना जाता था।...नीचों में भी थी ऊँचाई की पैठ।

क्या हुआ?...वह रात। भारी बरखा की रात। नदी-नालों में तेजी का उफान।...रायबहादुर के लौंडे ने अपने एक हरामी साथी के साथ मेरी बहन के साथ मुँह काला किया। फिर उसकी नाड़ काट कर उसे नाले में बहा दिया। नाड़ अन्धे कुएँ में डाल दी।

तीन दिन, तीन रात बाद पता चला कि मेरी बहन के साथ मुँह काला करने वाले कौन थे? मेरी माँ के हाथ-गोड़ को लकवा मार गया। वह घासलेट अपने ऊपर छिड़क कर जल मरी।...रह गया मैं। उन लौंडों के खिलाफ़ थाने में रपट भी नहीं लिखाई जा सकी। कौन लिखाता? कौन लिखता?...नीच के घर मेनका के जन्म होने का नतीज़ा इससे मिलता-जुलता ही होता रहा था।...नीच के घर कोई चीज़ अच्छी, सुन्दर नहीं रह सकती थी।...वो मान जाती तो मरती नहीं। चमड़ी का क्या घिसता? वे भी खुश और जान की भी हिफ़ाज़त—अंटी में दो पैसा अलग। ..पर अक्ल की दुश्मन ने चारे के मुँह नहीं मारा। सींग मारने लगी।...तो यह तो होना ही था।...मुझे बिरादरी वाले समझाते।...कुछ की निगाहें मेरे मोहल्ले पर जा ठहरतीं।

मेरा खून खौल रहा था। मेरी मुट्ठियाँ तन जाती थीं। दाँतों से मैं अपने होंठ लहूलुहान कर बैठता था। भीत पर मुक्के मार-मार कर मैंने अपनी मुट्ठी सुजा ली थी और एक रात, जंगल के मकान से किसी लड़की की आवाज़ सुनाई पड़ी। मैं उधर बढ़ा। वही हरामी अपने दोस्त के साथ एक लड़की का मांस चबा रहा था। वह नंगी पड़ी थी उस हरामी के नीचे। मेरे हाथ में हँसिया था। पहला वार उसके

दोस्त पर किया—मुंडा धड़ से अलग और दूसरे में रायबहादुर के लौंडे का मुंडा अलग। खून के छींटें चौतरफ़ा। क्या करता? भाग खड़ा हुआ। भागते-भागते यहाँ आ पहुँचा। जो काम मिला, किया। उस बूढ़े ताँगेवाले का दुर्घटना में एक पाँव जाता रहा। उससे मेरी जान-पहचान थी। उसने अपना ताँगा मुझे सौंप दिया—फिफ्टी-फिफ्टी में।... बस, तब से यहाँ हूँ उस पाप को सिर पर लिये, हर पुलिस वाले से अन्दर ही अन्दर डरते हुए।...आपने चर्चा ऐसे छेड़ी कि अँधेरे में राह की हल्की-सी किरन नजर आने लगी और आपके सामने हथियार डाल दिए।''

यहाँ कहानी और घुंडीदार हो उठी। अब वे तीन भी चश्मदीद गवाह हो बैठे। उनका गला चटकने लगा। होंठ सूखने लगे। कोई किसी की ओर नहीं देख रहा था। सबमें सन्नाटा अन्तिम साँस गिन रहा था।

स्वामी सच्चिदानन्द के मन में चाणक्य का यह सूत्र काम कर रहा था कि निर्धन व्यक्ति की अच्छी बात पर किसी का ध्यान नहीं जाता। लोग उसका उपहास करते हैं।[1]...विष से भी अमृत ग्रहण कर लेना चाहिए।[2] अब वे क्या कहें। वे पूछने लगे, ''तुमने, करतार, दो हत्याएँ कीं?''

''श्रीकृष्ण ने कंस को क्यों मारा?'' करतार सिंह ने प्रश्न की उलट पेश की। वह पूछ रहा था, ''क्या वे हत्यारे हैं?...श्री राम ने बालि का वध क्यों किया?...समाज ने क्या किया? हिजड़ई समाज से क्या आशा? क़ानून अमीरों, सत्ताधारियों आदि के हाथ की कठपुतली बन चुका हो तब अत्याचार-अन्याय का सामना इसी तरह सम्भव है जैसा मैंने किया...या आप कुछ बताएँगे?'' करतार सिंह का चेहरा शान्त था, स्थिर था और निश्छल था।

''तुम्हें...।''

''पछतावा नहीं है...मुझे उनके मारने से शान्ति मिली। अन्याय-अत्याचार का प्रतिकार होना चाहिए—मेरी बहन न होकर वह राजा, साहूकार,...और मान लो आप में से किसी की बहन होती...उसके साथ बलात्कार होता तो...। खैर इस मामले में मुझे जरा-सा भी अपराध बोध नहीं सताता।''

''तब?''

''हरि को पकड़ने की बात, बाबा।...या आपके मन में मेरे प्रति घृणा पैदा हुई है। इस कारण आप नहीं चाहते...।''

''नहीं, करतारा, ऐसा कुछ नहीं है।''

''तुमने शादी की है क्या?''

''नहीं और करूँगा भी नहीं।''

''क्यों?''

''क्योंकि मैं एक चूड़ा और पैदा करना नहीं चाहता...मैं बलात्कारियों की हवस का शिकार किसी को नहीं बनने देना चाहता। ...चूड़े कसम उठा लें कि वे चूड़े

---

1. हितमप्त धनस्य वाक्यं न श्रृणोति।
2. विषादम्यमृतं ग्राह्यम्।

नहीं जनेंगे तब...इन भेड़ियों का सिर पर पाखाना कौन उठाएगा?...कौन चूड़ी इनकी हवस का शिकार बनेगी?" करतार सिंह की मोटी-मोटी आँखों में चिनगारियाँ थीं।

"तुम सबसे ज्यादा किससे प्यार करते हो?"

"अपनी माँ से।"

"तो तुम उसका ही ध्यान करो।"

"अपनी चूड़ी माँ का...?"

"माँ चूड़ी नहीं होती। भगवान् को भी अवतार लेने के लिए उसके गर्भ में नौ माह बिताने पड़ते हैं।...जो देह से जन्मा है, वह हर एक चूड़ा है। देह से आगे की यात्रा मन और आत्मा की है।" स्वामी सच्चिदानन्द ने कहा और करतार सिंह के चेहरे के भाव पढ़ने लगे। उसकी आत्मा प्रबल है। उसके इरादे नेक हैं। वह निडर है।" उसमें दूसरों के लिए जीने का हौसला है।

"वह मुझसे नहीं होगा, बाबा। मैं मन आत्मा को नहीं समझता। मुझे तो कोई सरल-सीधा मार्ग हो तो बताइए।" करतार सिंह ने दो टूक बात कह दी।

"तुम हरे माते, हरे माते, ...माते-माते हरे-हरे मेरे साथ बोलो।"

स्वामी सच्चिदानन्द का मधुर स्वर उठा। वे तीनों भी उनके साथ हो लिए। धीरे-धीरे स्वामीजी ने आँखें मूँद लीं। कीर्तनमय हो उठा वातावरण। आनन्द वर्षा होने लगी। सब अपने आपको भूलकर आनन्द में डूबने लगे। सिर झूम रहा था, मन झूल रहा था और आत्मा सुन रही थी। प्रसन्न हो रही थी। तन-मन का यह अद्‌भुत संगम था, जिसमें तन को तन की चिन्ता नहीं थी, मन को मन की। सब आत्म-प्रकाश का अनुभवं कर उठे थे।

स्वामी सच्चिदानन्द ने धीरे-धीरे आँखें खोलीं। चौंक पड़े। कितने ही स्त्री-पुरुष झूमकर कीर्तन कर रहे थे। वाह रे लीलामय ठाकुर, तेरा प्रताप अपरम्पार है। तू जहाँ-वहाँ सब हैं। वे बोले, "भक्तो, तुम सबको स्वामी का नमन।"

कीर्तन समाप्त हुआ। सब यह पूछकर चल पड़े कि क्या रोज़ कीर्तन हुआ करेगा। मुंशी जगमोहनलाल ने उत्तर दिया। क्या दिया? यह नहीं मालूम।

करतार सिंह चरणों में झुक गया। स्वामी सच्चिदानन्द ने आशीर्वाद देकर कहा, "करतारा, सोने से पहले यह ज़रूर सोचा करना कि तूने आज कौन-सा नेक काम किया। नेक कामों को मन की तिजोरी में जमा करना चाहो तो कर लेना।"

सब चले गए। सन्नाटा गहराया। तब स्वामी सच्चिदानन्द ने कहा, "आलासिंगा और मुंशी, तुमने क्या सबक लिया?"

वे दोनों चुप रह गए।

वे बोले, "समाज के चित्त के द्वार खुले बिना सारे प्रयत्न व्यर्थ। समाज सशक्त हो। उसमें चेत हो। उसके लिए आत्म-प्रकाश का मार्ग ही सर्वोत्तम है। अकेला यही मार्ग है। समाज के निचले तबके में आत्म-बल आने दीजिए, सत्ता पक्ष, सत्ता के गलियारें में दखल रखने वाला उच्च पक्ष आदि अपनी पशु वृत्तियों को छोड़ने के लिए विवश हो जाएँगे। अत्याचार, अन्याय आदि सदा ऊपर से आता है, कभी नीचे से नहीं। लेकिन ये ऊँचा तबका सदा से यह एहसास कराने का षड्‌यन्त्र रचता

रहा है कि पाप नीचे से उठता है।''

''तब ये राजा-महाराजा...?'' मुंशी जगमोहन लाल ने संशय की बारीक रेखा को कुरेदा।

''मुंशीजी पतन सदा ऊपर से शुरू होता है। आज हमारी संस्कृति बची हुई है, इसका कारण ऊपर का वर्ग नहीं, निचला वर्ग है। प्रायः पंडितों ने गुमराह करने की कोशिश की है, अन्धविश्वास फैलाया है और धार्मिक तानाशाही का अवलम्ब लिया है।...ये ही वर्ग हमारे पतन और गुलामी के लिए ज़िम्मेदार हैं।...करतार सिंह के साथ जो कुछ हुआ...उसकी बहन से बलात्कार हुआ, उसकी माँ को आत्महत्या करनी पड़ी।...यह किसके कारण?...खैर, हमें गम्भीरता से इस बिन्दु पर विचार करना चाहिए।...अब आगे की कार्रवाही पर ध्यान दो।...हमें अब क्या करना है।...मुझे स्नान करना है।''

''पास में ही नहाने के लिए स्थान है। उसके पास लैट्रिन है...आप मेरे साथ आइए।''

स्वामी सच्चिदानन्द को मुंशी जगमोहन लाल लैट-बाथ दिखाकर लौट आया। आलासिंगा पेरुमल अभी तक इसी उधेड़बुन में था कि स्वामीजी ने उच्च वर्ग को पतन और परतन्त्रता के लिए दोषी करार क्यों किया, जबकि यही वर्ग उनके काम आया है।

समय पंख फैलाकर उड़ने लगा। बाबू जगमोहन लाल ने दिन-रात भाग दौड़ की। द्वितीय श्रेणी के टिकिट को प्रथम श्रेणी में बदलवाया। आलासिंगा पेरुमल कुछ दिन रहकर मद्रास लौट गया। स्वामी जी ने उसे समझा-बुझाकर भेजा।

आज 31 मई, 1893 ई. है। फिर भी मुंशी जगमोहन लाल सुबह से भागदौड़ में व्यस्त हैं। वह आया। उसने स्वामी जी के सामने रेशमी चोगा, उसी रंग का साफा और कमरखी रखी। कहा, ''पहनकर देख लीजिए।''

''चोगा, टरबन और कमरखी का क्या देखना, मुंशी, मैं निर्धन, अभागे, अपाहिज, अशिक्षित और सदियों से शोषित जन का प्रतिनिधि बनकर जा रहा हूँ। ठाकुर का आग्रह रहा कि मैं देश से बाहर जाकर ही नई दृष्टि पा सकूँगा।''

''आप खेतड़ी महाराज के गुरु की हैसियत से भी जा रहे हैं।''

''वो तो ठीक है, मुंशी जी, मुझसे ज्यादा सामान सँभलता नहीं है। दूसरे, मुझे ज्यादा सामान से परेशानी भी होती है।

''विश्व धर्म सम्मेलन में सनातन धर्म का प्रतिनिधि करने वाला कोई साधारण व्यक्ति नहीं है।''

''मुंशीजी साधारण बने रहने में मुझे शान्ति मिलती है, आनन्द मिलता है। ज़रूरत से ज्यादा मुझे कुछ नहीं चाहिए।''

''एक बात और कहनी है।''

''क्या?''

''नाराज मत होइए।''

"तुम कहो, मुंशीजी, तुम से स्वप्न में भी नाराज नहीं हो सकता।"

"यह आपका बड़प्पन है, स्वामीजी।"

"क्या कहने जा रहे थे तुम, मुंशीजी?"

"राजा साहिब की अन्दरूनी इच्छा थी।"

"कहो भी।"

"आप टिकिट देखिए।"

"क्या कहीं और का बन गया है।"

"नहीं।"

"फिर क्या बात है।"

"एक बार देख तो लीजिए।"

"देख लिया। ठीक है।" उन्होंने टिकिट घुमा-फिरा कर देख लिया।

"क्या ठीक है, स्वामीजी?...फिर आपने देखा ही क्या?"

"पानी के जहाज से पहली बार यात्रा कर रहा हूँ, मुंशीजी, इस कारण मुझे देखना आता भी नहीं है। दरअसल मैं कागज नहीं देखता, कागज लाने वाले व्यक्ति को देखता हूँ और वो तुम हो, मेरे अपने, अत्यन्त विश्वसनीय और शुभचिन्तक।"

"इस टिकिट में आपका नाम स्वामी सच्चिदानन्द नहीं है।"

"तो क्या है?"

"स्वामी विवेकानन्द।"

"तो अब से हम स्वामी सच्चिदानन्द नहीं रहे, मुंशीजी, स्वामी विवेकानन्द हो गए।...नाम बदलना तो मेरी प्रकृति रही है–बिले से विवेकानन्द की यात्रा मेरे लिए बहुत रोचक और ज्ञानवर्धक रहेगी। मेरा कोई नाम स्थायी नहीं रहा।"

"पर यह अवश्य रहेगा, स्वामी जी।"

"वो क्यों?"

"आपके माताजी-पिताजी ने सबसे पहले आपका नाम रखा–वह घर का हो या बाहर का पर रखने वाले वे दोनों रहे।"

"वे तो हर एक माता-पिता रखते ही हैं।"

"फिर जितने भी नाम रखे, वो सब स्वयं आपने।"

"तो?"

"स्वामी विवेकानन्द नाम रखा खेतड़ी के राजा अजीत सिंह जी ने।"

"हाँ।"

"यही नाम स्थायी रूप से आप से जुड़ेगा, ऐसा मेरा मन कहता है।"

"या तुम्हारा ज्योतिष?"

"मैं ज्योतिषी नहीं हूँ और न इस विद्या को जानता हूँ। फिर भी, अपनी अन्तरात्मा की आवाज से यह कह रहा हूँ।" मुंशी जगमोहन लाल ने उनके सामान को सँभालते हुए कहा।

"आप सबका प्यार ही मेरा असली नाम है, असली कार्य है। मैं नाम से घबराता हूँ क्योंकि नाम, मुंशीजी, अवसर पाकर सिर चढ़ जाता है।...मनुष्य जाति का एक

ही नाम है—प्यार। फिर भी जो हो रहा है, वह ठाकुर और माँ जगदम्बे की कृपा से।...मुंशीजी, इससे पहले कभी नहीं सोचा था, तब भी नहीं, जब मुझे विदेश जाने की अनुमति मिली थी, विदेश से क्या आशय है, अपनी धरती छोड़कर जाने का क्या अर्थ है? परन्तु अब...ठीक से नहीं कह सकता कि मेरे मन में क्या हो रहा है? क्यों मेरा दिल बैठा जा रहा है? क्यों मन बेरुखी पर उतर आया है?...क्यों लगता है कि मेरा पुनर्जन्म होने जा रहा है?...होता होगा यह भी, मुंशीजी, ऐसा भी होता होगा।'' यह कहते-कहते स्वामी विवेकानन्द का हृदय छलछला आया। उनके विशाल नेत्र बह पड़े। उनकी मानसिकता को देखकर मुंशी जगमोहन लाल भी अपने को नहीं सँभाल पाए। क्या होता है किसी प्रिय को विदा करना?

अब वे समुद्र तट पर थे। पी. एंड. ओ. कंपनी का विशाल जहाज पेनिन सुलर तैयार खड़ा था। लोग उसकी तरफ बढ़ रहे थे, कुछ लोग उधर से लौट रहे थे। पैसे के अभाव में कन्याकुमारी में उस शिलाखंड तक तैरकर जाना पड़ा था, जहाँ खतरनाक मानवभक्षी शार्क मछलियाँ रहती थीं। बाद में पता चला कि इससे पूर्व वहाँ से भली-भाँति परिचित मछुआरों ने कभी ऐसा दुस्साहस नहीं किया। किसी मछुआरे को विश्वास नहीं हुआ कि वे वहाँ जीवित पहुँच गए। पर अब तो वो सात समुद्र पार जा रहे हैं, जहाँ के बारे में वे कुछ नहीं जानते, सिवा इसके कि ठाकुर की आकांक्षा है कि वे जाएँ।

वे क्षण भी आए, जब जुदा होना था। अपने देश से विदा होना था—माँ सारदा, माता भुवनेश्वरी देवी, पिता विश्वनाथ, सिमुलिया मुहल्ला, दक्षिणेश्वर, गुरु भाई, राजा अजीतसिंह, बिटिया राधा, हरिजन के हाथ की रोटी, अलवर का राजा मंगलसिंह, सरकारी अस्पताल के सामने खड़ा वह बंगाली डॉक्टर जिससे उन्होंने बंगला में पूछा था—महाशय एखाने साधु संन्यासीर थाकिवार कि एका टू स्थान हइते यारे?[1]... उस बंगाली डॉक्टर ने, यानी डॉ. गुरुचरण लस्कर ने गद्‌गद् भाव से विह्वल हो बंगाली भाषा में उत्तर दिया था—निश्चय, आसने आज्ञा हम, आसून।[2]...सब कुछ स्मरण हो आया था। मुंशी जगमोहन लाल ने झुककर उनके पाँव छुए। उन्होंने आशीर्वाद दिया। कहा, ''राजा अजीतसिंह, राजमहिषी चाम्पावत और नन्हे से राजकुमार जयसिंह को आशीर्वाद कहिए। और...''और चाहते हुए कुछ नहीं कह सके, उस माँ के लिए जो वेश्या होते हुए उनकी आचार्य भी बनी। उसके मधुर कंठ की ध्वनि उनमें गूँज उठी थी—हमारे प्रभु औगुन चित्त न धरो/समदरसी है नाम तिहारो, अब मोहि पार करो। वाह रे वाह महात्मा सूरदास, तूने कैसा अमृत घोला है जन-जन के प्राणों में कि मुझ जैसे संसार के मोहपाश से मुक्त हुए इंसान को मार्ग सुझा दिया।

जहाज का भोंपू फिर बजा। तेजी से देर तक बजा। जहाज फिर हिला-डोला। विदा करने वालों के हाथ हिल रहे थे, हाथ में रूमाल और स्कार्फ हिल रहे थे, होंठ

---

1. महाशय, यहाँ साधु-संन्यासी के लिए एक जगह हो सकती है?
2. निश्चय, आइए, आज्ञा कीजिए, पधारिए!

अनकहे हिल रहे थे और हृदय हिम सा पिघल रहा था, अदृश्य आँसुओं का सागर गालों पर ढुलक आए मोतियों के प्रति तटस्थ था।

जहाज हिचकोले खाता। तन-मन डोलता। किनारा छूट गया था। बम्बई पीछे रह गया था। कहीं कोई इमारत नहीं दीख रही थी। आसमान था, समुद्र था और जहाज पर चढ़ा प्रायः आपस में अपरिचित छोटा-सा समाज था—भिन्न रंग वाला, जुदा नाक नक्श वाला, भिन्न भाषा वाला, भिन्न सभ्यता, संस्कृति वाला। अभी तक कोई किसी से परिचित नहीं था। फिर भी, वह समाज था, समाज का ज़रूरी हिस्सा था।

स्वामी विवेकानन्द स्वामी सच्चिदानन्द को मुँह चिढ़ा रहे थे। उससे कह रहे थे, 'महाशय सच्चिदानन्द टा-टा है। तुम रहे गाँव के गँवार, घर घुसे।...हम हैं विश्व कुटुम्बकम् के परचम फहराने वाले नवोदित सूर्य—विवेकानन्द। समझे!'

'क्यों नहीं समझेंगे, उधार लिए नाम के संन्यासी, तुम्हारे तो कपड़े तक भी अपने नहीं हैं।'

'संन्यासी में सारा संसार समाता है। नाम में क्या धरा है?...पर एक बात तो है जब तक तुम हमें घेरे रहे, तब तक सोच को चैन नहीं मिला।'

'क्या अब मिल रहा है, विवेकानन्द?'

'क्यों नहीं? अवश्य, अवश्य, सच्चिदानन्द, अवश्य! विवेक जब आनन्द का घर बन जाए तब क्या कहने।'

'आनन्द तो सच्चिदानन्द में भी था।'

'क्यों, आ गया अपनी पर! खा गया न मात! अरे नाम से क्या है, तो सब कुछ काम से।...क्यों है न?'

'हाँ रे, हाँ तू सच कहता है विवेकानन्द अपना, ख्याल रखना। तुझे अपनी चिन्ता नहीं, फिर तू अपने कपड़े लत्तों को क्या सँभालेगा?'

'सँभालूँगा, मित्र अवश्य कोशिश करूँगा।'

'चलता हूँ, विवेकानन्द, अलविदा!'

फिर जोर से भोंपू बजा। फिर जहाज हिला। फिर आसमान घूमा। पक्षियों रहित आसमान। जहाज़ से टकराती तेज नमकीन हवाएँ। धूप से घिरा अग-जग सारा। लोगबाग दूरबीन से कुछ देख रहे थे। कुछ चहक रहे थे। एक गुजराती युवती शरारती बच्चे के पीछे दौड़ रही थी। समझा रही थी, "ये घर नहीं, जहाज है।" स्वामी विवेकानन्द को सुनाई पड़ रहा था—घर जमीन पर होता है, जहाज में नहीं। घर में चिन्ता नहीं, पर यहाँ तो चिन्ता है, क्योंकि यहाँ अकेला समुद्र है और हिचकोले खाता अकेला जहाज है। इन दोनों में सम्भावनाओं का हरदम बना रहता है—खतरा।

सूरज डूबने लगा था। उछाल लेती लहरें उससे अठखेलियाँ कर रही थीं। जब वह डूब गया और जब यह यकीन हो गया कि अब वह नहीं उभरेगा, तब स्वामी विवेकानन्द को अपना केबिन याद आया और वे बहुत धीमे-धीमे अनचाहे मन से लौट पड़े।

अलस्सुबह—न मुरगा बोला, न चिड़ियाँ चहचहाईं। न कहीं से मन्दिर की घंटियाँ बजीं, न अजान किसी ने पढ़ी, न चर्च के घंटे बजे। ऐसा कुछ नहीं हुआ जैसा होता रहा था उन सबके जीवन में। कैसा अजूबा लगा। सब हैं—स्त्री-पुरुष, बच्चे, बड़े बूढ़े, व्यापारी-संन्यासी...परन्तु एकान्त। आवाजों के बीच एकान्त। अनपहचाना, अनजाना, अपरिचित एकान्त।

स्वामी विवेकानन्द ने अपने को प्रणाम किया। उन्हें तो वे भी अभी नहीं पहचानते थे। बाहर आए तो लगा यह हवा नथुनों को नहीं सुहाती है। तन भी चिढ़ा-चिढ़ा है। सब कुछ बदल गया।

"क्यों विवेकानन्द, तेरा आज ध्यान में भी मन नहीं हैं।"

"हाँ रे सच्चिदानन्द, यह जहाज तो दिन रात हिचकोले खाता रहता है।"

"सारी यात्रा में यही होता रहेगा।"

"तूने कभी समुद्री यात्रा की है क्या, जो बढ़-चढ़ कर बोले जा रहा है।"

"ताना नहीं, जिन्होंने शादी नहीं की तो क्या वे शादी नहीं करा सकते?"

"तर्क-कुतर्क नहीं, सच्चिदानन्द?"

"जो कारीगर महल बनाते हैं, उनके घर नहीं होते...घर के नाम पर हवा-महल होते हैं जो ठंड में काँपते हैं, बरसात में भीगते हैं और लू के थपेड़े खा-खाकर चीं बोलते हैं।...कारीगरी कला है, शिला है और प्रभु के संसार को सजाने-सँवारने का हुनर है।"

"तू ठीक कहता है।...मैं कहाँ फँस गया? पर तुझे तो, सच्चिदानन्द, मुक्त कर गया ना?"

"बड़ी मेहरबानी, कृपालु! आखिर तुझे अभी मुक्ति-सुक्ति का ध्यान है।"

"फिर व्यंग्य।"

"अच्छा, ना बाबा।...पर तू मेरे साथ जोर से हँस दे।"

"यहाँ क्या सोचेंगे सब?"

"कौन सब? अब तू अकेला है—एकदम अकेला, विवेककानन्द!"

"हाँ, पड़ तो अब अकेला ही गया हूँ।"

"संन्यासी पानी में कमल की तरह जीता है—सबके लिए...खिलता भी है तो सबके लिए।"

"जानता हूँ।"

"तो हँस...ठहाका लगा। संन्यासी होने का संकेत दे जैसे इस जहाज का भोंपू देता है।"

"मैं भोंपू नहीं हूँ।"

"तो क्या है तू?"

"मैं जो भी हूँ, ठीक हूँ।"

"क्या तू ठाकुर का भोंपू नहीं है?"

"चल अब तू भाग, सच्चिदानन्द!...वो देख इधर कैप्टिन आ रहा है—जहाज

का मालिक।''

''जाता हूँ, विवेकानन्द, जाता हूँ परन्तु एक बार जोर से हँस तो दे।...पहल तेरा सच्चिदानन्द करता है।''

लहरों में अदमित उल्लास उमड़ा। ये वेगवती हुईं। उस समय विवेकानन्द ने सच्चिदानन्द का अनुकरण किया। अंग्रेज कैप्टिन राइटर सकपकाकर जहाँ का तहाँ खड़ा रह गया।

''गॉड इज द बेस्ट ड्रामाटिस्ट।'' सच्चिदानन्द ने तेजी से कहा।

''ईश्वर सबसे बड़ा नाटककार है, कहने से तुम्हारा क्या मतलब है?...आई मी, यू गेट नर्वस।''

''हाँ नर्वस हो जाता हूँ—इट इज ट्रू, बट दैन ह्वाट शुड आई डू?''

''जस्ट कीप कूल?''

''मेरा दिमाग़ ठंडा ही है।''

''ओके, मैन?''

''कृपया मुझे अकेला छोड़ दो।''

''एज़ यू विश।''

''भविष्य में ये गिटपिटिया भाषा नहीं। तुम हिन्दी जानते हो और मैं भी।''

''अच्छा, दोस्त चलता हूँ। वो कैप्टिन इधर ही आ रहा है।''

स्वामी विवेकानन्द मुस्कराने लगे। ''अब ये मेरा भूत परेशान करेगा। इससे पिंड छुड़ाना मुश्किल है।...पर कुछ तो करना होगा।''

''गुड मार्निंग, जैंटलमैन।''

''वैरी गुडमार्निंग...नमस्कार, कप्तान राइटर।''

''आप ठीक हैं।''

''कुछ-कुछ कप्तान...मतली... ।''

''होता है, मि. विवेकानन्द।'' जेब से टेबलेट का एक पत्ता उनकी तरफ़ बढ़ाकर कहा, ''चूसते रहो।''

वह पत्ता लेकर विवेकानन्द ने उसे धन्यवाद दिया।

''हम एक बात पूछें मि. विवेकानन्द?''

''पूछिए।''

''यू ऑर ॲ वोकलिस्ट?''

''कुछ-कुछ।''

''कुछ-कुछ से मतलब, विवेकानन्द—सॉरी मि. विवेकानन्द।''

''कप्तान, अब मुझे सिर्फ विवेकानन्द बोलिए।''

''धन्यवाद।...मैं पूछ रहा था कि.. ।''

''हाँ मैं गा सकता हूँ।''

''आप हिन्दू संन्यासी हैं ना।''

''हिन्दू नहीं, सिर्फ संन्यासी।''

''बहुत अच्छा।...सुबह कुछ लोग प्रेयर करना माँगता है। क्या आप मदद कर

सकता है?''

''कप्तान, अवश्य पर कुछ दिन बाद।''

''धन्यवाद, विवेकानन्द ।''

कैप्टन राइटर चला गया। विवेकानन्द सोचने लगे कि प्रार्थना की वृत्ति अनुकूल है। प्रभु का स्मरण हो, यह कौन नहीं चाहता। परन्तु प्रभु प्रभु को लेकर अकारण संवाद न जन्म ले लें। वह देख रहे थे कि उनकी विचित्र पोशाक को देखकर कुछ यात्री नाक-भौंह सिकोड़ रहे थे। वहाँ दो नन और एक पादरी भी हैं।...शायद कप्तान उनका प्रयोग 'सैपरमैन'' (सेना के वे कर्मचारी जो सेना के आगे जाकर खाई, रास्ता मार्ग तैयार करते हैं।) की तरह करना चाहता है।

अब लहरें पहले से कुछ शान्त हो चली थीं। वे दूर तक, जहाँ तक दृष्टि डाल सकते थे, देखे जा रहे थे—एक जगह पर आसमान और समुद्र दोनों मिलते नजर आते थे। कभी वहाँ धुन्ध जोर लगाता प्रतीत होता था।

अनायास उनके मन में एक विचार उठा और उठकर अदृश्य पेड़ पर जा बैठा। वह विचार था—कारागार को लेकर। अपराधियों को कारागर में रहकर अपनी सजा काटनी पड़ती है। क्यों न अपराधियों को किसी जहाज पर रखा जाए, स्वतन्त्र और खुला। वहाँ वे सब सुविधाएँ मुहैया हों, जिनसे एक अच्छे समाज का स्वप्न साकार हो सकता है। मसलन वहाँ पढ़ाई की सुविधा, शिल्प, काम-धन्धे, उद्योग, खेलकूद, मनोरंजन आदि का वातावरण। वहाँ उत्पादन हो। उस सबसे उन्हें अपराध बोध से छुटकारा मिलेगा। उनमें एक अच्छे नागरिक बनने की ललक पैदा होगी। उत्पादन से जुड़ना उनमें उत्तरदायित्व की भावना की समझ-सूझ पैदा करेगा, क्योंकि व्यक्ति अपराधी तब बनता है जब उसका अन्तरमन उसे स्वीकारने से इनकार कर देता है। वे दुर्भाग्य के क्षण एक सज्जन को खाई में ढकेल जाते हैं। इसका अर्थ यह नहीं होता कि वह व्यक्ति उपेक्षा, अपमान और घृणा का पात्र बन गया। वह तब भी सभ्य और सुसंस्कृत समाज का हिस्सा होता है। उससे इस मूलाधिकार को कोई छीन नहीं सकता। जब भी उससे ये मूलाधिकार छीने गए, तब समाज का पतन शुरू हुआ और आपराधिक प्रवृत्तियाँ सिर उठाने लगीं।...क्या ऐसी योजना, कार्य रूप में परिणत कर समाज को पतन के गर्त से बाहर निकालने का एक प्रयत्न किया जा सकता है।

इन विचारों की सुगन्ध से उनका दिमाग़ महक उठा। वे झूमते हुए अपने केबिन की ओर बढ़ने लगे ही थे कि एक जरमन दम्पती ने उन्हें नमस्कार किया।

वह दम्पती अपना परिचय देने लगा, ''मैं हाइन्स।''

''मैं आन्ने, जरमन हूँ परन्तु मैं स्विट्जरलैंड के पहाड़ी गाँव बेर्लूजोने में जन्मी थी। आबीटूर (हाई स्कूल) की परीक्षा एक जरमन स्कूल से पास की थी। चित्रकारी और वायलिन मेरी जीवन यात्रा के विश्वसनीय साथी हैं।''

''आप...गलत नहीं हूँ, भारतीय संन्यासी।''

''यद्यपि संन्यासी का सिर मुड़ा होता है तथापि आपके काले घुँघराले बाल एक संन्यासी की अपेक्षा यूनानी कवि को पेश करते हैं।'' आन्ने ने अपनी आदत

के अनुसार मुस्कराकर कहा।

"धन्यवाद, आन्ने।"

"हमने विवाह नहीं किया है। उसकी ज़रूरत भी नहीं समझते, फिर भी अभी तक सुखी दंपति होने का अनुभव ही रहा है।...क्यों हाइन्स?"

"ठीक कहती हो, आन्ने।" हाइन्स ने आगे कहा, "मैं क्योइल्न नगर का रहने वाला हूँ—वैज्ञानिक।...आपको गैरिक वस्त्रों में देखकर मन में जिज्ञासा जगी है।"

"इसका कारण भी।...हान्स और मैं हिमालय के आसपास घूमे हैं। वहाँ साधु-संन्यासियों से मिले, उनसे बातचीत की, योगाभ्यास उनकी देखरेख में किया परन्तु...।" यह कहती हुई आन्ना रुक गई।

विवेकानन्द ने कुछ नहीं पूछा। वे अल्मोड़ा, कर्णप्रयाग, सद्प्रयाग, देहरादून, ऋषिकेश, श्रीनगर आदि में खोने लगे।

"आपका ध्यान का समय तो नहीं हो रहा है, संन्यासी?" हाइन्स ने उनकी ओर देखते हुए कहा।

"हाँ।"

"नमस्ते। फिर मिलेंगे।...आपको असुविधा तो नहीं होगी।"

"नहीं,...कदापि नहीं।"

वे चले गए।

विवेकानन्द अल्मोड़ा के पास जा पहुँचे। वहाँ उनके साथ अखण्डानन्द थे। ककड़ी घाट में एक झरने के किनारे रुके थे। उसके पास एक विशाल पीपल का पेड़ था। वे उसके नीचे ध्यान में बैठ गए। बैठे रहे। कब उठेंगे, कौन कहे। अखण्डानन्द भिक्षा लेकर लौटे ही थे कि उन्होंने आँखें खोल दीं।

"कहाँ गए थे?"

"भिक्षा ले आया।"

"कोई खास बात।"

"हाँ, खास बात हुई।...एक युवती ने कहा, "प्रसादी यहीं पाओ।" मैंने इनकार करते हुए कहा, "मेरे साथ गुरुभाई हैं।"

"तो उनको भी ले आओ।"

"वे ध्यान में बैठे हुए हैं, पता नहीं कब उठें?" मैंने कहा।

उसने सारी सामग्री दे दी। पत्तलों में रखकर दी। साथ में हांडी, दो सकोरे और एक कुल्हड़ दिया।...हाँ, आलू भी।

"तो आज प्रभु का स्वादिष्ट भोग लगेगा। घृत बहुत दिया है।"

"हाँ।...मैं मना नहीं कर सका, क्योंकि वे ये सब चीजें एक छोटी टोकरी में रख लाई थी। कहती थी कि तब से वह साधु-संन्यासी की टोह में बैठी हुई थी। रोज इधर से कोई न कोई साधु-संन्यासी निकल ही जाता था पर आज बहुत देर बाद वह दिखलाई पड़े। प्रण किया था कि साधु-संन्यासी को खिलाए बिना नहीं खाऊँगी।"

"पर तुम तो...।"

"रसोई तैयार कर रखी थी। बोली—ये थोड़ी सी खीर खाकर झूठन गिरा दो ताकि मैं प्रसादी पा सकूँ।..क्या करता?"

"अच्छा किया, अखण्डानन्द, तुमने उसका मान रखा।...यह भी सेवा है।"

"अब रसोई तैयार करें।"

"परन्तु मेरा विलक्षण अनुभव सुनकर।"

"अवश्य सुनूँगा।"

"अखण्डानन्द, अत्यन्त शुभ वेला बीती। मन डूब गया। मेरे मन में एक जटिल प्रश्न था। कई महीनों से मुझे परेशान कर रहा था। मेरी समझ में नहीं आ रहा था कि क्या करूँ?...आज, अखण्डानन्द, वह प्रश्न स्वतः हल हो गया।"

"क्या प्रश्न था?"

"समष्टि यानी विश्व ब्रह्मांड और व्यष्टि अर्थात् अणु ब्रह्मांड दोनों किन नियमों से परिचालित होते हैं?"

"किन से?"

"तुम बताओगे, अखण्डानन्द।"

"नहीं।...मुझे ज्ञात नहीं है।"

"मैं भी यह सोचकर चलता था कि दोनों अलग-अलग नियमों से संचालित होते हैं। परन्तु ऐसा नहीं है, अखण्डानन्द।"

"कैसा है?"

"दोनों एक ही नियम से परिचालित होते हैं।"

"कैसे?...ऐसा तो...?"

"किसी ने नहीं माना।...पर सच यही है। दोनों की संरचना एक ही नियम हुई है।"

"एक ही नियम से!" अखण्डानन्द ने साश्चर्य उनकी ओर देखा।

"अखण्डानन्द, शब्द ब्रह्म सृष्टि के प्रारम्भ से है। प्रत्यक्ष है कि व्यष्टि जीवात्मा क चेतन देह से घिरी हुई है। ठीक इसी प्रकार विश्वात्मा चेतना संकुल प्रकृति अवस्थित है। शिवा अर्थात् काली शिव का आलिंगन कर रही है। प्रकृति आत्मा आलिंगन कर रही है। एकदम शब्द और अर्थ की तरह।"

"यानी दोनों ही शरीर एक प्राण हैं।"

"बेशक, अखण्डानन्द। इन दोनों को अलग करके देखने का प्रयत्न मानसिक ोषण से ही सम्भव है।"

"अर्थात् ये युगल रूप अनादि है।"

"हाँ, अखण्डानन्द, साकार और निराकार के सम्मिलन से सभी की संरचना हुई है। शब्द के अभाव में न अर्थ का कोई मतलब है और न विचार का। दोनों पर अन्यान्याश्रित है।—सृष्टि से पूर्व ब्रह्म प्रथम शब्दात्मक बनते हैं, तदुपरान्त नादात्मक अथवा ओंकारात्मक होते हैं..."

"इस प्रकार शब्द ही सृष्टि का मूल हुआ।"

''समाधि के पूर्व काल में पहले एहसास होता है कि जग शब्दमय है। उसके बाद वह शब्द गम्भीर होकर ओंकार ध्वनि में लीन हो जाता है। तब ऐसी स्थिति आती है कि वह भी सुनाई नहीं पड़ता, तब उसके वास्तविक अस्तित्व पर भी शंका जन्म लेती है। यही अनादि नाद है।'' यह कहते-कहते वे चौंके। बोले, ''अखण्डानन्द, प्रसादी भी गई, वह देखो।''

अखण्डानन्द ने देखा कि कुत्ते भिक्षा पर हाथ साफ़ कर रहे हैं। वे क्या करें? काफी देर तक वे किसी निष्कर्ष तक नहीं पहुँच सके।

''कोई बात नहीं, आज उनके हितार्थ ही हम लोग उपवास रखेंगे और आगे के लिए प्रस्थान करेंगे, प्रभु का यही आदेश है।''

वे आगे बढ़ते गए। सन्ध्या हुई। रात होने लगी। भूख ने अपने आक्रामक तेवर दिखलाए। दूसरा दिन निकल रहा था। उन्होंने पूर्णमासी का व्रत रखा था। इस कारण वे भूख, प्यास और थकान से ग्रस्त होकर अवसन्न होने लगे और वहीं धरती पर लेट गए। अखण्डानन्द ने दौड़ धूप की। सामने कब्रिस्तान था। उसके पास एक झोंपड़ी थी। झोंपड़ी में एक फक़ीर रहता था। फकीर ने एक व्यक्ति को ज़मीन पर लेटा देखा तो उसका माथा ठनका। उसने पास आकर देखा। वह झोंपड़ी से एक खीरा लेकर उनकी तरफ़ भागा।

अखण्डानन्द अभी नहीं लौटे थे।

वह फ़कीर आगे बढ़ा। खीरे को चीरा और उन्हें खिलाया। कुछ ही देर में उन्होंने आँखें खोल दीं। देखा। उनके चेहरे पर मुस्कान तैर गई। आँखों ने आँखों से शुक्रिया अदा किया।

फकीर ने पूछा, ''ठीक है।''

''हाँ, प्राणदाता।''

''प्राणदाता मैं नहीं हूँ।''

''मैं तो ऐसा अनुभव कर रहा हूँ।''

''एक गुस्ताखी हो गई।''

''क्या?''

''मैं मुसलमान हूँ।''

''और मैं भी।''

''नहीं...नहीं आप तो।''

''कपड़ों पर मत जाओ, प्राणदाता।''

इसी समय पानी से तौलिया भिगोकर अखण्डानन्द लौटा। वह उनको बैठा पाकर हैरान रह गया। उसने चारों ओर दृष्टि दौड़ाई थी तब वहाँ कोई नहीं था।

''मुझे, जो कहना था, कह दिया।''

''जो प्राणों की रक्षा करे, वही ईश्वर, वही अल्लाह, वही गॉड।''

फकीर ने तत्काल कहा, ''तो मान रखेंगे।''

''क्यों नहीं?''

''सूखी रोटी जीमिए।''

"अवश्य।" कहकर वे उठ खड़े हुए। उसकी कुटिया पर गए। भोजन किया। तृप्त हुए।"

भोंपू बजा। उनका ध्यान टूटा। वे वर्तमान में लौट आए। अतीत और वर्तमान का मन ही मन समन्वय करने लगे। मानुष कितना प्रेमी है, कितना दयालु है, कितना सेवाभावी है! फिर भी, दुःखी है। क्यों? उनका केबिन आ गया था। वह फ़कीर उनके साथ अब भी चल रहा था। उसकी महक उनके मनोमस्तिष्क में रची-बची हुई थी। क्या अतीत का यही वर्तमान है जो उसे शाश्वत बनाता है, इस सोच के सहारे कुर्सी पर आ बैठे।

जहाज का डॉक्टर आन्द्रे डेक से लौटकर ऊपर आया। वह बेहद गोरे रंग का भूरी आँखों वाला, सुडौल देह का, छोटे कद का आकर्षक इन्सान था। उसके बालों में चाँदी चमकने लगी थी। मूँछें नहीं थीं। वह बोलता रोब-दाब से था। नाक पर चश्मा रखे अपने होंठों से आँख का काम लेता नजर आता था। वह हौले-हौले पाइप चबाता हुआ कुछ सोचने लगा था। उसके पास कई पाइप थे। हर पाइप में अलग-अलग किस्म के तम्बाकू थे।

अब वह दूरबीन आँखों से लगाकर कुछ देख रहा था। इस समय चरागाह जैसा समुद्र एकदम शान्त था। वहाँ दो ही चीजें नज़र आ रही थीं—एक असीम पानी और दूसरा सूरज का तेज प्रकाश।

विवेकानन्द चौंके। उन्हें पालदार नाव नज़र आई। अकेली नाव पर शायद दो काले व्यक्ति थे।

अब डॉ. आन्द्रे उनके पास आकर पूछने लगा, "हैलो स्वामीजी, क्या देख रहे हैं?"

विवेकानन्द ने उस अकेली नौका की ओर इशारा किया। आन्द्रे ने कहा, "हम कोलम्बो पहुँचने वाले हैं।"

"सात दिन में।"

"हाँ, आज सातवाँ दिन है।"

"यहाँ कितने समय जहाज रुकेगा?"

"लगभग दिन भर।"

"तो क्या हम शहर देख सकेंगे?"

"क्यों नहीं? अवश्य-अवश्य।" कहकर आन्द्रे आगे बढ़ने लगा। फिर रुक कर पूछा, "टेबलेट ले रहे हैं, स्वामीजी।"

"हाँ, ले रहा हूँ, डॉक्टर।"

"ध्यान रहे, समुद्री यात्रा में मीट लेना जरूरी है—सेहत के लिए।...बीयर लीजिए औषध के रूप में। यह जलवायु की माँग है।"

डॉ. आन्द्रे जा चुका था।

विवेकानन्द ने पीछे छोड़ते समुद्र पर दृष्टि डाली। लगा कि हम समुद्र के आकाश

में किसी अदृश्य शक्ति से संचालित हो रहे हैं।...असीम समुद्री विस्तार...जितना छूट रहा था उतना ही आगे नजर आ रहा है।''

इन सात दिनों में एक यह करिश्मा हुआ कि विवेकानन्द को पूरा जहाज स्वामीजी से सम्बोधित करने लगा। वे कई उन परिवारों से भी घुलमिल गए जो चीन, जापान आदि देशों में परिवार सहित रहने लगे थे।

''स्वामीजी, वो देखिए।'' कैप्टन ने उनके पास आकर कुछ तेजी से कहा।

विवेकानन्द ने उधर देखा। चौंककर बोले, ''राइटर, मछली है।''

''सबसे खतरनाक मछली–शार्क जाति की बैराकुडा मछली।...थैंक्स गॉड, हम कोलम्बो आ पहुँचे।''

''आप तो प्रायः समुद्र में ही इधर से उधर आते-जाते रहते हो।'' विवेकानन्द जहाज के समाज से परिचित हो गए थे। वहाँ किसी को तुम कहना ठीक नहीं लगता था। प्रायः सब आप कहते थे।

''हाँ, स्वामीजी...'' राइटर ने गहरी साँस लेकर कहा, ''समुद्र मेरा घर है।''

''जमीन की याद नहीं सताती।''

''समुद्र ही मेरे लिए जमीन है। सरोसब्ज़, गुदगुदी हरी घास वाली मुलायम जमीन।...एक लम्बा जीवन गुजार दिया, स्वामीजी। मेरी इकलौती सन्तान मार्को का जन्म समुद्र का है।'' यह कहते हुए कैप्टन राइटर ने दूरबीन के लैंस फोकस किए। उन लैंसों में शून्यता अचानक घिरे मेघों सी आ रही थी।

''अपने जहाज की गति क्या होगी?''

''शायद 10 समुद्री मील।''

''कभी कोई यादगार घटना।''

''दुर्घटना।''

''दुर्घटना।''

''हाँ, एक जहाज मेरी उपस्थिति में डूबा था, तब मैं कैप्टन नहीं बना था, जहाज से जुड़े तीनेक वर्ष हुए थे। शादी भी नहीं हुई थी।...मुझे आज तक नहीं मालूम कि मैं बचा कैसे? घायल हुआ था। मूर्छित पड़ा हुआ था एक शिला के पास।...तब से मैं प्रार्थना में डूब गया और यह यकीन हो गया था कि मनुष्य कर्ता नहीं है, मात्र अदृश्य शक्ति के हाथ की कठपुतली है।...पता नहीं कितना ठीक है, कितना नहीं।...स्वामीजी मैं इस विषय पर किसी से संवाद भी नहीं करना चाहता।'' कैप्टन राइटर का चेहरा सचमुच गमगीन होता हुआ प्रार्थना की मुद्रा में समानान्तर आ लटका था बिना किसी की सहायता के।

विवेकानन्द की आँखों के सामने तटहीन समुद्र की नमकीन परछाइयाँ नर्तन करने लगीं।

कैप्टन राइटर ने कहा, ''यही सच है।''

''क्या, कप्तान?''

''मैं अपने इस परिवार को उनके गन्तव्य तक पहुँचा दूँ। इस कारण मैंने आपसे प्रार्थना शुरू करवाने का आग्रह किया था। कतई अपने लिए नहीं, अपने इस परिवार

के लिए जो प्रायः चुपचाप बिछड़ जाता है। वह अपने गन्तव्य तक पहुँचे सबके सपनों, अरमानों और हरी-भरी दुनिया को लेकर राजी-खुशी, मुस्कराता-चहकता अपने-अपने डैनों में ताजी हवा भरकर नई उड़ान भरने के लिए।''

विवेकानन्द के मन में उत्साह भर उठा। कितने सेवावृत्ति, शुभेच्छु हैं गुमनाम दुनिया में रहने वाले लोग। वे भाग्यशाली हैं कि उनसे मिलने वालों में जीवन-जगत् के प्रति उदार, सहज, सम्पन्न और उपकार की बलवती भावना है।

लैंपों की हल्की-पीली सफेद रोशनी नजर आने लगी। बन्दरगाह आने लगा। डॉ. आन्द्रे डेक पर जा खड़ा हुआ था। वहाँ मध्यम दर्जे की लहरें उठ रही थीं। थोड़ी देर बाद लैंप बुझ जाएँगे। धीरे-धीरे सूर्य का प्रकाश नवस्फूर्ति भरने लगेगा। हवाएँ स्कूल से छुट्टी पाकर दौड़ते बच्चों की तरह शोर मचाने लगेंगी।

विवेकानन्द ने अन्य यात्रियों का अनुकरण किया, वे भी जहाज से नीचे उतर आए।

स्वप्नों के शहर हैं। शहरों में इन्द्रधनुषीय बस्तियाँ हैं। वे उठते, जगते, लड़ते, प्यार करते और सो जाते हैं। उनके होने से या न होने से कोई अन्तर पड़ता है, ऐसा ठीक-ठीक सोचा नहीं गया।

बन्दरगाह पर खड़े उस दार्शनिक जैसे व्यक्ति ने अंग्रेजी में कहा था : ''लड़ेंगे नहीं तो जिएँगे कैसे? अहिंसा एक पक्ष है जीवन का।...सच यह है कि लड़ाई व्यक्ति, समाज और राज्य को जीवित रखती है। शान्ति की चाह खुदकुशी करने का सर्व सम्मत रास्ता है।...मैं तुम्हारे मत को, महन्त, आधा खारिज करता हूँ।...युद्ध के बिना शान्ति का कोई अर्थ नहीं। महानदी के तट पर लड़ी लाशों के बीच से निकलते हुए सम्राट अशोक ने युद्ध के अपराध बोध से घिरकर बौद्ध धर्म को जीवन का नियन्ता मान लिया था। तब किसी ने नहीं सोचा था कि शान्ति का यह अभियान आगे चलकर चरित्र में सेंध लगाएगा, अस्तित्व रक्षा के प्रति उदासीन होने लगेगा और संघ पतन के गर्त में जा पड़ेंगे।''

''ठहरिए, महाशय, आप क्रिश्चियन लगते हैं।''

''लगता नहीं, हूँ।''

''तब भी शान्ति के प्रति भ्रान्त मत रखते हैं।...युद्ध किसी समस्या का हल नहीं है।''

''तो क्या शान्ति है?''

''शान्ति से अभिप्राय है—सत्य, अहिंसा। अहिंसा कायरता नहीं है।''

''तो फिर युद्ध रह जाता है।''

''नहीं महाशय, नहीं। युद्ध हैवानियत की खूंखार भूख का दूसरा नाम है।''

विवेकानन्द महात्मा बुद्ध की लेटी हुई प्रतिमा को एकाग्र होकर देख रहे थे।

उन दोनों में तकरार बढ़ते हुए देखकर विवेकानन्द ने कहा, ''महात्मा बुद्ध ने मज्झिमा-परिपदा—अर्थात् मध्यम मार्ग की ओर जन का ध्यानाकर्षण करना चाहा

है।...धर्म पतन का कारण नहीं होता। धर्म के आचरण का प्रभाव उजागर होता है। नागार्जुन ने कहा है—

अनिरोधम् अनुत्पादम्, अनुच्छेदम्, अशाश्वतम्।
अनेकार्थम अनानार्थम्, अनागमम् अनिर्गमम्''

आठ अतियों से बचो। अर्थात् न नाश, न उत्पत्ति, न विध्वंस, न नित्यता, न एकार्थ, न मानार्थ, न आगमन और न गमन से बचो।...अब आप लोग चलिए समय हो रहा है।''

दोनों अवाक् होकर विवेकानन्द की ओर देखते रह गए। वे चल पड़े।

जहाज का दूसरा पड़ाव पेनांक (मलाया के अन्तर्गत) में हुआ। पेनांक के बाद सिंगापुर और फिर हांगकांग में जहाज ने लंगर डाला। उनके चित्त को नए-नए प्रभाव आकृष्ट कर रहे थे। वे भिन्न-भिन्न मंजरों का विश्लेषण करते चल रहे थे। पेनांग से सिंगापुर के बीच ऊँची-ऊँची पर्वत शृंखलाएँ, सुमात्रा द्वीप और समुद्री डाकुओं के अड्डे स्पष्ट नजर आए थे।

हांगकांग चीनियों से भरा था। उन्हें कलकत्ते के चीनी बाजार का स्मरण होने लगा। कैप्टिन ने उन्हें बताया कि वहाँ तीन दिन रुकना है। जैसे ही लहाज ने लंगर डाला वैसे ही सैकड़ों डांगियों ने जहाज को आ घेरा। ये डाँगियाँ यात्रियों को तट तक ले जाएँगी।

विवेकानन्द एक ऐसी डोंगी में चढ़े जो तीन मंजिला थी। दोनों ऊपर की मंजिल में उनका परिवार रहता था। पतवार प्रायः महिलाओं के हाथ में थी। आश्चर्य तो यह था कि एक पतवार वे दोनों हाथ से चला रही थी और दूसरी पतवार पाँव से। पीठ से उसने अपने नन्हे बच्चे को बाँध रखा था। बेहद गरीब होते हुए भी उनमें जीवन के प्रति आस्था थी।

हांगकांग एक आकर्षक नगर है। वह पहाड़ों पर बसा है। वहाँ मौसम भी ठंडा है अपेक्षाकृत शहर के। डॉ. आन्द्रे उनके साथ था। विवेकानन्द पूछ रहे थे, ''डॉक्टर भाई, इनमें और भारतीयों में क्या समानताएँ हैं?''

डॉ. आन्द्रे की आँखें चमकीं। पहली बार वह इस तरह उस नगर पर दृष्टिपात कर रहे थे, जबकि वे अनेक बार वहाँ पहले भी आए थे। वह कह उठे, ''दोनों में एक चीज साम्य है—गरीबी/भुखमरी।''

''बहुत ठीक। फिर ये लोग जीवन-जगत के बारे में क्या सोचते होंगे?''

''क्या सोच सकते हैं सिवा पेट भरने के? भयंकर भूख और अचानक लगी आग के बाद सारा सोच आग बुझाने पर सिमटकर रह जाता है।''

''गरीबी क्यों है?''

''वह तो आपने भारत में भी देखी है। गरीबी चेतना के अभाव के कारण है।''

''तब संस्कृति?''

''गरीबों की संस्कृति भूख है। ताउम्र पेट भरने के लिए उपक्रम में जुटे रहो।..क्या सोचते हैं आप उनकी स्वतन्त्रता के बारे में?''

"उनके लिए स्वतन्त्रता और परतन्त्रता में कोई अन्तर नहीं है। उनकी संस्कृति निर्जीव बनी हुई है। ये घोर संकट में जीवन का भार ढो रहे हैं।"

"कैप्टन चलिएगा, स्वामीजी–यहाँ से कोई अस्सी मील दूर।"

"चलेंगे, डॉक्टर।"

"गरीबी क्यों घेरती है, स्वामीजी?"

"दुर्भाग्य!"

"मैं भाग्यवादी नहीं हूँ, स्वामीजी।"

"कर्म की निष्क्रियता के कारण।...इस धरा का नाम ही कर्मभूमि है। जो कर्म नहीं कर पाते...।"

"ये लोग कर्मरत होते हुए गरीब हैं।"

"क्योंकि कूपमंडूक हैं। पेट की आग से आगे भी दुनिया है, यह ज्ञान इन लोगों को नहीं है।"

डॉ. आंद्रे ने विषय बदला। कहा, "यहीं कैप्टन है। आइए, नौका से बाहर आकर इस शहर को देखा जाए।"

"अवश्य, डॉ. आन्द्रे।...आप तो अनेक बार यहाँ आए होंगे।"

"नहीं–एक बार। दूसरी बार आपके साथ चल रहा हूँ, इस जिज्ञासा के साथ कि मैं आज ऐसा क्या देख-समझ पाऊँगा जैसा पहले मैं नहीं देख सका?"

"सच, डॉक्टर।"

"हाँ, स्वामीजी। रहस्यमय समुद्र ही नहीं है, हमारा अपना जीवन भी है।...अब हम जिस जगह पर चल रहे हैं, यह जगह चीनी सरकार ने विदेशियों को रहने के लिए मुहैया कराई है।"

"बहुत खूब डॉक्टर। लगता है यह शहर नदी के दोनों किनारों पर लम्बा, मीलों तक बसा हुआ है।"

"हाँ, स्वामीजी।...फिर भी यह एक ऐसा शहर है–आप देख भी रहे हैं कि यहाँ कोलाहल बराबर बना हुआ है। बेतरह भीड़ है। गलियाँ...आप चाहें तो दोनों हाथ फैलाकर इन गलियों में बसे शहर को आसानी से छू सकते हो।"

"मांस की दुकानें तो बहुत हैं।"

"वो देखिए कुत्ते-बिल्लियों का मांस।"

"चाव से खाते हैं।"

"नहीं, अति दरिद्र-जन इस तरह के मांस खाने के लिए विवश हैं।"

"क्योंकि मरणशील प्राणी या मनुष्य हर समय मरने से डरता है। डर उसके जीने का आधार बन चुका है जबकि मरना तो उसे भी है।"

"हाँ, स्वामीजी मरना तो हम सभी को है।"

"फिर वह विवश क्यों है? क्यों शोषित है? क्यों गुलाम है?...मात्र इसीलिए वह डरता है।...यह डर भी उसके मस्तिष्क में बैठाया गया है ताकि वह जीवन के बारे में नहीं सोच सके। आज वह पैदा हो और मरे–फिर वह चाहे कुत्ते-बिल्ली की तरह मरे इसका उस पर कोई प्रभाव नहीं पड़ता। जानते हैं, क्यों?"

"क्यों?"

"क्योंकि उसका सोच एक गड्ढों में भरे पानी की तरह बदबू दे उठा है।...पता कीजिए, डॉक्टर, वे हमारी तुम्हारी तरह हम लोगों को देखकर भी नहीं सोच पा रहे हैं। जिन औजारों-हथियारों को प्रयोग में नहीं लाया जाता, वे जंग खा जाते हैं। हथियार होते हुए भी उनका प्रयोग भूल चुकते हैं और निहत्थे मुट्ठी भर बाहर से आए लोग उनके हथियारों को छीनकर उनके खिलाफ़ प्रयोग करने लगते हैं।

इस बार डॉ. आन्द्रे रुका। बहस का मुद्दा भूल कर स्वामी विवेकानन्द की ओर ध्यान से देखने लगा।

विवेकानन्द मौज में आकर कहते जा रहे थे, "डॉक्टर, विचारों की तंगदिली व्यक्ति या समाज को खुदकुशी के तट पर ला खड़ा करती है। विचार से ही व्यक्ति या समाज मुक्त हो सकता है या परतन्त्र। परतन्त्र का अर्थ है विचार रहित जीवन जीने की विवशता यानी गड्ढे में सड़ने वाला पानी।" विवेकानन्द के चेहरे पर लालिमा उतर आई। डॉ. आन्द्रे सोच गए कि यह स्वामी कैद में नहीं डाला जा सकता। मान लो, इसे अन्दर डालने में उन्हें सफलता मिल भी गई तो वे बाहर होते हुए भी इससे बराबर डरते रहेंगे।

"कभी आपने इनके मन्दिर देखे हैं?"

"वे तो हम लोग साक्षात् देख रहे हैं।"

"मेरा मतलब चीनी मन्दिर।"

"नहीं।"

"देखना चाहेंगे।"

"पर, देख नहीं सकेंगे।"

"क्यों?"

"वहाँ विदेशियों के जाने पर रोक है।"

"मन्दिर देखने पर रोक।"

"हाँ, स्वामीजी।"

"जैसे शिमला में मुख्य माल रोड के भाग पर हिन्दुस्तानियों के चलने-फिरने पर लगी रोक। आम आदमी के लिए वहाँ लोअर माल रोड है।"

"मैं कभी शिमला नहीं गया।" कहकर डॉ. आन्द्रे ने पाइप से लम्बा कश खींचा। उसके धुएँ को अन्दर ही अन्दर बिलोया और उसके साथ धक्का-मुक्की करते हुए उसे बाहर ढकेल दिया।

"यह आपने अच्छा ही किया वरना आप जैसा स्वतन्त्र ख़यालों का आदमी कष्ट पाता।" विवेकानन्द ने तेजी से कहा।

डॉ. आन्द्रे सकपका कर रह गया। वह शायद ठीक से समझ नहीं पाया अथवा उसने नासमझ होने की आड़ ली। आलस्य बहाने की छत्रछाया में पलता है।

"पर, मैं देखना चाहूँगा, डॉ. आन्द्रे।"

"असम्भव।"

"तो डॉक्टर आन्द्रे, ऐसा कहना एक डॉक्टर के लिए कदापि उपयुक्त नहीं

है, क्योंकि वह मरीज़ को बचाने के लिए अन्त तक इस विश्वास से कोशिश करता है कि वह उसे अवश्य ही बचा लेगा।"

"हाँ, स्वामीजी। परन्तु यहाँ बात ही दूसरी है—वह इलाका विदेशियों के लिए प्रतिबन्धित है—प्रोहिबिटेड।" डॉ. आन्द्रे ने जोर देकर कहा।

अब तक वे लोग उस वर्जित इलाके के सामने आ पहुँचे थे।-उनके पीछे उस जहाज के और भी यात्री वहाँ आ पहुँचे थे। विवेकानन्द ने दुभाषिया से जानना चाहा, "कोई और रास्ता?"

"कोई रास्ता नहीं है।"

"ऐसा नहीं हो सकता। जरा दिमाग़ पर जोर डालो।"

"कोई लाभ नहीं।"

"क्यों डॉ. आन्द्रे, तुम क्या सोचते हो?"

"इसमें सोचने की कोई गुंजायश नहीं।...वर्जित इलाके में प्रवेश करना कानूनन जुर्म है।"

"फिर भी मनुष्य जुर्म करता है, डॉक्टर?"

"सजा मिलती है।"

"हाँ, डॉ. आन्द्रे, परन्तु कभी-कभी उस कानून की धज्जियाँ भी उड़ जाती हैं। कानून की गहराई में जाएँ तो मनुष्य की आजादी के बीच कोई भी रुकावट तब तक कोई अर्थ नहीं रखती, जब तक कि उससे दूसरे की आजादी को खतरा न हो।...डॉक्टर यह सिद्धान्त की बात है।"

"कम से कम हम यात्रियों को यह मुद्दा बहस का नहीं बनाना चाहिए, क्योंकि हमारा गन्तव्य दूसरा है।"

"डॉ. आन्द्रे, क्षमा करना मैं आपकी इस तकरीर के पक्ष में नहीं हूँ।"

"क्यों न हम इस विषय को छोड़कर कोई और बात करें।" डॉ. आन्द्रे समझौते की मुद्रा में आ गया।

"क्यों मि. दुभाषिया, तुम क्या कहते हो?"

"मैं डॉ. आन्द्रे के साथ हूँ।"

अपने चारों ओर, पीछे मुड़कर कई बार देखा। अचानक उनकी दृष्टि अपने ठीक पीछे खड़े उस दम्पति पर पड़ी जो शादीशुदा न होते हुए भी पति-पत्नी की तरह कई वर्षों से जी रहे थे। एकदम साहसी युगल। कोई परहेज नहीं। व्यक्तिगत आज़ादी का हामी स्वर। उन्होंने पूछ लिया, "क्यों हाइन्स-आन्ने, आपका इस बारे में क्या ख्याल है?"

वे चौंके। अचानक उन्हें चुनौती का सामना करना पड़ रहा था। दरअसल वे तमाशबीन की हैसियत से उनकी बातों का आनन्द ले रहे थे, न कि उस प्रतियोगिता में भाग लेने के इरादे से। आन्ना ने आगे बढ़कर, बिना सोचे कहा, "मुझे अड्वेंचर रास आते हैं।...दरअसल जिन कामों में चुनौती, जोखिम, साहस, खतरों के लिए जगह नहीं हो, बेमतलब कार्य हैं।"

हाइन्स की आँखें चमकीं। उसका लम्बा चेहरा कुछ और लम्बा हो गया और

उसकी ठुड्डी का हलका-सा गड्ढा और गहरा हो गया। उसके गले की नस खिंचने लगी। परन्तु आन्ना के चेहरे पर सुबह की उजली धूप, लाल-गुलाबीपन और मुस्कराहट में बेफिक्री आलम तैर उठा। अब बारी विवेकानन्द की थी। वे बोले, "आप में से जो चीनी मन्दिर-मठ देखना चाहें, साथ आ सकते हैं।"

दुभाषिया और अपने को नहीं रोक सका, कहने लगा, "स्वामीजी, आप तो समझिए।"

"परन्तु दूसरे नहीं समझें, ऐसा।"

"नहीं, बात यह नहीं है।"

"क्या बात है?"

"जो उधर गया, उसे वे पकड़ कर बेतरह मारेंगे और यह हो सकता है कि उसे कहीं ले जाकर कैद कर लें।"

"क्या पहले कभी ऐसा हुआ है?"

"तीन चार बार।"

"क्या हुआ?"

"उन्हें पकड़कर इतना पीटा कि वे मर गए।"

"मौत का डर, लोगों के दिलों में स्थायी तौर पर घर करने लगे तो लोग जोखिम भरे खतरनाक काम करना ही छोड़ दे।...क्या माउंट एवरेस्ट पर लोगों ने चढ़ना छोड़ दिया, जबकि अभी तक वहाँ कोई नहीं पहुँच सका। और अनेक पर्वतारोहणियों को जान से हाथ धोना पड़ा। यह कोई तर्क नहीं है।"

सब चुप। आगे-आगे विवेकानन्द, उनके पीछे आन्ना।...फिर धीरे-धीरे अन्य यात्री भी जुड़े। आगे बढ़ने लगे।

"मैं कहता हूँ, रुक जाओ, लौट जाओ। बैठे ठाले कोई दुर्घटना माथे न पड़ जाए।"

परन्तु कोई पीछे नहीं लौटा।

विवेकानन्द ने कहा, "देखें तो वे कैसे मार डालेंगे? आखिर हम मठ-मन्दिर देखने ही तो जा रहे हैं, कोई चोरी या लूट मार करने तो नहीं जा रहे हैं।...धार्मिक कभी अश्रद्धालु, निर्दय और आक्रामक नहीं हो सकते हैं। इरादे नेक हों तो रुकावटें स्वयं ही मुँह फेर लेती हैं।" विवेकानन्द के इस जोश, उत्साह और साहस भरी आवाज को सुनकर और लोग भी आगे आए। उनमें सरदार, पठान, कई विदेशी महिलाएँ, अनेक भारतीय आगे आए। स्वयं दुभाषिया विवेकानन्द के साथ हो लिया।

अब सबकी आँखें चमक रही थीं, सीने तने हुए थे और इरादे दृढ़ थे।

अद्भुत दृश्य। डॉ. आन्द्रे अपने स्थान से टस से मस नहीं हुआ। एक पादरी कौतूहल भरी दृष्टि से इस मंजर को देख रहा था।

हवा में खनक थी। सूर्य की रोशनी में चमक थी। आसमान मौन था।

अचानक एटम फूटा। दुभाषिया तेज स्वर में बोला, "सज्जनो, भागो, भागो...वे क्रोधावेश से भरे इधर ही आ रहे हैं।...उनके हाथों में लाठी है।...वे लाठियाँ हवा में उछाल रहे हैं।

सब सिर पर पाँव रखकर भाग खड़े हुए। दुभाषिया बोला, "संन्यासी बन्धु, लौट पड़ो, यही उचित होगा।"

"क्या उचित होगा, क्या नहीं, यह मैं भली प्रकार से जानता हूँ।"

"तो मैं चला।"

विवेकानन्द ने तत्काल उसकी कलाई पकड़ ली।

"मेरी कलाई छोड़िए संन्यासी, मेरे बाल-बच्चे हैं।"

विवेकानन्द ने मुस्कराकर कहा, "बन्धु तुम भी भागना चाहो तो भाग जाना परन्तु इतना तो बताकर जाओ कि चीनी भाषा में संन्यासी या सन्त को क्या कहते हैं?"

दुभाषिया वह शब्द बताकर भाग खड़ा हुआ। वे लोग उधर ही बढ़ते आ रहे थे। भागकर गए लोग दूर से आगे होने वाले नाटक का मन ही मन आस्वाद ले रहे थे।

डॉ. आन्द्रे को चिन्ता सताने लगी। वे लोग इस उद्दण्ड और दुस्साहसी संन्यासी को मार न डालें। क्या करें वह? वह भी चिल्लाकर बोले, "संन्यासी, ये जंगली लोग लगते हैं। कुछ भी कर सकते हैं। तुम व्यर्थ में इनका शिकार मत बनो। तुमने अनेक मठ-मन्दिर देखे हैं। फिर इनका मोह क्यों? लौट आओ, संन्यासी, लौट आओ।"

विवेकानन्द यथावत् खड़े रहे। वे काफी नज़दीक आ चुके थे। उनकी लाठियों में फल लगे हुए थे। वे क्रुद्ध थे। चीख रहे थे।

विवेकानन्द ने चीनी भाषा में तेज स्वर में अपनी छाती पर हाथ लगाकर कहा, "मैं संन्यासी हूँ।...योगी हूँ...साधु हूँ।"

वे सब पास आए। उन्होंने वे लाठियाँ ज़मीन पर रख दीं और विवेकानन्द के चरणों में झुक गए। उन्होंने आशीर्वाद स्वरूप अपना हाथ उनके सिर पर रख दिया।

सब हतप्रभ। यह कैसा जादू! डॉ. आन्द्रे ने दुभाषिया से पूछा, "यह क्या हुआ?"

"पता नहीं, परन्तु सब श्रद्धावनत हैं।"

"उनका उग्र, भयावह और क्रुद्ध रूप कहाँ गया?" डॉ. आन्द्रे ने पूछा।

"मैं क्या बताऊँ? जो आप सब देख रहे हैं, वही मैं देख रहा हूँ।"

"हमें भागना नहीं चाहिए था।" अन्ना ने हवा में वाक्य उछाला।

"संन्यासी साहसी, निर्भीक और सहनशील सन्त हैं—आध्यात्मिक शक्ति का ज्वलन्त प्रतीक।"

"हम कितना ग़लत सोच गए थे।" हाइन्स ने पछतावा व्यक्त किया। उसके एक प्याले में कॉफी थी और सामने जमीन पर श्नाप्स। वह आगे कहने लगा, "अन्ना, श्नाप्स लो।"

"नो, थैंक्स।" अन्ना ने एक सिगरेट होठों में दबाई और माचिस की तीली सुलगाई। उसकी लाल और काले चेक वाली कमीज का एक सिरा निकर से बाहर

निकल आया था।

"हमें इतना गम्भीर नहीं होना चाहिए, अन्ना! जो हुआ, उसे सहज लेना चाहिए।

"मैं आज तक तुम्हारे इस सहज का आशय नहीं समझ सकी। इसे प्रायः तुम अपनी ढाल के रूप में प्रयोग करते आए हो, हाइन्स।"

"कृपया जरा शान्त रहें।"

"वहाँ कुछ हो रहा है।"

विवेकानन्द पूछ रहे थे जोर की आवाज़ में, "ये लोग कवच-कवच क्या कह रहे हैं?"

"दुभाषिया बन्धु, तुम वहाँ चले जाओ।"

"क्यों?"

"क्योंकि तुम दोनों की बात एक दूसरे को समझा सकते हो।"

"इन लोगों का कोई भरोसा नहीं, ये कभी भी उग्र हो सकते हैं और आक्रामक भी।"

"तुम बहुत डरपोक हो।"

"इसलिए कि आप पहली बार वहाँ नहीं गए और पैंट की जेब में हाथ डाले मजे से मुझे काल के मुँह में ढकेलने के लिए तत्पर हो, डॉक्टर। आपको जाना चाहिए, क्योंकि आप इन दिनों में स्वामी से ज्यादा परिचित हो गए थे।"

"काश, मैं चीनी भाषा जानता होता!...स्वामीजी फिर कुछ पूछ रहे हैं, दुभाषिया बन्धु।"

"मुझे पिअरेज (कुलीन लोगों) से कोई सहानुभूति नहीं है। जीते हैं तो जिन्दों पर बोझ बनकर और मरते हैं तो भी एक बड़ी जगह पर कब्जा करके बैठ जाते हैं यह कहते हुए कि मैं अपने समाज के सबसे शक्तिशाली लोगों में से एक था। स्साले पॉल्ट्री (तुच्छ)!" दुभाषिया बड़बड़ाता रहा।

"सनकी, कमजोर, ईर्ष्यालु...।" डॉ. आन्द्रे ने मन में कहकर प्रत्यक्ष में कहा, "कृपया स्वामीजी कुछ पूछ रहे हैं, जवाब दो।"

दुभाषिया ने अपना फैल्ट हैट हटाकर कहा, "स्वामीजी, ये लोग भूत-प्रेत तथा अपवित्र प्रभावों से बचने के लिए रक्षा कवच चाहते हैं। आप इनकी सहायता कीजिए। इन्हें कोई मन्त्र दीजिए।"

विवेकानन्द कुछ देर तक सोचते रहे। उन्होंने उनकी ओर देखा। नाटे कद के टिमटिमाती आँखों वाले वे लोग दया के पात्र लग रहे थे। वे क्या करें? क्या मन्त्र दें? तभी उनको एक कागज नजर आया। उन्होंने उसके टुकड़े किए। फिर उन पर वेद का पवित्र शब्द ॐ लिखा और एक-एक को बुलाकर वह कागज़ थमा दिया।

वे सब प्रसन्न हो गए। उन्होंने उस कागज को माथे से लगाया और कुछ कहते हुए वे उन्हें अपने साथ ले गए।

अब विवेकानन्द मठ में थे। उन लोगों ने उन्हें संस्कृत और पुरानी बंगला में हस्तलिखित पोथियाँ दिखलाईं। वे जहाँ-तहाँ से उन पोथियों को पढ़ने लगे। संस्कृत

में उन्होंने कुछ श्लोक मधुर आवाज में सुनाए और लौटने के लिए उठ खड़े हुए।

मठ साधारण था। जगह काफी थी। परन्तु उनकी भावना पवित्र थी। वे न संस्कृत जानते थे और न पुरानी बंगला। फिर भी उन पोथियों के प्रति उनमें गहरी श्रद्धा थी।

वे विवेकानन्द को बाहर तक छोड़ने आए। उनके चरण छुए। उन्होंने आशीर्वाद दिया। मन्त्रोच्चारण करते हुए फिर वे लौट गए। विवेकानन्द को कैण्टन का वह विशाल बौद्ध मन्दिर याद आने लगा था, जहाँ वे गए थे और जहाँ मन्दिर में बुद्ध के शिष्यों की प्रतिमूर्तियाँ देखकर वे इस सोच में पड़ गए थे कि ये प्रतिमूर्तियाँ बंगालियों की आकृतियों के समान क्यों हैं? मठ में पोथियाँ देखकर उनको लगा कि बंगालियों का उनके यहाँ बहुत सम्मान था और उनसे उनके आत्मीय सम्बन्ध थे।

जहाज का भोंपू बजा। जहाज आगे के लिए चल पड़ा। विवेकानन्द उस नगर की ओर भाव-विह्वल होकर देख रहे थे। गरीबी मनुष्य से जीने का हक छीनकर उन्हें अँधेरी गुफाओं में ढकेल देती है। जहाँ रहते-रहते वे वहीं के ऐसे अभ्यस्त हो जाते हैं कि नई चेतना की दस्तक सुनने के लिए वे कतई तैयार नहीं होते।

दिन गया। सूरज डूब गया। अँधेरा आँख खोलकर प्रकाश की नन्हीं-सी रेखा को तलाशने लगा। समुद्र का अँधेरा घने जंगल से ज्यादा खौफनाक और चुभने वाला होता है। आज आकाश में न चन्दा था और न तारे। हवा भी प्राणायाम कर रही थी। अकेला समुद्र है, उसका नमकीन व कसैला आस्वाद है, जो कभी-कभी सिर में नश्तर चुभोने लगता है।

अब जहाज नागासाकी की ओर बढ़ चला था। पानी पर दौड़ता जहाज रेगिस्तान का स्मरण करा रहा था। अन्ना आई। बोली, "हैलो, स्वामीजी!"

"नमस्ते।"

"नमस्ते...आप दृढ़ इच्छा के कर्मनिष्ठ, तेजस्वी और साहसी सन्त हैं।...आप मठ देखने के लिए इतने दृढ़-निश्चित क्यों हो गए?...यह जिज्ञासा हम लोगों को इतना उतावला क्यों नहीं बना सकी?"

विवेकानन्द ने समुद्र की ओर से मुँह घुमाया। उनके गैरिक वस्त्र तेज हवा चल जाने के कारण अब फड़फड़ाने लगे थे। वह जहाज के प्रकाश के सहारे अँधेरे का मन पढ़ते हुए बोले, "मैं संन्यासी हूँ।"

"ब्रह्मचारी।"

"हाँ ब्रह्मचारी। संन्यासी गृहस्थ भी हो सकता है।...मठ-मन्दिर-चर्च आदि मेरी जिज्ञासा के केन्द्र हैं।...उससे वहाँ के लोगों की आस्था, शील, सौन्दर्य और जीवन के प्रति दृष्टिकोण का ज्ञान होता है। मनुष्य-मनुष्य के सम्बन्धों की तलाश होती है।...प्रभु की सृष्टि से साक्षात्कार करने का आनन्द मिलता है।"

"आपको क्या मिला?"

"चीनी लोगों की आस्था पर भारतीय आस्था के अमिट स्मृति-चिह्न।...चीन

को बुद्धदेव के बहुत नजदीक पाया। कैण्टन का सबसे बड़ा मन्दिर आपने देखा ही है।''

''हाँ, वह प्रथम बौद्ध सम्राट और सबसे पहले बौद्ध धर्म अपनाने वाले पाँच सौ पुरुषों का प्रतीक है।'' अन्ना ने स्कार्फ खोलकर हाथ में लपेटना शुरू किया।

''मन्दिर के बीचोंबीच बुद्धदेव की प्रतिमा है। ठीक उसके नीचे सम्राट और सम्राट के दोनों तरफ उनकी शिष्य मंडली है।''

''सभी प्रतिमाएँ लकड़ी पर खोदकर बनाई गई हैं।''

''हाँ।''

''तो क्या उनमें और भारतीय बौद्धकालीन महात्मा बुद्ध की मूर्तियों में समानता है?''

''है—भावना, समर्पण और श्रद्धा के स्तर पर लेकिन विषमता भी है जो चीनवासियों की मौलिकता का मनमोहक परिचय देती है।...शिल्प कलाकार की आत्मा के सौन्दर्य का मूर्तरूप ही है।''

''एक बात में भारतीय और चीनियों में मुझे समानता नज़र आई।''

''किस तरह से?''

''चीनवासी भी भारतीयों की तरह अन्धविश्वासी, परम्परावादी, रूढ़ान्ध, दरिद्रता के शाप से ग्रस्त हैं।''

''यही उनकी पराजय का कारण है। ये जीने के स्वाभिमान को भूल चुके हैं और अपने को ठुकराये भाग्य का उदाहरण मानते हैं। उनमें न स्वप्न मुस्कुराते हैं और न कल्पनाएँ। बुद्धि जब पराजय को अपना भाग्य मानने लगती है, तब ऐसी जड़ता का साम्राज्य स्थापित होने लगता है।...मनुष्य जाति की मनुष्य के प्रति इतनी घृणा क्यों? क्यों आत्म-सम्मान के अध्याय को फाड़कर डस्टबिन में डाल दिया गया?'' विवेकानन्द धीरे-धीरे कह रहे थे।

''क्या इस दुर्भाग्य से उन्हें मुक्ति मिल सकेगी?''

''बशर्ते वे कर्मयोगी बन सकें।''

''कौन बनाएगा उन्हें कर्मयोगी?''

''तुम भी।''

''मैं भी। ...मैं कुछ नहीं समझी, स्वामी जी!''

''हाँ अन्ना, तुम ही क्यों, वे सब क्यों नहीं, जो इस एहसास से जुड़े हुए हैं। जान गए तो अपने कर्म द्वारा जाने हुए को सिद्ध करो। वरना तो जानने से लाभ क्या?''

''मैं भी कुछ कहूँ, स्वामीजी?'' कैप्टन राइटर ने प्रवेश करते हुए कहा।

''अवश्य, मि. राइटर।''

''डिनर आपकी प्रतीक्षा कर रहा है।...बहुत समय हो रहा है, थोड़ी देर बाद डिनर बन्द हो जाएगा।''

''थैंक्यू मि. राइटर।'' विवेकानन्द ने कहा।

''चलिए, स्वामीजी। विवेकानन्द को यथावत् खड़ा देखकर अन्ना ने आग्रह किया।

"धन्यवाद कैप्टन राइटर और अन्ना आप लोग जाएँ, मेरा आज उपवास है।"

"उपवास में क्या लेते हैं, स्वामीजी?"

"प्रायः रात्रि को कुछ नहीं।"

"कभी-कभी...?"

"एक गिलास दूध।"

"तो चलिएगा—आप दूध ले लीजिएगा।"

विवेकानन्द उनके साथ चल पड़े। अब भोजनालय लगभग खाली पड़ा था। उत्तर दिशा के मेज पर एक परिवार के तीन सदस्य भोजन समाप्त करके उठने का आभास दे रहे थे। यह परिवार काठियावाड़ी गुजराती था।

"क्यों न हम सेंट्रल मेज की ओर चलें।"

वहाँ गुलदस्ता बहुत सुन्दर था और कैंडल की लौ बेहद शान्त और उनींदी सी थी। किसी ने अन्ना के इस प्रस्ताव पर आपत्ति नहीं की। वह उस मेज के नज़दीक आकर कहने लगी, "दोस्तो, ये हलके गुलाबी कार्नेशन फूल मेरी एक कमजोरी भी हैं। मुझे सदा इन्होंने अपनी तरफ खींचा है। क्यों, यह नहीं पता, जबकि मैंने यह जानने की बेहद कोशिश की।...मुझे भारतीय संन्यासी ने भी बहुत आकर्षित किया है यह जानने के लिए घर-बार छोड़कर, तमाम उत्तरदायित्वों से आँख फेरकर और एकाकी जीवन का दीर्घकालीन अभ्यास करके वह ऐसा क्या पा जाता है, जो हम जैसे सामान्य अनुभवों से गुजरने वालों से न केवल भिन्न होता है बल्कि सर्वाधिक महत्त्वपूर्ण भी होता है।"

सब बैठ चुके थे। नैपकिन ले लिया था। जब तक खाने की चीजें आएँ तब तक के लिए कैप्टन राइटर ने प्लेट में रखे लाल पैकिट को खोलकर एक सिगरेट उठाई और विवेकानन्द की ओर वह पैकिट बढ़ा दिया। उन्होंने कहा, "प्लीज अन्ना!"

"नो स्वामी जी, इस समय भूख तेजी से लगी है।" अन्ना ने मुड़कर देखा।

विवेकानन्द ने सिगरेट निकाली। धीरे से सुलगाई। पूछा, "धुएँ से परहेज तो नहीं है, अन्ना।"

"नो, कोई परहेज नहीं है।"

डोंगे रखकर वेटर जा चुका था। जैसा विवेकानन्द ने सोचा था कि अन्ना अपनी प्लेट में जल्दी से परोसकारी करेगी और बिना एक पल खोये खाने पर टूट पड़ेगी, वैसा कुछ नहीं हुआ। उसने धीरे-धीरे परोसकारी की। भुने हुए मांस को एक कोने में रखा। बड़े प्याले में ऊँटनी के दूध से बना पनीर लिया। पनीर पर नमक छिड़का, मछली उठाई और बोली, "कैप्टिन अपने पर दया करो और सिगरेट को डस्टबिन में डालकर सूनी प्लेट की मायूसी दूर करो।"

कैप्टन राइटर ने उसके कहे अनुसार तत्परता दिखलाई। वह गोभी ले रहे थे।

विवेकानन्द के लिए दूध आ चुका था। वे सिगरेट से गूढ़ मित्रता निभा रहे थे। वे सिगरेट का कश इतनी धीमी गति से ले रहे थे मानो वे भीड़ भरी जगह पर अपनी प्रेमिका के कान में फुसफुसा रहे हों।

"मेरी माँ ने कभी अपने हाथ से खाना खिलाया हो, याद नहीं पड़ता। उसने

कभी, बहुत रोने पर भी मुझे अपना दूध नहीं पिलाया। क्या उसने मुझे जना है, ठीक से मैं किसी निष्कर्ष तक नहीं पहुँच पाती। रिश्तों की गरमाहट मुझे भारत में अनुभव हुई। ख़ासतौर से उस काली परन्तु ललाई लिये मजबूत आदिवासी युवती में जो अपने खुले स्तन से अपने शिशु को दूध पिलाते हुए झाड़ू कूटती जा रही थी।'' अन्ना का स्वर यद्यपि आत्म-केन्द्रित था परन्तु ऐसा आत्म-केन्द्रित भी नहीं था कि उसको कोई न सुन सके। प्रायः सम्बोधनरहित कथन कभी-कभी बहुत मार्मिक, दीर्घजीवी और अन्तर्मन को मथने वाले हो जाते हैं।

कहीं से कोई प्रतिक्रिया नहीं आई। सब अपरिचित से थे।

विवेकानन्द के सामने संयोग आ ठहरा था। हाल की घटना के लिए वे संयोग शब्द का इस्तेमाल करना चाहते थे। कैसी भी परिस्थितियाँ हों। कैसे भी परिचित-अपरिचित लोग साथ हों और कैसी भी कल्पनातीत विचित्रताएँ हों परन्तु संयोगों का गठन विवाद रहित है। कभी ऐसी रात्रि नहीं आती, जिसके अन्धकार में प्रकाश दस्तक न देता हो। यह भी एक संयोग ही है कि एक को वह दिखलाई नहीं पड़ता परन्तु दूसरे को साफ़ नज़र आता है।

विवेकानन्द ने सिगरेट को डस्टबिन में बुझने की अन्तिम क्रिया के लिए दफना दिया। कभी भी उन्हें बीड़ी-सिगरेट ने नहीं उकसाया। उनके लिए उनकी उपस्थिति सामने रखे गिलास से अधिक महत्त्वपूर्ण नहीं थी। वे सब उठे। अपने-अपने केबिन की ओर शुभ-रात्रि कहते हुए बढ़ गए।

पानी पर तैरता हुआ मन डूबने की बलवती इच्छा से अचानक भर उठता है। क्या डूबना इतना आसान है? डूबने का अर्थ छपाक् से बहुत ज्यादा है पर हरेक के लिए नहीं। शायद डूबने का अर्थ कोई दूसरा भी हो जो डूबने को महत्त्वपूर्ण बना जाता हो। डॉ. शैफॉल्ड, बुर्जुआ होते हुए भी, उन आम जिन्दगियों पर काम कर रहे थे जिन्होंने स्वेच्छा से जल में डूबकर अपनी मौत का अनुभव लेना चाहा था। वह कहते थे कि हर मुरदे में जीने की इच्छा डूबने पर भी, यानी स्वेच्छा से मरने का रास्ता तै करने पर भी, बलवती बनी रहती है।

''यानी आप कहना चाहते हैं कि मुरदा भी जिन्दा रहना चाहता है।'' बोल्शेवो ने कहा।

''बशर्ते कि पिरामिड बनाने वाले जीवित हों।'' एलसा मोरान्ते ने उनके पास आकर कहा। वह सुघड़ नाक नक्शेवाली, गहरी काली आँखों और गहरे रक्तिम बारीक होठों वाली नवयौवना रोमवासी थी परन्तु इस वक्त वह जापान से अमेरिका के लिए रवाना हो रही थी।

''हम कुछ समझे नहीं।'' बोल्शेवो का अनसुलझा स्वर था।

''ज़िन्दगी घसीटने की अपेक्षा उसे तत्काल ख़तम कर देना बेहतर है।''

''पर क्यों?'' विवेकानन्द बहुत देर से उनके संवाद सुन रहे थे। अचानक वे पूछ बैठे।

"क्योंकि रिस-रिस कर मरना नहीं चाहते।"

"रिस-रिस कर मरना किसके लिए?"

"किसके क्या, अपने लिए।" एलसा मोरान्ते ने सोचते हुए कहा।

"नहीं, अपने लिए नहीं।"

"क्या", बोल्शेवो के मुख से अचानक निकल गया। उसकी फ्रैंचकट दाढ़ी के नीचे छिपा मस्सा झाँकने लगा, क्योंकि वह अपनी तर्जनी उँगली से उसे खुजा रहा था।

"मृत्यु अवश्यम्भावी है। दो दिन ज्यादे जिए या कम, इसका कोई अर्थ नहीं है परन्तु जितना भी जिए, वह दूसरों के लिए। हाँ, थोड़ा-थोड़ा करके क्षीण होते हुए मरने की अपेक्षा वीरों की तरह दूसरों के कल्याण के लिए लड़कर उसी समय मर जाना बेहतर है—परन्तु निरुद्देश्य और अन्य के हित के बिना मरना उपयुक्त नहीं है।" विवेकानन्द ने थोड़ा-सा विराम देकर आगे कहा, "समाधि-फमाधि तुच्छ लगती है—तुच्छं ब्रह्मपदम् हो जाता है। मानव जीवन के कल्याण की कामना ही मनुष्य के जीने की सार्थक अभिव्यक्ति है।"

"मैं डूबकर आत्महत्या करने वालों पर लम्बे अर्से से काम कर रहा हूँ—खासकर समुद्र में डूबकर अपनी जीवन लीला समाप्त करने वालों पर।" डॉ. शेफॉल्ड ने हलका सा नाक का स्वर मिलाकर कहा।

"याद रखो बल ही जीवन है, दुर्बलता मृत्यु। दुःख भोग का एकमात्र कारण दुर्बलता है। हम दुखी हो जाते हैं, क्योंकि हम दुर्बल हैं। हम झूठ बोलते हैं, चोरी करते हैं, शोषण करते हैं, हत्या करते हैं, आत्महत्या करते हैं। अन्य नाना प्रकार के अन्याय करते हैं, क्योंकि हम दुर्बल हैं।...बल तमाम भाव रोगों की एक मात्र औषध है। बल है तो वह अन्याय-अत्याचार नहीं सहेगा। प्रतिरोध करेगा, डॉ. शेफॉल्ड।...वेदान्त पाप नहीं मानता, वह भूल को स्वीकारता है। मनुष्य की सबसे बड़ी भूल ही यह है कि वह यह कहता है कि वह दुर्बल है, वह पापी है, वह कुछ कर पाने की सामर्थ्य नहीं रखता, वह एक दुःखी और उपेक्षित जीव है।...क्या डॉ. शेफॉल्ड तुम्हारा शोध यह सब उजागर नहीं करता है?" विवेकानन्द का एक-एक शब्द मस्तिष्क-हृदय को मथने लगा था।

डॉ. शेफॉल्ड को मानना ही पड़ा कि उनकी थीसिस का उपसंहार यहीं आकर विराम पाता है। वह कहने लगा, "हाँ तथ्य तो यही बताते हैं।"

"आप अपनी शक्ति लगाओ इस तत्य को प्रकट करने में कि मनुष्य साहसी है, निडर है, संयमी है, बल-पौरुष युक्त है। परवाह नहीं करना कि तुच्छ लोग क्या कहते हैं? उपेक्षा। कैसी उपेक्षा? किसकी उपेक्षा?...ऐ महान्, अपनी सर्वशक्तिमान प्रकृति को उद्‌बुद्ध करके देखो तो पाओगे कि सारी दुनिया आपकी मुट्ठी में है। एकमात्र आत्मा शासन करती है, जड़ पदार्थ नहीं।...क्यों बोलशेवो...एलसा मोरान्ते क्या ऐसा सोचकर जीना तमाम विघ्न-बाधाओं में से गुजरते हुए व्यक्ति को महान् से महान नहीं बना सका है?" विवेकानन्द में आवेश नहीं उभरा। वे शान्त चित्त और सहज बने रहे। उनका चेहरा ओजमय था। उस पर एक तपस्वी का तेज प्रकाशमान

हो रहा था।

"आपने तो हमारी आँखें ही खोल दीं। जीवन का यह पक्ष कितना स्वर्णिम है, कितना शक्तिशाली है और कितना आनन्ददायक है, स्वामीजी, आपने मृत देह में प्राण डाल दिए।" एलसा मोरान्ते का स्वर गद्गद हो रहा था। उसकी साँसों में अमृत घुल रहा था।

"मैंने इस तरह से कभी नहीं सोचा था, स्वामीजी।"

"पर मैंने जान लिया था कि अपने स्वामीजी महान् कृती हैं, उनमें असीम बल है।" अन्ना ने पीछे से प्रकट होते हुए कहा।

"तुम, अन्ना यहीं थी!" विवेकानन्द ने उसका परिचय कराते हुए कहा।

"मुझे अमृत और विष की समझ प्रारम्भ से है। मैं जो कुछ पाने के लिए भारत गई थी। वह मुझे यहाँ, इस अन्तर्राष्ट्रीय जहाज पर मिल रहा है। चेतना का तार-तार वायलिन का संगीत दे उठा है।

"भय पतन है और पाप का हेतु है। भय सब बुराइयों की जड़ है। इसी से मृत्यु आती है, दुःख व्यापते हैं, अज्ञान घेरता है और हम स्वबोध से दूर हो जाते हैं।...आनन्द–वह आनन्द जिसका कभी क्षय नहीं हो सकता, भय की मायावी छलना से ऊपर उठकर ही सम्भव है। जहाँ डर नहीं, वहाँ विनाश नहीं, मृत्यु नहीं, पराजय नहीं, शोक नहीं, रोग नहीं क्योंकि तब वह उस महानतम, सर्वश्रेष्ठ, सर्वव्यापी, सर्वशक्तिमान सम्राटों के सम्राट का उत्तराधिकारी होता है। यही सत्य है और यही मनुष्य होने का गौरव है जो उसे देवताओं से बड़ा बनाता है, स्रष्टा की भूमिका में उतारता है।" विवेकानन्द ने अत्यन्त मधुर स्वर में कहा। उन सबको लगा कि वे किसी अन्यतम संगीत की धुन पर थिरक उठे हैं।

कोई कुछ नहीं कह सका। क्या कहता? अनमोल और अमृतमयी वाणी उन पर उतरकर छा चुकी थी। वे आकर्षण में बह रहे थे। मानो मानसरोवर में हंस तैरने लगे हों।

विवेकानन्द चल पड़े थे। उन्हें किसी ने नहीं रोका था। कौन रोकता? क्यों रोकता। अन्ना वायलिन पर एक ध्वनि निकालने में व्यस्त हो गई थी। वह ध्वनि थी–ओ! कृष्णा! ओ! रामा! ओ! हरि! ओ! मुकुन्द! ओ! मुरारी! ओ! अच्युत! ओ! नारायण हरि! ओ! नारायण!...एस नारायणा हैज एपीयर्ड इन दिस सिटी। तुकाराम कहता है–ऑल आर ब्लैस्ड हीयर!

विवेकानन्द को रुक जाना पड़ा। सन्त तुकाराम को प्रणाम कर वे उनमें डूब गए। मन ने कहा–यह धरती स्वर्ग से भी सुन्दर, आकर्षक और महान है। जहाँ ऐसे सन्त हों, वहाँ कुविचार कैसे ठहर सकता है, वहाँ मुनष्य का अनादर नहीं हो सकता और वहाँ सुवास ही सुवास है।

विवेकानन्द फिर आगे बढ़े कि वायलिन पर ॐ थिरक उठा। उनको लगा कि अन्ना के हृदय में बाँसुरी की गूँज महक रही है। वह महक उसके रन्ध्र-रन्ध्र से प्रकट हो रही है। कितने पावन, कितने मधुर और कितने आत्मीय हो उठे थे वे क्षण।

विवेकानन्द थोड़ा आगे चलकर रुक गए। उन्हें लगा अन्ना पुरगातोदिया (रोमन कैथोलिक मत में आत्म-शुद्धि का स्थल) पर खड़ी गिरजे में दोपहर की प्रार्थना करने लगी है। उसके छोटे घुँघराले बाल और भौंहें एकाग्र हैं। वह प्रार्थना लैटिन में कर रही है।

प्रार्थना किसी समय भी करो, कहीं भी करो, वह शिराओं और धमनियों में बहती हुई आत्मा तक पहुँच जाती है।

परन्तु इस बार विवेकानन्द नहीं रुके। प्रार्थना का स्वर स्वतः ही शान्त हो गया। अब वायलिन पर अभ्यासात्मक स्वर था। वे वायलिन बजाना बन्द होने पर भी उस मधुर पर अस्पष्ट स्वर को आत्मलीन हुए सुन रहे थे। खामोशी में वे स्वर और अधिक सघन तथा आर्द्र हो उठे थे।

फ्लास्क में कुछ बूँद पानी बचा था। नींद नहीं आ रही थी। बाहर तारों भरा आकाश था। लग रहा था कि जहाज की गति धीमी पड़ गई है। कैप्टन राइटर ने पाइप में तम्बाकू भरा था पर वह विवेकानन्द को उधर आता देखकर कुछ पीछे हट गया था। निरन्तर हिचकोले, खाते रहने के कारण उनकी शारीरिक शक्ति क्षीण हो रही थी।

विवेकानन्द अपने केबिन में आने से पहले समुद्र की लहरों की गर्जना सुनते रहे थे। बादल हिमधवल से होने लगे थे। आकाश में बैंगनी और गहरी लाल परछाइयाँ घिरने लगी थीं। सारा वातावरण सनसनीखेज हो उठा था।

विवेकानन्द राइटिंग टेबल के ठीक सामने रखी कुरसी पर आ बैठे थे। कितना समय बीत चुका था और अभी गन्तव्य तक पहुँचने में कितना समय लगेगा! कुल दो माह का समय तो लग ही जाएगा। उन्हें अपने गुरु भाइयों की याद सताने लगी। वे अवश्य चिन्तित हो रहे होंगे। वे पत्र लिखने के लिए बैठे परन्तु लिख नहीं पाए। कहाँ से लिखना शुरू करें? उन्होंने एक क्रम तय किया। फिर लिखने का बिन्दु तय किया ताकि उनका लिखना सार्थक सिद्ध हो सके।

जापान का पहला बन्दरगाह नागासाकी था। वहाँ गाड़ी में बैठकर शहर घूमा। चीन की एकदम उलट—एकदम साफ़ सुथरा शहर। चौड़ी सड़कें। अनेक कद के अनुसार छोटे-छोटे मकान। मकान के पिछवाड़े बगीचा। बगीचे में छोटे-छोटे जलाशय, नालियाँ, उन पर बने पुल। साथ में छोटे-छोटे पेड़-पौधे लताएँ। एकदम आकर्षक, चित्त पर सौन्दर्य बोध का गहरा प्रभाव छोड़ने वाले। लोग सभ्य, आत्मीय और संक्षिप्त संवाद वाले।

वहाँ से कोबे आए। स्थल मार्ग से याकोहामा—जापान का मध्य भाग। सर्वाधिक महत्त्वपूर्ण औद्योगिक नगर ओसाका, पूर्व राजधानी क्योटो तथा वर्तमान राजधानी टोक्यो। सबमें देश के प्रति अटूट प्रेम। कुछ कर पाने की बलवती लालसा। अनुशासन। गहरी समझ। अटूट आस्था। भरपूर जोश। खुशहाली के मंजर—एक के बाद एक।

एक बौद्ध मन्दिर। पुजारी से संवाद।

"शिल्प उद्योग से आपके चित्त पर प्रभाव?"

"उत्तम। श्रेष्ठ। उद्योग कर्म शिल्प के उदात्त उदाहरण।"

"कोई असुविधा?"

"कैसी असुविधा?"

"माया के उत्सव-संयोजन। भारी मशीनें। देहवाद। संसार का मोह आसक्तियों का विराट् प्रदर्शन।"

"कर्मोत्सव, संन्यासी। जीने की नवीन शैली। शान्तिमय शिल्पोद्यान। स्व उन्नति की भरपूर दृष्टि?"

"परन्तु बौद्ध धर्म तो...।"

"धर्म कर्त्तव्य है, संन्यासी। कर्त्तव्य कर्म का ही द्योतक है। यहाँ के लोगों से बात कर देखिए सब में आत्मबोध, गहरी निष्ठा, जीवन के प्रति स्वस्थ दृष्टिकोण मिलेगा। भूकंप झेलता, जापान स्वस्थ, स्वच्छ और उच्च मनोबल का स्वामी है।. ..आप उनसे मिलो। मध्यम वित्त परिवार से है।" पुजारी ने उन दोनों को बुलाया। परिचय कराया। कहा, "पूछो, क्या पूछना चाहते हो?"

"धन्यवाद पुजारी जी!" फिर उस युगल नवयुवक-नवयुवती से पूछा, "क्या अनुभव होता है?"

"किस दृष्टि से?"

"मन की दृष्टि से।"

"मन प्रसन्न है।"

"धर्म से।"

"यह धर्मोत्सव ही है, महाशय।"

"शिल्पोद्योग।"

"शिल्प कर्म है। ऐसा कर्म जिसमें कला है, सौन्दर्य है और भरपूर उत्साह-आनन्द है।"

"तुम, नवयुवती?"

"आनन्द। आकर्षण पाप नहीं, शुद्धता है। जीने के कलात्मक तथा आत्म-विश्वासी दृष्टिकोण। एक-दूसरे के प्रति सम्मान।...धोखा नहीं। बातों का वितंडावाद नहीं। सरल, सहज और मनभावन परिवेश।...कर्म पूजा।...मन्दिर की पवित्र भावनाओं का आकर्षक संसार।" वह युवती नपे-तुले शब्द बोल रही थी। उसका आकर्षक रूप-रंग और आत्मविश्वास से भरा छलकता-गूँजता जीवन कर्म यह समझा रहा था कि युवा होने का क्या अर्थ है। उसका मन झील-सा निश्छल और पारदर्शी था। उसकी आँखों में चमक थी वैसी चमक चीनी और भारतीयों के मुखमंडल पर मुश्किल से नज़र आती है।

"नमस्ते" कहकर एक पाँच-छह वर्ष के बालक ने उन्हें चौंका दिया था। बेहद खूबसूरत वह बालक उनकी ओर ललचाई हुई दृष्टि से देख रहा था। उसने एक सुन्दर फूल उनकी ओर बढ़ाकर कहा, "जापान आपका स्वागत करता है।...आप महान् भारत से आए हैं?" उसकी मुद्रा में स्वाभिमान था, उसकी वाणी में आनन्द

से युक्त ओज था और मधुरता।

धन्यवाद देने के बाद विवेकानन्द ने कहा, ''हाँ, मैं भारत से आया हूँ, वत्स।''

''महात्मा बुद्ध के देश से।''

''हाँ, महात्मा बुद्ध के देश से।''

''भारत कितना महान्'' यह सोचते हुए उसका मन उत्साह और आनन्द से भर गया। वह बोला, ''मुझे भारत देखना है।''

''अवश्य आइए।''

''जरा बड़ा हो जाऊँ। दो पैसे कमाने लगूँ, तब भारत जरूर आऊँगा।...रामकृष्ण,...शिव, ...गणेश, काली देवी...न जाने कितने भगवान वहाँ जन्मे हैं।'' उसका स्वर गद्गद हो उठा था।

''आपके माता-पिता भी आपको भारत अब दिखा सकते हैं, वत्स।''

''नहीं, मैं स्वयं आऊँगा... अपने पैसे से आऊँगा। तब थोड़ा समझदार भी हो जाऊँगा। यह जानने भी लगूँगा कि मुझे क्या जानना है। किसलिए वहाँ जा रहा हूँ? मुझे वह अपने साथियों को भी बतलाना होगा। जहाँ अनेक भगवानों ने जन्म लिया है, वह देश कैसा है? मैं भगवान् से प्रार्थना करके आऊँगा कि वे एक बार हमारे देश में भी जन्म लें।...हमने अपना देश उनके योग्य बना दिया है। खूब हरा भरा है। धन-धान्य वाला है।...सोने की चिड़िया तो यहाँ नहीं उड़ती हैं पर उसके लिए प्रयत्न हो रहे हैं।''

''कैसे प्रत्यत्न, वत्स?''

''घर-घर में काम हो रहे हैं। कोई हाथ खाली नहीं है।''

''तुम भी...।''

''हाँ, मैं भी अपने माता-पिता के काम में हाथ बँटाता हूँ और उससे मुझे पैसे मिलते हैं।''

''क्या करते हो उनका, वत्स?''

''उनमें सेप कुछ जमा करता हूँ, कुछ अपने मन पसन्द के पौधों पर खर्च करता हूँ, कुछ से किताब खरीदता हूँ।''

''किस कक्षा में पढ़ते हो?''

''दूसरी कक्षा में।...हम एक प्रार्थना करें।''

''कीजिए।''

''महात्मा बुद्ध को हमारा प्रणाम बोलिएगा।...उनसे कहिए कि एक बार वे हमारे देश में पैदा हों। हमारे घर में खेले-कूदें, बड़े हों।...कहेंगे ना?''

''हाँ कहूँगा। अवश्य कहूँगा।''

''अब चलता हूँ...नमस्ते जी!''

वह बालक चला गया। वे अनेक नवयुवक-नवयुवतियों से मिले। वे बुजुर्गों से भी मिले। क्या शान है उनकी! क्या सोच है उनकी! क्या नेक इरादे हैं उनके! एकदम हृष्ट-पुष्ट, स्वस्थ, खुश और गतिशील जीवन के श्रेष्ठ उदाहरण।

जहाज ने तेज उछाल ली। उनके सामने दीन-हीन, मुरझाया हुआ, नंगा-भूखा,

निस्तेज भारत रेंगने लगा। यदि वह बालक कभी यहाँ आया तो वह कितना दुःखी होगा। अनेक भगवान वाला देश कितना पिछड़ा हुआ, कितना परालंबी, कितना अस्वस्थ और कितना हतभाग्य है!

"हमारे नवयुवक-युवतियाँ समय से पहले बूढ़े, रुढ़िवादी, सठियाए हुए, अन्धविश्वासों से ग्रस्त, साम्प्रदायिक ज्वर से पीड़ित, ऊँच-नीच के नकली झगड़ों में उलझे हुए हैं। मुंशी और वकील बनने जैसे स्वप्नों से घिरे हैं—नासमझ, बेकार की बातों में उलझे हुए एकदम अपने समय से सैकड़ों वर्ष पीछे हैं। कीड़े-मकोड़ों की तरह जन्म पाते शिशु! कैसे कुरूप और घिनौने भारत का चित्र प्रस्तुत करते हैं।" वे सोचते रह गए।

यह सब स्मरण करते हुए विवेकानन्द ने कुछ देर तक सोचने के बाद लिखा, "भारत माता कम से कम एक हजार युवकों का बलिदान चाहती है—मस्तिष्क वाले युवकों का, पशुओं का नहीं। परमात्मा ने तुम्हारी इस निश्चेष्ट सभ्यता को तोड़ने के लिए ही अंग्रेजी राज्य को भारत में भेजा है और मद्रासियों ने ही अंग्रेजों को भारत में पैर जमाने में सबसे पहले मुख्य सहायता दी है। मद्रास ऐसे कितने निःस्वार्थी और सच्चे युवक देने के लिए तैयार है जो गरीबों के साथ सहानुभूति रखने के लिए, भूखों को अन्न देने के लिए और सर्वसाधारण में नवजागृति का प्रचार करने के लिए प्राणों की बाजी लगाकर प्रयत्न करने को तैयार हैं। और साथ में उन लोगों को जिन्हें तुम्हारे पूर्वजों के अत्याचारों ने पशुतुल्य बना दिया है, मानवता का पाठ पढ़ाने के लिए अग्रसर हैं?...धीरता और दृढ़ता के साथ चुपचाप काम करना होगा। समाचार पत्रों के जरिए हल्ला मचाने से काम न होगा। सर्वदा याद रखना—नाम-यश कमाना अपना उद्देश्य नहीं है। भारत समस्याओं का घर बन चुका है, उसे दलदल से बाहर लाना अत्यन्त आवश्यक है।"

इस तरह उन्होंने 10 जुलाई, 1893 ई. को याकोहामा से यह पत्र अपने मद्रासी भक्तों को लिखा। याकोहामा से वे कैनेडियन पैसिफिक मार्ग के इम्प्रेस ऑफ इंडिया नामक जहाज से आगे बढ़े। 14 जुलाई, 1893 ई. को यह जहाज वहाँ से रवाना हुआ। वैंकूवर के लिए। एक माह चौदह दिन का सफर वे तय कर चुके थे।

टोक्यो में उनका परिचय नौसरवानजी टाटा से हुआ। टाटा भी उनके साथ इस यात्रा में थे। वह कहने लगे, "स्वामीजी, क्या भारत फिर से अपनी खोई हुई प्रतिष्ठा पा सकता है?"

कुछ सोचकर विवेकानन्द ने कहा, "इस जगत् में कोई काम असम्भव नहीं है, टाटाजी, बशर्ते इरादे नेक और सुदृढ़ हों।...जापान में आपने उद्योग-शिल्प का अवलोकन किया। अब आपका क्या विचार है?

नौसरवानजी टाटा ने कहा, "यह आप बताएँ, स्वामी जी।"

"जापान शिल्पकर्मियों का देश है उसके मन में ऊपर उठने की बलवती इच्छा है। अपनी इच्छा को कार्य रूप में परिणत करने के शिल्प के प्रति वे संकल्पित हैं। उनकी समझ स्पष्ट है और उनमें अपने देश के प्रति गहरा अनुराग है।...वे सिंहवत्

गरज उठते हैं—सोअहम्-सोअहम्।...अपनी सहायता आप करो। दूसरा कोई आपकी सहायता नहीं करेगा। आप ही अपने सबसे बड़े शत्रु हैं, आप ही अपने सबसे बड़े मित्र हैं।...फिर अपनी आत्मा को पकड़ो। अपने पैरों पर खड़े हो। भयभीत मत हो। सारी दुर्बलताएँ, दुःख और अभावों को अपनी आत्मा से निकाल बाहर करो तब आपको लगेगा कि मैं वह हूँ, मैं वही हूँ। सूर्य, चन्द्र और ताराओं को देखो, मैं वह ज्योति हूँ जो उनमें दमक रही है। अग्नि में तेज रूप मैं ही हूँ, विश्व में शक्ति मैं ही हूँ, क्योंकि मैं वह हूँ, मैं वह हूँ, वह हूँ।...आप क्या सोचते हैं, टाटा जी? विवेकानन्द ने अपनी बात को अल्प विराम देते हुए कहा।

नौसरवानजी टाटा आश्चर्यचकित होकर नवयुवक विवेकानन्द के बारे में सोच रहे थे कि वह संन्यासी असाधारण प्रतिभा, मेधा और नव ऊर्जा की जीती-जागती मूर्ति है। वह खँखारकर कहने लगे, "आपका चिन्तन कर्मप्रधान है, संन्यासी। भारत के पुनरुद्धार और पुनर्जागरण की यह रीढ़ की हड्डी है। भारत अपने पतन के अभिशाप को भोग रहा है और तेजी से अपने अतीत गौरव को भूलता जा रहा है। उसे आप जैसा चिन्तक-विचारक चाहिए, जिससे वह दकियानूसी ख्यालों से बाहर आ सके, संकीर्णताओं से मुक्त हो सके, आधुनिक विचारों को छानकर ग्रहण कर सके, कर्म के स्वाभिमान को अपने से अभिव्यक्त होने दे और उद्योग की सृजन शालाओं के प्रति समर्पित हो सके।...मैं आपसे जानना चाहूँगा कि आप एक संन्यासी होकर नव उद्योग धर्म के प्रति इतना झुकाव क्यों बनाए हुए हैं?"

"आपने ठीक कहा कि भारत अभिशाप भोग रहा है। उसने अपने आपको अभिशाप की दलदल में फेंका है।...धर्म ढकोसला नहीं है, न वह परावलम्बित बनाता है।...धर्म साक्षात्कार का नाम है, वह बकवास का विषय नहीं है, चाहे कितना भी सुन्दर क्यों न हो, यह आचरण की बात है, सुनने और मानने की बात नहीं है। परन्तु यह वही है जिससे सारी आत्मा बदलकर वही हो जाती है जो उसका विश्वास है। धर्म वही है?...भारत धर्म के आचरण से दूर जा पड़ा है। वह सिसक रहा है, पिस रहा है और घुन लगी वस्तु जैसा हो चुका है।...जापान से वह सीख सकता है। फिर से खड़ा हो सकता है।"

"संन्यासी, मुझे आपने बहुत प्रभावित किया, इस थोड़े से समय में। मैं उद्योगपति हूँ। मुझे समय की कीमत का पूरा-पूरा ध्यान रहता है।"

"जीवन समय का ही पर्याय है, टाटा जी।"

"तो मैं चलूँगा। मुझे कुछ जरूरी काम करने हैं।"

"फिर मुलाकात होगी।"

"अवश्य, संन्यासी, अवश्य। मुझे भी आपकी दृष्टि चाहिए, वही मेरे उद्योग कर्म को एक नया आयाम देगी, एक नई आस्था देगी और नवोदित सूर्य की किरणें प्रदान करेगी।...मुझे आपका मार्गदर्शन चाहिए।"

"मुझे नहीं ज्ञात कि आपको मुझसे क्या मिलेगा, क्या नहीं परन्तु मैं आपकी भावना का अवश्य आदर करूँगा। आपसे पुनः मिलूँगा। कारण, मैं आप में एक ऐसे उद्योगधर्मी को देख रहा हूँ जो बाहर का होते हुए भी भारत के प्रति समर्पण

भाव रखता है और किसी भी राष्ट्रभक्त भारतीय से कम नहीं है।...भारत के पास अपूर्व जिज्ञासा है और विलक्षण काव्यमय दृष्टि है, जिसने आधुनिक यूरोपीय निर्माण में अत्यन्त महत्त्वपूर्ण भूमिका निभाई है। उस अग्निमय चेतना का अलख जगाए रखना ही उद्योगधर्मिता के माध्यम से सम्भव है। आखिर धधकते कोयले पर सदियों से जमी राख को हटाने की आज विशेष आवश्यकता है। मुझे आप में इसी नव कर्म के प्रति उत्साह-आवेग नजर आ रहा है, टाटा जी।...अब आप जाइए और अपनी ओजस्वी कल्पना में रंग भरिए। वो रंग जो सनातन और शाश्वत हों।'' कहते हुए विवेकानन्द भी उठ खड़े हुए।

नौसरवानजी टाटा ने नमस्ते की और चल पड़े। विवेकानन्द ने बाहर आकर क्षितिज की ओर एकाग्र मन से देखा। उनमें रागात्मक अन्तर्वृत्तियों का अदृश्य रंग थोड़ी देर के लिए उभरा और अननुज्ञात संगीतमय ध्वनि-प्रकाश करता हुआ पुनः आत्मलीन हो गया। उनकी दृष्टि वहाँ जा टिकी थी, जहाँ से ध्वनि-प्रकाश एक साथ उठा था। उनका सोच कह उठा, ''मेरे महान और दिव्य भारत, मैं तेरे लिए ही सात समन्दर पार खोजी बनकर जा रहा हूँ। मैं आश्वस्त हूँ कि मुझे धधकते कोयले पर से सदियों से जमती आ रही राख को हटाने से कोई नहीं रोक सकेगा—कोई भी नहीं। वही मेरी अर्चना-पूजा होगी।'' इस वक्त समन्दर की विस्तृत धरती पर समग्र अँधेरे को चीरती हुई एक विशाल मछली सहस्रों प्रकाश रश्मियों के साथ बहुत ऊँचाई तक उछली—एक नहीं, अनेक बार और उछलती रही।

अब जहाज प्रशान्त महासागर के उत्तरी भाग से गुजर रहा था। समुद्र से अनभिज्ञ, उसके उतार-चढ़ाव की कल्पना से शून्य और उसके मौसम से अपरिचित वे अकेले ऐसे यात्री थे जो आशाओं की रज्जु थामे अनन्त की अज्ञात दिशाओं की ओर बढ़ रहे थे।

पहले चौंके, फिर यथार्थ के आक्रमण के साक्षात्कार से घबराए। अनायास ठंड के तेज झोंकों का सामना करना पड़ा। समुद्र पर ठंड। न बम्बई में थी, न मद्रास में और न अभी तक पार किए समुद्री मार्ग में। फिर, यह बब्बर शेर जैसी दहाड़ती ठंड जिससे अफ्रीका का जंगल काँप उठता है, कहाँ से आ गई। पास में गरम कपड़ों का नितान्त अभाव। चतुर्दिक ठंड। प्राकृतिक प्रकोप। उससे बचने का उपाय प्राणायाम कहाँ तक कारगर सिद्ध होता।

केबिन में खिड़कियाँ बन्द किए, दरवाजा बन्द किए और प्राणायाम का अवलम्ब लिये कब तक वे ठंड से अपना बचाव कर सकते थे। उन्हें जानना चाहिए कि इस यात्रा के संकट क्या-क्या हो सकते हैं? कैसी हास्यास्पद स्थिति में जगत् जेता का पाखंड लिये घूमता संन्यासी जो अलख को पढ़ सकता और अतीत वर्तमान और भविष्य को जानता है, वह प्रशान्त महासागर के उत्तरी भाग की जलवायु नहीं जानता! जो दूसरों का पथप्रदर्शक बनने के स्वप्न देखता है स्व-पथ के प्रति कितना अधूरा, कितना अपरिपक्व और कितना नासमझ है! यह कैसा संकट! कोई उपाय नहीं।

कोई संकट विमोचक नहीं।

मन डूबने लगा। डूबता गया। देह में ठंड समाती गई। कँपकँपी होने लगी। मन ने कहा, ''समग्र विवेक के धनी, यह कैसा अन्धकार? तू जिन सद्ग्रन्थों के उदाहरण बाँच-बाँचकर कर्म-यज्ञ के उत्सव में सबको आमन्त्रित कर रहा था, वे तुझसे कैसे कन्नी काटकर चलते बने! अब कौन है तेरे साथ?''

''कौन होता, भाई। विपदा में कौन साथ देता है?...और इस विपदा में कौन साथ देगा? क्यों देगा? यह तो मेरा प्रकट अज्ञान है, अविवेक है।

25 जुलाई, 1893। मंगलवार। शाम के 6 बजे। एक छोटे से द्वीप में स्थित बैंकुवर बन्दरगाह। यह बन्दरगाह उत्तरी अमेरिका के कनाडा राज्य में आता है। ठंड गजब की। पर उत्तरदायित्व से मुक्ति नहीं। वे कैप्टन राइटर के कक्ष की ओर गए। जहाज खड़ा हो चुका था। यात्री उतर रहे थे। काफी लोग बन्दरगाह पर स्वागत के लिए आए हुए थे। नौसरवानजी टाटा का फूलों के गुलदस्ते देकर स्वागत हो रहा था। उनको लेने कौन आता? डॉ. शैफाल्ड, बोल्शेवो, एलसा मोरत्तो, आन्द्रे, आन्ना आदि भी उतर चुके थे।

कैप्टन राइटर अपने कक्ष में नहीं था। कुछ देर उन्होंने वहीं इन्तजार किया। फिर उन्होंने एक परचे पर लिखा, ''आपके प्रति हार्दिक धन्यवाद, कैप्टिन। स्वेटर लौटा रहा हूँ। सेवा का मूल्य नहीं आँका जा सकता।'' वे इतना लिखकर सोचने लगे।

वह रात ठंडी हवाओं भरी थी। उससे ठंड बढ़ गई थी। शरीर काँप रहा था। उन्होंने मन ही मन निश्चय कर लिया था कि इस संकट का स्वयं सामना करेंगे। इसके लिए किसी से अनुनय-विनय नहीं करेंगे—ठाकुर से भी नहीं, जगदम्बे से भी नहीं। अन्ततोगत्वा वे अपने पर विश्वास कैसे कर पाएँगे? कितनी बार वे ऐसा सोच चुके थे पर हुआ क्या?

उनके केबिन की बेल बजी। वह उठे। दरवाजा खोला। सामने जहाज का कप्तान राइटर था। उसने नमस्ते की। उनकी ओर देखकर कहा, ''कल आपको देखा नहीं, स्वामीजी, तो सोचा आपको देखता चलूँ।''

''धन्यवाद, कप्तान राइटर!''

''आप ठीक हैं ना?''

''हाँ, एकदम ठीक।''

''किसी चीज़ की ज़रूरत हो तो कृपया बतलाइए।''

कैप्टन का स्वर आत्मीय था और उसकी आँखें कुछ तलाश कर रही थीं।

''नहीं, कैप्टिन, मुझे कुछ नहीं चाहिए।''

''रात आप ठीक से सो नहीं पाए।''

''नहीं, ऐसा कुछ नहीं है।''

''तो चलता हूँ, स्वामीजी।''

''अच्छा।

कैप्टन राइटर चला गया। वे उससे यह नहीं कह पाए कि उन्हें ठंड लग रही

है। उनके पास ठंड से बचने का कोई उपाय नहीं है। संकोच ने उनको खुलने नहीं दिया और उसने भी आँखों में झाँककर भी नहीं पहचाना कि उनकी आँखों में ठंड तांडव की मुद्रा में है।

पुनः बेल बजी। वे उठे नहीं। बैठे-बैठे ही कहा, ''आ जाइए।''

''कैप्टन राइटर, क्या कुछ भूल गए थे?''

''हाँ।''

''क्या?''

''श्रद्धा, स्वामीजी। मैं इस जहाज पर वर्षों से हूँ। अच्छे और सख़्त मिजाज के कितने यात्रियों से मेरा पाला पड़ा परन्तु युवा-बालक से कभी नहीं पड़ा और उस युवा बालक से जो अकेला यात्रा कर रहा है, जिसकी देखरेख करने वाला कोई नहीं है।'' कैप्टन की आँखों में चमक थी। उसका मुख मंडल विनीत भाव पूर्ण था। वह बैठे नहीं। सिर्फ उनकी ओर देखते रहे।

''अच्छा!'' विवेकानन्द ने विराम देने की कोशिश की।

कैप्टन राइटर ने पूछा, ''आप उनसे मिलना चाहेंगे क्या?''

''जैसा आप उचित समझें।'' वे यह नहीं पूछ सके कि किससे।

''आप में उस युवा बालक के प्रति कोई उत्सुकता या जिज्ञासा क्यों नहीं जन्मी?''

''शायद आप ठीक कहते हैं।'' विवेकानन्द का समूचा ध्यान ठंड पर केन्द्रित था।

कैप्टन राइटर आगे बढ़ा। उनके पास आया। उनके चरणों की ओर झुका और स्वेटर उनके चरणों में रखकर कहा, ''वह युवा-बालक, श्रद्धा सुमन स्वीकार करेगा।''

''यह क्यों कैप्टन?''

''इतना अपने प्रति निर्मम होना ठीक नहीं, स्वामीजी।'' कैप्टन राइटर ने आँखें झपकाकर कहा, ''मुझे नहीं मालूम था कि आपके पास गरम कपड़े नहीं है। ये स्वेटर, दस्ताने, मफलर मेरे पास अतिरिक्त थे।...मुझे आशा है आप अन्यथा नहीं लेंगे यह सोचकर कि मैं इनका प्रयोग कर चुका हूँ। मेरे पास नए कपड़े नहीं हैं।''

''आप मफलर और दस्ताने तो लेते जाइए। हाँ, स्वेटर मैं पहन लूँगा।''

''स्वेटर ड्राइक्लीन किया हुआ है। उसके बाद मैंने इसे नहीं पहना है।''

''मैं किन शब्दों में आपको धन्यवाद दूँ, कैप्टन।''

''मुझे आप कुछ देना ही चाहते हैं तो आशीर्वाद दीजिए।'' कैप्टन राइटर इतना कहकर चला गया।

उनका हृदय भर आया। उनके आँसू छलक पड़े। वे उठे। आँखें बन्द कीं। ध्यान किया। फिर वह स्वेटर भगवान् के उपहार के रूप में पहना। आधेक घंटे बाद ठंड से मुक्ति मिली। उन्होंने अनुभव किया कि पदार्थ-वस्तुएँ भी व्यक्ति के लिए उतनी ही आवश्यक हैं, जितने आध्यात्मिक उन्नति के साधन।

उन्हें किसी ने पुकारा। वे चौंक पड़े। उनका ध्यान टूटा। वह पास आया। वे पहचाने नहीं। उसने पूछा, "किसको माँगता है?"

"कैप्टन राइटर।"

"वे नीचे गए हुए हैं।"

"कब तक लौटेंगे?"

"ठीक से नहीं कह सकता।...काम बताओ।"

"यह पैकिट देना है उन्हें!...नहीं, लौटाना है।" विवेकानन्द ने अपने वाक्य का भाव दुरुस्त किया।

"क्या मतलब?"

"यह स्लिप है। इसमें दो शब्द और जोड़ देता हूँ...कृपया यह पैकिट और स्लिप उन्हें दे दीजिए।

"ठीक है।"

विवेकानन्द ने लिखा—"आपसे मिलना चाहता था। आपके उपकार के प्रति कृतज्ञता ज्ञापन करना चाहता था। यहाँ इन्तजार भी किया परन्तु...। पुनः हार्दिक आभार सहित—आपका विवेकानन्द।

वे लौट पड़े। ठंड फिर उन्हें सता रही थी। वे रेशमी कमरखी (चोगा) पहने हुए थे और सिर पर पगड़ी। रात्रि हो रही थी। नई धरती, अपरिचित लोग, वहाँ कोई ज्ञान नहीं, कुछ अता पता नहीं। सब कुछ अज्ञात सिवा आकाश के जो वहाँ भी अपने जैसा लग रहा था।

अगले दिन कनाडा पैसिफिक रेलमार्ग से शिकागो के लिए सुबह 10 बजकर 45 मिनट पर वे रवाना हो गए।

ट्रेन जा रही थी तेज गति से राकी पर्वतमाला को भेदती हुई। बीच-बीच में साँस रोककर कुछ देर तक ठंड से बचने का उपाय करते रहे। पर ठंड तेज थी। वह अपने आगे उनकी एक नहीं चलने देती थी।

एक के बाद एक नदी, घने वन, नगर-महानगर आदि दृश्य विवेकानन्द के शरीर की कँपकँपी को विस्मृत करने के लिए विवश करते थे। वे अवाक् थे। उनकी आँखें खुली की खुली रह जाती थीं—नैसर्गिक सुषमा अपूर्व, वैभव सम्पदा, स्त्री-पुरुष, वृद्ध-बालक सौन्दर्य के प्रतीक, भरपूर आनन्द में निमग्न और एकदम उन्मुक्त। उनके खिले चेहरे, महकती आँखें और उद्दंड हौसले अपूर्व थे। कहीं क्रन्दन नहीं, कहीं अकिंचन नहीं, कहीं दारिद्र्य नहीं कूड़ा-करकट नहीं। ओह! जापान का उद्योग शिल्प, 'सूक्ष्म सौन्दर्य, खुशबूवाले मन-चित्त, वैभव सम्पन्न जन की क्या बात है! कहाँ मेरा देश...अध्यात्म जगत् का सिरमौर...जगत् गुरु...वेद-उपनिषदों की अमृत वाणी का पुरोधा...अकिंचन, रुग्ण, धँसी आँखों वाला, लुप्त हास्य वाला, निरीह, क्षुब्ध, परस्पर मनोमालिन्य से घिरा, साम्प्रदायिकता से जंग खाया...खोखला...पराजित... अवसन्न देश। हाय! हम कहाँ थे, कहाँ जा पहुँचे रसातल में।

एक रात गई। दूसरी रात गई। उनके मन में मन्थन चल रहा था—द्वन्द्व शोर मचा रहा था। उनको विचित्र वेश में देखकर यात्री मुस्करा रहे थे। बालक हँस रहे

थे। कोई बालक पूछता, "वो कौन है?"

"हिन्दू संन्यासी...हिन्दू साधु...बाबा?"

"कहाँ से आया है?"

"गुलाम देश से...हिन्दुस्तान है इसका देश पर अंग्रेजों की गुलामी कर जी रहा है।"

"पर यह संन्यासी तो तेजयुक्त है।" पास बैठी एक महिला कहती।

"यहाँ कोई भीख नहीं माँग सकता?"

"यह भीख क्या होती है?"

"बिना काम किए पेट भरने के लिए अन्नादि माँगना...खैरात।"

"संन्यासी काम क्यों नहीं करता?"

"आलस्य के कारण—मुफ़्त की रोटी तोड़ने की आदत बन जाने से।"

"पर यहाँ तो भीख माँगना अपराध है।"

"तो भी...।"

"तो भी क्या?"

"भीख माँगने की जिनको आदत पड़ जाती है, वे भीख माँगने का कोई नया ढंग खोज लेते हैं।"

"नहीं, महाशय, ऐसा सोचना निराधार है, क्योंकि यह संन्यासी हिन्दुस्तान से आया है। उसने खर्च किया है यहाँ आने तक।" एक अन्य व्यक्ति ने हस्तक्षेप किया।

"हमें ऐसा क्यों नहीं सोचना चाहिए! किसी पर तत्काल सन्देह व्यक्त कर देना उचित नहीं है।" एक सम्भ्रान्त महिला का मधुर स्वर था। वह संन्यासी की ओर मुखातिब होकर आगे कहने लगी, "क्षमा करना, युवक संन्यासी, हमसे आपके सम्मान में भूल हो गई।"

खँखारकर विवेकानन्द ने अंग्रेजी में कहा, "हम दूसरे के स्वतन्त्र विचारों का बुरा नहीं मानते। जो कुछ कटु, अप्रिय और हिंसात्मक व्यवहार सामने आता है, उसका कारण हम हैं। मैं वेदान्तवादी हूँ, अतः मैं स्वयं अपने से यह प्रश्न करता हूँ कि उसके लिए कौन उत्तरदायी है तब मेरा मन कहता है कि हम ही इसके लिए उत्तरदायी हैं, कोई दूसरा नहीं—मात्र व्यवस्था भी नहीं।"

उनकी मधुर, स्पष्ट और नवचिन्तन को व्यक्त करने वाली वाणी को सुनकर वे हतप्रभ से रह गए। विवेकानन्द कहने लगे, "भारत एक गुलाम देश है, यह सत्य है। मुट्ठी भर अंग्रेज उस पर राज्य कर रहे हैं। उनसे पहले भी उसे अनेक बाहर से आई कौमों ने रौंदा था। कारण, हमारे अभिजात पूर्वज साधारण जन को लम्बे अर्से से पैरों तले कुचलते रहे। इसका परिणाम यह हुआ कि वे इतने असहाय हो गए कि वे अपने को मानव मानना भी भूल गए। उन पदाक्रान्त अकिंचन के उन्नयन के लिए कोई आगे नहीं आया। वे सब पीछे हटते गए, जिनको उन्होंने शिक्षित-समझदार और ऊँचे लोग मानकर पूजा था। भारत की गुलामी का यही कारण है और इसके लिए अपने को उच्च समझने वाला वर्ग जिम्मेदार है।...इस कारण मुझे आपके कथन से कतई दुःख नहीं हुआ।..इससे भी मुझे आत्मालोचन के लिए एक अवसर

मिला।...धन्यवाद, मेरे भाइयो, बहनो।''

गाड़ी रुकी। यात्री चढ़े-उतरे। एक दिन और खिसक गया। लगभग वे सभी यात्री उस कम्पार्टमेंट से उतर चुके थे जो बैंकुवर बन्दरगाह पहुँचने पर दूसरे दिन ट्रेन में बैठे थे। कनाडा कभी का निकल चुका था। शिकागो आने वाला था।

रात हो गई थी। विवेकानन्द इतनी लम्बी...दिन-रात की यात्रा से थक गए थे।

रात के साढ़े दस बज रहे थे। 30 जुलाई, 1893 ई. की रात थी। शिकागो आ गया था। ट्रेन स्टेशन पर आ खड़ी हुई थी। सब उतरकर जा चुके थे। ट्रेन भी प्लेटफार्म छोड़ यार्ड में जा चुकी थी। वे अकेले प्लेटफार्म पर शीत के प्रहार को झेलते हुए एक बेंच पर बैठे सोच रहे थे—ऐ संन्यासी, तू कहाँ आ गया? दो माह की लम्बी यात्रा कर, कितने देश और कितने ही समुद्रों को पार कर तू कहाँ आ गया?...तेरे लिए शहर की तरह वहाँ के लोग, वहाँ के रास्ते और घर-बार सब अनजाने हैं।...अब तू कहाँ जाएगा? कौन है यहाँ तेरा?...किस उत्साह से चल पड़ा था? कभी तूने सोचा था कि तू कहाँ जा रहा है?...यहाँ भीख माँगना अपराध है! क्या गया, क्या काशी, क्या मथुरा-वृन्दावन, क्या प्रयाग आदि सारे भारतवर्ष में भिखारियों, नंगे-भूखों और हड्डियों के ढाँचे बने लोगों की भीड़ का क्या कहना! भीख माँगना वहाँ शान की बात है। कोई भीख नहीं दे तो भिखारियों में ऐसे भी पहुँचे हुए भिखारी भी हैं जो उन्हें शाप दे सकते हैं। शाप का डर! नाश का डर! वाह रे वाह मेरे अकर्मण्य भारत, वेद-गीता के भारत, सर्वाधिक ईश्वरों वाले भारत, तेरे भाग्य में गरीबी ही क्यों लिखी रह गई?...छिः छिः छिः...यहाँ मैं उस गरीब, रोगी, निठल्ले, निराश, पराजित, विरूप, कुत्सित और कंकाल भारत का प्रतिनिधि बनकर आया हूँ, जहाँ चतुर्दिक सम्पन्नता का साम्राज्य है, जहाँ कृष्ण की गीता और वेदों की कर्मठता की अनुगूँज है।

रात वहीं गुजार दी। सुबह हुई। सूरज में अपेक्षाकृत और दिनों के आज गरमी थी। रात भर में ठंड से लड़ते-लड़ते जाने कब सो गए। आँख खुली तो सूर्यनारायण मुस्करा रहे थे। वे भूखे-प्यासे खुली आँखों से अपने जर्जरित रूप की कल्पना से भयभीत हो उठे? मन में यह विचार समुद्र की लहरों सा बारम्बार उठ रहा था—संन्यासी, तुझे यह क्या सूझी कि तूँ यहाँ चला आया!...वह भी महान् भारत का प्रतिनिधि बनकर। अब लौटना भी सम्भव नहीं। आलासिंगा ने कुल चार हजार रुपये इकट्ठे किए थे।...170 पौंड के नोट, 9 पौंड नगद, शेष जहाज का टिकट आदि। मुंशी जगमोहन लाल ने किया अन्य प्रबन्ध आदि। अब तक हुआ प्रतिदिन का खर्च। बहुत महँगा शहर। मुट्ठी में दबी बालू को जैसे-जैसे कसो, वैसे-वैसे वह खिसकती जाती है, उनका वही हाल प्रतिदिन के खर्च से हो रहा था। रुपया-पैसा खर्च होता गया जबकि उन्होंने एक-एक पैसा दाँत से भींचकर खर्च किया था। उनके मन पर से रेल में सफर कर रहे यात्रियों की प्रतिक्रिया हटाए नहीं हट रही थी। वे भीख नहीं माँगेगे चाहे वह मर जाएँ। उनको अपने इस निर्णय से राहत मिली और वे नहा धोकर स्टेशन से बाहर निकल आए।

दिन चढ़ता गया। पेट में चूहे दौड़ने लगे। आँखें उनींदी होने लगीं। कुछ सूझ नहीं रहा था। आलीशान शहर, ऊँचे-ऊँचे कई माला के भवन, कारों की चकाचौंध करने वाली कतारें। मेला सा लग रहा था उन्हें। कलकत्ता, बम्बई, दिल्ली, मद्रास आदि शहर उनके सामने फीके लग रहे थे।

मन ने कहा, ''हैलो नरेन! हैलो विवेकानन्द, तुम कहाँ आ गए। यहाँ किसके पास फुरसत है जो तुम्हारी बेसिर की बातें सुनें। मितभाषी शहर उल्लास के रंग में आत्मलीन हैं।''

ऐसी झील इससे पहले उन्होंने नहीं देखी थी—विराट झील...सागर जैसी मिशीगन झील एकदम स्वच्छ, चाँदी सी चमक रही थी। महान शिकागो, इसी के किनारे बसा हुआ है।

''ऐ विवेकानन्द, तूने यहाँ आकर इनका मनोरंजन शुरू कर दिया। हर एक स्त्री-पुरुष, वृद्ध-बच्चों की दृष्टि तुझे देखकर आश्चर्य प्रकट कर रही है। इससे पहले ऐसी विचित्र पोशाक में उन लोगों ने किसी व्यक्ति को नहीं देखा। तुझे पहली बार देखा है। उनकी आँखों में तुझे देखकर व्यंग्य मुस्करा उठता है।''

''तो क्या करूँ?...लौट नहीं सकता। लौटने के लिए किराया आदि कहाँ है मेरे पास।...हार नहीं मानूँगा।...कृपया तुम चुप रहो। अपनी नसीहत अपने पास रखो।'' उनके पास से एक बड़ी कार निकल गई। वे सतर्क हो गए, क्योंकि पुलिस वाले ने उन्हें टोक दिया, ''ऐ मिस्टर, यह जंगल नहीं, आँख खोलकर चलो और पैदल चलने वालों के लिए नियम कायदे हैं, उन्हें जान-समझ लो।''

''कहाँ से मालूम करूँ, भाई?''

पुलिस वाले के कान में जैसे ही भाई शब्द गया वैसे ही वह सँभल गया। उसे आज तक इतने आत्मीय भाव से किसी ने नहीं पुकारा था?...किसी ने नहीं...कभी नहीं।

''अच्छा भाई, किसी और से पूछ लूँगा। फिर से कोई गलती नहीं होगी।''

''सुनो, जरा ठहरो, मैं पाँच-सात मिनट बाद आपको यहाँ के ट्रैफिक रूल्स समझा दूँगा। इस वक्त नहीं क्योंकि मैं ड्यूटी पर हूँ और मेरी ड्यूटी पाँचेक मिनट बाद खतम हो रही है।''

''क्या यहाँ अपनी ड्यूटी के बीच कोई कर्मचारी किसी से दो चार मिनट बात नहीं कर सकता?''

''नहीं महाशय, कदापि नहीं।''

''ऊपर के अफसर का डर रहता होगा।''

''नहीं...यहाँ कोई किसी से नहीं डरता। सबको अपना काम प्यारा है। उसमें कोई कोताही नहीं और यहाँ कार्य सब स्वेच्छा से प्रसन्न होकर करते हैं...पूरी ईमानदारी, पूरी समझ और पूरे लगन से, महाशय।'' इतना कहकर वह अपने स्थान पर चला गया।

विवेकानन्द सोचते रह गए—कर्म की ऐसी पूजा अर्चना! धन्य है यह देश!

धन्य हैं यहाँ के निवासी! वे उससे ट्रैफिक रूल्स समझा फिर उसे धन्यवाद देकर आगे बढ़ गए। अब भूख दम तोड़ रही थी। आँखें बुझ रही थीं। कुछ नहीं सोचा जा रहा था। वे लगभग आधा मील और पैदल चल चुके थे। उन्होंने सामने देखा—होटल फीबस अर्थात् यूनानियों का सूर्य देवता।

उन्होंने होटल के स्वागताधिकारी लोकस को अपनी स्थिति समझाकर पूछा, ''यहाँ कोई धर्मशाला अथवा साधुओं के ठहरने-रहने का स्थान है क्या?''

''नहीं, मिस्टर यहाँ ऐसा कोई स्थान नहीं है। चर्च जाएँ, पादरी से बात करें। पता करें कि वह आपकी क्या मदद कर सकता है?''

''मैं मिल चुका हूँ।''

''तो फिर आप सही स्थान पर खड़े हैं।'' लोकस ने उनका अभिप्राय समझ कर कहा, ''यहाँ आपको सस्ता स्थान मिल रहा है। वह भी एक छोटा कमरा खाली है इसलिए।''

''ठीक है, दीजिए।''

''आप अपना नाम पता तथा अन्य सूचनाएँ रजिस्टर में लिख दीजिए।''

सारी औपचारिकता पूरी कर दी गई। अब वे अपने छोटे परन्तु साफ-सुथरे और आकर्षक कमरे में थे। उन्होंने अपना सामान अलमारी में रख दिया था।

कमरा पाकर उन्हें राहत मिली। स्नान किया गरम पानी से। कुछ-कुछ थकान मिटी। फिर खाना खाया। नींद आ गई। आराम मिला।

ग्यारहवाँ दिन आ गया। शिकागो में घूम-घूम कर विश्व मेला देखा। दिमाग़ चकरा गया। उन्नति शिखर पर थी—क्या शिल्प कला, क्या कला-कौशल, क्या नक़्क़ाशी! वाह! वाह!! घूमते-घूमते थक जाओ पर उसका कोई ओर-छोर नहीं। पूरी प्रदर्शनी देखनी हो, डेढ़ सौ मील चलना पड़े। मैनुफेक्चरस व लिबरल आर्ट्स भवन तो कमाल का था। यहाँ तीन लाख व्यक्तियों के लिए स्थान था।

क्या बारीक खुदाइयाँ थी बरतनों पर? क्या आलीशान व कलात्मक फर्नीचर, पत्थर की बोलती मूर्तियाँ, आभूषणों का चकाचौंध पैदा करने वाला आकर्षण। दुनिया भर की पुस्तकें, पांडुलिपियाँ, चित्र प्रदर्शनी आदि की भव्यता उनके मन-मस्तिष्क में छा रही थी।

सन् 1493 में अमेरिका को कोलम्बस ने खोज निकाला था। 400 वर्ष के उपलक्ष्य में विश्व मेला व प्रदर्शनी वहाँ लगाई गई थी। क्या कहें! आश्चर्य भी स्वयं चकित हो रहा था। उनकी स्मृति में था हिमाच्छादित ग्लेशियर को रज्जु-पथ से पार करते हुए का वह मंजर, जिसका आनन्द लेते हुए वे अपने को हवा में उड़ता हुआ अनुभव कर रहे थे। स्वप्न-कल्पना का वहाँ अद्भुत संगम नज़र आ रहा था। वे स्वयं भी उस मेले का आकर्षण थे। लोग उन्हें देखते, मुस्कराते और कभी-कभी हेलो कर आगे बढ़ जाते।

चिर-परिचित मुस्कान लिये, आँखों में विशेष दीप्ति लिये और चाल में सम्भ्रान्तता का सम्मान लिये वे मौन साधे आगे बढ़ रहे थे। [illegible] को देखकर उनके तेजयुक्त मुखमंडल पर भोली मुस्कान मलयज सी फैल जाती थी।

वे कला प्रदर्शनी को बड़े ध्यान से देख रहे थे कि उनसे एक युवती ने प्रश्न किया, ''आप हिन्दू साधु हैं।''

''साधु हिन्दू, मुसलमान, ईसाई, पारसी आदि नहीं होता वह मात्र साधु होता है सारे विश्व के कल्याण के लिए। जैसे हवा अमेरिकी, पुर्तगाल, फ्रांस आदि की नहीं होती। ठीक वैसे ही साधु भी।''

''आप ब्रह्मचारी हैं?''

''हाँ।''

''ईश्वर को जानने का व्रत ले रखा है क्या?'' उस युवती की बड़ी-बड़ी आँखों में ग़जब का सुरूर था, मस्ती थी और चमक थी।

''जो मनुष्य को जान लेता है, उसे ईश्वर को जानने की ज़रूरत नहीं, मिस...।''

''क्रिस्टल।'' वह आश्चर्य से उस नवयुवक संन्यासी को देखती रह गई। उसने पूछा, ''वह कैसे?''

''इसलिए कि उसे अपने होने का प्रमाण देने के लिए मनुष्य रूप में जन्म लेना पड़ता है, मिस क्रिस्टल।''

वह अवाक्। हतप्रभ। क्या बात कह डाली। फिर भी उसने प्रश्न किया, ''ऐसा वह क्यों करता है?''

''क्योंकि वह मनुष्य है।''

''क्या कहा!''

''तुमने ठीक सुना, मिस क्रिस्टल, ईश्वर वास्तव में मनुष्य ही है। जब-जब मनुष्य यह भूलने लगता है और उसे कहीं और तलाश करने लगता है, तब-तब मनुष्य ही ईश्वर बनकर यह स्मरण कराता है कि मनुष्य ही ईश्वर है, उससे बाहर कहीं ईश्वर नहीं है।'' विवेकानन्द की इन स्थापनाओं को और व्यक्ति भी सुन रहे थे। सबमें जिज्ञासा पैदा हुई। एक अन्य व्यक्ति ने पूछा, 'क्या हम सब ईश्वर हैं?''

''क्यों नहीं, आप सब ईश्वर हैं।''

''कैसे?''

''अपने में खोजकर देखो तो मेरे कथन का सत्य अनुभूत होने लगेगा।''

''क्या ईश्वर हमारे अलावा दूसरा कोई नहीं है?'' एक अधेड़ उम्र के ठिगने व्यक्ति ने पूछा।

''नहीं है, श्रीमान्, दूसरा ईश्वर कोई नहीं है। बशर्ते तुम्हें अपने पर भरोसा हो।''

''वह कैसे होगा?''

''ईश्वर के नाम से जिन विशेषताओं का उल्लेख हुआ है, उनको तुम अपने से व्यक्त कर सको?''

''यह कैसे होगा?''

''मिस क्रिस्टल, यह बड़ा आसान है। जैसे दूसरों की सेवा करो।''

''फिर?''

''फिर क्या, जब तुम दूसरे की निःस्वार्थ भाव से सेवा करोगे तो उस व्यक्ति के लिए तुम ईश्वर होगे। करके देखो तो प्रश्न नहीं कर सकोगे।''

''क्यों?''

''वह गूंगे के गुड़ के स्वाद की तरह है। वह जिस स्वाद का अनुभव कर रहा होता है, उसे व्यक्त नहीं कर सकता। व्यक्त करने का उसके पास अवकाश ही नहीं होता।'' विवेकानन्द ने धीरे-धीरे कहा।

''ऐसा और किसी ने क्यों नहीं कहा?''

''कौन कहता?''

''कोई भी।''

''कोई भी कौन?''

सब चक्कर खा गए। एक ने कहा, ''ईसा ने।''

''कहा है।...तुम ईसा ही हो।''

''नहीं।''

''नहीं इसलिए कि तुम ईर्ष्या करते हो, ईश्वर किसी से ईर्ष्या, घृणा, वैर नहीं करता। सबसे प्यार करता है।...तुम भी वैसा ही करो।...पर नहीं करोगे, क्योंकि तुम सब में अपनी झलक नहीं पाते।...पाते तो घृणा नहीं करते, ईर्ष्या नहीं करते...। परन्तु तुम सहज उसकी तरह जीना नहीं चाहते।...सच बोलना तुमसे नहीं बनता। असत्य का सहारा लोगे तो ईश्वर को कैसे जानोगे!...एक बार सामने परोसी हुई थाली को किसी भूखे के सामने रखकर तो देखो, तब मालूम होगा कि तुम ही ईश्वर हो।'' विवेकानन्द ने उमड़ती भीड़ की ओर देखा। पाया कि भौतिक सुखों में डूबा वहाँ का समाज तृषित है, भूखा, अतृप्त है पर जिज्ञासा से भरा है। भारत में एक से बड़ा एक उपदेशक, सन्त-साधु पड़ा है जो बातों की खेती करता है, उसी की फसल काटता है—करता-धरता कुछ नहीं है। कैसा अधूरा, अपरिपक्व और बेमेल चरित्र है! एक दूसरे से भिन्न, एक दूसरे का उलटा—जिसे भौतिक विकास करना चाहिए, यह अध्यात्म के सामने हथियार डाले है और जिसे अध्यात्म की अनुभूति से जुड़ना चाहिए, वह भौतिक विकास की चिन्ता में डूबा है। ये दो अतियाँ हैं—पूर्व और पश्चिम की।'' विवेकानन्द का जादू पल भर में छाने लगा।

''स्पष्ट कहिए, प्रतीक माध्यम से नहीं।''

''सब कुछ स्पष्ट ही है, यदि हृदय और मस्तिष्क एक होकर काम करें। मन में कुछ और है कह कुछ और रहे हैं तो स्पष्ट सदा अस्पष्ट लगेगा। सिद्धान्त और व्यवहार में भेद मत करो तो सृष्टि के सारे रहस्य समझ में आने लगेंगे। कृपया अपने पर तो विश्वास करके देखो।''

''कैसे?''

''पाँव हाथ का साथ नहीं दे या पेट-मुँह का साथ न दे तो अपने पर भी विश्वास नहीं जम सकेगा। भेद-बुद्धि गई नहीं कि विश्वास के परचम चारों ओर फहराते नज़र आएँगे।...न पाँव नीच है, न सिर ऊँचा। सिर की जन्मपत्री पाँव में

है।...दोनों मिलकर चलेंगे तो वह सब कुछ आप स्वयं अनुभव कर उठेंगे, जो कुछ ईश्वर से अनुभव होता है।''

''यह आप सच कहते हैं क्या?''

''यही तो कठिनाई है, मिस क्रिस्टल, हमें जो बोलना चाहिए, वह नहीं बोलते, जो करना चाहिए, वह नहीं करते। यहीं से हम माया से घिरने लगते हैं। जैसे धधकते कोयले पर राख जमने लगती है तो उसकी धीरे-धीरे लपटें शान्त होने लगती हैं। आप भी अपनी ईश्वरीय लपटों पर माया के वशीभूत होकर राख डालते जाते हो और दुःख पाते हो, घबराते हो, कभी भाग्य को दोष देते हो, कभी व्यवस्था को और हारकर गिरजे की शरण में जाते हो। फिर भी, ईसा को अपने जैसा नहीं मानते? दुःखी बने रहते हो। यहाँ तक कि ईसा के वजूद की खिल्ली उड़ाने लगते हो और अचानक आस्तिक से नास्तिक हो जाते हो और कहने लगते हो कि ईश्वर नहीं है। यह ढोंगियों का चक्र-व्यूह है, उनकी रोजी-रोटी का साधन है।... क्यों, क्या ऐसा अनुभव नहीं करते?''

सब सन्नाटे में आ गए। एक अधेड़ युवती ने सहमति जताई। फिर सबने उसका समर्थन किया।

''ईश्वर नहीं है का अर्थ हुआ—मुनष्य नहीं है यानी वह व्यक्ति नहीं है। वह व्यक्ति अपने होने से, अपने वजूद से साफ इनकार कर रहा है, तब मति मन्द होगी, गलत रास्तों पर अग्रसर होगी और समाज को हानि पहुँचाने में संकोच नहीं करेगी।...जरा सोचो तो न्यायालय, पुलिस, सेना, मन्त्रि मंडल, आदि व्यवस्था इसी कारण है कि हम जब अपने वजूद के प्रति लापरवाह हैं तो फिर हम किसी दूसरे के वजूद के प्रति गम्भीर कहाँ रह सकते हैं?''

''न्याय ने ईसा के प्रति कहाँ न्याय किया?'' क्रिस्टल ने धीरे से कहा।

''उसे उसके समाज ने ही सूली पर चढ़ाया था?''

''भाइयो, तुम्हें वह अकेला उदाहरण याद है पर यह क्यों भूलते हो कि ईसा ने अपने समय के न्याय का सम्मान किया, अपमान नहीं और न उसके प्रति व्रिदोह किया। तब से न जाने कितने ईसा सूली पर चढ़ चुके हैं और कितने चढ़ने वाले हैं पर क्यों?...क्यों हमने उन परिस्थितियों से अपने को बाहर निकाला, जिनके कारण ईसा के साथ उनका समय न्याय नहीं कर सका? कब तक हम सूली पर चढ़े उस आदमी की गहरी पीड़ा का व्यापार करते रहेंगे? कब पाएँगे उन निर्मम-क्रूर, कष्टदायी और विषम परिस्थितियों से हम मुक्ति? विवेकानन्द का स्वर ओजमय था, उनके ओज में गहन आन्तरिक पीड़ा-व्यथा थी और त्रासदी। उनमें करुणा क्रन्दनमयी हो उठी।''

सब चित्रलिखित खड़े हुए थे।

विवेकानन्द का चेहरा तमतमाने लगा था। उनकी ज्योतिमय आँखों में गहरा सन्ताप था। उनकी वाणी ने सबके हृदय के तार झंकृत कर दिए थे।

वे कह रहे थे, ''सज्जनो, न्यूयार्क सन, या शिकागो ट्रिब्यून पढ़ा। कपूरथला के राजा यहाँ आए थे, भारत से। मेरी उनसे मुलाकात हुई थी पर उन्होंने मेरी ओर

ध्यान नहीं दिया। पर आपके प्रिय अखबारों ने एक काल्पनिक षड्यन्त्र रचा। लिखा कि मैंने उन्हें बताया है कि कपूरथला का राजा नीच जाति का है, दुराचारी है, निर्मम है आदि-आदि। जबकि न मुझसे आपके यहाँ का कोई संवाददाता मिला और न मेरी इस सम्बन्ध में किसी से बातचीत हुई। अखबारों ने चटकारे के साथ उसको बदनाम करने के लिए कॉलम पर कॉलम लिख डाले। मेरी प्रशंसा के पुल भी बाँधे। आप लोगों ने उस सबको पढ़ा। सारा का सारा कल्पित और घृणित प्रचार था वह! कपूरथला के राजा का आप लोगों ने अकारण बहिष्कार कर दिया।...ऐसा क्यों किया? यह स्पष्ट चरित्र हनन का मामला है।...फिर भी, हम लोग ईसा की अर्चना-पूजा के आयोजन करते-रहते हैं।...नहीं...नहीं...यह हमारे बौद्धिक दिवालियापन और हृदयहीनता का उदाहरण है।''

सबके चेहरे उतर गए। वे आगे बढ़ गए। किसी में साहस नहीं था कि उनकी बातों का उत्तर देता या उनसे कोई प्रश्न करता। सब अजीबोगरीब स्थिति में इधर-उधर बिखर गए।

शिकागो महँगा महानगर था। कितनी भी मितव्ययता बरतें तब भी रोज़ एक पौंड खर्च हो रहा था। हाथ में कितनी अल्प राशि रह गई है और विश्व धर्म सम्मेलन 11 सितम्बर, 1893 से शुरू होना था। अभी 8 जुलाई हुई थी। उन्हें दो माह तीन दिन बिताने थे। साथ ही उसमें भाग लेने के लिए अनेक औपचारिकताएँ भी निभानी ज़रूरी थीं। उनके पास किसी मान्य संस्था का प्रमाण पत्र भी नहीं था, जिससे उन्हें प्रतिनिधि माना जा सके। फिर वह समय भी निकल गया था, जिसके भीतर उन्हें उस सभा में भाग लेने के लिए सूचना देनी थी।

अब वे लोकस के पास आए। लोकस उनसे बहुत प्रभावित था और उसी ने यह बताया था कि यहाँ के लोग औपचारिकता निभा सकते हैं, उनकी आर्थिक मदद नहीं करेंगे। वही वे अनुभव कर रहे थे।

वे कृतसंकल्प थे कि हजारों हजार कठिनाइयाँ क्यों न उनके सामने आ जाएँ परन्तु वे हिम्मत नहीं हारेंगे।

लोकस कह रहा था, ''आपको यह शहर छोड़ देना चाहिए। बोस्टन जाने का आपका निश्चय उचित है। वह सस्ता शहर है।...वहाँ, जिनका नाम आपने अभी-अभी बताया था, उनसे सहायता मिल सकती है।''

''ठीक है, कल सुबह मैं यह होटल छोड़ रहा हूँ।'' वे पुनः अपने कमरे में आ गए। सोचने लगे कि जिस विश्व धर्म सम्मेलन में भाग लेने के लिए मैं भारत से यहाँ आया हूँ, उसका क्या होगा? बोस्टन जाकर क्या करूँगा? काम तो उनका शिकागो से ही है। परन्तु बिना पैसे के शिकागो जैसे महँगे शहर में वह कैसे रहेंगे। भीख माँगी तो जेल में जाएँगे। सम्पन्न देश है। आसमान छूती चीजों की कीमतें हैं। वे पानी की तरह पैसा बहाते हैं। वहाँ एक चुरुट की कीमत आठ आने है। इन ही परिस्थितियों में तो देखना है कि कैसे ठाकुर समुद्र पर चल कर आए और

उन्होंने यह आदेश दे डाला कि उसे समुद्र पार जाना है।

यों उनका मन डूबता-तिरता रहा और वे बोस्टन के लिए रवाना हो गए। हरा भरा देश। भव्य देश! क्या खूब!''

''कहाँ जा रहे हैं, संन्यासी जी?'' सामने की सीट पर बैठे लल्लू भाई ने पूछा।

गोरे रंग का वह अधेड़ व्यक्ति हृष्ट-पुष्ट था और भारतीय भी। विवेकानन्द ने कहा, ''बोस्टन।''

''कोई खास काम से?''

''नहीं, शिकागो की आकाश चूमती महँगाई से घबरा कर, वत्स!''

''मुझे लल्लूभाई कह सकते हैं।...यहाँ आने का उद्देश्य?''

''विश्व धर्म सम्मेलन।''

''क्या किसी ने आपको आमन्त्रित किया है?''

''नहीं।''

''तो फिर?''

''भाग लेने।''

''हिन्दू धर्म के प्रतिनिधि के रूप में?''

''हाँ।''

''किस संस्था ने भेजा है?''

''किसी ने नहीं।''

''तब?''

''तब क्या?''

''भाग कैसे लेंगे?''

''नहीं जानता।''

''जहाँ तक मुझे ज्ञात है, वह सारा कार्यक्रम तय हो चुका है।''

''मालूम है।''

''उसमें आपको भी सम्मिलित किया है।''

''नहीं।''

''फिर भी, भाग लेंगे।''

''हाँ, लल्लूभाई।'' विवेकानन्द ने गहरी साँस लेकर कहा, ''फिर भी, भाग लूँगा।''

''गजब का साहस है!''

''साहस उधार नहीं मिलता, वत्स! सुदृढ़ आत्मविश्वास पर लगता है, ये मीठा फल।...कभी चखा है?'' विवेकानन्द ने गम्भीर स्वर में उसे चौंकाते हुए कहा।

''आप धन्य हैं!'' लल्लूभाई ने घबराकर कहा।

''पास में पैसे नहीं हैं। परन्तु बिना टिकिट यात्रा नहीं कर रहा हूँ। यह बात दूसरी है कि मैं दो-तीन दिन उपवास कर लेता हूँ। इस प्रकार पैसा बचा लेता हूँ।''

यह सुनते ही कई यात्रियों के कान खड़े हो गए। परन्तु उनकी अंग्रेजी मधुर

व हृदय को छूने वाली थी। उच्चारण सटीक और सधा हुआ था। वेशभूषा अद्भुत रेशमी थी। सिर पर पगड़ी।

काफी देर तक कम्पार्टमेंट में सन्नाटा छाया रहा। कनखियों से कई दृष्टियाँ उन पर जब-तब टिकती रहीं। उनके गुरु गम्भीर स्वर ने सबके चित्त पर गहरा असर डाला था। जैसी उन्हें आशा थी कि अपनी तरफ़ का व्यापारी मिला है, वह भारतीय साधु-संन्यासियों का फक्कड़पन समझता है, अतः कुछ मदद कर सकेगा। परन्तु वैसा कुछ नहीं हुआ और बोस्टन आ गया। वह भी उतरकर आगे बढ़ गया। उसने इतना भी शिष्टाचार नहीं निभाया कि वह यह पूछ लेता कि उनके लिए बोस्टन अपरिचित जगह है। उन्हें कहाँ जाना है? वह तो आनन-फानन में अदृश्य हो गया। विवेकानन्द भारी मन से ट्रेन से नीचे उतरे। चारों ओर देखा। यात्री जा रहे थे। उन्हें कहाँ जाना है बोस्टन में? उनके अरुणाधरों पर सहज मुस्कान फैल गई और उनके ध्यान में दो वाक्य उछले—एक वसुधैव कुटुम्बकम् और दूसरा, सब भूमि गोपाल की। फिर उन्हें चिन्ता क्या? जो होगा उनके हित में होगा।

"संन्यासी, बोस्टन आपका स्वागत करता है।"

विवेकानन्द के कानों में मधुर आवाज़ पड़ी। उन्हें यक़ीन हुआ कि वृन्दावन में उन्होंने अनेक बार सुना था, दृढ़ विश्वास का वह स्वर! ओजयुक्त था। वह स्वर था—कि सबहिं भूमि गोपाल की। कान्हा वहाँ भी आ धमका। उन्होंने उस महिला की ओर देखा। वे उसे पहचान नहीं सके।

वह महिला समझ गई उनकी उलझन को। वह खँखारकर कहने लगी, "मैं मिस कैथरीन एबैट सनबोर्न, आपकी वार्ता सुन रही थी और सोच रही थी कि कभी किसी भारतीय संन्यासी से परिचय नहीं हुआ। आज पहली बार ट्रेन में सुना तो मैं प्रभावित हुई आपकी स्पष्टवादिता से, आपके आत्म विश्वास से, आपकी बोलने की शैली से और आपकी आकर्षक वेशभूषा से। मैं समझ गई थी कि आपको लेने कोई नहीं आया है।...क्या यह सच है?"

विवेकानन्द ने कैथरीन एबैट सनबोर्न की ओर देखा—वह प्रौढ़ा युवती एकदम गोरी थी, उसकी आँखें बड़ी पर भूरी थीं। उसका चेहरा भरा हुआ था। नाक कुछ लंबी थी जो उसके लगभग गोल चेहरे पर आकर्षक लग रही थी।

"क्या सोच रहे हो, संन्यासी?"

"संन्यासी क्या सोचेगा, कैथरीन? उसका अपना कोई घर नहीं होता।...सारा विश्व उसका घर है, उसका परिवार है। मैं तत्पर हूँ, चलें अब?"

"चलिए।"

बाहर बड़ी गाड़ी खड़ी हुई थी। वह कहने लगी, "संन्यासी, बोस्टन के पास ब्रीजी मिडोज कृषि फार्म है—मासाचुसेट्स प्रदेश का एक गाँव। एकदम प्राकृतिक सौन्दर्य से भरपूर। जहाँ व्यक्ति का मन कविता करने का हो सकता है।...आप कविता भी करते हैं, संन्यासी?"

"यदा-कदा।"

"तो आपको वहाँ और भी सुकून मिलेगा। सुना है, संन्यासी कन्दराओं में

रहते हैं, निर्जन उनकी पहली पसन्द होती है।''

''मुझे भीड़ में भी निर्जन को जीने का अभ्यास है। यथार्थतः निर्जन बोध आत्मा का विषय है।''

''आत्मा...यानी स्पिरिट।''

''कुछ-कुछ।''

''यानी पूरी तरह नहीं।'' कहकर वह हँस पड़ी। उसका कुछ-कुछ थुलथुल शरीर हिल गया।

''हाँ...सोल। यद्यपि अंग्रेजी में इसके आत्मा के अतिरिक्त प्राण, प्रेतात्मा, तत्त्व आदि अनेक अर्थ हैं तथापि वह आत्मा के ज्यादा निकट है।''

''रोचक, संन्यासी जी, रोचक।''

''क्या?''

''आपके संवाद की शैली की मौलिकता।''

''संवाद-शैली हमारे व्यक्तित्व का अंग है। यह कहें तो ज्यादा समीचीन है कि स्टाइल इज द मैन।''

''घर आ गया।''

''बातों में कुछ पता ही नहीं चला कि घर आ भी गया।''

''दूरियाँ मन की रुचि का गणित है।''

''एकदम सत्य।''

''आप अलग ठहरना पसंद करेंगे या मेरे पास के अतिथि कक्ष में।''

''यह आप पर निर्भर है।''

''एकदम पराश्रित नहीं, संन्यासी।'' वह अपने ही 'जोक' पर ठहाका लगा उठी। विवेकानन्द ने उसके मुक्त हास्य का मन ही मन आनन्द लिया क्योंकि काफी दिन से वे हँस नहीं पाए थे। वे भी हँसने लगे क्योंकि मिस कैथरीन एबैट सनबोर्न अपने मित्रों को बुलाकर उनसे मिलवाती थी। वे उनकी विचित्र वेशभूषा पर हँस भी पड़ते थे। उन्हें लगता कि वे अद्भुत जीव हैं। वहाँ रास्ता चलते लोग भी उन्हें देखकर खिल्लियाँ उड़ाने लगते थे। वे एकान्त में उन सबकी अज्ञानता पर ठहाका लगा उठते थे। वे अपने को पूर्ण संयम में बनाए रखते थे।

कैथरीन रॉलट सॅनबोर्न पूछ रही थी, ''क्या आपने मेरा लिखा साहित्य पढ़ा?''

''कुछ-कुछ। जैसे 'दि टेलिग्राम', 'हार्ट ऑफ दि सिटी', 'गुडबाई' आदि।

''क्या अनुभव किया?''

''प्रयत्न करती रहिए, यही रास्ता है अपने को जानने समझने का। भाषा महकदार है, कथन अकृत्रिम है, विश्वसनीय भी। चेतन पर पड़ने वाले विष दन्तों की मार्मिक जलन तीव्रतर हुई है।'' यह कहते हुए उन्हें माइकल मधुसूदन दत्त का मेघनाथ वध याद हो आया था। उसमें जहाँ इन्द्रजीत युद्ध में हत हुआ है, वह दृश्य असाधारण है। वह पुत्र-शोक को मन से जबरदस्ती हटाकर महावीर की तरह युद्ध में जाने का निश्चय करता है। प्रतिहिंसा और क्रोध की आग में स्त्री-पुरुष सब भूलकर वह युद्ध के लिए बाहर जाने को तैयार है...वह काव्य की श्रेष्ठ कल्पना है। चाहे

जो भी हो, पर मैं अपना कर्त्तव्य नहीं भूल सकता, फिर दुनिया रहे या जाए यही महावीर का वाक्य है। माइकल यहाँ पर कर्त्तव्यबोध की महत्ता स्थापित कर पाए हैं। वही कैथरीन 'गुडबाई' में उस क्लीव पुरुष को नकार देती है जो उसके बिस्तर तक पहुँचकर उसे धोखा देना चाहता था। यहाँ उसका पात्र रोमिला स्पष्ट कह उठती है—जीवन में वह काम नहीं करना है, जिससे अपराध बोध उत्तेजना से भर उठे।...तुम जा सकते हो, केरो, चुपचाप, बिन, सिर झुकाए, बिना आत्मग्लानि से गुजरे और अपने आप से लड़े, क्योंकि मुझे कायर व्यक्ति पसन्द नहीं है।...मैंने तुम्हें जो रुपया उधार दिया था, अब तुम्हें उसे लौटाने की ज़रूरत नहीं है। लेकिन फिर भी इधर मत आना वरना तुम्हें हमेशा के लिए सुलाने के लिए पिस्तौल की एक गोली काफी है।...अब तुम उठो और अपना रास्ता नापो।'' विवेकानन्द को उनकी कहानी की यह ईमानदारी, साहस और निर्भीकता बेहद पसन्द आई थी—एक अविवाहिता की नैतिकता पुरुष के अहम् को कुचल रही थी।

इस तरह उनके मन में उस अविवाहिता के प्रति श्रद्धा भाव जगा था। वह भी उनके ज्ञान की गहनता और जीवन के दृष्टिकोण से अत्यधिक प्रभावित हुई थी। वे सुबह-सुबह सैर को निकल जाते थे। उसका फार्म हाउस कई एकड़ में फैला हुआ था। अच्छी नस्ल के घोड़े भी उसके पास थे और वह अपने समाज में प्रतिष्ठा प्राप्त महिला थी। उसने उन्हें कई जाने-माने लोगों से मिलवाया, कई जगह उनके प्रवचन भी करवाए। उसका यह फल हुआ कि उनको जानने वाले अब उनके प्रति श्रद्धा रखने लगे थे। वह कह रही थी, ''आप में अटूट धैर्य है। धैर्य साहस का पोषक है।''

''धैर्य माँ की ममता का प्रतीक है।...हमें कभी धैर्य नहीं खोना चाहिए और मैं समझता हूँ कि मिस कैथरीन तुम्हारे स्वभाव की आधारशिला धैर्य पर ही टिकी हुई है।...प्रेम वहाँ टिकता है जहाँ धैर्य होता है।'' विवेकानन्द ने कहा और गहरी साँस ली।

कैथरीन रॉबर्ट सनबोर्न कहती थी विवेकानन्द को विवका नन्द, इस कारण उन्होंने कहा, ''आप मुझे संन्यासी या साधु कह सकती हैं।

''क्यों, क्या मैं आपके नाम के उच्चारण में गलती करती हूँ?''

''यदि यह मानकर चला जाए तो क्या तुम संन्यासी, जिसका तुम प्रयोग करती रही हो, नहीं कह सकती?''

''क्यों नहीं?...जहाँ तक व्यक्तिगत स्तर पर सम्बोधन का प्रश्न है, वहाँ मुझे...खैर छोड़िए मुझे, अपनी कहिए, संन्यासी जी।'' कहकर कैथरीन एबैट सॅनबोर्न ठहाका लगा उठी। हँसते हुए उसके गाल में गड्ढे पड़ जाते थे। उसके चेहरे पर बच्चों का सा भोलापन उभर आता था।

''मर्यादा मित्रता का कवच है।'' मन ही मन यह कहकर वे मुस्करा उठे। सोच के इस बल ने उनको घेरा। वह कह उठा, ''यहाँ का मुक्त वातावरण सीमाओं के अतिक्रमण की धाराओं को नहीं मानता। मेहनत करो, मौज से रहो—नुक्ताचीनी, परहेज-एतराज़ नहीं परन्तु यहाँ भी उन्मुक्तता अमर्यादित नहीं है, खुलेपन के साथ

शिष्टता है। आचरण में तनाव के लिए कोई स्थान नहीं है। फिर भी, भौतिकता रिक्तता का अनुभव करती है।...सब कुछ होते हुए भी कुछ-कुछ ऐसा है जो उनके सब कुछ के सामने प्रश्न-चिह्न लगा रहा है। उनको अन्दर ही अन्दर कुरेद रहा है।'' वे अपनी आवाज सुन रहे थे।

''मैं एक बात बताना भूल गई।''

''क्या?''

''हार्वर्ड विश्वविद्यालय के यूनानी भाषा के प्राध्यापक मि. जॉन हेनरी राइट कल आपसे मिलने आए थे।''

''तब?''

''वे लौट गए।''

''वे कहाँ रहते हैं?''

''एनिस्क्वाम। एनिस्क्वाम गाँव उत्तर पूर्व अटलांटिक महासागर के तट पर बसा है। यहाँ से कोई तीस मील दूर है।''

''कोई खास बात?''

''आपकी विद्वत्ता सुनकर शायद मिलना चाहा होगा।'' कैथरीन एबैट सनबोर्न ने धीमे स्वर में कहा।

''चलिए, जो होना चाहिए था, न हो सका।''

''वह कोई कागज भी नहीं छोड़ गए?''

''हम तब महिला क्लब में थे। आपका व्याख्यान चल रहा था।''

''मुझे यहाँ श्रीमती जॉनसन ने भी प्रभावित किया, कैथरीन। वह स्त्री कारागार...नहीं सुधारशाला की अधीक्षक हैं। वहाँ ऐसा कुछ नहीं था जो कैदियों के मनोमस्तिष्क पर यह दुष्प्रभाव कायम रखता कि वे सज़ायाफ़्ता हैं। समाज राज्य के अपराधी हैं।''

''जुर्म स्थायी बुराई नहीं है।...कहीं न कहीं वर्तमान समाज भी उसके लिए उत्तरदायी है।...जुर्म करने वाले को पुनः अवसर दिया जाता है कि वह एक सभ्य नागरिक बनकर समाज में लौटे और समाज की सेवा करता हुआ अपना शेष जीवन आनन्द और सुख के साथ बिता सके।'' कैथरीन एबैट सनबोर्न का स्वर गद्‌गद हो उठा। वह जब भी अपने देश पर बोलने लगती थी, तब-तब वह गरिमाभिमंडित होकर भाव-विह्वल होने लगती थी। उसका मुखमंडल तेजयुक्त हो उठता था।

विवेकानन्द अनुभव कर रहे थे कि उनके यहाँ कारागर में सज़ा काट रहे व्यक्तियों का कोई सगा-साथी नहीं होता। वे अपराधबोध से ग्रस्त रहें, इसलिए उनके साथ कठोर व उपेक्षा प्रेरित व्यवहार किया जाता है। उनसे घृणा की जाती है। कोई भी उनके प्रति सहानुभूति रखने वाला नहीं है। वह कह रहे थे, ''यह सुनकर मुझे बहुत अच्छा लगा कि मिसेज जॉनसन ने बताया कि उन्हें यह विश्वास चाहिए कि वे पुनः सम्माननीय नागरिक बनकर अपने समाज के महत्त्वपूर्ण अंग बन सकेंगे।...प्यार सारे रोगों का एकमात्र इलाज है। वही यहाँ किया जा रहा है।...क्या बात है।...हमारे धर्म में स्पष्ट यही व्यवस्था है क्योंकि वह मानता है कि संसार के समस्त प्राणी आत्मा के विविध रूप हैं।''

"परन्तु आपके यहाँ व्यवहार में तो ऐसा नहीं है।" कैथरीन एबैट सनबोर्न ने सुनी सुनाई बात के आधार पर कहा।

"यही तो हमारे देश का दुर्भाग्य है कि वहाँ छद्म तथा मिथ्या प्रचार से यह फैलाया जा रहा है कि उनकी दुर्गति और अधःपतन का कारण हिन्दू धर्म है। यह सोचा-समझा घिनौना, कुत्सित और निर्मम प्रचार है ताकि व्यक्ति अपने आप से घृणा कर उठे और मजबूरन या लोभवश अन्य धर्म की शरण में आ जाए।...धर्मान्तरण के लिए विवश करना-करवाना उस धर्म के पतन का लक्षण है।...तत्त्व को व्यावहारिक आचरण नहीं बनने देना ही इस दुर्गति का मूल कारण है।" विवेकानन्द का स्वर मध्यम था परन्तु उनका चिन्तन उग्र और गहरा था जो भारत में चलाए जा रहे ईसाई संस्थाओं के षड्यन्त्र की ओर सीधा इशारा था। हालाँकि वे दो अतियों से अन्दर ही अन्दर जूझ रहे थे—हिन्दू धर्म ही संसार में ऐसा है जो मानवता का उदात्त उद्घोष करता है और हिन्दू धर्म ही ऐसा है जो निर्धन और निम्न जाति वालों का घोर निर्ममता से गला दबाता है। उनसे जीने का हक़ छीनकर उन्हें कीड़े-मकोड़ों की तरह रेंगने-मरने के लिए विवश करता है। कैसा अधम अपराध है! उनका चित्त काँप उठा।

कैथरीन एबैट सनबोर्न ने विषय बदल दिया। वह कहने लगी, "मेरे चचेरे भाई फ्रैंकलीन बेंजामिन सनबोर्न ने शुरू-शुरू में मुझे सचेत किया था कि इस संन्यासी को शरण देना उचित नहीं है।"

"फिर भी, आपने...।"

"हाँ मैंने...बिना उसकी बात पर आपत्ति उठाए उससे कहा, मेरे ब्रदर, तुम नेकी के रास्तों पर चलने वालों की मदद करने वाले सम्मानीय संवाददाता और लेखक हो, जो भी कहो सोचकर और तौलकर—हवा में तीर छोड़ना चाहिए।...तुम भी उनसे मिलो, उन्हें जानो, फिर कोई निर्णय करो।...हाँ, वह मान गया। आपसे चर्चा की और उसके सिर पर से थियोसॉफी का प्रभाव कूच कर गया।"

"थियोसॉफिस्टों के पास भी मैं गया था। उनसे बात नहीं जमी। उनके नेक इरादे नहीं हैं।...मैंने अपने मद्रासवाले मित्रों से मदद माँगी थी। यह बात उन्हें मालूम पड़ गई और उन्होंने कहा, "अब शैतान शीघ्र मर जाएगा।"

"आपको शैतान माना?"

"उन्होंने आगे कहा, चलो बला टली।"

"पर ऐसा दुर्व्यवहार क्यों किया।"

"किया नहीं, सोचा, कैथरीन। जिनका सोच इतना खतरनाक हो, वे व्यवहार में कितने घातक, निर्मम और प्रहारक हो सकते हैं। ऐसी संस्थाएँ समाज में शैतान बनाती हैं, उनका पालन-पोषण करती हैं और समाज को विकृति के मुँह में ढकेलती हैं।"

"आप सत्य कहते हैं, संन्यासी जी। छल, ढोंग, प्रपंच परम्पराएँ समाज के शत्रु हैं। फिर भी, ऐसी संस्थाएँ पनप रही हैं।" कैथरीन एबैट सनबोर्न का स्वर आर्द्र हो उठा था। उनके होंठों पर भिंचाव स्पष्ट प्रतीत हो रहा था।"

"पर मेरी सैर करने की इच्छा हो रही है।"

"मैं साथ नहीं दे पाऊँगी। आप कहाँ जाना चाहते हैं?"

"बस यहीं...इस गाँव के घेरे में।"

"कई बार पूछना चाहा पर भूल गई। मन में एक बात सिर उठाए हुए है।"

"आप कुछ पूछना चाहती हैं तो पूछिए।"

"क्या भारत के गाँव भी ऐसे ही हैं?"

"भारत आर्थिक रूप से एक गरीब मुल्क है। कभी यह सोने की चिड़िया हुआ करता था।...पतन हुआ और अब भी तेजी से हो रहा है क्योंकि गाँव का दोहन करके बड़े शहर बसा लिए हैं।...वे गाँव जहाँ आज भी भारत की संस्कृति-सभ्यता संरक्षित है, हर दृष्टि से उन्हें उपेक्षित, नाकारा और कूपमंडूक बना डाला है।...इस सबके बावजूद यदि आज भी भारत जीवित है तो गाँवों की वजह से।" विवेकानन्द का स्वर विगलित हो उठा मानो उनकी दुखती रग पर किसी ने हाथ रख दिया हो। उनके चेहरे पर तत्काल क्लान्त परछाइयों का दौर दौरा शुरू हो गया। अन्ततः वे कह उठे, "मैं घूमकर आता हूँ।"

फिर वे रुके नहीं और न कैथरीन एबैट सनबोर्न ने उनसे कोई और प्रश्न किया। वह नहीं चाहती थीं कि उनकी व्यथा को मथा जाए। विवेकानन्द अपनी चिर-परिचित गति से मुख्य द्वार से बाहर चले गए, इस अधूरे, अपंग व पीड़ित कथान्त को लेकर। जब कभी भारत के गाँवों की चर्चा उठती, तब उनके अधर काँपने लगते और हृदय छलनी होने लगता। गाँवों की व्यथा को मुक्ति कौन दिलाएगा? कौन हरेगा उनकी त्रासदी के उपसंहार को? उन्होंने गति कुछ तेज की और पहाड़ों से घिरे उस प्राकृतिक वैभव की ओर देखने लगे।

धीरे-धीरे विवेकानन्द का मन वहाँ रमने लगा। तभी उनको तार मिला :

'एनिस्क्वाम आइए। आपसे मिलने की बहुत इच्छा है। प्रो. जॉन हेनरी राइट।"

दूसरा तार कैथरीन एबैट सनबोर्न के नाम था कि संन्यासी से आग्रह कीजिए कि वे हमारे विनम्र आमन्त्रण को स्वीकार करने की कृपा करें।" वह मुस्कराई। उनकी आँखों में चमक दौड़ गई। वह पूछने लगी, "क्या विचार है?"

"यह निर्णय आपको लेना होगा।"

"मुझे...नहीं, आमन्त्रण आपको है।"

"समझता हूँ।"

"फिर भी यह निर्णय आपको ही लेना होगा।"

"मैं कुछ नहीं कह सकता।"

"आपके लिए आमन्त्रण है।"

"परन्तु मैं अतिथि आपका हूँ। आपके अनुसार मुझे चलना है।"

"जाइएगा, यह कह पाना भारी मन से हो रहा है, क्योंकि आपने जिस चेतना-यज्ञ को शुरू किया, उसने यहाँ सबके मन को मोह लिया है।...लेकिन प्रो. राइट अति

विशिष्ट प्रोफेसर हैं। वे आपकी मदद कर सकेंगे, ऐसा मुझे विश्वास है।'' कैथरीन एबैट सनबोर्न का स्वर अवरुद्ध होने लगा था। उनकी आँखें भर आई थीं। वे उठीं, बगल की खिड़की को उन्होंने बन्द किया, जहाँ से तेज शीत हवा प्रहारक हो रही थी। वह बोलीं, ''आपका बन्द गले का गरम कोट दर्जी दे गया है। पहनकर देख लीजिए।''

''देख लेंगे।''

''मैं भुलक्कड़ होती जा रही हूँ। हालाँकि तिरपन-चौवन वर्ष की अवस्था युवकों को ललकारने में नहीं चूकती। दरजी कहकर गया था कि मैं उसे तुरन्त आज ही 'फिटनैस' के बारे में बतला दूँ क्योंकि कल वह एक सप्ताह के लिए बाहर जा रहा है।''

''लबादा की क्या फिटनैस?...फिर भी...।'' कहते हुए वह उठे और सामने रखे पैकिट को खोला और लबादे को पहन लिया। घुटनों से नीचे तक के उस लबादे के साथ फेंटा भी था—कमरबंद। वह भी कस लिया और कहा, ''लुक, कैथरीन!''

कैथरीन एबैट सनबोर्न ने जैसा उन्होंने सोचा था, ठहाका लगाएगी, नहीं लगाया। आखिर वह भी उनकी विचित्र वेशभूषा का ही नमूना था। वह घूरते हुए बोली, ''जिनको आत्मा का संगीत सुनाई देने लगता है और जिनके मन में खोट के लिए कोई स्थान नहीं होता, उनको हर पोशाक बढ़िया लगती है। वह उनकी पहचान का हिस्सा बन जाती है।''

''दैट्स ऑल, कैथरीन। आपके पवित्र कमेंट के लिए धन्यवाद।...मुझे ठंड सता रही थी। उससे पूरे शरीर की रक्षा करनी थी। मैं चाहता, तो प्राणायाम के द्वारा, जैसा मैंने जब-तब किया भी, ठंड से लड़ सकता था। पर नहीं, मैंने ऐसा नहीं किया, क्योंकि मैं प्रकृति का हृदय से आदर करता हूँ और ये शरीर उसी के परिवार का एक हिस्सा है। मुझे उसकी बात मानना उसे राजी रखना, बहुत जरूरी था।'' विवेकानन्द का स्वर आत्माभिव्यक्ति के तार छेड़ रहा था।

''जहाँ स्वार्थ नहीं, जहाँ चाह का कोई दबाव नहीं होता है, वहाँ प्यार होता है।...आप इस लबादे में सारी मानवता को प्यार की वही धुन सुना रहे हैं, जिसको सुनकर तमाम प्रश्न उस बालक की तरह माँ की गोद में आकर विश्राम पाते हैं, जो बेहद थक गया था और जिसे माँ की याद के अलावा और कुछ याद नहीं रहा।''

दोनों मौन। प्रकृति की तरह निःस्वर। वह माँ नहीं बनी तो क्या, वह है तो पूरी तरह ममतामयी। सारे बच्चों को अपनी सन्तान मानने वाली।

पता नहीं चला उन्हें गहरे एकान्त में अपने को लेकर कब वे उन यादों में जा खोये, जिनके एक-एक पल पर कैथरीन एबैटा सनबोर्न और उनके साथियों की छाप लगी थी। अतीत कैसे वर्तमान हो उठा था। यदि प्रो. जॉन हेनरी राइट ने उन्हें नहीं चेताया होता। वह कह रहे थे, ''आप महासागर तक सैर कर आने का विचार कर रहे थे तो मैंने सोचा कि आपके चहेतों को भी लाभ मिल सके, ऐसा कार्यक्रम बनाऊँ।...और मैंने अपनी सुविधा से, बिना आपसे पूछे, कार्यक्रम तय भी कर दिया।''

''तब ठीक है...ईश्वरेच्छा को मेरा प्रणाम!'' विवेकानन्द ने सहज होकर कहा।''

"आपने बहुत कम समय दिया। दो दिन तो बातों में ही निकल गए मानो दो युगों को खखोल डाला हो।...शुक्रवार को आए सोमवार को चले जाएँगे। आज रविवार है। चर्च में आपका व्याख्यान है। फिर कितना समय बचेगा?"

"प्रोफेसर समय बचाने की चिन्ता छोड़ो, व्यय करने पर ध्यान दो।...जितना हो सके, उतना समय का सदुपयोग करो और पेड़, नदी, सूर्य की किरणों, वर्षा आदि की तरह परोपकार करो आनन्दित रहो।"

"प्रायः मैं शहर से यहाँ जलवायु परिवर्तन के लिए आया करता हूँ। छोटा-सा गाँव है—साहित्य, कला, संस्कृति, संगीत, नृत्य से जुड़े लोगों के लिए यह स्थान पैराडाइस (स्वर्ग) है। आमतौर पर वे सैलानी यहाँ आते हैं, जिन्हें प्रकृति की खुशबू रास आ चुकी है और खुद को भूलने की जबर्दस्त तमन्ना है। जॉन हेनरी राइट इसके बाद उठ खड़े हुए। सामने से दुबली-पतली, गोरे रंग की, कंजी आँखों वाली श्रीमती मेरिल आती नजर आईं। आते ही बदलियों की तरह उमड़ पड़ी। बोली, "हमने सोचा, प्रोफेसर स्वामीजी को 'बोर' कर रहा होगा। कितनी बार समझाया है कि गिटार बजाने में महारत है तो नई धुनों को ईजाद करो जो सागर की तरंगों, हवाओं के शोर मचाने, बदलियों के घिर कर चमकने-गरजने, कलियों के चटकने, पानी की हल्की-हल्की बूँदों के गिरने और झरनों की तेज आवाजों से अलग हो—सिर्फ आत्मा के आनन्द की मधुरतम ध्वनि हो वह, जिसे सुनते-सुनते सभी इन्द्रियाँ अपने को विस्मृत कर उसका दीदार कर सकें जो सृजनहार है हम सबका!"

मेरिल का मन मानसरोवर सा है। कल्पना में उड़ना उन्हें सुख देता है।

"क्यों भाई प्रोफेसर, श्रीमती मेरिल की नेक सलाह पर गौर क्यों नहीं करते?"

जॉन हेनरी राइट मुस्कराकर रह गए। वह जानते थे कि मेरिल का मन सब पर कृपा करने का रहता है। वह जितनी दरियादिल है, उतनी ही हँसमुख और चिन्ताशून्य रहने वाली भी।

"प्रोफेसर जवाब नहीं देगा, स्वामीजी। इसकी यही तो खूबी है कि वह अपनी गलतियों पर परदा नहीं डालता, उन्हें सहज स्वीकार कर लेता है।"

"अब हमें चलना चाहिए।" विवेकानन्द को याद दिलाना पड़ा।

सब उठ गए। अटलांटिक महासागर की सैर की। तेज हवाएँ गूँज रही थीं। उत्ताल तरंगों के शोर के साथ। गिरजे में भाषण देकर सबको सम्मोहित कर दिया। वे वहाँ इतनी जल्दी इतने प्रसिद्ध हो गए कि उस गाँव के अधिकांश जन उनके चहेते बन गए। सबकी यह धारणा बनी कि वे ब्राह्मण हैं। परन्तु निशाभोज के अवसर पर जब उन्हें स्वाद से मांस खाते हुए देखा तो सब हैरान रह गए। उन्होंने बता दिया कि आदि अवस्था में मनुष्य जब नग्न रहता था तब वह मांस ही खाता था।"

"परन्तु ब्राह्मण...।"

"मैं कायस्थ हूँ।...ब्राह्मण नहीं।...अधिकांश संसार मांसभक्षी है।...खानपान, रहन-सहन, पहनना-ओढ़ना सात्त्विक होना चाहिए।...मैंने कभी इस ओर ध्यान नहीं दिया।"

निशा भोजन के बाद विवेकानन्द ने एक प्रश्न के उत्तर में अंग्रेजों को नितान्त

बर्बर बताया।

''यह आरोप उचित नहीं है।''

''कुछ काल पहले वे बर्बर थे। भयावह शीत तथा उत्तरी जलवायु के कष्टों ने उन्हें जंगली बना डाला। तभी तो वे मुख से उस पवित्र पुरुष ईसा का नाम लेते हैं। वे मानव से प्रेम करने तथा सभ्यता के विस्तार का दावा करते हैं—ऐसा वे ईसाई धर्म की मदद लेकर नहीं बल्कि अपनी बुभुक्षा से।...अंग्रेज़ हमारी गरदन पर सवार हैं और उन्होंने अपने सुख-भोग के लिए हमारे रक्त की अन्तिम बूँद को भी चूस डाला है।...मुझे नज़र आ रहा है कि नवीन युग का सूत्रपात होगा। वह रूस या चीन से होगा।...मुझे डर है कि भारत से अंग्रेज जाएँगे, जल्दी ही जाएँगे तब... ।'' कहते-कहते वे रुक गए। सोचते रह गए।

''तब क्या होगा?'' किसी ने एक प्रश्न उछाला। वह दुबला-पतला अधेड़ व्यक्ति कहने लगा, ''वर्तमान की सोचो, अभी तो भारत पर अंग्रेजों की हुकूमत है।''

''आपने ठीक कहा, महाशय। यह हुकूमत ज्यादा साल नहीं चलेगी। उन्हें ईश्वर के दंड का भागी भी होना पड़ेगा।...करोड़ों चीनी आज ईश्वर का प्रतिशोध भुगत रहे हैं।...हूण फिर आक्रमण करेंगे। सम्पूर्ण यूरोप फिर पदाक्रान्त होगा।...कोई नहीं बचेगा। फिर अन्धा युग आएगा।''

''कब तक?''

''लगभग एक हजार वर्ष के भीतर।''

इस अधेड़ व्यक्ति ने गहरी साँस ली और कहा, ''हमें उसकी चिन्ता नहीं है।...प्रतिशोध भगवान् लेगा... ।''

''चाहे तुम ईश्वर पर विश्वास मत करो, कोई बात नहीं लेकिन इतिहास तो बराबर प्रतिशोध लेता रहा है वह अवश्य लेगा।...फिर चीन या रूस दोनों में से कोई एक नए युग का सुप्रारम्भ करेगा।...मुझे डर है कि अंग्रेज भारत से चले गए तो चीन भारत पर हमला करेगा। भारत का कभी आक्रामक चरित्र नहीं रहा है।''

''आप क्या ज्योतिषी हैं?''

''नहीं परन्तु वर्तमान की आँखों के सामने सदा भविष्य रहा है।...मुझे जो नजर आ रहा है, वही कह रहा हैं।...ईश्वर चाहेगा तो वही होगा।...मैं जो समझ सोच रहा हूँ, वह मैंने कहा है। मेरा इसके पीछे कोई और कारण नहीं है।''

इस तरह वह दिन भी बीत गया। रात चढ़ आई। श्रीमती राइट ने उन्हें याद दिलाया कि कल स्वामीजी को यात्रा करनी है। रात काफी हो चली है। वे उठने को हुए तो प्रो. जॉन हेनरी राइट ने उन्हें इशारे से रोक लिया। पूछा, ''क्या विचार है?''

''किसके बारे में?''

''कल सुबह आप प्रस्थान कर रहे हैं।''

''बेशक!''

''आपको विश्व धर्म सम्मेलन (परिषद), में भी तो जाना है।'' प्रो. जॉन हेनरी, राइट ने उनका ध्यान उस ओर खींचा, जिसके लिए वे हजारों मील की यात्रा करके

वहाँ आए थे।

विवेकानन्द ने गहरी साँस ली। कुछ पल इतस्ततः देखा। फिर कहा, ''आया तो इसलिए था परन्तु शायद प्रभु की इच्छा कुछ और है। वह मुझसे कोई और क़ाम लेना चाहता है।''

''आपको वहाँ अवश्य जाना चाहिए। यहाँ आसपास के अन्य स्थानों पर आपकी मौलिक प्रतिभा, अद्‌भुत कल्पना संयोजन, गहरी तर्क मेधा और पूर्णतया समर्पण का गहरा प्रभाव है।''

''मुझे आपके कथन से आपत्ति नहीं है।''

''पर मुझे है।'' श्रीमती राइट ने हस्तक्षेप किया। वह दो गिलास भरकर दूध लाई थी।

''क्या?''

''यह कि आप पहले इस निरीह प्राणी पर दया कीजिए। इसकी फरियाद सुनिए।'' श्रीमती राइट नाटकों में भाग लेती थीं और स्वभाव से चुलबुली व हँसमुख थीं। उनका व्यक्तित्व आकर्षक था। कुछ आलसी थीं। चुटकले बनाने और सुनाने की कला में वह दक्ष थीं।

उनकी बात पर दोनों हँस पड़े और आज्ञाकारी शिष्य की तरह गटगट दूध चढ़ा गए और खाली गिलास मेज़ पर रख दिया। श्रीमती राइट ने कहा, ''मुझे आपको स्वामी कहना अच्छा नहीं लगता।...मुझे अर्थ मत बताने लगिए।...अर्थ कुछ भी हो परन्तु ये शब्द अधेड़ या वृद्ध अवस्था के व्यक्ति की कल्पना मन में जगाता है—जिसकी दाढ़ी-मूँछ सफेद, झुर्रियों की ताक-झाँक शुरू और हलकी सी गरदन हिलती हुई।''

''तो क्या कहिएगा?''

''क्या कहूँ,...आप हृष्ट-पुष्ट हैं, कसरती देह है, आँखों में अपूर्व तेज है, कपोलों पर मासूमियत है, ललाई है, गति में सिंह का अन्दाज है। अवस्था से युवा हैं।'' यह कहते हुए श्रीमती राइट के कपोल गुलाबी से लाल हो गए और उनकी आँखें चपला सी चमक उठीं।

विवेकानन्द ने कहा, ''संकोच छोड़िए, जो मन कहे, सम्बोधन दीजिए, हमें कोई एतराज़ नहीं है।''

''पर मुझे एतराज है क्योंकि मेरे आपको नाम से पुकारने पर दूसरे भी दुस्साहसी हो सकते हैं।'' इसके बाद अपने स्कार्फ को हाथ में लपेटते हुए कहा, ''कुछ भी कहिए, मुझे आप स्वामी की अपेक्षा किसी उन्नत राज्य के राजा लगते हैं।''

''तो आप एक निर्धन संन्यासी को राजा बना लीजिए। वैसे स्वामी संन्यासी राजा से ऊपर होता है, क्योंकि वह एक ही सार्वभौमिक सत्ता को स्वीकार करता है—ईश्वर की सत्ता को।''

''हमें इस वक्त, श्रीमती राइट स्वामीजी को विश्व धर्म सम्मेलन में भाग लेने पर विचार करना हैगा।'' विवेकानन्द की ओर देखकर जॉन हेनरी राइट ने कहा, ''मैं उसके लिए कुछ प्रयत्न कर रहा हूँ।''

''जैसे?''

"मैंने अपने मित्रों के नाम दो पत्र लिखे हैं। वे वहाँ आपकी मदद करेंगे।"

"परन्तु वहाँ का कार्यक्रम तो पूर्व में ही सुनिश्चित हो चुका है।"

"तो क्या हुआ? चमत्कार ऐसी ही विषम परिस्थितियों में सामने आते हैं, जब असम्भव सम्भव होने लगता है।...आपको यह अवसर हाथ से नहीं जाने देना चाहिए। विश्व धर्म सम्मेलन या महासभा आपके लिए उपयुक्त स्थान है। सम्पूर्ण विश्व के धर्माचार्यों के सामने आप खड़े होकर कुछ कहेंगे, उसे सब हृदयंगम करेंगे, क्योंकि आपकी दृष्टि तटस्थ के साथ-साथ उदार भी है।...सत्य तो यह है कि आपसे परिचय पत्र की माँग करना सूर्य से यह पूछना है कि उसे प्रकाश फैलाने का अधिकार किसने दिया है?"

विवेकानन्द मुँह देखी प्रशंसा का धुआँ उठने से पहले ही बुझा दिया करते थे परन्तु इस वक्त वह ऐसा कुछ नहीं कर सके, क्योंकि प्रो. राइट स्वयं विद्वान हैं, अनुभवी हैं और निष्कपट हृदय के हैं। बारम्बार उनकी दृष्टि प्रतिनिधि निर्वाचन समिति के सचिव को लिखे पत्र की इन पंक्तियों पर ठहर जाती थी। जिसमें लिखा हुआ था कि, "मैं जिनके नाम का प्रस्ताव रख रहा हूँ उनको इस विश्व धर्म सम्मेलन में हिन्दू धर्म के प्रतिनिधि के रूप में सम्मिलित किया जाए, वे इतने बड़े विद्वान हैं कि यदि हमारे समस्त विद्वान् और धर्माचार्य एक पलड़े में बैठें और दूसरे में उनको बैठाया जाए तो उनका पलड़ा ही भारी पड़ेगा। वे उदारवादी, मानवताप्रिय, गहन अन्तर्दृष्टि रखने वाले, निश्छल, सहज और समस्त जातियों को परोपकार, करुणा, मुदिता आदि जन्मजात गुणों की शृंखला से जोड़ने वाले महान् व्यक्ति हैं।" क्या होने जा रहा है? कौन यह सब करवा रहा है? और वह भी स्वतः ही, उसमें उनका प्रयास ना के बराबर। उस सम्मेलन के सम्पूर्ण अधिकार फर्स्ट प्रेसबिटोरियन चर्च के प्रमुख जॉन हेनरी बैरोज के पास थे। प्रो. राइट ने उन्हें ही पत्र लिखा था। उनको आश्चर्य हो रहा था कि उन्होंने क्रिश्चियन धर्म के मानने वालों पर अनेक आक्रमण किए थे। इस कारण ईसाई धर्म के कट्टरपन्थी पुरोधा उनके विरोधी हो गए थे। वे सच के हिमायती थे। इस कारण उनके प्रशंसकों की संख्या सर्वाधिक हो गई थी।

वे वहाँ से विदा हुए। अब वे ट्रेन में बैठे हुए पुनः शिकागो जा रहे थे। ईश्वरीय प्रेरणा से उनका हृदय छलछला उठा था। जहाँ वे किसी को नहीं जानते थे, वहाँ उनके जानने वालों की संख्या काफी हो गई थी। उनके ग्यारह व्याख्यान क्या हुए कि अनजान लोग उनकी ओर खिंचे चले आए। सब जान चुके थे कि वे पराधीन देश भारत से आए हैं और पराधीन देश के हिंदू धर्म पर प्रकाश डाल रहे हैं, उसको सब धर्मों की जननी बता रहे हैं। ईसाइयों की धर्म ध्वजा वहाँ फहरा रही थी। फिर भी, जिसने उनको सुना, उसके मन पर आच्छादित अँधेरे की परतें हटने लगी थीं।

शाम ढल रही थी। शिकागो स्टेशन पर ट्रेन जा लगी थी। स्टेशन से बाहर आने पर हलकी जानकारी मिली, उस ओर की जिधर उन्हें जाना था। ठंड में तेजी थी, परन्तु अब वह ऊनी लबादा पहने हुए थे। वे डॉ. बैरोज से मिलने उनके घर के लिए पैदल रवाना हो गए। उनके लिए शिकागो अपरिचित जगह थी। उस मुहल्ले

तक पहुँचे जहाँ डॉ. बैरोज रहते थे। वे सोचते चल रहे थे कि वहाँ पहुँच कर ठहरने का ठिकाना तो मिल ही जाएगा। लेकिन उन्हें नहीं मालूम था कि वह मुहल्ला जर्मन बहुल है और जर्मन अपनी भाषा के हद दर्जे तक दीवाने हैं। वे पूछ-पूछ कर थक गए। वहाँ अंग्रेजी भाषा का ज्ञान काम नहीं आया। वहाँ मात्र एक तरफा गूँगापन बना रहा। अपनी भाषा के प्रति इतनी जागरूकता, इतना सम्मान और इतना समर्पण उन्होंने इससे पहले कहीं अनुभव नहीं किया था। दूसरी तरफ भारत है जो अंग्रेजों से ज्यादा उनकी भाषा अंग्रेजी का गुलाम है। गुलामी के इस पट्टे को अपनी गरदन में लटकाकर उसे अनुभव होता है कि वह महान् व्यक्ति है। उसकी ऊँट की तरह तनी गरदन उनके प्रति उपेक्षा दर्शाती है जो अंग्रेजी भाषा नहीं जानते। उसकी दृष्टि में वे जाहिल, गँवार और असभ्य हैं।

अब कहाँ जाएँ? तीनेक घंटे से ऊपर समय बीत गया परन्तु कोई दिशा नहीं मिली। ना वे पता कर सके कि पास में कोई होटल है। टिकिट उन्हें प्रो. राइट ने मँगवा दिया था और कुछ राशि भी दी थी ताकि उन्हें दिक्कत न आए। डॉ. बैरोज से मिलकर उनकी सारी तकलीफ दूर हो जानी है। फिर कोई चिन्ता नहीं। डॉ. बैरोज उनके गहरे मित्र थे और उदारवादी दृष्टिकोण के पक्षधर भी। वह घूमफिर कर शिकागो स्टेशन आ गए। रात्रि के ग्यारह बज चुके थे। ठंड कहर ढाने लगी थी। पेट में चूहे दौड़ रहे थे और मन खिन्न होने लगा था।

प्लेटफार्म के दो चक्कर लगाए। किसी से पूछना चाहा परन्तु संकोच ने घेर लिया। यह सोच कर कि वे उससे क्या पूछेंगे? डॉ. बैरोज का उनके पास फोन नम्बर भी नहीं था। धीरे-धीरे वे रेलवे के मालगोदाम की ओर आ गए। वहाँ मालगाड़ी के कुछ डिब्बे खड़े हुए थे और खुले हुए भी थे। नींद आँखों में पाँव पसारने की तैयारी कर चुकी थी। जम्हाई आ रही थी। हाथ-पाँव में अकड़न थी। उन्होंने चारों ओर देखा। कहीं कोई नजर नहीं आया और उन्होंने साहस बटोरा। प्रभु को स्मरण किया। जो होगा देखा जाएगा। कहीं उन पर कोई नई मुसीबत न आ जाए और उन्हें हवालात की हवा न खानी पड़ जाए। देश का नाम डूबेगा वह अलग और उन्हें जो सजा मिलेगी वह अलग।

होगा, तो होगा। वे भाग्यविधाता नहीं हैं। चिन्ता करने से क्या होगा। पहले नींद फिर कुछ और अब वे उस ख़ाली डिब्बे में आ चुके थे, जिसकी सफाई नहीं हुई थी। उनके पास बिछाने के लिए कुछ नहीं था। एक ट्रंक में दो जोड़ी कपड़े थे और कुछ किताबें। उनकी नज़र एक गत्ते पर पड़ गई। उससे उन्होंने उस डिब्बे के एक भाग को साफ़ किया। ट्रंक एक तरफ टेक दिया और वहीं लेट गए। लेटते ही उन्हें नींद आ गई।

नींद टूटी तो सूर्य नारायण आँख दिखा रहे थे। ज्ञान ने उन्हें चेताया—वह तो अच्छा हुआ कि रात भर यह डिब्बा यहीं खड़ा रहा। यदि शंटिंग होकर उसे मालगाड़ी के साथ जोड़ दिया गया होता और मालगाड़ी रवाना हो गई होती तो इस वक्त वे जाने

कहाँ होते। फिर पहुँच चुके होते वे विश्व धर्म सम्मेलन की पायदान पर।

प्लेटफार्म पर हाथ-मुँह धो कर वे बाहर आ गए। 'लेक शोर ड्राइव' के किनारे-किनारे आगे बढ़ते गए। चौंके। आलीशान गगनचुम्बी भवन राजप्रासाद से। धनाढ्यों का उपनगर। वे पूछ रहे थे सम्मेलन का पता ठिकाना। कौन उनसे बतियाता? मैला-कुचैला ऊनी लबादा जो रात को पहनकर सो जाने के कारण मरगिल्ली-सा हो गया था। बढ़ी हुई दाढ़ी। थकी हारी देह। अनुत्साही मन। कई द्वारों पर दस्तक दी। पूछा। उन्होंने उन्हें देखकर बिना सुने ही द्वार बन्द कर लिए। एक तो भारतीय, दूसरे साँवला रंग, तीसरे बेडौल लबादा उनकी उपेक्षा का स्पष्ट कारण थे।

उनके सोच ने अन्दर से दरवाज़ा बन्द कर कुंडी लगा ली। माथे पर बल पड़े। हर क्षण परीक्षा। रुकावटें। उन्होंने ऊनी लबादे को अंदर रखा और गेरुआ रंग का अँगरखा चोगा पहन लिया और भूख-प्यास तथा हताशा से घिरे वे सड़क के किनारे बैठ गए।

सूर्य की किरणों में अब कुछ तेजी आ गई थी। अब उन्हें लगा कि वे फिर से मित्रविहीन, असहाय और अकेले पड़ गए हैं। क्या पुनः लौट लें। स्टेशन पर अवश्य उनको सहायता मिल सकेगी। टेलीफोन नम्बर भी। वे भी क्या हैं? पते वाला कागज उनसे कहीं गिर गया। कहाँ ढूँढें उसे? उनसे कोई चीज़ सँभलती है क्या? ऐसी लापरवाही किस काम की? वे जानते हैं कि उनसे कोई न कोई चीज अवश्य छूटेगी? मद्रास के मित्रों और राजा अजीतसिंह ने उन्हें रुपये भिजवाए थे। जाने वे कहाँ गए? उन्हें तो नहीं मिले?

वे बैठे-बैठे ऊब रहे थे। बारम्बार होंठों पर जीभ फेरकर बेचैन हो रहे थे कि अब क्या होगा? कौन उनका सहायक बनेगा?...गहरी साँस ली और पाँव पसारे ही थे कि उनके सामने के भवन का द्वार खुला। उनकी आँखें वहाँ टँग गईं। कुछ क्षणों के लिए परन्तु वहाँ के द्वारों से उनको जो झिड़कियाँ मिली थीं, उनका स्मरण आते ही उन्होंने उधर से मुँह फेर लिया।

क्या देखते हैं कि वह सम्भ्रान्त महिला उनकी तरफ़ आ रही है। वह रानी सी दिख रही थी। उसकी चाल में रुआब था। उसके नाक-नक्श सुन्दर थे। उसने अत्यन्त मधुर स्वर में उनसे पूछा, "महाशय, क्या आप धर्मसभा के प्रतिनिधि हैं?"

"अभी प्रतिनिधि तो नहीं हूँ परन्तु होना चाहता हूँ।"

"किस धर्म का प्रतिनिधित्व करेंगे?"

"सनातन धर्म का।"

"यह कहाँ का धर्म है?"

"भारत का।"

"वहाँ का तो हिन्दू धर्म है।"

"हाँ, उसी का प्राचीन नाम सनातन धर्म है।" अब तक विवेकानन्द खड़े हो गए थे।

"कोई परिचय पत्र?"

"प्रो. राइट का।"

"यूनानी भाषा के प्रोफेसर?"

"हाँ, वही।"

"फिर यहाँ क्यों बैठे हो?"

"विश्व धर्म सम्मेलन के कार्यालय का पता गुम हो गया।" कहकर उन्होंने अपनी कथा सुना दी।

"मेरे साथ आओ।"

नौकर को बुलाकर उस महीयसी महिला ने सब समझा दिया। उनसे उसने कहा, "शायद आपने स्नान-ध्यान नहीं किया है, वह कर लीजिए। नौकर आपको अतिथि गृह में ले जाएगा। वहीं जलपान करके विश्राम कीजिए।"

"फिर?"

"उसके बाद हम आपको विश्व धर्म महासभा के कार्यालय ले जाएँगे।...कृपया अब आप नौकर के साथ जाइए।"

वे अतिथि गृह में आ गए। अतिथि गृह का वह कमरा जहाँ उन्हें नौकर ने ठहराया था, काफी बड़ा, खुला और आकर्षक था।

विवेकानन्द ने गरम पानी से स्नान किया। उनका जोड़-जोड़ खुल गया। थकान दूर हो गई। फिर नाश्ता किया। वे निःसंकोच बोले, "मेरे नाश्ता लेने का अर्थ लगभग भोजन करना है क्योंकि मैंने कल से कुछ नहीं खाया है।"

"चिन्ता मत कीजिए। मैं नाश्ते को भोजन में बदल दूँगा।"

डटकर नाश्ता किया। स्वादिष्ट नाश्ते ने उनकी भूख बढ़ा दी थी। उसके बाद उन्हें नींद आ गई। नौकर उन्हें बुलाने आया तब वे जगे, उठे और तैयार हुए। वह भद्र महिला कार ड्राइव करते हुए बता रही थी, "वह हेल हैं। उनकी तीन सन्तानें हैं। जॉर्ज डब्ल्यू हेल उनके पति हैं वे घर से बाहर हैं। आएँगे तो उनसे आपको मिलवाऊँगी।"

कार विश्व धर्म सम्मेलन के कार्यालय के सामने थी। उसने कार पार्किंग की और उन्हें लेकर कार्यालय में पहुँची। प्रो. राइट का परिचय पत्र पढ़कर वह अधिकारी चकित रह गया। उसने घूरकर उनकी ओर देखा।

पल भर में उनका पंजीयन कर दिया गया। व्यवस्था यह थी कि प्रतिनिधियों को अतिथि के रूप में उन सदस्यों के घर में ठहराया गया था जो तहेदिल से इस प्रस्ताव से सहमत हुए थे। उनके लिए 262 न. मिशिगन एवेन्यू में व्यवस्था की गई थी। जे. बी. ल्योन ने हताश मन से उस कृष्णकाय महात्मा को स्वीकार किया था। कारण–उनके यहाँ दक्षिण अंचल के कई श्वेतांग अतिथि ठहरे हुए थे जो कदाचित् भारतीय कृष्णवर्णीय विवेकानन्द को पसन्द नहीं करते।

आधी रात को फर्स्ट प्रेस बिटेरियन चर्च के एक सदस्य विवेकानन्द को लेकर जे. बी. ल्योन के घर पहुँचे।

दरवाजा खुला। विवेकानन्द को उनका कक्ष दिखला दिया। कक्ष आकर्षक था और आरामदायक भी। एमिली ने उन्हें समझा दिया था कि वे उनके मान्य

अतिथि हैं। उनके यहाँ कई श्वेतांग अतिथि भी ठहरे हुए हैं, कृपया उनकी किसी बात का बुरा नहीं मानना। जहाँ तक हो सके उनसे दूर ही रहना।

विवेकानन्द का माथा ठनका। अतिथियों के ठहराने में भी भेदभाव। पता नहीं, वे उनसे किस बात पर भिड़ जाएँ?

सुबह वे पुस्तकालय में चले आए। वहीं दैनिक अखबार, पत्रिकाएँ आदि की भी व्यवस्था थी। वे अखबार पढ़ने लगे। वहीं जे. बी. ल्योन अखबार पढ़ रहे थे। उनके मन में भी शंका थी कि गौरांग उनको लेकर बिगड़ न जाएँ। उन्होंने किसी भारतीय सन्त को गेरुआ लिबास में पहली बार देखा था। उनके मन में एक प्रश्न उठा। वे पूछ बैठे, "मुक्ति क्या है?"

"मर्त्य स्वभाव से मुक्त ही है।...हम और आप जब तक अपने को स्वतन्त्र न समझ लें, हम कुछ नहीं कर सकते हैं, न जी सकते हैं, न साँस ले सकते हैं और न बात कर सकते हैं।"

"पर मनीषी यह भी कहते सुने हैं कि हम में से कोई स्वतन्त्र नहीं, सब दूसरे के हाथ की कठपुतली हैं। वास्तव में हैं क्या?" जे. बी. ल्योन ने अगला प्रश्न किया।

"सहज-जीवात्मा मुक्त स्वभाव की है परन्तु जब वह मायाग्रस्त होकर, नाम, रूप की उपाधि को धारण करती है तो वह बद्ध हो जाती है। स्वेच्छा का शब्द ही अचरितार्थ है। इच्छा रहते हुए व्यक्ति कभी स्वतन्त्र नहीं रह सकता।...स्वतन्त्र होने का भाव दर्शाना महज उनका भ्रम है। जीवात्मा के बन्धन में आने पर ही तो उसमें इच्छा का जन्म होता है।...फलतः मनुष्य इच्छाबद्ध है। लेकिन उस इच्छा का मूल नित्यमुक्त है।"

"वह कैसे?"

"बद्ध स्थिति में भी, जिसे हम पृथ्वी व स्वर्ग में मनुष्य योनि और देवयोनि कहते हैं, हमें उसी अपनी स्वतन्त्रता का स्मरण बना रहा है जो हमारा स्वरूप व स्वभाव है। जानकर या अनजाने में, हम उसी के लिए प्रयत्न करते हैं।...जब मनुष्य को अपनी स्वतन्त्रता प्राप्त हो जाती है तब नियम के बन्धन में आ कैसे सकता है? फिर इस संसार का कोई नियम उसे बन्धन में नहीं रख सकता, क्योंकि यह संसार स्वयं उसी का है।"

"आपका अभिप्राय है, नवयुवक मित्र, वही सम्पूर्ण विश्व है।"

"या यों कहो कि उसके लिए विश्व है ही नहीं।"

"तब तो भेदाभेद सब समाप्त।"

"हाँ. मि. ल्योन, तब स्त्री-पुरुष, ईसाई-हिन्दू आदि सारे भेद स्वतः समाप्त। फिर अधिकारों में भेदभाव नहीं होगा।...देश, जाति, शहर, गाँव आदि की दीवारें स्वतः ढह जाएँगी।...सारा विश्व अपना है तो ग़ैर कौन रहा? कौन श्वेतांग और कौन अश्वेतांग? कोई झगड़ा नहीं। कोई विवाद नहीं। कोई अमीर-गरीब नहीं।" विवेकानन्द का मधुर स्वर अन्त में घंटा-निनाद के सदृश गूँजने लगा।

जे. बी. ल्योन झूम उठे। दर्शन उनका प्रिय विषय था और विवेकानन्द अनादि

दर्शन की तहां को उलटते-पुलटते सहज दर्शन तक पहुँच गए थे। वह बोले, "नाश्ते पर चलना है।"

वे उठ खड़े हुए। नाश्ते की टेबल पर जा बैठे। सलाद के साथ तीता सॉस। चटनी भी थी। उन्होंने तीता सॉस सलाद पर खूब डाल दिया। वे आनन्द से सलाद खाते रहे। स्विस पनीर भी लिया।

जे. बी. ल्योन शयन कक्ष में गए जहाँ इत्मीनान से वह पलंग पर बैठी हुई थीं—कमर को पलंग की पीठ से ठिकाए, आँखें बन्द किए। वह धीरे से उसके बराबर में आकर जैसे ही बैठे, वैसे ही वह चौंक पड़ी और उसने अपनी आँखें खोल दीं। बोली, "तुम!"

"हाँ, डार्लिंग, मैं और वह भी इस कारण कि हमारे यहाँ जो कृष्णवर्णीय स्वामी ठहरे हैं, वह प्रभु की कृपा से।...तुमने तो तत्काल महासभा के कार्यालय को फोन कर दिया था कि उनके यहाँ ठहरे श्वेतांग अतिथियों ने आपत्ति जताई तो तुम उनको पड़ोस में स्थित ऑडिटोरियम होटल में शिफ्ट करवा दोगी।"

"हाँ, कह दिया था।"

"पर मैं यह फोन करना चाहूँगा कि यदि श्वेतांग अतिथियों ने कोई आपत्ति या नाराज़गी जाहिर की तो उनको ऑडिटोरियम होटल में शिफ्ट करवा दूँगा पर कृष्णवर्गीय सन्त यहीं रहेगा।"

"यह तुम क्या कह रहे हो, ल्योन?"

"मैं अभी उनसे बात करके आया हूँ।"

"तो?"

"तो क्या! वह भारतीय सन्त बहुत महान है। पहुँचा हुआ साधु संन्यासी है...उसकी अंग्रेजी भाषा बहुत प्यारी है। मधुर भी है और गुरु गम्भीर भी। एकदम संगीतात्मक है।"

"सच ल्योन, तो मज़ा आ जाएगा। मैं आँखें बन्द किए भी अभी यही सोच रही थी कि वह संन्यासी सबसे कम वय का, साधु-चरित्र का, सरल हृदय और स्पष्ट दिमाग़ का सबसे अलग दिखलाई पड़ता है।" उसका चेहरा खिल गया था। उसकी आँखों में चमक चपला सी कौंधती है। उसने मन ही मन भगवान को धन्यवाद दिया।

इसके बाद दोनों उठे और बाहर की ओर आए। बाहर आकाश में बेमौसम का रंग छाया हुआ था। सूर्य नारायण दिन में ही झपकी ले रहे थे। कुछ-कुछ धुँधलिका सा था। दोनों ने एक दूसरे की ओर देखा और अफ़लातून की तरह निभृत में ठहाका लगा उठे।

11 सितंबर, 1993 दिन, सोमवार। आर्ट इंस्टीट्यूट कला संस्थान। कोलम्बस सभागार। पाँच हजार व्यक्तियों के बैठने का प्रबन्ध। अद्भुत आकर्षण। अनेकानेक कांस्य, मिश्रित धातुओं, संगमरमर की बोलती मूर्तियों से सजे इस विराट् भवन के कक्ष।

मंच पर कलात्मक भव्यता लिये कुर्सियाँ। उनके सामने रखी मेज पर विभिन्न

धर्म के नाम की तख्तियाँ। बीचोंबीच अध्यक्ष की कुर्सी। इस धर्म के प्रतिनिधि भिन्न-भिन्न आकर्षक वेशभूषा में थे। धर्म थे—यहूदी धर्म, इस्लाम, धर्म, हिन्दू धर्म, बौद्ध धर्म, ताओ धर्म, कन्फ्यूशियन धर्म, शिन्तो धर्म, पारसी धर्म, कैथोलिक धर्म और प्रोटेस्टेंट धर्म।

ठीक दिन के दस बजे। दस धर्मों के नाम पर दस बार घंटा टंकार हुई। फिर स्तब्धता।

एक सौ फुट लंबा और पन्द्रह फुट चौड़ा था मंच। मंच के पीछे जापानी तथा हिब्रू भाषा में दो आदर्श वाक्य तख्तियों पर लिखे हुए लटक रहे थे। एक ओर भव्य ग्रीक के दो दार्शनिकों की भव्य प्रतिमाएँ थीं। उनके साथ सरस्वती जैसी एक मूर्ति थी।

सभापति की कुर्सी लौहनिर्मित थी पर भव्य और सबसे अलग नजर आने वाली। मंच के सामने संवाददाताओं के बैठने की व्यवस्था थी।

घंटे की टंकार के साथ उस भव्य सभागार में प्रवेश शुरू हुआ—सबसे आगे थे सभापति कार्डिनल गिबंस और बोनी। दोनों परस्पर हाथ पकड़े मंच की ओर बढ़ रहे थे। उनके पीछे थी मेले की महिला कार्यकारिणी समिति की अध्यक्षा श्रीमती पोटर पामर और उपाध्यक्षा श्रीमती चार्ल्स सी. हेनरोटिन और उनके पीछे थे दो-दो पंक्तियों में प्रतिनिधि आकर्षक पोशाक में। उन पोशाकों में विवेकानन्द का अँगरखा (चोगा) और पगड़ी अलग ही चमक रहे थे।

वह विशाल भवन करतल ध्वनि से गूँज उठा। गूँजता रहा। वहाँ पहली बार ऐसा धार्मिक आयोजन हो रहा था। सबमें जिज्ञासा अँगड़ाई ले रही थी। अन्दर से ज्यादा बाहर भीड़ थी।

आर्गन बजा। कार्डिनल गिबंस ने अपना हाथ उठाया। बाइबिल से प्रभु की प्रार्थना का सस्वर पाठ करने लगे।

विवेकानन्द इक्कीसवीं कुर्सी पर बैठे हुए भाषणों को सुन रहे थे और अन्दर ही अन्दर काँप रहे थे यह सोचकर कि उन्होंने इस तरह से कभी सार्वजनिक सभाओं में भाषण नहीं दिया था, जहाँ संसार के सभी धर्मों के मनीषी एकत्र हुए हों तथा अन्य विख्यात धर्म पुरोधा सम्मिलित हों, जिनका एक-एक शब्द सटीक, सम्पुष्ट, साभिप्राय और हृदय को छूने वाला हो।

वे देख रहे थे जैन धर्म के प्रतिनिधि वीरचन्द गांधी को, थियोसफी के प्रतिनिधि चक्रवर्ती और श्रीमती एनी बेसेंट को, ब्रह्म समाज के प्रतिनिधि प्रतापचन्द्र मजूमदार को प्योरिटन धर्म के प्रतिनिधि अलेक्जेंडर मेकेंजी को। उनका दिल जोर-जोर से धड़क रहा था। वे सुन चुके थे जॉन हेनरी बेरोज, अलेक्जेंडर मेकेंजी को। उनके भाषण सटीक थे, अत्यन्त प्रभावशाली थे। उनके दिमाग़ में जॉन हेनरी बेरोज के शब्द गूँज रहे थे—यहाँ धर्मयुद्ध को स्थान नहीं है। यहाँ सभी धर्मों का स्वागत हृदय से किया गया है।...प्रभु से मैं प्रार्थना करता हूँ कि वह इस महासभा को, जो सवा करोड़ मानवों का प्रतिनिधित्व कर रही है और जिसे मैं सम्बोधित कर रहा हूँ, आशीष प्रदान करे और सफल बना दे।

एक दिन में तीन सत्र हुए प्रातःकालीन सत्र, अपराह्न सत्र और सन्ध्या सत्र।

प्रथम सत्र के एक-एक वक्ता गजब का बोले। उनसे भी कहा गया परन्तु वह टाल गए। यथार्थतः उनमें वहाँ खड़े होने की शक्ति नहीं थी। उनके होंठ काँप रहे थे और हृदय तेजी से धड़क रहा था।

द्वितीय सत्र प्रारम्भ। ब्रह्म समाज के प्रतिनिधि प्रतापचन्द्र मजूमदार का भाषण ग्रीक चर्च के आर्कबिशप जांटे से भी अधिक प्रभावशाली था। श्रोताओं ने देर तक करतल ध्वनि से उनका स्वागत किया। पूंग, क्वांग यू जो चीन के प्रतिनिधि थे, को अद्भुत और आश्चर्यजनक सफलता मिली। श्रोताओं ने अपने स्थान पर खड़े होकर आनन्दातिरेक से भरकर और अपनी टोपियाँ उछालकर अप्रतिम स्वागत किया।

13वाँ भाषण विवेकानन्द को देना था। पर कैसे? सब अपना-अपना भाषण लिखकर लाए थे और वे वहाँ खाली हाथ चले आए थे। क्या बोलेंगे वे वहाँ? श्रोताओं के वर्ग में भी अपने क्षेत्र के विद्वान थे। उनकी बगल में बॉनेट मावरी बैठे हुए थे। उन्होंने उनसे कहा, "प्रभु पर भरोसा करो और मन से डर को निकाल कर खड़े हो जाओ।"

मरता क्या न करता। अब जो भी हो, वह होगा ही। ओखली में सिर दिया तो मूसल से कैसा डर! वे धीरे से खड़े हुए। उनकी दृष्टि 'पार्लियामेंट ऑफ रिलीजन्स' पर एक पल ठहरी, दूसरे ही पल उनके मन की खिड़की खुली। उनके सामने तीनों समुद्रों पर चलकर आ खड़े हुए ठाकुर मुस्कराए। उनके आशीर्वाद को हाथ उठे। फिर माँ जगदम्बे आ गई। बोली, "वत्स, तू आगे बढ़! संकोच त्याग। घबड़ाहट छोड़। तेरे साथ तेरी माँ खड़ी है, तेरा ठाकुर है, फिर तुझे कैसी चिन्ता और किसकी चिन्ता?"

वक्ताओं के लिए रॉस्ट्रम (वक्ता के सभा मंच) के लिए लटकी हुई सूचना के ऊपर से एक चमकदार रंगवाली चिड़िया उड़कर आई और अपने पंखों से आवाज़ करती चुपचाप दूसरी खिड़की से निकल गई।

उनके पाँव अभी तक हलके से काँप रहे थे। पाँच हजार से अधिक विद्वान् श्रोता उनकी ओर टकटकी बाँधे देख रहे थे।

राजस्थानी पहनावे में थे वे—रेशमी भगवा (केसरिया रंग) चोगे को फेंटे से कसे थे। सिर पर चमकती हुई पगड़ी थी। कृष्ण रंग की देह। लम्बा कद। चमकते कपोलों के ऊपर सस्मित का रंग भरे नयन। होंठों पर फड़फड़ाने को तत्पर उस लाल चिड़िया के से पंख।

श्रोताओं में उत्सुकता का स्निग्ध ज्वारभाटा और अपूर्व युवा ब्रह्मचारी की अदृश्य मुस्कान के मध्य कोई प्राकृतिक सम्बन्ध जुड़ रहा था। सब श्रोताओं के चेहरों पर सद्यः खिले अरुण गुलाब और उनकी आँखों में अधैर्य का संयम अद्भुत कौतूहल पैदा कर रहा था।

साँस थामे विशाल सभा गृह। बॉनेट मावरी की उनके मनोमस्तिष्क में फैली सुगन्ध। वह वृद्ध महिला मानो उनकी माँ हो और वह माँ का आदेश है—कूद

पड़ इस महासमुद्र में, तेरी यश-गीता का चन्दनीय द्वार खुल रहा है।

विवेकानन्द के कंठ से संगीत का सुरभिमय स्वर उद्घोष कर उठा—अमेरिकावासी बहनो और भाइयो!

उनका इतना कहना था कि आन्तरिक आह्लाद करतल ध्वनि से गूँज उठा। एक मिनट से ज्यादा गूँजता रहा। हर्षातिरेक के वे पावन पल कृतार्थ कर उठे श्रोताओं के तन-मन और आत्मा को। आश्चर्यजनक था पूर्व का यह आत्मीय शीतल सुरभिमय झोंका। जाने कब से बन्द आत्मा की अतृप्त लालसा रंगोली ध्वनि-प्रकाश पाकर उस चमकीली लाल चिड़िया के पंख सी फड़फड़ाने को आतुर थी।

कौन कह रहा था कि जब भारत राग-रागिनियों के अदृश्य वाद्य के तार छेड़ता है तब हर दिल के साज उसके साथ बज उठते हैं। मानो वे चार शब्द देववाणी हो। मानो साक्षात् ईसा वहाँ सभा को सम्बोधन दे उठे हों। जब वेद बोलते हैं तब विश्व के समूचे सद्ग्रन्थ अपलक नयन खोले चित्रलिखित से देखते-सुनते रह जाते हैं। हृदय से हृदय का संगम निनाद जब फूटता है तब वक्ता और श्रोता का भेद नहीं रहता—सब ही वक्ता होते हैं, सब ही श्रोता। कब से इस अक्षय अमृत को सुनने के लिए लालायित थे उन श्रद्धालु अमेरिकन वासियों की शब्देन्द्रियाँ और चक्षु। मानो इस महाकुम्भ में पहली डुबकी लगाई हो उन श्रद्धालुओं ने पहली बार। पावन गंगा की उर्मियाँ उमंगित कर गई हों प्रथम स्पर्श से उनके रन्ध्र-रन्ध्र को।

विवेकानन्द कवि थे। कवि साक्षात् ब्रह्म होता है। वह जिस शब्द को छूता है मन्त्र बना देता है। मन्त्र भी ऐसा जो बिना होंठ खोले अनुगूँजता रहता है हर पल, हर क्षण अहोरात्र। जब मन हो जाता है कीर्तनिया तब सारे राग-द्वेष- घृणा-अवसाद, पाप-प्रपंच स्वतः ही तिरोहित हो जाते हैं और कान्हा की बाँसुरी का मधुरतम स्वर समूचे ब्रह्मांड में गूँजने लगता है। सारा अग-जग मन्त्र मुग्ध हो उठता है। वे कह रहे थे—

आप लोगों ने हम लोगों का जिस स्नेह, सौहार्द्रता से हार्दिक अभिनन्दन किया है, उससे मेरा अभ्यन्तर असीम हर्ष से आनन्दित हो उठा है। जगत् के अत्यन्त प्राचीन संन्यासी समाज की ओर से मैं आप भद्र जनों का हार्दिक आभार अभिव्यक्त करता हूँ। सब धर्मों की जननी स्वरूप सनातन हिन्दू धर्म और....सम्प्रदायों के करोड़ों के करोड़ हिन्दुओं की ओर से भी मैं आप सज्जनों को साधुवाद देता हूँ।

अब मैं उन विद्वानों-सुवक्ताओं के प्रति भी हार्दिक धन्यवाद देना चाहूँगा जिन्होंने इस मंच से प्राच्य प्रतिनिधियों के सम्बन्ध में यह बतलाया है कि दूर देश के निवासियों में से जो यहाँ उपस्थित हैं वे भी सर्वत्र समदर्शन और सहिष्णुता के भाव को प्रसारित करके यश और गौरव के भागीदार हो सकते हैं। मुझे उस धर्म का अनुयायी होने का गौरव है, जिसने जगत् को समदर्शी बनने तथा सार्वभौम धर्म को अंगीकार करने की शिक्षा चिरकाल से प्रदान की है। हम लोग सब धर्मों के प्रति मात्र समदर्शन में ही विश्वास नहीं करते प्रत्युत् सब धर्मों को सत्य समझकर उनमें विश्वास करते हैं। मुझे आपसे यह प्रार्थना करते हुए गौरवानुभूति हो रही है कि मैं ऐसे धर्म का अनुयायी हूँ, जिसकी पुनीत भाषा संस्कृत में अंग्रेजी शब्द 'इक्स्क्लूशन' का कोई

पर्यायवाची शब्द नहीं है। मुझे एक ऐसे देश का नागरिक होने का सौभाग्य प्राप्त है, जिसने इस धरा की समस्त व्यथित तथा शरणागत जातियों तथा विभिन्न धर्मों से बहिष्कृत मतावलम्बियों को प्रश्रय दिया है। मुझे यह कहते हुए गौरव की अनुभूति हो रही है कि जिस समय यहूदियों का पवित्र मन्दिर रोम जाति के अत्याचारों से धूल में मिला दिया गया था उसी समय कतिपय कुलीन यहूदी* शरण लेने दक्षिण भारत में आए थे और हमारी जाति ने उन्हें हृदय से लगा लिया था। उन्हें शरण दी थी। ऐसे धर्म में जन्म लेने का मुझे सौभाग्य मिला, जिसने पादरी जाति की रक्षा की है और उसका पोषण आज तक किया है। मैं इस अवसर पर आपको एक स्रोत का एक पद सुनाता हूँ, जिसको मैं बाल्यकला से गुनगुनाता रहा हूँ और भारत में प्रतिदिन लाखों मनुष्य गाया करते हैं।

कुछ पलों के लिए वे रुके। उन्होंने आँखें बन्द कीं। ध्यान लगाया और धीरे-धीरे तन्मय होकर गा उठे—

रुचीनां वैचित्र्यादृजुकुटिलनानापथजुषाम्।
नृणामेको गम्यस्त्वमक्षि पयसामर्णव इवे।।

यह शिवमहिम्न स्रोत है। अर्थात् जैसे-जैसे नदियाँ विभिन्न स्रोतों से निकलकर सागर में मिल जाती हैं, उसी प्रकार, हे भगवान्! भिन्न-भिन्न रुचि के अनुसार विभिन्न टेढ़े-मेढ़े या सीधे मार्ग से जाने वाले लोग अन्त में तेरी ही ओर आते हैं।

यह सभा जो जगत् की महती और बृहती सभाओं में से एक है, समस्त जग में गीता के निम्नोद्धृत उस अद्भुत उपदेश की घोषणा और प्रचार करती है—

ये यथा मां प्रपद्यन्ते तांस्तथैव भजाम्यहम्।
मम वर्त्यानुवर्तन्ते मनुष्याः पार्थ सर्वशः।।

अर्थात् जो मेरी ओर जिस भाव से आता है, मैं उसको उसी भाव से अनुगृहीत करता हूँ। हे अर्जुन! लोग भिन्न-भिन्न मार्ग के द्वारा बहुत प्रयत्न से मेरी ओर आते हैं।

साम्प्रदायिकता, संकीर्णता और तदनुसार धर्म-विषयक उन्मत्तता इस सुन्दर पृथ्वी पर बहुत समय तक राज्य कर चुकी है। इनके घोर अत्याचार से पृथ्वी भर गई है, इन्होंने अनेक बार मानव रक्त से पृथ्वी को सींचा, सभ्यता नष्ट कर डाली और समस्त जातियों को हताश कर डाला। यदि ऐसा नहीं होता तो मानव समाज आज की स्थिति से कहीं अधिक उन्नत हो गया होता। पर अब उनका भी समय आ गया है और मुझे दृढ़ विश्वास है कि जो घंटे आज सुबह इस सभा के सम्मानार्थ बजाए गए थे वे ही घंटे धर्म उन्मत्तता, खड्ग प्रहार अथवा लेखनी की कठोरता और एक ही लक्ष्य की ओर अग्रसर होने वाले मानव की आपसी कटुताओं के लिए मृत्यु-टंकार ही सिद्ध होंगे।

उनका भाषण थिरक रहा था। जन-जन के प्राणों को नई दिशा दे रहा था। करवट बदलता समय आशा का दीप प्रज्वलित कर रहा था।

सभागार करतल ध्वनि से गूँज उठा। गूँजता ही रहा। श्रोतागण उस संगीत में डूब रहे थे। उनके हृदय पर उनका एक-एक शब्द छा गया था।

---

* विशुद्ध दूसरे लाइट जाति।

विवेकानन्द की सुगन्ध से सारा शिकागो महक उठा था। वे आश्रय स्थल पर लौट आए। शाम कब गई, रात कब आई, इसकी सुध-बुध वहाँ किसको थी, वे स्वयं भी आत्ममुग्ध थे। उन्हें नहीं पता कि उनके छोटे से भाषण ने कैसे सबका मन मोह लिया था।

"विरेका आनन्द...।" श्रीमती ल्योन ने कहा। उनके साथ जे. बी. ल्योन भी थे।

विवेकानन्द ने मुड़कर देखा। सहज होकर कहा, "आप लोग स्वामी कहिए, क्योंकि मेरे नाम का उच्चारण मैंने पाया है प्रायः सही नहीं हो पा रहा है।"

"सुआमी...।" जे. बी. ल्योन पूछ रहे थे, "क्या यह सही है?"

"बेशक, विरेका आनन्द की अपेक्षा सुआमी चलेगा।"

"और स्वा...मी।" मुँह दबाकर अत्यन्त सार्थकता से श्रीमती ल्योन ने उच्चारित करते हुए अन्त में जोर देकर मुँह भींच लिया था।

"ठीक है।"

"आज आपने लोगों के मन जीत लिए। पता नहीं कब से अमेरिकावासियों के प्राण अन्दर ही अन्दर छटपटा रहे थे बिना कारण जाने।...आपके प्रत्येक शब्द में अव्यक्त आन्तरिक ऊर्जा थी। मैं तो हतप्रभ रह गई थी कि...।" कहते-कहते श्रीमती ल्योन का चेहरा आरक्त हो उठा था और उनके हृदय अभी तक उस अनुगूँजती मन्त्र शक्ति के वशीभूत था जो उन्होंने ध्वनि-प्रकाश के माध्यम से व्यक्त की थी।

"आपसे मिलने कितने लोग आए हैं, सुआमी जी। कृपया उनको दर्शन दीजिए।...बाहर चलने का कष्ट कीजिए।" जे. बी. ल्योन का आग्रह प्रार्थनामूलक था।

वे उनके साथ बाहर आए। बीसेक स्त्री-पुरुष थे। उनमें नव वय के जोड़े भी थे। श्रीमती ल्योन ने उनका परिचय दिया।

"आपने ऐसा क्या कह दिया मैं नहीं जानती, सुआमी। परन्तु उसका जादू मन-आत्मा से हटाए नहीं हटता।...वह कौन-सा रस-आस्वाद था जिसका विश्लेषण मैं नहीं कर सकती, जबकि मैं भाषा-साहित्य-दर्शन के विश्लेषण की क्षमता में प्रवीण मानी जाती हूँ।...ये हैं मि. हरोज, मेरे पति जो ध्वनिशास्त्र (फौनाटिक्स) की हस्ती माने जाते हैं।...ये भी हैरान हैं यह सोचते हुए कि शब्द से बाहर भी कुछ ऐसा होता है जो दिव्य है, विलक्षण है और ध्वनि के बाद...या परे के जगत् से सम्बन्ध रखता है।...क्या सच है, सुआ मी जी।"

"मनुष्य झूठ जानने के फेर में नहीं पड़े तो जो कुछ उसके पास बचेगा, वह सत्य के अतिरिक्त और कुछ नहीं होगा।...सत्य एक प्रतीति है, प्रत्यय है, जिसके बाद विलोम के लिए स्थान नहीं होता, मिसेज इरोज।"

"मैं इसे वाग्मिता कहना चाहूँगी।" भूरी आँखों वाली प्रौढ़ा महिला ने कहा।

"अनुभूति का व्यक्त सदा अविश्लेषित ही रहता है, प्रिय बहन!" विवेकानन्द समझा रहे थे, "शब्द हमारे ब्रह्म हैं बशर्ते कि शब्द के साथ कोई ऐसे मिल सके

जैसे जल के साथ दूध, चीनी आदि। गोकि उनमें और शब्द में कोई अन्तर ही न रहे जैसे स्पर्श-अस्पर्श दोनों एकाकार हो जाएँ।''

''आपका प्रत्येक अन्तःचरण या छन्द अर्थ की दुनिया से बाहर ले जाता लगता है।''

''वही न बुझने वाला उजाला है, जिसे वेदों में 'ज्योतिर्मय' कहा है।''

''तो क्या यह मानें कि अच्छा होता है, भला होता है, बुरा नहीं होता।'' श्रीमती ल्योन ने स्पष्ट करना चाहा जो कुछ वह समझ पा रही थी उसे।

''वेदान्त दर्शन का कदापि यह सिद्धान्त नहीं है कि जो कुछ है, वह सुख ही है या जो कुछ है, वह दुःख ही है।''

''तो?''

''वह दोनों बातें कहता है और वस्तुओं को वे जिस रूप में हैं, उसी रूप में लेता है; यह भी स्वीकार करता है कि संसार सुख-दुख, भलाई-बुराई से बना है; एक के बढ़ने से दूसरा अवश्य बढ़ जाएगा। संसार न कभी बिलकुल अच्छा और न कभी बिलकुल बुरा हो सकता है, क्योंकि ऐसा भाव ही असम्बद्ध प्रलाप है। संसार में दोनों का समान अस्तित्व है।''

''यानी कोई चीज़ न बुरी है, न विशुद्ध भली, यही ना, सुआमीजी।''

''वस्तु एक है परन्तु एक के लिए वह सुख का कारण है, दूसरे के लिए दुःख का।...आज जो बात अच्छी लगती है, कल वही बुरी लग सकती है, जहाँ आनन्द करने की शक्ति है, वही दुःखी करने की भी शक्ति है।''

''तो क्या यह समझना ठीक होगा कि बुराई रोकना चाहते हो तो भलाई भी रोकी जाए।''

श्रीमती ल्योन ने गम्भीर होकर कहा।

''तो क्या हमें भलाई करना छोड़ देना चाहिए?'' मिसेज हरोज पूछ रही थी।

''पहले हमें बुराइयों को कम करना चाहिए। जब तक हम नींद में हैं तब तक दोनों बनी रहेंगी। नींद से जगेंगे नहीं तो यही चलता रहेगा।''

''नींद से कैसे जगेंगे?''

''जब तक यह अनुभूति गहराएगी नहीं कि कामना उपयोग से बढ़ती है, शान्त नहीं होती। जैसे आग में घी डालने से आग की लपटें और ऊपर उठती हैं, तेज होती हैं। आग जरूरी भी है यदि यह ध्यान रहे कि बच्चा इससे जल सकता है और खाना भी इससे बन सकता है।''

''फिर हमें क्या करना चाहिए?''

''क्या भलाई करना छोड़ दें?''

''यथावत् जीवन को स्वीकार लें।''

प्रश्न उठ रहे थे। अधैर्य रंग पर आ रहा था। तनाव आक्रामक हो उठा था। परन्तु श्रीमती और श्रीमान् ल्योन को आनन्द आ रहा था।

''भलाई करो। उत्साह से भर कर करो। परन्तु इस ज्ञान के साथ ताकि हमारा उन्माद जाता रहे। ऐसा हुआ तो अंग्रेज उन्मत्त नहीं होंगे और भारतीयों को गालियाँ

नहीं देंगे। उन्माद करने से तीन चौथाई शक्ति स्वतः नष्ट हो जाती है। उन्माद एकदम नहीं घटेगा। धीरे-धीरे उन्माद कम होगा यह जानकर कि यह वस्तुओं का स्वभाव है और इससे शान्ति भी मिलेगी। छाया के पीछे भटकना छोड़ा जा सकेगा। सन्तोष भी मिलेगा। वे परस्पर सापेक्ष हैं।'' विवेकानन्द ने विराम लगाया और अन्त में कहा, ''समझने की कोई अवस्था नहीं है, ना समय अवधि...पर यदि आप सहज बने रह सकें, तटस्थ।''

सब मन्त्र-मुग्ध से सुन रहे थे या उन्हें अपलक निहारे जा रहे थे, यह कहना मुश्किल था। संगीत झर रहा था किसी पहाड़ी प्रपात की दूर से आती मधुर आवाज की भाँति।

''अब सुआमी जी को विश्राम करने दिया जाए।'' श्रीमती ल्योन ने उठते हुए कहा।

सब चले गए। विवेकानन्द ने उन्हें नमस्ते कहना सिखलाया था अतः वे सब नमस्ते कहकर गए थे। प्रसन्नचित्त होकर।

इसके बाद वे अपने कमरे में लौट आए। हाथ-पाँव अच्छी तरह से गरम पानी से धोए। पलंग पर आकर लेट गए। आँखें बन्द कर लीं। मन ही मन जाप करते हुए निद्रांक में समा गए।

समय विवेकानन्द के साथ उनका सगा होकर बह रहा था। विश्व धर्म सम्मेलन में उनको सुनने भीड़ उमड़ पड़ती थी। भीड़ को बैठाए रहने के लिए उद्घोषक अथवा सभापति को यह कहना पड़ता था कि आज स्वामी जी का भाषण भी होना है। धैर्य रखिए।

15 सितम्बर था। शुक्रवार। अपराह्न। उद्घोषक स्वामी विवेकानन्द के नाम की घोषणा कर चुका था। पता नहीं कि भीड़ आखिर अचानक कहाँ से टूट पड़ी। व्यवस्थापकों ने भीड़ को देखकर हॉल आफ वाशिंगटन को भी खुलवा दिया था। आज स्त्रियों की संख्या अधिक थी।

जैसे ही स्वामी विवेकानन्द खड़े हुए और आगे की ओर बढ़ने लगे वैसे ही श्रोताओं ने करतल ध्वनि से उनका स्वागत किया। यह हर्ष ध्वनि तब तक चलती रही जब तक उन्होंने खँखारकर बोलना शुरू नहीं किया—अमेरिकन बहनो और भाइयो!

करतल ध्वनि जोर से हुई। आनन्द हिलोरें ले उठा। मस्ती छा गई। सारी सभा गैरिक रंग में रंग गई।

अभी तक आप लोग बड़े मनोयोग से आदरणीय धर्माचार्यों के व्याख्यान सुनते रहे। मैं आपको एक कहानी सुनाना चाहता हूँ और वह भी यह जानने के लिए कि लोगों में हमेशा से इतना मतान्तर क्यों है? क्या यह कभी खत्म नहीं होगा?

जिज्ञासा ने आँखें खोल दीं। पुस्तक खंडों ने मौन संकेत दिया। वे कहने लगे,

"अमृत पुत्रो, यह कहानी पुरानी है परन्तु इसके अर्थ आधुनिक हैं। लम्बे समय से एक कुएँ में एक मेंढक रहता था। बूढ़ा हो चला था। वहीं वह जन्मा था। उसके लिए अँधेरा ही उजाला था।

उस समय क्रम विकासवादी नहीं थे जो यह सुनिश्चित करते कि उस मेंढक के आँखें थीं या नहीं। शायद आज भी हम में से बहुतों ने मेंढक की आँखें नहीं देखीं। लेकिन यह मानकर चला जाएगा कि उसके आँखें थीं और वह बोलना जानता था क्योंकि यदाकदा वह टर्र-टर्र कर अपने होने की उपस्थिति देता था।

वह प्रतिदिन जल को शुद्ध रखने के लिए क्षुद्र जन्तुओं और कीड़ों को खाता था। आज हमारे कीटतत्त्ववादियों को इतना सा परिश्रम यशस्वी बना सकता है। पर उसकी तरफ कौन ध्यान देता।

वह वहाँ अकेला रहता था। दिन में कई बार उस कुएँ की परिक्रमा लगा लेता था। उसे लगता था कि वही उस कुएँ का स्वामी है। वह सोच उसे मोटा बनाए जा रहा था कि एक दिन उस कुएँ में एक मेंढ़क बाहर से आ गिरा।

अब क्या था वह आँखें फाड़-फाड़ कर उसकी ओर देखता रहा। वह उससे मोटा था लेकिन उसकी तरह उछलकूद नहीं कर रहा था। आखिर उसने पूछा, "तुम कहाँ से आए हो, परदेसी?"

"मैं समुद्र से आया हूँ।" दूसरे मेंढक ने नाक सिकोड़कर कहा।

"समुद्र कितना बड़ा है?...क्या मेरे इस कुएँ जैसा है या इससे भी छोटा?"

समुद्री मेंढक ठहाका लगा उठा।

कुएँ के मेंढक ने एक कोने से दूसरे कोने में छलाँग लगाई और पूछा, "क्या इतना बड़ा?"

समुद्री मेंढक को उसकी बुद्धि पर तरस आ गया और बोला, "कहाँ यह छोटा-सा कुआँ और कहाँ वह? क्या तुलना है।"

कुएँ के मेंढक ने और एक छलाँग इस कोने से दूसरे कोने तक लगाकर पूछा, "इतना बड़ा?"

"तुम नासमझ की तरह क्या कहे जा रहे हो! समुद्र की तुलना इस छोटे से कुएँ से नहीं की जा सकती।"

"क्यों नहीं की जा सकती?"

"यह तुम्हारी समझ से बाहर की बात है, मित्र!...तुम समुद्र को नहीं समझ सकते।"

इस पर कुएँ वाला मेंढक बिदक उठा। वह चिढ़कर बोला, "जा-जा, इस कुएँ से बढ़कर और कुछ नहीं हो सकता।"

"तुझे कैसे समझाऊँ!"

"मैं सब समझ रहा हूँ, परदेसी।...इस कुएँ से बड़ा कुछ नहीं हो सकता।...तुम असत्य बोलते हो।" इतना कहकर उसने उस कुएँ के अन्य मेंढकों को आदेश दे डाला, "इस मक्कार-अहमक को बाहर निकालो।"

विवेकानन्द इतना कहकर मौन हो गए। सभागार अवसन्न रह गया। वह

धीरे-धीरे कहने लगे, "अमृत पुत्रो, ऐसी संकीर्णता हम लोगों की विभिन्नता के कारण है। मैं हिन्दू हूँ तो अपने छोटे कुएँ में बैठा यह समझता हूँ कि मेरा कुआँ समस्त संसार है। ईसाई लोग भी अपने क्षुद्र कुएँ में बैठे हुए यही समझते हैं कि सम्पूर्ण जगत् उसी कुएँ में है और मुसलमान भी अपने तुच्छ कुएँ में उसी को समूचा ब्रह्माण्ड मान रहे हैं। मैं आप सब अमेरिकावासियों का हृदय से आभार व्यक्त करना चाहता हूँ, क्योंकि आपने क्षुद्र सीमाओं से हम सबको बाहर लाने का प्रयत्न किया है और एक विराट् मंच दिया है। मैं आशा करता हूँ कि भविष्य में परमात्मा आप लोगों के इस उद्योग में सहायता देकर आपकी मनोकामना पूर्ण करेगा।"

उनका भाषण समाप्त। करतल ध्वनि से सभागार गूँजने लगा। गूँजता ही रहा।

कुछ दिनों में उनका नाम वहाँ के क्षितिज पर छा गया। चारों ओर वे ही वे नज़र आ रहे थे। समाचार-पत्रों के मुख पृष्ठ पर वे ही थे।

मध्याह्न का समय था। वे लौट रहे थे। वह अतिथि गृह से सभागार तक पैदल ही आते जाते थे। तब उनके साथ कतिपय जिज्ञासु हो लिया करते थे। चर्चा भी चल पड़ती थी। उनमें इक्के-दुक्के इस इरादे से उनके साथ हो जाया करते थे ताकि किसी तरह उनकी 'इमेज' को धक्का पहुँचा सकें।

वे रोज की तरह पैदल लौट रहे थे कि कुछ मनचले उनके साथ हो लिए। मारग्रेट उनके साथ चल रही थी। साथ चल रहे एक युवक ने प्रश्न उछाला, "स्वामी जी, क्या आपने ईश्वर के दर्शन किए हैं?"

"हाँ किए हैं।"

"कैसे?"

"जैसे तुम्हारे से बातचीत हो रही है, ठीक वैसे ही।"

"बता सकोगे?...या मिला भी सकोगे ईश्वर से?"

"क्यों नहीं?...अवश्य।"

"तो मुझे ईश्वर के दर्शन कराओ।"

"बशर्ते तुम मेरे एक प्रश्न का उत्तर दे सको।" विवेकानन्द ने सहज भाव से कहा।

"पूछिए!"

"क्या तुमने अपना चेहरा उसी प्रकार देखा है जैसे हाथ-पाँव, उँगलियाँ आदि।"

क्या उत्तर दें। उन्हें दिन में तारे नज़र आने लगे। उनमें से एक ने कहा, "दर्पण में।"

"दर्पण पराया है। तुमने तो हाथ-पाँव की तरह नहीं देखा ना।"

"हाँ।"

"तो पहले उसे देखने की चेष्टा करो, फिर ईश्वर को देखना।"

वे सब चुप हो गए। विवेकानन्द ने मुस्कराकर कहा, "बन्दर देखा है...चींटी देखी है...हाथी देखा है...चीता देखा है...दोस्त देखा है...। क्या तुम जानते हो कि दोस्त कौन है?...दोस्त और दुश्मन की कसौटी क्या है?...या कि दुश्मन बाहर नहीं, अन्दर रहता है।...तुम अपने को क्या जानते हो? कितना जानते हो?...क्या जानना

चाहते हो?''

''जी।''

''तो जानो—मनुष्य वर्षा क्यों नहीं कर सकता?...पानी क्यों नहीं बना सकता?'' वे रुक गए। वे सब भी रुक गए। उन्होंने चारों ओर देखा वह एकान्त स्थल इस दृष्टि से था कि उधर कोई आता जाता नहीं दीख रहा था। वे बोले, ''तुम हँस सकते हो क्या?''

''क्यों नहीं?''

''तो हँसो।''

पहले वे कुछ घबराए। सकुचाए। फिर दबी हँसी हँसे।

''हँसने पर क्या टैक्स है?''

''नहीं।''

''फिर खुलकर हँसो।...तुम शायद इसीलिए साथ हुए थे।...अचरज, तुम अब हँस भी नहीं सकते। तो सीखो, ऐसे हँसते हैं।'' कहकर वे स्वयं जोर से हँसने लगे। खुलकर हँसे। मुक्त होकर हँसे। हँसते ही रहे।...उनको भी हँसी आ गई। उनके भी तनावों की गाँठ खुल गई। वे भी जोर से हँसने लगे। हँसते रहे।

कुछ देर बाद हँसी का वह दौरा बंद हुआ। साँसों का तेज स्पन्दन ठहरा। वे बोले, ''अब क्या कहते हो?...ईश्वर देखोगे कि हँसोगे।...हँसना ही ईश्वर है, पर कब जब अपने पर खुलकर हँस सको। इतना हँस सको कि हँसना रो पड़े।...तो जानोगे अनेकता में एकता ही प्रकृति का सहज विधान है।...हम सब विभिन्न रुचि-स्वभाव वाले विभिन्न अवस्थाओं तथा परिस्थितियों से होकर एक ही लक्ष्य की ओर बढ़ रहे हैं...एक ही सत्य आपात् दृष्टि से ऐसा परस्पर विरोधी भाव धारण करता है। कहता है। कभी सुना है। नहीं सुना तो सुनो। वह बराबर कह रहा है—तुम ईश्वर की सन्तान हो।...चिर आनन्द के भागीदार हो।...पवित्र और पूर्ण हो। तुम जड़ नहीं, चैतन्य हो। पापी नहीं, पुण्यात्मा हो।...अजर आत्मा। मुक्त आत्मा।...उठो, प्यारे सिंहो! जाओ और इस मिथ्या भ्रम को झटककर दूर कर दो कि तुम भेड़ हो।...सारे दुःख छूमन्तर व अदृश्य हो सकते हैं...अपने चैतन्य से तनिक जुड़ो।...जरा जड़ पिंड मात्र से बाहर आओ। फिर देखोगे कि तुम ही ईश्वर हो।''

मारग्रेट ने उन्हें चुप पाकर टोका, ''सुआ मी जी, आप किधर जा रहे हैं?''

''क्यों?...हमें किधर जाना था?''

''उत्तर दिशा में...लगभग छह सौ गज।''

''और हम आ गए...ठीक उलटे...वह भी करीब हजार-बारह सौ गज।'' मारग्रेट ने कलाई पर बँधी घड़ी को देखकर बताया।

''यानी ल्योन के घर नहीं।''

''हाँ—अब?''

विवेकानन्द ने सबकी ओर देखा। मुस्कराए। जरा भी तनाव नहीं। उन शरारतियों में एक ने कहा, ''यह सब हमारे कारण हुआ है।...हमें क्षमा कर दें।''

''नहीं, मित्रो, इस समय मुझे यहीं आना था।...यहाँ...वो सामने देखो...वहाँ

पाश्चात्य संगीत की एक गोष्ठी का आयोजन है। वहाँ मैं भी आमन्त्रित हूँ।...वह देखो, यह युवती जो इधर ही आ रही है, वह कार्नेलिया है।...मुझे लिवाने के लिए आ रही है।...हम सब समुद्र में हैं। समुद्र में अपार पानी है। जिधर देखो उधर पानी।...हम सब अपने-अपने जहाज में बैठे अपने गन्तव्य तक पहुँचना चाहते हैं।''

''हाँ।'' मारग्रेट ने कहा।

''तो यह तभी सम्भव है, जब आप अपने जहाज के कुशल कप्तान बने रहो। दिशा नहीं भटको। अपने लक्ष्य पर ध्यान केन्द्रित रखो।...क्षमा मित्रो, वहाँ तुम्हें साथ नहीं ले जा सकता क्योंकि केवल आमन्त्रित व्यक्ति ही वहाँ आ सकते हैं।''

कार्नेलिया आ पहुँची थी। उसने नमस्ते किया। उन सबको भी याद आया कि उन्हें भी नमस्ते कहना चाहिए बिना अर्थ-आशय जाने। वे 'नमस्ते' कहते हुए कार्नेलिया की तरह थोड़ा सा झुके और लौट पड़े।

''मारग्रेट रुको।...तुम्हें शाम के सत्र में जाना है।''

''हाँ।''

''संगीत में रुचि है।...तुम्हारे पतली और लम्बी उँगलियाँ बताती हैं कि तुम किसी न किसी वाद्य का अभ्यास करती हो।''

मारग्रेट चकित रह गई। उनको कैसे मालूम हुआ? कैसे वे उन युवक-युवतियों के इरादे ताड़ गए? क्या वे ज्योतिषी भी हैं? उसे उनका पूछना बहुत अच्छा लगा! संगीत की वह अध्यापिका है। हर समय उसके प्राणों में संगीत थिरकता रहता है। गिटार, पियानो आदि में उसे दक्षता प्राप्त है। वह ऐसा अवसर नहीं छोड़ सकती थी! उसने आँखें झपकाकर, अपने अन्दर के भावोद्वेलन को डाँटकर चुप बने रहने का संकेत देकर पल भर के लिए उन दोनों की ओर देखा।

कार्नेलिया ने उसे भी आमन्त्रित किया।

चलते-चलते विवेकानन्द ने कहा, ''वास्तव में, कार्नेलिया, अतिथि तो मारग्रेट हुई। मैं नहीं जानता, कहीं पढ़ा-सुना भी नहीं है कि 'गेस्ट' किसे कहते हैं? हमारे यहाँ अतिथि कहते हैं उसे जिसे आप लोग गेस्ट का दरजा देते हैं।...अतिथि...'अ' यानी 'अन'...बिना...वो...तिथि यानी 'डेट'। गोकि जो बिना तिथि बताए आ धमके वह।'' इस पर तीनों एक साथ हँस पड़े।

''और वह हुई मारग्रेट।...स्वागत, मारग्रेट, बहुत-बहुत स्वागत।'' कार्नेलिया के स्वर में मिठास थी। मिश्री थी। जैसा रूप था उसका...सहज सुन्दर, अकृत्रिम, ठीक वैसा ही उसका आत्मीय व्यवहार था—मधुर और विश्वसनीय। वे सड़क पार कर उस भवन की ओर बढ़ चले थे, जिधर उन्हें कार्नेलिया नजर आई थी—लम्बे कद की, इकहरी देह की, मृगनयनी सी, एकदम सुन्दर, अरुणाधरों पर स्मित लिये बाहर से शान्त अन्दर से चपल। सौम्य।

वे तीनों आगे बढ़ रहे थे। संयम सकुचा रहा था। प्राणों में निःस्वन झंकार थी। हर्ष अवगुण्ठन लिये, होंठों पर किसी धुन से जुड़कर मन ही मन वासन्ती होकर अन्तरोन्मुखी हो उठा था।

एक बड़ा भवन। खूबसूरत। चित्रों से सजा। कई प्रस्तर मूर्तियाँ, पर खंडित। बंकिम। संगीत से जुड़ी। गहरी मौन। तपस्विनी सी। लगभग नग्न पर निष्पाप भाव। भूमि पर खड़ी संयम लूटाती हुई वक्र दृष्टि से देख रही थीं।

विवेकानन्द उन चित्रों, खंडित मूर्तियों और वाद्यों के संगम को देखते हुए डूब रहे थे और जुड़ रहे थे हिमालय के, महक उठे अन्तः सौन्दर्य के प्रपात की झिलमिलाकर आँख चुराती वादियों से।

तब नाच उठे थे शिव-शम्भु। गंगावतरण होने वाला था पर वे नाच उठे थे डमरू लिये, जटाएँ खोले आसमान की ओर देखकर मानो कह रहे हों, मैं ही पार्वती हूँ, मैं उनका महादेव यानी अर्द्धनारीश्वर। मेरे से लास्य है, मेरे से ही तांडव! मैं ही सृजनानन्द का स्रोत हूँ, मैं ही युगान्त का प्रलयंकारी महाघोष हूँ। मैं ही संगीत-मन्त्र का आदि आचार्य हूँ।...आओ, विलक्षण घन, आओ मान मर्दन करने वाली धरिणी, आओ प्राणों को संचरित करने वाली प्राणवायु, आओ प्रकृति के पावन व अक्षय वसन्त, आओ पाप हर्त्ता श्यामा नाचो...नाचो नाचो।...देखो, सब नाच रहे हैं।''...ये उन्माद उनमें आदि नूपुर के अन्तःकरण की झंकार का नर्तन कर उठा। ताथैया-ताथैया नाचे, भोला स्वर उनमें अनुगूँज उठा।...सुर-ताल, वाद्यमन्त्र, बोल, स्वर साधना, कॉनसर्ट, ध्वनि, तबला-डुग्गी, पखावज...सार्वभौम तत्त्व...आदि सब जागृत हो उठे।''

वहाँ बह उठा पाश्चात्य संगीत! वे चिल्ला रहे थे सियारों के समान। तेज...और तेज...अकर्णप्रिय संगीत...बोल...चीखना-चिल्लाना। थिरक रहे थे पाँव, नाच उठा था मन...उनका भी।...न चाहते हुए भी।...पागल कर देने वाला शोर रन्ध्र-रन्ध्र में उतर उठा था। कार्नेलिया अनुभव कर रही थी—उनके चित्त में उठती पावन पर्व-सी आदि-अनादि उन्मुक्त लहरों को। उनके होंठों पर गुंजन मचल रहा था।

संगीत शिखर पर था। युवक-युवतियाँ तन-मन से बेसुध हुए आनन्द के मान-सरोवर में हंस-हंसिनी के समान तैर रहे थे।

उनका मन डूबा। डूबता गया। उनकी आँखों में आसव उतर आया। उनकी चेतना में रास ठुमका भरने लगा। वे बहुत धीरे कह उठे, ''मारग्रेट, अपने को बलात् बाँधना संयम नहीं है...तप नहीं है।...मुझे लग रहा है कि तुम यहाँ मेरे पास बैठी वहाँ हो, उनमें हो...तुम्हारे प्राणों का मधुवन वहाँ है।...जाओ...मारग्रेट, अवश्य जाओ।...संगीत रुकावट नहीं जानता। मान मर्दन नहीं समझता।...वह देखो, कार्नेलिया तुम्हें संकेत दे रही है।''

मारग्रेट कैसे कहे—हे ऋषिपुत्र, अमृत के अवतार, राधा के श्याम...वशीकरण की मूठ वह तुम पर फेंक रही है।...ये संगीत सभा भी तुम्हारे लिए है।...समझ तुम नहीं रहे हो और समझा मुझे रहे हो। खैर मैं जाऊँगी।...तब भी उसका शाश्वत संकेत मय लय व ताल पर तुम्हारे लिए ही होगा।...राग के बिना रागिनी का क्या महत्त्व। फिर यहाँ महत्त, कहाँ! यहाँ तो सर्वस्व महारास को समर्पण हो रहा है।...हठी मत बनो! उसने तुम्हें निमन्त्रण दिया है।...वह शैली है...वो रोजी...वो...नाम लेने से क्या!...तुम कैसे समझोगे, निष्ठुर साधक...साधना के सर्वस्व उन्माद की थिरकती

गंगावतरण की अतृप्त प्यास को। प्रत्यक्ष में उसने कहा, ''जाती हूँ, सुआमी जी, जाती हूँ... ।''

वह उठते हुए कह उठी अपने मन से, ''ये संगीत सभा मेरे प्राणों का वह अज्ञात निमन्त्रण है, जो मेरी श्वास-श्वास में रच-पच गया था तब जब तुम मंच से मूंठ चला रहे थे, वृन्दावनवासी हम अमेरिकावासियों पर। स्त्री मात्र भगिनी नहीं है। ना भोग्या है वह गंगा है जिसे कोई त्रिशूलधारी अपनी जटाओं में सँभालने के लिए जब विवश होता है, तब वह अपना सर्वस्व संगीत निःस्वर उँड़ेल देती है बिना कोई प्रश्न किए, वादा लिए, वचन के बन्धन में बाँधे।''

मारग्रेट जैसी अनेक युवतियाँ अपने को नहीं सँभाल पा रही थीं। उनके रन्ध्र-रन्ध्र में बाँसुरी का वह स्वर उतरता जा रहा था, जो राधा-गोपिकाओं को मर्यादा की हर ड्योढ़ी लाँघ जाने के लिए उद्यत कर देता था। प्रत्यक्ष में वह खड़े-खड़े बोली, ''मेरा विनम्र आग्रह, सुआमी जी।''

''कहो मारग्रेट, निःसंकोच कहो।''

मारग्रेट के मन ने कहा, ''परदा स्वतः उठ रहा है, फिर सोचना क्या?...सुआमीजी ने ही कहा था कि छिपाना अधर्म है। तो क्यों नहीं, उन्हें नयनों का निमन्त्रण दे, हाथ में हाथ ले, कह देती, उठो मेरे प्राणों के संगीत जबसे तुम्हें देखा-सुना है, तब से उन्मादी हो उठा है हर क्षण का, मादक संगीत? क्या तुम्हें सुनाई नहीं पड़ता है? परन्तु प्रत्यक्ष में कहा, ''आपको भी कुछ सुनाना होगा।''

हैं! यह क्या उन्होंने आँख झपकाकर, अरुणाधरों पर स्मित की निःस्वन चपला तैराकर हामी भर दी एक बार में ही। वह अपने से कह उठी—तू कितनी भीरु है, माँगा भी तो क्या! वहाँ भी मुक्त प्रणय अनुगामिनी, तू संकोच कर गई। मन न खोल सकी। किसने रोका था तुझे!...तेरे यहाँ तो मुक्त प्रणय की उन्मादिनी परम्परा है।

वह गिटार उठा संगीत की तरंगों में बह उठी थी। अंग-अंग उसका भड़क उठा था।

विवेकानन्द की अन्तर्दृष्टि खुली। उनमें वह संगीत उतरने लगा। उतरता ही गया। अन्दर से आवाज उठी, ''ये सियारों की चिल्ल-पों नहीं है। इसमें तो कृष्ण-राधा का अन्तरंग भाव उद्वेलित हो रहा है। रासमय हो उठा है यहाँ का सर्वस्व!''

''तुम्हारा संगीत।''

वे मुस्कराए। बोले, ''कीर्तन और ध्रुपद तक सीमित रह गया है। वहीं तक हमारे संगीत की प्राण सत्ता विशुद्ध रह गई है।''

''शेष!''

''शेष क्या! इस्लामी संगीत-कला के अनुसरण से दूषित हो उठा है।''

''तो क्या ठप्पा?''

''नहीं वह क्या है! क्या ठप्पे को नाक में गाते हुए चपला के समान एक स्वर से दूसरे स्वर में... ।''

''जरा ठहरो।''

“मुझे टोको-रोको मत! प्रश्न किया है तो उत्तर भी सुनो।...दौड़ना क्या उत्कृष्ट संगीत है?”

“तो उत्कृष्ट संगीत क्या है?”

“जब तक प्रत्येक स्वर हर एक स्तर पर पूरा नहीं गाया जाता तब तक वह उत्कृष्ट संगीत नहीं होता।”

“तुम पाश्चात्य संगीत पर क्यों रीझ उठे हो?”

“क्योंकि पाश्चात्य संगीत ने सीमाएँ तोड़ी हैं। वह किसी भी समय गाया जा सकता है। वहाँ भोर, प्रभात, मध्याह्न, सन्ध्या, रात्रि, मध्य रात्रि के लिए अलग-अलग राग हमारी तरह नहीं हैं। उनके संगीत की समझ जैसे-जैसे होने लगती है वैसे-वैसे तन-मन तन्मय होने लगते हैं।...धीरे-धीरे वह आत्मा का संगीत बनने लगता है...भावस्थ हो उठता है सर्वस्व!...हृदय में अनुभूति की घनी घटा जब छाने लगती है तब होता भगवत्साक्षात्कार!”

वे अपने में गोता खा रहे थे। संगीत का मर्मोदय उनमें सृष्टि के प्रथम प्रत्यूषकालीन बेला सा उदय हो रहा था।

ड्रम थम गया।

केवल गिटार का मधुरतम स्वर रह गया था। सब उनके आसपास एकत्र हो रहे थे। मारग्रेट गिटार के तार को बहुत धीरे से छेड़कर उसके स्वर को अनुगूँजने तक प्रतीक्षा कर रही थी।

विवेकानन्द के अन्तर्चक्षु में स्पष्ट से स्पष्टतर होता जा रहा था वसन्त का आन्तरिक अक्षय वैभव। वे अति सुंदर हो उठी थीं। कतिपय वाद्यकारों को छोड़कर शेष सभी नवयौवनाएँ थीं वहाँ! प्रदीप्त सौंदर्य उन्मुक्त होकर अपलक देखे जा रहा था।

मारग्रेट पास आई। बोली, “मित्रो, अब हमें अपने सुआमी जी का स्वर संगीत सुनने को मिलेगा जो संगीत में प्राण सुधा की अनमोल थाती होगा।”

करतल ध्वनि उनके प्राण-प्राण से मुखर हो उठी थी। उस करतल ध्वनि में लय थी, गति थी और ताल थी।

“तुम मारग्रेट गिटार से संगत दे सकती हो। मेरे पास तानपूरा नहीं है, तुम उस कमी को पूरा कर सकती हो।” विवेकानन्द का मौन मुखर हुआ।

“साधुवाद, सुआमी जी। मुझे प्रसन्नता है कि मुझे आपने इस योग्य समझा।”

“कृपया यहाँ भगिनी का सम्बोधन मत दीजिए।” कार्नेलिया ने सहज होकर कहा।

“हम सब अमर पुत्र हैं।”

“और पुत्री?”

“परमात्मा ही स्त्री-पुरुष दोनों है तभी वह पूर्ण है।...उसके यहाँ कोई भेदभाव नहीं है।...वह पूर्ण अलग-अलग हुआ तो सृजन शुरू हुआ। सृष्टि जन्मी। तुम लोग भी, सृष्टिमय हो, उसके आदि संगीत से संसृष्ट हो।...वह कभी नहीं मरता क्योंकि उसका कभी जन्म नहीं होता। जो जन्मता नहीं, वह कैसे मरेगा।”

''और हम?''

''तुम जन्मते-मरते नहीं हो क्योंकि जो झरता-मरता है, वह माटी है। प्राण न जन्मता है, न मरता है और संगीत प्राण का स्रोत है तथा चिर आनन्द का प्रपात।...तुम ईश्वर की सन्तान हो, पवित्र और पूर्ण हो। उस ईश्वर की सन्तान हो, जिसके आदेश से पवन प्रवाहित होता है, अग्नि प्रज्वलित होती है, धरिणी रत्नगर्भा बनती है, मेघ बरसते हैं, मृत्यु संघात करती है।...तुम उस ईश्वर की कृपा के पात्र हो, क्योंकि तुम्हारा संगीत अभी उसी को रिझा रहा था। वही तुम्हारे मध्य आकर गा उठा था, वाद्य छोड़ रहा था और तुम्हारे पर अपनी अपार कृपा का वरद हस्त रखे हुए था।''

''क्या आपने उसे देखा, सुआमी जी?'' मारग्रेट पूछ रही थी उस विलक्षण भाव में बहते हुए।

''हाँ, मैंने देखा था, मारग्रेट, वही तो गिटार पर बाँसुरी की धुन निकाल रहा था।''

''गिटार पर बाँसुरी की धुन!'' कार्नेलिया ने आश्चर्यचकित होकर पूछा।

''हाँ, कार्नेलिया, बाँसुरी की धुन! तुम्हें आश्चर्य क्यों रहा है? एक बार अपने को मारग्रेट की तरह उसे सौंपकर देखो तो तुम्हारा आश्चर्य विश्वास में बदल जाएगा।''

''हाँ कार्नेलिया, सुआमीजी सच कह रहे हैं। क्योंकि वे अकेले श्रोता-दर्शक थे। हमें उनकी बात पर ही भरोसा करना होगा।''

''नहीं, मारग्रेट, कोई बाध्यता नहीं है। तुम्हारे मेरे मानने या न मानने से उसे कोई फर्क़ नहीं पड़ता।...तुम्हारा आज का यह प्रदर्शन अद्भुत था। तुम में वही है। मुझे हर ओर वही तो दृग्गोचर हो रहा था।...तुमने कभी किसी पहिये को घूमता देखा है क्या?''

''हाँ, अनेक बार।''

''यदि पहिये को तरह-तरह के रंग में डालें और वह स्थिर रहे तो हमें उन सभी रंगों के दर्शन होंगे जो उसमें दर्शाए गए हैं।''

''हाँ, होंगे।''

''पर यदि उस पहिए को तेजी से घूमता देखो तो तुम लोग मुँह में उँगली दबाए रह जाओगे। जानते हो क्यों?''

''क्योंकि तुम इस तरह के अनुभव का लाभ नहीं उठा सके।''

''बेशक, आप ठीक कहते हैं परन्तु... ।''

''आप देखिएगा तो आप भी ठीक ही कहेंगी।'' तब जब वह तेजी से घूमता है, तब आप उसे देखेंगी कि वे सारे रंग अदृश्य हो जाएँगे। एक रंग रह जाएगा और वह रंग होगा—सफेद।''

''क्या आपको यहाँ वही नज़र आया?'' मारग्रेट का स्वर भाव विह्वल हो रहा था।

''हाँ मारग्रेट, वही नज़र आया।''

''अद्भुत!''

"तब तो हम आपका गाना सुनकर उस विचित्र परन्तु अलौकिक अनुभव से जुड़ना चाहेंगे।"

"परन्तु...?"

"परन्तु क्या?"

"तुम्हें भूलना होगा।"

"क्या?"

"जो मैं भूला था।"

"क्या भूले थे आप?"

"कि मैं नहीं हूँ, वही है।...एक वही है। वही होते-होते हम भी वही हो जाएँगे क्योंकि वास्तव में हम वही हैं जो वह है, वही–ना रत्ती इधर, ना रत्ती उधर।... आप सहज रहें, बलात् कुछ न करें। होने दें जो हो रहा है, मात्र बनी रह सकें तो तटस्थ रहें।" विवेकानन्द धीरे-धीरे इस प्रकार कह रहे थे मानो जलतरंग बजा रहे हों।

वे सब सम्मोहन अवस्था का अनुभव कर उठे थे। ऐसा क्या है उनमें जो प्राणों को तुरन्त बाँध लेता और चित्त आनन्दानुभूति से स्वतः गद्‌गद होने लगता है। कुछ तो अवश्य है! क्या वह उनकी तपस्या का तो प्रभाव नहीं है! शब्द वही हैं परन्तु उनके मुखारविन्द से निकलते-निकलते अमृत से निसृत होने लगते हैं। मारग्रेट का हृदय द्रवीभूत हो उठा था। वह उन्हें स्मरण कराने लगी, "सुनाइए।"

खँखारकर गले के साज को सँभाला। कहने लगे, "मैं आपको वह गीत सुना रहा हूँ, जिसे मैंने अपने ठाकुर के आग्रह पर सुनाया था। "उन्होंने तानपूरा उठाया। उसके कान ऐंठे। स्वर बाँधे। कुछ सोचकर वे कहने लगे, "मैं उसका संक्षिप्त में भाव व्यक्त कर दूँ।–हे माँ कुलकुण्डलिनी, जागो! तुम नित्य आनन्द रूपिणी हो, ब्रह्मानन्द स्वरूपिणी हो। हे मूलाधार पद्‌म में वास करने वाली माँ, तुम सर्प के समान निद्रा निमग्न हो। त्रितापरूपी अग्नि से, हे माँ मेरा तन मन जला जा रहा है। हे स्वयम्भू शिव की सहचरी शिवे, मूलाधार को छोड़कर और स्वाधिष्ठान में उदित होकर सुषम्ना के मार्ग से ऊपर उठो। तब, माँ, मणिपुर, अनाहत, विशुद्ध और आज्ञा चक्रों में से होते हुए मस्तक में सहस्रार में पहुँचकर परम शिव के साथ युक्त हो जाओ और हे सच्चिदानन्ददायिनी, वहाँ पर आनन्द के साथ क्रीड़ा करो।...तो मारग्रेट गिटार सँभालो, तारों को सहलाओ। मैं गाता हूँ।"

वे ध्यानावस्था में पद्‌मासन लगाकर बैठ गए। एक हाथ से दूसरे हाथ पर हलके से ताली देते हुए कतिपय अस्पष्ट स्वरों को निसृत होने दिया।

मारग्रेट ने ध्यान से गिटार की नब्ज़ टटोली। मन से उन्हें छुआ। फिर सहलाया। मनाया...ध्वनि आत्मलीन होकर तनिक व्यवहृत हुई।

वे गा उठे...

जागो माँ कुलकुण्डलिनी...।

गिटार ने अनुकरण किया। वे गा नहीं रहे थे बल्कि उसे जी उठे थे, जिसे वह गा रहे थे। उनके ओष्ठों पर कम्पन था, उनकी आँखों में लालिमायुक्त अन्तर्प्रकाश

था, उनके कपोल पर द्युति का शृंगार था और उनका मुखमण्डल एक के बाद चेहरे उलट रहा था। उनके रंग। रंग वर्षा! एक साथ अग्नि की दर्पोज्ज्वल लपटें। अनादि का नाद्य अनुगूँज उठा था।

गीत का समापन हुआ—चित्रलिखित सा दृश्य था। यह अनन्त अन्तः वर्षा में सब भीगे हुए थे। विवेकानन्द ने आँखें खोलीं। चतुर्दिक देखा—अद्भुत प्रशान्ति। अलौकिक रम्यता! वह बोले, ''अब हमें चलना भी होगा, अमृत सन्तानो!''

किसी ने सुना, किसी ने नहीं। मारग्रेट ने आँखें खोलीं। उसकी आँखें एकदम लाल थीं पलाश के फूल की तरह परन्तु उनमें अग्नि नहीं थी, रतजगा की क्लान्ति नहीं थी, सौम्य शान्ति थी। वे देख रहे थे कि उसकी आँखें झर रही हैं। प्रपात की अन्तर्ध्वनि से वहाँ का वातावरण गिटार के तारों की तरह झंकृत हो उठा है।

सब उठे। चल पड़े।

मारग्रेट उनके साथ-साथ चल रही थी। अनायास फूट पड़ी, ''काश, हम पर बिजली गिर जाती, हम जलकर राख हो जातीं। हमने कितना गलत सोचा। आज का वह कार्यक्रम मेरी योजना का एक हिस्सा था, सुआमी जी।''

''नहीं, मारग्रेट, हवा तुम नहीं थी, वही था। वह तुम पर कृपा करना चाहता था। उसने तुम पर कृपा की।...और अभी तक वह कृपालु तुम्हारे साथ है। उसे अंदर ही अंदर प्रणाम करो।''

मारग्रेट ने रुककर उनके पाँव पकड़ लिए। कहा, ''आशीर्वाद दो मेरे उद्धारक, प्रभु! मैं उसे नहीं, तुम्हें जानती हूँ।'' मारग्रेट का हृदय गूँज रहा था।

विवेकानन्द ने उसे आशीर्वाद दिया। वे आगे बढ़े कि उसने एक प्रश्न किया, ''मैंने भारतीय 'माइथोलॉजी' (पुराण शास्त्र) को पढ़ा है। उनकी 'माइथस' (देवी-देवताओं की कथा) को जाना है। अभी आपने जिन शिव शम्भू का स्मरण किया, वे वही तो हैं, जिनकी तपस्या भंग करने कामदेव आया था लेकिन कामदेव को उन्होंने भस्म कर दिया था।...रति क्यों नहीं आई थी? क्या वह कामदेव की सहचरिणी और पत्नी के नाते अनंगोद्वेग में कामदेव से पीछे थी?''

''वही कामदेव की शक्ति थी, मारग्रेट। वह दक्ष प्रजापति की कन्या थी। उसका भी वह स्थायी भाव था जो कामदेव का...वह भी शीत अग्निदाह का रन्ध्र-रन्ध्र में भावोद्दीप्त करता है। व्यक्ति वासना की भट्ठी में डलकर जलेगा ही और जो जलेगा, वह राख ही होगा।''

''फिर रति ने तपस्या की। रति की तपस्या से शिव प्रसन्न हुए। उन्होंने उसे वर माँगने के लिए कहा।''

''क्या शिव यह सब नहीं जानते थे?''

''जानते थे, मारग्रेट।''

''फिर, यह प्रसंग क्यों बनने दिया? क्या रति को आशीर्वाद देने से ही अग-जग में काम का प्रवेश हुआ? उससे पहले क्या जगत् काम शून्य था?''

''मारग्रेट, तुम्हारे प्रश्नों की छवि उद्दाम है, उनमें जिज्ञासा का भाव महत्त्वपूर्ण

है।...काम पहले भी था।''

''फिर?''

''तब वह देवताओं तक था। भस्म हुआ तो रति का संसार ही लुट गया।''

''उसने तप किया तो भी कामदेव को सशरीर नहीं पा सकी। जगत् में वह परिव्याप्त हो गया, सुआमी जी। क्या यह कथा-प्रसंग उलझनों की बुनावट नहीं डालता है?...देवता तो अमर होते हैं। हम सब उन्हीं अमरों की सन्तान हैं, जिनका अधिपति, अधिष्ठाता इन्द्रदेव है।...वह अमर मरा कैसे?...मैं नहीं समझ पाती हूँ, सुआमीजी। उस कथा रस में डूबकर पुराण की अतिरंजना में कोई निर्णय नहीं ले पाती।''

''पर क्यों?''

''क्योंकि मैं पुराण के इस 'मिथ' पर कई माह से काम कर रही हूँ। भारत जा चुकी हूँ और मुझे नृत्य नाटिका की प्रस्तुति करनी है।''

''तुम में अदृश्य को जानने की बलवती इच्छा है, मारग्रेट।...मैं भी नाटकों की लीला में उतर चुका हूँ। भाव को आकाररहित होकर हृदयंगम करने का प्रयास करो। रूप की भंगिमाओं में अरूप की अनुभूति की ओर आगे बढ़ो।...हमारे उपनिषद् कथा सृष्टि के स्रोत हैं। उन कथा संसृष्टियों के जो मन से आगे के प्रश्न हैं। जहाँ सौन्दर्य है, उसका आकार नहीं, जहाँ भाव है, अन्तर्भाव है पर शब्द नहीं। तुम्हारे प्रश्न तुम्हारे अन्तर्पट पर दस्तक दे उठे हैं। वे ही तुम्हारी इस उलझन को सुलझाएँगे, मारग्रेट। परन्तु ध्यान रखना, तुम्हें सत्संग समझा सकेगा उन गूढ़ कथाओं की प्रसंगोद्भावनाओं को तब तक हमें, तुम्हें प्रतीक्षा करनी चाहिए।'' विवेकानन्द जहाँ ठहरे थे, वह मुकाम आ चुका था।

''परन्तु मुझे अभी जानना है, उसके लिए...देखती हूँ...समझने की कोशिश करती हूँ परन्तु...विरोधाभास इतने हैं कि...पुनः रिक्त रह जाती हूँ।...उसके लिए... ।''

''मारग्रेट, हम इसलिए जी रहे हैं कि भेद हैं, अनेक हैं...तुम्हारे शरीर में हैं...तुमने कभी योग किया।''

''नहीं।''

''अपने दाहिने नासिक पुट को उँगली से दबाओ और साँस लो।...हाँ, इस तरह... । विवेकानन्द ने करके बताया। मारग्रेट ने उसका अनुकरण किया। विवेकानन्द ने करके बताते हुए कहा, ''अब बाएँ नासिका पुट को दबाए रखो और फिर साँस लो।...क्या अनुभव किया?''

''एक ओर से साँसें गरम थीं और दूसरी ओर से ठंडी।''

''जब हमारे शरीर के एक अंग के दो भागों में इतना भेद है, तब सर्वत्र यह भेद क्यों नहीं होगा! तुम भेद में से अभेद तक की यात्रा करनी शुरू करो तो तुम्हें दृष्टिकोण अपनाने में मदद मिलेगी।''

''मैं जब-तब आप से मदद चाहूँगी और आशा करूँगी आप इनकार नहीं करोगे।''

''नहीं करूँगा।...अब तुम जाओ, मारग्रेट।'' कहकर विवेकानन्द मुड़ने लगे

कि तभी उन्हें एक मधुर परन्तु टीस भरी आवाज ने रोक लिया। वे मुड़े। देखा। कहा, "तुम कार्नेलिया, कहो क्या बात है?"

"मैं चाहती तो चर्च जाती। वहाँ कन्फैसशन बॉक्स के सामने खड़ी होती और अपना अपराध स्वीकार करती। परन्तु नहीं, मैंने ऐसा नहीं किया क्योंकि मेरे मन को वैसा करने से शान्ति नहीं मिलती। मैं आपकी गुनहगार हूँ।"

"मैं नहीं मानता।"

"सवाल आपके नहीं, मेरे मानने का है। मुझे कह लेने की अनुमति दीजिए।"

वे विशाल वृक्ष के नीचे खड़े थे। हवा खड़ी होकर बह रही थी। उन्होंने ध्यान से उसकी ओर देखा और धीरे से कहा, "आज्ञा है।"

"सच यह है कि थियोसॉफिस्टों की यह योजना थी कि आपको बदनाम किया जाए और उसके लिए।"

"आगे कुछ नहीं, कार्नेलिया।...थियोसॉफी को मैं नहीं सुहा रहा हूँ।"

"कल के अखबार में ये फोटोज छपतीं।"

"तो क्या होता?"

"आपको कुछ नहीं होता पर हमें जो होता, उसकी आप कल्पना नहीं कर सकते। हम 'स्यूइसाइड' (आत्महत्या) कर लेतीं। अखबार में आपकी निगाहें जब हमारे फोटो और बयान पर जाती तब...मैं ठीक से नहीं जानती पर दुःख आपको भी होता।" इसी के साथ उसने कैमरे से रील निकाली और उसे जलाकर आगे कहा, "मुझे क्षमा कीजिए। आप जैसे सन्त के लिए...ना...ना बाबा...ना।" कहते हुए उसने पहले दोनों कान पकड़े, फिर अनायास उनके पाँवों पर माथा टेक दिया। विवेकानन्द ने उसे उठाया। वह रो पड़ी थी। उन्होंने कहा, "जिनकी आत्मा प्रबल होती है, वे महान् आत्माएँ हैं। तुम उनमें से एक हो।...जाओ, भगिनी, प्रभु ईसा तुम्हारा कल्याण करेगा।"

"आप नहीं।"

"मेरा आशीर्वाद सदा तुम्हारे साथ रहेगा।...अब तुम जाओ।"

वे दोनों पुनः प्रणाम करके चली गईं। विवेकानन्द अपने कक्ष में आए। विश्राम की दृष्टि से पलंग पर लेट गए। लेटते ही उन्हें नींद आ गई।

शिकागो में दिन निकल रहे थे, डूब रहे थे। हर दिन उनकी ख्याति में चार चाँद लगा रहा था। हर दिन वे समाचार पत्रों के मुख पृष्ठ में सुर्खियों में नज़र आते थे। जबकि वास्तव में वे यश-ख्याति से कोसों दूर रहने की निरन्तर चेष्टा करते रहते थे। 15 सितम्बर, 1893 को वे उस हिन्दू धर्म पर बोले थे जिसके साथ आज तक पारसी और यहूदी धर्म खड़े हुए हैं टिमटिमाता प्रकाश लिये। वेद, सृष्टि, आत्मा, पुनर्जन्म, कर्मवाद, अहेतुकी भक्ति, मूर्ति पूजा, सार्वभौमिक धर्म आदि पर प्रकाश डाला था और भ्रमों का निवारण किया था। 20 सितम्बर व 26 सितम्बर को उनका सम्बोधन धर्म के साथ हिन्दू का सम्बन्ध पर हुआ। अन्त में उपसंहार पर आ पहुँचा

था यह भव्य व दिव्य सम्मेलन!

17वाँ दिन। 27 सितंबर। बुधवार। अध्यक्षता डॉ. बैरोज कर रहे थे। इस सत्र का नौवाँ व्याख्यान था—विवेकानन्द का। उन्होंने धन्यवाद ज्ञापित किया और सबका ध्यान उस ओर ले गए, जिसके कारण धार्मिक उन्माद, दुराचरण की सम्भावना और धर्म की राजनीति का त्रासद अध्याय प्रारम्भ होता है। वे सहज स्वर में परन्तु रुढ़ता के साथ कह रहे थे, ''यदि किसी के मन में यह बात घर किए है कि एकता उसी के धर्म की जय से और दूसरे धर्म के विनाश से आएगी तो मेरा मानना है कि यह उनका भ्रम है। धर्म परिवर्तन का चमत्कार बन्द हो। जो जिस धर्म में जन्मा है, इस जन्म में वह उसी धर्म में रहे और उस धर्म में यदि बेढंगी परम्पराएँ हों तो उनके लिए प्राणपण से अन्त तक संघर्ष करे।''

उन्होंने वज्र शब्दों में कहा, ''कोई हिन्दू न ईसाई बने और न कोई ईसाई हिन्दू।'' यही प्रक्रिया अन्य धर्मों पर भी लागू हो। धर्म का राजनीतिकरण बन्द हो। उससे राजनीतिक इच्छाएँ पूरी नहीं की जाएँ। सभी धर्म मनुष्य को महान् लक्ष्य की ओर ले जाते हैं। कोई भी धर्म छोटा-बड़ा नहीं है। जहाँ वास्तव में धर्म है, वहाँ मारकाट, हिंसा, बलात् धर्म बदलवाने के प्रयास, दूसरे धर्म वालों को दुःख पहुँचाने की कोशिश कभी नहीं की होगी।

अमर पुत्रो, इस विश्व धर्म सम्मेलन से हमें जो सीखने को मिला है, वह है कि आध्यात्मिकता, पवित्रता और उदारता किसी एक धर्म की सम्पत्ति नहीं है। वह सब धर्म में यथाशक्ति विद्यमान है। अन्त में, मैं कहूँगा कि सहयोग करो, संघर्ष या प्रतिस्पर्द्धा नहीं। हमें विनाश नहीं, शान्ति चाहिए।''

करतल ध्वनि से धर्म सभा गूँज उठी परन्तु ईसाई धर्म गुरु कट गए। वह दिव्य आवाज उनकी छाती पर मूँग दलने लगी। सोचा यह था कि इस विश्व धर्म सम्मेलन के परिणाम यह निकलेंगे कि ईसाई धर्म विश्वविजेता बनकर उभरेगा। हुआ यह कि अकेले निरुद्योगी यायावर विवेकानन्द ने पराधीन देश के पदाक्रान्त पड़े शौर्य तथा पस्त जीवन आस्था में नए प्राणों का संचार किया और पराजित जाति का सनातन हिन्दू धर्म विश्व आशा का नव प्रदीप बनकर उभरा और वे विश्व वन्द्य महापुरुष!

वे क्या करें यदि उनके पूरे आकार के तिरंगे चित्र शिकागो के राजमार्गों पर नज़र आने लगे और राह चलते व्यक्ति उन्हें पैदल चलता देख ठिठककर खड़े हो जाते थे, कार रोककर उतरते थे और उनका अभिवादन-स्वागत-अभिनन्दन करते थे। पत्र-पत्रिकाओं ने उनकी प्रशंसा में बढ़-चढ़कर लिखा। महासभा की विज्ञान सभा के अध्यक्ष मरविन मेरी स्नेल ने लिखा कि विश्व धर्म सम्मेलन और अमेरिकावासियों पर जैसा प्रभाव उन्होंने डाला वैसा अन्य कोई धर्म नहीं डाल सका। हिन्दू धर्म के सर्वाधिक रेखांकित हस्ताक्षर तथा श्रेष्ठतम प्रवक्ता थे स्वामी विवेकानन्द। सर्वाधिक लोकप्रिय। जन-जन में गूँज उठी थी उनकी अमिय वाणी।

नव ईसाई, यूनिवर्सलिस्ट, इमर्सन मार्गी, ट्रांसेडेंटलिस्ट, कांग्रिगेशन मण्डली आदि सम्प्रदाय स्वामी विवेकानन्द की धारा में बहने लगे।

उन्नीसवीं शताब्दी का उपसंहार स्वामी विवेकानन्द के आर्ष प्रवचनों से हुआ, यह आश्चर्यजनक घटना थी। यह कम महत्त्व की बात नहीं थी कि इसी कारण अगले विश्व धर्म सम्मेलन के लिए काशी का चयन किया गया। उनकी सहज ख्याति के शिखर से ब्राह्म समाज के प्रतिनिधि प्रतापचन्द्र मजूमदार, बोस्टन की रमाबाई मंडली आदि उनके विरोधी हो गए परन्तु विवेकानन्द निरभिमानी, सहज और विनम्र बने रहे। बैरोज उन्हें विदा करते हुए पूछ रहे थे, "आगे का क्या कार्यक्रम है, स्वामीजी?"

"नहीं जानता, डॉ. जॉन हेनरी बैरोज! तब भी नहीं जानता था जब मैं यहाँ पहुँचा था। वह तो आपकी कृपा हुई कि प्रतिनिधि बनाकर सम्मिलित हो जाने दिया।"

नार्दम्पटन डेली हेराल्ड की संवाददाता मेरी पटशन ने पूछा, "कहाँ रुकेंगे आप?"

वे मुस्कराए, "जो ठहरा लेगा।"

"यानी अतिथि बने रहेंगे।"

"भिक्षुक आराम नहीं सँजोता, मेरी!"

"मैं साक्षात्कार लेना चाहूँगी।"

"खड़ा तो हूँ, मेरी!"

"आपके बारे में जानना है, मन में अनेक प्रश्न हैं।"

"जरूर जानिए। व्यक्ति जानने के लिए ही होता है परन्तु अभी नहीं। जल्दी होगी। परखिए। दूसरों को परखने दीजिए। श्रद्धा तक पहुँचने के लिए विवेक का साथ मत छोड़िए। हम जहाँ खड़े हैं, वहीं से चलें, रुकें, ठहरें नहीं, चलते चलें। यही चक्र है—'जीवन चक्र।' इतना कहकर वे आगे बढ़े। अभी कुछ ही दूर गए होंगे कि मारग्रेट सामने आ गई। पूछने लगी, "अब!"

विवेकानन्द मुस्कराए।

"मैं आपको लेने आई हूँ।"

"अच्छा सोचा।"

"कार उधर पार्किंग करके आई हूँ। आप ठहरिए, मैं कार लेकर आती हूँ।"

"पैदल यात्री हूँ, मारग्रेट। चलता हूँ तो लोगों के दर्शन होते हैं। आत्मीयता की गन्ध महकती है। कार में बैठा तो इस आनन्द से वंचित रह जाऊँगा। क्या तुम इसे शुभ संकेत मानोगी?"

मारग्रेट सकपका गई। कुछ सोचकर बोली, "मुझे कोई आपत्ति नहीं है, सुआमीजी, परन्तु ठहरिए तो अपनी कुटिया में ही—चिरपरिचित कुटिया में।"

"कुटिया!"

"हाँ, आपके ठहरने के लिए कुटिया। आपकी पसंद की कुटिया।"

"इतना सब किसलिए मारग्रेट, तुम्हारा स्वामी तो मन की कुटिया में वास करता है।...फिर भी, मैं तुम्हारा धन्यवाद करूँगा, क्योंकि तुम में हित चिन्तक की घटा गहराई है।...अब अवश्य कुछ होगा।...जाओ, कार लाओ।"

मारग्रेट कार लेकर आ गई। वे कार में बैठ गए। वह पूछ रही थी, "किधर?"

"कुटिया की ओर, मारग्रेट!"

मारग्रेट का हृदय छलछला उठा। उसकी बड़ी-बड़ी आँखों में आँसू तैर उठे।

कुटिया आ गई। आलीशान भवन। परन्तु तड़क-भड़क कहीं नहीं। सहजता उसका आकर्षण। ये पूछ रहे थे, ''ये क्यों किया?''

''भवन को कुटिया बनाने के लिए।''

''पगली हो।''

''क्यों?''

''मन को कुटिया बना लो तो कुछ अदला-बदली का झंझट नहीं।...हम जो हैं, जैसे हैं, वही नजर आएँ, इससे मन में बेचैनी नहीं होगी। मन शान्त रहेगा सरोवर की तरह!''

''समझ में आ रहा है, भविष्य में ऐसा नहीं होगा।''

''बुरा कुछ नहीं हुआ है। हृदय में भाव पूजा का हो तो ऐसा ही होता है, मारग्रेट।...मैं तुम्हें पुनः साधुवाद देता हूँ कि तुम्हारी कल्पना में कुटिया भाव कितना सुन्दर रूप पा सका है।'' विवेकानन्द उठ खड़े हुए इतना कहकर।

''सुआमी जी, मुझसे कोई अपराध बन पड़ा है क्या?''

''तुमने यह कैसे सोच लिया, मारग्रेट! तुम जैसा पावन और त्यागी चरित्र ही मेरी स्थायी धरोहर है और सदा रहेगा।''

''फिर भी आप उठ खड़े हुए, क्यों?''

''क्योंकि मुझे तुम्हारी भक्ति यहाँ खींच लायी थी, मारग्रेट...मेरे मन ने कहा—जाओ, मारग्रेट के साथ। वह एक पवित्र और सात्त्विक जीवन की ओर कदम रख रही है। उसने भवन को कुटिया में बदला है। जाकर उसे आशीर्वाद दो... ।''

''और आ गए।''

''हाँ, मारग्रेट।''

''मन रखने के लिए ना?''

''नहीं, शुभ कृत्य की सुगन्ध लेने, मारग्रेट...तुम से प्रभु की कृपा की अनुभूति का आनन्द लेने।'' विवेकानन्द का मन भाव-विह्वल हो उठा था। मारग्रेट को अनुभव हुआ कि विशुद्ध मन के निश्छल भाव हैं। उसने पूछा, ''अब?''

''चलना होगा, मारग्रेट!''

''वहीं?''

''हाँ, कुछ दिन ल्योन का आतिथ्य और स्वीकार करना होगा, मारग्रेट!...प्रभु की इच्छा के सामने किसी की नहीं चलती।''

''एक बात कह दूँ, सुआमी जी?''

''एक क्यों, दो-चार लगे हाथ कह डालो।''

''फिलहाल सिर्फ एक बात।''

''कहो, मारग्रेट।''

''परन्तु बैठिए तो।''

विवेकानन्द बैठ गए। मारग्रेट को अगले-बगलें झाँकता पाया। उसके चित्त पर, उदासी की घटा घिरने लगी। उन्होंने कहा, ''जाने दो यदि तुम्हें कहने में असुविधा

अनुभव हो रही हो।''

''नहीं, ऐसा कुछ नहीं है।''

''तो यदि उचित लगता हो तो कह डालो। मन में दुःखी मत होओ।''

''शिकागो में जहाँ आपके प्रशंसकों की संख्या अधिक है, वहाँ आपके दुश्मन भी कम नहीं हैं।''

''होने चाहिए। अच्छाई और बुराई का चोली-दामन का साथ है।''

''आपको सतर्क रहना चाहिए।''

''यह मुझसे नहीं होगा, मारग्रेट! प्रभु के आदेश पर चलने वाले, चलना जानते हैं।...क्या ईसा मसीह सतर्क रह सके थे? वे क्रूस पर लटके हुए भी लटकाने वालों के लिए प्रभु से प्रार्थना कर रहे थे कि प्रभु उन्हें मुआफ करना। वे नहीं जानते कि उन्होंने क्या किया है?...अबोध सज़ा का नहीं, क्षमा का पात्र होता है।...मारग्रेट, इस जीवन की चिन्ता में उलझे रह गए तो कुछ काम नहीं होगा। तुम निश्चिन्त रहो, जो होगा, वह अच्छा होगा।''

''आपको उस पर इतना विश्वास है!''

''तभी तो उसने, तुम्हें इस संसार में भेजा है यह आज्ञा देकर कि भलाई का साथ देना और वही तुम इस वक्त कर रही हो।...चिन्ता छोड़ो। जो होना है, वह होकर रहेगा। स्वयं ईश्वर ने जन्म लेकर इस बात को प्रमाणित किया है।... .ईसा को जन्म एक कुँवारी युवती ने दिया था। उनका जन्म गन्दी, दुर्गन्ध से भरी हुई एक गोशाला में हुआ था—बैतलहम की गोशाला में!...तो यह सब होता आया है, हो रहा है और आगे भी होता रहेगा...अब मुझे चलना चाहिए।''

वह उठी। कार निकाली और दौड़ा दी। रास्ते भर वे गुमसुम बने प्रकृति को दौड़ती देखते रहे जबकि दौड़ कार रही थी। कार मुकाम पर आकर रुकी।

वह लौट गई।

विवेकानन्द मौन खड़े उसे जाता देखते रहे। काफी देर तक देखते रहे, जब वहाँ न वह कार थी और न कार ड्राइव करने वाली। फिर अन्दर मुड़े। श्रीमती ल्योन ने उनका स्वागत किया और उनके पति जे. बी. ल्योन उन्हें अपने साथ बैठक में ले गए।

विवेकानन्द प्रातः सैर पर निकल पड़े थे, अकेले। वे ठाकुर का स्मरण कर रहे थे। ठाकुर उनके साथ-साथ चलने लगे। पूछ रहे थे, ''मन स्वस्थ है, नरेन?''

''हाँ, ठाकुर, स्वस्थ है।''

''तेरा यहाँ आना उचित रहा कि नहीं।''

''हाँ, ठाकुर।''

''कहा था कि नहीं कि ये सम्मेलन तेरे लिए ही हो रहा है।''

''हाँ और वही हुआ।''

''भारत माँ को दलदल में से निकालना है।''

“जी, ठाकुर।”

“तू विदेश में रहकर वेदान्त का प्रचार कर। तेरा यश तेरे देश के काम आएगा।..भूखे-नंगों को सहारा मिलेगा।”

“जो आज्ञा।”

“चिन्ता नहीं, शत्रु तेरे पीछे हाथ धोकर पड़ेंगे और अपना-सा मुँह लेकर रह जाएँगे।”

“मुझे चिन्ता नहीं है, ठाकुर!” विवेकानन्द ने साथ चलने वाले की ओर देखा—वहाँ कोई नहीं था। वे मुस्कराए। आए और चले गए। कोई बात नहीं।

अचानक घटाएँ घिर आईं। उन्होंने ऊपर देखा ही था कि बूँदे गिरने लगीं। एक तो ठण्ड और ऊपर से वर्षा। बचने का कोई स्थान नहीं। दूर-दूर तक पेड़ ही पेड़। वे उस स्थान से परिचित भी नहीं थे। क्या करें? किधर जाएँ? बिजली चमक उठी थी। अँधेरा तेजी से घिर आया था।

हवा बल खाकर चलने लगी थी। वह एक विशाल पेड़ के नीचे जा खड़े हुए और मन ही मन सोचने लगे कि क्या उन्हें वहीं रहना चाहिए या लौट जाना? एक व्याख्यान कम्पनी ने उनके सामने प्रस्ताव किया कि वह अमेरिका के नगर-नगर में उनके भाषण कराएगी। अभी उन्हें एक भाषण के अस्सी से एक सौ डालर मिल रहे थे। कम्पनी के जुड़ने से जहाँ राशि अधिक मिलेगी, वहाँ वह उनका प्रचार-प्रसार भी करेगी। आज रात ‘माउंटेन’ आएँगे। अनुबन्ध बन चुका है। उस पर हस्ताक्षर होने शेष हैं। उन्हें यह जानकर शुरू-शुरू में आश्चर्य हुआ था कि वहाँ व्याख्यान सुनने के लिए भारी टिकिट खरीदने में श्रोताओं को तनिक भी सोचना नहीं पड़ता। दूसरे ईसाई मिशनरी उनके पीछे पड़ी हुई थी। वह उन्हें तरह-तरह से बदनाम करने पर तुली है। उन्हें लम्पट और चरित्रहीन सिद्ध करने पर तुली है।

यद्यपि अमेरिका मन्दी के बुरे दौर से गुजर रहा है। वहाँ बेकारी की समस्या काबू में नहीं आ रही है और हड़तालें भी हो रही हैं, हिंसा तथा आगजनी की घटनाएँ वहाँ की व्यवस्था की नाक में नकेल डाले हुए हैं। फिर भी, वहाँ पैसा बेशुमार है। ये कर्मठ हैं, खूब मन लगाकर काम करते हैं और फिर उस धन को दोनों हाथों से लुटाकर भी आनन्द लेने में भी नहीं चूकते हैं। साम्राज्यवादी खून भी उनके मुँह लग चुका है। नीग्रो को दिन-दहाड़े गोली से भून सकते हैं...कानून के कान पर जूँ तक नहीं रेंगती। फिर भी, वहाँ विद्वानों, वैज्ञानिकों, पैसे वालों, कॉलेज में पढ़ने वालों में उनमें दिलचस्पी तेजी से बढ़ती जा रही थी। वे अनुभव कर रहे थे कि भौतिक सुख-सुविधाओं की ऊँची पायदान पर जा चढ़ा अमेरिका आध्यात्मिक रूप से भूखा है।

जो हो रहा है, अच्छा ही हो रहा है। वे अपने भाषणों को लिखना चाह रहे थे, पर कैसे लिखें? न वे स्वयं लिखने के लिए अपने को तैयार पाते थे और न लिखे बिना उनका काम चल सकता था। स्ट्रेटर जाना उनके लिए सार्थक रहा। वहाँ प्लम्ब ओपेरा हाउस में व्याख्यान हुआ। वहाँ कवयित्री मनरो भी थी। खचाखच भरे हॉल में उनका अभूतपूर्व स्वागत हुआ। व्याख्यान के बाद उनसे काफी लोग मिलने

आए। मनरो बोली, ''सुआमीजी, आपको नब्बे मील मेरे साथ शिकागो भी लौटना है।''

विवेकानन्द ने कहा, ''मित्रो, शेष फिर के लिए छोड़िए, सभी आज ही नहीं। रात होने को है और हमें लौटना है।''

आयोजकों ने भी प्रशंसकों से आग्रह किया। सब चले गए तब एक युवक आया, जिसके चेहरे पर घनी मूँछ थी घुमावदार, जिसका माथा चौड़ा था, कान बड़े थे, चेहरा लम्बा था, आँखें बड़ी थीं और चमकीली। इकहरी देह का वह लम्बा युवक बोला, ''स्वामी जी, मुझे कुछ कहना है।''

''भाई, फिर कभी कहिए।''

''मुझे अपने लिए नहीं, स्वामीजी के लिए कुछ कहना है।'' उसने स्थिर चित्त होकर कहा।

मनरो समझ गई कि अवश्य स्वामीजी को घेरने और बदनाम करने के लिए कोई षड्यन्त्र हुआ होगा। वह बोली, ''हमें आपकी बात सुननी चाहिए। आपका नाम?'' ''गुडविन।''

''हाँ तो गुडविन कहिए परन्तु संक्षिप्त में।''

''मैं स्वामीजी के व्याख्यानों का फैन हूँ। उनके भाषण सुनने के लिए इतनी दूर से यहाँ आया हूँ।''

''कृपया मतलब की बात पर आइए।'' मनरो ने झुँझलाइट को दबाते हुए कहा। यह सोचकर खोदा पहाड़ निकली चुहिया।

''मैं उधर ही आ रहा हूँ।...आपके व्याख्यान व्यक्ति को सम्मोहित कर लेते हैं।...मैं जहाँ तक जान पाया हूँ कि आप लिखित व्याख्यान नहीं पढ़ते।''

''हाँ—मुझे लिखने की ज़रूरत नहीं है और मैं लिखना चाहूँ तो भी नहीं लिख सकता।''

''इसका अर्थ यह हुआ कि आपके अब तक हुए इतने महत्त्वपूर्ण व्याख्यान हवा में बह गए। उनका कुछ अता-पता नहीं।...क्षमा कीजिए, आपके बाद भी ये व्याख्यान मानव जाति की अक्षय सम्पत्ति हैं। इन्हें सँजोकर रखना अत्यन्त आवश्यक है।''

इस बार मनरो गहरे सोच में पड़ गई। विवेकानन्द भी सोचते रह गए। यह तो उन्होंने कभी सोचा ही नहीं था।

''तुमने ठीक सोचा, गुडविन।...क्या तुमने यह भी सोचा कि इसके लिए क्या किया जाए?''

''हाँ, सोचा है बशर्ते स्वामीजी को मान्य हो।''

''क्या सोचा है, भाई?'' इस बार विवेकानन्द ने उसकी ओर ध्यान से देखकर कहा। उसका चेहरा शान्त था, स्थिर था और सहज था।

गुडविन ने श्रद्धा-भक्ति की अभिव्यक्ति के स्वर में कहा, ''मैं आपका भक्त हूँ। सदा आपके साथ रहना चाहता हूँ।...आप पर भार नहीं बनूँगा। यद्यपि मैं धनाढ्य नहीं हूँ तथापि मैं कंगाल भी नहीं हूँ—मैं आशुलिपिक हूँ। मेरी गिनती अच्छे

आशुलिपिकों में की जाती है।...मैं, स्वामीजी, अपने को आपकी शरण में सौंपना चाहता हूँ ताकि आप जो बोलें, उसे मैं लिख सकूँ।...क्या मैं आपकी कृपा का पात्र बनने योग्य हूँ?''

विवेकानन्द उलझन में पड़ गए। मनरो ने विवेकानन्द की ओर देखा। तत्काल कुछ कहना कैसे सम्भव हो? क्या पता यह भी किसी षड्यन्त्र का हिस्सा हो? विवेकानन्द ने कहा, ''तुम्हारा परिवार?''

''मैं अकेला हूँ।''

''खैर, मैं तुम्हें अपने साथ इस शर्त पर रख सकूँगा कि जब भी तुम्हारे मन में मेरे से अलग होने की बात आए तो तुम मुझे छोड़ने में तनिक भी संकोच नहीं करोगे।''

''ठीक है।''

''अभी तुमने मुझे जाना कहाँ है, गुडविन! किसी निर्णय को अन्तिम बनाकर चलना अपने प्रति अन्याय है, जब तक अन्तरात्मा न कहे।'' विवेकानन्द ने सहज होकर कहा।

''मुझे स्वीकार है स्वामीजी, परन्तु आपको भी यह अधिकार रहेगा कि मैं आपको अनुपयोगी लगूँ तो आप भी मुझे तुरन्त अलग करने में विलम्ब नहीं करेंगे।...सत्य व्यवहार को मुक्त करता है। यह कथन भी आपका है और मुझे प्रसन्नता होगी कि आपके साथ रह सकूँगा, जीवन मर्म को जान सकूँगा और जीने के आनन्द का अनुभव कर सकूँगा।''

''ठीक है, गुडविन, मुझे तुम्हारी सेवाओं पर भरोसा है।''

''तो फिर मैं...।''

''जब से आना चाहो, आ जाना।''

''आज से, अब से।''

''क्या?'' मनरो ने चकित होकर कहा।

''मुझे यकीन था कि स्वामी जी मुझे अपनी सेवा में अवश्य लेंगे। तभी तो मैं पक्का मन बनाकर घर से चला था।''

''ठीक है, आपको इस पते पर कल सुबह पहुँचना होगा।'' मनरो ने कहा।

''ठीक है।''

वह चला गया। विवेकानन्द उठ खड़े हुए। मनरो गाड़ी पार्क करके उधर आई तो चकित रह गई, क्योंकि अधिकांश श्रोता बाहर खड़े हुए थे पुनः उनके दर्शनों के लिए।

विवेकानन्द का हृदय छलछला आया, परायी धरती पर अनजाने लोगों को इतना प्यार, इतनी श्रद्धा-भक्ति। एक बालिका ने आकर उनका हाथ पकड़ लिया। बोली, ''फिल जलूल से जलूल आना।''

विवेकानन्द ने उस बच्ची को गोदी में उठा लिया और प्यार किया। बोले, ''प्रभु यहाँ है।...न गिरजे में है, न मन्दिर-मठ में, न मस्जिद में...वह यहाँ है...इन प्यारे बच्चों में।'' फिर उस बच्ची से उसका नाम पूछा। उसके नाम को दोहराया।

कहा, ''हम आएँगे। तुम खूब पढ़ना, खूब खेलना और खूब गीत गाना।''

वह बच्ची उसकी माँ की गोद में दे दी। उनके कपड़ों पर कुछ निशान उसके जूतों के बन गए थे। बच्ची के पिता ने रूमाल निकाला और आगे बढ़े। विवेकानन्द ने तुरन्त टोक दिया, ''नहीं...नहीं...मेरे प्रभु का स्पर्श मिटाइए नहीं, उसका मुझे आनन्द लेने दीजिए।'' उन्होंने कार में बैठकर हाथ हिलाकर सबके अभिवादन का उत्तर दिया। कार मुड़ी और दौड़ पड़ी।

आज ठंड तेज थी। हवा में सिहरन थी। विवेकानन्द बाहर से आए थे। गैरिक वस्त्र, सिर पर पगड़ी और हाथों में ऊनी दस्ताने थे जो वे जहाँ गए थे, एक बहन ने यह कहकर उनकी ओर देखा था, ''यह दस्ताने मैंने स्वयं तैयार किए हैं। आज से पहले मैंने आपको कभी नहीं देखा था। कृपया अपना हाथ बढ़ाइए।...देखूँ कि आपके आते भी हैं या मेरी श्रद्धा मेरा साथ नहीं दे सकी।''

विवेकानन्द ने उनकी ओर हाथ बढ़ा दिए। उसने श्रद्धा भक्ति से वे दस्ताने उन्हें पहना दिए और कहा, ''शायद दस्ताने आप पहली बार पहन रहे हैं।''

''हाँ।''

''मैंने सुना था अपना सर्वस्व समाज के नाम करके एक ऋषि हमारे यहाँ ज्ञान बाँट रहा है—हमारी हताशा मिटा रहा है। मैंने भी निश्चय किया कि मैं आपके दर्शन अवश्य करूँगी।...पर श्रद्धा सुमन!...और मैंने दस्ताने बुनने शुरू कर दिया यह सोचकर कि जिस दिन में दस्ताने पूरे हो जाएँगे, उस रोज आप जहाँ कहीं भी होंगे, वहीं जाकर ये दस्ताने आपको समर्पित करूँगी और वही हो रहा है। मुझे आशीर्वाद दीजिए कि मैं प्रतिदिन कोई न कोई काम परोपकार का आजीवन करती रहूँ।''

वह कुछ रुककर कहने लगी, ''स्वामीजी, मैं और कुछ नहीं जानती। मेरा घर-संसार मुझे स्वर्ग नहीं छोड़ने देता। परन्तु जब उस बहन ने बताया कि आपने कहा है कि सब कुछ दे डालो और बदले की चाह न रखो। प्रेम दो, सहायता दो, सेवा अर्पित करो, जो कुछ थोड़ा बहुत तुमसे बन सकता है, वही दो, पर दुकानदारी 'के भाव' से बचे रहो।...न कोई शर्त रखो और न कोई तुम पर शर्त डाले, न तुम पर कोई बन्धन आए। जिस प्रकार भगवान हमें स्वेच्छा से देते हैं, उसी प्रकार हम भी स्वेच्छा से दें।''

''तो?''

''मेरे मन ने तब से यह निश्चय किया है कि मैं जब तक प्रतिदिन कोई न कोई त्याग नहीं कर लूँगी तब तक रात्रि भोज नहीं करूँगी। आप मुझे आशीर्वाद दीजिए कि मेरी यह मनोकामना पूर्ण हो।''

''आप प्रतिज्ञा नहीं करें। प्रयत्न अवश्य करें कि आपसे जहाँ तक सम्भव हो, कुछ न कुछ न कुछ त्याग करें।...इससे मन को चैन मिलेगा।...तनाव नहीं घेरेगा।...हम जो कुछ करें, वह तनावरहित होकर प्रसन्नता से करें और इसके लिए मेरी शुभकामनाएँ तुम्हारे साथ हैं।''

वह महिला चली गई। विवेकानन्द वहीं लौटकर आए थे, यह सोचते हुए कि अमेरिकावासियों में आध्यात्मिक भूख जगने लगी है और वे जान रहे हैं कि मात्र भौतिक सुख मनुष्य के मन को शान्ति, सुख और आनन्द नहीं दे सकते। वे अपने कमरे में चले आए। मेज पर रखी पुस्तकों को देखने लगे। फिर एक पुस्तक को मेज पर रखकर शेष पुस्तकों को कोने में रख दिया।

पढ़ने लगे। पृष्ठ पर पृष्ठ पलटते गए। उनको पुस्तक पढ़ते-पढ़ते लगभग एक घंटा हो चुका था। हेल देख रहे थे और सोच रहे थे कि यह वे क्या कर रहे हैं। परन्तु उनकी हिम्मत नहीं हुई कि वे उन्हें बीच में टोक दें।

सुप्रसिद्ध फ्रांसीसी गायिका जो उस समय कीर्ति के शिखर पर आरूढ़ थी, विवेकानन्द से मिलने आई। उसकी इकलौती लड़की आग से जलकर मर गई थी। तब से उसे अपने-आप से घृणा हो गई थी। कहाँ वह मुक्त भोग को जीवन का अन्यतम आनन्द मानने वाली गायिका अब अपने को खत्म करने का प्रयास कर रही थी। चार बार उसने आत्महत्या का प्रयास किया था पर बच गई।

वह बहुत परेशान थी। बेचैन थी। अभी भी वह वहाँ बैठी बारम्बार पाँव पटक रही थी। कई बार घर की मालकिन से प्रश्न कर चुकी थी कि और कितनी देर इन्तजार करना होगा? उसको अपने प्रोग्राम की भी तैयारी करनी है। मेट्रोपॉलिटन ओपेरा कम्पनी के मालिक को मैंने आधे घंटे में आने के लिए कहा है।

"मादाम काल्वे सब्र रखिए। स्वामीजी स्वयं आपको बुला लेंगे।"

"पर कैसे? आपने तो उन्हें अन्दर जाकर सूचना भी नहीं दी है, फिर कैसे उन्हें पता होगा कि बाहर आधे घंटे से बैठा कोई उनका इन्तज़ार कर रहा है?" एम्मा काल्वे के माथे पर बल पड़े रहे थे और उसके मृगनयनों में लाली फैल रही थी।

"यह देखिए।" कहकर गृहस्वामिनी श्रीमती बटलर ने उसे एक चार्ट दिखला दिया।

एम्मा काल्वे ने अनमनी मुद्रा में उसकी ओर देखा। वह चौंकी। उस पर लिखा हुआ था कि आज दोपहर को एक प्रसिद्ध गायिका आएगी और शाम को एक धनकुबेर।

एम्मा काल्वे की बेचैनी कुछ कम हुई। बटलर आ गया तो श्रीमती बटलर उठ खड़ी हुई। बोली, "बटलर, आप एम्मा काल्वे हैं।"

"सुविख्यात गायिका... ।"

"हाँ,...ध्यान रखना। अन्दर से पुकार होते ही आपको भेज देना।"

गृहस्वामी बटलर का सारा ध्यान, एम्मा काल्वे के रूप-रंग और आवाज़ की मलिका के पहनावे पर जा ठहरा। धन्य हुआ वह। जिसकी दीवानगी का जादू अमेरिकावासियों के सिर चढ़कर बोल रहा है, वह इकहरी देह की, लम्बे कद की और बेहद सेक्सी नजर आने वाली युवती उसके सामने बैठकखाने में बैठी हुई अपने सौंदर्य, संगीत और ख्याति को भूलकर स्वामीजी से मिलने का इन्तजार बेसब्री से कर रही है। क्या बात है!

इस वक्त बटलर का उसे घूरना अच्छा नहीं लगा। कहाँ वह मर्दों की काल्पनिक चाहत का अन्दर ही आनन्द लेते हुए अपनी कामुक अदाओं से उन्हें बेतरह से घायल कर उठती थी! उच्छृंखल मौन की उस शहजादी के दीवानों की लाइन थी।

ठीक इसी समय अन्दर से आवाज़ आई, ''अन्दर आओ बेटी!'

बटलर ने कहा, ''जाइए, स्वर की मलिका, आपको बुलाया जा रहा है।''

एम्मा काल्वे उठी। एक बार उसने उस शान्त बैठकखाने और बटलर की ओर देखा। उसमें बेचैनी बढ़ी। अन्दर जाने क्या होगा? क्या कह देगा वह स्वामी! कौन जाने?...क्या बताएगी वह! ओह! यह क्या होने लगा है फिर उसे? फिर नर्वस होने लगी है वह? पस्त हो रहा है उसके स्वरों का जादू और उन्मुक्त भोग का स्वर्ग! उसने जिन्दगी को सदा ललकारा था और शिखर चूमती ख्याति को बेताज का साम्राज्य माना था। चौखट पर आ खड़ी वह मलिका अन्दर प्रवेश करने से भयभीत हो रही थी।

''घबराओ नहीं, बेटी! निश्चिन्त होकर अन्दर आओ। मुझे तुम्हारी ही प्रतीक्षा थी।''

उसकी प्रतीक्षा, पर क्यों? कौन है वह उसकी आवाज से भी अधिक मधुर, प्रभावशाली और अपनी ओर खींचनेवाला! यह सोचते हुए वह अन्दर आ गई। विवेकानन्द ने ध्यान की मुद्रा में बैठे-बैठे ही कहा, ''तुम कुछ बोलोगी नहीं। शान्त रहोगी।''

स्तब्धता छा गई वातावरण में।

एम्मा काल्वे ने चतुर्दिक देखा—कहीं कोई चित्र, पेंटिंग्स, मूर्ति आदि नहीं था। वे गैरिक वस्त्र और सिर पर पगड़ी पहने हुए थे। उनकी आँखें बन्द थीं। वहाँ हलकी रोशनी थी। एम्मा काल्वे की धड़कनें धीरे-धीरे शान्त हुई।

वे कह रहे थे, ''बैठ जाओ! हाथों को कसकर पकड़ लो ताकि तुम भय की अन्तिम और ऊँची चोटी से कूद सको। मौत की शरण में जाने का इससे सुन्दर उपाय नहीं है। चाहे एक बार व्यक्ति नहीं मरे परन्तु मरने की वीभत्स यातना को बारम्बार यह गुहार करता हुआ कि उसे बचा लो, वह मरना नहीं चाहता, अवश्य भोगेगा। वहाँ उसे कोई बचाने वाला नहीं होगा। रिस-रिस कर मरेगा। और इस तरह की मौत में व्यक्ति को तीन से लेकर दसेक दिन लग सकते हैं।''

''मैं मर नहीं सकी।''

''ढेर सारी नींद की गोलियाँ खाकर भी...जहर पीकर भी।''

''हाँ, नहीं मरी।''

''क्या तुम्हें मरना अच्छा लगता है, स्वर की शहजादी?''

एम्मा काल्वे चुप।

''बोलो बेटी, जवाब दो।''

''नहीं जानती परन्तु मेरी बेटी?''

''आग से जलकर मर गई, यही ना!''

''हाँ।''

"उसका तुम्हें बेहद दुःख है।"

"हाँ, है।"

"तुम्हारे दुःख से क्या वह वापस आ जाएगी?"

कुछ सोचकर एम्मा काल्वे ने कहा, "नहीं।"

"फिर दुःखी किसलिए?"

इस बार एम्मा काल्वे ने स्वामी जी की ओर देखा। स्वामीजी आँख बन्द किए ध्यान मग्न थे। युवा थे। उनके चेहरे पर अपूर्व शान्ति थी। तेज था। उसने कहा, "ऐसा मैंने नहीं सोचा था।"

"तुम अशान्ति से घिरी हो। शान्त होने का प्रयत्न करो।"

"कैसे?"

"तो अशान्त होने का प्रयत्न करो।"

"वह तो मैं हूँ।"

"क्योंकि तुम्हें ब्रूस ने धोखा दिया...जे. आर. एविंग्स ने तुम्हारे साथ विश्वासघात किया...लैरी हैगमैन ने तुम्हारे साथ क्रूर व्यवहार किया...अपमानित किया...और तुम उन अपमान के घूँटों को मदिरा में घोलकर पीती रही।...धीरे-धीरे तुमने...मुझे वह सब नहीं कहना, काल्वे, वह तुम्हारी व्यक्तिगत जिन्दगी की वे त्रासद दुर्घटनाएँ हैं, जिन्होंने तुम्हें विवश कर दिया कि तुम स्त्री होने के अपमान को ख्याति की पायदान पर चढ़ते हुए चुपचाप पीती जाओ और उसे अति आधुनिकता का नाम देकर शान से जीने का नाटक करो।" विवेकानन्द का स्वर उसको उद्वेलित कर उठा। वे उसकी ज़िंदगी की अहम बातों और दुर्घटनाओं का एक-एक कर कैसे खुलासा करते गए। इन दुर्घटनाओं के कारण वह जगह बदलती रही और चेहरे पर चेहरे ओढ़ती गई। उसके सिवा यह सब कोई नहीं जानता...उसका अन्तरंग मित्र भी नहीं। नाम भी...और हक़ीक़त थी। वह घबरा गई। उसने जैसा सुना था, वे उससे भी अधिक अलौकिक, अपूर्व और महान हैं। अब उनसे क्या छिपा है? उसने सहज होने का प्रयास करते हुए पूछा, "आपने यह सब कैसे जाना? आपको मेरे बारे में किसने बताया?"

उनके चेहरे पर सहज हास्य की रेखा खिंची। उन्होंने आँखें खोलीं। साक्षात् अप्सरा मेनका-उर्वशी सी वह इस समय अस्त-व्यस्त थी। वे बोले, "कौन बताता मुझे? किससे पूछता? क्यों पूछता?....पूछने की आवश्यकता भी क्या थी?...ऐसा रहस्य भी क्या था?...तुम्हारे हृदय को ऐसा पढ़ रहा हूँ जैसे किसी खुली किताब को पढ़ रहा हूँ।

"बड़ी साधना से...।"

"नहीं...इसमें किसी साधना-तप की, ज़रूरत नहीं है, सिवा मन को सहज बनाए रखने के और छिपाव-दुराव को धता बताकर चलने के।"

"कुछ भी हो, मैंने ऐसा चमत्कार इससे पूर्व कभी नहीं देखा।"

"यह चमत्कार नहीं है, काल्वे बेटी।"

"बेटी!" इस बार इस शब्द ने उसे सतर्क कर दिया। वह बेटी कैसे हो सकती

है। वे भी तो युवक हैं। लगभग समवयस्क।

''काल्वे, मेरे लिए यह संसार मेरी सन्तानवत् है।...तुम्हारी व्यथा मेरी बेटी की व्यथा है।...मेरे पास गायिका काल्वे नहीं, मेरी बेटी है। एक पिता अपनी बेटी की व्यथा में हाथ बँटा रहा है।''

''ऐसा व्यवहार तो मुझे कभी अपने ममी-डैड से भी नहीं मिला, स्वामी जी!''

''बचपन प्यार चाहता है। भरपूर स्नेह चाहता है। अभिन्न आत्मीयता चाहता है।...माँ-बाप होने का सबसे पहला और प्रमुख दायित्व ही यह है।...जिन बच्चों को माँ-बाप का स्नेह-प्यार-आत्मीय व्यवहार नहीं मिलता, वे सब कुछ पाकर भी कुछ नहीं पाते। सदा उन्हें अदृश्य अभाव कचोटता है, एक टीस उन्हें सालती रहती है और अतृप्ति का एहसास लगातार बना रहता है।...परन्तु अब तुम्हें एक माँ, एक पिता मिल गया जो तुम्हारी सारी पीड़ा को पीकर तुम्हें आनन्द की डगर पर चलने का मन्त्र दे रहा है।'' इतना कहकर विवेकानन्द उठे। एम्मा काल्वे के पास आए। उसके सिर पर हाथ रखा। उसकी आँखों पर उँगली रखी और धीरे-धीरे कहा, ''भूलो...भूलो...उन अप्रिय बातों को भूलो।...त्रासदी से ऊपर आओ। छोड़ो...उस एकान्त को छोड़ो। समूचे दुखद प्रसंग मेरी झोली में डाल दो।...अब तुम चिन्तारहित हो। नव सूर्य उदित हो रहा है। उससे तुम्हारा अन्तः बहिर प्रकाशित हो रहा है।....तुम्हारी भावनाओं का उदात्तीकरण हो रहा है। तुम्हारे आध्यात्मिक जीवन और तुम्हारी कला के लिए इसकी परम आवश्यकता है।...उसे नाना प्रकार से अभिव्यक्त होने दो।...वही तुम्हारा नव जीवन है, वही तुम्हारी कला की सार्थकता है।...मरना भी है तो दूसरों को बचाने, उनके शुभ और उनके सुख के लिए मरो ताकि तुम्हारी मृत्यु को बलिदान से याद किया जाए।...मेरी प्रिय बेटी, अब तुम अक्षय आनन्द के सरोवर की ओर बढ़ रही हो, जहाँ न भय है, न चिन्ता, न दुःख है। न क्लेश, न ईर्ष्या है, न द्वेष...सिर्फ आनन्द है, आनन्द।...अब धीरे-धीरे आँखें खोलो।.... धीरे-धीरे।''

एम्मा काल्वे ने आँखें खोलीं। फिर वह चौंकी। विवेकानन्द अपने स्थान पर ध्यानमग्न थे और उसे लग रहा था कि उनकी कोमल, पतली उँगलियाँ उसकी आँखों पर हैं। आश्चर्य, उसकी उद्विग्नता छूमन्तर। वह स्वस्थ। एकदम शान्त।

''जाओ बेटी, निर्द्वन्द्व जियो, आनन्द का अनुभव करो। दूसरों के लिए कुछ करो, उनका ताप हरो, उन्हें व्याधि मुक्त करो, यही तुम्हारे जीवन का श्रेय-प्रेय है, लक्ष्य है जो दूसरों के लिए जिन्दा रहते हैं, उन्हें त्रिताप छू भी नहीं सकते।...अब जाओ, पुत्री काल्वे जाओ।''

एम्मा काल्वे की आँखें भर आईं। उसका हृदय छलछला आया। सारी कुंठाएँ गायब। उसमें श्रद्धा जगी। आत्मविश्वास मुस्कराया। धीरे-धीरे नतशिर होकर वह लौट पड़ी।

वह गई तो गृह स्वामी बटलर आया और बोला, ''तीन-चार युवक-युवतियाँ आएँ हैं। उनमें एक प्रो. एंजेलिना जोली है।...कुछ समय चाहते हैं।''

''भेज दो।''

वे सब आए। लगभग सभी नवयुवक युवतियाँ थे। प्रो. एंजेलिना जोली ने मद्धिम व मधुर स्वर में कहा, ''स्वामीजी, मैंने आपको सुना है। उस पर मनन किया है। ये सब मेरे विद्यार्थी हैं—दर्शन और साहित्य इनका क्षेत्र है। मैंने इनके सामने आपको दोहराया था।...वह अलरिका जॉनसन है। शोध कर रही है। उसे यह स्वीकार नहीं है कि उसका मैं-पन उससे छिन जाए।...वह मानती है कि बिना मैं-पन के व्यक्ति रीढ़ की हड्डी विहीन है।''

''क्यों अलरिका, ऐसा क्यों सोचती हो?''

''क्योंकि मुझे शाश्वत एकत्व की कल्पना से ही भय लगता है। वजूद बिना इन्सान क्या?''

विवेकानन्द चुप रहे। खँखारे। फिर सोचा और पूछा, ''हराने का संकल्प लेकर आई हो तो हमने अपनी पराजय स्वीकार की।''

''नहीं...नहीं...स्वप्न में भी नहीं।''

''तो पहले मेरे साथ हँसो, दिल खोल कर हँसो क्योंकि यह समय मेरे हँसने का है और मैं अकेले हँसना नहीं चाहता।...हाँ तो वन-टू-थ्री...।'' वे हँसने लगे। सबने उनका साथ दिया। पर दिल खोलकर वे सब नहीं हँस सके, अतः विवेकानन्द ने कहा, ''अपने और दुनिया के स्वास्थ्य, सुख और आनन्द के लिए हँसो। हँसना जिन्दगी है। हँसना ईश्वर की अनन्य अनुभूति है।''

इस बार विवेकानन्द के साथ सब हँसे। जी खोलकर हँसे। हँसते रहे। हँसना थमा नहीं। बाहर जॉन डी. रॉकफेलर आए बैठे थे। वह स्वामी के बारे में बहुत कुछ सुन चुके थे। उनकी इच्छा उनसे मिलने की हुई थी। वह बटलर की तरफ देख रहे थे और पूछ भी रहे थे, ''यही क्या तुम्हारे स्वामीजी हैं?''

बटलर ने सिर हिलाकर कहा, ''हाँ।''

उस समय तक जॉन डी रॉकफेलर समृद्धि के शिखर पर नहीं पहुँचे थे परन्तु उस ओर बहुत तेजी से बढ़ रहे थे। वह कर्मठ थे। दृढ़ इच्छा शक्ति थी उनमें। वे धुन के पक्के थे। कभी किसी से प्रभावित नहीं होते थे। पता नहीं आज उनका क्यों मन हुआ कि स्वामीजी से मिलें। वह धर्मसभा में भी नहीं गए थे। कर्म को ही धर्म मानने वाले थे वह।

बटलर उनके व्यवसाय में साथ था। बटलर ने ही उन्हें स्वामीजी के बारे में अनेक बार बताया था और कहा था, ''वे अपने यहाँ विराज रहे हैं, एक बार मिलो तो सही।''

''वह भी हिन्दू संन्यासी से?''

''क्यों, क्या हुआ उससे मिलने में?''

''एक गुलाम देश के संन्यासी से क्या आशा की जा सकती है? वह क्या आज के समृद्ध और प्रगति के शिखर छूने जा रहे अमेरिकावासियों को रास्ता दिखा सकेगा? अवश्य कुछ जन्तर-मन्तर, सम्मोहन आदि का चक्र है, जिससे कमजोर हृदय के लोग और विशेषकर महिलाएँ उसके पीछे हो लिए हैं।...मैं नहीं मानता कि वहाँ कुछ विशेष होगा।'' जान. डी. रॉकफेलर ने अपना मत दृढ़ता से व्यक्त किया और

चुरुट सुलगा ली।

"रॉकफेलर, तब तो तुम्हें उनसे अवश्य मिलना चाहिए ताकि दूध का दूध और पानी का पानी अलग हो सके।...मात्र एकतरफा आलोचना सुन लेने से कोई लाभ नहीं है।...चुनौती दो तब कोई बात है।" बटलर ने उसे प्रोत्साहित और उत्तेजित भी किया यह जानते हुए कि वह कभी उत्तेजित नहीं होता और न कभी धैर्य खोता है। उसने उस समय उसकी बात का कोई जवाब नहीं दिया और आज अचानक आ धमका। वह भी ऐसे वक्त जब हँसी शिखर छू उठी है। काश, वह मादाम एम्मा काल्वे जब वहाँ थी, आया होता और लौटते हुए उससे मिल पाता। वह कब नाक पर मक्खी बैठने देती है। उसे डर था तो यह कि कहीं वह जैसे आया था, वैसे उठकर न चल दे। उसे कोई रोक नहीं सकता। वह भी नहीं जो उसका जिगरी यार है।

अब अन्दर गहरा सन्नाटा हो चुका था। विवेकानन्द ने खँखारकर कहा, "प्रो. एंजेलिना जोली और प्रिय विद्यार्थियो, तुम्हारी शंका के समाधान का मैं दावा नहीं कर सकता सिवा इसके कि मैं आप लोगों को एक कहानी सुनाकर निर्णय लेने के लिए स्वतन्त्र छोड़ दूँ।"

"जैसा आप ठीक समझें।"

"क्योंकि मैं भी एक विद्यार्थी से अधिक कुछ नहीं हूँ। मैं भी सीखने के लिए लालायित रहता हूँ।" विवेकानन्द ने चतुर्दिक देखा। महसूस किया कि उनके सामने उनका कद छोटा हो गया है। वे कोई बच्चे नहीं हैं, जिन्हें कथा-कहानी सुनाकर बहकाया जा सके।

वे कहने लगे :

एक दिन पानी की एक बूँद महासागर में आ गिरी। तड़प उठी। दुःखी हुई। शिकायत करने लगी—हाय रे मेरा अस्तित्व!

महासागर अपनी हँसी नहीं रोक सका। इस पर उस बूँद को और क्रोध आ गया। वह कह उठी, "ये क्या दाँत निपोर रहे हो! शर्म आनी चाहिए।...काश, तुम मेरी जगह एक बूँद होते और महासागर में गिरकर अपना अस्तित्व खो बैठते तो तुम्हें पता चलता कि अपना वजूद खो देने की क्या व्यथा होती है।"

अब महासागर गुरु गम्भीर मुद्रा में आ गया। शान्ति से कहने लगा, "तू दुःखी क्यों हो रही है, प्रिय बूँद!"

"तो क्या करूँ, मेरा तो 'मैं' पन ही जाता रहा।"

"मैं क्या हूँ, प्रिय बूँद। जल बिन्दुओं का ही कमाल हूँ। असंख्य जल बिन्दुओं से बना महासागर हूँ।...तू मुझ में नहीं, अपने भाई-बहनों में मिली है।...तुम सबने मिलकर मुझे बनाया है वरना मेरा वजूद क्या? क्या अस्तित्व?"

वह बूँद सोचने लगी। उसे महासागर की बात तो ठीक लगी परन्तु वह बोली कुछ नहीं।

महासागर ने मिठास-भरे स्वर में कहा, "तुझे जरा भी अफसोस नहीं करना है, प्रिय बूँद।"

उस बूँद ने प्रश्नवाचक मुद्रा में महासागर को निहारा। समझने का प्रयास किया परन्तु कुछ पल्ले नहीं पड़ा।

महासागर ने उसे गहरी व्यथा से घिरा देखकर कहा, "यदि तू मुझसे अलग होना चाहती है तो यह कोई मुश्किल काम नहीं है।"

"कैसे?"

"तू सूर्य की किरणों की सहायता से बादलों में चली जा।"

"फिर?"

"फिर क्या, तू पुनः बूँद बन जा और बूँद के रूप में बरसकर प्यासी धरती की प्यास बुझा।"

अब उस बूँद का रोना झींकना समाप्त। गहरा सोच चालू।

विवेकानन्द ने सबको उस बूँद की तरह चुप पाकर कहा, "प्रो. एंजेलिना जोली और प्रिय विद्यार्थियो, आप लोग समझदार हैं। मुझे इस कहानी की व्याख्या करने की जरूरत नहीं है। मुझे लगता है कि बाहर कोई सज्जन मुझसे मिलने के लिए इन्तजार कर रहे हैं।"

वे सब उन्हें नमन कर उठ लिए और उस कमरे से बाहर आ गए। जॉन डी. रॉकफेलर ने कहा, "बटलर, अब तो अन्दर जाकर सूचना दो। मैं काफी समय नष्ट कर चुका हूँ।"

"चिन्ता मत करो, स्वामीजी, तुम्हें स्वयं बुला लेंगे।"

"मुझे इस चमत्कार की जरूरत नहीं है, बटलर। कृपया अन्दर जाएँ...मेरा समय, तुम जानते हो, किसी महात्मा-सन्त-स्वामी के लिए नहीं है।"

"ठीक है, जाता हूँ।" कहकर बटलर उठा खड़ा हुआ और अन्दर की ओर मुड़ गया।

विवेकानन्द ने बटलर को देखते ही कहा, "अभी दस मिनिट तक जॉन डी. रॉकफेलर को और प्रतीक्षा करने दो। ठीक दस मिनिट बाद उन्हें भेज देना।"

"परन्तु स्वामीजी, उन्हें जाना है।"

"बटलर, तुम चिन्ता मत करो। वह कहीं नहीं जाएँगे।...मुझसे मिलकर ही जाएँगे।"

बटलर ने लौटकर बता दिया कि दस मिनिट और प्रतीक्षा करनी पड़ेगी।

जॉन डी. रॉकफेलर ने कुछ नहीं कहा। वह एक पत्रिका के पृष्ठ पलटता रहा। मन ही मन सोचता रहा कि वह अपने धैर्य को नहीं खोएगा। शान्त बना रहेगा। उत्तेजित नहीं होगा। कदाचित् स्वामी यह सोचता है कि वह आवेश व उत्तेजना में आ जाए।

बुलावा आ गया। बटलर ने कहा, "जाइए।"

"तुम भी चलो।"

"नहीं, रॉकफेलर, तुम्हीं जाओ।"

वहाँ कोई नहीं था। उसने चारों ओर दृष्टि घुमाई। कुरसी पर बैठ गया। कुछ देर में विवेकानन्द शयनकक्ष की ओर से आए। जॉन डी. रॉकफेलर ने उन्हें नमन

नहीं किया और न विवेकानन्द ने उनकी ओर देखा। वे अपने स्थान पर चुपचाप बैठ गए।

"आप ही स्वामीजी हैं?"

"जॉन डी. रॉकफेलर, स्वामी तुम्हें आशीर्वाद देता है।"

जॉन डी. रॉकफेलर लज्जित हुआ। उसने विनम्रता से कहा, "क्षमा कीजिए, स्वामीजी, मेरा नमन स्वीकार कीजिए।"

विवेकानन्द उनके जीवन के उन प्रसंगों पर प्रकाश डालने लगे, जिन्हें उनके अतिरिक्त कोई नहीं जानता। वह सुनते रहे। आखिर में विवेकानन्द ने कहा, "कोई विशेष कारण...?"

"कोई नहीं। अतीत जानने में मेरी कोई रुचि नहीं।"

"फिर?"

"शायद आप मेरे बारे में जानते हैं।"

"हाँ, तुम कुबेर पतियों की श्रेणी में आना चाहते हो।"

"आशीर्वाद या टोटकों से नहीं...अपने उद्यम से...कठोर मेहनत से...सूझबूझ से।"

"कर्म स्वयं आशीर्वाद है।"

"कर्म के साथ विलक्षण प्रतिभा, गहरी अन्तर्दृष्टि और दिन-रात कठोर परिश्रम का स्वभाव जरूरी है।"

"बहुत धन है—कुबेरपतियों में अव्वल बनने की तुम्हारी बलवती इच्छा है। वह पूर्ण भी होगी परन्तु...।" कहकर विवेकानन्द चुप हो गए।

"आशीर्वाद से नहीं, उद्यम से।"

"जो धन इस समय भी तुम्हारे पास है, जॉन डी. रॉकफेलर, वह तुम्हारा नहीं है।"

"क्यों नहीं है?"

"उसमें नीचे से लेकर ऊपर तक के लोगों की भी भागीदारी है।...तुम मात्र उस अपार धन के संरक्षक हो।"

जॉन डी. रॉकफेलर मुस्कराए।

"तुम्हारा कर्त्तव्य है इस धन से संसार का परोपकार करो।...यही कारण है कि भगवान ने तुम्हें इतनी धन-दौलत दी है कि तुम लोगों का कल्याण कर सको।..यही तुम्हारा कर्तव्य है।"

"मुझे किसी की सलाह की ज़रूरत नहीं है।...मुझे क्या करना चाहिए, क्या नहीं, यह आपके सोचने का विषय नहीं है, स्वामी जी।"

इसके बाद वह वहाँ नहीं रुके। उनका मूड बिगड़ गया। उनको यह बुरा लगा कि उन्होंने उन्हें आदेश क्यों दिया? बटलर को चिन्ता हुई लेकिन उसने न जॉन डी. रॉकफेलर से पूछा और न स्वामी जी से। वह देखता रह गया कि एक सप्ताह बाद जॉन डी. रॉकफेलर फिर वहीं आए। बटलर के कुछ पूछने से पहले ही जॉन डी. रॉकफेलर ने कहा, "मुझे स्वामीजी से मिलवा दो। अन्दर से आवाज़ आई, "बॅटलर,

रॉकफेलर को अन्दर भेज दो।''

जॉन डी. रॉकफेलर अन्दर आ गया। विवेकानन्द अध्ययनरत थे। वह उनकी टेबल पर दूर से कागज रख कर बोले, ''आज तो आपको सन्तोष होगा?''

बिना उस कागज की ओर देखे वे बोले, ''क्या है इसमें?''

''देख लीजिए।''

''मैं तुम्हें देख रहा हूँ, रॉकफेलर।...तुमने इस कागज के साथ अपनी घृणा व्यक्त की है।''

''पहले देखिए तो सही।''

''जिस ढंग से तुमने कागज फेंका है, उससे लगता है कि इसे कचरे के डिब्बे में डालना चाहिए।...जल्दबाजी, उत्तेजना और घृणा व्यक्ति के चरित्र को प्रकट करते हैं।...खड़े क्यों हो, बैठ जाओ।''

जॉन डी. रॉकफेलर को उनका यह आदेश मानना ही पड़ा। वह बैठ गए।

''मैं कागज पढ़ता हूँ। रॉकफेलर, लगता है कि बदले में कुछ चाहते हो!'' कागज पढ़कर आगे कहा, ''यह जन के कल्याणार्थ योजना है।।...जो छोड़ सकते थे, वह राशि स्वेच्छा से छोड़ी नहीं लगती।''

''क्यों नहीं लगती?''

''क्योंकि उसके पीछे तुम्हारी नीयत में यशेच्छा है।...त्याग करो। जन के पैसे को जन को सौंपने में अहंकार नहीं होना चाहिए अन्यथा करना या न करना बराबर।''

जॉन डी. रॉकफेलर का भ्रम टूट गया। विवेकानन्द सहज बने रहे। उनके चेहरे पर न प्रसन्नता थी और न विषाद। वे हिले-डुले भी नहीं थे। जॉन डी. रॉकफेलर ने कहा, ''क्या आप इसके लिए धन्यवाद भी नहीं देना चाहेंगे?''

विवेकानन्द शान्त बने रहे। क्या कहें? उनके मन में चुहल सूझा। वे बोले, ''धन्यवाद तो तुम्हें मुझे देना चाहिए था क्योंकि यह विचार तो मैंने तुम्हें दिया था।...यह तुम्हारा सार्वजनिक कल्याणार्थ पहला बड़ा कदम है। तुम्हें सन्तोष होना चाहिए कि तुम धनराशि के वास्तविक संरक्षक बनने की दिशा में आगे आए हो। जाओ और भविष्य में यह प्रयत्न करना कि कितनी भी बड़ी सम्पत्ति छोड़ो तो तुम्हें छोड़ने का अहंकार-दर्प न सताए...।''

''आप यहाँ...!''

''मैं यहाँ तमाशा देखने या रुपया-पैसा कमाने नहीं आया प्रत्युत भारत के निर्धनों के लिए वे उपाय ढूँढ़ने आया हूँ, जिनसे वे भयावह गरीबी के जबड़े से बाहर आ सकें और आध्यात्मिक अनुभूतियों के आलोक में अपने को परख सकें कि वे मानवतावादी स्तर पर कहाँ जाकर टिकते हैं?''

जॉन डी. रॉकफेलर पहली बार शान्त चित्त हुए निष्काम व निस्पृह महापुरुष से साक्षात्कार कर रहे थे। विवेकानन्द कह रहे थे, ''जॉन डी. रॉकफेलर, अपार समृद्धि तथा अनन्त वैभव सम्पदा को तब तक चैन नहीं मिल सकता जब तक वह आध्यात्म जगत् की सौम्य, सात्त्विक और सहज अनुभूतियों से नहीं जुड़ जाएँ।...उत्तम वत्स अब तुम अपनी दुनिया के बेताज बादशाह बनने की डगर पर निरन्तर आगे बढ़ते

जाओ परन्तु निःस्वार्थ त्याग वृत्ति की उच्च महत्त्वाकांक्षा के शिखर पुरुष बनो।...यह जीवन परमात्मा का अमूल्य उपहार है। इसे सुरक्षित, सुन्दर और सुरभिमय बनाकर लौटाते हुए कहना है, "परमात्मा, तेरे आदेश का, जहाँ तक बन पड़ा मैंने अक्षरशः पालन किया और तेरी दुनिया की भरपूर सेवा की।...फिर भी हो सकता है कि कुछ कमी रह गई हो, मैं नहीं जानता, उसके लिए...हे कृपालु मुझे क्षमा करना।...जिस दिन तुम इस संकल्प को दोहराने योग्य अपने को बना लोगे, उस दिन तुम ईसा के सच्चे सुपुत्र और पवित्र सन्तान हो जाओगे।...यही हम सबके जीवन का लक्ष्य है।...इसीलिए उसने यह सृष्टि बनाई है कि तुम भी उस जैसे सृजन यज्ञ के अक्षय आनन्द में बराबरी की भागीदारी निभाने के अमृत संकल्प से जुड़ सको।...जाओ, अमृत-पुत्र, जाओ और उस अलख की ज्योति से जगमगाने की अनुभूति सबको कराओ और समुद्र में बूँद बनकर मिलने का अपूर्व आनन्द लो।"

ऐसी वाणी जॉन डी. रॉकफेलर ने कभी नहीं सुनी और न वे कभी शब्दों के ज्योतिर्गमय हो जाने की अनुभूति से जुड़े। उनका एक-एक शब्द उनके हृदय में अनुगूँज रहा था।

विवेकानन्द उठ खड़े हुए।

जॉन डी. रॉकफेलर उनके चरणों की ओर झुके। पहली बार वह दूसरे के आदेश और परामर्श के प्रति हृदय से आभारी हुए। उसके दिलोदिमाग़ में चर्च की घंटियाँ बज उठीं। वह लौट पड़ा। बाहर बटलर उत्सुकता से उसकी प्रतीक्षा कर रहा था। उसने देखा कि जॉन डी. रॉकफेलर के मुखमंडल पर शिशु सदृश निर्मल, प्रसन्न और आनन्दित भाव मँडरा रहे हैं। उनका हृदय द्रवीभूत है। वह अपूर्व और दिव्य लोक से मानो अभी-अभी लौटे हैं। फिर बटलर क्या पूछता उससे और क्या उत्तर देता वह जो सम्पूर्ण जीवन की सम्पदा को अर्पित कर आया हो।

जॉन डी. रॉकफेलर कार तक अति मन्थर गति से आए। ड्राइवर ने पिछला दरवाजा खोला। वह तनिक और रुके और बटलर की ओर कनखियों से देखते हुए कहा, "दोस्त, तुम सत्य कहते थे। मैं माँ से मिलकर आ रहा हूँ जो कब से अपने खोए बेटे के लौटने की प्रतीक्षा में थाल सजाए बैठी हुई थी।...वह इंसान नहीं, ईसा का अमर सन्देशवाहक है।" वह कार में जा बैठे। बटलर को उत्तर देने का कोई अवसर नहीं था।

कार मुड़ी और दौड़ने लगी। मन ही मन वह उन क्षणों का आनन्द ले रहे थे, जिन क्षणों में वह नहीं रहे थे—बूँद बनकर समुद्र में मिल चुके थे। वह अपार धन-सम्पदा के स्वामी बन सकेंगे परन्तु उससे आगे। धन-सम्पदा जड़ है, जड़ता के सुख से जोड़ सकती है उससे चैतन्य के आनन्द से कैसे जुड़ा जा सकेगा, वह मार्ग तो अब उन्हें नज़र आया है—धरती से स्वर्ग तक जाने वाला पवित्र मार्ग, जिस पर ईसा के कोमल पाँवों के चिह्न आज तक अंकित हैं। वह तनिक मुस्कराए और आँखें मूँदकर स्वामीजी की कृष्ण झाँकी में लीन हो गए।

समय मुट्ठी में बँधी रेत सा है। उसे जितना जोर से दबाकर रखना चाहोगे, वह उतनी तेजी से मुट्ठी से फिसलने लगेगा। फिर मुट्ठी में क्या बचेगा? तब आने की उत्सुकता थी, अपरिचय से परिचय पाने की आतुरता थी और संकोची भावना थी परन्तु अब जब वे लौट रहे हैं—मई 1893 ई. से जनवरी 1897 ई. में तब व्यतीत किए चार साल उनकी अक्षय स्मृति में उत्सवानुभूति में डूबे हुए हैं। पोत का बराबर उठने-डूबने का एहसास उनको नहीं सता रहा है, क्योंकि वे महात्मा बुद्ध की तरह स्थिर हैं, चल तो अंगुलिमाल रहा है।

ख्याति के पंखों पर सवार इन्सान आसमान में तो उड़ सकता है परन्तु अपनी धरिणी माँ की सोनी सुगन्ध में अपने पंखों को फड़फड़ाकर उसे अपने अबोध शिशु की किलकारियों से आनन्दित नहीं होने दे सकता। यह कैसी विडम्बना है! परन्तु विवेकानन्द अभी तक वही शिशु बने हुए हैं, माटी से सने हाथों को अपनी माँ के गालों पर पोंछकर किलकारी से भरकर नाच रहे हैं। उन्हें भुवनेश्वरी डाँट रही है, "बिले, आज आने दे अपने दादा को तब तेरी मरम्मत करवाऊँगी। सारे दिन धमा-चौकड़ी। मस्ती। उधम-दंगा। पड़ोसिनों की शिकायतें। क्या इसीलिए मैंने तुझे शिव से माँगा था!...शिव क्या अपने बचपन में कम शैतान थे।...अरे, ये तो मेरी ही मति मारी गई थी जो यह जानते हुए कि वे भूतेश्वर बाबा हैं, उनसे माँगोगे तो भूत के अलावा और क्या मिलेगा?...सो साक्षात् भूत सामने खड़ा कर दिया।"

"क्यों रे तू कितनी दफे कान पकड़ चुका है और कितनी बार मेरी कसम खाकर उठक-बैठक लगा चुका है पर तेरे कान पर जूँ तक नहीं रेंगी।...वही उद्दण्डता, वही कारनामे जिनको सुन-सुन कर कोई भी माँ अपने को धिक्कारने लगेगी।...बिले, मान जा! नहीं तो मैं तेरे से कभी भी बात नहीं करूँगी।"

"ना माँ, ना, ऐसा कभी मत सोचना।...मैंने तुझे दुःख पहुँचाया।...ले माँ मुझे मार...जी भर कर मार।" और भुवनेश्वरी का हाथ पकड़कर अपने को मारने लग जाते।

भुवनेश्वरी का हृदय भर आता। वह उसके सिर पर हाथ फेरकर पुचकारने लगती।

मात्र पूछा था, वह भी दूर से। सामने कहाँ थी वहाँ माँ। पिता रहे नहीं थे। कंगाली घर पर पहरा दिए थी। विधवा माँ किसके सहारे रहेगी, इसकी उसने चिन्ता नहीं की कि चूल्हे में धुआँ उठेगा तो कैसे!...और अनुमति दे डाली—"जा बिले, तू जा। तेरे से इस भुवन के लिए जो बन पड़े कर, उसी से मैं खुश हूँ।...मेरा आशीर्वाद सदा तेरे साथ है।"

उस भोली ने बिना सोचे-समझे शिव शम्भु की तरह आशीर्वाद दे दिया। उसे क्या मालूम कि सात समन्दर क्या होते हैं! सोच लिया था कि चारेक माह में लौट आएगा।...उसे क्या पता था...पता उसे भी नहीं था कि चार माह की जगह चार साल लग जाएँगे लौटने में।

कुत्ते की पूँछ चाहे बारह वर्ष तक गाड़े रखो, निकलेगी तो वह टेढ़ी की टेढ़ी। वह वयोवृद्ध सज्जन आते और कहते, "बिले की माँ, तेरा छोरा बावरा हो गया है।

तू उसे सँभाल ले वरना... ।''

''वरना क्या?''

''क्या बताऊँ?''

''खुद तो खुद वह दूसरों के भी हाथ-पाँव तुड़वा बैठेगा।''

''क्यों? ऐसा क्या किया उसने!''

''क्या नहीं किया?...वह पास का मकान है—सुव्रत बाबू का।''

''हाँ, तो?''

''उनके आँगन में एक पेड़ है।''

''है—बड़ा पेड़।...तो?''

''तुम्हारा प्रिय बिले खुद उस पर चढ़कर उलटे सीधे करतब दिखलाये, एक डाल से दूसरी डाल पर छलाँगें लगाईं, उलटा लटका...कुछ भी करे तो कम से कम शोरगुल तो नहीं होगा।...वो अपने संगी साथियों को इकट्ठा कर ऐसी उछलकूद करता है—धींगा मस्ती मचाता है कि मन काँप-काँप जाता है।...हर पल यह शंका सताती रहती है कि कहीं कोई गिर-विर पड़ा तो हाथ-पॉव टूट-टाट जाएँगे और इस नेकनामी का घड़ा तुम्हारे सिर फूटेगा।''

''शिव...शिव...शिव...क्या करूँ! कुछ तुम्हीं करो। मैंने क्या उससे कुछ कहने के लिए किसी को रोका है?''

''हाँ तभी तो...इसने सारे दिन का शोरगुल और ऊपर से अन्देशे से घिरा रहता मन...कहीं कोई गिर न पड़े। लेने के देने पड़ सकते हैं।...यही सब उधेड़बुन में डूबा रहता मन। टोकाटाकी, चिल्ल-पों से इन चिकने घड़ों पर कोई असर होने वाला नहीं था तो मैंने... ।'' कहते-कहते वह वयोवृद्ध सज्जन रुक गए। उनकी आँखों में हलचल हुई।

''आगे... ।'' भुवनेश्वरी देवी का सूखता कंठ यही कह पाया।

''मैंने तरकीब से काम निकालना चाहा।...एक कल्पना गढ़ी।...ब्रह्मराक्षस का सहारा लिया।''

भुवनेश्वरी देवी का मन हिला। पूछ बैठी, ''ब्रह्मराक्षस!''

''हाँ ब्रह्मराक्षस—मेरी कल्पना का ब्रह्मराक्षस!'' यह कहते हुए उसका चेहरा कुछ सख्त हुआ। आँखों के सामने भय ने कपाट खोलकर बाहर झाँका। वह होंठ चबाकर कुछ सोचते रहे।

''फिर?''

''मैंने कहा—देखो, बच्चो, इस पेड़ पर ब्रह्मराक्षस रहता है—बड़े-बड़े दाँतों वाला, सांड से भी बड़ा भीमकाय...सींगों वाला।...तुम इस पेड़ पर दिन-रात चढ़ते रहते हो।..किसी दिन उसका दाँव लग गया तो वह तुम में से किसी की गरदन पकड़ लेगा, मरोड़ डालेगा—मार डालेगा।''

''छि...छि...छि...मार डालेगा...शिव...शिव...शिव ऐसी निर्मम कल्पना और वह भी इन बच्चों के लिए।'' भुवनेश्वरी देवी का हृदय काँप गया। उनके सामने साक्षात् बेडौल और भयंकर ब्रह्मराक्षस बिले की गरदन दबाने लगा।

“आगे तो सुनो!”

“आगे क्या सुनूँ, बाबा! अबोध बच्चे हैं। यदि उनके मन में हौल बैठ गया तो वे बेमौत मारे जाएँगे। ...डर बुरी बला है। एक बार पीछे पड़ गई तो ताजिन्दगी नहीं छोड़ती।...यह आपने अच्छा नहीं किया बाबा!” भुवनेश्वरी देवी का हृदय काँप उठा उस दुःस्वप्न के नुकीले दाँत वाले राक्षस की कल्पना से।

“सब बच्चे डर गए और उन्होंने पेड़ पर चढ़ना छोड़ दिया।”

भुवनेश्वरी देवी ने राहत की साँस ली। कहा, “चलो, संकट टला।”

“संकट कहाँ टला?”

“क्यों?...”

“तुम्हारे बिले ने तो गज़ब कर दिया। इधर मेरी बात खतम हुई, उधर वह पेड़ पर चढ़ने लगा। साथियों ने उसे रोका। ब्रह्मराक्षस की बात दोहरायी। ...वह पेड़ की डाली पर मजे से बैठा हुआ बोला, “तुम क्या मूर्ख हो? तुम में हर एक उस पेड़ पर चढ़ा है—एक डाल से दूसरी डाल पर कूदा है।...और उस समय, पेड़ पर चढ़ा हुआ मैं ब्रह्मराक्षस को ललकार रहा हूँ—ऐ ब्रह्मराक्षस वास्तव में तुम्हारा यहाँ डेरा है और तुम अपने आपको तीसमार खाँ समझते हो तो सामने आओ। दो-दो हाथ आजमाओ। तुम्हें अपनी ताकत की गलतफहमी दूर हो जाएगी और मुझे अपनी औकात का पता चल जाएगा।”

साथियों ने चारों ओर देखा। फिर बाबा की ओर उन्होंने निगाहें घुमाई। बाबा सकपका रहा था।

बिले जोर-जोर से हँस रहा था और कह रहा था, “बाबा, तुम्हारा वह खूंखार ब्रह्मराक्षस कहाँ भाग गया?...दोस्तो, ब्रह्मराक्षस हमें डराने की बाबा की एक चाल है।...याद रहे, हर वस्तु की परख करो, उस पर खूब विचार करो और फिर उस पर विश्वास करो—आँख मूँद कर विश्वास करना मूर्खता है।” इतना कहकर वह जोर-जोर से हँसने लगा।

वह वयोवृद्ध व्यक्ति निराशा से भुवनेश्वरी देवी की ओर देख रहा था। भुवनेश्वरी देवी अन्दर ही अन्दर मुस्कराकर उठ खड़ी हुई थी।

पोत फिर जोर से हिला। लहरों में तूफान उठा। हवाएँ खूँटा तोड़कर भाग खड़ी हुईं। जिधर देखो, उधर हलचल। शंकाएँ कन्धे छूकर फुसफुसा रही थीं। वह भी ऐसा ही समय था, जब वे नार्दम्पटन और लीन से बोस्टन आए थे। स्नानागार में उन्होंने पहले जल को मस्तक से और फिर हृदय से स्पर्श किया था और जोर-जोर से मन्त्रोच्चारण करने लगे थे। वे बोस्टन में श्रीमती ब्रीड के यहाँ ठहरे थे। तब वे काले रंगे के नए गाउन को पहनकर बाहर आए थे। बोस्टन और हावर्ड विश्वविद्यालय में उनके तीन-तीन व्याख्यान हुए थे। वे तेरह डालर का एक पाइप खरीद चुके थे। उनके व्याख्यान से अच्छी कमाई होने लगी थी। एक व्याख्यान के उन्हें एक सौ से एक सौ सत्तर रुपये तक मिलने लगे थे। उनके पास कुछ रुपये जुड़ने लगे थे।

बिजली भी अभी गिरनी थी। ‘नार्दम्पटन डेली हेराल्ड’, ‘बोस्टन’, ‘इवनिंग ट्रान्स क्रिप्ट’, ‘क्रिश्चियन एडवोकेट’, ‘डिट्राएट ट्रिब्यून’, ‘डिट्राइट जरनल’ आदि

अचानक उन पर टूट पड़े और उन्हें रंगीला बाबू, युवतियों से घिरा बदचलन साधु, कानन्द की कमर तथा जाँघों को उघाड़कर दर्शाया गया स्वप्न, अवयस्क नौकरानी से सम्बन्धों की गाथा, 'सेवर हॉल' के सामने जहाँ उन्होंने व्याख्यान दिया था, टँगा एक पोस्टर जिसमें उनको एक अर्द्धनग्न लड़की के साथ दिखाया गया था।

मिशनरियाँ उनके पीछे पड़ी थीं और प्रतापचन्द्र मजूमदार अमेरिका में अपनी चाल में सफल नहीं होने की वजह से कलकत्ते आकर उनका चरित्र हनन करने लगे थे। उन पर जालसाज, ठग, बहु स्त्रीगामी आदि के आरोप लगवा रहे थे। उन्हें हिन्दुओं के किसी समप्रदाय का प्रतिनिधि न बताकर खिल्ली उड़ा रहे थे। वे गायक हैं। अभिनेता हैं।

उधर 'डिट्राएट फ्री प्रेस', 'आउट लुक', 'बोस्टन डेली एडवरटाइजर' आदि ने उन्हें स्वेच्छाचारी रमणी प्रेमी आदि संज्ञाएँ दे दीं। 'इण्टीरियर' पत्रिका ने उनके सम्बन्ध में भोंडे समाचार छापे। मिशनरियों को मिलने वाले दान में दस लाख पौंड की कमी आ गई। वे तिलमिलाए और ऐलान कर बैठे कि उस दुष्ट विवेकानन्द का वे सर्वनाश करके रहेंगे।

उन्हें इस दुष्प्रचार का जरा-सा भी मलाल नहीं था और न चिन्ता थी। इस कारण बहुतों के कहने पर भी उन्होंने दूषित, गन्दे और अश्लील दुष्प्रचार का प्रतिवाद नहीं किया। 'बोस्टन डेली एडवरटाइजर' से ब्लू बारबर उनसे साक्षात्कार लेने आया। वह पूछने लगा, "आप यहाँ कब तक रहेंगे?"

"जब तक मन चाहेगा और अमेरिका सरकार को आपत्ति नहीं होगी।"

"पर क्यों?"

"यहाँ जीवन में आ रही दरारों को भरने के लिए और वेदान्त की पहचान कराने के लिए।"

"आपके दुराचरण से परेशान होकर श्रीमती बागले, मिशीगन के भूतपूर्व गवर्नर की पत्नी, ने अपनी अल्पवयस्क नौकरानी को निकाल दिया।"

"यह सब छप चुका है।"

"आपको क्या कहना है?"

"इसके लिए कृपया आप श्रीमती बागले से पूछें और उनकी बात पर विश्वास करें। और यदि नीर-क्षीर विवेकी बनने की इच्छा हो तो उस नौकरानी से जाकर पूछें। थोड़ी मेहनत तो करनी पड़ेगी।"

"आपको कुछ नहीं कहना?"

"नहीं।"

"श्री हेल ने अपनी पुत्रियों को आपसे मिलने से रोका है?...क्यों?"

"क्योंकि उनकी दोनों अविवाहित पुत्रियाँ यहाँ मेरे साथ बैठी हुई हैं।... उनसे पूछकर देखिए—परन्तु मेरे सामने नहीं, अलग से।" कुछ रुककर विवेकानन्द ने कहा, "आप भाग्यशाली हैं। श्री बागले और उनकी वह नौकरानी जिसे आपके अखबार ने विवश होकर निकालना पड़ा लिखा है, "वे आ रही हैं।"

ब्लू बारबर को ठंड में भी पसीने आ गए। परन्तु वह झेंप के कारण रूमाल

निकाल कर अपना मुँह नहीं पोंछ पा रहा था। विवेकानन्द ने कहा, "ब्लू बारबर, कृपया पहले अपना पसीना पोंछ लें। मुझे दुःख तो इस बात का है कि यहाँ पत्रकारिता का चरित्र अविश्वसनीय है। यह यहाँ की सेहत के लिए अशुभ लक्षण है।...मुझे और कुछ नहीं कहना है और जो कहा है, वह छपेगा नहीं क्योंकि पत्रकारिता पर उँगली उठती है।" विवेकानन्द उठकर चल दिए। ब्लू बारबर पसीना पोंछता हुआ रह गया।

यह कैसा देश है कि भौतिक प्रगति के सामने शेष सबको गौण मानकर चल रहा है। प्रगति में न्याय-अन्याय, अधिकार-अनाधिकार, सत्य-असत्य आदि किसी की भी चिन्ता नहीं कर रहा है। एक ओर बैपटिस्ट, मेर्थोडिस्ट, प्रेसबिटेरियन आदि सभी उनमें आस्था रख रहे हैं और दूसरी ओर मुट्ठी भर धर्माचार्य उनके पीछे हाथ धोकर पड़े हैं। वे कैसे धर्माचार्य हैं जो ईर्ष्या-द्वेष से बेतरह जल रहे हैं। और वे सफेद झूठ बोल रहे हैं।

अचानक उनमें तनाव ऐंठा। वे विचलित हो उठे। साक्षात् उनकी माँ भुवनेश्वरी उनके सामने आ खड़ी हुई और उपेक्षा की दृष्टि से उनकी ओर देखकर बोली, "तू चाहे स्वामी हो जा या संन्यासी बिले, उससे मुझे क्या फर्क पड़ता है? पर तूने जो किया, उससे मुझे फर्क पड़ा है।" भुवनेश्वरी देवी का वृद्ध शरीर जूड़ी के ज्वर-सा काँप रहा था।

"यह तू क्या कह रही है, माँ?"

"वही जो कुछ तूने किया है, बिले! तूने मेरी कोख को बदनाम किया है। सारा कलकत्ता क्या...सारा देश तेरे नाम पर थू-थू कर उठा है।"

"यह सब झूठ है माँ!"

"माँ जगदम्बे ने तेरे पिता के साथ मुझे क्यों नहीं उठा लिया? आखिर यह दिन तो न देखना पड़ता।"

"यह साजिश है माँ! तू मेरा विश्वास कर माँ।" विवेकानन्द हाथ जोड़कर कहते। उनकी माँ का कितना विशाल हृदय है कि उसने अपने हृदय के टुकड़े को धर्म प्रचार के लिए दान कर दिया, बिना यह जाने सोचे कि उनका बुढ़ापा निस्सहाय होकर कैसे कटेगा? वह कितनी अकेली रह जाएगी। पर उससे क़्या? उनका बेटा सारे जग के कल्याण के लिए प्रयत्न करेगा। वह उनके लिए अधिक महत्त्वपूर्ण था।

"किसको पड़ी है कि तुझ जैसे भिखारी के लिए कोई अपना कीमती समय खराब करे! अरे तू है ही क्या?...यह तो सारा देश भिखारी से बदतर स्थिति जी रहा है पर है तो अपने घर में ही।...तूने बाहर जाकर भीख माँगी। गौरांगनाओं के तलवे चाटे। थू...थू...तूने ब्रह्मचर्य धर्म की मज़ाक बनाई है।...तू मेरी कोख से जन्मा नहीं है...कलमुँहे...तू मेरे सामने से दूर हो जा।...तेरे से तो बिन औलाद ही ठीक थी।...नहीं...नहीं...मैं इस कलंक को लेकर नहीं जी सकती।" कहती हुई वह छत की ओर भाग खड़ी हुई।

"नहीं माँ, नहीं...माँ, तेरे सिर की कसम, मैं निर्दोष हूँ।...मैंने कोई पाप नहीं किया।...यह सब मिथ्याचार है। कापुरुषों का जाल है।...सत्य कभी भी मिथ्या के

साथ मेल नहीं करेगा। चाहे सारी दुनिया मेरे विरुद्ध खड़ी हो जाए तो भी विजय सत्य की होगी।''

जोर का धमाका।

''नहीं, माँ...नहीं।'' कहते हुए विवेकानन्द ने आँखें खोल दीं। हृदय धड़धड़ा रहा था। उनकी आँखों के सामने भयावह स्वप्न था।

तब वे न्यूयार्क में थे—कुमारी मेरी फिलिप्स के घर में! पहाड़ी झील, नदी, भरपूर हरियाली ने जहाँ उनका मन मोह लिया था और जहाँ वे एक मठ की स्थापना का निश्चय मेरी फिलिप्स पर कर चुके थे।

मेरी फिलिप्स ने चौंककर पूछा, ''क्या हुआ?''

विवेकानन्द उठकर बैठ गए थे। आँखें मल रहे थे। देर रात वे निशा भोज से लौटे थे, लगभग दो बजे। मेरी फिलिप्स जग रही थीं जब वे लौटे थे। वह उनकी प्रकाशित पुस्तक पढ़ रही थी। घड़ी की ओर उसने देखा—सुबह के चार बज रहे थे।

विवेकानन्द ने मेरी फिलिप्स को अपना स्वप्न सुना दिया। वह बोली, ''आप भाग्यशाली हैं जो हजारों मील दूर होकर अपनी माँ की चिन्ता में हैं। उन्होंने कहा था, ''मेरी माँ अत्यन्त धर्म परायण है। वह मेरे मिथ्या चरित्र हनन के किस्से सुनकर सदमे से ही मर जाएगी।...मजूमदार कलकत्ते का ही है...मेरे गृह नगर का।. ..क्या मिला उसे इस सबके करने से?''

''वहाँ तो सारी भ्रान्तियाँ दूर हो चुकी हैं। फिर क्या है?''

''है, मेरी है, माँ यही मानेगी कि दाल में कुछ काला तो था ही।''

''कुछ नहीं मानेंगी।...यहाँ हमारे आपके सिवा कौन है?...हमारे सम्बन्धों के बारे में कोई कुछ भी कह सकता है। लेकिन हम क्यों डरें? मुझे आपके इस कथन से बड़ा आत्मबल मिला, जिसमें आपने कहा था—स्त्री-पुरुष परस्पर पूरक हैं। यौन सम्बन्ध नहीं भी बनें तो भी वे पूरक हैं। तब तक वे पूरक ही रहेंगे जब तक वे भावनाओं से एक नहीं हो जाते—एक दूसरे की जरूरतें नहीं समझते।...हर स्त्री को अपने में एक पुरुष को जीना होगा और पुरुष को एक स्त्री।...है न!...''

''हाँ, है।''

''आप किस स्त्री को जी रहे हो?''

''हर उस स्त्री को जो मेरी माँ बन सकती है...मेरी बहन बन सकती है।...तुम मेरी बहन बनना पसन्द करोगी या माँ?''

मेरी फिलिप्स खिलखिला पड़ी। उसके अरुण होंठों पर कमल खिल उठे। उसकी मदमाती आँखें चंचल हो उठीं। वह बोली, ''न बहन और न माँ।''

''तो?''

''डरो नहीं, ब्रह्मचारी, मैं भार्या भी नहीं बनूँगी।...आपने पुनर्जन्म की बात की है। मैं उस पर आस्था रखती हूँ और इसलिए इस जीवन में मैं मात्र आपकी मित्र बनी रहूँगी और अगले जन्म के लिए वही प्रार्थना करूँगी कि भार्या बनूँ।...पर नहीं...वह मैं क्या कोई भी नहीं बन सकता क्योंकि आपका अगला जन्म नहीं

होगा—आप मोक्ष पा जाएँगे और हम वासना के कीड़े एक जन्म के बाद अगला जन्म लेते रहेंगे...चौरासी लाख योनियों से गुजरेंगे।...है न!'' मेरी फिलिप्स का आकर्षक मुखमंडल मुस्करा रहा था।

यह सच था सिर्फ मेरी तक नहीं, बल्कि अन्य उस जैसी सात्त्विक, भाव प्रधान और कोमल हृदय की युवतियाँ तक जिनमें से कई तो उनसे प्रणय निवेदन कर चुकी थीं और उन्होंने उसकी उपेक्षा न कर कहा था, ''प्रणय को ही तप बना लो तो वह ईश्वर बन जाएगा।...भावनाओं का व्यापार नहीं होता।''

''और जो व्यापार करते हैं वे?''

''हानि-लाभ, सुख-दुःख, यश-अपयश, जीवन-मरण के चक्कर में पड़कर उसे भूल जाते हैं, जिसके लिए उनका जन्म हुआ था।''

''तो मैं क्या करूँ?''

''प्रणय।''

''किससे?''

''सबसे।''

''क्या? सबसे!''

''हाँ सबसे... ।''

''ऐसा कभी किसी ने किया है क्या?''

''हमारे यहाँ मीरा हुई है।...उसने प्रणय किया था।...तुम मीरा मत बनो परन्तु घृणा, द्वेष, ईर्ष्या से ऊपर उठकर सारी मानवता से प्रणय करो—उनकी सेवा करो जो अपनी सेवा नहीं कर पा रहे हैं—ब्रह्मचर्य व्रत का यही मतलब है कि व्यक्तिगत कामनाओं से ऊपर उठकर इस संसार को सुख-आनन्द से भरने के लिए सबसे प्यार करो।''

''सबसे... ।'' कहकर मेरी फिलिप्स हतप्रभ सी विवेकानन्द की ओर देखने लगी—वे अनाविल बने हुए थे...प्यार से लबालब और शान्त-स्थिर चित्त। उनमें कोई विकार नहीं था—एकदम शिशवुत्। सहज।

''प्रणय प्रतिदान नहीं जानता, मेरी।''

''धन्यवाद।...मुझे ये संवाद याद रहेंगे। इन संवादों का प्रतीक बनेगा यहाँ मठ! मठ के लिए अनुमति देने से इनकार तो नहीं कटेंगे?'' मेरी फिलिप्स का कोमल स्वर अनुगूँज उठा।

विवेकानन्द कब से प्रयास कर रहे थे कि वहाँ कहीं मठ की स्थापना को कोई आगे आए। वे कहने लगे, ''मेरी, मैं तुम्हारे इस विचार का स्वागत करता हूँ। मेरी भी हार्दिक इच्छा थी पर किसी पर प्रकट नहीं कर सका।...पुनः साधुवाद।''

पोत इस बार बहुत तेजी से हिला-डुला। हवाएँ तूफानी हो गईं। वे बाहर आए। उनके सामने 'मरीन न्यूँज' के सह सम्पादक आ खड़े हुए। कहने लगे, ''मैं ब्राउनिंग मार्क्स हूँ।...आपको तलाश रहा था। मुझे सूचना मिली थी कि आप इस जहाज से यात्रा कर रहे हैं।''

''जी हाँ।...क्या हम लोगों को केबिन की ओर लौटना चाहिए?'' विवेकानन्द

ने कहा।

"हाँ, यह ठीक रहेगा। यहाँ बहुत शोर है।"

फिर वे केबिन में आ गए। ब्राउनिंग मार्क्स ने कहा, "अनुमति हो तो मैं आपका साक्षात्कार ले लूँ।"

विवेकानन्द ने ध्यान से ब्राउनिंग मार्क्स की ओर देखा और कहा, "मार्क्स, बात अनुमति की नहीं है, उसे अक्षरशः छापने की है क्योंकि तोड़-मोड़ बहुत हो जाती है। फिर लगता ही नहीं कि मैंने क्या कहा था और उसका सन्दर्भ क्या था?...उस साक्षात्कार से क्या लाभ?"

"ऐसा नहीं होगा।"

"मुझे भय यह है कि पत्रकारिता पाखंड हो गई तो उसके परिणाम सारे विश्व को दारुण कष्ट देंगे।...पत्रकारिता में से पारदर्शिता को लुप्त हो जाने दीजिए, विश्व शीघ्र ही विनाश की ओर जा लगेगा।..."

"आप विश्वास कीजिए।"

"मुझे तो विश्वास है, मार्क्स, पर क्या तुम्हें भी अपने पर विश्वास है? यह प्रश्न उत्तर देने के लिए नहीं, मनन करने के लिए है।...मैं अमेरिका योरुप आदि से होकर लौट रहा हूँ तो मुझे अनुभव हुआ कि पत्रकारिता जमीन से कट कर चन्द बड़े व प्रभावशाली व्यक्तियों की दासी होती जा रही है। वह समाज और व्यक्ति के साथ विश्वासघात करने में नहीं चूकती। मनगढ़न्त आधारों पर किसी का चरित्र हनन करने में देर नहीं लगाती।...मैं उसका भुक्तभोगी हूँ।"

"मैं आप से वादा करता हूँ।"

"वादा नहीं, यह लिखकर दीजिए कि इस साक्षात्कार के छापने से पूर्व उसकी प्रति मुझे उपलब्ध करवाएँगे।"

"ठीक है।" कहकर उसने लेटर पैड पर लिखकर दे दिया।

"पूछिए, क्या पूछना चाहते हैं?"

"क्या आप ब्राह्मण हैं?"

"नहीं, मैं कायस्थ हूँ।"

"शास्त्रों के अनुसार ब्राह्मण ही संन्यास ले सकता है?"

विवेकानन्द ने मुस्कराकर कहा, "हर एक ब्राह्मण सन्ध्या के समय जिन चित्रगुप्त से प्रार्थना करता है, मैं उन्हीं के वंश से हूँ। इस तरह यदि ब्राह्मणों को संन्यास का अधिकार है, तो मेरा उनसे पहले है।"

"आप चार साल विदेश में रहे हैं?"

"हाँ।"

"तो बहुत पैसा लेकर आए हैं और काफी पैसा पहले से भेजते रहे हैं?"

"आप संन्यासी से पैसों की बात मत कीजिए, मार्क्स!"

"आपके भाषण टिकिट से होते थे। एक भाषण का आपको एक सौ से डेढ़ सौ तक डालर मानदेय के रूप में मिलते थे।"

"ज़रूर मिलते थे।...आपको शायद यह नहीं मालूम कि मैं शिकागो में ट्राम

से यात्रा करता हुआ उस स्टेशन पर उतरना भूल जाता था, जहाँ उतरना होता था।..और इस तरह दिन में मुझे कई बार कवायद करनी पड़ी।'' विवेकानन्द ने सहज होकर कहा, ''और आपके लिए इस प्रश्न का उत्तर प्राप्त करना ज्यादा महत्त्वपूर्ण हो तो कृपया आप मेरे आयोजकों से सम्पर्क करें।''

''आपको लाइसियम ब्यूरो ने मानदेय के आधार पर व्याख्यान के लिए अनुबन्धित किया था—तीन साल के लिए।''

''वह अनुबन्ध चार माह में टूट गया।''

''क्यों?''

''क्योंकि कम्पनी वाले कोरे व्यापार पर उतर आए थे।''

''कम्पनी तो व्यापार करेगी ही।''

''पहले मैं नहीं जानता था।...जब जानकारी मिली तो आनन-फानन में अनुबन्ध तोड़ दिया।''

''उससे कम्पनी को घाटा हुआ?''

''मुझे नहीं मालूम।...आप वही प्रश्न कीजिए जिनके पूछने से समाज को लाभ पहुँचता हो। बेहतर हो यदि आप पहले प्रश्न पढ़कर सुना दें ताकि मैं किन प्रश्नों को किस क्रम में उत्तर दूँगा, यह बता सकूँ।''

''सुलीवान पादरी ने आपका सर्वाधिक विरोध क्यों किया?''...बजाय प्रश्नों की सूची सुनाए ब्राउनिंग मार्क्स ने एक नया प्रश्न जड़ दिया।

''मैं सुलीवान को नहीं जानता।''

''आप इन चार वर्षों में जहाँ-जहाँ गए उनमें से यादगार के तौर पर आप किन-किन स्थानों का उल्लेख करना चाहेंगे?...याद रहे अभी आपने कहा था, स्थान नाम के मामले में आपकी यादगार धोखा दे जाती है।''

''मुझे सभी जगहें पसन्द आईं—डिट्राएट जहाँ मैं अनेक बार व्याख्यान देने गया।...निण्डे कट्टर मेथोडिस्ट सम्प्रदाय के एक अति प्रभावशाली धर्म प्रचारक थे।..मुझे याद पड़ता है कि अखबारों पर उनका भय इतना गालिब था कि उन्होंने मेरे भाषणों के महत्त्वपूर्ण अंश उड़ाये और सार-संक्षेप से ज्यादा नहीं छपने दिया।...वहाँ यूनिटेरियन चर्च में 'ईश्वर प्रेम' पर जो व्याख्यान दिया था, उसने सबके मन में ईश्वर की स्नेहमयी माँ की स्थापना कर दी।...ओहियो प्रान्त के आड़ा नगर, मुझे बे-सिटी के किसी चर्च में व्याख्यान देने की आज्ञा नहीं मिली तो दूसरी जगह व्याख्यान हुए और जमकर भीड़ रही।'' विवेकानन्द तनिक रुके। हँसे और बोले, ''ये क्षेत्र रुढ़िवादी व संकीर्ण विचारवालों के थे परन्तु अमेरिका मन-मानस बदल रहा है वरना मेरा वहाँ कोई व्याख्यान नहीं हो पाता। अमेरिका के ख्यातिप्राप्त अज्ञेयवादी वक्ता इंगरसोल से मुलाकात हुई। उन्होंने मुझे सावधान कर दिया कि मैं अधिक साहसी व स्पष्टवक्ता न बनूँ। आज से पचास साल पहले पूर्व देश के धर्म प्रचारक को फाँसी पर लटका दिया जाता या जिन्दा जला दिया जाता था।...वे धर्म विरोधी थे।...एक बार कहने लगे, ''स्वामीजी, इस जगत् के अलावा क्या कुछ है, यह कहना मुश्किल है। इसलिए इस जगत् से जितना सम्भव हो लाभ ले लो—संतरे को जितना निचोड़ा जा सके,

निचोड़ लीजिए।''

उन्हें चुप पाकर ब्राउनिंग मार्क्स ने पूछा, ''क्या इस सम्बन्ध में आपने भी कुछ कहा?''

''हाँ, मैंने उनसे कहा, मैं अमर हूँ। मुझे हड़बड़ी नहीं है। कोई भय भी नहीं है। अतः आराम से रस निचोड़ूँगा। मैं मुक्त हूँ...न पत्नी है, न सम्पत्ति। सब स्त्री-पुरुषों से प्रेम करता हूँ क्योंकि सभी परम ईश्वर की पवित्र तथा अमर सन्तान हैं।...आप कभी मनुष्य को भगवान मानकर प्रेम कीजिए तो पाएँगे कि सन्तरे से कई गुना रस प्राप्त होगा और रस की एक बूँद बेकार नहीं जाएगी।''

''कहीं आपके सामने विषम स्थिति भी आई होगी?''

''काउ ब्वाएज जानते हो, मार्क्स?''

''नहीं! ये विश्वविद्यालय के बिगड़े छात्रों के 'निकनेम' हैं। उन्होंने मेरी परीक्षा ले डाली। अद्भुत था वह दृश्य—लकड़ी के एक पीपे पर मुझे खड़े होकर बोलना था। बोला। तन्मय होकर बोलता रहा। बन्दूकें चल पड़ीं। साँय-साँय गोलियाँ कान के पास से निकलती रहीं और मैं व्याख्यान देता रहा। व्याख्यान समाप्त हुआ कि लड़के मेरे पास आए। क्षमा माँगी। कहने लगे—आप एकदम सच्चे हैं।''...मैंने कहा, ''और आप भी।'' लड़के चौंके। मैंने कहा, ''यहाँ सब सच्चे हैं। झूठा तो भ्रम है, पाखंड है।''

''तनिक भी भय...।''

''भय आदमी का शत्रु है।...तुम्हें मार्क्स एक और पेचीदा स्थिति के बारे में बताएँ।...मैं एक जगह से दूसरी जगह भाषण देता घूमता रहा। थकान का अनुभव होना भी स्वाभाविक है। मैंने कह दिया, व्याख्यान शुरू होने में अभी काफी समय है, मैं तब तक आराम करना चाहूँगा। बाहर तख्ती टँगवा दीजिए—अन्दर कोई नहीं आए। सचिव ने तुरन्त व्यवस्था कर दी। छोटा-सा कमरा था। उसमें एक ही आरामकुरसी थी। मेरे पास सामान के नाम पर एक झोला था। उसे खूँटी पर टाँगा। धम से शरीर को आराम कुरसी के हवाले कर दिया कि आराम कुरसी चरमरा उठी और हम उस आराम कुरसी में फँस गए। आरामकुरसी ठीक बीच से टूट गई थी।...हमने अपने को निकालने की हरचन्द कोशिश की परन्तु हम कामयाब नहीं हुए। ज्यादा हिलने-डुलने की कोशिश करते तो हाथ-पाँव भी छिलते और चोगा फटता वो अलग। लिहाजा जैसे के तैसे पड़े रहे—चुपचाप।''

''फिर?'' ब्राउनिंग मार्क्स की आँखें चमक रही थीं। वह सोच रहा था व्याख्यानों की झड़ी लगाने वाला, बाल सुलभ स्वभाव का धनी, निर्विकार होकर, अपनी चरम ख्याति को भुलाकर कितने सहज ढंग से अपनी व्यथा-कथा कैसे सहज भाव से सुना रहा है। उसे उसके सम्पादक ने सन्देश भिजवाया था—ईसा से अधिक मानव धर्म के रहस्यों का सहज उद्घाटन खोलने वाला और एक बार नहीं अनेक बार क्रूस पर लटकाए जाने वाले इस शताब्दी के महानतम व्यक्ति के साथ तुम यात्रा कर रहे हो, भाग्यशाली हो। वरना तो दन्तकथाओं में हमेशा-हमेशा बना रहने वाला वह अमर महापुरुष-लोकनायक अनेक सदियों तक इस धरा पर नहीं आएगा।...तुम

पत्रकार के साथ लेखक भी हो तो उसे जानो कि मानव धर्म का वह सच्चा नियामक कैसा है? वह तो अपनी बुद्धि की गाँठ खोलकर उसे खुले में अलगनी पर लटकाकर वह अमिय रस के प्रणेता से रू-ब-रू हो रहा था, घनी आत्मीयता की अननुज्ञात अनुभूति से भरकर।

"अँधेरे में आँख खोले पड़ा था जीवित भूत। बाहर से पुकार हुई, "चलिए स्वामीजी, समय हो गया। श्रोता इन्तजार कर रहे हैं।"

"पहले आप मेरा उद्धार तो कीजिए। बिना यहाँ से मुक्ति पाए मैं श्रोताओं का उद्धार नहीं कर सकता।"

बाहर से आवाज आई, "जरा जोर से कहिए?"

"पहले दरवाजा खोलिए। फिर इस यमदूत से मुक्त कराइए।"

इतना सुनकर सचिव अन्दर आए। मुझे आरामकुरसी में धँसा देखकर घबराए। अपना हाथ बढ़ाया। मुझे खींचा तब मैं बाहर आया। फिर क्या था, हँसी के बम फूटने शुरू हुए तो कुछ देर तक छूटते ही रहे।"

ब्राउनिंग मार्क्स भी अपना ठहाका नहीं रोक सका। विवेकानन्द ने ठहाके पर ठहाके लगाए। पूछा, "हो गया डेढ़ सौ डालर या एक सौ पौंड का विश्व ऋषि से साक्षात्कार।" इसके बाद वे फिर ठहाका लगा बैठे।

"अब आप भारत में जाकर क्या करेंगे?"

"जो अमेरिका-इंग्लैंड में किया।"

"यानी असंख्य भाषण?"

"हाँ।"

"उससे क्या होगा?"

"सूरज से क्या कभी पूछा कि अपनी किरणें बिखेरने के अलावा तुम क्या करते हो?"

ब्राउनिंग मार्क्स हतप्रभ उस महान आत्मा को अवलोकता रह गया। विवेकानन्द ने सहज से कहा, "मार्क्स, तुम्हें मैं अपनी गुप्त योजना का भी खुलासा कर दूँ—हम संघबद्ध राष्ट्र के रूप में नहीं थे। इस कारण आपस में लड़ते-भिड़ते रहे और बाहर के मुट्ठी भर आक्रामकों से हारकर गुलाम होते रहे।...भारत की आम जनता अनपढ़ है, पिछड़ी हुई है, कुटिया में अर्द्ध पेट भरे चुपचाप अपना दर्द पिए सोए रहती है। उसे जगाना है। हमारे नायकों ने, धर्मगुरुओं ने और समाज के कार्यकर्ताओं ने यह स्मरण करा-करा कर यह राष्ट्र झोंपड़ी में निवास करता है उसके व्यक्तित्व एवं पौरुष को घुन लगा दिया है।...मुझे इन प्रश्नों से अब नहीं जूझना है कि विधवाएँ सधवाएँ कैसे की जाएँ, मूर्ति पूजा रहे या नहीं रहे, जाति प्रथा अच्छी है या खराब।...धार्मिक उत्साह हल करेगा उनकी जिन्दगी की मूल समस्याओं को। पुरानी रूढ़ियाँ और सिद्धान्त जहन्नुम में जाएँ। उनसे कुछ नहीं होगा सिवा बर्बादी के।"

"तो?"

"दलदल में धँसी आम जनता का मार्ग-प्रदर्शन करेंगे ये बीज मन्त्र—एक जीवन, एक चरित्र, एक केन्द्र और एक देव मानव।...गरीब देवता की इस भ्रान्त मूरत को

तोड़ना है। गरीबी अभिशाप है—उसके कन्धे से इस जुए को हटाना है।...पुरोहित शक्ति और विदेशी आक्रान्ताओं ने सदियों से उन्हें कुचला है।...इस बुरी तरह कुचला है कि वे यह भूल गए कि वे मानव हैं।...उन्हें जगाना है।...और देखिए, क्या कुछ बन सकेगा।...बस।''

''बस दो प्रश्न और—न्यूयार्क में जब आप थे तो वहाँ ''फिर्नोलॉजिकल जर्नल' (कपाल विज्ञान से सम्बन्ध रखने वाली पत्रिका) में आपकी आकृति परख के द्वारा यह भविष्यवाणी की थी कि—आपकी ऊँचाई पाँच फुट साढ़े आठ इंच, वजन 170 पौंड, सिर के ऊपरी भाग की परिधि पौने बाईस इंच, एक कान से दूसरे कान की दूरी चौदह इंच...अर्थात् आपकी देह और मन का अनुपात अत्यन्त सन्तुलित है।'' ब्राउनिंग मार्क्स ने पन्ना बदला और वह आगे पढ़ने लगा, ''आपको जहाँ भी बुद्धि के लिए उपयोगी और अनुकूल कार्य मिलेगा, वहाँ आप स्वच्छन्द होकर रह पाएँगे और वहाँ के लोगों के मित्र होकर उनका उत्साह संवर्धन करेंगे। आपकी मनोवृत्ति इतनी कोमल है कि दाम्पत्य जीवन का निर्वाह नहीं कर सकते।...अमेरिका अनेक करोड़पतियों जैसे हेरी ग्रीन, रसेल सेल आदि की अपेक्षा आपके चेहरे का भाव परम सन्तोष लिये है। आपकी चौड़ी कनपटी संगीत, आपके विशाल नेत्र असाधारण स्मृति शक्ति और वाग्विदग्धता और आपका ललाट अनुसन्धान वृत्ति तथा प्रीति भाव के उदात्त प्रतीक हैं।...इस बारे में आपका क्या विचार है?''

''इसे मैंने भी पढ़ा था। इस पर विचार करने की आवश्यकता प्रतीत नहीं हुई क्योंकि बहुत कुछ मुझसे व्यक्त होने लगा था।

''आप अमेरिका से इंगलैंड आए। लन्दन आपको वहाँ की अपेक्षा अधिक अच्छा लगा। कारण?''

''अमेरिका में वेदान्त का प्रचार-प्रसार कुछ सनकी और अज्ञानियों द्वारा हुआ। फलतः वह कार्य करने में कई कठिनाइयाँ आईं। वहाँ उच्च वर्ग के लोग मेरी कक्षाओं में कम आए। इंग्लैंड में वेदान्त का प्रचार-प्रसार वहाँ के विख्यात विद्वानों द्वारा हुआ। वहाँ के उच्च वर्ग के लोग सुरुचिपूर्ण तथा विचारशील हैं। मुझे यहाँ पूव निर्मित पृष्ठभूमि मिली।...वह दृश्य मेरी आँखों के सामने आज भी नाच उठता है जब गणमान्य महिलाएँ कुरसी की कमी होने के कारण जमीन पर आलथी-पालथी मारकर गहरी श्रद्धा भक्ति से मेरी बात सुन रही होती थीं।...हाँ, वहाँ अमेरिका की तरह पैसा छोड़ने वाले नहीं थे। वहाँ मुझे अनिद्रा रोग भी हो गया। वहाँ मैंने अकेलापन ज्यादा अनुभव किया।...कुछ एंग्लो इंडियन को छोड़, वहाँ काले आदमियों से घृणा नहीं करते। वे सहृदय हैं। उनमें भारत के प्रति रुझान है। अनेक अंग्रेज स्त्री-पुरुष भारत से इतना प्रेमभाव रखते हैं कि वे हिन्दुओं से बढ़कर लगते थे। वहाँ ठेठ भारतीय पद्धति से ढेर सारी सब्जियाँ पकवा लेता था। वहाँ समाचार पत्र ढोल नहीं पीटते। वहाँ के लोग शान्तप्रिय हैं। 'रिजर्व नेचर' के हैं। वे चुपचाप और बिना विज्ञापनबाजी के अपने काम में लगे रहते हैं। यहाँ की अपेक्षा अमेरिकावासी फुर्तीले हैं। परन्तु वे काफ़ी कुछ खर की अग्नि के समान हैं।...मुझे डर था कि क्या शासक जाति शासित जाति के एक धर्म प्रचार को सद्भाव पूर्वक स्वीकार करेगी? वह मेरा भ्रम

रहा। उन्होंने श्रद्धापूर्वक मुझे स्वीकार किया। अपनाया वहाँ 'द वेस्टमिनिस्टर गैजेट', लन्दन डेली क्रानिकल, स्टैंडर्ड आदि पत्रों ने सन्तुलित समाचार छापे। साक्षात्कार भी ज्यों के त्यों छापे। वहाँ मुझे किसी ने परेशान नहीं किया। उनके मन में जानने की ललक थी और समझने की भरसक चेष्टा।...बस, शेष सब ठीक था। मुझे काम करने की नई ज़मीन मिली थी और बहुत कुछ जानने के लिए भी मिला था। मैं भी उनका कृतार्थ हूँ और उनका सन्देश लेकर भारत लौट रहा हूँ। आशा से भरा और नवचेतना से लबालब।''

ब्राउनिंग मार्क्स ने श्रद्धा से विवेकानन्द की ओर देखा और कहा, ''दो-तीन दिन में मैं इस साक्षात्कार को आपको दिखा दूँगा।''

''कोई आवश्यकता नहीं मार्क्स। मुझे तुम पर भरोसा है।''

ब्राउनिंग मार्क्स उठ खड़ा हुआ था। वह नमन कर बाहर भी आ गया था परन्तु उसके मनोमस्तिष्क पर अभी तक उनका लबोलहजा ही दस्तक दे रहा था। क्या सहज उनका व्यक्तित्व। मैल नाम की वस्तु नहीं। विरोध के लिए विरोध नहीं। निरभिमानी, निश्छल और उदार। वह बाहर आ खड़ा हुआ—समुद्र की शान्त लहरों की ओर देख रहा था! कितनी जल्दी शान्त हो गई थीं। हवाएँ भी अब बहने लगी थीं लोनी गन्ध को आँचल में समेटे हुए। तूफान अदृश्य था। आसमान में तारे खिल उठे थे। चाँद अभी नदारद था। उसके मन में विवेकानन्द की आवाज गूँज रही थी। वह सदा गूँजती रहेगी। ऐसी आवाज इससे पहले उसने नहीं सुनी थी। मन बाँध लेने वाली जादुई आवाज। वह रेलिंग का सहारा लिये मौन की उनींदी उर्मियों में बह उठा था।

15 जनवरी, 1897 कोलम्बो!

विवेकानन्द का अभूतपूर्व स्वागत। सारा लंका उमड़ पड़ा था। उनके गले में जूही की माला शोभायमान थी। गैरिक वस्त्र धारण किए वे उदित भास्कर के समान मन मोह रहे थे। उनकी शोभा यात्रा का अपूर्व दृश्य था।

श्रद्धालुओं की भीड़ का कोई छोर नज़र नहीं आ रहा था।

तार पर तार आ रहे थे। सब पलक पाँवड़े बिछाये उनका स्वागत करना चाहते थे। वे लंका से पचास मील दूर स्थित पाम्बन पहुँचे। रामनाद के राजा स्वयं उन्हें लेने के लिए आ पहुँचे।

अगले दिन वे रामेश्वरम् मन्दिर के दर्शन करने गए। 24 जनवरी को रामनाद के राजा ने उनका स्वागत किया। तदुपरान्त दक्षिण भारत में उनका अभूतपूर्व स्वागत हुआ। वे कहाँ नहीं गए! कहाँ से उन्हें आमन्त्रण का पत्र-तार नहीं मिला! मद्रास आए। वहाँ स्वागत! जहाँ गए, वहाँ स्वागत!

उन्होंने 15 फरवरी को स्टीमर से कलकत्ता की ओर प्रस्थान किया। बंगाल की खाड़ी पार कर पोत ने गंगा के मुहाने में प्रवेश किया। डमडम आ गया। उनकी आँखें भर आईं। उनके पाँव जम गए। उनका मन अवसन्न रह गया। वे मूक दर्शक

बन पहचान रहे थे। अपने जन्म स्थान को! अपनी मातृभूमि को! 19 फरवरी, शुक्रवार की सुबह डमडम से स्पेशल ट्रेन से रवाना होकर सियालदह स्टेशन पहुँचे। दर्शनार्थियों से भरा स्टेशन। तिल धरने के लिए स्थान नहीं। गगनभेदी हर्ष ध्वनि! अपार उत्साह। अथाह उल्लास! विवेकानन्द ने जैसे ही द्वार पर पहुँच कर हाथ जोड़कर अभिनन्दन का उत्तर दिया वैसे ही जय रामकृष्ण परमहंस की,...जय स्वामी विवेकानन्द की से आकाश गूँज उठा। कुसुम वर्षा हो उठी। मालाएँ ही मालाएँ। लैंडो कार में बैठकर उन्हें स्वागत द्वारों—सर्कुलर रोड, हैरिसन रोड, रिपन कॉलिज से गुजारते हुए रिपन कॉलेज तक लाया गया! विवेकानन्द भारत में अपने स्वागत-सत्कार और अभिनन्दन को देखकर अत्यन्त भावुक हो उठे थे और पूछ रहे थे—मेरे भूखे-नंगे भारत के क्या हाल हैं? क्या वह मेरा स्वागत कर सकता है?

शोभायात्रा निकली। अश्वयान में वे बैठे। थोड़ी ही दूर वह गाड़ी चली होगी कि विद्यार्थियों के एक दल ने आकर उस गाड़ी के अश्व खोल दिए और गाड़ी स्वयं खींचने लगे। गाड़ी के आगे-आगे बैंडबाजा मधुर ध्वनि निकाल रहा था। क्या अनुपम दृश्य था कि उनके साथ बैठे सेवियर दम्पती देखते के देखते रह गए। वहाँ कई दिन तक जगह-जगह उनके व्याख्यान हुए। समय बीतने लगा धर्मचर्चा और अनेक कार्यों में।

7 मार्च को रामकृष्ण परमहंस के जन्मोत्सव पर वे गद्‌गद हो उठे। दक्षिणेश्वर के कालीबाड़ी में विराट् और भव्य आयोजन हुआ। वे गैरिक पगड़ी बाँधे, उसी रंग का चोगा पहने नंगे पाँव सभा स्थल पर पहुँचे और जनता जनार्दन तथा भक्तों को अपने उद्‌बोधन से आनन्दमय कर दिया।

माँ काली और रामकृष्ण परमहंस के कक्ष में पहुँच प्रणाम किया। मन ही मन कहा, ''लो, आ गया तुम्हारा कीर्तिमान! सँभालो।...मुझे क्या से क्या बना दिया।...अब और क्या आज्ञा है?''

उनका स्वास्थ्य, मद्रास पहुँचकर शिथिल होने लगा था। बहुमूत्र रोग से वे ग्रस्त हो गए थे। वैद्य और डॉक्टर की सलाह पर गुरु भाइयों और अन्य भक्तों के साथ वे दार्जिलिंग पहुँचे। अप्रैल जा रहा था। वे सूर्य दर्शन में एकाग्र थे। प्रभु से मन ही मन प्रार्थना कर रहे थे कि सूर्य में उन्हें पहले माँ जगदम्बे नज़र आईं। फिर वही रामकृष्ण परमहंस हो गई। वे कह रहे थे—देख लीजिए, तुम्हारा यह वही नरेन है।...अब उसके गुच्छे के गुच्छे बाल, सफेद होते जा रहे हैं। तेजस्वी मुखमण्डल पर झुर्रियों ने डेरा डालना शुरू कर दिया हे। देह से मांस अदृश्य होने लगा है।...क्या वह तुम्हें अपनी उम्र से बीसेक वर्ष बढ़ा नहीं दीख रहा है?''

''बीमारी और क्षय-क्षरण माटी की प्रकृति है। हमेशा मनुष्य का शरीर एक-सा नहीं रहता।...पर तू दाढ़ी क्यों रख रहा है?''

''आटा, चावल, आलू, मीठी चीज़ों का सेवन तो वैद्य-डॉक्टरों ने मना कर दिया है। उबला मांस कब तक मन सँभालेगा?''

''तो तू क्या चाहता है?''

''आपकी अनुमति।''

''थोड़ा ठहर। जो काम करना शेष है, वो पूरा कर।...विश्व को तेरी ज़रूरत है, नरेन।''

''यह आप कहते हैं!''

''चल यही सही परन्तु, यह मत भूल इस गुलाम देश के छिने गौरव, कुचले अस्तित्व और मिटे जीवन चिह्नों को तूने विश्व धरातल पर शिखर पर पहुँचाया है।''

''उससे क्या होगा? कोरे व्याख्यान इसमें क्या बदलाव लाएँगे? छह करोड़ की जनसंख्या वाला अमेरिका क्या अपने को सँभाल पाया? ऐश्वर्य, भोग क्रीड़ाएँ, उन्माद और मौज मस्ती में मेरे व्याख्यानों से क्या अन्तर आया?''

''न्यूयार्क में राजयोग के प्रति उनमें किस कदर दीवानगी उमड़ी थी! कितने ही परिवारों ने तुम्हें स्वीकारा था? कितनी ही ख्याति तुम्हारी हुई है? जब वहाँ बदलाव की हवा बह सकती है तब तुम्हारे अपने देश में क्या कुछ नहीं हो सकता?...फिर तुम्हें इसकी चिन्ता नहीं करनी है? तुम्हें वहाँ की दृष्टि, जैसा तुमने सोचा है, यहाँ देनी है ताकि कर्मोन्नत आचार-व्यवहार यहाँ जीवन के उत्सव में अपने प्राकृतिक रंग बिखेर सके।''

''मैं भी यही चाहता हूँ।''

''यही होगा। होना है—देर सवेर।...तूने बेलूड मठ बनाने में क़दम उठाया है, विश्व जागृति में इसका अपना महत्त्व होगा।...यह दिन...9 दिसम्बर 1898...सदा इतिहास के पृष्ठ पर अमर हो गया बेलूड़ मठ का उद्घाटन होने से।...तेरी भक्ति का कोई सानी नहीं है, नरेन। तू जब ताँबे के पात्र में रखे मेरे महावशेष लेकर बेलूड़ मठ की ओर चल पड़ा था, तब मैं तेरे साथ था।''

''तुम प्रसन्न हो, ठाकुर!''

''मैं प्रसन्न क्यों नहीं होऊँगा जब तू अपने गुरु भाइयों से कह रहा था कि ''हम सब देह, मन और प्राणों से जन-कल्याण के समर्पित ठाकुर के लिए प्रार्थना करें कि सदा उनकी आत्मा इस पुनीत स्थान में निवास करे।'' तू आगे बढ़ता जा—इस कर्मभूमि को जागृत कर।...मातृभूमि मृतप्राय जन-जन में नव जीवन का संचार कर। उनमें मंगलाचरण के नव मन्त्र बो।''

''जैसा आपका आदेश।''

आशीर्वाद के बाद ठाकुर अन्तर्धान हो गए—अब सिर्फ सूर्य बदलियों के बीच में से निकल कर मृदु-मृदुल मुस्करा रहा था।

वे लौट पड़े। उनके मन में गंगा की हिलोरों ने मद्रास के जन को किए उद्बोधन के स्वर गूँज उठे—मेरे देशवासियो, मेरे मित्रो, मेरे बच्चो...इस राष्ट्ररूपी जहाज में, अपने समाज रूपी जहाज में कुछ छिद्र हो गए हैं तो हमें उन्हें बन्द कर देना चाहिए। आओ हम अपने हृदय का रक्त देकर इस कार्य को आनन्दपूर्वक सम्पन्न करें। हम अपना भेजा निकालकर उससे इस जहाज के छिद्रों को भर दें...। परन्तु उसकी भर्त्सना कदापि नहीं करें।'' इससे जन मन में कैसी उल्लास-उत्साह की उमंग उठी कि वहाँ की जनता उनके पीछे हो ली।

जहाँ वे गए वहाँ उन्होंने सबसे तीन बातें कहीं, जिनकी अनुपालना से मातृभूमि का ऋण चुकाया जा सकता है।

तब संन्यासीगण उन्हें सजा रहे थे—किसी ने उनके कानों में शंख के कुण्डल डाले, किसी ने कर्पूर के समान धवल विभूति उनके अंगों में मली, दोनों बाँहों में रुद्राक्षों की माला, मस्तक पर टखने छूते जटाजूट आदि से सजाया। वे मुक्त पद्मासन में बैठे हुए सम्बोधन दे रहे थे—ये देश देशभक्तों का बने इसलिए सब देशवासियों से तीन प्रश्न करो।

पहला प्रश्न—करोड़ों करोड़ लोगों को भूख से व्याकुल देखकर क्या तुम्हारा हृदय बेचैन हो जाता है? क्या अज्ञान की काली घटाओं से देश को ढँका देखकर तुम्हारी नींद उड़ने लगती है?

दूसरा प्रश्न—माना तुम्हारे हृदय में तड़प है तो क्या तुमने अपने देशवासियों को इस घटाटोप अन्धकार से बाहर निकालने के लिए यथार्थ प्रयास शुरू किया है?

तीसरा प्रश्न—क्या तुम पहाड़ जैसी विघ्न बाधाओं को लाँघकर कार्य करने को तत्पर हो? क्या तुम सम्पूर्ण विश्व तुम्हारा विरोधी हो जाए तो सत्य पथ पर डटे रह सकते हो?''

वे कह रहे थे, ''ये तीन प्रश्न मैंने भारत की धरती पर कदम रखते ही सबसे किए थे। अब आप से कर रहा हूँ, आप स्वयं अपने मन को टटोलें और निर्णय करें कि क्या तुम तत्पर हो?''

इसी समय मठ में गिरीशचन्द्र घोष का पदार्पण हुआ। वह वहाँ बैठ गए। मधुर स्वर में विवेकानन्द 'कूजन्तं रामरामेति' श्लोक गा उठे। अन्य श्लोक सुनाये।

क्या माहौल बना! अब वे राम राम श्री राम राम भजने लगे। उनके हाथ में तानपूरा था और वे यही धुन उस पर निकाल रहे थे। सारा वातावरण आधेक घंटे तक राममय हो उठा। अनायास वे गा उठे सीतापति रामचन्द्र रघुपति रघुराई।

क्या अद्भुत दृश्य था वह! अब विवेकानन्द अपनी वेशभूषा उतारकर गिरीशचन्द्र घोष को सजाने लगे थे। सारदानन्द 'एकरूप अरुण नामवर्ण' गा रहे थे। गीत-संगीत मय डूब चला था वह परिवेश। परिवेश में सबके मौन हो जाने पर भी अनुगूँज रहा था—मग्न हुआ मेरा मन भौंरा, श्यामा के पद नीलकमल में।

यह था उनकी दिनचर्या का एक मंजर! वे आँसुओं को नहीं रोक पा रहे थे। बारम्बार ठाकुर के गुन गाए जा रहे थे।

देर रात भजन कीर्तन को विराम मिला। प्रसाद ग्रहण करने के लिए सब एक साथ उठे। सौ सवा सौ भक्तगण थे। सभी एक मन एक हृदय होकर अपने अन्तस् में गूँज रहे स्वर में लवलीन थे। विवेकानन्द रसोड़े की ओर मुड़ गए। धीरे-धीरे रसोड़े से होते बाहर आ गए और नीलांचल की ओर तटस्थ भाव से आत्म विभोर हुए देखते रह गए।

रामकृष्ण मठ और रामकृष्ण मिशन संस्थाओं को पंजीकृत करवा लिया गया था।

अन्नदान, विद्यादान और ज्ञानदान के कार्यों पर विचार हो रहा था। विवेकानन्द का स्वास्थ्य काफी सुधर चुका था। बालिका विद्यालय चल पड़ा था। यह उनके मन का चिराकांक्षित लक्ष्य था।

विवेकानन्द माटी का शृंगार अद्‌भुत कर रहे थे। बेलूड़ उभर रहा था। ये हाथ में एक बड़ा दण्ड लिए थे, उनकी देह पर गेरुए रंग के फलालैन का लबादा था। वह भूमि को समतल होता देख रहे थे। श्रीमती बुल से प्राप्त राशि से भवन का निर्माण हो रहा था। वे प्रफुल्ल मन-हृदय से उस नई भूमि पर नंगे पाँव घूमते हुए आनन्द मग्न हो रहे थे। चित्त में बसे स्वप्न को साकार होता देख उनकी आँखें छलछला आती थीं। भविष्य में यह स्थान कितने ही सत्कार्यों का केन्द्र बनेगा। मेला लगेगा। प्रायः वे दक्षिण के बिल्व वृक्ष के नीचे अकेले या किसी को साथ लेकर आ बैठते थे। भाव-विह्वल हो शिशु हृदय से आँख खोले चतुर्दिक निहारते थे। गा उठते थे—हे गिरि, मेरा गणेश शुभकारी है...।

सुन रहे हो आकाश, पाताल, धरिणी, सभी दिशाओं! यह मठ महा समन्वय का केन्द्र बनेगा, यही ईश्वर की इच्छा है, ठाकुर की इच्छा है। हमारे ठाकुर सर्व भावों की साक्षात् समन्वय प्रतिमा हैं। उस समन्वय भाव को यहाँ बनाए रखने से ही ठाकुर विश्व में प्रतिष्ठित रहेंगे। चांडाल से लेकर ब्राह्मण तक यहाँ आकर अपने-अपने मत व पन्थ का उदात्त से उदात्त रूप देख सकेंगे।...यहीं तो सर्वप्रथम मैंने अपने ठाकुर की स्थापना की थी।...शंकराचार्य इस अद्वैतवाद को वनों-पर्वतों में छोड़ गए हैं, मैं अब उसे यहाँ लाकर संसार व समाज में सर्वत्र फैला देने आया हूँ।'' हवाएँ इस महाघोष को चहुँ और फैला रही थीं सुगन्धित पुष्पों की सुरभि की भाँति।

बेलूड़ मठ की सुरभि कोने-कोने में पहुँच रही थी। विवेकानन्द अपने कक्ष में आकर बैठे ही थे कि नित्यानन्द ने उनके सामने डाक लाकर रख दी। वे पत्र और तार पढ़ते जाते और उस पर आवश्यक निर्देश देते जाते। कुछ पत्र अपनी तरफ रख लिए। अन्तिम लिफ़ाफ़ा खोला। वह पत्र उद्योगपति जमशेदजी एन. टाटा का था एक प्रस्ताव पेश करते हुए :

एस्प्लेनेड हाउस
बम्बई
23 नवम्बर, 1898

प्रिय स्वामी विवेकानन्द,

उम्मीद है आपको जापान से शिकागो तक के अपने इस सहयात्री की याद रही होगी। इस वक्त आपके वे विचार मुझे विशेष रूप से मथ रहे हैं कि भारतवर्ष में त्याग-तपस्या का जो भाव पुनः जागृत हो रहा है, हमारा उद्दिष्ट उसे मिटाना कतई नहीं है प्रत्युत् उसे रचनात्मक पथों पर परिचालित करने का है।

आज मैं आपके उन विचारों का स्मरण अपने वैज्ञानिक शोध संस्थान के सन्दर्भ में कर रहा हूँ जिसके विषय में आपने अवश्य पढ़ा या सुना होगा। मेरी समझ में

यदि ऐसे आश्रमों अथवा आवास गृहों की स्थापना की जाए, जहाँ त्याग व्रत धारण करने वाले लोग सादा जीवन व्यतीत करते हुए भौतिक एवं मानवीय विज्ञानों की चर्चा-परिचर्चा में अपना जीवन उत्सर्ग करें तो उत्सर्ग-भावना की इससे श्रेष्ठ उपयोगिता दूसरी नहीं हो सकती।

मेरा विचार है कि इस तरह के जिहाद का उत्तरदायित्व कोई योग्य नेता स्वीकार कर ले तो धर्म तथा विज्ञान दोनों की ही उन्नति होगी और हमारे देश की कीर्ति फैलेगी। इस अभियान को विवेकानन्द से बढ़कर और कौन नेतृत्व प्रदान कर सकता है। इससे हमारी राष्ट्रीय परम्पराओं को नवजीवन प्रदान करने में आप आत्मवियोग करना चाहेंगे? इस दिशा में जनजागरण जागृत करने के निमित्त सर्वप्रथम सम्भवतः आप अपनी अग्निमयी वाणी में एक पुस्तिका तैयार करेंगे। उसके प्रकाशन का व्ययभार मैं प्रसन्नता से वहन करूँगा।''

आपका विश्वस्त
जमशेदजी एन. टाटा

विवेकानन्द कुछ देर तक उस पत्र की ओर देखते रहे। नित्यानन्द पूछ बैठा, ''कोई खास बात?''

''देश के महान उद्योगपति टाटा का प्रस्ताव कि मैं एक पुस्तिका लिखूँ और वे उसके प्रकाशन का व्यय भार उठाएँ। ऐसे प्रस्ताव मुझे और भी मिले हैं। परन्तु... ।''

''परन्तु क्या?''

''वे त्यागमूलक पक्ष देखकर रह गए, उन्होंने उसके दूसरे पक्ष पर ध्यान देना उचित नहीं समझा।...समझेंगे भी नहीं, क्योंकि कुछ करने छोड़ने से वे दूरी बनाए हुए हैं।...चलिए, यही काफी है कि वे सोच पाए।...तुम इस पत्र के उत्तर में लिख देना आपके पत्र के लिए धन्यवाद। आपको मैं याद रह गया। इसके लिए भी धन्यवाद। जिस सन्दर्भ-विषय की आपने चर्चा की है, उस पर अभी आप और सोचिए। कदाचित् आपका पत्र ही आपसे कुछ और कहना चाहे।...पत्र मेरी ओर से लिखना।''

नित्यानन्द लौट गया।

पिछली रात वे सो नहीं पाए थे। अभी तक उनकी आँखों में नींद नहीं थी। आज उन्हें अपनी माँ की भी याद आ रही थी। वह कैसे उन्हें कहानी सुनाकर सुला देती थी। कभी सिर को इस ढंग से उँगलियों के पोर से सहलाती थी कि आँखों में नींद घिर आती थी। पर अब दवाएँ भी उन्हें नहीं सुला पाती थीं। वे उठकर ऊपर अपने कमरे में चले आए।

वे मन को समझाते। कहते, ''भाई, साथ दे। कितनी दूर-दूर से यह लोग आते हैं और कितनी आशा से यह सोचकर कि दर्शन करेंगे। उनसे दो बात सुनेंगे। पर तू है कि ऐन मौके पर बिगड़ैल बैल की तरह सींग मारने लगता है।...माना कि बीमारी अब अंगद का पाँव गाड़ चुकी है।

वे कई बार विदेश जा चुके थे। वे पेरिस से बहुत प्रभावित हुए थे। उन्हें वह यूरोप का महाकेन्द्र लगा। पाश्चात्य सभ्यता, रीति नीति, प्रकाश-अन्धकार,

भला-बुरा आदि सबका अन्तिम परिपुष्ट भाव यहीं है—इसी पेरिस नगरी में। यहीं यूरोप का कर्मक्षेत्र है। एकदम सम—न अधिक गरम, न अधिक ठंडा, अत्यन्त उर्वर, न अतिवृष्टि और न सूखा—वह निर्मल आकाश, मीठी धूप, खूब हरियाली, छोटे-छोटे पहाड़, चिनार, बाँस आदि के वृक्ष, छोटी-छोटी नदियाँ, छोटे-छोटे प्रपात, मोहक जल, आकर्षक स्थल, उन्मुक्त पवन, आनन्दित आकाश। प्रकृति का अति मनोरम रूप! उमड़ता सौन्दर्य। जापान के अलावा ऐसा कहाँ है मनोरम रूप! विलासिता भरपूर! सुसभ्य फ्रांसीसी वे भूल गए थे देह के रोग! कैथोलिक प्रधान देश! वहाँ धर्मेतिहास सभा! एशिया से तीन व्यक्ति दो जापान के, एक वे! परन्तु शरीर ने साथ नहीं दिया और वे न अपना परचा लिख पाए, तो पढ़ते कैसे! कुछ भी नहीं बोल सके। पर वहाँ उन्होंने जर्मन विद्वान् के इस मत का खंडन अवश्य किया था कि शालिग्राम शिला स्त्रीलिंग है और शिवलिंग पुल्लिंग! अर्थात् दोनों उपासनाएँ लिंग योनि पूजा के उद्धरण हैं। उनकी अस्वस्थता उन्हें नहीं रोक पाई और उनकी आवाज गूँज उठी—शिवलिंग की पूजा का मूल उद्गम अथर्ववेद संहिता के यूप स्तम्भ का प्रसिद्ध स्रोत है। वे फ्रेंच भाषा में बोले थे। सहज होकर बोले थे। परन्तु तब भी उन्हें अपने से शिकायत रही। वाणी अन्तर्मुखी हो उठी थी।

चंडी बाबू से कोई पूछ रहा था, "यह वही स्वामी जी हैं, जिन्होंने कलकत्ता में फैले प्लेग के लिए सेवा केन्द्रों की स्थापना की घोषणा की थी और एक गुरु भाई के यह प्रश्न करने पर कि पैसा कहाँ से आएगा, के उत्तर में कहा था कि "आवश्यकता हुई तो मठ की नई जमीन बेच डालूँगा।...हम लोग तो ठहरे फकीर, मुष्टि भिक्षा पाकर पेड़ के नीचे सो जाएँगे।...यदि जमीन बेचकर हजारों हजार लोगों के प्राण बचाए जा सकें तो कैसी जगह और कैसी जमीन।...आश्चर्य! अपने स्वप्न बेलूड़ मठ को बेचने का मानस बना डाला।"

"हाँ, वही है, भाई।"

वह व्यक्ति तत्काल साष्टांग प्रणाम कर उठा।

उसी समय एक मुसलमान ने उन्हें सलाम अलैकुम कहा।

उसकी ओर उन्होंने देखते हुए कहा, मियाँ, वालेकुमस्सलाम!"

मैं मुहम्मद हनीफ मौलवी, बाशिन्दा बरेली, आपके दर्शन के लिए हाजिर हुआ। आपने मुहम्मद सरफराज को जो खत भेजा था, उसे उन्होंने 'वतन' रिसाला में छपवा दिया था।...क्या खूब लिखा है। फकीर की रूह की तसवीर आँखों के सामने आ गई।...जवाब नहीं।" कहकर वह 'वतन' रिसाला खोलकर पढ़ने लगा—वेदान्त सिद्धान्त चाहे जितने सूक्ष्म तथा विलक्षण क्यों न हों, व्यावहारिक इस्लाम की सहायता के बिना अधिकांश जन समुदाय के लिए वे पूरी तरह व्यर्थ हैं।...हमारी मातृभूमि के लिए हिन्दुत्व और इस्लाम इन दोनों का वेदान्ती दिमाग़ और इस्लामी देह का समन्वय ही एकमात्र आशा की किरण है। मैं अपनी अन्दर की आँखों से भावी भारत की उस पूर्णावस्था को देख रहा हूँ, जिसका विवाद और संघर्ष को भेदकर महिमामय तथा अजेय रूप से वेदान्ती दिमाग़ और इस्लामी देह के साथ उत्थान हो रहा है।...कमाल कर दिया, मैं बारम्बार सिज़दा करता हूँ।...यह पाक सिज़दागाह

अपने में मन्दिर-मस्जिद चर्च आदि सबको समेटे हुए है।''

''मियाँ, ये सारा जहाँ एक ही परवरदिगार का बनाया हुआ है।...भाईजान, इन दोनों के पाक दिलों को एक करने में जुट जाओ।''

निवेदिता ने टूटी-फूटी हिन्दी में कहा, ''वहाँ चलना...भी तो...जरूरी है।''

''गुडविन, नोट कर रहे हो।''

''कर लेता हूँ।'' गुडविन ने कुछ संकोच के साथ कहा।''

विवेकानन्द ठहाका लगा उठे। कुछ देर बाद बोले, ''और क्या-क्या नोट करोगे? कुछ दूसरों के लिए भी छोड़ दो। उन्हें भी अपने दिलो-दिमाग़ पर नोट करने दो।''

निवेदिता ने चारों ओर देखा। वहाँ कहीं गुडविन नहीं था। कैसे होता, वह तो 2 जून को ऊटकमंड में देह त्याग चुका था। कभी-कभी वे बड़ी विचित्र बात कर उठते थे। वह सोच रही थी कि फिर कर लेता हूँ किसने कहा? यह आवाज़ तो उसने भी सुनी थी और आवाज भी गुडविन की थी।

विवेकानन्द आगे बढ़ गए। हैरी सेविवर मौनी बाबा होते जा रहे थे। सुनना उन्हें ज्यादा सुहाता है। निवेदिता पूछ रही थी, ''डिस्पेप्सिया। बदहज़मी। और अनिद्रा में कुछ आराम मिला क्या?''

विवेकानन्द ने कहा, ''तुम प्रबुद्ध भारत के लिए क्या साक्षात्कार इसी प्रश्न से शुरू कर रही हो?''

निवेदिता मुस्कराकर रह गई। वह जानती थी कि वे अपनी चिन्ताएँ नहीं बाँटते और न अपना दुःख-दर्द। निवेदिता ने पुनः प्रश्न किया, ''क्या ब्रह्मचारी को भी वे ही रोग व्यापते हैं जो दूसरों को?''

''बेशक माटी की देहधारी सब एक हैं।...वैसे ब्रह्मचर्य की शक्ति नस-नस में अग्नि के समान प्रज्वलित होती है।...आहार संयम ही चित्त संयम का आधार है।...कोटि-कोटि जन की सेवा करना ब्रह्मचर्य का लक्षण है।''

इसी समय नेड़ा गीर्जा के महानन्द सेनगुप्त कविराज आ पहुँचे। विवेकानन्द केवल दुग्धपान पर चल रहे थे—जल और नमक उन्होंने छोड़ दिया था। नाड़ी वैद्य के साथ वे ऊपर चले गए। निवेदिता व हैरी सेविवर लौट लिए। अब वे सन्तुष्ट थे। देश-विदेश में गुरु भाई प्रचार कर रहे थे। मठ में ब्रह्मचारी अध्ययन कर रहे थे।

''अब कैसा महसूस कर रहे हैं?'' महानन्द वैद्य पूछ रहे थे।

''एकदम स्वस्थ।''

''सब कुछ छोड़ने पर भी।''

''अपना है क्या, वैद्यराज! जो है, वह छोड़ने के लिए तो है।''

''थकान, व्याधि शरीर के साथ है।''

''इसीलिए मैं अपना काम कर रहा हूँ—मुझे शरीर को समझाने से राहत मिलती है।''

''नींद नहीं आती...या बहुत कम आती है।''

विवेकानन्द मुस्कराए। कुछ देर सोचकर बोले, "अमेरिका में भाषण रात के दो-दो बजे तक चलते रहे, तब मैंने नींद के साथ जोर-जबरदस्ती की थी तो अब वह आक्रामक हो गई है।...दूसरे मेरा काम भी लगभग पूरा हो गया है।"

"फिर भी, शरीर नीरोगी रहना चाहिए।"

"वह आप पर है।"

"आपका योग?"

"थक चुका है।" इतना कहकर वे कुछ आगे बढ़े और तानपूरा उठा। लिया। धुन निकालते रहे। कहने लगे, "बहुत दिनों से कुछ गाया नहीं है। कुछ सुनाऊँ?"

"सुनाओ।"

खेतड़ी के राजा, अजीत सिंह अब नहीं हैं परन्तु वे मेरे शुभचिन्तक थे—गुरुवत् मुझे मानते थे। मैंने उन्हें अंग्रेजी में एक कविता लिखकर भेजी थी। शीर्षक था—होल्ड ओन यट ॲ व्हाइल ब्रेव हर्ट यानी वीर हृदय! सुदृढ़ रहो, कभी विचलित मत होना।...मैं एक स्टैंजा पेश करता हूँ—नॉट ॲ वर्क विल बी लॉस्ट, एंड नो स्ट्रगल वेन,/दाऊ होप्स बीलाइटेड, पॉवर गोन/ऑफ दाई लॉइन्स शैल कम दी एअर्स टू ऑल, दैन होल्ड ऑन यट ॲ व्हाइल, ब्रेव सोल, नो गुड इज एवर अनडन।...यानी यत्न न होगा नष्ट, न व्यर्थ होगा यह समर, आशाएँ मिट जाएँ चाहे, बल न रहेगा...।" कहते-कहते अचानक रुक गए। गले ने उनका साथ नहीं दिया।

"अपना पूरा-पूरा खयाल रखो।"

"जिसे रखना चाहिए वह रख रहा है। मुझे तनिक भी असन्तोष नहीं है।. ..सारा जीवन एक कविता की तरह जी लिया। उस कविता की तरह जिसका उद्गम प्राणों से हुआ और आनन्द के लिए हुआ।"'

वैद्यराज महानन्द सेनगुप्त उठ खड़े हुए। विवेकानन्द यथास्थान बैठे-बैठे मन ही मन कीर्तन करने लगे। धीरे-धीरे उन्हें लगा ये श्रोता हैं, ठाकुर तल्लीन होकर गा रहे हैं। गाते जा रहे हैं। कीर्तन का गाया जाना उनमें नव तरंग पैदा कर रहा है। और वे चुपचाप बिस्तर पर लेटे अन्तरंग सुन रहे हैं।

गंगा तट पर, बिल्व वृक्ष के नीचे, जहाँ विवेकानन्द चर्चा शुरू कर देते थे कभी-कभी, आज वहाँ अकेले बैठे हैं। उनका ध्यान गंगा की अनन्त अमृत धाराओं पर चिड़िया-सा फुदक रहा है। निसर्ग का संगीत अन्तर्तट को भिगो रहा है। उस समय का हर पल शिशु सा उनकी ओर आँख खोले स्मित भर रहा है।

आकाश में हलकी-हलकी घनच्छटा छाती जा रही है। हवा तनावरहित हो गंगा का शीतल स्पर्श लिये सहज बह रही है। चतुर्दिक नीरव प्रसंग आरती के बाद की मनोदशा को व्यक्त कर रहा है ठीक अव्यक्त के व्यक्त सा। गूंगा मिस्री की डली का आस्वाद ले रहा है।

स्वामी विवेकानन्द ने एक गहरी साँस ली। उनके सामने श्रीरामकृष्ण परमहंस का महा जन्मोत्सव आ ठहरा। ठाकुर का जन्मोत्सव, सजा हुआ बेलूड़ मठ और खटिया

पकड़े बी। उमड़ उठी भाव की गंगा को शिव शम्भु की तरह अपनी जटाओं में सँभाले ध्यानमग्न। स्थिर-चित्त। कितने ही श्रद्धालु उनसे मिलने आए। प्रणत हुए। लौट गए।

धीरे-धीरे वे स्वस्थ होने लगे। पढ़ना-लिखना आँखों के अस्वस्थ होने से प्रायः उनसे नहीं बनता। यदाकदा चर्चा ज़रूर छेड़ देते। वे बोले, "शिवानन्द, तुम सब तैयार हो चुके हो। फिर विलम्ब क्यों? अंग्रेज की लड़की होकर भी, यहाँ के लोगों की सेवा कर रही है। क्या तुम्हें अपने देशवासियों के लिए ऐसा नहीं करना चाहिए? जाओ, जहाँ दुःख है, अन्धकार है, महामारी है, दुर्भिक्ष है और घोर अशान्ति है। वहाँ सेवा करो। वहीं तुम्हें नारायण के दर्शन होंगे। वहीं तुम स्व को पहचान सकोगे।"

सब शिष्यों का यही प्रयास रहता था कि उन्हें कम से कम बोलने दिया जाए। शिवानन्द ने ऐसा प्रश्न कर दिया कि उन्हें मात्र हाँ कहकर चुप हो जाना पड़ा। वह पूछ बैठा, "स्वामीजी, आप अपने को जान गए क्या?"

वे अपने में खो गए। आँखें बन्द कर लीं। शिवानन्द को छोड़कर शेष शिष्य उठ खड़े हुए। श्रीरामकृष्ण परमहंस सामने आ खड़े हुए। पूछने लगे, "नरेन, अब किसकी प्रतीक्षा है?"

"किसी की नहीं।"

"तू स्वयं को तो जान चुका है, फिर क्या जानना शेष है? आनन्द-अमृत बाँट चुका है।"

"हाँ, ठाकुर।"

"अलख जगाना था, वो तू जगा चुका है, नरेन।...अब आ जा!"

"आता हूँ, ठाकुर, ...आ रहा हूँ...आ रहा हूँ, ठाकुर!"

विवेकानन्द ने धीरे-धीरे आँखें खोलीं। उनका मुख मण्डल वर्षा में धुले फूल-पत्तियों सा हो उठा था। वे कहने लगे, "शिवा, जरा पंखा तो झल!"

शिवानन्द पंखा झलने लगा।

"कोई आया था।"

"बहूबाज़ार के श्री महानन्द वैद्य।"

"अब तो ठीक हूँ। पाँवों की सूजन भी पटक गई है। डॉक्टर देख ही रहा है।"

शिवानन्द चुप रहा क्योंकि पाँवों पर सूजन थी। वह बोलते-बोलते रुक गया। उसे डॉक्टर के आदेश का ध्यान आ गया।

स्वामी विवेकानन्द ने गहरी साँस छोड़कर पूछा, "वैद्यजी के अलावा भी क्या कोई आया था?"

"केष्टा।"

वे गुमसुम हो गए। उनका ध्यान केष्टा से जा जुड़ा। वह सन्थाली था। बहुत प्यारा। उस दिन कैसे सहज कह गया था—अरे स्वामी बाप, हमारे काम के वक्त तू यहाँ नहीं आया कर।"

"क्यों, रे?"

"तेरे बात सुनने से काम रुकता है। काम रुका नहीं कि बूढ़े बाबा की फटकार शुरू।"

"स्वामी अद्वैतानन्द को मैं समझा दूँगा।"

"कि काम रुकता हो तो रुके पर हम तेरी बातें सुनें।...बातों से पेट नहीं भरता।"

"चलो बात नहीं करते।...तुम लोग हमारे यहाँ भोजन तो कर सकोगे?"

"हम तुम लोगों का छुआ नहीं खा सकते। हम विवाहित हैं।...तुम्हारा छुआ नमक खाने से जात जाएगी।...ना बाप, ना!"

"नमक ना खाना फिर तो चलेगा।"

"कैसे?" केष्टा ने आश्चर्य से विवेकानन्द की ओर देखा और साफी से चेहरे का पसीना पोंछा।

"तरकारी में नमक्क नहीं होगा रे!"

"ठीक है।"

भोजन हुआ। दो तरकारी, दही, पूरी और मिठाई। स्वादिष्ट भोजन। केष्टा प्रसन्न होकर कहने लगा, "आनन्द।...इससे पहले ऐसा भोजन कभी नहीं पाया।...मज़ा आ गया रे बाप।"

"नारायण को भोग लगे और खाने में स्वाद न आए, केष्टा, ऐसा कभी होता है क्या?"

"नारायण कौन रे बाप?"

"मैं और कौन!" कहकर स्वामी विवेकानन्द हँसने लगे। जब वे सब चले गए तब शिष्यों से बोले, "देखा, नारायण अपने को पहचानने से नट रहे थे।...कैसा सरल-सहज चित्त। जो दिल में वही होंठों पर। परदा नहीं। छिपाव-ढकोसला नहीं। भगवा वस्त्र धारण किया है तो उसकी लाज भी रखो। इनके कष्ट दूर करो। अपना सब कुछ अर्पण करो। फल की इच्छा चित्त पर से हटा दो।"

सब शान्त, उत्सुक और चित्रलिखित से अपने में डूबे हुए।

"बहुत मन होता है कि मठ आदि सब बेच बूच डालूँ और जो मिले उसे इन दरिद्र नारायणों में बाँट दूँ।" स्वामी विवेकानन्द का हृदय भर आया था।

इसी समय दरवाजा खटखटाया गया। शिष्य ने उठकर दरवाजा खोला। बताया, "स्वामी परमानन्द जी के साथ भगिनी निवेदिता और तीन अंग्रेज महिलाएँ हैं।"

"जरा अलखलना तो दे, शिवा!"

इन सबने विवेकानन्द को प्रणाम किया। स्वामी परमानन्द ने दण्डवत् प्रणाम किया।

"अब कैसे हैं, स्वामीजी!" निवेदिता ने बैठकर प्रश्न किया।

"मन में महा तप का भाव जन्मा है।"

शुद्धानन्द ने प्रवेश के साथ पंचांग विवेकानन्द की ओर बढ़ाकर कहा, "यहाँ रख दूँ, स्वामीजी।"

स्वामी विवेकानन्द पंचांग के पृष्ठ उलटने-पलटने लगे। कुछ ठहरकर कहा,

"पंचांग वहाँ सामने रख दे।" पल भर के लिए वह गहरे में डूब गए। श्रीरामकृष्ण परमहंस ने भी पंचांग मँगवाया था। उन्होंने एक शिष्य से पंचांग पढ़ने के लिए कहा था। वह दो तीन पृष्ठ ही पलट पाया था कि उन्होंने शिष्य को टोककर कहा था, "बस रे। पंचांग सामने रख आ।"

कुछ देर बाद उन्होंने कहा, "बाहर चलें, जरा-सा घूम लें।...पर मेरे साथ प्रेमानन्द और निवेदिता चलेंगे, शेष यहीं लौटने तक प्रतीक्षा करेंगे। इस समय के साथ न्याय करना चाहें तो आपस में चर्चा करें...कीर्तन करें।"

स्वामी विवेकानन्द ने कनटोपा पहना और हाथ में सोंटा लिया। चल पड़े। धीरे-धीरे सीढ़ियाँ नीचे उतरे। बाहर आए। बेलूड़ बाज़ार की ओर मुड़ते-मुड़ते गंगा की ओर मुड़ गए। उनका ध्यान दक्षिण दिशा में खड़े बिल्व वृक्ष पर जा ठहरा। उसके पार्श्व में गंगा बह रही थी कुछ-कुछ शान्त, निश्चल और उदास। वे एकटक एक स्थान विशेष पर आँखें गड़ाए थे। निवेदिता में शिशु-सा कौतूहल जगा। उनके पतले और अरुण अधरों पर स्मित रेखा खिंची। वह उत्सुकतावश पूछ बैठी, "स्वामीजी, उधर क्या है?"

स्वामी विवेकानन्द ने जैसे कुछ सुना नहीं, पूर्ववत् अन्दर ही अन्दर टकटकी लगाए, स्थिर चित्र किए, बहते रहे। कुछ देर बाद उनकी बड़ी-बड़ी आँखें मुस्करायीं। उनके होंठों ने दर्पण का काम किया। बिल्व वृक्ष के नव पल्लव अधीर हुए। गंगा ने और मन्द गति पकड़ ली। पल भर के लिए वह जवान से वृद्ध बन गई और हाथ में लठिया थामे टेक-टेक कर चलने लगी। स्वामीजी कहने लगे, "बिछौना।"

"बिछौना!" निवेदिता ने तनिक आश्चर्य से दोहराया। वह हलका नीला गाउन पहने थी। गाउन के नीचे बन्द गले की कमीज थी, जिसकी बाँहें आधी थीं। उनके गुलाबी मुखमंडल पर सहज जिज्ञासा प्रत्यूषकालीन बेला सी भाव-विह्वल हो रही थी।

"हाँ, बिछौना।...वह देखो। मेरी आँखों से देखो—गंगा का तीर, बिल्व वृक्ष से थोड़ी ही दूर पर...निःस्वन स्थान।" कुछ स्मरण करते हुए बोले, "निवेदिता, हम कश्मीर में थे। तुम मेरे साथ-साथ चल रही थीं। पहली बार तुमने गेरुए रंग का चोला धारण किया था। उस पर स्वेटर था। हाथों में दस्ताने पहने थी और आँखें गरज उठे बादलों का स्वर थामे पूछ रही थीं—जीवन्त मूर्छा भी होती है क्या?... मैंने कहा था वह मूर्छा नहीं, जीवित समाधि होती है...जो ठाकुर श्रीरामकृष्ण जी ने ली थी।...परन्तु मृत्यु के साथ मेरा व्यवहार कुछ और ही है। वह जब भी मेरे पास आती है मेरी सारी दुर्बलताएँ हर लेती है।...तब बाह्य जगत् मुझमें से कूच कर चुका होता है।" उनके हाथ में थमे प्रस्तर खंड सावधान की स्थिति में आ गए। वे कहने लगे, "मैं अपने आपको मृत्यु के लिए प्रस्तुत करने लगता हूँ, पूजा की थाली में अपने को रखकर। इन्हीं पलों में मैं कठोर भी होने लगता हूँ और...।" अपने हाथ में लिये दोनों प्रस्तर खंडों को टकराया। उनमें से विद्युत तरंगें उठीं और लुप्त हो गईं। वे बोले, "मैं भगवान् के चरण स्पर्श कर पाया हूँ। उनकी वन्दना में स्वयं को ही समर्पित कर चुका हूँ। तब मेरी वाणी गूंगी हो गई थी, आँखों से

देखना नहीं बन सका था, मन संज्ञाशून्य हो गया था, नासिका अपनी शक्ति खो चुकी थी, जिह्वा तले से जा चुकी थी और स्पर्श को अपना ध्यान नहीं रहा था।...अमरनाथ में बाबा भोलेनाथ के हिम शिला के रूप में दर्शन पाकर मैं अपनी सुध बिसार चुका था। वे साक्षात् सामने थे त्रिशूल और डमरू लिये। मैंने सुना—बिले, हाँ मैं ही हूँ।...मेरी माँ मुझे बिले कहकर पुकारती थी। कहती थी, उसने मुझे शिव-शंकर से पाया है तप करके। मुझे पुकारा भी था वीरेश्वर नाम देकर। जो घिस-घिसाकर इन प्रस्तर खंडों की तरह गोल-मटोल, चिकना और खूबसूरत बिले में जा समाया।''

उनके चित्त ने स्मित भरी। सफेद धुएँ सी भाप छोड़ी। प्रयत्न किया उसे गोल-गोल बनाकर उछालें—हिम को मुट्ठी में भरकर, थपकी दे-देकर गेंद बनाकर आकाश की ओर फेंक दें। वह बोले, ''निवेदिता, बचपन श्रीकृष्ण होता है और हर माँ यशोदा।...मेरी माँ, भुवनेश्वरी, भक्तिकालीन आस्था की शुद्ध कंचन डली, मेरी शरारतों से तंग आकर भोलेनाथ से सीधे जा भिड़ी और जी भरकर खरी-खोटी सुनाई। बोलने लगी—तेरे सामने दिन-रात माथा घिस-घिस कर एक पुत्र माँगा था और तूने अपना एक भूत भेज दिया। तू भगवान हुआ तो क्या? तुझे जन्म देने वाली भी तो मेरी जैसी एक माँ है।...माँ का दरजा भगवान् से बड़ा है, भूतनाथ, शिवशंकर।...या तो तू अपने इस भूत की टेब सुधार दे वरना...।''

''ना...ना...माते, वरना कुछ नहीं।'' कहकर डमरू बजाने लगे।

माँ ने झिड़की देते हुए यह कहावत दोहरा दी—माँ पर धी, पिता पर घोड़ा, बहुत नहीं तो थोड़ा-थोड़ा।''

सब चित्र सतरंगी होकर डमरू की लय-ताल में खो गए। कुछ पल के बाद निवेदिता ने कहा, ''उन्हीं महादेव के दर्शन किए थे, स्वामीजी।''

''नहीं।''

निवेदिता चौंकी। उसकी साँसें गरजीं। बिन बादल वर्षा भी हुई और बीजुरी भी चमकी। पूछा, ''अभी तो आपने कहा था।''

''उसे दोहराने के लिए नहीं, अन्तर्चक्षु में बसाने का प्रयत्न करते रहने के लिए—ठीक उसी तरह जैसे तुम मारग्रेट नोबेल को भूलकर निवेदिता बनी—आइरिश होते हुए भारतवासिनी बनीं। घर छोड़ा, संन्यासिनी बनीं।

निवेदिता को स्मरण होने लगा—लंदन में 63, सेंट जोर्जस रोड पर स्थित मकान। लेडी इसाबेल मार्गेसन का निमन्त्रण।

रविवार की ठंडी दोपहर। सूर्य नदारद। हवाएँ स्वच्छन्द। वेस्ट-एंड स्थित घर का बैठकखाना। अर्द्ध चन्द्राकार में बैठे श्रोता। स्वामीजी मध्य में। ठीक उनके पीछे अँगीठी। उससे मिला था तापमान को संयम बरतने का सख़्त आदेश।

पन्द्रह लोग थे वहाँ। गेरुए रंग का चोगा गेरुए कमरबन्द से कसा।

स्वामीजी के श्यामल मुखमंडल पर अद्वितीय छवि। उनकी बड़ी-बड़ी आँखों से प्रकीर्ण होती किरणें। ज्योतिर्मय आभामंडल। तेजस्वी तपधारी। संस्कृति के स्वरूप। सीधे, सरल और प्रेम पल्लवित। बीच-बीच में उनका तकिया कलाम शिव...शिव। वे गाकर श्लोक सुना रहे थे आत्मलीन हुए। लगता था कहीं दूर से स्वरलहरियाँ

आकर तन-मन को सहला रही हैं।

वह मुग्ध हो चली थी। उसकी वृत्ति थी लिखना-पढ़ना। चर्च के सेवा कार्यों में हाथ बँटाना। मजदूरों की बस्तियों में जाकर उनकी सेवा सुश्रूषा के अवसरों को हाथ से न जाने देना। छोटी अवस्था में ही नाते-रिश्तेदारों की मृत्यु की गहरी अनुभूति से सबसे फिरा उनका मन। गोचर से अगोचर के लिए स्वप्न। पूछ रही थी, "स्वामीजी, मृत्यु क्या है?"

"अपने घर में आकर मुलायम-मुलायम बिछौने पर आँख मूँद कर सो लेना।...या जैसे थका-हारा शिशु माँ की गोद में आकर धीरे-धीरे पाँच-सात बार पलकें झपकाता है। और फिर जोर से आँखें मूँदकर सो जाता है—चिन्ता रहित और तनाव मुक्त।" स्वामी विवेकानन्द का स्वर संगीतमय हो रहा था।

"फिर मृत्यु से लोग डरते क्यों हैं?" मार्गरेट नोबेल ने बादामी रंग के फरवाले चेस्टर को घुटनों पर से ठीक किया और दस्तानों को उतारकर अपनी हथेलियाँ ठीक वैसे ही रगड़ने लगीं, जैसे स्वामीजी ने प्रस्तर खंड को रगड़ा था।

"इन हथेलियों से अपनी आँखें ढँक लो, मिस नोबेल। ऊर्जा व्यर्थ नहीं जानी चाहिए।"

मारग्रेट नोबेल ने उनका कहना माना। उसे कुछ-कुछ तसल्ली मिली। उसके कपोल एकदम अरुणाभ हो गए। कुछ समय बाद उसे अद्भुत अनुभूति हुई।

"क्या सचमुच तुम इस रहस्य को जानना चाहती हो, नोबेल?"

"हाँ, स्वामीजी—सचमुच।"

"संकल्प करती हो।"

"हाँ, स्वामीजी।"

"तो भारत आना होगा। वहाँ कल्याण के कामों में लगना पड़ेगा।"

"आपके काम में हाथ बँटाने में मुझे बड़ी खुशी होगी।"

वह भारत भी आ गई। स्वामीजी के व्यक्तित्व और उनकी प्रेरणा ने उनको भारत आने के लिए विवश कर दिया। चर्च से उनका मन फिर गया क्योंकि चर्च उनकी मदद करता था जो चर्च के स्वार्थों की रक्षा करते थे।

वह कलकत्ता आईं। एक छोटे से मकान में बोसपाड़ा में रहने लगीं। स्कूल में पढ़ाती। आसपास को देखती। समझती। सोचती कि वह क्या करे, जिससे अभाव और कष्टों में जी रहे लोगों के अभाव और कष्ट दूर हो सकें। वह स्वयं भी आधा पेट खाकर निर्धन और बीमार लोगों की सेवा तन-मन से करने लगी थी। स्वामीजी ने उसे दीक्षा दी और वह मारग्रेट नोबेल से भगिनी निवेदिता हो गई। लोकमाता।

स्वामी विवेकानन्द ने खँखारकर उसको चेताया और कहने लगे, "प्रेमानन्द, निवेदिता की लौ लगने लगी है। उसका भाल चमकने लगा है। वह सबके लिए समर्पित हो उठी है।...उससे सीखो, सेवा-टहल कैसे की जाती है? कैसे उन दरिद्र नारायणों का मन जीता जाता है?"

निवेदिता की आँखें नत हो गईं। उनकी कोरों पर पुलक लिये जल बिन्दु आ ठहरे। स्वामीजी यह क्या कह रहे हैं? वह कह उठी, "हम रहस्य जानने आए हैं,

स्वामीजी।...लगता है कि वे अवर पीपल, जिनसे हम बिछुड़ गए थे, हमारे अपने हैं...अपनों में से भी अपने हैं। उनको पाकर हम अपने को भूल गए। यह भी याद नहीं रहा कि हम आइरिश हैं, लन्दन छोड़कर हम यहाँ उन लोगों के बीच में आकर रह रहे हैं, ज़िनको दो जून की रोटी नसीब नहीं है और जो कीड़े-मकोड़ों की तरह जीते हुए मरने की घड़ियाँ गिन रहे हैं।...ऐसे आत्मजन हमें कहाँ मिलते?''

सूर्य अपनी एक-एक किरण कुशल व्यापारी की तरह समेट रहा था। फुनगियों पर से वह अपनी किरणें घरी कर चुका था। वे कहने लगे, ''स्वयं भी सूर्य विदा होने की अन्तिम बेला का नमन कर रहा है, ठीक मेरी तरह।''

इस बार प्रेमानन्द घबराया। वह कई बार कह चुके थे, ठीक आज से एक वर्ष पहले भी कि वे चालीस के पार नहीं उतर सकेंगे।

आरती का समय हो रहा था। वे आरती में सम्मिलित हों अथवा नहीं, यह उनके चित्त पर निर्भर था। वे कहने लगे, ''प्रेमा, मोह नहीं...अपने प्रति भी नहीं, अपने आत्मीय जन के प्रति भी नहीं। नदी की गति बहने में ही है, वह बहेगी, निरन्तर बहती रहेगी तब तक नदी है।...प्रेमा, वह रहा बिल्व वृक्ष...उसके आगे आकाश-सा खुला पड़ा वह स्थान। कल-कल का नाद करती माँ गंगा।...मेरा शरीर जाने पर, वहीं अन्तिम संस्कार करना है, सबको बता देना।''

''स्वामीजी, अभी तो आपको...।''

''भगिनी निवेदिता, जो अपने हाथ में है, उसके प्रति अपना कर्त्तव्य बनता है।''

प्रेमानन्द चौंका। क्या स्वामीजी इच्छा-मृत्यु की बात कर रहे हैं? वह बोला, ''अभी तो बहुत काम करना शेष है।''

''तू ठीक कहता है, प्रेमा!''

भगिनी निवेदिता आश्चर्य से भर उठी थी। उसने इच्छा-मृत्यु के बारे में सुना था कि पितामह भीष्म को इच्छा मृत्यु का वरदान प्राप्त था। लेकिन उसे विश्वास नहीं था। मरना कौन चाहता है। वह भी नहीं जिसने कब्र में पाँव लटका रखे हैं और जिसके आत्मीय जन प्रभु से दिन-रात प्रार्थना करते हैं कि उनसे उसके कष्ट देखे नहीं जाते, उसे उठा ले। हे प्रभु, उस पर दया कर।

दूसरी मंजिल पर स्वामी विवेकानन्द का कमरा। बड़ा, शालीन, साफ़-सुथरा और प्राकृतिक प्रकाश से भरपूर। आकर्षक इस अर्थ में कि उन्होंने कमरे का शुद्धीकरण कर दिया था। उसमें तीन दरवाजे और चार खिड़कियाँ थीं। एक ओर पलंग। पलंग पर मसहरी लगी हुई। तख़्त पर एक ओर श्रद्धालुओं और भक्तों द्वारा प्रदान की गई वस्तुएँ सजी हुई थीं। कई प्रकार की आकर्षक छड़ियाँ, वाद्य यन्त्र, मूर्तियाँ आदि थीं उनमें। श्रीरामकृष्ण का एक चित्र भी था, जिसे प्रायः वह टकटकी लगाकर निःसंवाद किए देखते रहते थे।

रोज की तरह स्वामी विवेकानन्द चार बजे से पहले उठ गए। दिनचर्या से

निवृत्त हुए। नीचे उतरे। धीरे-धीरे सीढ़ियों को गिनते रहे।

पवन थमकर इठला रही थी। टहनियों का मन गुदगुदा रहा था। चहुँ ओर लगभग अँधेरा था। शान्ति। सन्नाटा। गंगा गुमसुम सी बह रही थी। आम्र वृक्ष के नीचे आकर रुके, बैठे नहीं। इस वक्त उन्हें बोध गया के वट वृक्ष का स्मरण आया, जहाँ महात्मा बुद्ध को सम्बोध हुआ था और जहाँ उन्होंने भी ध्यान लगाया था।

माना कि यह वह वृक्ष नहीं था। लेकिन था तो उसी वंश परंपरा का। कभी वहाँ निरंजना लगकर बहती थी। घना जंगल था। प्रकृति का मानो वह सर्वोत्तम स्थान था। चेतना का वह स्थल उनमें उतरकर रच-पच गया था। उस दिन उन्हें विशेष सन्तोष मिला था। वही सन्तोष उन्हें इस आम्र वृक्ष के नीचे, जहाँ उनके बैठने के लिए निवाड़ की खटिया थी, सन्तोष मिलता था। बिल्व वृक्ष का महत्त्व भी उनके लिए कम नहीं था। वह भी उनके सम्बोध की प्रक्रिया का एक अपरिहार्य अंग था।

ध्यान में बैठे। बैठे ही रहे। उनके ध्यान का आसन आज ठाकुर के शयन कक्ष में लगवाया था। प्रायः वह पूजा के कमरे में ध्यान करते थे। तीनेक घंटे तक ध्यान में बैठे रहे। ध्यान से उठे तो मन ही मन गुनगुनाने लगे—माँ कि आमार कालो? कालरूपा एलोकेशी हृदिपद्म करे आलो।

आज वह प्रत्येक वस्तु, आस पास के स्थान, हरे-भरे उद्यान, पशु-पक्षी, बेलूड़ बाजार, ग्रैंड ट्रंक रोड आदि का स्मरण कर झंकृत हो रहे थे।

4 जुलाई। पंचांग में निशान लगा दिया था। उन्हें स्वामी ब्रह्मानन्द को लिखे अपने पत्र की ये पंक्तियाँ याद आ रही थीं—मेरी दृष्टि में ये संसार एक खेलमात्र है।...तथापि मैंने सदा वीर की भाँति जीवन-यापन किया है। मेरा कार्य तड़ित के समान क्षिप्र तथा वज्र के समान अटल होना चाहिए। मैं इसी प्रकार मरूँगा।...मैं शाक्त माँ का पुत्र हूँ। माँ जगदम्बे! हे गुरुदेव। आप सदा कहते थे, "यह वीर है।...मैं कापुरुष होकर नहीं मरना चाहता।" जब उनसे ब्रह्मानन्द मिले थे, तब उन्होंने भी उनसे यही प्रश्न किया था कि "अभी से मृत्युप्रसंग किसलिए?"

ब्रह्मानन्द का लगभग गोल चेहरा, सिर पर से उड़ रहे बाल, दाढ़ी-मूँछ और भरी देह, सदा शान्त चित्त बनी रहती थी। वह अन्तर्दृष्टि से उनके भाव पढ़ रही थी। उनके बारीक अक्षरों का कुछ-कुछ दाहिने हाथ से सीधे हाथ की तरफ़ झुकाव था।

स्वामी विवेकानन्द अन्दर ही अन्दर रस प्लावित हुए जा रहे थे। पूछ बैठे, "तू मृत्यु को क्या मानता है?"

"जीवन का विराम।"

"या कुछ और भी?"

"सोचता नहीं।"

"क्यों?"

"इस पर कभी ध्यान नहीं गया।"

"या नहीं दिया।"

''शायद यही ज्यादा समीचीन है।''

''तो दे, ना!''

''अन्त तो कहे। वह कुछ नहीं कहता।''

''क्यों?''

''मृत्यु का चरित्र अतिथिनुमा है।'' ब्रह्मानन्द का स्वर करुणा भरा था, ''मैं उसके रहस्य को नहीं जानना चाहता। नचिकेता ने जाना था वह रहस्य, क्या मिला उससे उसे। मुझे तुम्हारा पत्र यहाँ ले आया। यही सोचकर कि तुम अपने बहुमूल्य समय को जीवन की ओर लगाओ। उस जीवन की ओर जो मानव को जिन्दा जी मृत्यु की सम्भावित यातनाओं की चक्की में पीस रहा है और जिसके प्रति तुम्हारा रोम-रोम कर्जदार है, ऐसा मानते रहे।...माना कि तुम्हें यह रहस्य भी जान लेना है पर... ।''

''कुमारी मैक्लाउड से मिले क्या?'' स्वामी विवेकानन्द समझ रहे थे कि सबके सब उसको लेकर चिन्तित हैं और इसीलिए वे आगे आ रहे हैं। उन्होंने विषय परिवर्तन कर भारी हवा के रुख को बदलना चाहा। यह बात ब्रह्मानन्द की समझ में भी आ गई और दोपहर बाद लौट गए।

कितना विचित्र है कि अकेले वे जानते हैं। यह बात वे संकेतों में व्यक्त भी कर चुके हैं। फिर भी, कोई मानने के लिए तैयार नहीं है।

आज स्वयं अपना कमरा उन्होंने साफ किया था। कमरे का कोना-कोना साफ़ किया था और नीचे उतरने से पहले श्रीरामकृष्ण परमहंस के चित्र के सामने खड़े होकर कहा था, ''तेरा कार्य पूरा हो गया, ठाकुर या...!''

''तू चलने की तैयारी में है, नरेन!''

''क्या तुम नहीं चाहते?''

''अब वहाँ तेरा क्या काम है?''

''दीन-दुःखी, पीड़ित, गरीब आदि सबके सब तो जहाँ के तहाँ हैं, ठाकुर!...फिर मैंने क्या किया?...कुछ भी नहीं, ठाकुर, कुछ भी नहीं।''

''इस समय कोई दूसरा विवेकानन्द होता तो वह समझ सकता कि तूने क्या किया है?''

''क्यों, क्या मैं नहीं समझ सकता कि मैंने क्या किया है?...मैं समझ रहा हूँ, ठाकुर...सब समझ रहा हूँ...वे आज भी वही हैं और मैं... ।''

''समय आने दे, एक दो नहीं, उनसे कहीं ज्यादा विवेकानन्द होंगे। तब तू समझेगा कि तूने क्या किया था?'' श्रीरामकृष्ण दो क़दम आगे बढ़ा आए। उनका हृदय छलछला आया।

''आज जाना कि...?''

''ठहर, नरेन, यह समय आत्मालोचन का नहीं है।''

''मैं तो ठहरा हुआ हूँ, ठाकुर।''

''तू महात्मा बुद्ध नहीं है।''

''जानता हूँ।'' स्वामी विवेकानन्द का स्वर आर्द्र हो उठा था। उनके ओष्ठ

काँप गए थे। वह कह नहीं सके कि उन्होंने देहान्तर को भोगा है। परादेश का पालन किया है। फिर भी अपनी स्वाधीनता पर आँच नहीं आने दी।

"कोई आ रहा है।"

"कोई नहीं आएगा ठाकुर यहाँ, मैं नीचे बाबूराम को बिठलाकर आया हूँ।"

"तो शायद वही आ रहा है।"

स्वामी विवेकानन्द का संवाद टूट गया। दरवाज़ा खटखटाया गया।

"आ जाओ।"

"तुम बाबूराम!"

"डॉक्टर विपिनचन्द्र घोष ने पुछवाया है कि आपके कुछ टेस्ट करने हैं आज।"

"नहीं, आज नहीं, बाबूराम।...उनके आदमी को मना कर दो।" बाबूराम जाने लगा तो वे कहने लगे, "जब तक हम नहीं बुलाएँ, बाबू, मत आना।"

स्वामी विवेकानन्द बैठ गए। भूल गए। याद आने लगा कि एकादशी के दिन निर्जला उपवास है, फिर भी भोजन परोसने के लिए अड़ गए।

भोजन परोसने लगे। कहते जा रहे थे, "उबले हुए कटहल के बीज, आलू, चावल...जिबे गजा (बंगाली मिठाई) दो हंडी जिबे गजा की उनके लिए कोई भक्त दे गया था। उन्हें जिबे गजा उसी तरह पसन्द है जैसे सन्देश।

वे हँस पड़े। कहने लगे, "क्या-क्या उपाधियाँ बाँटीं! प्रेमानन्द को भोंपू, गोपाल घोष को हुटको, गोपाल, सतीश दत्त को मुटको आदि। चटनी परोसते हुए वे बोले, "लाल* न पड़ जाए। मजे-मजे में गुनगुना उठे, "ऐ परोसने वाले भाई, मुझे परोसा सिर्फ दही, उनको माथा मछली का वे क्या तेरे लगते काका।" इस पर सब हँस पड़े।

निवेदिता ने कहा, "स्वामीजी, अब आप बैठ जाएँ।"

"फिर तो बैठना ही है, निवेदिता। उसकी चिन्ता नहीं है।"

भोजन पूरा हुआ। स्वामी विवेकानन्द आगे बढ़े और निवेदिता के हाथों पर जल डालकर पोंछने लगे। उसने बहुत मना किया पर वे नहीं माने। निवेदिता बोली, "यह मुझे करना चाहिए था आपके लिए।"

स्वामी विवेकानन्द ने तौलिया एक ओर टाँगकर कहा, "स्मरण है, ईसा मसीह ने भी अपने शिष्यों के पाँव धोए थे कि नहीं।"

लेकिन वह तो ईसा का अन्त समय था। तो क्या...वे कहीं इच्छा मृत्यु का तो संकेत नहीं दे रहे हैं? क्या वे हमारे बीच और दिन नहीं रह पाएँगे? निवेदिता सोचकर अन्दर ही अन्दर काँप कर रह गई परन्तु प्रत्यक्ष में उसने कहा कुछ नहीं।

स्वामी विवेकानन्द को अनेक प्रसंग याद आ रहे थे। बहुत जल्दी उन्होंने अपने पर काबू पा लिया था और आम दिन की तरह काम करते रहे। सबके साथ भोजन किया। विश्राम कर वे ब्रह्मचारियों के कमरों में गए। उन्हें बुलाकर लाए और डेढ़ेक

---

*लाल का अर्थ बंगला में चटनी का रंग और मुँह की लार भी। यहाँ लार से उनका आशय था।

घंटे तक ब्रह्मचारियों को संस्कृत पढ़ाई। उनको थकान अनुभव होने लगी।

शाम हुई। एक प्याला गरम दूध पीकर स्वामी प्रेमानन्द को लेकर घूमने निकल गए। दो-एक मील घूमकर लौट आए। रास्ते में कहा, "प्रेमा, ठाकुर की याद पड़ती है। वे प्रायः किन भजनों को गा उठते थे?"

"भुवन मुलाइलि मा भुवमोहिनी...और कबे समाधि इबो श्यागा चरणे... आदि।" प्रेमानन्द ने धीरे-धीरे कहा।

"कैसे डूबकर गाते थे, लगता था कि सरस्वती उनके कंठ से गा रही है।"

"प्रेमा यहाँ वेद-विद्यालय खुलना चाहिए। वेद भारतीय संस्कृति के प्राण हैं।"

"शुभ विचार है।"

"तो हाथ-पाँव चलाओ।"

"क्यों नहीं, अवश्य!"

"एक पल खोए बिना।"

"अवश्य।"

"भारत वेदों में बसा है।" कहकर उन्होंने पन्द्रह मिनट का एक व्याख्यान दे डाला।

"आ बिजेन्द्र, इधर आ।...मेरे काम में हाथ बँटा!

"जो आज्ञा, स्वामीजी।"

"तू बहुत भोला है। भला भी है। सबका आज्ञाकारी है।...तूने मेरी सेवा की है।...बोल, तू क्या चाहता है?...तू जो चाहेगा, वही मिलेगा।"

"मैं-मैं...स्वामीजी...क्या माँगूँ? कभी सोचा ही नहीं था।"

"अब सोच ले...पर अब, अभी।"

"मुझे आपका आशीर्वाद चाहिए, स्वामीजी।"

"वो तो है ही—कुछ और माँग।"

कुछ देर सोचने के बाद कहा, "मेरे ध्यान में कुछ नहीं आता।...मुझे मात्र आपका आशीर्वाद चाहिए।" विजेन्द्र ने सोचकर कहा।

स्वामी विवेकानन्द ने उसे आशीर्वाद दिया। कहा, "जा दूसरे कमरे में बैठ। बुलाऊँ तो आ जाना।"

विजेन्द्र चला गया।

वे माला फेरने लगे। चित्त स्थिर होता गया। शून्य रह गया। शून्य में से शून्य और शून्य गहराया और सूक्ष्म से सूक्ष्म शून्य। न आकार। न निराकार। न द्वैत। न अद्वैत। न गुण। न निर्गुण। एकाध घंटे बाद उन्होंने आँखें खोलीं। शून्य अभी तक स्थिर था। उस शून्य का कोई विकल्प नहीं था।

वे प्रसन्न हुए। प्रसन्नता के साथ बहने लगे। सम्पूर्ण सृष्टि प्रसन्नता का ही सन्देश है।...करो तो ज्ञान है अन्यथा सब अज्ञान है। विचार ने करवट बदली। ध्यान में आया कि छह माह से अधिक हो गए परन्तु किसी कांग्रेसी ने खोज खबर नहीं ली। दिसम्बर, 1901 में कांग्रेस महासभा का अधिवेशन कलकत्ते में ही हुआ। कांग्रेसी उनसे मिलने आए थे। उसके अध्यक्ष दीनशा एदल जी वाचा भी कई प्रतिनिधियों

के साथ आए। वे आर्थिक मामलों के विशेषज्ञ माने जाते थे।

स्वामी विवेकानन्द ने कहा, "आप लोगों के मन में कुछ त्याग करने की इच्छा है तभी आप लोगों ने मठ में आने की कृपा की।"

"आदेश कीजिए।"

"आदेश मैं करने वाला कौन हूँ। वह तो जगदम्बे कर सकती हैं। याचक तो प्रार्थना कर सकता है।"

"आदेश कीजिए स्वामीजी!"

"आप लोगों को अधिवेशन में भाग लेने के लिए सरकार प्रथम और द्वितीय श्रेणी के किराए में रिआयत देती है।"

"जी, स्वामीजी।"

"आप लोग देश का काम कर रहे हैं।...मैं समाज की सेवा का प्रचार कर रहा हूँ। सोच रहा हूँ, कलकत्ते में वेद विद्यालय खोला जाए। उसमें आचार्य भी ढले, विद्यार्थी भी। वेद, संस्कृत साहित्य, उपनिषद्, दर्शन पढ़े। योग का अभ्यास करें।"

"अति शुभ विचार।"

"वहाँ तैयार होने वाले संन्यासी देश के निर्माण में लग जाएँ।"

"उत्तम।"

"बेलूड़ मठ जैसा एक मठ श्रीरामकृष्ण की विधवा पत्नी की देखरेख में स्त्रियों के लिए खोला जाए। स्त्रियाँ आगे आएँ। उनको आगे लाए बिना हमारे स्वप्न अधूरे हैं। हमारी सफलता अपंग है। मानव जाति का कल्याण स्त्रियों के बिना सम्भव नहीं है।...क्या सोचते हो!"

"ये उत्तम विचार कार्य रूप में परिणत हो।" सबने एक स्वर से कहा।

स्वामी विवेकानन्द ने पूछा, "कैसे?"

"जैसे आप चाहें।"

"और आप लोग!"

"तैयार हैं।"

"श्रम नहीं दे सकते, जानता हूँ। राजनीति करने का मन रखने वाले हर सृजन में अपना हित पहले देखते हैं। यह उनकी विवशता है।...लेकिन वे आर्थिक मदद देने के बारे में पहल कर सकते हैं। क्या इच्छा हैं?"

"अवश्य। हम तैयार हैं।"

"हमारे स्वयंसेवक श्रम भी करेंगे।"

"दूसरों से धन दिलाया जा सकेगा।"

"ठहरो–मात्र अपनी कहो कि आप क्या करेंगे? झूठा आश्वासन नहीं चाहिए। अपने मन टटोलो। अपनी आत्मा को कुरेद सकते हो तो कुरेदो। फिर कहो।"

सबने मन में भी झाँक लिया। आत्मा से भी पूछ लिया और एक नारे सा स्वर उठा, "आप योजना तैयार कीजिए, स्वामीजी, धन हम देंगे।"

"जरा रुको, जल्दी नहीं है। पर अपने ये वक्तव्य प्रेस के हवाले मत कर देना। पहले करो, फिर कहे बिना मन नहीं माने तो कहो पर जो किया है, उसका आधा।"

''आधा।''

''हाँ बन्धु, आधा। क्योंकि पूरा तो शून्य हो जाता है।...शून्य से काम नहीं चलेगा ना।...अब जाओ, फिर से सोचो। फिर करने की बात उठे तो करो पर प्रसन्न होकर। यह सोचकर कि आप कृतित्व का अंग बनने जा रहे हो।'' शिव-शिव कहते हुए वे उठ खड़े हुए। अपने कमरे में चले आए। स्वामी विवेकानन्द उनके पीछे-पीछे आ गए। बैठ गए।

''आप अचानक क्यों उठ गए, स्वामीजी?''

''यह तुझे बाद में मालूम पड़ेगा।''

''फिर भी...।''

''इनमें कर्म के प्रति निःस्वार्थ संकल्प नहीं है।''

''तो क्या?''

''इनमें से आज की बातें किसी को याद नहीं रहेंगी। ऐसे नेता वायदे भूलने के लिए ही करते हैं।''

''पर ये तो देश को...।''

''निश्चयानन्द, हम उनको जाने दें। अपने बारे में विचारें तो निःस्वार्थ ब्रह्मचारी अथवा संन्यासी कितने होंगे?''

निश्चयानन्द चुप रह गया।

''संन्यासी नहीं रहे तो राजनीति नागनीति में बदल जाएगी। इस देश का...पूरी मानव जाति का शिव निःस्वार्थ संन्यासी कर सकेंगे।...दूसरा कोई नहीं।...राज्य पर अंकुश चाहिए।''

''संन्यासी वर्ग ये धर्म निभा सकेगा।''

''कदाचित् वह मोहपाश में बँधने से अपने को बचा सके।'' स्वामी विवेकानन्द ने यादों की खिड़की को अचानक बन्द कर दिया।

गम्भीर होकर श्रीरामकृष्ण के चित्र की ओर देखा। फिर धीरे-धीरे आँखों के कपाट बन्द कर प्रार्थना करने लगे, ''ठाकुर, अब क्या रह गया है।...क्षमा करना, ठाकुर।...मैं कुछ नहीं कर सका। कितनी बार प्रार्थना की कम-से-कम मुझे आत्मदानी कर्मठ और विज्ञानी संन्यासी दे दो तब देखना कि क्या होता है?''

''क्या होगा, नरेन?...तुझे कहना क्या है, यह बोल!''

''झूठ को मिटाना है। सबको जीने का एहसास दिलाना है। असमानता, भेद, दूरियों को मिटाना है। जाति-कारा से मानुख स्वतन्त्र कराना है। और...और क्या-क्या था मन में।''

''और क्या था नरेन?''

''अब क्या होना है?''

''निराश नहीं, नरेन!''

''मैं निराश नहीं हूँ। कभी हुआ भी नहीं, ठाकुर!''

''देख नरेन, श्रीराम हुए, श्री कृष्ण हुए, श्री शिव हुए, जगदम्बे भी अवतरित हुई, ईसा मसीह, मुहम्मद साहेब आदि हुए और सबने मानव जाति को मार्ग दिखलाया।

उसके कष्टों का निवारण किया।...महात्मा बुद्ध, महावीर आदि ने भी वही कार्य किया, नरेन। यही हमारी आध्यात्मिक, सांस्कृतिक, सामाजिक और आर्थिक परंपरा की विकासधारा है.और तू उसी विकासधारा की एक कड़ी है।...सृजन का दूसरा पक्ष शनैः शनैः विध्वंस की चौखट पर जा पहुँचता है। यही क्रम पुनः उलटने लगता है। इस कारण तू चित्त पर बोझ मत ला।...तू जो कर सका, वह सदियों तक दूसरा कोई नहीं कर सकेगा।''

''काश एक सौ एक सर्वस्व त्यागी संन्यासी मिल जाते तो ठाकुर... ।''

''काश, मुझे दसेक नरेन मिल जाते तो, नरेन।...काश का कोई अन्त नहीं है।...सबको अन्तिम अमृत और बाँट दो।''

''और तो कुछ नहीं है।''

''तू एक पुस्तक लिखने की योजना बनाए था, उसका क्या होगा?''

''जो कहा है, उसी से तो वह पुस्तक तैयार होनी थी।''

''आशीर्वाद नरेन, मैं चलता हूँ।''

परिदृश्य अदृश्य। स्वामी विवेकानन्द ने आँखें खोल लीं। होंठ सूख रहे थे। शिष्य को पुकारा, कहा, ''पानी ला।''

पानी पीकर कहा, ''सिर पर पंखा झल वीरू।''

वीरेन्द्र पंखा झलने लगा। वे पूछने लगे, ''आज कुछ ज्यादा गरमी है, वीरू?''

''हाँ, स्वामीजी।...कहें तो खिड़कियाँ खोल दूँ।''

''हाँ यही ठीक रहेगा। दरवाजे भी सभी खोल दे।

माला हाथ में थामे लेट गए। पूछने लगे, ''पाणिनि के अष्टाध्यायी को समझ कर उस पर अभ्यास करते रहना।''

''जी स्वामी जी।''

''तुझे यहाँ क्या लगता है?''

''कैसे?''

''ये तो तू अच्छी तरह जानता है, वीरू! आखिर क्या सोचकर यहाँ आया है?''

''आपकी शरण में, स्वामीजी।''

''मेरे बाद तू किसकी शरण में जाएगा?''

वीरेन्द्र कुछ नहीं समझ सका। तब की तब देखी जाएगी, वह यह नहीं कह सका। फिर भी उसने कहा, ''पता नहीं, स्वामीजी।...सिवा आपके मैं कुछ नहीं जानता?''

''मैं सदा तो रहूँगा नहीं, रे वीरू।''

''सदा तो कोई नहीं रहेगा, स्वामीजी, पर आप रहेंगे...सदा-सदा रहेंगे।''

''तू अन्तर्यामी हो गया क्या?''

''अपने हृदय की बात कहता हूँ।''

''बड़ी-बड़ी बातें करने लगा है रे तू।...चल, दोनों पैरों को तो दबा!''

वीरेन्द्र उनके पाँव दबाते-दबाते पूछने लगा, ''दर्द हो रहा है...?''

स्वामी विवेकानन्द ने गरदन के संकेत से कहा, "हाँ, रे।...मैंने जो जाना है, तुझ पर वह प्रकट करता हूँ...जीव-जीव में विद्यमान है, उसके अलावा ईश्वर नही है।...तू ईश्वर को जानना चाहता है, ना?"

"हाँ।"

"तो तू जीवों की सेवा कर। गरीब, दीनहीन, पतितों की रक्षा कर। उनके भीतर साक्षात् ब्रह्म है, ईश्वर है।...जिस देश के लोग पेट भर भोजन नहीं पा सकें, अकाल, अतिवृष्टि, भूचाल के कोप से कीड़े-मकोड़ों की तरह मर रहे हों। प्लेग जैसे भयानक रोग से चटपट हो रहे हों, वहाँ तेरे ईश्वर का आदेश है, उनकी सेवा कर, वे उनमें ही तुझे दर्शन देंगे।...सोच तो भूख-प्यास से मरते लोगों को कैसे अनदेखा कर मुँह में अन्न डाल सकते हैं।...शंख बजाना, व्यर्थ है, घंटा घंटी खड़खड़ाना व्यर्थ है, पढ़ना-लिखना व्यर्थ है और मोक्ष पाने के प्रयत्न करना निरा पागलपन है।...दरिद्र नारायण की सेवा का व्रत लेकर गाँव-गाँव निकल पड़ना ही सार्थक है, सर्वहित में है।" माँ...माँ...काली-काली...रघुनन्दन ने कहा है—नवम्मां पूजयेत् देवी कृत्वा रुधिरकर्दमम्।...मैं भी वही करना चाहता रहा, रे वीरू। माँ की पूजा छाती का रक्त देकर करनी चाही। सोचता रहा कि तभी कष्टों में, प्रलय में, महाप्रलय में माँ के लड़के निर्भय होंगे, महावीर होंगे।...सोचता रहा, श्रीरामकृष्ण, ठाकुर की कितनी भक्तिमती लड़कियाँ हैं। उनके लिए स्त्री मठ का प्रारम्भ करूँ। माताजी (श्री माँ सारदा) उसके केन्द्र में रहें। पर... ।" कहकर वे मुस्कराए। बहुत धीमे से कह गए, "सर्वत्यागी संन्यासी! जिनके आगे पीछे कोई नहीं हो। जो है सर्वस्व समाज का है, समाज के लिए है, समाज से है।...चित्त-सूर्य अपनी आभा से चमकता है।...आत्मा स्वयंज्योति है, स्वयंवेद्य है। शिव-शिव...शिव...माँ जगदम्बे...माँ काली...सत्य वस्तु विचार से परे है—नैषा तर्केण मतिरापनेया। सत्य शिव...शिव सत्य—शिव सुन्दर।...वीरू, मैं सोना चाहता हूँ।"

"मैं पाँव दबाता रहूँगा।"

"ना रे, तू पंखा झलता रहना। आज गरमी बहुत है।...कौन-सी तारीख है?"

"4 जुलाई।"

"दिन?"

"शुक्रवार, स्वामीजी।"

"वह पंचांग उठा।"...कुछ सोचकर पाँव पीछे खींचते हुए, "पढ़?"

"कहाँ से?"

"दूसरे पृष्ठ से।"

"चार जुलाई। शुक्रवार 'विराम'।"

"जा उसे रख आ। पंखा झल।"

वे सो गए। वीरेन्द्र पंखा झलता हुआ मन ही मन जाप करने लगा। समय खिसकता हुआ अनुभव नहीं हुआ। कुछ क्षण उसको ऐसा भी अनुभव हुआ कि स्वामीजी ध्यानमग्न लेटे हुए हैं। उनका दिव्य मुखमण्डल प्रभापूर्ण हो उठा है। उससे ज्योतिर्मय किरणें फूट रही हैं। वह भाग्यशाली है जो आज उसे स्वामीजी का इतने

निकट से सम्पर्क हो सका। वह सुबह सबको सुनाएगा। फिर वह उनके कथन पर सोचने लगा।

अचानक उसे बालक का दुःखभरा स्वर सुनाई पड़ा। उसने देखा। स्वामीजी का दाहिना हाथ काँप रहा था। घड़ी ने नौ बजाए। तत्काल उन्होंने गहरी साँस निकाली। तकिये की एक ओर सिर लुढ़क गया। फिर उन्होंने गहरी साँस छोड़ी। उनकी देह हिली। वीरेन्द्र घबराकर खड़ा हो गया। ध्यान से देखा स्वामीजी के दोनों नेत्र भृकुटी के बीच में स्थिर थे।

वीरेन्द्र अन्यमनस्क स्थिति में था। उसे ठीक से अपना करणीय नहीं सूझ रहा था। फिर भी, उसने यही उचित समझा कि किसी को चलकर बताए। प्रायः वे समाधिस्थ हो जाया करते हैं, लेकिन वह समाधि को पूरी तरह नहीं जानता था। वह दौड़कर नीचे उतरा।

रात्रि भोज के लिए टंकार हुई। सामने गोपाल दादा पड़ गए। वह उसके साथ हो लिए। तेजी से सीढ़ियाँ चढ़े। कमरे में प्रवेश किया। वह बोले, "महासमाधिस्थ हैं।"

क्रन्दन भी किया। हाथ भी काँपा।

शशी के पिता आए। ध्यान से देखा। नब्ज टटोली। सिर चकराया। उनके कान में श्रीगुरु महाराज का नाम सुनाया।

अद्वैतानन्द आ गए।

स्वामी विवेकानन्द ने मात्र कौपीन धारण किया हुआ था। उनका श्यामल मुखमंडल तेजयुक्त था।

बोधानन्द नाड़ी टटोलते रो पड़े। डॉक्टर को बुलवाया गया। डॉ. महेन्द्रनाथ मजूमदार आए। कृत्रिम उपाय से साँस प्रक्रिया प्रारम्भ की। कोई नतीजा नहीं निकला। डॉ. मजूमदार ने मृत घोषित कर दिया।

स्वामी ब्रह्मानन्द भी आ गए। पगला गए। कहने लगे, "डॉक्टर मजूमदार, एक बार और देखो।...वे समाधि में हैं। निर्विकल्प समाधि में। उसमें नाड़ी बन्द हो जाती है।"

"स्वामीजी, हृदयाघात से स्वामीजी की इहलीला समाप्त हो चुकी है। उनमें जो तेज, आभा और पद्मचक्षु ऊपर की ओर उठे हुए देख रहे हो, वह उनकी जीवन तपस्या का फल है।"

प्रातः हुआ।

वीरेन्द्र पंचांग को पुनः देख रहा था। क्या उनको देह छोड़ने का पूर्वाभास हो चुका था। एक-एक पल सुनिश्चित क्रियानुसार व्यतीत हो रहा था। वे शिव के समान नज़र आ रहे थे। वह किससे कहे कि...। वह छटपटा रहा था।

डॉ. विपिनचन्द्र घोष भी आए। देखा-समझा। रक्ताघात से उनकी मृत्यु हुई है, घोषित किया। नासिका द्वार और मुख पर रक्त की बूँदें थीं।

निवेदिता भी आ चुकी थी। वह काँप-काँप गई। सचमुच इच्छामृत्यु का उन्हें वरदान मिला था। उन्होंने उसके हाथ धोए थे। तौलिए से पोंछे थे और ईसा के

अन्तिम भोज की ओर संकेत किया था, जिसमें ईसा ने अपने शिष्यों के पाँव धोए थे। शब्द उसके हलक में अटककर रह गए थे। जीभ तालु से जा चिपकी थी। इस समय वह उनको पंखा झल रही थी। हिसाब लगा रही थी—आज वे उनतालीस वर्ष, पाँच माह और चौबीस दिन के हो रहे थे। चालीस पार नहीं करने थें, नहीं किए। इच्छामृत्यु का अमरनाथ में शिव शम्भु से उन्हें वरदान मिला था। उसे समझाया था, "निवेदिता, वेदों में जो है, वह सच है। उपनिषद् में भी सच ही है। उनसे अनास्था की आँधी ठंडी पड़ जाएगी। अन्धविश्वास दूर हो जाएँगे। उन्हें गम्भीरता से लेना। उन्हीं से सम्पूर्ण मानव जाति का कल्याण होगा।"

सब गंगा तट पर थे। जिसने ही यह हृदय द्रवित समाचार सुना, वह मठ की ओर चल पड़ा।

वही बिल्व वृक्ष।

उंनका गंगा जल से अभिषेक हुआ। गैरिक वस्त्र सुसज्जित उनकी देह थी। पुष्प मालाएँ महक रही थीं। उनके चरणों के चिह्न लिये। प्रदक्षिणा हुई। शंख ध्वनि हुई। जय-जयकार हो उठी।

स्वामी ब्रह्मानन्द गहन गम्भीर थे। सुन रहे थे। "रोना नहीं, भाई। क्या जन्म पर कोई रोता है? फिर मौत पर क्यों रोना? मौत जीवन से ज्यादा ज्योतिर्मय है, ज्यादा विश्वसनीय है और ज्यादा आत्मीय है।"

वही पूर्वनिर्धारित स्थान। वही गंगा का तट। देह को अग्निसात् किया गया। चन्दन की लकड़ी, घृत, धूप, अगरू की गन्ध उठी। लौ उठी।

आकाश भरी आँखों से देख रहा था। पवन मन्द पड़ गया था। गंगा ने गति रोक ली थी। अग्नि ज्योति बन उठी थी। धरिणी आत्मलीन हुए आश्चर्यचकित हो रही थी।

सब लौट पड़े किंकर्त्तव्यविमूढ़ हुए। सूझ राह भटके यात्री सी अटकी हुई थी। निवेदिता अपने को कमरे में बन्द कर सुन रही थी—"तुम्हें शोकमग्न नहीं होना चाहिए। सेवाकर्मी के लिए मृत्यु भी एक सेवा है।...मैं तुम्हारे साथ हूँ, तुम्हें यह विश्वास करना चाहिए और पुकारकर अपने सन्देह को मिटा लेना चाहिए मेरी तरह। मैंने भी ठाकुर को एक नहीं कई बार पुकारा था। वे आए थे। कृपा वृष्टि हुई थी। अन्तर्चक्षु से अन्तर्चक्षु मिले थे। संवाद हुआ था।...जाओ, सबके बीच में जाकर बैठो, जाप करो। ध्यान करो, पर शोक नहीं। वह किसी को भी शोभा नहीं देगा।...जाओ, निवेदिता जाओ!"

निवेदिता चुपचाप उठी और मन्दिर की ओर मन्थर गति से चल पड़ी।

●●●